Die siebte Stunde

Das Buch

Gemeinsam mit seiner alten Freundin Marie-Luise hat Joachim Vernau eine Anwaltskanzlei gegründet. Bis sie so richtig floriert, übernimmt er an einer Berliner Privatschule die Jura AG, den Teen Court. Kleinere Regelverletzungen aus dem Schulalltag sollen hier diskutiert werden, um Rechtsempfinden und Gemeinschaftssinn zu stärken. Hinter der Fassade der exquisiten Schule tun sich jedoch schon bald Abgründe auf. Der Selbstmord ihrer Mitschülerin Clarissa scheint die Jugendlichen zutiefst verstört zu haben. Doch war es tatsächlich Selbstmord? Kaum stellt Vernau gezielt erste Fragen, geschehen an der Schule merkwürdige Dinge. Offenbar treibt jemand mit den Schülern ein grausames Spiel. Als dann eine Schülerin vergiftet wird, lässt Vernau auch gegen den Willen der Schulleitung nicht mehr locker.
Ein eindringlicher Kriminalroman um Schuld und Verantwortung und die Hilflosigkeit aller angesichts dessen, was nicht sein darf.

Die Autorin

Elisabeth Herrmann, geboren 1959 in Marburg/Lahn, arbeitet als Fernsehjournalistin für die Abendschau des rbb. Sie lebt mit ihrer Tochter in Berlin. *Das Kindermädchen* wurde von der Jury der Krimi-Welt-Bestenliste zum besten deutschen Kriminalroman des Jahres 2005 gewählt. *Die siebte Stunde* ist der zweite Roman um Joachim Vernau und seine Anwaltskollegin Marie-Luise Hoffmann.

Von Elisabeth Herrmann sind in unserem Hause
außerdem erschienen:

Die letzte Instanz
Konstanze
Konstanze. Die zwei Könige

Elisabeth Herrmann
Die 7. Stunde

Kriminalroman

List Taschenbuch

Besuchen Sie uns im Internet:
www.list-taschenbuch.de

Ungekürzte Ausgabe im List Taschenbuch
List ist ein Verlag der Ullstein Buchverlage GmbH, Berlin
1. Auflage Januar 2009
4. Auflage 2011
© Ullstein Buchverlage GmbH, Berlin 2007/List Verlag
Umschlaggestaltung und Konzeption:
RME, Roland Eschlbeck und Kornelia Rumberg
Titelabbildung: © plainpicture/fstop
Satz: Pinkuin Satz und Datentechnik, Berlin
Gesetzt aus der Sabon
Druck und Bindearbeiten: CPI – Clausen & Bosse, Leck
Printed in Germany
ISBN 978-3-548-60854-9

NERVENKLINIK BERLIN-NIEDERSCHÖNHAUSEN
2. DEZEMBER 1907

»Nicht, Fräuleinchen. Nicht doch!«

Der Pfleger will beruhigend klingen, aber die junge Frau hat Bärenkräfte. Obwohl sie angeschnallt ist und er sie im Schwitzkasten hat, befürchtet er jedes Mal aufs Neue, ihr den Kiefer zu brechen.

»Mund auf! Das hilft doch alles nichts!«

Die Krankenschwester steht daneben, das Glas mit der milchig-trüben Flüssigkeit in der Hand, und kann sich nicht entscheiden, wie sie ihr Mitgefühl verteilen soll. Da ist die Patientin, die genau weiß, was sie erwartet, und sich deshalb so wehrt. Und dort der Pfleger, ein bulliger, muskulöser Mann mit der Statur eines Kohlenträgers, der seine Arbeit tut und dem man ansieht, dass ihm nicht wohl dabei ist.

»Jetzt!«, brüllt der Pfleger.

Er reißt die Kiefer auseinander, und die Schwester schüttet den Inhalt des Glases in den Schlund. Die Patientin würgt und spuckt die Hälfte wieder aus. Sie bäumt sich auf und spürt den Schmerz ihrer Muskeln, verkrampft von den erfolglosen Versuchen, sich gegen die eng geschnallten Lederbänder an Armen und Beinen aufzulehnen, so vergeblich, so hoffnungslos, dass nicht der Schmerz, sondern die Akzeptanz seiner steten Wiederkehr ihr die Tränen in die Augen treibt.

»Ach Fräuleinchen. Fräuleinchen!«

Langsam lässt der Pfleger sie los. Er wechselt einen kurzen Blick mit der Krankenschwester und lässt die Patientin vorsichtig aus seiner Umklammerung gleiten.

»Und das geht jeden Abend so?«

Aus dem Schatten auf der anderen Seite des Zimmers löst sich eine schlanke, hochgewachsene Gestalt. Der Arzt ist neu, seit ein paar Tagen arbeitet er auf der Station und hat an diesem Fall offenbar ein ganz besonderes Interesse. Aufmerksam blättert er in der Krankenakte und tritt ein paar Schritte näher.

Die Schwester nickt und stellt das leere Glas auf dem Nachttisch ab. »Jeden Abend. Immer, wenn sie das Veronal bekommt.«

Ihr Blick fällt auf die Patientin, die zurückgesackt ist und mit leerem Blick an die Zimmerdecke starrt. Der Mund steht halb offen, die dunklen Haare kleben schweißfeucht an der Stirn. Arme und Beine zucken, Nachwirkungen der übermenschlichen Anstrengung, all dem hier zu entkommen.

Der Arzt studiert immer noch die Akte. »Und wenn Sie das Veronal absetzen?«

»Dann schläft sie nicht«, antwortet der Pfleger. »Sie geistert so lange herum, bis sie zusammenbricht, und macht alle anderen völlig verrückt.«

Das hätte er vielleicht nicht sagen sollen.

Der Arzt sieht kurz hoch. Er trägt eine runde Brille, deren Gläser das trübe Licht der Gaslampe reflektieren, man kann nicht erkennen, welchen der beiden Angestellten er gerade anblickt.

»Herr Dr. Bispinger hat fortschreitende paranoide Demenz diagnostiziert.« Die Schwester weist mit einem kurzen Nicken auf die Akte, die der Arzt gerade zuklappt und auf dem Nachttisch ablegt. »Das *Traitement moral* zeigt bisher keine Wirkung. Laxantien, Kokain sowie die üblichen Schmerz- und Fiebermittel haben sich als nicht geeignet erwiesen. Codein und Veronal sind die einzige Möglichkeit, sie zur Ruhe zu bringen. Aber diese Ruhe ...«

Sie wirft einen Blick auf die Patientin.

Langsam entspannen sich deren Muskeln. Über das verhärmte Gesicht mit den Zügen einer Todkranken huscht so etwas wie ein Lächeln. In diesem Augenblick erreicht die Droge das Gehirn, und für wenige Minuten wird das sich aberwitzig drehende Rad im Kopf der jungen Frau zum Stehen kommen. Für einen kurzen Moment hält ihre Seele im sanften Übergang zwischen Wahn und Wirklichkeit inne, kann sich erholen von den grauenhaften Zerrbildern ihrer absonderlichen Visionen, bevor sie ankommt in der Realität.

Der Arzt tritt an die Kranke heran und fühlt ihren Puls. Dann beugt er sich über ihr Gesicht und sieht ihr in die Augen. Große, dunkle, umschattete Augen, die ihn nicht erkennen und wohl kaum etwas wahrnehmen von dem, was sich um sie herum abspielt.

»Sie ist erst siebzehn«, sagt er leise. »Und jeden Abend erlebt sie das gleiche Grauen. Ist es da nicht unsere höchste Pflicht, Mitgefühl zu zeigen?«

Er legt seine Hand auf den Unterarm der Kranken, der übersät ist mit schlecht verheilten Schrunden von den Ledergurten, mit denen sie sich jeden Abend diesen aussichtslosen Kampf liefert.

Pfleger und Schwester wechseln hinter seinem Rücken einen Blick. Arbeiten Sie erst mal ein paar Jahre in dieser Klinik, will er sagen. Dann ist der Ledergurt auch ihr einzig zuverlässiger Kollege. Es gibt Seelen, die muss man vor sich selber schützen. All die neuen Therapien und bahnbrechenden Erfolge, von denen man hört, sie sind bei diesen Menschen vergebens.

Ein tiefer, röchelnder Atemzug steigt aus der mageren Brust der Kranken empor. Die Schwester geht zum Waschtisch, nimmt ein Handtuch und taucht es in eine Schüssel mit Wasser.

Die junge Frau beginnt, heftiger zu atmen. Leben kehrt in ihre Augen zurück, sie sieht den Arzt, erkennt das Zimmer, verkrallt die Finger in dem Bettlaken und öffnet den Mund. Aus ihrer Kehle dringt ein tiefer, unmenschlicher Schrei, der wie ein Dämon herausfährt und an den Wänden widerhallt. Er will nicht aufhören.

Entsetzt tritt der Arzt einen Schritt zurück und sieht sich Hilfe suchend nach der Schwester um. Sie eilt an das Bett und legt das feuchte Tuch auf die Stirn der Patientin.

»Jetzt geht es los«, sagt sie. »Sie werden gleich sehen –«

»Nein!«

Das Wort, fast unkenntlich zerdehnt, gellt in ihren Ohren und wird zu einem neuen Schrei. Abgrundtiefes Entsetzen und Flehen um Erlösung zugleich. In einem Röcheln geht er unter, die Patientin hustet und ringt um Luft. Dann presst sie die Kiefer zusammen und ballt die Fäuste. Die Augenlider flattern, und in ihrem Gesicht spiegelt sich mit einem Mal die Erkenntnis, dass etwas Grauenhaftes geschieht und sie ein neuer Albtraum angesprungen hat, einer, der keine Vision ist, sondern der schlimmste Schmerz, den ein Mensch erleben kann.

Die Schwester tupft vorsichtig die schweißnasse Stirn ab.

Die Frage. Immer dieselbe, jeden Abend, und sie zerreißt ihr stets aufs Neue das Herz.

»Wo ... ist ... mein Kind?«

Die Schwester lässt die Hand mit dem Tuch sinken. Der Pfleger sieht zu Boden.

»Was habt ihr mit meinem Kind gemacht?«

Die junge Frau muss einmal ein sehr hübsches Mädchen gewesen sein. Lange bevor Alkohol und Wahnsinn ihr zerstörerisches Werk begonnen haben. Ein schwacher Abglanz ist zu erahnen, jetzt, wo ihre Augen sich mit Tränen füllen und die flehentliche Frage übergeht in hemmungsloses Schluchzen.

»Mein Kind, mein Kleines. Wo ist es? Was ist geschehen?«

Der Pfleger tritt von einem Fuß auf den anderen. Der Arzt räuspert sich, nimmt die Brille ab, haucht sie an und poliert sie mit dem Ärmel seines Kittels.

»Was antworten Sie ihr? Also ... was sagen Sie in diesem Moment?«

Die Schwester richtet sich auf und nimmt den Arzt zwei Schritte zur Seite.

»Wir haben verschiedene Möglichkeiten ausprobiert. Mal sagen wir, es ist in guter Obhut, mal sagen wir ...«

Sie dreht sich um und schaut hinüber zu der Patientin, die von Weinkrämpfen geschüttelt den Kopf hin und her wirft.

»... es ist tot.«

Der Arzt nickt. »Sagen Sie ihr auch die Wahrheit?«

»Die Wahrheit?«

Die Schwester wirft erneut einen Blick auf das verzweifelte, gefesselte Bündel Mensch. Dann senkt sie die Stimme. »Viel mehr Wahrheit haben wir nicht.«

Der Arzt setzt die Brille auf und geht zurück zum Bett. Die Patientin starrt ihn an und zieht an ihren Fesseln.

»Wo ist mein Kind? Ich will zu meinem Kind!«

Er setzt sich neben sie. »Ihr Kind lebt nicht mehr.«

Die Frau reißt die Augen noch weiter auf. Eine kreidige Blässe liegt auf ihrer Haut, die nassen Haare und die abgezehrten Züge geben ihr mit einem Mal das Aussehen eines kranken Vogels. Ihre Stimme ist nur noch ein heiseres Flüstern.

»Was ist mit ihm passiert?«

»Sie haben es umgebracht.«

Die Schwester hält den Atem an. Das ist nicht gut, was er da macht. Wenn das die neuen Methoden aus Wien sind – ihre Sache ist das nicht. Sie geht leise zum Waschtisch und feuchtet noch einmal das Tuch an.

Der Arzt mustert die Kranke und wartet auf eine Reaktion.

Sie presst die schorfigen, wund gebissenen Lippen zusammen und starrt ihn trotzig an. »Das stimmt nicht. Ich habe mein Kind nicht umgebracht.«

Der Arzt nimmt die Krankenakte, schlägt sie auf und deutet mit dem Zeigefinger auf eine Stelle in dem Einweisungsattest.

»Hier steht es aber. Schwarz auf weiß. Und ich muss doch glauben, was hier steht, oder?«

»Ich war es nicht«, wiederholt sie.

»Wer dann?«

Sie sinkt zurück in das Kissen und sieht ihn lange an. Dann lächelt sie. Es ist ein wissendes Lächeln von einer solchen Intensität, dass ihm ein kalter Schauer den Rücken hinunterrieselt.

»Die Schwarze Königin.«

Dann starrt sie die Schwester an, die unter diesem Blick das Tuch sinken lässt und auf einmal spürt, wie eine böse, kalte Furcht von ihr Besitz ergreift. Die Kranke richtet sich auf, soweit es ihre Fesseln zulassen. Sie sieht den Pfleger an, der noch einen Schritt zurückweicht vor diesem Blick. Es ist totenstill im Raum.

»Und sie wird euch alle holen.«

I.
DIE REGELN

Es war ein träger Spätsommertag, und ich hörte sie kommen, noch ehe ich sie zum ersten Mal sah.

Das Geräusch ihrer Absätze warf ein schnelles Stakkato an die Wände des Innenhofs. Es wurde untermalt vom trägen Quietschen der Türangeln, das langsam anschwoll und die mittägliche Stille zerschnitt, bis die Tür mit einem lauten Krachen wieder ins Schloss fiel. Der hallende Stechschritt erreichte unsere Hinterhaustreppe und wurde zwei Etagen lang von den dicken Altbauwänden verschluckt. Dann klingelte sie.

Ich sah auf die Uhr. Halb zwei. Außer mir befand sich niemand in der Kanzlei, also erhob ich mich, ging langsam in den Flur und öffnete.

Vor mir stand eine mittelgroße, mittelalte, in mittleres Beige gekleidete Frau mit einer Brille mittlerer Eleganz, unter dem Arm eine Tasche mittlerer Größe, die irritiert auf unser Türschild starrte und mich nun überrascht musterte.

»Frau Hoffmann?«, fragte sie.

Ich grinste sie an und schüttelte den Kopf. »Ich bin Joachim Vernau.«

Ich deutete auf das »&« auf unserem Türschild. »Kanzleipartner. Kann ich Ihnen helfen?«

»Ist sie zu sprechen?«

»Frau Hoffmann ist noch im Gericht, sie müsste aber jeden Moment zurück sein. Wollen Sie solange warten?«

Ihre mittellangen Haare waren von einem mittleren Braun, doch als sie den Ärmel ihrer Kostümjacke zurückschob, um auf ihre Armbanduhr zu blicken, fielen mir ihre Hände auf. Es waren schöne Hände, die sie mit Grazie bewegte. Und sie trug eine schöne Uhr. Die Uhr passte nicht zu ihr. Die Kleidung auch nicht. Die Frau war eindeutig attraktiv, doch sie schien sich die größte Mühe zu geben, diesen Umstand zu verbergen.

Ich trat einen Schritt zurück, um sie einzulassen. Sie zögerte kurz, dann nickte sie und ging an mir vorbei in den Flur. Ich schloss die Tür und drehte mich zu ihr um.

»Und Sie sind ...?«

»Katharina Oettinger. Mit *oe*. Und Doppel-t.«

Sie reichte mir eine trockene, kühle Hand mit festem Griff. Dabei sah sie mir zum ersten Mal richtig in die Augen und lächelte distanziert. Es war das Lächeln eines Menschen, der professionell vielen Leuten Guten Tag sagt. Ich fragte mich, welchen Beruf sie wohl hatte. Und welches Problem.

»Sie können in Frau Hoffmanns Büro warten. Möchten Sie etwas trinken?«

Sie nickte, und ich hoffte inständig, dass Marie-Luise ihr Chaos übers Wochenende wenigstens etwas in den Griff bekommen hatte. Ein Blick in ihr Zimmer überzeugte mich vom Gegenteil. Alle ebenen Flächen waren mit Papieren, Aktenordnern und Nachschlagewerken belegt.

»Es ist vielleicht besser, wenn Sie in mein Büro gehen.«

Sie nickte wieder. »Ein Mineralwasser wäre nett.«

Als ich mit dem Glas in mein Büro kam, hatte sie auf Kevins Schreibtischstuhl Platz genommen und die Beine sittsam übereinandergeschlagen. Sie nahm es mit einem artigen Nicken entgegen und nippte. Ich setzte mich ihr gegenüber an meinen Schreibtisch.

»Das tut gut. Hier steht die Luft genauso wie bei uns.«

Sie trank noch einen kleinen Schluck. »In der Schule. Ich bin stellvertretende Direktorin des Herbert-Breitenbach-Gymnasiums in Pankow.«

Sie sah mich an, und ich tat ihr den Gefallen, so zu tun, als wüsste ich, von welcher Schule die Rede war. »Und was führt Sie zu uns?«

Sie lächelte freundlich. »Ich möchte Sie für uns gewinnen.«

»Sie? Frau Hoffmann?«

»Nein.« Sie stellte das Glas ab. »Sie, Herr Vernau.«

In diesem Moment hörte ich durch das geöffnete Fenster, dass Marie-Luise im Anmarsch war. Es waren die hektischen Schritte eines Menschen in flachen Schuhen, der keine Zeit zu verlieren hatte, weil er sowieso immer und überall zu spät kam.

»Mich?«, fragte ich. »Für die ...«

»Herbert-Breitenbach-Schule in Pankow. Ja. Marie-Luise hat mir von Ihnen erzählt, und ich glaube, Sie sind genau der Richtige für diese nicht leichte, aber doch verantwortungsvolle und sehr befriedigende Aufgabe.«

»Welche Aufgabe?«, fragte ich. Ich war Jurist. Kein Lehrer. Oder Hausmeister. Oder Milchverkäufer.

»Hat Marie-Luise denn noch nicht mit Ihnen darüber gesprochen?«

In diesem Moment stürmte meine Kanzleipartnerin in den Flur, schrie »Hallo! Ich bin wieder da!« in unsere Richtung und pfefferte, dem Geräusch nach zu urteilen, ihre Aktenmappe vom hinteren Teil des Flures fünf Meter weit hinein in ihr Büro. Dann erschien sie im Türrahmen und erstarrte mitten in der Bewegung.

»Katharina!«

Frau Oettinger erhob sich und streckte Marie-Luise die rechte Hand entgegen, die völlig ignoriert wurde. Stattdessen wurde sie heftig umarmt und mehrfach auf die Wangen geküsst, was sie mit steifem Oberkörper und ihrem distanzierten Guten-Tag-Lächeln über sich ergehen ließ. Als Marie-Luise sie endlich aus ihrer schwesterlichen Umklammerung entließ, geschah das so heftig, dass Frau Oettinger einen Schritt zurücktaumelte.

»Ich freue mich, dich zu sehen.« Sie ordnete ihre Frisur. »Und Herrn Vernau habe ich schon kennengelernt.«

»Habt ihr miteinander geredet?«

»Ja, aber –«

»Und was sagt er?«

»Noch nichts«, unterbrach ich ihre Unterhaltung über mich, die zweifellos zu einem weit früheren Zeitpunkt ihren Anfang genommen hatte. Frau Oettinger setzte sich wieder, und Marie-Luise holte sich den alten Stuhl, der neben dem Aktenschrank stand.

»Katharina und ich haben gemeinsam die polytechnische Oberschule in Lichtenberg besucht. Daher kennen wir uns. Also schon ziemlich lange. Und als mir Katharina von ihrem Problem erzählt hat, habe ich gedacht, du wärst genau der Richtige dafür.«

Ich musterte die beiden Damen vor mir. Selten hatte ich ein ungleicheres Paar gesehen. Marie-Luise mit ihrem zerknitterten Hosenanzug, wie sie sich mit lebhaften Gesten ihre zerzausten hennaroten Haare aus dem Gesicht strich, erhitzt und gerötet von selbst gemachtem Stress und pathologischer Desorganisation, und ihr gegenüber diese distanzierte, höfliche, vor lauter Korrektheit fast völlig verschüttete Schönheit.

»Der Richtige für was, wenn ich fragen darf?«

Frau Oettinger sah mich durch ihre mittelstarken Gläser mit ihren schönen mittelbraunen Augen an. Sie schien sich jetzt auf mich zu konzentrieren, was ihrem Blick etwas geradezu Bezwingendes gab.

»Nächste Woche sind die Sommerferien vorbei, das neue Schuljahr beginnt. Und wir haben für die Abiturientenklasse niemanden, der den Teen Court betreut.«

»Den was?« In irgendeiner juristischen Fachzeitschrift hatte ich diesen Ausdruck schon einmal gelesen. Im Moment allerdings fiel mir beim besten Willen nicht ein, was er zu bedeuten hatte. Geschweige denn, in welchem Zusammenhang er mit einer Berliner Privatschule stehen konnte.

»Der Teen Court ist eine freiwillige Arbeitsgemeinschaft, die sich mit kleineren Rechtsbrüchen innerhalb der Schulgemeinschaft beschäftigt. Eine Idee, die aus den USA stammt. Und ein sehr interessantes Projekt, vor allem für die Schüler, die nach dem Abitur ein Jurastudium beginnen wollen. Wir suchen jemanden, der bereit ist, auf Honorarbasis diese Arbeitsgemeinschaft juristisch zu betreuen. Sie findet wöchentlich im Anschluss an den Regelunterricht statt.«

Sie schwieg. Marie-Luise schwieg. Ich schwieg.

»Ich weiß, es kommt etwas plötzlich. Aber ... ein Dozent verlässt uns überraschend.«

Sie senkte den Blick.

Ich hatte diese Geste oft genug gesehen, um zu wissen, dass sie etwas zu verbergen hatte.

»Frau Oettinger«, sagte ich. »Ich weiß nicht, was Ihnen Frau Hoffmann über mich erzählt hat, aber wenn ich Ihnen meinen Stundensatz inklusive An- und Abfahrt in Rechnung stelle, wird Ihnen die Senatsverwaltung für Bildung den Landesrechnungshof auf den Hals hetzen. Außerdem bin ich Rechtsanwalt und kein Nachhilfelehrer.«

Marie-Luise stieß ein schnaubendes Geräusch aus und fiel mir wie immer in den Rücken. »Du bist genauso pleite wie ich. Hör dir doch erst mal an, um was es eigentlich geht.«

Es widerstrebte mir zutiefst, dass unsere finanzielle Situation vor potenziellen Kunden auf diese Weise erörtert wurde. Auch wenn sie recht hatte. Die Geschäfte liefen schlecht, und die Zahlungsmoral unserer Mandanten war miserabel. Der TÜV für unseren Firmen-Volvo lief im nächsten Monat ab, wir waren mit der Miete im Verzug, und von unserem letzten Eingang hatte ich vorsichtshalber ein Prepaid-Handy angeschafft, damit wir handlungsfähig blieben, falls man uns noch einmal das Telefon abstellte. Selbstständig zu sein bedeutete heutzutage, sehenden Auges der Privatinsolvenz entgegenzuschlittern. Hätten die beiden Damen vor mir nicht bereits über meinen Kopf hinweg meinen weiteren Lebenslauf entschieden, wäre ich sogar bereit gewesen, den Schulhof zu kehren. Vorausgesetzt, ich würde bezahlt. Und gefragt.

Frau Oettinger schien zumindest sensibel genug zu sein, Marie-Luise zu ignorieren.

»Ihr Stundensatz dürfte kein Problem sein. Wir sind eine Privatschule und verhandeln Honorare und Gehälter außertariflich. Für Notfälle steht uns außerdem ein großzügiger Förderverein zur Seite. Und: Wir suchen keinen Nachhilfelehrer.«

»Sondern?«, fragte ich.

»Wir erwarten von unseren Mitarbeitern überdurchschnittliche Fachkenntnisse, pädagogisch sensibles Auftreten und Diskretion. Die Eltern, die uns ihre Kinder anvertraut haben, haben das Recht auf eine erstklassige Ausbildung ihrer Kinder, die den mühelosen Anschluss an internationale Standards garantiert. Deshalb lehren bei uns die Besten der Besten. Deshalb habe ich mich an Sie gewandt.«

Sie lächelte nun ein Ich-wickle-jeden-um-den-Finger-Lächeln, und sie machte das wirklich gut. Ich merkte, wie mein Widerwille schmolz.

»Jemanden mit Weltniveau bekommen Sie aber nicht mehr

in der letzten Ferienwoche. Hätten Sie sich nicht ein bisschen früher darum kümmern sollen?«

Ich schlug meinen Terminkalender so auf, dass sie nicht hineinschauen konnte, und musterte stirnrunzelnd die fast leeren Seiten. »Und nächste Woche ...«

Ich klappte ihn zu. »Tut mir leid.«

Meine Erfahrung hatte mich gelehrt, dass ein gewisses Maß an taktischem Zögern der Wertschätzung meiner Arbeit noch nie geschadet hatte.

Katharina Oettinger tauschte einen kurzen Blick mit Marie-Luise, die ihr aufmunternd zulächelte.

Daraufhin öffnete sie den Verschluss ihrer Umhängetasche. Als sie gefunden hatte, was sie suchte, zögerte sie kurz. Dann zog sie einen Briefumschlag heraus und reichte ihn mir über den Tisch. Darin steckte ein zweimal gefaltetes Blatt Papier.

»Sehr geehrter Herr Kladen, sehr geehrte Frau Oettinger«, las ich vor, »unvorhergesehene Ereignisse erfordern meine sofortige Beurlaubung. Ich werde zum Beginn des neuen Schuljahres nicht mehr zur Verfügung stehen. Es tut mir leid. Frank Se...«

»Frank Sebald«, erklärte Frau Oettinger. »Diese etwas eigenwillige Kündigung haben wir erst vor wenigen Tagen erhalten. Herr Sebald ist nicht zu erreichen. Und einen Unterrichtsausfall können wir uns nicht erlauben. Die Teen-Court-AG ist außerordentlich beliebt.«

Sie biss sich nervös auf die Unterlippe. Ihr stand das Wasser bis zum Hals, und sie war es nicht gewohnt, zu bitten.

Ich reichte ihr Umschlag und Brief zurück.

»Es gibt in dieser Stadt eine Menge arbeitslose Pädagogen.«

Marie-Luise stieß einen unwilligen Laut aus. »Sie suchen keinen Pädagogen. Zumindest nicht das, was man im landläufigen Sinn darunter versteht.«

Sie beugte sich zu mir herüber und flüsterte mir ins Ohr: »Der Volvo kommt nicht mehr über den TÜV. Ich komme grade aus der Werkstatt. Exitus.«

Das änderte alles. Schlagartig.

»Was – oder wen – suchen Sie dann?«

Katharina Oettinger nippte wieder an ihrem Mineralwasser.

Dann nahm sie die Brille ab und rieb sich mit der anderen Hand die Nasenwurzel, dort, wo das Gestell zwei unschöne Druckstellen hinterlassen hatte. Schließlich sah sie mich an.

Die Wirkung dieses unverstellten Blicks war phänomenal. Man sollte dieser Frau verbieten, jemals wieder eine Brille zu tragen. Ihr Gesicht zeigte mit einem Mal viel zartere Konturen. Ihre Augen wirkten wesentlich größer und gaben ihren Zügen etwas Mädchenhaftes. Sie sah bezaubernd aus, und sie merkte, dass ich es bemerkte. Ganz offenbar vertraute sie jetzt mehr ihrem Charme als ihren nicht sehr überzeugenden Argumenten.

»Mir ist bekannt, dass Sie nicht immer unter solchen Umständen gearbeitet haben. – Entschuldige. Du weißt, wie ich das meine.«

Am veränderten Gesichtsausdruck meiner Partnerin konnte ich erkennen, dass sie es eben nicht wusste. Oder nicht wissen wollte. Aber sie hielt den Mund. Noch.

»Wir verkaufen eine kostbare Ware: Bildung. Der Mann, den wir suchen, muss zu uns passen. Er muss einen Hintergrund haben, der ihn unangreifbar macht.«

»Ich verstehe immer noch nicht.«

»Sie haben einmal in den besten Kreisen verkehrt.«

Ich folgte ihrem Blick zur gegenüberliegenden Wand. Die Aktenschränke waren ein Fall für den Sperrmüll. Unsere Ordner stammten noch aus der sowjetischen Besatzungszone. Der schwarze Heiligenschein um den Lichtschalter hätte versierten Gegenwartsarchäologen auf den Monat genau verraten, wie lange der letzte Anstrich zurücklag.

»Das tue ich immer noch. Es ist alles eine Frage des Standpunktes.«

»Entschuldigen Sie.« Zwei rote Flecken bildeten sich an ihrem Hals. »Diplomatie ist nicht meine Stärke.«

Sie setzte die Brille wieder auf. »Wir suchen einfach nur jemanden, der unseren Schülern unvoreingenommen gegenübertritt. Manche unserer Dozenten kommen nicht damit klar, dass ihr Einkommen geringer ist als das Taschengeld ihrer Abiturienten. Dabei sind es doch Schüler. Kinder. Mit genau den gleichen Vorzügen und Schwächen wie alle anderen Kinder auch.«

Ich wunderte mich, dass Marie-Luise nichts sagte. Ich hätte

zumindest einen dezenten Hinweis erwartet, dass rumänische Straßenstricher und nigerianische Aids-Waisen in dieser Hinsicht einer abweichenden Meinung frönen könnten. Doch meine Kanzleipartnerin schien mit einem Mal ihr Herz für die adoleszierende Upperclass zu entdecken, denn sie nickte Katharina Oettinger nur verständnisvoll zu.

»Wäre das ein Problem für Sie?«

»Nein«, antwortete ich. Die Dame machte sich von meinen wahren Problemen falsche Vorstellungen. »Was sagt denn Ihre Taschengeldordnung für Dozenten?«

»400 Euro pro Unterrichtseinheit. Immer mittwochnachmittags.«

Erst dachte ich, ich hätte mich verhört. Doch dann sah ich in ihr lächelndes Gesicht und wusste drei Dinge: Sie wollte mich kaufen. Sie würde mich kriegen. Und sie meinte es ernst.

Ich nickte. »Das könnte ich einrichten. Ich möchte mir aber die Schüler vorher gerne ansehen.«

»Kein Problem.«

Katharina Oettinger stand auf und strich ihren Rock glatt. »Am Samstag ist unsere Feier zum Schuljahresanfang. Ich würde mich sehr freuen, wenn Sie dabei sein könnten. Ihre Klasse wird anwesend sein. Und Herr Kladen, unser Direktor, natürlich auch.«

Meine zukünftige Chefin reichte mir die Hand. Als ich sie berührte, senkte sie den Blick.

»Auf Wiedersehen.«

»Bis Samstag«, hauchte sie.

Dann drehte sie sich um und folgte Marie-Luise. Während sich die beiden im Flur verabschiedeten, zog ich meinen Terminkalender heran und begann, die nächsten Mittwochnachmittage anzustreichen. Nach der vierten Woche hörte ich auf, und Marie-Luise kam zurück.

»Bin ich nicht klasse?«

Ich schob den Kalender von mir weg. »Du bist der beste Zuhälter, den ich je hatte. Wie kommst du eigentlich dazu, mich hinter meinem Rücken an diese Frau zu verschachern?«

Sie ging an mir vorbei zum Fenster und sah hinunter in den Hof. In der vergangenen Nacht hatte jemand zu den zwei alten

Kühlschränken noch ein verbogenes Damenfahrrad mit platten Reifen gestellt. Langsam sah es da unten aus wie eine illegale Mülldeponie.

»1600 Euro. Mindestens. Jeden Monat. Sag mir doch einfach nur, dass ich gut bin.«

»Und warum kommt der Volvo urplötzlich nicht mehr über den TÜV? Letzte Woche hieß es doch noch …«

»Letzte Woche, letzte Woche.«

Marie-Luise drückte sich an mir vorbei und ging zur Tür. »Was kann ich dafür, wenn mein polnischer Mechaniker sich ausgerechnet Adenauer zum rhetorischen Vorbild erkoren hat?«

Sie verschwand in ihrem Büro. Die Tür unten fiel ins Schloss, und der Knall echote durch den Innenhof.

Die Sommerferien endeten spät in diesem Jahr.

Es war bereits Mitte September, als ich am darauffolgenden Samstag mit der U-Bahn nach Pankow fuhr und hoffte, dass man mich nicht beim Schwarzfahren erwischte.

Die Feier sollte um elf beginnen. Eine halbe Stunde vorher stieg ich am Schlosspark Niederschönhausen aus und machte mich auf den Weg zum Majakowskiring.

Diese Ecke von Pankow galt vor dem Krieg als ein Viertel wohlhabender Bürgerlichkeit. Kleine Privatparks und dreistöckige Wohnhäuser im englischen Landhausstil prägten das Stadtbild. Um die Jahrhundertwende hatten sich in der Nähe des Schlosses Diplomaten und Industrielle niedergelassen, wie auch die aufstrebende Elite der Politiker, Funktionäre und Intellektuellen. Zu DDR-Zeiten zogen viele Botschaften in die Gegend, und einige blieben auch nach dem Mauerfall dort. Überwiegend die, die sich teure Neubauten in Dahlem oder Tiergarten nicht leisten konnten.

Jenseits des großbürgerlichen Teils begann das Reich des Fußvolks. Ursprünglich die Offiziere und Soldaten des Kaisers, später Handwerker und kleine Gewerbetreibende. Die Rangunterschiede konnte man immer noch an der Bausubstanz ablesen. Denn die prächtigen Bürgerbauten wurden bald schon von den engen Mietskasernen der Kaiserzeit abgelöst.

Um den Schlosspark herum war es noch ruhig gewesen. Je näher ich meinem Ziel kam, desto mehr belebten sich die Straßen. Pkws irrten auf der Suche nach einem Parkplatz herum, aus einem Bus drängelten ganze Horden kichernder Teenager. Eltern mit frisch frisierten Heranwachsenden im Schlepptau bogen um die Ecke. Kein Zweifel: Hier in der Nähe war eine Schule.

Als ich in den Paradeweg einbog, blieb ich einen Moment erstaunt stehen. Dies war kein Weg, sondern eine breite, vierspurige Straße. Krieg und Wiederaufbau hatten ihre Spuren hinterlassen. Zwischen großbürgerlichen Gründerzeithäusern machten sich mehr oder weniger gelungene Neubauten breit. Das Gebäude auf der anderen Straßenseite, zu dem viele hinübergingen, sah definitiv nicht aus wie eine Privatschule. Es war ein typischer Siebziger-Jahre-Plattenbau mit grau verwaschenen Wänden, orangen Fensterrahmen und ausgreifenden schwarzen Schmutzrinnsalen unter den Vorsprüngen und Fensterbrettern. Ungepflegte, verwilderte Rabatten trugen die Hinterlassenschaften nicht entsorgten Mülls, und auf der Betontreppe, die hinauf zu den Glaseingangstüren führte, begrüßten sich Jugendliche mit unverständlichem Gejohle. Dazwischen drängten sich verzweifelte Erwachsene auf der Suche nach ihren Kindern, die versteckt eine letzte Zigarette rauchten. Eine Gruppe lachender Mädchen rannte mich fast über den Haufen. Ich beschloss, dem Strom zu folgen, und landete schließlich, gemeinsam mit circa dreihundert Schülern und Eltern, in einer großen Aula. Hilfe suchend sah ich mich um.

Am Eingang stand eine junge, leicht überfordert wirkende Frau mit wirrem, blondem Haar. Sie trug einen knöchellangen Rock, der irgendwie selbst gewebt aussah, und hielt sich schützend ein Klemmbrett vor die Brust.

»Entschuldigen Sie«, sprach ich sie an. »Wo finde ich Herrn Kladen?«

»Kladen?«, wiederholte sie. Blitzschnell griff sie an mir vorbei und hielt einen Zwölfjährigen am Ärmel fest, der in seiner Kapuzenjacke fast versank. »Du solltest schon längst hinter der Bühne sein«, herrschte sie ihn an. »Mach dich vom Acker!«

Der Junge drehte sich auf dem Absatz um und verschwand.

»Joachim Vernau. Ich bin der neue Aushilfslehrer.«

Sie lächelte gestresst. »Ah ja, Chemie. Der Zehner-Zug, nicht?«

»Nein«, antwortete ich. »Ich –«

»Tarkan!«

Schon wieder hatte sie einen Jungen am Wickel. »Wo sind Sami und Sascha?«

»Noch draußen«, nuschelte ein blasser, in vorpubertärer Akne erblühter Achtklässler. Um den Hals trug er eine dicke Silberkette, an den Füßen blütenweiße Turnschuhe einer der angesagtesten Marken. Ein weiterer Pulk Schüler durchbrach unsere Gesprächsinsel und schob Tarkan drei Stuhlreihen weiter. In der Aula herrschte der Geräuschpegel eines startenden Düsenjets. Alles wirkte wie ein heilloses Durcheinander, und die blonde Frau war mitsamt Klemmbrett verschwunden. Jemand tippte mir auf die Schulter. Ich drehte mich um, sie stand genau hinter mir.

»Gehen Sie ins Lehrerzimmer, da hängen die Pläne aus. – Sandra! Hallo! – Entschuldigen Sie bitte.«

Sie schlängelte sich nach draußen und verschwand. Ich folgte ihr. Sie schien der einzige Mensch in diesem unfassbaren Durcheinander, der so etwas wie einen vagen Überblick hatte.

Vor dem Gebäude sah ich sie wieder. Sie redete wütend auf eine Gruppe Schüler ein, die sich schließlich murrend auf den Weg machte. Mit der Durchsetzungskraft eines irischen Schafhirten trieb sie auch den Rest der Meute Richtung Aula.

»Sami?«

Der Junge, den sie ansprach, blieb auf der Treppe stehen, drehte sich aber nicht nach ihr um.

»Gib dir keine Mühe. Ich hab's gesehen.«

Sami knickte lässig in der Hüfte ein und schaute desinteressiert nach oben.

»Her damit.«

»Ey, was wollen Sie? Ich bin sauber, okay?«

Sami drehte sich um und hob beide Hände. Die Frau streckte den rechten Arm aus und wippte ungeduldig mit dem Fuß. »Du kennst die Regeln.«

Sami ließ die Hände sinken, grub in den riesigen Taschen

seiner Hose, holte etwas hervor und gab es ihr. Sie schickte ihn mit einem knappen Kopfnicken ins Haus.

»Abflug.«

Der Junge drehte sich um und nahm mit seinen ebenfalls blütenweißen und sündhaft teuren Turnschuhen zwei Stufen auf einmal. Seine Lehrerin öffnete die Hand und hielt den Gegenstand kurz hoch. Ein Klappmesser. Sie ließ die Klinge ausfahren und schloss das Ding mit einer geübten Handbewegung.

Ich sah Sami und seinen Freunden hinterher und beschloss in genau diesem Moment, mit der nächsten U-Bahn wieder nach Hause zu fahren. Währenddessen wandte sich die Waffeninspekteurin meines zukünftigen Arbeitsplatzes den letzten Rauchern zu, konfiszierte zwei Päckchen Zigaretten, geleitete die Ertappten persönlich bis zur Treppe und sah sich nach getaner Arbeit zufrieden um. Der Hof war leer. Die Schüler im Haus. Sie zog eine Zigarette aus einem der Päckchen, zündete sie sich an, drehte sich um und sah mich am Schultor stehen. Plötzlich lächelte sie.

»Wehe, Sie verpetzen mich.«

Ich steckte die Hände in die Hosentaschen und stieg die Stufen zu ihr herunter. »Was bieten Sie für mein Schweigen?«

Sie setzte sich auf die Stufen und schenkte mir ein auffordernes Lächeln. »Sie dürfen neben mir Platz nehmen.«

Ich vergewisserte mich, dass die dunklen Flecken keine Kaugummis waren, und ließ mich nieder. Sie rauchte zwei Züge und blinzelte dabei in die warme Vormittagssonne. Einige krause Strähnen tanzten auf ihrer Nase. Mit einer energischen Handbewegung schob sie sie aus der Stirn.

»Ich bin Dagmar Braun. Englisch, Deutsch, Französisch.«

»Ich bin Anwalt.«

Überrascht sah sie mich an. »Anwalt ... für Chemie?«

Ich schüttelte den Kopf. »Strafrecht. Ich soll hier den Teen Court betreuen. Eigentlich.«

Ich sah über die Schulter. Sami war weg, die Schule wirkte mit einem Mal still und vertrauenerweckend. Aber Dagmar Braun hielt immer noch das Klappmesser in der Hand.

»Wie oft konfiszieren Sie so etwas?«

Sie hielt das Messer hoch. »Ein- bis zweimal die Woche. Dazu kommt die übliche Menge an Wurfsternen, Schraubenziehern und Stechern. Vor zwei Monaten gab's mal eine scharf gemachte Schreckschusspistole. Neulich hatte ich eine Garrotte. Ich wusste gar nicht, dass das wieder in Mode ist.«

»Nun«, sagte ich und sah auf meine Uhr, »es hat mich gefreut, Sie kennenzulernen, Frau Braun. Ich muss leider wieder.«

Mein Interesse an der aktuellen Waffenmode hielt sich in Grenzen. Sie merkte das und schenkte mir ein amüsiertes Lächeln.

»Nicht so schnell. Ein Anwalt also. Hat jemand hier was ausgefressen?«

»Nicht dass ich wüsste. Von meinem momentanen Kenntnisstand aus gesehen.«

Jetzt grinste sie. »Dem könnte man auf die Sprünge helfen.«
»Nein danke.«

Ich stand auf. Frau Braun gefiel mir. Auch wenn sie geklaute Zigaretten rauchte. »Ich fürchte, für Ihren Teen Court müssen Sie sich jemand anderen suchen.«

»Für den was?«

»Den Teen Court. Das ist hier doch die Herbert-Breitenbach-Schule?«

»Das hier?«

Sie warf den Kopf in den Nacken und lachte. Ihre Haare tanzten dabei um ihre Schultern, sie beugte sich vor und prustete. »O nein. Sie sind falsch hier. Ganz falsch.«

Ich sah auf meine Armbanduhr. Fünf nach elf. Ich hatte mich zwar nicht um den Job gerissen, ich war sogar eben noch bereit gewesen, ihn einfach in den Wind zu schießen, aber die Idee eines banalen Irrtums änderte die Lage schlagartig.

Sie deutete mit einer lässigen Handbewegung hinter sich. »Diese Bruchbude hier ist die Alma-Mahler-Werfel-Hauptschule. Die Herbert-Breitenbach ist da drüben.«

Mit der Zigarette deutete sie auf die andere Straßenseite. Dort stand ein großes, spitzgiebeliges weißes Haus, das aussah wie aus einem Roman von Erich Kästner.

»Sie sind auf der falschen Seite der Straße.«

Kopfschüttelnd drückte sie die Zigarette aus und warf sie in die Büsche. »Schade.«

Sie stand auf und blieb eine Stufe über mir stehen. Sie war

jetzt fast gleich groß. Mir fiel auf, dass sie veilchenblaue Augen hatte. Und Sommersprossen. Und kleine Lachfältchen um die Augen und einen Mund, der immer noch grinste. Sachte tippte sie mit ihrem Zeigefinger auf meine Seidenkrawatte, die ich mir zur Feier des Tages gegönnt hatte.

»Sie wären der Erste an diesem Haus mit Windsor-Knoten gewesen.«

Ich reichte ihr die Hand. »Frau Braun, es war mir ein Vergnügen, Sie kennengelernt zu haben.«

Ihre Hand war rau und kräftig. Sie legte den Kopf ein wenig zur Seite.

»Herr …?«

»Vernau«, sagte ich. »Joachim Vernau.«

»Ich wünsche Ihnen alles Gute. Vielleicht sieht man sich ja mal wieder. In der großen Pause.«

Ich lächelte sie an. Mit einem Mal wurden das Vogelgezwitscher und der Straßenlärm vom Klang eines Orchesters untermalt. Er drang gedämpft von der anderen Straßenseite herüber und erinnerte vage an »Freude, schöner Götterfunken«. Sie wies mit dem Kopf leicht in die Richtung.

»Machen Sie schon. Wer zu spät kommt, kriegt einen Eintrag ins Klassenbuch.«

Ich ließ sie los und ging die Stufen hinunter. Genau in der Mitte der Straße wurde die Ode an die Freude von einem gnadenlosen E-Gitarren-Akkord zerrissen, wenige Sekunden später gefolgt von einem dumpfen Bass. Ich drehte mich um. Dagmar Braun war schon verschwunden, und die Glastür fiel langsam hinter ihr ins Schloss. In der Alma-Mahler-Werfel-Schule begann das neue Schuljahr offensichtlich mit einer Hommage an Jimi Hendrix. Wütend hupte mich ein Autofahrer an. Ich machte, dass ich auf die andere Seite kam.

Fünf Minuten Alma-Mahler-Werfel-Hauptschule hatten um ein Haar gereicht, mich zu einem Fahnenflüchtigen zu machen. Der Anblick der Herbert-Breitenbach-Schule überzeugte mich innerhalb von Sekunden davon, dass die Welt doch nicht schlecht war und es noch Schulen gab, die genau so aussahen, wie Schulen auszusehen hatten: vertrauenerweckend und solide, umweht vom Geist strenger Pädagogik und weise vermittelter Maßstäbe und Werte. Schulen also, die auf einem festen Fundament ruhten, mit Wänden so stark wie die Überzeugung, dass die wild wuchernden Triebe der Jugend nach Form und Halt hungerten.

Genau in diesem Moment öffnete sich die hohe, schwere Holzpforte, und ein Ehepaar trat auf die breite Steintreppe vor dem Eingang hinaus. Beide waren schwarz gekleidet und gut einen Kopf kleiner als ich. Der Mann ließ der Frau den Vortritt und hielt die Tür dann einen Moment für mich geöffnet, damit ich hindurchschlüpfen konnte. Sie hatte einen Blumenstrauß in der Hand, Astern und Margeriten. Auf halbem Weg blieb sie stehen und legte den Strauß ab. Genau auf der Mitte der Steinstufe. Ihr Mann kam zu ihr und drehte sich noch einmal um. Er warf einen langen Blick auf den Giebel über den dorischen Säulen, die den Eingang flankierten und auf dem in goldenen Lettern der Name der Schule prangte.

»Kann ich Ihnen helfen?«

Beide schienen verwundert, dass ich noch immer in der Türe stand und ihrem merkwürdigen Treiben zusah.

»Soll ich die Blumen vielleicht ...«

Ich brach ab. Sie hatten sich schon wieder umgedreht und ihren Weg fortgesetzt. Die Frau hakte sich bei dem Mann unter, bereits nach wenigen Schritten waren sie aus meinem Blickfeld verschwunden.

Ich sah ratlos auf die Blumen und ging hinein.

Von innen wirkte die Schule fast noch imposanter. Angenehme Kühle empfing mich, und nachdem sich meine Augen an das dämmrige Halbdunkel gewöhnt hatten, präsentierte sich mir eine großzügige Eingangshalle. Das hohe Oval der Fenster wurde von kunstvollen Schnitzereien durchbrochen, ornamentale Schatten lagen wie Scherenschnitte auf dem glänzenden Steinboden. Treppen führten links und rechts nach oben auf eine Galerie, wo sich wohl ein Teil der Klassenräume befand. Die Handläufe der Geländer waren so breit, dass man sie als Rutschbahn benutzen konnte. Generationen von Schülern hatten das offensichtlich getan, denn sie glänzten wie frisch poliert. Vor mir lag ein breiter, langer Flur und an dessen Ende eine unendlich hohe, zweiflügelige Tür. Die elysischen Wonnen spielten sich, dem Geräuschpegel nach zu urteilen, offenbar direkt hinter ihr ab. Ich ging darauf zu, öffnete sie leise und schlüpfte, so diskret es ging, hinein.

Kein Mensch wandte den Kopf auch nur einen Millimeter. Jeder lauschte hingebungsvoll und entzückt dem Ringen des Schulorchesters mit der komplizierten Vorlage. Um mich herum saßen herausgeputzte Eltern, Geschwisterkinder und Herbert-Breitenbach-Schüler. Letztere erkannte man an der Schuluniform: weißes Oberteil, dunkelgrüne Hose oder Rock. Die Jüngeren unter ihnen wirkten wie gerade mit der Wurzelbürste geschrubbt. Die Älteren durchbrachen die Kleiderordnung mit lässigeren Frisuren und Turnschuhen. Ich setzte mich. Das Mädchen links neben mir nutzte die Gelegenheit, unaufschiebbare Nachrichten in ihr Handy zu tippen. Sie beugte sich eifrig über das Display und schien sich durch nichts ablenken zu lassen. Erst als das Orchester nach einem fulminanten Höhepunkt halbwegs harmonisch mit Pauken und Trompeten eskalierte und ein donnernder Applaus einsetzte, schaute sie kurz hoch.

Mich überraschte ihre Schönheit. So musste Grace Kelly mit sechzehn ausgesehen haben. Das blonde Haar trug sie streng gescheitelt und im Nacken zu einem Pferdeschwanz zusammengenommen. Sie hatte klare, hellblaue Augen, eine geradezu aristokratische Nase und die Körperhaltung einer Balletttänzerin. Ihre Kleidung entsprach den Herbert-Breitenbach-Standards. Der einzige Schmuck waren winzige Perlenohrstecker. Und das Handy hatte ein Vermögen gekostet.

Sie verschickte die SMS. Zwei Reihen vor mir drehte sich ein junger Mann zu ihr um. Sie lächelte ihn an. Wenig später bekam sie eine Nachricht auf ihr Handy, und so ging es die nächste Stunde hin und her. Zumindest die beiden schienen keine Langeweile zu haben. Ich schlief fast ein.

Mehrere Reden, zwei Klavierdarbietungen und eine letzte orchestrale Einlage später war die Feier vorüber. Die Gäste erhoben sich und begannen gepflegte Konversationen in mittlerer Lautstärke. Ich schlug mich Richtung Bühne durch und hielt nach Katharina Oettinger Ausschau.

Sie stand mit einem älteren Herrn zusammen. Das musste der Direktor sein, denn er begrüßte oder verabschiedete jeden Besucher persönlich und effizient. Er war groß, hatte eine silbergraue Löwenmähne und entsprach voll und ganz dem Klischee eines in die Jahre gekommenen, gut aussehenden Intellektuellen. Kantige Züge, eine wache Mimik, dazu eine volle, angenehme Stimme – kein Wunder, dass Katharina zu ihm in einer fast anbetenden Demut hochblickte. Als sie mich sah, unterbrach sie ihre Andacht und kam auf mich zu.

»Herzlich willkommen.« Das klang schon wieder ein bisschen von oben herab. »Ich hatte einen Platz für Sie freigehalten. Haben Sie sich verspätet?«

»Ich wollte nicht stören.«

»Kommen Sie. Ich möchte Sie mit unserem Schulleiter bekannt machen.«

Kladen, gerade im Gespräch mit einem Elternpaar, verabschiedete sich freundlich.

»Herr Kladen, das ist Joachim Vernau.«

»Sehr erfreut. Frau Oettinger hat mir schon einiges über Sie erzählt.« Auch er schüttelte mir die Hand. »Sie werden uns also in diesem Schuljahr unterstützen? Wir sind Ihnen wirklich außerordentlich dankbar, dass Sie uns in dieser Situation ...«

Er drehte sich um. Das Ehepaar war wieder an ihn herangetreten.

»Wir glauben nicht, dass es sich um einen Einzelfall handelt«, sagte der Mann. »Vielleicht sollte doch der Landeselternausschuss informiert werden.«

Kladen sah uns bedauernd an. »Frau Oettinger, seien Sie doch so nett und führen Sie Herrn Vernau ein wenig herum. – Folgen Sie mir bitte«, sagte er zu dem Ehepaar. »Wir sollten das nicht hier besprechen.«

Katharina nahm mich hinaus auf den Flur. Langsam löste sich die Feierstunde auf. Eltern standen in Grüppchen zusammen, Schüler rannten über die Treppen nach oben oder an uns vorbei in den Pausenhof.

Ich öffnete den Mund, um Katharina von meinem Erlebnis auf der anderen Straßenseite zu erzählen. Dann ließ ich es bleiben. All die Menschen in dieser Schule waren gut angezogen und sprachen akzentfrei Deutsch. Niemand trug Silberketten, mit denen man Autos abschleppen konnte. Und eine Garrotte würde man hier für eine mittelalterliche Tanzformation halten. Dagmar Braun mit ihren krausen, fliegenden Haaren, dem selbst gewebten Rock, dem Klappmesser und der geklauten Zigarette erschien mir auf einmal wie aus einer anderen Welt.

Trotzdem nutzte ich die Gelegenheit, als Katharina im Vorübergehen einige Eltern persönlich begrüßte und in ein kurzes Gespräch verwickelt wurde, um kurz vor die Tür zu treten.

Der Strauß war verschwunden. Auf der anderen Seite der Straße, in der Alma-Mahler-Werfel-Schule, schien die Schulfeier auch gerade beendet. Ein lärmender Schwall junger Menschen drängte heraus. Sie wurden von wesentlich weniger Erwachsenen begleitet als auf dieser Seite.

In diesem Augenblick kam Dagmar Braun durch die Tür. Sie blinzelte kurz in die Sonne, sah mich und winkte fröhlich herüber. Ich winkte zurück. Der Bus bog um die Ecke, und sie lief los, um ihn noch zu erreichen.

»Nicht gerade die Nachbarschaft, die man sich wünscht.« Katharina stand plötzlich wieder neben mir. »Aber wir konnten nichts dagegen tun.«

»Wogegen?«, fragte ich.

»Das Haus da drüben wurde nach der Wende als Verwaltungsgebäude genutzt. Später dann, nach der Bezirksfusion, stand es leer. Und dann haben sie an der Alma-Mahler-Werfel Asbest festgestellt. Die ganze Schule musste umziehen. Ausgerechnet hierher. Dabei gehört sie eigentlich zum Wedding. In der Senatsverwaltung hat man uns gesagt, das wäre nur ein Provisorium. Aber es dauert nun schon zwei Jahre. Und es wird langsam ein richtiges Problem.«

»Warum?«

Doch Katharina strahlte plötzlich an mir vorbei. »Auf Wiedersehen, Frau Schmidt. Schade, dass Ihr Mann nicht kommen konnte!«

Eine in Kamelhaar und Kaschmir gekleidete Mittvierzigerin verabschiedete sich. Sie reichte erst Katharina und dann, etwas zögernd, mir die Hand.

»Herr Vernau. Er ist Jurist und wird den Teen Court übernehmen.«

Ein erleichtertes Lächeln flog über Frau Schmidts Gesicht.

»Sehr angenehm. Das beruhigt mich außerordentlich. Man hat Sie ja sicherlich über die Situation informiert und auch über die Maßnahmen, die ergriffen wurden.«

Katharinas Abschiedslächeln gefror.

»Äh, ja«, antwortete ich.

»Dann alles Gute und viel Glück.«

Sie ging die Treppe hinunter, auf dem Bürgersteig wartete bereits ihr grün-weiß gemusterter Sohn.

»Welche Situation, Frau Oettinger? Und welche Maßnahmen?«

Katharina korrigierte den Sitz ihrer Brille und vermied es dabei, mich anzusehen. »Ich denke, dafür ist später noch Zeit. Oder wollen Sie die gesamten Teen-Court-Akten gleich hier auf der Treppe durchgehen?«

»Nein, natürlich nicht.« Nachdenklich sah ich Frau Schmidt hinterher.

Mit einer Handbewegung wies sie ins Innere des Hauses. »Ich würde Ihnen als Erstes gerne den Unterrichtsraum zeigen.«

Wir stiegen hinauf in den ersten Stock. Von der Galerie führte ein Gang in den Haupttrakt des Gebäudes. Der Flur war nicht ganz so breit wie der im Erdgeschoss. Durch die geöffneten Türen fiel mein Blick in helle, freundliche Räume, in denen vereinzelt Schülergruppen lachend und diskutierend zusammenstanden.

»In diesem Flügel befindet sich die Oberstufe, also die Klassen zehn bis zwölf. Die dreizehnte gibt es bei uns nicht mehr. Wir sind der Landesschulordnung gerne um ein paar Jahre voraus. Unsere Schnellläuferzüge sind sehr begehrt. Was dazu führt, dass das Abitur bei uns mittlerweile gerne schon in der elften Klasse gemacht wird. Es gibt drei elfte Klassen. Aber nur eine zwölfte. In der sind die Schüler, die eben ein bisschen mehr Zeit brauchen.«

Sie lächelte entschuldigend und ging vor mir durch die letzte Tür auf der linken Seite.

»Oh.«

Die junge Grace Kelly und ihr Handy-Partner fuhren erschreckt auseinander. Katharina blieb im Türrahmen stehen und musterte die beiden missbilligend.

»Sie erwarten nicht, dass ich anklopfe?«

»Nein ... Entschuldigen Sie bitte.«

Grace Kelly errötete. Ihr Freund hatte Gott sei Dank noch nicht einmal eine entfernte Ähnlichkeit mit Bing Crosby. Er war einen Kopf größer als sie, schien mir sehr muskulös für sein Alter und trug ein breites, amerikanisches Lächeln in seinem kantigen Gesicht. Grace Kelly legte den Arm um die Hüfte des Jungen und sah Katharina ruhig, fast provozierend ruhig, an. Er machte sich los und trat einen Schritt zur Seite.

»Darf ich fragen, was dieser Aufzug soll?«

Der Junge trug ein lässiges Sweatshirt und Jeans. Das Sweatshirt war schwarz, und die Jeans war blau.

»Noch sind Ferien, Frau Oettinger«, sagte er und schob selbstbewusst die Hände in die Hosentaschen. Katharina musterte ihn von oben bis unten.

»Sie irren sich, Mathias. Heute ist der erste Schultag. Ich erwarte, dass Sie sich an die Regeln halten. Und Sie, Samantha, sollten Ihre Klassenkameraden dazu anhalten, ebendiese Regeln zu befolgen.«

Samantha presste die Lippen aufeinander und sah an ihr vorbei. Mathias aber lächelte sie an, und von diesem Lächeln hätte ich mir gerne eine Scheibe abgeschnitten. In zwanzig Jahren könnte der Junge damit Präsidentschaftskandidat der Vereinigten Staaten werden.

Katharina brachte es offenbar aus dem Konzept. Bevor das unangenehm werden konnte, trat ich einen Schritt vor und streckte beiden die Hand entgegen.

»Mein Name ist Joachim Vernau. Ich bin der Nachfolger von Herrn Sebald.«

Mathias wurde schlagartig ernst und ergriff nach kurzem Zögern meine Hand.

»Mathias Zöllner. Ich bin Klassensprecher. Heißt das ..., es gibt den Teen Court wieder?«

Er wechselte einen kurzen Blick mit Samantha, die offenbar genauso erstaunt war wie er.

»Selbstverständlich. Solange ich da bin, wird es auch den Teen Court geben. Schließlich geht es ja um eure Zukunft. Und um die der HBS.« Katharina klang fast triumphierend.

Samantha huschte an uns vorüber in den Flur. Mathias schien kurz zu überlegen, wie er reagieren sollte. Dann entschied er sich ebenfalls für einen schweigenden Rückzug.

Katharina ging ans Fenster und öffnete es mit einiger Mühe. Frische Luft strömte herein und mit ihr der gedämpfte Straßenlärm, Vogelgezwitscher und das Rauschen der dicht belaubten Baumkronen. Sie drehte sich zu mir um, und ich entdeckte abermals rote Flecken an ihrem Hals.

»Damit haben Sie auch schon unseren Klassenclown kennengelernt.«

Sie ging zu einem Stuhl und setzte sich. Heute trug sie ein dunkelblaues Kostüm, das für diesen Tag eindeutig zu warm war. Ihr musste heiß sein, denn die roten Flecken breiteten sich jetzt auch auf ihren Wangen aus.

»Jede Jahrgangsstufe hat einen von dieser Sorte. Sie fühlen sich als die geborenen Anführer. Niemand widerspricht ihnen. Sie haben eine natürliche Autorität, die niemals in die Schranken gewiesen wurde. Es gehört auch zu unseren Aufgaben, diese Schranken neu zu definieren.«

»Ist die Schuluniform denn obligatorisch?«, fragte ich sie.

»Genauso obligatorisch wie das Befolgen der Hausordnung. Lassen Sie sich bitte im Sekretariat ein Exemplar aushändigen. – Entschuldigen Sie bitte.«

Ihr Handy klingelte leise. Sie hob es ans Ohr und lauschte angestrengt.

»Selbstverständlich. Ich komme.«

Sie stand auf. »Herr Kladen braucht mich. Kommen Sie allein zurecht?«

»Natürlich.«

Hastig verließ sie den Raum. Ich ließ die Tafel noch ein paarmal hinauf- und herunterfahren, umrundete dann die Tischinsel und zählte die Stühle. Zwölf. Zwölf Stühle für die zwölfte Klasse. Mein Blick fiel auf einen Spruch über der Tür. *Lernen währet lebenslänglich. H. Breitenbach*

Erst als ich die Tür heranzog, um sie hinter mir zu schließen, bemerkte ich den dreizehnten Stuhl. Er stand an der Wand und sah irgendwie verloren aus. Jemand hatte ein schwarzes Band um die Lehne geschlungen. Ich trat näher, und mit einem Mal erkannte ich, vor was ich stand: Es war ein Trauerflor. Jemand aus dieser Klasse war gestorben.

Erst jetzt merkte ich, wie still es geworden war. Die ganze Etage schien wie ausgestorben. Ich spürte ein Prickeln, als meine Nackenhaare sich hochstellten: Ich war nicht allein. Jemand war in der Nähe und beobachtete mich.

»Hallo?«

Ich trat in den Flur und sah mich nach beiden Seiten um. Er war leer. Als ich mich in Richtung Erdgeschoss bewegte, hörte ich ein Geräusch hinter meinem Rücken. Reflexartig drehte ich mich um.

Am anderen Ende des Flures fiel eine Tür ins Schloss.

Schnell machte ich mich auf den Weg nach unten. Im Treppenhaus hörte ich endlich wieder Gesprächsfetzen, doch sie hallten von den hohen, dicken Wänden wider und waren nicht zu verstehen. Als ich die Stufen hinunterging, erkannte ich Katharinas Stimme, die beruhigend auf jemanden einwirkte. Ich beugte mich über die Brüstung. In der Eingangshalle standen Kladen und das Ehepaar, dem er sich kurz nach unserer Bekanntmachung gewidmet hatte. Katharina ging ein paar Schritte voraus und lotste sie offenbar gerade Richtung Ausgang.

Das Ehepaar wollte aber nicht gehen.

»Ich bin ganz und gar nicht zufrieden. Ich möchte, dass diese Dinge auch im Lehrerkollegium diskutiert werden.«

»Wir haben das bereits diskutiert.« Katharina war die personifizierte Verbindlichkeit. »Der Verantwortliche wurde entfernt. Wir haben klare Verbote erlassen. Mehr können wir nicht tun.«

Der Mann war anderer Meinung. Sein Ton wurde schärfer. »Diese Verbote bringen doch nichts. Jetzt geht das heimlich weiter. Wenn sich nichts ändert, werde ich meine Zuwendungen erheblich ...«

Er sah hoch zu mir. Ich war einige Stufen tiefer geschlendert und tat so, als ob ich mich ausschließlich für die Ornamentik schinkelscher Schulfenster interessierte. Kladen nutzte die Gelegenheit und kam mir erfreut entgegen.

»Herr Vernau. Entschuldigen Sie bitte. Aber Eltern gehen vor!«

Ich nickte und trat zu der kleinen Gruppe. Der Mann war Anfang fünfzig, trug eine konservative Krawatte und eine randlose Brille. Seine Frau war einen halben Kopf kleiner als er, das Bemerkenswerteste an ihr waren ihre unglaublich dünnen Beine und die Tatsache, dass sie selbst an einem sehr warmen Spätsommertag dunkle Strumpfhosen trug. Beide entschlossen sich bei meinem Anblick, das Gespräch nicht weiter zu vertiefen.

»Wie gesagt.« Der Mann verabschiedete sich mit einer knappen Verbeugung. »Ich erwarte Konsequenzen. Sonst werden wir sie ziehen.«

Herr Kladen schob seine Hand unter meinen Arm. »Darf ich Ihnen noch –«

»Guten Tag.«

Die beiden gingen hinaus.

»Ist alles in Ordnung?«, fragte ich.

Katharina und Kladen strahlten mich an. »Bestens«, sagten sie wie aus einem Mund.

Ich stand auf der Straße und sah noch einmal die schöne, strenge Fassade hoch. Man hatte mich freundlich mit dem Hinweis hinauskomplimentiert, dass bürokratische Pflichten eine Vielzahl von unaufschiebbaren Überstunden verlangten, und so war ich nicht dazu gekommen, Kladen und Katharina nach dem dreizehnten Stuhl zu fragen.

Ich sah noch einmal zu der Stelle auf der Treppe, wo die Blumen gelegen hatten. Ein kleiner, weißer Gegenstand funkelte im Sonnenlicht. Jeder andere hätte ihn übersehen, aber ich war neugierig, in was sich der Strauß wohl verwandelt hatte, und betrachtete mir das Ding genauer.

Es war ein seltsames Ding. Ich hob es auf, drehte und wendete es und konnte mir keinen Reim darauf machen. Es war ein fast rund geschliffenes Stück Holz von der Größe einer mittleren Murmel. Der Schliff war in Facetten gesetzt, und jede der einzelnen Flächen war mit einer Ziffer markiert. Ich hatte so etwas noch nie gesehen: einen Würfel mit sechsunddreißig Seiten.

Ich überlegte einen Moment, was ich mit meinem merkwürdigen Fund anfangen sollte, dann ließ ich ihn in meine Jackentasche gleiten. Das hier war eine normale, gute Schule. Mit ganz normalen, netten Schülern. Nur ihre Spiele waren wohl ein bisschen anders. Und ihre Eltern auch.

Was unseren Volvo betraf, so wurde ich von Marie-Luise über die Stadien seines Verfalls in regelmäßigen Abständen auf dem Laufenden gehalten. Das lag weniger an einem plötzlich erwachten Interesse an Kardanwellen und Anlassern, es lag an Jazek.

Als Jazek Zielinski die Stadt zum ersten Mal sah, war er siebzehn und verkaufte mit seinem Onkel und seinem Cousin Rohpolnische auf einem öden Stück Land, das man Potsdamer Platz nannte. Hinter ihm wurden gerade die letzten Betonteile der Mauer abgerissen und von findigen Landsleuten in fünfmarkstückgroße Stücke zerlegt, mit deren Erlös sie noch über Jahre ihre Großfamilien in den entlegensten Woiwodschaften ernährten. Vor ihm stapften die Bewohner der Stadt durch knöcheltiefen Matsch und erstanden billige Butter und echt böhmisches Kristall, von dem man am geöffneten Kofferraum noch schnell den Aufkleber »Made in China« abgekratzt hatte. Sie machten gute Geschäfte, doch nachdem sie zum zweiten Mal an der Grenze erwischt und die Rohpolnischen gnadenlos konfisziert worden waren, machte sich Jazek Gedanken, ob man die Goldgräberstimmung noch anders als durch Wurstverkauf für sich nutzen könnte. Da er nicht vorhatte, ernsthaft straffällig zu werden, begann er eine Lehre in einer Autowerkstatt nahe Küstrin. Dort wurden vor allem westdeutsche Wagen auf polnische Bedürfnisse umfrisiert, die zuvor in langen Kolonnen aus dem ostbayerischen Raum Richtung Slubice geschleust worden waren. Er lernte alles, was man lernen musste, um Tacho und PS auf den neusten Stand zu bringen. Mit diesem Wissen kehrte er Jahre später in die Stadt zurück und fand schnell Arbeit und Lohn. Da Jazek nicht nur fingerfertig, sondern auch ansehnlich war, ließ er sich in einem Hinterhof am Rosa-Luxemburg-Platz nieder, wo sich seine Jugend und sein proletarischer Charme auch bald in dem sich ausdehnenden intellektuellen Speckgürtel rund um die Volksbühne herumsprachen. Erst ließen die Dramaturgiehospitantinnen und Schauspielschülerinnen ihre schrottreifen Wartburgs bei ihm reparieren, dann verbreitete sich sein Ruf unter den Damen der Verwaltung und machte schließlich auch unter den Bühnenmeistern und Regisseuren die Runde. Jazek, von großer handwerklicher Begabung, wurde mehrmals zu Hilfsdiensten beim Bühnenaufbau gerufen, verdiente gutes Geld und schlitterte so, ohne es zu wollen, in eine Inszenierung von Anderlechners »Kreuzigung«, bei der er jeden Abend ein anderes schrottreifes Auto auf der Bühne mit dem Schmiedehammer zertrümmern durfte. Dies sicherte ihm nicht nur den Beifall des Publikums, sondern auch über Monate hinweg gute Geschäfte mit der »Autoverwertung Kasimiercz«, die ihm den Nachschub lieferte und bis zu jener denkwürdigen Razzia – Gott sei Dank erst nach Absetzung des Stücks – als einer der führenden Ausbildungsbetriebe für den Autoknackernachwuchs galt.

Jazeks Fangemeinde wuchs mit seinem Ruhm, denn mittlerweile galt er als der Gott der Schrauber, der selbst klinisch totes Blech wieder zum Leben erwecken konnte. Da er bei Studentinnen nach wie vor sehr mit sich handeln ließ, vor allem wenn sie hübsch waren und erkennbar Lust auf einen nonverbalen interkulturellen Austausch hatten, lief seine Werkstatt wie Schmieröl.

Wie durch ein Wunder blieb sogar der Hinterhof erhalten. Das dazugehörige Haus war eine der letzten heruntergekommenen Vor-Wende-Ruinen, ein vergessener, abbruchreifer Kasten, der von einer Vielzahl skurriler Gestalten bewohnt wurde, bei denen Jazek, der Freak vom Rosa-Luxemburg-Platz, noch als Spießer galt.

Im Sommer trug er grundsätzlich weder Hemd noch Schuhe. Er lief mit nacktem Oberkörper durch die Stadt, und seine Füße waren schwarz von Straßendreck und Motoröl. Schon vor Jahren hatte er begonnen, sich tätowieren zu lassen, und die jüngste Stichelei auf der Innenseite seines Unterarms war das Logo einer zur Touristenkaschemme heruntergekommenen

Hard-Rock-Kneipe und sicherte ihm dort auf Lebenszeit freien Eintritt. Zu Berlin sagte er immer noch *die Stadt*, und einmal im Monat schloss er sich einer Fahrgemeinschaft nach Küstrin an, wo er seine Lebensmitteleinkäufe rund die Hälfte billiger als in Berlin tätigte und von wo er niemals zurückkehrte ohne eine blasse, nach Heimat duftende Rohpolnische.

Ich fand Marie-Luise am frühen Nachmittag in ebendiesem Hinterhof, wo sie vor der verschlossenen Garagentür nervös auf und ab tigerte wie ein Vater vor dem Kreißsaal. Aus dem Inneren waren metallische Geräusche zu hören.

»Und?«, fragte ich.

»Warten.«

Sie zündete sich eine Zigarette an. Jazek war die letzte Hoffnung für den Volvo. Wenn er sagte *rien ne va plus*, dann war der Urteilsspruch ohne Hadern anzunehmen.

»Es wird schon nicht so schlimm«, sagte ich.

Marie-Luise sah mich kurz an und zuckte dann mit den Schultern. Sie würde niemals zugeben, dass ein Auto mehr als ein Auto war. Der Volvo war ihr erster Westler. Sie hatte ihn kurz nach der Wende gekauft, schon damals war er nicht mehr der Jüngste, sie hatte ihn von TÜV zu TÜV gerollt, ihn verachtet und verflucht, in den durchgesessenen Sitzen geliebt, gelacht und geweint, und jetzt war er einfach hochbetagt und leidend.

Um sie abzulenken, erzählte ich ihr von meinem ersten Schultag. Ich unterschlug die Alma-Mahler-Werfel und schilderte stattdessen die ermüdenden Feierlichkeiten.

»Hört sich ja prickelnd an«, resümierte Marie-Luise. »Wann gibt es eigentlich Kohle?«

»Ich weiß es nicht. Wahrscheinlich muss ich erst mal dafür arbeiten.«

»Sind die Kids da wirklich so kriminell, dass sie ein eigenes Gericht brauchen?«

Darüber hatte ich auch schon nachgedacht. Spätestens seit Frau Schmidts merkwürdiger Andeutung. »Was hat dir denn deine Freundin so erzählt? Ich meine, als ihr euch über meine pädagogischen Fähigkeiten ausgelassen habt. – Und nur über die, will ich hoffen.«

»Soll ich ehrlich sein?«

»Ich bitte darum.«

Marie-Luise trat die Zigarette aus und setzte sich auf einen Stapel Reifen, der in der Sonne vor sich hin stank.

»Ich glaube nicht, dass du erste Wahl warst. Du bist wohl eher ein Akt der Verzweiflung. Sie haben einfach auf die Schnelle niemanden gefunden. Im Grunde genommen hätten sie auch einem Straßenschild eine Anzugjacke überwerfen können. Guck mich nicht so an. Oder hast du tatsächlich an ihren Schmus mit deinem gewandten Auftreten und deiner juristischen Brillanz geglaubt? – Echt?«

Sie lachte und schüttelte den Kopf. »Katharina ... Als wir uns kennenlernten, war ihre erste Amtshandlung, von mir abzuschreiben und anschließend *mich* anzuschwärzen. Als Nächstes hat sie mir den Freund ausgespannt. Der absolute Gipfel aber war, dass sie sich kurz nach dem Mauerfall meinen Trabbi für ein Wochenende ausgeliehen hat.«

Marie-Luise machte wieder ihre strategische Pause und wartete auf mein »Und?«.

»Und?«

»Ich hab ihn nie wiedergesehen. Er rostet wohl irgendwo in einer Ardèche-Schlucht vor sich hin. Oder er wurde geklaut. Was weiß ich. Vier Wochen später kam sie wieder, braun gebrannt, fröhlich und verheiratet. Mit einem Elsässer. Ich glaube, sie hat ihn später genauso entsorgt wie meinen Trabbi. In eine Schlucht gestoßen oder an der Autobahntankstelle stehen gelassen. Wenigstens hat sie sich für das Versicherungsprotokoll irgendetwas ausgedacht. Das kann sie gut. Geschichten erzählen. Man glaubt ihr einfach alles. Willkommen im Club.«

»*Lernen währet lebenslänglich.*«

»Wie recht du hast.« Sie legte den Kopf in den Nacken und lächelte versonnen.

»Das stammt nicht von mir, sondern von Herbert Breitenbach. Schutzpatron und Heiliger der gleichnamigen Schule. Die Hausordnung ist vor Dienstantritt auswendig zu lernen. Übrigens gibt er seinen Zöglingen neben der Anweisung, mit sauberen Händen zum Unterricht zu kommen, auch moralischen Halt mit auf den Weg. Und da das auch für den Lehrkörper gilt, darf ich auf dem Schulgelände weder Drogen noch Alkohol konsumieren, Schulfremde nur nach Anmeldung mitbringen, und Rauchen ist selbst im Privatleben strengstens untersagt.«

Ich sagte das im Hinblick auf Marie-Luises Absicht, sich die nächste anzuzünden. Natürlich ließ sie sich von Herbert Breitenbachs moralischen Grundsätzen nicht im Mindesten beeindrucken.

»Was ist mit Sex?«
»Innerhalb oder außerhalb des Schulgebäudes?«
»Im Privatleben natürlich.«
»Soweit ich informiert bin, sieht die Hausordnung ein Privatleben eigentlich nicht vor.«
»Dann scheint deine freudlose Zukunft ja geklärt.«
»Nicht ganz«, sagte ich.

Ich wollte ihr gerade den kleinen Würfel mit den sechsunddreißig Seiten zeigen, doch die Garagentür öffnete sich mit lautem Quietschen. Heraus trat der leitende Arzt, gefolgt von seinem OP-Assistenten, und reinigte sich die Hände akribisch mit einem alten Lappen.

Marie-Luise stand auf. »Und?«

Jazek blinzelte sie gegen die Sonne an und wiegte bedauernd sein Haupt.

»Nein«, flüsterte Marie-Luise. »Sag, dass das nicht wahr ist.«
»Es tut mir leid, *rybko*. Wir haben getan, was wir konnten. – Tadeusz?«

Der Assistent eilte beflissen herbei. »*Przynies cos do picia, gorzalke*. Die Dame braucht jetzt was Gutes. – Sie auch?«

Er sah mich an. »Äh – nein«, antwortete ich. »Das heißt – können wir ihn mit nach Hause nehmen?«

Jazek nickte.

»Schieben oder fahren?«
»Fahren natürlich«, antwortete Jazek. »Von diesem Hof wurde noch nie ein Auto geschoben.«

Tadeusz lief in die Werkstatt und kam wenige Augenblicke später mit einer Flasche polnischem Wodka und vier Gläsern zurück. Der Chef goss ein und hob das Glas. Er hatte gewaltige Oberarmmuskeln, an denen Marie-Luises Blick länger als beabsichtigt hängen blieb, um dann weiter über seinen nackten Oberkörper zu wandern.

»*Mala*, reichen drei Monate?«

»Drei – Monate?« Marie-Luise riss sich vom Anblick seiner unbehaarten, gebräunten Brust los und wagte ein zartes Lächeln der Hoffnung.

Jazek schickte mit einem Kopfnicken Tadeusz zurück in die Werkstatt. »Aber nicht länger. Pass auf die Bremsen auf. Nur in der Stadt. Brav parken. Keine Strafzettel. Und mich hast du nie gesehen. – Das gilt auch für Sie.«

Er sah mich scharf an. Ich nickte sofort. »Nie gesehen«, wiederholte ich und stürzte den Wodka herunter. Tadeusz kam zurück und überreichte Marie-Luise mit einer leichten Verbeugung zwei Nummernschilder. Mir gab er vier Schrauben und einen Schraubenzieher.

»Wir gehen dann mal ins Haus.«

Die beiden verschwanden, und ich sah etwas verwirrt auf die Utensilien.

»Anschrauben«, sagte Marie-Luise. »Wir haben TÜV bis Dezember.«

Auf dem Weg zur Mainzer Straße, in der Marie-Luise wohnte, klärten wir die Legalität der Aktion nicht eindeutig. Marie-Luise hielt die falsche TÜV-Plakette für eine Ordnungswidrigkeit, ich für Betrug. »Was ist, wenn du einen Unfall baust?«

»Solange du mir keinen reinunkst, wird auch keiner passieren.«

»Hörst du das?«

»Was?«

»Die Bremsen schleifen immer noch.«

»Du spinnst. Ich höre nichts.«

Natürlich schleiften die Bremsen. Natürlich würden wir auf der nächsten Kreuzung einem Lkw ausweichen und im Schaufenster eines Fernsehfachgeschäftes landen, während der Lkw sechs parkende Autos streifte und mit seiner kostbaren Fracht – einer Ladung Flachbildschirme oder Vasen aus der Ming-Dynastie – über ein Brückengeländer auf die Stadtautobahn stürzte, einen Auffahrunfall mit vierunddreißig Beteiligten verursachte und der Schaden sich in zweistellige Millionenhöhe schraubte.

Marie-Luise sah mir meine Sorgen an. »Ich fahre seit zwanzig Jahren unfallfrei. Und das wird die nächsten drei Monate auch so –«

»Pass doch auf!«

Die Ampel war dunkelgelb, als der Volvo zum Stehen kam. Sie schlug mit der Hand aufs Lenkrad.

»Da siehst du, wie nervös du mich machst!«

Um das Thema zu wechseln, fragte ich: »Was macht eigentlich diesen ölverschmierten Automechaniker so sexy?«

»Hä?«

Marie-Luise warf mir einen ratlosen Blick zu und fuhr an. Die Bremsen schleiften. Jeder konnte das hören. Aber die Frau neben mir war plötzlich taub.

»Ist es der Schweiß? Das Öl? Erinnert das irgendwie an Wrestling und ist das für euch erotisch? – Schau bitte, wohin du fährst!«

»Ich weiß ehrlich nicht, was du meinst. Und mit *uns* meinst du doch mich, oder?«

Wir erreichten die Allee der Kosmonauten und bogen auf die sechsspurige Frankfurter Allee. Der Samstagnachmittagsverkehr war mörderisch. Nur Verrückte, alle unterwegs Richtung Polen, um da billig einzukaufen. Marie-Luise fuhr wie ein Henker. Dazu hatte sie das Fenster heruntergekurbelt und wedelte auch noch mit dem linken Arm im Fahrtwind.

»Vielleicht ist es sein Lächeln«, sagte sie. »Ist dir schon mal aufgefallen, dass kein Mann mehr richtig lächeln kann? Ihr grinst, ihr johlt, ihr verzieht die Mundwinkel. Aber ein Lächeln, einfach nur so, so eins in den Mundwinkeln meine ich, statt der üblichen Maske, das, mein Lieber, ist erotisch.«

Sie parkte am U-Bahnhof Samariterstraße und gab mir die Schlüssel.

»Da. Du wolltest doch deiner Mutter eine Badewanne transportieren. Nutz die Gunst der Stunde! Ich gehe schwimmen. Ach so. Noch was.«

»Ja?«, fragte ich und griff mir die Schlüssel.

»Lächeln«, sagte sie und stieg aus.

Die »Badewanne« war eine alte Zinkwanne. Bis ich dreizehn war, hatten wir uns in ihr unter entwürdigenden Verrenkungen stehend gewaschen. Erst dann waren wir in die Wohnung am Mierendorffplatz gezogen, mit Innentoilette, fließend warmem Wasser und einer engen, gelb gekachelten Dusche. Die Wohnung gab es bis heute, die gelben Kacheln auch, aber die Zinkwanne war ein Wiedersehen mit dem Ramschladen meiner Kindheit, den meine Mutter im Moment gnadenlos entrümpelte.

Als mir Hüthchen die Tür öffnete, standen wieder zwei blaue Müllsäcke im Flur. In letzter Zeit hatte ich den Eindruck, dass die Wohnung leerer wurde. Das tat ihr gut, denn man konnte sich jetzt etwas besser bewegen und stieß nicht jedes Mal an irgendwelche Vasen und Wandteller, die meiner Meinung nach auch in einen blauen Sack gehörten. Sauberer wurde es dadurch allerdings nicht. Hüthchen hatte schon vor langer Zeit jeden Ehrgeiz aufgegeben, ihren Status durch irgendwie geartete produktive Aktivität zu rechtfertigen. Sie lief immer noch unter dem Decknamen »Haushälterin«; was sie in Wirklichkeit bei meiner Mutter hielt, wusste ich nicht, abgesehen von ihrem enormen Gewicht.

»Na, habt ihr wieder ausgemistet?«, fragte ich, ohne mit einer Antwort zu rechnen. Wir beschränkten unsere Konversation aufs Nötigste. Sie wusste, wie ich über sie dachte, aber sie wusste auch, dass sie für meine Mutter unentbehrlich war.

Auch die Einstellung meiner monatlichen Zahlung unter Hinweis auf die momentane finanzielle Situation hatte sie kommentarlos zur Kenntnis genommen. Viel zu sagen hatten wir uns noch nie.

»Joachim!«, rief meine Mutter aus der Küche.

Ich quetschte mich an Hüthchen und den Müllsäcken vorbei. Einer war halb offen, und was da obenauf lag, kam mir vage bekannt vor.

»Das ist doch ...«

Ich hob ein zerknittertes, nach Mottenkugeln riechendes Kleidungsstück hoch. »Das ist doch mein Armani-Jackett! Wie kommt das hierher?«

»Schön, dass du gekommen bist. Ich wollte gerade –«

Meine Mutter war aus der Küche in den Flur getreten und wurde von mir mit dem Corpus Delicti konfrontiert. »Seit drei Monaten suche ich das. Wie oft habe ich euch gefragt? Wie oft?«

Ich hielt den Überrest meines letzten guten Anzuges erst Mutter und dann Hüthchen unter die Nase. Hüthchen schnappte sich das Jackett und musterte es skeptisch.

»Das soll Armani sein? Das sieht ja aus wie von der Kleidersammlung.«

Ich riss es ihr weg. »So sieht alles aus, was drei Monate im Müllsack steckt. Ist da sonst noch irgendwas drin?«

»Schau doch nach.«

Pikiert wandte sich meine Mutter ab und ging in die Küche zurück. Ich kniete mich hin und durchwühlte den Sack nach weiteren Trouvaillen. Bis auf mein Kim-Wilde-T-Shirt von der *Kids-in-America*-Tour 1984 war alles unbrauchbares Zeug. Der zweite Sack war fest verschnürt. Ich dachte nach, ob ich noch irgendetwas vermisste. Und ob ich nicht die Gelegenheit nutzen und wenigstens meine Märklin-Eisenbahn retten sollte. Dann fiel mir ein, dass meine Mutter hoch und heilig versprochen hatte, sie zu schonen. Ich ging mit dem T-Shirt und der Jacke in der Hand zu ihr.

»Hier. Ich habe dir die Adresse auf einen Zettel geschrieben.«

Auf dem Küchentisch stand die Zinkbadewanne. Trübweiße Seifenlauge hatte in den Rillen letzte Spuren hinterlassen. Ich dachte an all die schönen Badezimmer, die ich im Laufe meines gut vierzigjährigen Lebens gesehen – und auch benutzt – hatte, und strich wehmütig über den Rand.

»George macht das ganz genauso«, sagte meine Mutter. »George Whithers, Mulackstraße 13, Hinterhof links. Da ist sein Atelier.«

»George?« Ich hob leicht amüsiert die Augenbrauen. »Ihr seid schon per du?«

Sie drückte mir den Zettel in die Hand. »Er braucht die Wanne. Er füllt sie mit Wasser und fährt dann mit einem Bogen oder mit den Händen darüber, dann kommen Töne zustande. Wie Musik.«

»Wie wenn Wale singen«, sagte der Wal hinter mir und drückte sich auch noch in die Küche. »Er ist nämlich Künstler.«

Die beiden Damen vor mir schienen ob der Exklusivität dieser Bekanntschaft geradezu über sich hinauszuwachsen.

»Walmusik also. Was sagen denn die Nachbarn dazu?«

»Das sieht man da nicht so eng«, antwortete Hüthchen.

»Ihr wart schon da?«

Ein bescheidenes Lächeln huschte über das Gesicht meiner Mutter. »Wir sind zu seinem Konzert eingeladen. Nächste Woche. Du kannst auch mitkommen, wenn du willst.«

»Schließlich gehören Sie ja zur Familie«, ergänzte Hüthchen in einem Ton, der das genaue Gegenteil andeutete. »Könnten Sie vielleicht die Wanne jetzt …? Wir brauchen den Tisch.«

»Natürlich.«

Betont eifrig nahm ich das Ding und stellte es in den Flur. Dann warf ich meine Armani-Jacke und das T-Shirt hinein und überlegte, ob es noch irgendetwas gab, das es lohnte, vor dem Sperrmüll gerettet zu werden. Mir fiel nichts ein. Verluste zu begrenzen war nicht meine Stärke. Im Betrauern hinterher war ich besser. Ich legte die beiden Säcke obendrauf.

»Was ist in dem zweiten?«, fragte ich meine Mutter, die zur Verabschiedung zu mir getreten war.

»Vaters Sachen«, sagte sie leise und vermied es, mir in die Augen zu sehen. »Wenn du sie noch mal durchsehen möchtest …«

»Nein«, sagte ich, etwas zu schnell und etwas zu unfreundlich.

Ich wuchtete die Wanne hoch. Dann ging ich, beladen mit Erinnerungen, die niemand mehr brauchte, hinunter zu den Müllcontainern im Hof. Den ersten Sack warf ich, ohne nachzudenken, hinein. Bei dem zweiten, fest verschnürten Sack hielt ich mitten in der Bewegung inne. Eines Tages würde das auch mit meinen letzten Habseligkeiten geschehen. Vielleicht war ein uralter, oft geflickter Armani-Anzug darunter, den meine Witwe noch einmal hochhalten würde, um sich kurz daran zu erinnern, wie sie mich das erste Mal darin gesehen hatte. Ich fragte mich, wer meine Witwe sein würde. Und ob mich wirklich eines Tages jemand überlebte und um mich weinen würde. Und wie nah oder fern dieser Tag war. Und wie nah oder fern dieser Mensch. Ich kippte den Sack über den Rand und spürte einen Moment lang Wehmut und Trauer. Nicht wegen meines Vaters, ganz im Gegenteil, sondern weil mich so wenig mit ihm verband.

Ich verstaute die Wanne im Auto. Dann machte ich kehrt und holte den Sack wieder heraus.

Am Mittwoch hatte ich die Wanne immer noch nicht in die Mulackstraße gebracht.

Sie stand auf dem Rücksitz und schepperte in jeder Kurve mit der Eisenstange zusammen, die uns half, wenn der Wagen bei dieser Hitze wieder einmal nicht anspringen wollte. Jazek hatte uns gezeigt, wie man dieser vorübergehenden Unpässlichkeit des Wagens mit einem gezielten Schlag auf den Motorblock Herr wurde. Warum es funktionierte, wusste er nicht. Aber *dass* es funktionierte, akzeptierte ich, als ich diese Form archaischer Starthilfe selbst einmal mitten auf dem Leipziger Platz zur Hauptverkehrszeit anwandte und niemand erstaunter war als ich, als der Motor plötzlich wieder lief.

Die Stange brauchten wir also, und sie störte niemanden. Gemeinsam mit der Wanne aber verwandelte sie das ohnehin schon stark eingeschränkte Fahrvergnügen in ein Martyrium der akustischen Art.

»Bis morgen ist das Ding weg«, keifte mich Marie-Luise an, als ich sie vorm Charlottenburger Amtsgericht absetzte.

Vor ihr lag eine komatöse Verhandlung, in der ein seit Generationen geschiedenes Ehepaar um seinen Kleingarten stritt. Beim letzten Mal hatte der Mann Zeugen beigebracht, die ihm eine enge Verbundenheit mit der Parzelle anhand der Häufigkeit der vorgenommenen Obstbaumschnitte attestierten. An diesem Tag aber würde eventuell die Frau hauchdünn in Führung gehen: Ihre Zeugen bescheinigten ihr eine überproportionale Gießhäufigkeit. Das wäre schön für uns, denn Marie-Luise hatte das Mandat der weiblichen Seite. Doch ihr schwante nichts Gutes. Ihr war zu Ohren gekommen, dass der Mann jetzt schwerere Geschütze auffahren würde. Angeblich ging es ums Schneckensammeln.

»Oder ich setze sie am Straßenrand aus.«

Sie schlug wütend die Tür zu, und ich machte mich auf den Weg nach Pankow.

Dieses Mal lagen die Gehwege verwaist, nur der Verkehr schob sich schwerfällig durch den Paradeweg und übertönte beinahe das Zwitschern der Vögel in den hohen Kastanien. Schamhaft parkte ich den Wagen um die Ecke und ging die paar Schritte zu Fuß. Es war immer noch sehr warm, doch der Sommer hatte seinen Zenit überschritten, und in der Luft lag ein schwacher Duft nach gemähtem Getreide und getrocknetem Laub. Die Sonne stand schon nicht mehr so hoch. Schräg fielen ihre Strahlen durch das Laubdach, nicht mehr heiß und stechend, sondern abgemildert durch den Straßenstaub und den Dunst der vielen heißen Tage.

Es war kurz nach zwölf, als ich in die hohe, kühle Eingangshalle trat und eine zarte Ahnung von Schweinebraten roch. Die Breitenbacher hatten Ganztagsunterricht und aßen in Schichten zu Mittag. Ich ging in den breiten Flur, passierte einige geschlossene Klassentüren und kam zum Lehrerzimmer. Ich klopfte, wartete einen Moment und trat ein.

Es war ein hübscher, altmodisch mit Holz getäfelter Raum mit hufeisenförmig angeordneten Schreibtischen. Manche waren besetzt, eine kleine Gruppe von Lehrern stand am Fenster. Ich grüßte höflich und bekam von den meisten nur ein Kopfnicken. Die Kollegen an den Tischen sahen kurz auf und widmeten sich dann wieder ihren Studien.

An der Stirnseite des Raumes waren die Postfächer angebracht, und nach einigem Suchen fand ich tatsächlich eines, auf dem jemand hastig einen Zettel mit meinem Namen befestigt hatte. Als ich es öffnete, fiel der Zettel herunter, und ich las den Namen meines Vorgängers: Sebald. Das Fach selbst war leer. Bis auf ein kleines, viereckiges Päckchen. Ich holte es heraus und las die Aufschrift: Für Samantha.

Irgendjemand hatte also an eine meiner Schülerinnen gedacht. Vielleicht ein Geschenk von Mathias, der einen Postillon d'Amour brauchte. Ich schloss das Fach und steckte das Päckchen in meine Aktentasche. Dann klebte ich den Zettel mit meinem Namen wieder an und studierte die Stundenpläne neben der Tür. Niemand nahm Notiz von mir.

Die Tür zum Lehrerzimmer wurde schwungvoll aufgerissen, ein Mann betrat den Raum und die Atmosphäre änderte sich schlagartig. Er war Mitte dreißig, braun gebrannt, dunkelhaarig und hatte für diese Umgebung außergewöhnlich gute Laune, denn er verbeugte sich lächelnd und wurde von allen Anwesenden lebhaft begrüßt. Als er mich sah, verrenkte er sich gewollt komisch vor den Postfächern und las meinen Namen.

»Ver-Nau. Ein neues Gesicht? Frisches Blut? Doch nicht etwa unser Rechtsgelehrter?«

Die anderen Kollegen entschlossen sich jetzt auch, ihre symbolische Wagenburg gegen mich aufzugeben, und kamen herüber. Einer nach dem anderen stellte sich vor, und ich merkte mir keinen einzigen Namen. Bis auf den des Neuankömmlings: Michael Domeyer.

»Geschichte, Französisch und Sport. Also nichts richtig Ernstes«, sagte er. »Aber ich bin jung und ich brauche das Geld.«

Große Erheiterung ringsum. Er war der einzige Mann im Raum, der keine Krawatte trug, und er schien auch der einzige zu sein, der damit durchkommen konnte.

»Ich hätte da gleich was für Ihre erste Stunde. Welche Strafe gibt es denn für Schüler, die widerrechtlich Lehrerparkplätze benutzen? Meinen zum Beispiel.«

Er schaute sich um und sah in Gesichter, denen dieses Problem aus eigener, leidvoller Erfahrung offenbar vertraut war. Alle blickten mich an.

»Wenn das öfter vorkommt, würde ich das Auto abschleppen lassen.«

Schallendes Gelächter. Da ich der Einzige war, der den Witz nicht verstand, klärte mich Michael Domeyer auf. »Es ist der Wagen vom jungen Fräulein Kladen.«

»In diesem Fall«, erwiderte ich, »würde ich mir auch um die Kosten keine Sorgen machen.«

Das Lachen ringsum brach ab. Domeyer hob verblüfft die Augenbrauen. Dann drehte er sich mit gespielter Überraschung zu seinen Kollegen um. »Dass wir da nicht selber draufgekommen sind ...«

Ich steckte ihn in die Schublade u. A., unangenehmes Arschloch. Nur ein Mann Ende fünfzig stimmte nicht in das Lachen mit ein. Er sah aus, als ob er jede Art des Amusements für Zeitvergeudung hielt, trat auf mich zu und gab mir die Hand.

»Mein Name ist Werner Sebastian. Ich bin der Klassenlehrer.«

Er trug ein kariertes Jackett und eine gestrickte Krawatte, die so hässlich war, dass ich sie wohl eine Sekunde zu lang gemustert hatte. Nervös griff er sich an den Knoten.

»Ist alles in Ordnung?«

»Ja. O ja«, sagte ich schnell. »Joachim Vernau. Ich freue mich auf die Zusammenarbeit.«

Werner Sebastian nickte und strich sich über seine Haare. Er hatte sie von unten nach oben über eine ausgeprägte Stirnlichtung gekämmt und die Strähnen wohl mit Klebstoff befestigt, denn sie verrutschten um keinen Millimeter.

»Darf ich fragen, welche Ihre Qualifikationen sind? Verstehen Sie mich nicht falsch, aber wir wurden erst heute über Ihr Kommen informiert.«

Seinem Gesichtsausdruck nach war dies eine empörende Unterlassung. Ich gab ihm eine kurze Zusammenfassung meines Lebenslaufs, verschwieg auch nicht die vorletzte Station in einer nicht unbedeutenden Berliner Kanzlei und schloss mein kurzes Referat mit einem Hinweis auf meine Selbstständigkeit. Herr Sebastian schien beruhigt. Er ging zwei Schritte auf den Stundenplan zu.

»Nun, ich persönlich bin von diesem Teen Court ja sehr angetan. Er erhöht die Eigenverantwortung, gleichzeitig reflektieren die Schüler aber auch das Tun allgemein im Hinblick auf die möglichen Konsequenzen. Ein außerordentlicher sittlicher Reifungsprozess.« Er überflog die Tabellen. »Ganz außerordentlich. – Da!«

Sein Zeigefinger schoss vor und blieb auf einer Spalte liegen. »Da sind Sie ja. Sie haben die siebte Stunde. Nach der Mittagspause. Dann sind sie etwas schläfrig.« Er nickte mir wohlwollend zu.

Eine Kollegin trat gerade an die Postfächer und nahm stirnrunzelnd einen Stapel Papier aus ihrem Fach. Im Vorübergehen streifte sie meinen Namenszettel, der sich erneut löste und mir vor die Füße segelte. Ich hob ihn auf.

»Eine Frage«, sagte ich. »Herr Sebald, mein Vorgänger. Warum ist er denn nicht wiedergekommen?«

Herrn Sebastians Wohlwollen verschwand schlagartig. »Ich bin leider nicht befugt, Ihnen darüber Auskunft zu geben.

Wenden Sie sich an Herrn Kladen. Oder besser noch an Frau Oettinger. – Kann ich Ihnen noch weiter behilflich sein? Sonst würde ich jetzt in die Mittagspause gehen. Es gibt heute Schweinebraten.«

Ich ließ ihn vorbei. »Und der Stuhl da oben?«

»Welcher Stuhl?«, fragte er.

»Der mit dem Trauerflor.«

»Trauerflor?«

Jetzt trat er doch noch einmal einen Schritt auf mich zu und nahm mich etwas zur Seite.

Sebastian gefiel dieses Gespräch nicht, und so beschloss ich, ihn ein bisschen bei der Standesehre zu packen.

»Ich dachte, Sie als Klassenlehrer wüssten doch am besten Bescheid.«

»Jaja, das ist schon richtig. Ich bin nur etwas erstaunt, dass man Sie nicht über den Todesfall informiert hat. Wir haben im letzten Jahr eine Schülerin verloren. Aber das ist etwas, das Sie wirklich mit Frau Oettinger erörtern müssen. Erzählen Sie ihr auch das mit dem Trauerflor. Solche Dinge müssen gemeldet werden. Unverzüglich.«

Er sah mich um Verständnis bittend an. »Ich muss jetzt leider. Die Mensa schließt um 13:30 Uhr.«

In diesem Moment trat eine stattliche Frau mit matronenhaft hochgetürmter Frisur ein. Sie musterte die Anwesenden streng über den Rand ihrer Brille hinweg und schien bei meinem Anblick gefunden zu haben, was sie suchte.

»Herr Vernau? Wenn Sie bitte zu Frau Oettinger kommen würden? Sie würde Sie gerne sprechen.«

Das traf sich gut. Ich ging auf sie zu, und sie streckte mir eine kräftige Hand entgegen. »Ich bin Brigitte Sommerlath. Leider nicht verwandt mit dem schwedischen Königshaus. Mein Reich ist das Schulsekretariat.« Sie drückte meine Hand, dass die Knöchel knackten. »Letzte Tür rechts, Sie können es gar nicht verfehlen. Gleich hinter der Mensa und vor der Turnhalle.«

Dann nickte sie mir aufmunternd zu und blieb so lange in der Tür stehen, bis ich meine Sachen zusammengerafft und mich an ihr vorbeigedrückt hatte. Sie roch nach einem etwas zu schweren Parfum für diesen Sommer, und sie stellte sich etwas zu weit in die Türöffnung, um mich ungehindert passieren zu lassen.

»Verzeihung«, sagte ich.

Sie trat einen halben Schritt zur Seite. Ich nickte ihr zu und ging an ihr vorbei hinaus in den Flur. Der Duft nach Essen wurde intensiver. Hinter einer Flügeltür hörte ich das Murmeln gedämpfter Stimmen und Geschirrklappern. Das musste die Mensa sein. Ich verkniff mir den Impuls, nachzusehen und mich für ein Linsengericht beziehungsweise eine Portion Schweinebraten an Herrn Sebastians Rockschöße zu hängen. Ich wurde fürs Unterrichten bezahlt und nicht fürs Essen.

Links und rechts reihten sich weitere Klassenzimmer aneinander. Schließlich erreichte ich die letzte Tür vor der Aula und der Turnhalle.

»Direktionssekretariat« stand auf dem Schild. Ich wollte gerade die Klinke niederdrücken, da wurde hinter mir der Eingang zur Turnhalle aufgerissen, und ein etwa zwölfjähriger Junge mit hochrotem Gesicht in verschwitzter Turnkleidung kam herausgerannt.

»Komm zurück!«

Ein älterer Jugendlicher, vermutlich aus einer der Abiturklassen, erschien im Türrahmen und hielt ein absonderliches Gerät in der Hand, das entfernt an einen Morgenstern erinnerte.

»Lukas!«

Lukas ließ sich durch den Befehl nicht stoppen, er rannte einfach weiter, voll in mich hinein, fiel beinahe hin, rappelte sich hoch, lief ohne ein Wort der Entschuldigung weiter, riss eine der Klassentüren auf und warf sie hinter sich donnernd ins Schloss. Der Blick des Rufers fiel auf mich. Er lächelte unsicher. Ich trat auf ihn zu.

»Ich bin Joachim Vernau. Ich betreue eine Jura-AG hier im Haus.«

Der Junge ließ den Stab sinken und reichte mir die Hand. »Benedikt Lux. Freut mich, Sie kennenzulernen. Ich bin einer Ihrer Schüler.«

Hinter ihm tauchte ein Mädchen auf, ebenfalls verschwitzt und abgekämpft, etwa im gleichen Alter wie Lukas, der Verschwundene.

»Das ist total unfair«, sagte sie und warf ihm ein Schild vor die Füße. »In vier Wochen sind die Meisterschaften, und wir haben die ganzen Ferien über geübt!«

»Was habt ihr denn geübt?«, fragte ich neugierig. Dies war mein erster offizieller Schülerkontakt, und ich wollte gerne nett, interessiert und aufgeschlossen erscheinen.

»Juggen«, antwortete sie. »Und ich bin richtig gut. – Kriegen wir wenigstens die Pompfer wieder?«

Benedikt Lux sah schnell zu mir herüber. Er hätte die abstruse Konversation lieber nicht in meiner Anwesenheit weitergeführt. Vermutlich wäre sie dann auch freundlicher verlaufen. So aber zog er seine glatte, hübsche Stirn in Zornesfalten und hob den Morgenstern – oder Pompfer oder Wie-auch-immer – so weit hoch, dass der Ball am Ende der Kette hin- und herschwang. Er war leicht und aus einer Art Filz gefertigt, der von Lederschnüren zusammengehalten wurde. Das Ding sah barbarisch aus, wirkte aber aus der Nähe betrachtet relativ harmlos.

»Der ist beschlagnahmt.«

Das Mädchen riss die Augen auf. »Was?«

Sie drehte sich um. »Habt ihr das gehört?«

Im Türrahmen tauchte ein rundes Dutzend weiterer Gestalten auf, die sich bis jetzt im Hintergrund gehalten hatten.

»Mein Pompfer ist beschlagnahmt! Du bist wirklich das Allerletzte.«

Leises Protestgemurmel erhob sich, aber Benedikt bahnte sich einen Weg durch die maulende Menge und ging mit dem Pompfer zu einer Tür am Ende der Turnhalle, hinter der Medizinbälle und Gymnastikmatten ein der Sonne fernes Dasein fristeten.

»Was ist denn Juggen?«, fragte ich.

Die Kinder wandten sich mir zu. Das Mädchen verdrehte die Augen.

»Sie sind wirklich uncool«, sagte sie mit grabestiefer Verachtung. Die Truppe machte sich auf den Weg in die Umkleideräume. Benedikt schloss die Tür zur Gerätekammer ab und steckte den Schlüssel in die Tasche seiner Turnhose. Er kam zu mir zurück, blieb stehen und strich sich mit einer fahrigen Geste die Haare aus der Stirn. Er war hochgewachsen, größer als ich, ein schmaler, junger Mann mit dunklen Augen und Haaren und einer ruhigen, zurückhaltenden Ausstrahlung, die der eben an den Tag gelegten Strenge widersprach. Jetzt wirkte er, als sei er bei etwas Illegalem ertappt worden, und es tat mir leid, dass ich ihn durch mein Auftauchen in eine unangenehme Situation gebracht hatte.

»Könnten Sie ... Wären Sie so nett und würden das eben nicht melden? Das sind doch unsere Kleinen. Die verstehen noch nicht, was so ein Verstoß für Konsequenzen haben kann.«

Offenbar war es hier Sitte, mit jeder Kleinigkeit zur Schulleitung zu rennen. Schon allein deshalb sah ich keinen Grund, diesem sympathischen Jungen den Tag zu verderben.

Ich lächelte ihn an. »Natürlich nicht. Ich wüsste ja gar nicht, *was* ich melden sollte. Und warum es verboten ist.«

»Juggen«, antwortete Benedikt. »Das ist so ähnlich wie Seilspringen und Gummitwist. Jede Generation hat ihre Spiele. Juggen darf hier aber nicht mehr gespielt werden.«

»Warum? Schlagen sie sich mit dem Filzball die Köpfe ein?«

Jetzt lächelte Benedikt. Es war ein sehr charmantes Lächeln, ganz anders als das breite Nussknackergrinsen seines Klassenkameraden Mathias. Es machte ihn älter, als er war, und es erinnerte mich daran, dass Marie-Luise vor Kurzem behauptet hatte, wir würden es alle eines Tages verlernen.

Er ging an mir vorbei in den Flur. »Es ist kein Schulsport. Und unbeaufsichtigt in der Halle egal was zu trainieren ist einfach nicht erlaubt. Ich habe heute die Fluraufsicht, und wenn jemand ausrutscht und sich den Knöchel verstaucht, bin ich dran.« Er hielt mir ausgesprochen wohlerzogen die Tür auf.

»Sie retten also auch meinen Kopf. Danke.«

»Wir sehen uns«, sagte ich freundlich. Er blieb stehen und sah mir nach, bis ich im Direktionssekretariat verschwunden war.

Im Vorzimmer von Kladen und Katharina mussten die Eintretenden erst einmal vor einem länglichen Empfangstresen warten, der von der einen bis zur anderen Wand reichte. In dessen Mitte befand sich eine nach oben zu öffnende Klapptür, durch die Besucher erst nach huldvoller Aufforderung ins

Allerheiligste treten duften. Links hing ein Briefkasten mit der Aufschrift TEEN COURT. Der Raum roch nach Frau Sommerlaths etwas zu schwerem Parfum, sie selbst aber war nirgendwo zu entdecken. Ich vermutete sie da, wo es den Schweinebraten gab, hob die Klappe und trat ein. Auf der rechten Seite ging es zu Kladens Büro, gediegen eingerichtet mit dunklen, alten Möbeln. Links lag ein etwas helleres, freundlicheres, in dem ich Katharina fand. Sie stand am Fenster, durch das sie hinaus auf den eingezäunten Vorgarten und den Paradeweg sehen konnte. Ich klopfte an die offene Tür, sie drehte sich um und sah auf ihre Armbanduhr.

»Das ist schön, dass Sie an Ihrem ersten Tag so zeitig gekommen sind. Bitte nehmen Sie Platz.«

Sie geleitete mich zu vier cremefarbenen Ledersesseln, die um einen schweren Glastisch gruppiert waren. In der Mitte des Tisches standen drei ungeöffnete Flaschen Mineralwasser, mehrere saubere Kaffeetassen, eine silberne Thermoskanne und drei Gläser.

»Darf ich Ihnen etwas anbieten?«

Ich verneinte. Sie setzte sich mir gegenüber und strich sich den Rock über die Knie. Heute trug sie ein graues Kostüm, das an jeder anderen Frau langweilig gewirkt hätte. Wie der Rock allerdings wieder hochrutschte, als sie die Beine übereinanderschlug, war sexy. Ich war mir nicht sicher, ob sie das merkte. Sie trug ihre Haare heute zu einem strengen Knoten, doch als sie sich vorbeugte und nach der Thermoskanne griff, öffnete sich der Ausschnitt ihrer Jacke, und ich konnte – musste – sollte? – bemerken, dass sie nichts darunter trug. Schnell wandte ich meinen Blick ab und sah zum Fenster. Auf der anderen Seite konnte ich die Alma-Mahler-Werfel-Schule erkennen. Eine Sekunde lang dachte ich nun doch an Dagmar Braun und dass ich nachher einfach mal hinübergehen und Guten Tag sagen könnte.

Katharina hatte sich einen Kaffee eingeschenkt und verrührte gerade eine Süßstofftablette. Sie saß aufrecht, die Kostümjacke war wieder seriös geschlossen.

»Ich habe Ihnen die Fälle des letzten Schuljahres zusammengestellt«, begann sie. »Sie können sie gerne mitnehmen und studieren. Unsere Schüler sind im Großen und Ganzen relativ gut erzogen, viel ist wirklich nicht vorgefallen.«

Sie stand auf, ging zu ihrem fast leeren Schreibtisch und holte eine dünne Mappe, die sie mir reichte. Ich schlug sie auf. Es waren die Sitzungsprotokolle des Teen Courts.

»Meist sind es kleine disziplinarische Delikte. Spucken, Rempeln, Verstöße gegen die Kleiderordnung oder das Handy-Verbot. Ich bin ja nicht der Meinung, dass man deshalb gleich ein Verfahren eröffnen sollte, aber ich hatte den Eindruck, den Schülern macht es Spaß. Sogar denen, die«, sie hob lächelnd die Hände und malte zwei fiktive Gänsefüßchen, »›verurteilt‹ wurden.«

Ich blätterte die Mappe durch. »Küssen auf dem Schulhof?«, fragte ich. »Wer zeigt denn so was an?«

Sie zog den Ordner zu sich herüber und überflog die Seite, die ich gerade aufgeschlagen hatte. »Oh, das war ich.«

Sie schob ihn mir hastig wieder zu. »Das war kein Küssen, das war Erregung öffentlichen Ärgernisses.«

In Sekundenschnelle breiteten sich wieder die roten Flecken an ihrem Hals aus. Hastig trank sie einen Schluck Kaffee. Die Tasse stellte sie nicht zurück, sondern behielt sie in den Händen und sah hinunter auf ihren Inhalt.

»Manches, Herr Vernau, mag Ihnen streng und überzogen erscheinen. Manche Regeln mögen auch die individuelle Freiheit etwas einschränken.«

Sie hob den Kopf und sah mich an. »Aber die Eltern, die ihre Kinder hierherschicken, tun das, weil der Stil unseres Hauses ihren Erziehungsidealen entspricht. Einige Schullaufbahnen sind im Vorfeld nicht optimal verlaufen. Wir korrigieren sie. Und wir tun das auf eine Weise, die viel mit Kontrolle zu tun hat.«

»Also durch Verbote?«

Sie sah mich eine Sekunde zu lange an, um eine unbefangene Antwort zu geben. »Auch durch Verbote«, sagte sie schließlich. »Wir setzen nicht nur Regeln, wir beachten auch ihre Einhaltung. Wenn wir das nicht täten, wären wir inkonsequent.«

»Und deshalb sollte man alles, was aus dem Rahmen fällt, unverzüglich melden.«

»Ja.« Sie nickte erfreut, da ich offenbar auch die ungeschriebenen breitenbachschen Hausregeln schneller als angenommen verstanden hatte.

»Was erwartet denn denjenigen, der den dreizehnten Stuhl in meiner Klasse mit einem Trauerflor geschmückt hat?«

Katharina hatte gerade die Tasse zum Mund geführt und hielt mitten in der Bewegung inne. Ganz langsam setzte sie sie wieder ab und blickte an mir vorbei mit einem Gesichtsausdruck, als ob ich ihr gerade eröffnet hätte, dass gegen sie ein internationaler Haftbefehl wegen Trabbi- und Ehegatten-Versenkens erwirkt worden wäre.

»Ein Trauerflor? Ein Symbol also?«

Sie war immer noch ganz weit weg. Mir wurde die Situation langsam unangenehm.

»Frau Oettinger, im letzten Jahr ist eine Schülerin gestorben. Warum haben Sie mir das verschwiegen?«

Augenblicklich hatte sie sich wieder in der Gewalt.

»Ein Unfall. Eine ... ganz tragische Sache. Aber wir sind darüber hinweg, und das Leben geht weiter. Ich will nicht, dass die Schüler immer und immer wieder damit konfrontiert werden. Deshalb habe ich diese Angelegenheit Ihnen gegenüber auch nicht erwähnt. Und was Ihre erste Frage angeht: Wer so etwas macht, verlässt augenblicklich die Schule. Jeder in diesem Haus ist verpflichtet, solche Vorfälle unverzüglich zu melden. Auch anonym. Dafür haben wir den Briefkasten im Sekretariat.«

Sie sah mir wohl an, was ich von dieser Art Denunziantentum hielt, denn sie stand auf, ging zum Schrank und holte einen Ordner hervor.

»Sehen Sie sich das hier mal an.«

Er war wesentlich umfangreicher als die Mappe, die sie mir gegeben hatte.

»Das sind die gesammelten Fälle der letzten Jahre.«

Sie schlug eine Seite ziemlich weit hinten auf. »Hier wurde ein Schüler wegen Drogenkonsum auf der Schultoilette entlassen. Sechs Monate vor dem Abitur. Seine Familie ist wohlhabend und einflussreich. Der Vater hatte sich sogar mit einer hohen Summe am Zukunftsfonds unseres Fördervereins beteiligt. Wir haben also mit dieser Entscheidung nicht nur den Schüler, sondern auch dieses Geld verloren. Das führt natürlich auch innerhalb des Hauses zu kontroversen Diskussionen. Ich habe mich durchgesetzt. Jede andere Entscheidung hätte einen Bruch der Regeln bedeutet. Regeln, die andere Schüler schützen sollen.«

Noch bevor ich auch nur einen Blick auf den Vorfall werfen konnte, hatte sie den Ordner schon wieder geschlossen.

»Bestrafe einen und erziehe hundert.«

»Mao.«

»Breitenbach.«

Sie lächelte. »Dies hier ist eine Schule wie jede andere auch. Mit denselben Problemen. Nur dass wir sie anders lösen.«

Ich nickte und stand auf. Sie nahm den Ordner und stellte ihn wieder ins Regal, dann griff sie nach der Teen-Court-Mappe und reichte sie mir.

»Alles Gute und herzlich willkommen.«

Im Klassenzimmer schaute ich als Erstes nach dem Stuhl. Unschuldig stand er neben der Tür, von dem schwarzen Band war weit und breit nichts zu sehen. Jemand hatte es entfernt und nicht gemeldet. Das gab mir zumindest den Glauben wieder, dass nicht alle in diesem Haus mit Breitenbach, Mao und Oettinger einer Meinung waren. Trotzdem gärte es in mir. Trauer zu zeigen rechtfertigte keinen Schulverweis.

Bis zum Unterrichtsbeginn vertrieb ich mir die Zeit, indem ich die Unterlagen studierte. Die Fälle waren tatsächlich harmlos und wurden auch maßvoll geregelt. Wer auf den Schulhof spuckte, musste mit Wasser und Seife anrücken. Wer eine Rauferei angezettelt hatte, schrieb einen Aufsatz über die linke und die rechte Wange. Die Delinquenten kamen meist aus den sechsten und siebten Klassen, waren also in einem Alter, in dem man manchmal noch über die Stränge schlug.

Die Klassentür öffnete sich, und Benedikt Lux trat ein. Er hatte sich umgezogen und trug das breitenbachsche Bicolor.

»Bin ich der Erste?«

Ich nickte, er setzte sich an die linke Kopfseite der hufeisenförmig angeordneten Tische. Ich las mir noch schnell den interessantesten Fall durch. Mathias hatte also öffentlich jemanden geküsst und dadurch Katharinas Missfallen erregt. Da zum

Küssen bekanntlich zwei gehörten, war ich erstaunt, dass der Name des Mädchens geschwärzt war. Nur an einer Stelle war am Ende des Namens ein *a* übrig geblieben. Sollte Samantha geschützt werden? War es überhaupt Samantha? Und warum wurde nur Mathias an den Pranger gestellt? Der Teen Court hatte den Fall lustlos abgehakt und Mathias zu drei Stunden Volleyball mit den Sechstklässlern »verurteilt«.

Ich sah hoch, als der nächste Schwung Schüler den Klassenraum betrat. Zwei Jungen und ein Mädchen nahmen Platz, wenig später erschien Samantha untergehakt bei einer großen, rothaarigen Schülerin, gefolgt vom Rest der Klasse. Sie setzten sich. Ich sah auf die Uhr.

»Guten Tag.«

Alle sahen mich aufmerksam an.

»Mein Name ist Joachim Vernau. Ich bin Rechtsanwalt und spezialisiert auf Strafrecht. Ich führe mit meiner Partnerin eine Kanzlei in Prenzlauer Berg und freue mich, an diesem Experiment teilzunehmen. Damit wir uns besser kennenlernen, schlage ich vor, dass Sie mir kurz Ihre Namen sagen und mir verraten, woran Sie zuletzt gearbeitet haben. Samantha?«

»Kladen«, antwortete sie.

Grace Kelly war also die Parkplatzanarchistin. Ich notierte den Namen auf meinen Spickzettel. Dann nickte ich ihrer rothaarigen Sitznachbarin freundlich zu.

»Ravenée Winterling.«

Ich ließ mir den Vornamen buchstabieren und arbeitete dann die Klasse der Reihe nach durch. Veiko, Heikko, Yorck, Ravenée und Samantha saßen links von mir. An der Stirnseite Benedikt und Mathias. Rechts hatten sich die Schüler hingesetzt, deren Eltern ihre Profilneurosen nicht durch die Vornamen ihrer Brut therapierten: Christian, Moritz, Susanne, Maximiliane und Kurt.

»Curd. Mit C und D«, verbesserte mich der blonde Junge rechts vor mir. »Und Schmidt mit *dt*.«

Er trug eine randlose Brille und war leicht übergewichtig. Darüber hinaus machte er einen altklugen Eindruck und schien so etwas wie der Klassenstreber zu sein. Zumindest pflegte er diese Attitüde perfekt, indem er seine Brille beim Sprechen zurechtrückte und ein fast schon übertriebenes Hochdeutsch sprach.

Ich nickte und betrachtete die merkwürdige Häufung ungewöhnlicher Vornamen und ihre relativ gewöhnlichen, menschlichen Äquivalente.

»Liegen im Moment zu bearbeitende Fälle vor?«

Curd meldete sich, indem sein Arm pfeilschnell nach oben schoss. »Ich habe den Briefkasten im Sekretariat heute überprüft. Er war leer.«

»Herr Sebald hat dann mit uns über aktuelle Urteile diskutiert«, sagte Ravenée leise. Verlegen hob sie die Hand und strich sich eine rote Locke aus der Stirn. Ihre Armbanduhr würde, in einer Pfandleihe am Bahnhof Zoo versetzt, mindestens den Gegenwert eines gebrauchten Mittelklassewagens einbringen.

»Manchmal haben wir auch mit dem BGB gearbeitet«, ergänzte Susanne.

Sie war das einzige der vier Mädchen, das nicht versuchte, sich durch kleine Extras herauszuputzen. Sie trug eine einfache weiße Bluse und eine moosgrüne Jeans. Beides sauber, ordentlich und gebügelt. Ihr Gesicht war vermutlich das erste, das ich vergessen würde, wenn die Stunde vorüber wäre. Deshalb sah ich sie mir besonders genau an: mausbraune Haare, helle Augen, Stupsnase, leicht gebeugte Körperhaltung. Unauffällig, mit einer leisen, dünnen Stimme.

»Danke, Susanne.«

Ich stand auf und ging zur Tafel. Jemand hatte zwei große Ziffern auf sie gemalt: eine Sieben und eine Drei.

»Kann das weg?«, fragte ich.

Die wenigen Schüler, die mich ansahen, nickten.

»Dann werden wir heute einen fiktiven Fall diskutieren.« Ich wischte die Ziffern fort und malte ein großes Rechteck auf die Tafel. »Das hier ist ein Kleingarten. Er gehört einem Ehepaar, das sich nach der Scheidung darüber streitet, wer ihn behalten darf. Alle Gütetermine sind geplatzt, niemand rückt auch nur einen Millimeter ab von seiner Position, dass ihm der Garten gehört. Was tut man in so einem Fall?«

Es dauerte einen Moment, bis sich in der Klasse die Erkenntnis durchsetzte, persönlich angesprochen zu sein. Ratlosigkeit breitete sich aus. Nur Mathias lehnte sich zurück und grinste.

»Ich würde schon mal die Kettensäge holen.«

Alle lachten. Das Eis war gebrochen.

Bis zum Ende der Stunde hatten wir sämtliche Möglichkeiten durchdiskutiert, und jedes Mal, wenn eine Lösung in Sicht war, brachte ich das nächste Argument ins Spiel. Die Zeit verging schnell, und ich hatte den Eindruck, dass den Schülern der Unterricht Spaß machte und dass ich hier eine nette, kooperative Klasse vor mir hatte. Erst als ich am Schluss die Aufgabe stellte, bis zum nächsten Mal eine ausgearbeitete Verteidigungs- beziehungsweise Anklagestrategie auszuarbeiten, setzte leises Murren ein.

»Also, bei Herrn Sebald haben wir nie Hausaufgaben bekommen«, sagte Ravenée.

»Doch«, erwiderte Curd. »Am Anfang schon.«

»Aber nicht mehr nach dem Verweis.«

Plötzlich schwiegen alle. Ravenée lief rot an.

»Also, erst später dann nicht mehr. Ich meine, danach ...« Hilflos brach sie ihren Satz ab.

»Der Verweis wurde von Ihnen ausgesprochen?«, fragte ich.

Ravenée wich meinem Blick aus. Samantha, die gerade den Reißverschluss ihres Federmäppchens schließen wollte, brach mitten in der Bewegung ab.

»Das ist ein aufwendiges Verfahren und eine große Verantwortung«, fuhr ich fort. »Es erstaunt mich, dass man Ihnen die Entscheidung überlassen hat.«

»Wir haben nur die Beweise gesammelt und dann eine Empfehlung ausgesprochen«, erklärte Ravenée. Unsicher rutschte sie auf ihrem Stuhl hin und her, als ob sie es sehr eilig hätte. »Wir haben nicht damit gerechnet, dass es wirklich dazu kommt.«

Mathias warf seiner Klassenkameradin einen abfälligen Blick zu. »*You can't have the cake and eat it*. Wenn ich mich recht erinnere, wurde das Urteil einstimmig gefällt. Oder die *Empfehlung*, wenn es so für zarte Gemüter besser klingt.«

»Du bist und bleibst einfach ein –«

»Schon gut«, fiel ich Ravenée ins Wort. »Wie ist das jetzt mit den Hausaufgaben geregelt?«

»Ravi meint, Herr Sebald hat mehr unsere mündlichen Leistungen beurteilt.« Curd rückte sich wieder die Brille zurecht und sah sich um. »Das ist ja eine AG und kein richtiges Schulfach. Wir bekommen eine Teilnahmebescheinigung und eine Beurteilung. Aber keine Noten.«

»Gut«, sagte ich. »Ich möchte trotzdem, dass Sie bis zum nächsten Mal ...«

Mitten in meinen Satz hinein standen meine netten und kooperativen Schüler auf und packten ihre Sachen zusammen, als wäre ich Luft. Nur Benedikt und Ravenée blieben noch sitzen.

»... an Ihrer Strategie arbeiten. Samantha?«

Samantha, schon auf halbem Weg zur Tür, drehte sich noch einmal um.

»Ich habe hier etwas für Sie.«

Samantha wechselte einen kurzen Blick mit Mathias, der nun stehen blieb, um auf sie zu warten. Die anderen verließen nach und nach den Raum. Ich holte das Päckchen aus meiner Aktentasche und gab es ihr. Sie nahm es zögernd an.

»Von wem ist das?«

»Ich weiß es nicht. Es lag in meinem Fach.«

Mathias sah ihr neugierig über die Schulter. Offenbar war es nicht von ihm, und als Samantha den Tesafilm löste, drehte ich mich um und begann, die Tafel abzuwischen. Ich hörte hinter meinem Rücken, wie sie das Papier aufriss, einen entsetzten Laut ausstieß und etwas mit einem leisen, metallischen Klirren zu Boden fiel. Ich fuhr herum und sah, wie sie kreidebleich zurücktaumelte. Mathias nahm sie sofort in den Arm. Maximiliane und Benedikt kamen neugierig näher.

»Was ist los?«, fragte ich.

Der Gegenstand, der diese Reaktion ausgelöst hatte, war unter die Schultische gerollt. Benedikt kniete sich hin und holte ihn hervor. Es war eine billige Blechkrone. Eine von der Art, wie sie kleine Mädchen tragen, die sich als Prinzessinnen verkleiden. Innen schimmerte das Metall golden, doch außen hatte sie jemand schwarz angemalt.

»Tu das weg!«

Samantha hatte Tränen in den Augen. Sie drehte ihren Kopf an Mathias' Brust, der sie noch fester an sich drückte und voller

Abscheu auf die Krone starrte. Auch Benedikt hielt das Ding mit zwei Fingern weit von sich, als ob es jederzeit zubeißen würde. Ich nahm es ihm ab.

»Hat das irgendetwas zu bedeuten?«

Die vier starrten mich schweigend an. Samantha löste sich aus Mathias' Umarmung und sah aus, als würde sie sich jeden Moment übergeben. Dann lief sie, ohne nach links und rechts zu sehen, auf den Flur. Mathias drehte sich um, nahm ihre und seine Schulmappe und folgte ihr. Auch Ravenée verdrückte sich. Benedikt trat zwei Schritte zurück.

»Was ist das?«

Er tat so, als hätte er mich nicht gehört, nahm seine Siebensachen und wollte gehen. Ich stellte mich ihm in den Weg.

»Hat sich da jemand einen schlechten Scherz erlaubt?«

Benedikt räusperte sich. »Ja, das könnte man so sagen.«

»Und was soll ich damit machen?«

»Werfen Sie es weg. Es hat nichts zu sagen.«

Er wollte wieder vorbei. Ich hielt ihm die Krone vors Gesicht, und er fuhr zurück, als hielte ich ihm den Dreizack des Leibhaftigen vor die Nase. »Es lag immerhin in meinem Fach. Also will ich auch wissen, was es zu bedeuten hat. Ich möchte nicht, dass den Schülern in meiner Klasse vor Angst schlecht wird. Es sei denn, es geht um die Hausaufgaben.«

Ich ließ die Krone sinken. Benedikt lächelte schwach und nicht sehr überzeugend.

»Es ist wirklich völlig unwichtig.«

Ich trat einen Schritt zurück und ließ ihn gehen. Mit gesenktem Kopf schlich er an mir vorbei. In der Tür blieb er stehen.

»Könnten Sie ...«

Er brach ab und wurde rot, weil ihm mitten im Satz aufgefallen war, dass er mich jetzt schon zum zweiten Mal innerhalb sehr kurzer Zeit um den Gefallen bat, einen Vorfall nicht zu melden. Und zum zweiten Mal an diesem Tag kam ich mir ziemlich einfältig vor, wieder nicht zu wissen, um was es eigentlich ging. Ich sah ihn an und sagte nichts. Er rang mit sich und holte schließlich tief Luft.

»Die schwarze Krone«, sagte er leise. »Es ist die schwarze Krone der Schwarzen Königin.«

»Und wer ist die Schwarze Königin? Ist das die mit den schwarzen Bändern?«

Doch Benedikt hatte sich schon umgedreht und war gegangen.

Als ich die HBS verließ, war es später Nachmittag, und ich geriet direkt vor dem Eingang in das Basislager der Rallye Paris–Dakar. Zumindest sah das, was sich vor der Haustür abspielte, auf den ersten Blick danach aus. Der Paradeweg und die Einfahrt zu den Lehrerparkplätzen waren komplett zugeparkt mit schweren, dunklen Jeeps, die mit ihrem Allradantrieb die hohen Bürgersteigkanten erklettert hatten wie riesige, ungelenke Käfer. Verschämt mischten sich einige Zweit-Mercedesse und Dritt-Golfs darunter, aber die klobigen Geländewagen waren eindeutig in der Mehrzahl. Bis die Schüler den jeweils zu ihnen passenden Abholservice gefunden hatten, bildete sich ein enormer Stau, denn geparkt wurde grundsätzlich in der zweiten Reihe. Die stehenden Motoren und das genervte Hupen der übrigen Verkehrsteilnehmer verursachten eine mittlere Verkehrshysterie. Ich ging um die Ecke und empfand eine diebische Freude, ihnen mit dem Volvo gleich die Vorfahrt zu nehmen. Ich sprintete über die Straße und wurde fast von einem Fahrradfahrer umgenietet, der wie eine Wespe aus dem Nichts vor mir auftauchte. Die Person bremste mit einem empörten Klingeln. Es war Dagmar Braun.

»Ach, Sie sind das!«, rief sie aus.

Ich hielt mit beiden Händen ihren Lenker fest. »Sie hätten mich um ein Haar getötet.«

»Das lag vorerst nicht in meiner Absicht.«

»Vorerst?«

Wir grinsten uns an. Ich ließ ihren Lenker los, sie stieg ab.

»Ist das Ihrer? Der passt ja gar nicht zu Ihrer Krawatte.«

Sie betrachtete den Volvo interessiert und beugte sich herab, um die Typenbezeichnung auf dem Kotflügel zu lesen. »Ist ja irre. Ein 244 DLS. Welches Baujahr? 1977?«

»Weiß ich nicht.«

Sie klappte den Ständer ihres Fahrrades aus und stellte es vorschriftswidrig mitten auf die Straße. Dann lief sie einmal um das Auto herum.

»Wenn mich nicht alles täuscht, besitzen Sie etwas ganz Außergewöhnliches. Wissen Sie das?«

Ich schloss die Fahrertür auf. Mehr als seine außergewöhnliche Hässlichkeit war mir an Marie-Luises Zweitwohnsitz bisher nicht aufgefallen. »Und das wäre?«

»Das ist eine Sonderedition von Volvo für die DDR. Geliefert für hohe Funktionäre und Politbüromitglieder. Gab's nur einmal und dann nimmermehr. Darf ich?«

Ohne meine Antwort abzuwarten, hatte sie die Fahrertür geöffnet und sich über den Vordersitz hineingebeugt. Dabei präsentierte sie mir ihre entzückende Rückseite in einer hautengen, ausgeblichenen Jeans. Sie besah sich die Polster und das Armaturenbrett.

»Ist ja der Wahnsinn«, sagte sie. »Ich glaub es einfach nicht.«

Ich trat näher. Nicht nur, dass Marie-Luises erster Westler offenbar gar keiner war, ich konnte auch beim besten Willen nichts erkennen, das meine Augen so zum Leuchten gebracht hätte. Dagmar Braun schüttelte den Kopf und kletterte rückwärts wieder heraus.

»Ich habe mal in so einem Auto gesessen. Da war ich acht oder neun Jahre alt. Eine alte Geschichte und nicht der Rede wert.«

Noch bevor ich darüber nachdachte, fragte ich: »Wollen Sie sie mir erzählen?«

Sie strich sich eine ihrer fliegenden Haarsträhnen hinters Ohr. »Jetzt?«

»Jetzt«, antwortete ich.

Wir gingen ein paar Straßen weiter bis zu einem Eiscafé am Bürgerpark. Dort setzten wir uns in den Schatten einer riesigen Kastanie. Während wir auf zwei Bananensplit warteten, erzählte mir Dagmar Braun von ihrer Kindheit in Pankow und dem Onkel, der Fahrer bei einem leitenden Mitarbeiter des Außenhandelsministeriums gewesen war und eines Nachmittags die Kinder zu einer kleinen Spritztour um den Block mitgenommen hatte.

»Ich erinnere mich noch an jede Einzelheit. Das eingebaute Radio, die Sitze mit diesem braunen Cordstoff, und echter Teppichboden, und die Metallkurbeln für die Fenster. Wir durften nichts anfassen und erst recht nicht mit den Fingern an die Scheiben kommen. Die ganze Fahrt dauerte nur fünf Minuten. Aber in diesen fünf Minuten habe ich mich gefühlt wie eine Königin. – Ist was mit Ihnen?«

Beim Stichwort Königin hatte ich mich an den Vorfall in der Schule erinnert. Ich dachte einen Moment nach.

»Darf ich Ihnen etwas zeigen?«

Sie nickte, und ich holte die schwarze Krone aus meiner Aktentasche. Dagmar Braun nahm sie in die Hand und betrachtete sie. »Was ist das?«

»Genau das frage ich mich auch. Bei ihrem Anblick ist eine meiner Schülerinnen fast in Ohnmacht gefallen. Ich dachte, Sie als Lehrerin wüssten vielleicht, welcher Scherz damit gemeint ist.«

Sie nahm das billige Stück Metall noch einmal unter die Lupe und reichte es mir dann mit einem bedauernden Lächeln zurück. »Jemand hat einen Faschingsartikel angemalt und sich etwas dabei gedacht. Welche Klasse unterrichten Sie?«

»Die zwölfte.«

»Also Siebzehn-, Achtzehnjährige. Ist jemand Älteres darunter?«

Der Ernst, mit dem sie ihre Fragen stellte, beunruhigte mich. »Das weiß ich nicht. So genau kenne ich die Schüler noch nicht. Was hat das zu bedeuten?«

In diesem Moment brachte die Bedienung unser Eis. Eine kurze Weile waren wir mit dem Neuarrangieren von Besteck und Servietten beschäftigt, dann verschlang Dagmar Braun ihren Bananensplit in atemberaubender Geschwindigkeit.

»Tut mir leid, ich habe einen grausamen Hunger. Ich bin heute nicht zum Essen gekommen. Ich habe Ärger mit einem meiner Schüler.«

»Weshalb?«

Sie kratzte den Rest ihres geschmolzenen Eises vom Teller. »Nicht der Rede wert. Das Übliche. Das, was bei uns so üblich ist. Sie haben ja andere Probleme.«

Sie unterbrach ihre Nahrungsaufnahme kurz und musterte mich interessiert. »Sprechen Ihre Schüler eigentlich darüber?«

»Worüber?«

»Über – ... Moment. Wie viele zwölfte Klassen gibt es da drüben?«

»Eine«, antwortete ich.

»Und Sie wissen nichts davon?«

»Wovon?«, fragte ich ungeduldig. »Meinen Sie den Unfall?«

Dagmar Braun hob die Augenbrauen und sah mich übertrieben höflich an. »Oh Verzeihung. Das wird bei Ihnen ja Unfall genannt. Das klingt natürlich viel vornehmer und schließt von vorneherein jede Art von Eigenverantwortung aus.«

Sie griff nach meinem halb aufgegessenen Eis und wollte es zu sich herüberziehen. Meine Hand fuhr vor und hielt es fest.

»Gibt es etwas, das ich nicht weiß? Und das ich wissen müsste?«

Ich ließ los und schob ihr den Teller hinüber. Ärgerlich griff sie nach ihrem Löffel.

»Das ist ja wohl typisch Breitenbach. Immer schön auf allem den Deckel drauf. Probleme gibt es nicht, weil sie einfach totgeschwiegen werden. Ich will Ihnen mal was sagen: All der Mist, der im Moment über Hauptschulen erzählt wird, ist wahr. Aber er wird wenigstens erzählt. Und warum werden teure Privatschulen für was Besseres gehalten? Weil sie ihren Mist schön für sich behalten.«

Damit zerteilte sie den Rest meiner Banane und aß ihn auch noch auf.

»Frau Braun.«

Sie sah hoch.

»Bitte.«

Mit einem Seufzer ließ sie den letzten, voll beladenen Löffel wieder sinken und sah mich ernst an. »Das Mädchen hat sich umgebracht.«

Ich schwieg. Und empfand mit einem Mal große Wut auf Katharina und ihre Verbote, Verweise und ihren so absurd gebrochenen Perfektionismus. Sie hätte es mir sagen müssen. Ein Selbstmord war kein Unfall. Er war eine tiefe Wunde in der Seele aller Schüler. Es wäre ihre Pflicht gewesen, mich darüber zu informieren.

»Sie ist vom Dach der Charité gesprungen. Zweiundzwanzig

Stockwerke tief. Es stand in den Zeitungen. Und wir hatten Besuch. Von der Polizei und dem Landesschulamt. Es gab wohl einige Unklarheiten. Ein Junge aus meiner Klasse war mit dem Mädchen eine Weile befreundet. Es hat ihn sehr getroffen.«

Sie sah hoch in die Kastanie, durch die ein leichter, warmer Wind einen Hauch von Luft fächelte. Die Früchte hingen schon an den Ästen. Sie waren noch nicht ganz reif, aber in ein paar Tagen würden sie herunterfallen und aufplatzen und die rotbraunen, glänzenden Kugeln über den Asphalt kullern.

»Deshalb gebe ich mir im Moment auch besonders viel Mühe mit ihm. Er hat es nicht leicht zu Hause. Und die Geschichte mit dem Mädchen hat ihm den Rest gegeben. Sie hieß Clarissa.«

Clarissa. Samantha. Beide Namen endeten auf *a*. War Clarissa das Mädchen, das Mathias geküsst hatte? War der Name deshalb gelöscht?

Ich fuhr mir mit der Hand über die Augen. Dann bemerkte ich, wie Dagmar Braun mich ansah. Es war ein merkwürdiger Blick. Einer von der Sorte, bei dem man abwägt, ob man seinem Gegenüber vertrauen kann. Und plötzlich lag mir sehr viel daran, dass sie es tat. Obwohl wir uns überhaupt nicht kannten. Obwohl sie auf der anderen Seite der Straße stand. Obwohl sie einer jener Menschen war, denen ich bisher viel zu wenig Beachtung geschenkt hatte, weil ihr offensiver Altruismus mich immer misstrauisch gemacht hatte. Und mit einem Mal wollte ich, dass so ein Mensch sein Misstrauen aufgab und mir näherkam.

Ich wich ihrem Blick aus und hoffte, dass sie nicht Gedanken lesen konnte.

»Selbstmorde gibt es immer wieder«, sagte sie leise. »Ob an einer Hauptschule oder am Gymnasium. Letzten Endes haben alle Kinder die gleichen Probleme. Und sie laufen immer und immer wieder auf dieselbe Ursache hinaus.«

»Und die wäre?«, fragte ich.

»Die Liebe«, sagte sie. »Oft zu wenig. Aber manchmal auch zu viel.«

Ich wusste nicht, was da gerade mit uns passierte. Sie sah mich immer noch an, abwartend, prüfend vielleicht, und ich entschloss mich zur Flucht und hielt nach der Serviererin Ausschau. Sie kassierte gerade an einem anderen Tisch.

»Es gibt kein Zuviel an Liebe«, widersprach ich.

Dagmar Braun lehnte sich lächelnd zurück und schwieg. Ich machte ein Zeichen, dass wir zahlen wollten. Während ich die Rechnung beglich, nahm sie noch einmal die schwarze Krone in die Hand, die vor ihr auf dem Tisch lag, und spielte ein wenig damit herum. Schließlich hob sie sie hoch, platzierte sie mitten auf ihrem kraus gelockten Schopf und grinste mich dabei an.

»Die Fürstin der Finsternis beendet die Audienz. Sie muss nach Hause, um sich neue, unlösbare Grammatikrätsel auszudenken.« Sie nahm die Krone ab und reichte sie mir. »Ich fürchte, ich konnte Ihnen nicht viel helfen.«

»Doch«, antwortete ich. »Mehr, als Sie denken.«

In der Kanzlei fand ich Kevin vor und freute mich mehr über ihn, als er es verdient hatte. Natürlich arbeitete er nicht, sondern fügte gerade seiner 243,6-Stunden-Musikdatei noch zwei weitere Stunden von befreundeten Jägern und Sammlern hinzu.

»Hör dir das an.«

Aus allen vier Ecken des Raumes prasselten Töne auf mich nieder.

»Die neue *Social Disortion*. Genial, was?«

Er hatte ein Dolby-Surround-System installiert und beschallte mich seitdem zu jeder passenden und unpassenden Gelegenheit mit aktuellen Downloads. Ich tat ihm den Gefallen und blieb einen Moment aufmerksam lauschend stehen. Den Bass hätte man in der Charité zum Zertrümmern von Gallensteinen einsetzen können.

»Gut«, brüllte ich. »Geht's jetzt auch leiser?«

Kevin, zufrieden mit dem Ergebnis seiner Demonstration, drehte die Lautstärke herunter und suchte in der Schreibtischschublade nach seinen Kopfhörern. Im Gegensatz zu mir hatte er nie Probleme, juristische Schriftsätze unter dem direkten Einfluss von Marilyn Manson auszuarbeiten.

Ab und zu, wenn er guter Laune war, brannte er mir eine CD, von der ich mir die ersten drei Interpreten merken konnte und mit deren Erwähnung ich bei Gesprächen über Musik anerkennende Blicke erntete. Mittlerweile hatte ich eine ganz anständige Liste zusammen, nur bei Nachfragen knickte ich ein und wechselte schnell das Thema. In letzter Zeit hatte ich allerdings wenig über Musik gesprochen. Eigentlich kaum noch. Nachdem Marie-Luise dahintergekommen war, wer mein Musikflüsterer war, nahm sie mich als Informanten nicht mehr für voll und wendete sich lieber gleich an Kevin. Und jemand anderen zum Angeben hatte ich nicht.

»Alles gut überstanden?«

Kevin richtete sich auf und grinste mich an. Er hatte sich die Haare während der Semesterferien etwas länger wachsen lassen und sah aus, als wäre er direkt aus einem Bett der sechziger Jahre in der Portobello Road gekrochen.

»Na klar doch. Ich habe nur noch nicht das Ergebnis, aber bestanden ist bestanden. Ich geb einen aus heute Abend. In der Schwarzmeer-Bar. Kommst du?«

Ich zuckte, so vage es ging, mit den Schultern. Kevin war Anfang zwanzig. Seine Freunde – und Freundinnen – naturgemäß auch. Aber ein erstes Staatsexamen war natürlich ein Grund zum Feiern. Schließlich war er fast Marie-Luises und mein Ziehsohn, beruflich gesehen.

»Mal sehen. Ich hatte einen anstrengenden Tag.«

Aber Kevin hörte mir nicht zu. Mit spitzen Fingern holte er einen kleinen, sechsunddreißigseitigen Gegenstand aus der Schublade und hielt ihn erstaunt in die Höhe.

»Seit wann bist du ein Larper?«

»Ein was?«

Er verzog den Mund zu seinem unwiderstehlichen Ich-bin-zwar-erst-dreiundzwanzig-aber-ich-habe-zehnmal-mehr-Ahnung-von-dem-was-geht-als-du-Grinsen.

»Das ist doch ein W36. Und dazu noch schamhaft hinter dem Büroklammerbeutelchen versteckt. Jetzt sag mir bloß, dass du keinen Blassen hast, was das hier ist.«

Ich setzte mich auf meinen Schreibtischstuhl und versuchte mich in ehrlichem Nichtwissen.

»Ich habe, wie du dich ausdrückst, keinen Blassen. Aber es würde mich sehr interessieren, um was es sich handelt.«

Kevin warf ihn mit kleinen, eleganten Bewegungen ein paarmal in die Luft. »Du brauchst mir doch nichts vorzumachen. Das erklärt so einiges. Jetzt weiß ich endlich, warum du immer so abwesend wirkst. Das liegt an deinem miserablen Charismawert. Oder warum du keine Freundin hast: Nachteil Weltfremd 10. Und dass die Bude hier nicht läuft, hat einzig den Grund, dass dir Mordprozesse ein Rätsel sind, weil die Opfer nicht einfach wiederbelebt werden. Stimmt's?«

Er drückte mir den Würfel in die Hand, und alles, was ich herausbrachte, war ein »Ah ja?«.

»Und in Wirklichkeit schleppst du statt Akten Regelwerke und Sourcebooks mit dir herum und würdest gerne mal im Landgericht eine Justiz-Session veranstalten.«

»Abgesehen davon, dass sich bei mir der Eindruck von Respektlosigkeit vertieft – könntest du *so* mit mir reden, dass ich dich auch verstehe?«

Kevin beugte sich zu mir herab. »Larp. *Live acting role play*. Das Schwarze Auge? Elizabeth Seymour? Das *Liber Magicae*? Nie gehört?«

»Nie.«

Er wandte sich ab und umrundete den Schreibtisch. Dann ließ er sich mir gegenüber in seinen Stuhl fallen und legte die Füße auf den Tisch. »Null Ahnung. Gott sei Dank. Ich dachte schon, dich hätte es auch erwischt. In deinem Alter. – Oder hast du ein junges, nettes Mädchen kennengelernt, das dich ständig in der dritten Person und mit Meister anredet?«

»Ich muss dich leider enttäuschen.«

»Dann erklär mir doch einfach, woher du ihn hast.«

Ich beschrieb ihm den Fundort und erzählte gleichzeitig, welchen lukrativen Nebenjob ich angenommen hatte. Kevin hatte einen Großteil der Semesterferien an der Ostsee beim Surfen verbracht und war nicht wirklich auf dem Laufenden. Interessiert hörte er zu, und obwohl der mysteriöse Trauerflor eigentlich nichts mit dem Würfel zu tun hatte, erzählte ich das auch noch. Kevin nahm die Füße vom Schreibtisch und nickte nachdenklich.

»Schwarze Kronen, schwarze Bänder. Das sind Symbole. Deine Schüler spielen Larp. *Live acting role play* heißt das, zu Deutsch: Rollenspiel. Eine Gruppe mehr oder minder Verrückter trifft sich und spielt ein Spiel. Entweder rein virtuell, als Paper and Pencil, oder auf einer Convention. Das ist eine ein-

oder mehrtägige Zusammenkunft, die unter einem bestimmten Thema steht. Science-Fiction, Fantasy, Mittelalter und so weiter. Man zieht sich dem Szenario entsprechende Klamotten an und schlüpft für diese Zeit in eine andere Rolle. Man kann ein Mensch sein oder ein Werwolf. Ein Vampir oder Elf. Mann oder Frau, Gut oder Böse.«

»Und der Würfel?«

»Der verstärkt oder schwächt deine Eigenschaften. Der W36 ist schon eine große Nummer. Stell dir vor, dein Mut versechsunddreißigfacht sich.«

Ich nahm den Würfel noch einmal in die Hand.

»Oder deine Angst«, ergänzte Kevin.

Ich sah ihn an. »Gibt es ein Spiel mit dem Namen ›Die Schwarze Königin‹?«

Kevin dachte kurz nach und schüttelte dann den Kopf. »Keine Ahnung.«

In diesem Moment klingelte sein Handy. Er warf einen kurzen Blick auf das Display und nahm den Anruf dann entgegen. »Okay, wenn's sein muss.«

Er stand auf und ging zur Tür. »Ich muss weg. Meine Süße macht Stress wegen heute Abend, weil ich eine ganz bestimmte Kommilitonin eingeladen habe. Sehen wir uns?«

Ich hätte ihm gerne noch die schwarze Krone gezeigt, aber er war schon im Flur. Ich hörte, wie er seinen Schlüsselbund vom Stromzähler nahm, und rief ihm hinterher: »Kevin?«

Er kam noch einmal in die Türöffnung.

»Spielst du diese Spiele noch?«

Er lachte kurz auf. »Ich? Nein. Die Leute drehen durch, wenn sie richtig drinstecken. Aber ich kenne zwei, die werden dir gefallen. Vom Clan der Nosferatu.«

»Das sind Vampire?«

Kevin nickte. »Und was für welche.«

Wenig später hörte ich ihn fröhlich pfeifend den Hinterhof durchqueren. Nachdenklich betrachtete ich den seltsamen Würfel. Katharina hatte also gar nicht das Trauern verboten, sondern die Symbole. Es ging ihr gar nicht um die Gefühle der Schüler, sondern um das Spiel. Es musste ein merkwürdiges Spiel sein, wenn es so streng geahndet wurde.

Und auf einmal wusste ich auch den Grund.

Wer auch immer dieses Band um den Stuhl gewunden hatte – er verletzte nicht nur die ungeschriebenen Regeln der HBS. Er hatte eine weitere Grenze überschritten. Er spielte mit einer Toten.

Das war ja absurd.

Ich nahm den Würfel und warf ihn auf die Schreibtischunterlage. Er sprang hinüber zu Kevins Computer, kullerte über das Mousepad, drehte sich anmutig einige Male um sich selbst und blieb dann liegen. Neugierig spähte ich hinüber. Eine Acht.

Ich langte herüber, nahm das Ding und sperrte es wieder in die Schublade. Mein Mut hatte sich also genau in diesem Moment verachtfacht. Oder meine Angst.

Ich schob sie fester als nötig zu.

Am Abend fuhr ich mit der Eisenstange, der Badewanne und Marie-Luise Richtung Mulackstraße. Wir wollten die Wanne bei George Whithers abgeben und anschließend hinüber in die Schwarzmeer-Bar laufen. So war der Plan, und er klang gut. Bis wir an der Volksbühne vorbeikamen und Marie-Luise mich bat, an der Ecke zu halten. Ich ahnte, was sie vorhatte, und ließ sie gehen. Die versprochene Minute dehnte sich zu einer Viertelstunde aus, und ich hatte Zeit, mir die Rückseite der Volksbühne vom Logensitz eines DDR-Volvo aus anzusehen. Ein rauer Rest Postsozialismus, eingekreist von den Tentakeln der neuen Bourgeoisie, die sich noch nicht getraut hatte, auch noch von dieser Ecke Besitz zu ergreifen.

Ich stieg aus und schlenderte ein paar Schritte die Straße hinunter. Unten, Richtung Alexanderplatz, war die Schlacht schon längst gewonnen. Wie ein unsichtbares Netz hatten sich die unterworfenen Straßenzüge ineinander verwoben, nachdem sie ihren Widerstand gegen den konzentrierten Angriff der Investoren aufgegeben hatten. Einer nach dem anderen wurde überzogen vom pastellfarbenen Puderzucker der denkmalschützenden Fassadenrenovierer, und hinter den Fenstern und Türen und Schaufenstern waren sie eingezogen, die neuen Mieter der neuen Mitte, und breiteten sich aus wie ein wuchernder, pulsierender Termitenhügel, der sich von einem vergehenden Mythos nährte wie ein Untoter vom Blut seines Opfers.

Verborgen in Hinterhöfen und schlecht beheizbaren Wohnungen, in Kellerateliers und Theatern ohne Strom vegetierte dieser Mythos noch vor sich hin, von seinen Protagonisten mit dem Stolz eines aussterbenden Indianerstammes am Leben gehalten, denn ohne sie wäre Mitte nicht das, was die Tentakeltermiten anzog, weil sie es woanders nicht mehr fanden: eine kreative Illusion. Vielleicht hatten die Termiten davor Respekt, und sie fraßen nur, was sich ihnen widerstandslos hingab. Dieser Teil des Platzes aber, in dessen Mitte die Volksbühne thronte wie sein monumentales Herz aus Beton und sibirischem Marmor, hatte sich noch nicht unterworfen. Die neue Mitte wucherte nur fünfzig Meter weiter ungestört um ihn herum, laut, bunt und mit dem Geruch nach frischer Farbe, neuem Geld und plötzlichem Erfolg, und sie würde auch ihn eines Tages verschlucken. Doch dieser Tag war nicht heute, und morgen auch nicht.

Die Viertelstunde war schon um einiges überzogen. Die Rosa-Luxemburg-Straße belebte sich mit der bekannten Mischung ziellos schlendernder Flaneure und geradeaus eilender Verabredeter. Vor dem Babylon bildeten sich lockere Grüppchen, die die Neuankömmlinge in sich aufnahmen und immer neue Cluster bildeten. Zur Volksbühne zog es die Avantgarde der proletarisch-revolutionären Herzen. Ins Scheunenviertel mit seinen Restaurants und Bars pilgerten Neuberliner und Touristen. Und ich stand immer noch mit dem Volvo vor einem Hauseingang und wartete. Nach einer halben Stunde wurde es mir zu bunt, und gerade als ich mich wieder hinters Lenkrad setzte, kamen Marie-Luise und Jazek um die Ecke.

Er grüßte mich mit einer Art brummigem Kopfnicken und kletterte unaufgefordert in den Fond, wo er neben Badewanne und Eisenstange gerade noch genug Platz hatte. Marie-Luise plumpste auf den Beifahrersitz und klappte die Sonnenblende herunter, um ihr nicht mehr vorhandenes Make-up zu überprüfen.

»Haben wir uns verspätet?«

»Wir?«, fragte ich zurück und startete.

Die beiden Turteltäubchen warfen sich einen vielsagenden

Blick zu und unterließen es zu antworten. Wenig später hielt ich in der Mulackstraße und ließ mir von Jazek die Badewanne herausgeben. Wir verabredeten uns eine Ecke weiter auf Kevins Party, und ich betrat, die Wanne wie einen mittelalterlichen Schild vor mir hertragend, einen der seltsamsten Hinterhöfe, den ich je gesehen hatte.

Überall waren Badewannen. Große, kleine, alte, neue – wobei das Wort neu in diesem Zusammenhang der falsche Begriff war. Badewannen neuerer Zeitrechnung, in denen sich Generationen gesäubert hatten, ohne das Gleiche in ähnlicher Regelmäßigkeit auch mit ihrer Wanne zu tun. Einige standen schon eine ganze Weile hier. Efeu bedeckte sie und rankte um ihre metallenen Füße. Mehrere der Exponate waren mit Wasser gefüllt, und vor einer ähnlichen Zinkwanne wie der, die ich trug, kniete ein alter Mann in staubiger Arbeitskleidung und hatte den Kopf an ihre Außenwand gelehnt. Sie war halb mit Wasser gefüllt, in das er immer wieder mit der Hand hineintauchte, um dann fast zärtlich über ihren Rand zu streichen. Ein leiser Ton, warm und dunkel wie aus dem Mittelpunkt der Erde, stieg aus der zitternden Wasseroberfläche, füllte den Hinterhof und verhallte sanft an den Wänden. Ich trat einen Schritt näher.

»Mr Whithers, I presume«, zitierte ich einen der wenigen Sätze, der wie kaum ein anderer eine lange Geschichte mit vier Worten zu Ende bringen konnte.

Die Hand wurde ruhig, der Ton erstarb. Der Mann erhob sich mühsam und drehte sich um. Er war Anfang siebzig und trug seinen gepflegten Vollbart ebenso weiß wie sein schütteres Haar. Er war einen halben Kopf kleiner als ich, wirkte wohlgenährt, aber nicht dick, und hatte ein rundes, fast faltenfreies Gesicht, aus dem mich zwei helle blaue Augen fragend ansahen.

»Ich bin Joachim Vernau und bringe eine Badewanne.«

Ich stellte das ersehnte Stück auf den Boden und reichte ihm die Hand. Er drückte sie mit derselben Kraft, mit der er wohl Walnüsse knackte. Ohne Nussknacker. Ich ging fast zu Boden.

»Whithers«, sagte er. »Das ist sehr freundlich von Ihnen.«

Erstaunlicherweise klangen seine Worte französisch. »Sie sind Kanadier?«

Whithers nickte und lächelte mich an. Um seine Augen legte sich ein feiner Kranz aus Fältchen.

»Und Sie machen Musik mit Badewannen?«

Mein Satz klang lächerlich und arrogant. Aber mehr fiel mir auf die Schnelle einfach nicht ein. Whithers war ein seltsamer Mann. So freundlich er wirkte, so rätselhaft war sein Verhalten. Männer dieses Alters und mit seinem Aussehen hatten nachmittags im Park zu sitzen und sich mit den Tauben zu unterhalten. Sie knieten nicht inmitten eines Badewannenfriedhofs und erschufen Wassermusik.

»Das könnte man so sagen. Ich behaupte, es ist ein wenig mehr als das.«

Mit einer Kopfbewegung deutete er mir an, ihm zu folgen, und verschwand in einer Art ebenerdigem Kellerraum am Ende des Hofes. Meine Augen hatten keine Zeit, sich an die Dunkelheit zu gewöhnen. Whithers schloss das Tor hinter mir, und mich umfing schwarze Nacht.

»*Ecoutez.*«

Seine Schritte entfernten sich, ich hörte ein metallisches Klirren, und dann fing rostiges Eisen an zu weinen. Ja, es weinte. Erst war es ein leises Heulen, dann fing es an zu schreien und schraubte sich hoch zu einem infernalischen Klang, der entfernt an eine U-Bahn-Vollbremsung erinnerte. Oder an eine selbst gebrannte CD von Kevin. Der Ton schob sich vibrierend in meinen Körper und verursachte eine Mischung aus Erregung und Übelkeit. Ich presste meine Hände auf die Ohren und taumelte zurück. Es war ein widerwärtiges Geräusch, und erst als es erstarb, öffnete Whithers die Tür.

»Was war das?«

Ich kniff die Augen zusammen und erkannte am Ende eines riesigen Raumes eine deckenhohe, metallische Kreatur aus Zahnrädern, Schienenstücken, Kabelummantelungen und – Badewannen. Whithers war mit dem Ergebnis seiner Demonstration zufrieden, denn er lächelte wieder so sanft wie ein sibirischer Schamane.

»Das waren Himmel und Hölle.«

Ich folgte ihm hinaus in den sonnigen Hinterhof.

»Gut und Böse. Schwarz und Weiß. Hässlich und Schön. Und

dabei nichts anderes als Physik, gepaart mit Empfindung. Wie jede Musik, wie jede Art von Tonfolge, die wir hören.«

Er setzte sich auf den Rand einer ehemals beigen Badewanne, Typ Plattenbau Frankfurter Allee, und zog aus der Tasche seiner Arbeitshose ein Päckchen Tabak.

Während er sich eine Zigarette drehte, bot er mir den Platz neben sich an. »Was haben Sie empfunden da drin?«

Ich dachte kurz nach. »Unwohlsein. Beklemmung. – Angst.«

Withers beendete sein Werk und zündete sich die fertige Zigarette an. Dann hob er spöttisch die buschigen, weißen Augenbrauen.

»Sie hatten Angst vor einem Ton. Weil ihr Instinkt nicht wusste, was dieser Ton bedeutet. Sie haben nicht gesehen, wie er entstand. Diese Unwissenheit hat bei Ihnen einen Fluchtreflex ausgelöst.«

Withers pustete kleine Rauchwölkchen nach oben in das abendblaue Viereck Hinterhofhimmel.

»Nichtwissen ist die Ursache aller Ängste. Nicht wissen, woher etwas kommt und wohin etwas führt. – Wer hat mir Ihre hübsche Kleine geschickt?«

Er deutete auf mein Geschenk.

»Meine Mutter. Hildegard Vernau.«

Withers schien intensiv nachzudenken, doch keine Erinnerung erhellte seine Züge. »Kenne ich die Dame?«

Ich musste lächeln, als ich an meine beiden Walfisch-Groupies vom Mierendorffplatz dachte. »Eigentlich sind es zwei. Ingeborg Huth und meine Mutter.«

»Ah! Natürlich! Die eine so, die andere so?«

Er deutete mit der Hand ihre ungefähre Größe an. Ich nickte.

»Dann machen sie es also wahr. Chapeau. Ihre Mutter ist eine mutige Frau. Richten Sie den beiden aus, alles verläuft so wie geplant. Sie können sich auf mich verlassen.«

Ich deutete auf die Zinkwanne, dann auf ihn, dann auf mich, dann ließ ich die Hand sinken und sagte: »Alles verläuft wie geplant? Was bitte?«

Withers ließ die Zigarette fallen und trat sie mit seinen klobigen Bauarbeiterschuhen aus.

»Haben die beiden Ihnen nichts gesagt?«
»Nein.«
Er stand auf und reichte mir die Hand. »Dann werde ich es auch nicht tun. Au revoir.«

Die Schwarzmeer-Bar war eigentlich eine Anlaufstelle für alle Suchenden nach Mitternacht. So früh am Abend war sie meistens leer, und Alexej suchte aus dem Stapel Vinyl nur die Platten heraus, zu denen er gerade in Stimmung war. Kam man vor 22 Uhr, konnte es passieren, dass man mit einem Livemitschnitt von Neil Young oder Alvin Lee empfangen wurde und ihm gnadenlos bis zum Letzten ausgesetzt war. Erst wenn es voller wurde und sich die Gäste an lauen Abenden bis hinaus auf den Bordstein drängelten, wenn die Weinflaschen kreisten und die Gespräche die Musik überlagerten, wurde sie zur Nebensache. Dann hatte Alexej keine Zeit mehr, und seine russische Melancholie, die so gut zu den beiden roten Zimmern im Hochparterre passte, verschwand schlagartig. Er vertagte die Schachpartie mit einem weiteren jungen hübschen Mädchen, das neu war in der Stadt und sowieso gegen ihn verloren hätte. Und das Mädchen blieb für den Rest des Abends an der Bar sitzen und beobachtete ihn, wie er geschickt die Weinflaschen entkorkte, hörte um sich herum Gespräche auf Russisch, Polnisch, Lettisch und Deutsch, stöberte vielleicht in den Schallplatten, die älter waren als es selbst, fing ab und an eins von Alexejs Lächeln ein, das er großzügig verteilte und das trotzdem nie inflationär wurde, und irgendwann im Laufe des Abends hatte es zum ersten Mal seit seinem Einzug in ein kleines WG-Zimmer in der Nähe der Humboldt-Universität das Gefühl, angekommen zu sein. So eine Bar war die Schwarzmeer-Bar.

Und wenn sie einmal leer war, dann war Montag, und Alexej hatte frei.

An diesem Abend aber hatte ich trotz der frühen Stunde Mühe, Marie-Luise zu finden. Die Schwarzmeer-Bar war bis auf den letzten Stehplatz doppelt besetzt. Kevin quetschte sich durch seine Gäste und entdeckte mich in der Nähe des Eingangs. Er formte seine Hände zu einem Trichter und brüllte: »Die Erste geht auf mich!«, dann hatte ihn die Menge wieder verschluckt. Ich fand Marie-Luise nach mehreren vergeblichen Anläufen im Hinterzimmer. Sie saß mit Jazek in einer Ecke, vor ihnen stand eine Flasche Wein mit zwei Gläsern. Eine Kerze verbreitete romantisches Licht, barg aber die latente Gefahr, gefährlich nahe Stehende unversehens zu entflammen. Ich bahnte mir einen Weg zu ihnen, und Marie-Luise machte etwas Platz auf der Bank.

»Bist du den Schrott losgeworden?«

Ich nickte und trank einen Schluck Wein aus ihrem Glas. Marie-Luise legte ihren Arm auf Jazeks Schulter und lächelte ihn an. Er ignorierte diesen Versuch liebevoller Vereinnahmung und hielt nach Bekannten Ausschau. Sie nahm den Arm herunter und rückte eine Kleinigkeit von ihm ab.

»Meine Mutter hat irgendetwas vor, und ich weiß nichts davon.«

»Das soll es geben.«

»Irgendetwas mit einem Walgesang-Schrott-Wasser-Künstler. Er hat gerade einige sehr merkwürdige Andeutungen gemacht. Die Badewanne scheint so eine Art Nachricht gewesen zu sein.«

Marie-Luise nahm die Flasche und schenkte die beiden Gläser wieder voll.

»Die Wanne heißt: Sie macht etwas wahr. Aber was? Warum sagt sie mir nichts davon? Und dieser Mann: Er macht Töne, die man nicht nur hört, sondern auch fühlt. Also, bei denen man Gefühle bekommt. Komische Gefühle.«

»Trink was, dann fühlst du dich besser.«

Sie schob mir das Glas hinüber und schenkte mir dabei einen merkwürdigen Blick. Jazek murmelte ein paar Worte auf Polnisch, stand auf und verschwand in der Menge. Ich sah ihm nach.

»Er ist nichts für dich.«

»Halt du dich da raus, ja? Und verurteile nicht die Beziehungen anderer Menschen, nur weil du keine hast. Was ist das überhaupt für ein Blödsinn? Badewannen als chiffrierte Codes, und Töne mit komischen Gefühlen – hast du was geraucht?«

In diesem Moment traten zwei Gespenster an unseren Tisch. Beide waren blass und dünn, in schwarze Gewänder gehüllt und mit dunkel umschatteten Augen. Das größere war männlich, das kleinere weiblich. Sie hatten einen durchaus sanften Gesichtsausdruck, wirkten aber ein wenig durchsichtig und abwesend.

Das Weibchen sagte etwas, das von dem Lärm verschluckt wurde. Sie merkte es und beugte sich vor. »Kevin schickt uns. Er sagt, dass du etwas über uns wissen möchtest.«

»Über euch?«

Dann fiel es mir wieder ein. »Ihr seid Nosferatu?«

Beide nickten freundlich. Sie hatten schulterlange, rabenschwarze Haare, und ihre Lippen waren tiefrubinrot geschminkt. Das Mädchen sprach jetzt etwas lauter. »Wir sind gerade auf dem Weg in die Kammer der Seelen. Die anderen warten schon auf uns, deshalb haben wir nicht viel Zeit. Aber ein Ghul, der von Kevin kommt, ist okay. Ist hier irgendwo noch Platz?«

Marie-Luise rückte in die Lücke, die Jazek hinterlassen hatte. »Sag mir sofort, was du genommen hast«, flüsterte sie mir zu. »Und die beiden da auch. Und dann gib mir das Gleiche.«

Ich ignorierte sie. »Ihr spielt also Vampire?«

Das Männchen und das Weibchen sahen sich an.

»Ist das jetzt *in time* oder *out time*?«, fragte sie. »Der weiß ja absolut gar nichts.«

»*Out time*«, antwortete ihr Pendant und wandte sich mir zu. »Erstens: Wir sind Kainiten. Zweitens: Wir sind vom Clan der Nosferatu. Drittens: Wir brauchen was zu trinken.«

»Blut?«, fragte Marie-Luise.

»Ich hätte hier noch etwas Rotwein.« Ich reichte ihnen mein Glas. »Vielleicht tut's das auch. Wer seid ihr denn? Habt ihr Namen?«

»Ich bin Caspar David von Magdeburg, Vogt und ehrwürdiger Neonate.«

»Und ich bin Irina Magdalena, geachtete Neonatin und Mitglied des Rates.« Vogt Caspar reichte ihr das Glas, und sie trank einen winzigen Schluck. Ich versuchte mich an einem vertrauenerweckenden Lächeln.

»Nosferatu habe ich mir immer haarlos vorgestellt. In der Murnau-Version sozusagen.«

Irina Magdalena stellte das Glas ab. Ihre Fingernägel waren

schwarz lackiert, und um den Hals trug sie eine Silberkette, an der ein rätselhaftes Runenzeichen hing.

»Die Nosferatu sind keine Rasse, sondern ein Clan«, erklärte sie die fehlende Ähnlichkeit. »Er ist deine neue Familie, wenn du in das Reich der Untoten kommst. Die Nosferatu wirken eher im Verborgenen. Im Gegensatz zu den Brujah oder den Ventrue. Wir hüten und bewahren die alten Geheimnisse, wir sind die echten Herren des Untergrunds. Nicht solche Angeber wie die Tremere und Toreador.«

»Das sind Clans der Domäne Berlin. Seit dem Dreißigjährigen Krieg bekämpfen sie sich untereinander, was nicht ohne zahlreiche, viel beweinte Opfer geschieht. Unsere Ahnen haben einen unermesslichen Blutzoll entrichtet. Und bis heute ist in der Domäne nur ein brüchiger Friede eingekehrt. Die Priester der Feinde sind noch immer unter uns. Wir sind dem Untergang geweiht.«

Caspar sah traurig aus. Irina Magdalena auch. Ich nickte. Fröhlich war so ein Leben als Vampir wohl nicht.

»Und wie oft trefft ihr euch? Einmal in der Woche? Im Monat?«

»Im Moment ist es ein bisschen eingeschlafen. Die waren alle im Urlaub«, sagte Irina Magdalena. »Aber jetzt geht es wieder richtig los. Es wird früher dunkel, und man muss nicht bis zehn warten, bis man auf die Straße kann. Und heute ist sowieso eine Ausnahme. Sonst treffen wir uns immer am Samstag.«

»Und was macht ihr dann so? Partys auf Friedhöfen? Kleine Gruftschändungen?«

Marie-Luise wollte witzig sein, aber Nosferatu schienen nicht nur einen Hang zur Depression zu haben, sie waren auch humorfrei. Vogt Caspar beugte sich vor und fixierte sie einige Sekunden lang, ohne eine Regung zu zeigen. Dann sagte er: »Wir stehlen kleine Kinder und trinken ihr Blut.«

Marie-Luise fuhr zurück. »Ist ja gut. Ich dachte, einen Vampir wird man ja wohl mal fragen dürfen. Schau mich nicht so hungrig an. Ich habe Rollvenen.«

»Kevin meinte, du interessierst dich für Rollenspiel«, sagte Irina Magdalena zu mir. »Verarschen lassen müssen wir uns hier nicht.«

»Ich muss sowieso mal.«

Marie-Luise stand auf, ging aber nicht Richtung Toilette, sondern zum Ausgang. Vermutlich suchte sie Jazek, denn er war nicht wieder im Hinterzimmer aufgetaucht. Ich goss Rotwein nach und wandte mich wieder an die beiden, die dem wilden Treiben um sie herum mit Schweigen begegneten.

»Ich betreue eine Schulklasse. Vermutlich spielen sie etwas in dieser Art. Eine meiner Schülerinnen hat eine merkwürdige Botschaft bekommen. Das Päckchen lag in meinem Postfach, und sie hat sich sehr erschreckt. Das ist schon alles.«

»Wie sehr hat sie sich erschreckt?«, fragte Vogt Caspar.

»Ziemlich«, antwortete ich. »Mehr, als es bei einem schlechten Scherz üblich ist.«

»War das *in time* ... also war das *in* einer Spielsituation?«

Ich dachte einen Moment nach. Im weitesten Sinne konnte man den Teen Court durchaus als eine Art von Rollenspiel verstehen, so viel hatte ich mittlerweile verstanden. Aber der Vorfall war nach der Stunde passiert, in einer Situation des allgemeinen Aufbruchs.

»Nein. Der Unterricht war zu Ende, alle wollten nach Hause. Bevor die Letzten gingen, habe ich das Päckchen überreicht. Warum?«

»Larp hat Spielregeln. Und zu denen gehört, dass *out time* nichts geschieht, was irgendetwas mit *in time* zu tun hat. Man setzt ein Spiel nicht einfach in der Realität fort. Es sei denn ...«

Er sah zu Irina Magdalena, die kaum sichtbar den Kopf schüttelte.

»... aber das ist Blödsinn. Das würde ja heißen, dass sie immer *in time* wären. Gar nicht mehr aufhören. Und so was gibt es nicht. Das ist absolut gegen die Regeln.«

»Was sagen denn eure Regeln so?«, fragte ich mäßig interessiert.

»Grundsätzlich ist alles verboten, was wirkliche Angst verbreitet. Es ist ein Spiel. Es soll Spaß machen.«

Irina Magdalena bekräftigte seine Worte mit einem traurigen Nicken. »Der Spielleiter achtet darauf, dass diese Regeln eingehalten werden. Seinen Anweisungen muss man ohne Wenn und

Aber Folge leisten. Reale Gewalt, blöde Anmache, Fesseln und so ein Scheiß haben bei Larp nichts zu suchen.«

»Oder anders gesagt, weil Sie ja Anwalt sind: Es gilt das StGB. Immer. Körperverletzung, Freiheitsberaubung et cetera gibt es nicht. Jeder Spieler kann innerhalb seines Charakters machen, was er will, aber er darf niemals andere unterdrücken, beleidigen und physisch oder psychisch verletzen. Sonst wird er ausgeschlossen. Haben wir alles schon gehabt. Für Verrückte ist kein Platz bei uns.«

Beide warfen sich einen vielsagenden Blick zu.

»Larp wird miteinander gespielt«, ergänzte die geachtete Neonatin, »und nicht gegeneinander. Was war denn drin in dem Päckchen?«

»Eine schwarze Krone«, antwortete ich.

Sie lag im Büro. Ich hätte sie den beiden gerne gezeigt, hatte aber nicht damit gerechnet, so schnell Kontakt zu leibhaftigen Rollenspielern zu haben. Die zudem noch richtig gut spielten. Denn Vogt Caspar sah mit einem Mal noch blasser und leidender aus. Lange würden sie hier wohl nicht durchhalten, wenn sich nicht bald ein williger Blutspender fand. Ich schob ihm das Weinglas hinüber, aber er lehnte mit einer schwachen Handbewegung ab.

»Ein Spiel mit einer schwarzen Krone ist uns nicht bekannt.«

»Und wir kennen viele Spiele. Wir haben eine Menge ausprobiert, bevor wir Kainiten wurden. Ich war Elfe, und Caspar ein Thorwaler. Später, als ich mich besser auskannte, bin ich zur Todesschwadron der New Yorker Polizei gewechselt, aber das war nichts für mich. Ich war dann lieber eine Zwergin, und Caspar ein Novadi. Wir haben uns auf einer Con kennengelernt. Er hat einen Tatzelwurm erschlagen.«

»Einen Drachen. Auf einer Convention«, erklärte mir Jung Siegfried. »Bei einer richtigen Con spielt man mit anderen mehrere Tage lang. Bei manchen Treffen, in England zum Beispiel, kommen Tausende zusammen. Es gibt Kriege, Morde, hinterlistige Angriffe und magische Rätsel, und am Ende ist man wieder eine Stufe auf der Leiter weiter. Ich war bei über zehntausend Punkten. Stufe acht.«

Das Letzte sagte er leise und bescheiden. Ich nickte ihm anerkennend zu, denn ich sah, wie stolz er auf sich war.

»Aber es ist noch nie jemand zu Schaden gekommen«, sagte Irina Magdalena. »Trotz Krieg und Mord und so. – Sag mal, ist das nicht Ben Becker da hinten?«

Sie reckte den Hals und fiel dann wieder enttäuscht in sich zusammen. »Hab mich wohl getäuscht.«

»Sie ist Ben-Becker-Fan«, erklärte Vogt Caspar überflüssigerweise. »Wenn du magst, komm doch mal mit. Dann bist du unser Ghul und musst den ganzen Abend machen, was wir wollen.«

»Zum Beispiel?«

Beide sahen sich ratlos an. »Die Gläser abräumen vielleicht?«

»Ein andermal.« Ich lächelte sie an. Das alles kam mir sehr harmlos vor. Und für Vampire waren sie ausgesprochen friedlich.

Vogt Caspar seufzte. »*In time?*«

»Das heißt: Die reale Spielzeit beginnt. *Out time* heißt stopp. Ende. Unterbrechen oder vertagen. Wie spät ist es denn?«

Irina Magdalena sah auf die Uhr an meinem Handgelenk. »Wir müssen los, Geliebter. Ich spüre schon den Atem der Verdammten in meinem Nacken.«

»Ach ja?«

Marie-Luise stand mit einem Wasserglas Wodka an unserem Tisch, aufgetaucht aus dem Nichts. Ihr Gesichtsausdruck verhieß nichts Gutes. Vermutlich war Jazek gegangen – oder er knutschte gerade mit einer Studentin der Theaterwissenschaft vorne auf der Treppe. Das war die Crux, wenn man in Mitte ausging: Die Mädels waren alle so jung.

»Eine Frage noch. Gibt es in eurer Welt so etwas wie die Schwarze Königin?«

Vogt Caspar, der gerade aufstehen wollte, verharrte mitten in der Bewegung. Irina Magdalena blickte zu Boden. Marie-Luise quetschte sich vorbei und plumpste neben mich auf die Bank, wobei sie die Hälfte des Wodkas verschüttete.

»Was für eine Schwarze Königin?«, fragte sie. »Hab ich was verpasst?«

Sie stieß mit unseren Rotweingläsern an und hob das Glas. Aber die beiden wollten nicht trinken. Sie wollten gehen, und es war ihnen nicht wohl in ihrer Haut. Schließlich sah Irina Magdalena hoch und fixierte Marie-Luise mit einem rätselhaften Blick.

»In unserer Welt gibt es keine Königin. Wenn selbst unser höchster Herrscher nur ein Fürst ist – wer sollte dann noch über ihm stehen?«

»Oder anders gesagt«, fuhr Vogt Caspar fort, »das dürfte dann ein Spiel sein, das für uns eine Nummer zu groß ist. *In time.*«

Die letzten beiden Worte hatte er zu seiner Begleiterin gesagt. Beide standen auf, ordneten ihre Umhänge und schoben sich dann elegant, ohne jemanden in diesem lauten, überfüllten Raum zu berühren, Richtung Ausgang. Nach wenigen Sekunden waren sie aus meinem Blickfeld verschwunden.

»Schade«, sagte ich. »Sie waren gerade dabei, mir die Antwort zu geben, nach der ich die ganze Zeit gesucht habe.«

»Die beiden? Was waren denn das für Figuren?«

Ich seufzte, denn ich hatte wenig Lust, es ihr zu dieser Zeit, vor allem aber in ihrem Zustand zu erklären. Ich nahm ihr das Glas aus der Hand und roch daran. *Stolichnaya.*

»Ist dir aufgefallen, dass du in letzter Zeit ein bisschen viel trinkst?«

»Ich?« Empört riss sie die Augen auf.

»Vielleicht liegt es ja an deinem neuen Freund. Wo ist er überhaupt?«

Sie antwortete nicht, sondern verschränkte nur die Arme vor der Brust und schaute in die andere Richtung. Ich tippte auf Knutschen und wechselte das Thema.

»Dieses Unterrichtsding gefällt mir nicht.«

»Wie meinst du das?« Sie zündete sich an der Kerze eine Zigarette an.

»Ein Mädchen aus meiner Klasse hat sich umgebracht. Letztes Jahr.«

Sie pustete den Rauch Richtung Decke und starrte ihm nachdenklich hinterher.

»Dann ist das also der Haken. Alles, was von Katharina

kommt, hat einen Haken. Immer noch. Manche Dinge ändern sich eben nie. – Hat sie es dir gesagt?«

»Natürlich nicht. Ich habe es um ein paar Ecken herum erfahren.«

Ich hielt die Weinflasche gegen das Licht. Sie war leer.

»Ich glaube, das ist nicht meine Welt. Ich bin zu alt. Ich habe den Anschluss verloren an so viele Dinge. Ich weiß überhaupt nicht, was heutzutage in den Köpfen dieser jungen Menschen vorgeht.«

Marie-Luise kniff die Augen ein wenig zusammen und musterte mich schweigend.

»Sie denken anders. Sie fühlen anders. Sie spielen andere Spiele. Das Leben ist für sie kein Füllhorn mehr, es ist ein Kanal. Egal, ob er nach Scheiße stinkt oder nach Geld: Er ist lang, dunkel und eng, und er hat keine Kreuzungen mehr, an denen man wählen kann.«

Sie holte tief Luft, als ob sie etwas sagen wollte, und ließ es dann resigniert bleiben.

»Schau dir ihn an.« Ich deutete auf einen Zwanzigjährigen, der schweigend an der Wand lehnte und eine Bionade trank. »Früher hätte ich genau gewusst, was in ihm vorgeht. Seine Freundin hat vor zwei Wochen Schluss gemacht, die Ted-Nugent-Platte hat ausgerechnet bei *Stranglehold* einen Kratzer, und der Dealer mit dem Schwarzen Afghanen ist in Urlaub. Und jetzt? Jetzt denkt er darüber nach, ob er den MBA machen soll oder lieber das fünfte Praktikum in einer Wirtschaftsberatungsgesellschaft. Er fliegt in die Dominikanische Republik, anstatt auf dem Landweg nach Indien zu reisen. Und er sieht seine staatsbürgerliche Pflicht als erfüllt an, wenn er bei den nächsten Kommunalwahlen sein Kreuzchen bei einer Partei des demokratischen Spektrums macht. Keiner geht mehr auf die Straße und brüllt: Bürger, lass das Glotzen sein! Ich verstehe sie nicht mehr.«

Marie-Luise nahm einen tiefen Zug und drückte dann die Zigarette aus. »Die Jugend von heute, jaja. Da warst du doch anders. Du erinnerst mich mehr und mehr an meinen Vater.«

Ihr Vater war ein DDR-Funktionär auf der mittleren Führungsebene gewesen. Nach der Wende hatte er sich resigniert in die Arbeitslosigkeit begeben, weil seine Akte in der früheren Gauck-Behörde zu umfangreich war, um ihn weiter zu beschäftigen. Wenig später wurde ein Gehirntumor bei ihm festgestellt. Er starb zwei Jahre nach der Wiedervereinigung. Er hatte sich nie mit ihr angefreundet.

Er war schon ein kranker Mann, als ich ihn kennenlernte. Als Westberliner hatte ich nicht viel bei ihm zu melden – es sei denn, ich wäre Mitglied der KPD gewesen. Dass Marie-Luise mich jetzt mit diesem Mann verglich, der in meiner Erinnerung nur als alt und verbittert existierte, gab mir für diesen Abend den Rest.

»Ich mache den Mist jedenfalls nicht mehr weiter. Das ist doch sowieso alles für die Katz. Die verhandeln da allen Ernstes Küssen auf dem Schulhof und spielen Päckchenverschicken. Das ist mir zu albern.«

Ja, albern. Genau das richtige Wort. Zwei Gläser grusinischer Rotwein hatten gereicht, die Welt wieder gerade zu rücken und Würfel, Trauerflore und schwarze Kronen dorthin zu verbannen, wohin sie gehörten: ins Kinderzimmer.

Marie-Luise nahm es ruhiger auf, als ich erwartet hatte. »Albern. Natürlich. Das kann ich verstehen. Übrigens habe ich heute den Prozess verloren. Meine Mandantin ist pleite. Sie stottert die Kosten in Raten ab. Erst die Justizkasse, und dann irgendwann wir. Als ich das erfahren habe, habe ich als Erstes Kleinschmidt von der Hausverwaltung angerufen und eine Stundung der Miete für vier Wochen rausgeschlagen. Wenn die rum sind, könnten wir ja Berlins erste Open-Air-Kanzlei eröffnen. Vielleicht am Kottbusser Tor unter der U-Bahn-Überführung. Für den Winter organisiert uns Jazek ein altes Ölfass, damit wir unsere Mandanten am offenen Feuer empfangen können. Ich stelle mir das ganz lustig vor. Pittoresk. Passt ja irgendwie zur allgemeinen Situation. Vor allen Dingen ist es nicht albern. Denn das wäre ja das Allerschlimmste, was uns passieren könnte.«

Sie nahm das Wodkaglas. Ich legte meine Hand auf ihre. Sie ließ das Glas los.

»Es tut mir leid. Ich mache weiter.«

Sie drückte meine Hand. So saßen wir eine kurze Zeit schweigend nebeneinander.

»Es ist alles ziemlich beschissen, was?«, sagte sie schließlich.
»Nicht alles. Die Idee mit dem Ölfass finde ich richtig gut.«
In diesem Moment teilte Kevin die Menge vor uns und warf einen erstaunten Blick auf unsere ineinander verschränkten Hände.

»Was ist denn das? Ein plötzlicher Sympathieanfall? Ist alles in Ordnung mit euch beiden?«

Wir lösten uns voneinander, und Marie-Luise rückte eine Winzigkeit von mir ab. Kevin bemerkte die leere Rotweinflasche.

»Soll ich euch noch eine bringen? Die geht dann aber auf eure Rechnung.«

»Nein, wir wollten sowieso gerade gehen. Also *ich* wollte gehen.«

Ich sah zu Marie-Luise.

»Ich bleibe noch ein bisschen«, sagte sie. »Aber ich bring dich noch raus.«

Wir standen auf. Innerhalb von Sekunden waren unsere Plätze besetzt. Ich hatte uns gerade einen Meter Weg durch die Menge gebahnt, da zupfte sie mich am Ärmel.

»Warte mal.«

Sie zog mich zu dem jungen Mann, der immer noch an der Wand lehnte und gerade die Inhaltsstoffe auf dem Flaschenetikett auswendig lernte.

»Entschuldige bitte«, sprach sie ihn an. »Wir beide haben eben darüber gesprochen, an was du gerade gedacht hast.«

Irritiert unterbrach er seine Lektüre. »Wie meinst du das denn?«

»Er hier«, sie deutete auf mich, »glaubt, er kann Gedanken lesen. Was natürlich Blödsinn ist. Trotzdem würde ich gerne wissen, worüber du nachgedacht hast.«

»Da kommt ihr nie drauf.« Er stieß sich von der Wand ab und kam einen Schritt auf uns zu. »Meine Freundin hat mich gestern sitzen lassen. Und bevor sie ging, hat sie meine ganzen Musikdateien gelöscht. Die komplette Voll-Verarsche. Und mein Gras hat sie auch noch mitgehen lassen. Habt ihr was zum Rauchen?«

Unsere Laune war gerettet. Marie-Luise kicherte, bis wir draußen waren.

»Die echten Sorgen bleiben immer die gleichen. Das ist generationenübergreifend. Liebe, Musik und Rausch. Und von allem immer zu wenig.«

»Oder zu viel«, antwortete ich und dachte plötzlich an Dagmar Braun. Wir verabschiedeten uns voneinander, und ich lief dann durch die engen, alten Gassen vorbei an den neuen, schmucken Fassaden bis zu ihrem Volvo.

Auf dem Weg zurück in den tiefen, verschlafenen Westen klaubte ich eine von Marie-Luises Kassetten vom Boden und schob sie in den dafür vorgesehenen Schlitz. Dirk Michaelis mit einer Aufnahme vom Ende der achtziger Jahre, das Lied war melancholisch und handelte vom Fortgehen ohne Hoffnung auf Wiederkehr. Es machte mich traurig. Bis mir einfiel, dass nicht jeder das Glück hatte, an einem Abend zwei Vampire kennenzulernen, von denen einer einen Tatzelwurm erlegt hatte. Ich stoppte die Kassette und beschloss, Dagmar Braun demnächst zum Essen einzuladen.

Die siebte Stunde in der darauffolgenden Woche begann mit einer Überraschung. Maximiliane erwartete mich im Klassenzimmer.

»Kann ich Sie kurz sprechen?«

Ich stellte meine Tasche ab und setzte mich. »Um was geht es?«

»Ich verlasse den Teen Court. Ich muss mich mehr auf Fremdsprachen konzentrieren, und diese AG kostet mich einfach zu viel Zeit. Ich möchte lieber bei den Schnellläufern mitarbeiten. Die haben jetzt Französisch, das ist einfach wichtiger.«

»Ich verstehe.«

Maximiliane schien erleichtert. Sie war kein sehr hübsches Mädchen. Die Schulfarben standen ihr nicht, und sie hatte noch nicht gelernt, das Beste aus ihrem Typ zu machen. Sie war recht groß für ihr Alter, und sie trug die Haare zu einem pflegeleichten Pferdeschwanz gezwirnt. Ihr Gesicht war flächig, mit breiten Wangen, einer kräftigen Nase und etwas zu kleinen Augen. Ihr Versuch, diese Mängel mit einem Hauch von Make-up und Wimperntusche auszugleichen, war rührend, aber wirkungslos. Sie schien nervös zu sein und ehrlich besorgt, dass ich ihr die Entscheidung übel nehmen könnte.

»Das ist schon in Ordnung. Konzentrieren Sie sich auf das, was wichtig ist. Was haben Sie denn vor nach dem Abitur? Jura studieren wohl nicht.«

»Nein.« Sie zupfte am Ärmel ihres grünen Blazers. »Betriebswirtschaft wahrscheinlich.«

»Sehr vernünftig.«

»Das sagt mein Vater auch.«

Sie nahm ihre Mappe und wollte gehen.

»Und Sie?«, fragte ich. »Was sagen Sie?«

Maximiliane blieb stehen und sah mich an. »Ich verstehe nicht ...«

In diesem Moment betraten Heikko und Veiko das Klassenzimmer und ließen sich geräuschvoll auf ihren Plätzen nieder. Maximiliane nutzte die Gelegenheit und ging zur Tür.

»Was denn? Machst du nicht mehr mit?«

Sie blieb kurz stehen und hob unsicher die Schultern. »Nein, ich ...«

In zwei Schritten war Heikko bei ihr. »Was ist los? Und komm mir bloß nicht mit dem dämlichen Französisch.«

»Lass mich.«

Sie wollte an ihm vorbei. Mathias bog um die Ecke und erfasste die Situation mit einem Blick. »Ach, da verpisst sich jemand?«

Maximiliane rempelte Heikko zur Seite und stürmte hinaus.

Mathias sah ihr ärgerlich hinterher, während Heikko schon zu seinem Tisch ging, den Hefter aus der Mappe nahm und einen ziemlich teuren Füllfederhalter darauf deponierte. Das bestätigte mir wieder einmal die Nutzlosigkeit von Schuluniformen. Irgendetwas würden sie immer finden, um sich von den anderen abzuheben. Erst als ich sah, dass Veiko ein ganz ähnliches Modell auf den Tisch legte, verfolgte ich diese Theorie nicht weiter.

»Was ist denn mit Maxi?«

Curd kam herein, gefolgt von den anderen Schülern. Ganz zum Schluss erschienen Ravenée und Samantha.

»Sie kommt nicht mehr«, antwortete ich.

Mathias verschränkte die Arme und wippte selbstgefällig ein

Mal vor und zurück. »Sie ist zu den anderen. Es ist ihr wohl zu stressig bei uns.«

»Halt's Maul!«, fauchte Heikko.

Samantha senkte den Kopf, ging zu Maximilianes Stuhl und stellte ihn zu dem anderen an die Wand.

Ich stand auf und ging zur Tafel, um die Zahlen abzuwischen. Eine sechs und eine vier. Ich beendete mein Werk mit einigen schwungvollen Wischern. Dann legte ich den Lappen in den dafür vorgesehenen Korb und drehte mich um.

»Beim letzten Mal hatte ich eine Ausarbeitung Ihrer Verteidigungsstrategie aufgegeben. Wer will anfangen?«

Alle sahen mich an und schwiegen.

»Mathias?«

Mathias schüttelte langsam den Kopf.

»Yorck?«

Yorck, ein sommersprossiger Junge mit attraktiv verstrubbelten Haaren, sah zur Decke.

»Samantha? Ist Ihnen etwas Produktives eingefallen, was Sie dem Sammeln von Nacktschnecken entgegensetzen würden?«

Samantha hörte mich nicht. Sie war mit ihren Gedanken ziemlich weit weg.

»Samantha?«

Sie schreckte hoch. »Ja? Was?«

»Ich hatte gebeten –«

»Ich habe hier was für Sie«, unterbrach mich Curd. »Wie gesagt, eigentlich ist das ja Ihr Job. Aber ich wiederhole mich gerne. Der Briefkasten muss jede Woche geleert werden.«

Er gab mir einen verschlossenen Briefumschlag. Ich riss ihn auf und holte ein zweimal gefaltetes, kariertes Blatt heraus. *Die Sechste spielt Juggen in der Sporthalle*, las ich. *Das ist ein verbotenes Spiel.*

Die Worte waren in Großbuchstaben geschrieben. Ich warf einen Blick auf den Umschlag, dann drehte ich den Brief um. Es fehlte der Absender.

»Der Verfasser ist anonym. Und es handelt sich um eine Lappalie.«

Ich zerknüllte den Brief und warf ihn in den Papierkorb.

»Also«, sagte Heikko, »ich würde schon ganz gerne wissen, was dringestanden hat.«

»Ich auch«, schloss sich Veiko an.

Revolutionär gestimmtes Murmeln mäanderte um die Tische. Um einem offenen Aufstand zuvorzukommen, sagte ich: »Anonyme Bezichtigungen werden hier nicht verhandelt.«

»Aber das ist doch egal, ob anonym oder nicht«, widersprach Curd. »Eine Anzeige ist eine Anzeige. Wir möchten wenigstens wissen, um was es geht.«

Ich holte den Aktenordner mit den Altfällen aus meiner Tasche und platzierte ihn gut sichtbar auf dem Tisch. »Keiner der Fälle, die hier abgelegt sind, ging auf eine anonyme Anzeige zurück.«

Yorck lehnte sich zurück und verschränkte die Arme. »Wer sagt denn, dass das alle sind?«

Die Unruhe erstarb so plötzlich, als wäre ein Film mitten in einer Szene auf Standbild geschaltet worden. Niemand sprach ein Wort, niemand bewegte sich.

»Ach«, sagte ich. »Die Akten sind also nicht vollständig? Was fehlt denn?«

»Nichts«, antwortete Yorck. Doch alles Selbstbewusstsein war aus seiner Stimme gewichen. »Ich hab das nur so gesagt. Nichts fehlt da.«

Ich schlug den Deckel auf und blätterte oberflächlich durch die Seiten. Als ich wieder hochsah, bemerkte ich, wie blass Samantha war. Jeder einzelne meiner Schüler saß da wie das personifizierte schlechte Gewissen. Ich schloss die Mappe und setzte mich nicht auf den Stuhl, sondern auf die Tischkante. Das sah weniger offiziell aus.

»Ihr müsst hier nicht so tun, als ob nichts gewesen wäre«, sagte ich. »Ich weiß, was passiert ist. Und ich werde versuchen, darauf Rücksicht zu nehmen. Ihr könnt darüber reden, wenn ihr wollt, ihr müsst es aber nicht. Ich glaube ja, dass es besser wäre, wenn –«

»Hören Sie auf mit dieser Scheiße!«

Samantha sprang auf und rannte aus dem Zimmer. Als hätte sie damit einen Startschuss gegeben, packten alle ihre Schulsachen ein und brachen auf.

»Einen Moment!«, rief ich. Aber die Hälfte hatte den Raum bereits verlassen. »Benedikt? Yorck? Was ist hier los?«

Beide zögerten. Ich ging zur Tür und stellte mich ihnen in den Weg. »Ihr könnt nicht einfach den Unterricht abbrechen. Das geht nicht.«

»Was ist denn das für ein Unterricht? Das ist Psychogequatsche! Das müssen wir uns nicht anhören. Wir werden uns beim Direktor über Sie beschweren.« Mathias holte ein Diktiergerät aus seiner Hosentasche und hielt es mir unter die Nase. »Hier, ich habe alles aufgezeichnet. Das übergebe ich Herrn Kladen. Die HBS sollte endlich mal wieder Pädagogen einstellen und keine Freizeitlehrer.«

Mathias drängte sich an mir vorbei in den Flur. Ich sah ihm und Yorck hinterher und war machtlos. Benedikt blickte zu Boden.

»Was ist los?«, fragte ich. »Irgendwas stimmt hier doch nicht.«

Benedikt hielt seine Aktenmappe wie einen Schutzschild an sich gedrückt. Er sah aus, als ob er überall auf der Welt lieber wäre als hier allein mit mir im Klassenzimmer.

»Das ist, weil plötzlich alles wieder hochkommt. Man denkt, etwas ist vorbei, und dann geht es von vorne los und hört einfach nicht auf.«

»Was?«, fragte ich. »Geht es um den Selbstmord eurer Mitschülerin? Und diese komische Krone?«

Benedikt fixierte die Tafel hinter meinem Rücken, als ob dort gleich die passende Antwort abzulesen wäre.

»Kann ich euch irgendwie helfen? Soll ich mit euren Eltern sprechen? Oder mit Frau Oettinger?«

Benedikt schnaubte ärgerlich. »Die ist die Letzte, zu der wir mit irgendwas gingen. Sie ist es doch, die den ganzen Druck hier macht. Als ob von unseren Abiturnoten die Zukunft des ganzen Landes abhängt. Deshalb sind wir alle so nervös. – Kann ich jetzt …?«

Benedikt log richtig gut. Ich machte den Weg frei und ließ ihn gehen. Er war mit Sicherheit ein netter Junge, aber er war noch zu jung, um mit Mut gegen Mehrheiten anzutreten. Sie wollten nicht reden, also redete auch niemand. Er trottete mit gesenktem Kopf den Flur hinunter und verschwand, wie die anderen, im Treppenhaus. Ich durchquerte das leere Klassenzimmer und sah aus dem Fenster hinunter auf den Paradeweg. Meine versprengte Klasse sammelte sich unter einer Kastanie und fing an, erregt zu diskutieren. Aber sosehr ich mich anstrengte, ich konnte nicht verstehen, was sie sagten. Plötzlich begann Samantha zu weinen. Ravenée nahm sie in den Arm. Mathias sah hoch. Er erkannte mich, doch er war zu weit entfernt, als dass ich seinen Gesichtsausdruck hätte richtig deuten können. Langsam, einer nach dem anderen, machten sie sich auf den Heimweg.

Resigniert packte ich meine Sachen zusammen. Vielleicht war es ja gar nicht so schlecht am Kottbusser Tor. Wenn wir noch eine verkrachte Existenz mit türkischen Sprachkenntnissen an das Ölfass setzten, konnte das sogar ganz lukrativ werden.

Ich schloss das Fenster. Mit einem Mal war es absolut still. Ich begann, die Stühle hochzustellen, um etwas Zeit zu gewinnen, bevor ich hinunterging und mir meine Kündigung abholte, die gerade ein Dutzend Heranwachsender ausgesprochen hatte. Noch nicht einmal zwei Unterrichtseinheiten hatte ich durchgehalten. Das war demoralisierend. An Marie-Luise wollte ich gar nicht denken.

Als Letztes nahm ich Maximilianes Stuhl, den Samantha zur Wand getragen hatte, und stellte ihn hoch. Der dreizehnte Stuhl, der, der einmal Clarissa gehört hatte, stand wieder allein an der Wand. Helle Birke, graues Stahlrohr, nichts unterschied ihn von den anderen. Vermutlich war er in den Ferien vertauscht worden und hatte zuvor zu jemand ganz anderem gehört. Dennoch haftete ihm eine Symbolik an. Er gehörte nicht mehr zu den anderen, und war trotzdem da. Er erinnerte. Dagegen konnten sie sich noch so wehren.

Aus einem unerklärlichen Impuls heraus sah ich ihn mir genauer an. Und da entdeckte ich es: Auf die Unterseite des Stuhles war ein Symbol gemalt. Ich drehte ihn um. Es war eine schwarze Krone. Ich sah unter Maximilianes Stuhl: das gleiche, eine schwarze Krone. Jemand hatte sie hastig mit einem schwarzen Wachsstift dort hingekritzelt. Ich ging zum Tisch und untersuchte die anderen Stühle. Sie waren in Ordnung. Ich rückte sie zurecht und überlegte dabei, was diese merkwürdige Kennzeichnung zu bedeuten hatte.

»Hm.«

Erschrocken drehte ich mich um. Im Türrahmen stand Katharina. Sie trug einen schwarzen Hosenanzug und graue Wildledermokassins. Deshalb hatte ich sie nicht gehört. Sie kam langsam auf mich zu und legte das Diktiergerät vor mir auf den Tisch. Dann zog sie Clarissas Stuhl zu sich heran und setzte sich. Mit einer Handbewegung bat sie mich, das Gleiche zu tun. Ich nahm mir Maximilianes Exemplar.

Wir schwiegen uns einen Moment lang an. Dann seufzte sie.

»Es hat schon seine Gründe, wenn ich manche Dinge erwähne und andere nicht. Woher wussten Sie von dem Selbstmord? Hat einer der Schüler geredet?«

»Nein. Es war« – ich hielt inne. »Ein Lehrer.«

»Wer? Einer von uns? Das glaube ich nicht.«

Sie musterte mich streng durch ihre Brille. Ich antwortete nicht. Vielleicht, weil ich vor diesem Blick innerlich zum Sechstklässler schrumpfte. Sie wartete, dann stand sie auf und ging zum Fenster. Dort blieb sie kurz stehen und drehte sich zu mir um.

»Es war einer von denen da, stimmt's? Die haben ja nur auf so was gewartet. Als ob es da drüben zugeht wie im reformpädagogischen Lehrbuch.«

Sie schnaubte verächtlich durch die Nase und schaute wieder hinaus. »Es ist der größte anzunehmende Unfall, der einer Schule passieren kann. Freitod. Mitten im Schuljahr. Ohne Vorwarnung, ohne irgendein Anzeichen. Springt das Mädchen einfach vom Hochhaus.«

»Das muss schlimm gewesen sein.«

»Es war eine Katastrophe. Wir hatten drei Abmeldungen und unendliche, zeitaufwendige Gespräche mit besorgten Eltern. Immer wieder die Frage: Was ist passiert? Wie konnte das passieren? Und niemand kannte die Antwort.«

»Haben Sie mit den Schülern darüber gesprochen?«

Sie atmete tief durch. »Das ist doch wohl das Erste, was man tut. Wir haben einen Psychologen hinzugezogen. Eine Koryphäe auf diesem Gebiet. Was glauben Sie, was uns das gekostet hat?«

»Was hat er herausbekommen?«

Sie löste sich vom Fenster und ging langsam auf die blank gewischte Tafel zu. Mit dem Mittelfinger rieb sie ein wenig über die grüne Fläche und sah sich nachdenklich einen Hauch von Kreidestaub an, der auf der Kuppe zurückgeblieben war.

»Nichts. Sie wollen nicht darüber reden. Es ist ihr ausdrücklicher Wunsch. Sie schweigen wie ein Grab. Alle miteinander. Und die da drüben auch.« Sie wies mit dem Kopf zum Fenster hinaus.

»Die Alma-Mahler-Werfel?«, fragte ich. »Was haben die mit Clarissas Selbstmord zu tun?«

Sie sah noch immer in die andere Richtung. »Tja, wenn ich das wüsste. Irgendeine Verbindung hat es da wohl gegeben. Niemand weiß etwas Genaues darüber. Noch nicht mal die Eltern. Ihrer Meinung nach war Clarissa ein Ausbund an Lebensfreude und Vitalität.«

»Und was denken Sie?«

Sie drehte sich zu mir um. »Dass nicht sein kann, was nicht sein darf. So reagieren alle Eltern. Ich vermute eine Kurzschlussreaktion. Liebeskummer. Das falsche Buch zur falschen Zeit. Clarissa war nicht einfach. Trotzdem hätte ich sie nicht als suizidgefährdet eingeschätzt. Sie hatte einen Hang zur Schwermut. Das ja. Und sie stand unter Stress. Beziehungsprobleme und immer wieder eine Menge krankheitsbedingter Fehlzeiten kamen dazu. Auf ihr ruhten die ganzen Hoffnungen der Eltern, nachdem ihr Bruder ... Ach, lassen wir das. Wir haben jedenfalls keine Schuld daran. Aber erklären Sie das mal den Betroffenen.«

Um von diesem unerfreulichen Thema abzulenken, deutete sie auf das Diktiergerät und sprach damit gleich das nächste Problem an. »Ich weiß nicht, warum Mathias das macht. Vielleicht, um den Stoff zu Hause noch einmal gründlich durchzuarbeiten. Sie stehen ziemlich unter Stress. Das Jahr vor dem Abschluss ist das härteste. Versagen darf hier keiner, schon gar nicht, wenn er kein Schnellläufer ist. Abiturienten von uns sind landesweit regelmäßig unter den ersten zehn. Mathias hätte auch das Zeug dazu. Aber leider interessiert er sich mehr für sein Vergnügen als für seine Begabungen.«

Sie hatte dabei wohl das Küssen im Sinn und nicht, dass ein Siebzehnjähriger seine Lehrer bespitzelte und anschließend bei der Schulleitung anschwärzte.

»Und?«, fragte ich, »ist was drauf, was meine sofortige Suspendierung rechtfertigt?«

Sie lächelte und nahm das Gerät hoch. Dann drückte sie auf den Abspielknopf, ließ das Band einige Sekunden laufen, spulte vor, spulte zurück, spielte ab – es war nichts zu hören.

»Nichts drauf. Komisch. Dabei sind die Dinger kinderleicht zu bedienen. Geben Sie es ihm in der nächsten Stunde zurück.«

Sie legte es wieder auf den Tisch und wollte den Raum verlassen.

»Frau Oettinger«, sagte ich, »wenn ich diesen Job hier weitermache, brauche ich ein paar Informationen über meine Befugnisse. Können die Schüler von sich aus das Ende des Unterrichts bestimmen? Und können sie sich weigern, von mir gestellte Aufgaben zu erledigen?«

Sie sah mich erstaunt an. »Natürlich nicht. Natürlich können sie nicht einfach aufstehen und gehen, wenn es ihnen passt. Und wenn Sie ihnen Hausaufgaben mitgeben, werden die selbstverständlich gemacht. Wenn es hilft: Benotet wird der Teen Court nicht, aber Ihre Beurteilung hat bei den Kopfnoten dieselbe Wertigkeit wie die der anderen Lehrer.«

Sie trat einen Schritt auf mich zu. »Sie haben offensichtlich ein disziplinarisches Problem. Trauen Sie sich. Sie haben die Macht. Nutzen Sie sie. Diese Kinder haben früh gelernt, zu befehlen, und spät, zu gehorchen. Das müssen wir hier geradebiegen. Wir vermitteln nicht nur Wissen, sondern auch Werte. Ich dachte ...«

Sie nahm die Brille ab und sah mich an. Doch dieses Mal verfehlte der Blick seine Wirkung. Vielleicht, weil sie so unglaublich engagiert bei allem war, was die Schule betraf. Und sich dabei so wenig für die Schüler interessierte.

»Als Marie-Luise Sie empfohlen hatte, klang das so, als wären Sie selbst auf einer guten Schule gewesen.«

»Das war ich auch.«

Meinem Klassenlehrer auf der Realschule war es zu verdanken, dass ich das Gymnasium besuchen konnte. Er hatte meinen Vater schließlich doch noch überzeugt, obwohl der schon für mich eine Lehrstelle als Betonbauer in seinem Betrieb organisiert hatte. Mit dem BAföG kam ich gerade so klar, es reichte, um nicht zu verhungern. Ich musste weder einer Stiftung noch einem Mäzen in den Arsch kriechen. Doch kurz vor meinem zweiten Staatsexamen starb mein Vater.

Sein Tod stand bei den vielen Dingen, die ich ihm wirklich übel nahm, nicht an erster Stelle. Aber ich ärgerte mich bis heute, dass er das nicht mehr miterlebt hatte. Ich, der Sohn eines ungelernten Bauarbeiters, war dank des staatlichen Schulsystems und eines guten Lehrers Jurist geworden.

Heute vermutete ich die Söhne und Töchter ungelernter Arbeiter auf der anderen Seite der Straße, gemeinsam mit Kindern entwurzelter Einwandererfamilien und resignierter Hartz-IV-Empfänger, und ich wünschte ihnen einen Klassenlehrer, wie ich ihn gehabt hatte. Oder eine Klassenlehrerin wie Dagmar Braun, die vielleicht zuerst nach dem Warum gefragt hätte und dann nach den Abmeldungen, und ich war mir sicher, sie hätte eine Antwort bekommen, und abgemeldet hätte sich bei ihr auch keiner.

Katharina setzte die Brille wieder auf. »Was ich bei dieser Gelegenheit fragen wollte: Sie führen gemeinsam eine Kanzlei, Sie teilen sich das Auto – keine Widerrede, ich weiß, wo Sie immer parken. Sind Sie ...«

Sie brach ab und wartete, dass ich von alleine darauf kam, was sie mich fragen wollte. Ich hob nur die Augenbrauen.

»Nun, Sie wissen schon. Sind Sie privat auch zusammen?«

Ich lächelte sie an. »Privat ist privat.«

»O ja, verzeihen Sie. Ich verstehe. Das tut mir leid. Ich wollte nicht aufdringlich sein. Also ... also dann?«

An ihrem Hals blühten in Sekundenschnelle zwei hübsche, rote Flecken auf. Ich erlöste sie aus dem Fettnäpfchen und sagte: »Und privat teilen wir außer unseren Geschäftsschulden nichts.«

»Oh. Ja. Verzeihen Sie. Ich bin manchmal etwas direkt, das ist nicht gut für mich. Nicht gut. Und das mit dem Geld ...«

Sie wandte sich zum Gehen. »Ich werde bei Frau Sommerlath

einen Scheck für Sie hinterlegen, einen Vorschuss. Wir sehen uns Samstag?«

Ich war gerade dabei, meine Aktentasche zu verschließen, und sah überrascht hoch. »Was ist am Samstag?«

»Unser Tag der offenen Tür. Die Anwesenheit der Lehrer ist Pflicht. Ach – und wenn Sie möchten, bringen Sie doch Marie-Luise mit. «

Sie lächelte mich noch einmal an und verschwand so leise, wie sie gekommen war.

Ich ging zum Fenster. Niemand von meiner Klasse war mehr zu sehen. Dafür sah ich, wie Dagmar Braun ihre Schule verließ und über den Hof zu den Fahrradständern ging. Ich packte meine Sachen und machte, dass ich auf die Straße kam.

»Das ist ja ein Zufall! Haben Sie heute früher aus?«

Ich hatte sie direkt vor dem Schultor abgepasst und grinste sie an. »Meine Schüler haben mich vor die Tür gesetzt. Meine Unterrichtsmethoden gefallen ihnen nicht. Ich dachte, Sie könnten mir ein bisschen Nachhilfe geben?«

»Oh.« Sie schnallte ihre Tasche auf dem Gepäckträger fest. »Das hört sich nicht gut an.«

»Nein«, antwortete ich. »Es ist mir ernst. Ich dachte, Sie könnten mir vielleicht helfen.«

»Das würde ich gerne, aber ich kann heute nicht. Ich muss einen Hausbesuch machen.«

Sie klappte den Ständer hoch und setzte sich auf den Sattel. Kein Zweifel, sie hatte es eilig. »Tut mir leid, aber es ist wirklich wichtig. Das Mädchen kommt seit einigen Wochen nicht mehr regelmäßig zum Unterricht. Ich will nicht, dass die Polizei es abholt.«

»Natürlich«, antwortete ich. Was hatte ich mir eingebildet? Dass sie jedes Mal, wenn ich mit den Fingern schnippte, Zeit für mich hätte?

Ich wollte gerade mit meiner Essenseinladung herausrücken, als Sami an uns vorbeischlenderte. Er grüßte mit einem kurzen Kopfnicken.

»Sami, warte mal.«

Er drehte sich um und steckte abwartend die Hände in die

Hosentaschen. Es sollte entspannt wirken, aber sein Gesicht nahm reflexartig einen trotzigen Ausdruck an, als ob das die normale Reaktion sein müsste, wenn ihn jemand überraschend ansprach. Er war ein hübscher Junge. Sein Teint war hell, die fast schwarzen Augen und die dunklen, lockigen Haare verrieten jedoch seine Herkunft. Der Libanon vielleicht, Ägypten, oder der Iran. Er wirkte älter als sechzehn, sogar älter als meine Abiturienten. Die Art, wie er ging, ließ darauf schließen, dass er sich seiner Wirkung auf andere durchaus bewusst war. Er strahlte Attraktivität und Bedrohung gleichermaßen aus.

Dagmar Braun gab ihrem Rad einen Schubs und rollte die zwei Meter zu ihm. Ich blieb stehen. Erst als sie sich nach mir umsah und mit einer Handbewegung zu verstehen gab, dass ich bei diesem Gespräch erwünscht war, trat ich näher heran.

»Das hier ist ein Kollege. Joachim Vernau. Er hat ein Problem, und ich dachte, du könntest ihm einen Rat geben.«

Ich schwieg, da mir die Situation peinlich wurde. Nicht nur, weil sie dieses testosteronschwitzende Muskelpaket in seinem Gangsteroutfit ansprach wie einen vernünftigen Erwachsenen, sie hatte auch noch vor, ihm mein Versagen zu offenbaren. Ich hoffte, dass Katharina nicht gerade an ihrem Bürofenster stand und die vertrauliche Szene in den falschen Hals bekam.

»Vielleicht sollten wir das nicht gerade hier erörtern?«, fragte ich.

Dagmar nickte, und wir setzten uns Richtung Breite Straße in Bewegung.

»Was hast du für ein Problem?«

Sami hob beim Sprechen das Kinn und folgte mit seiner Gestik exakt den Vorbildern seiner bevorzugten Videoclips. Beim Gehen federte er von links nach rechts und kickte dabei kleine Steinchen vor sich her. Dagmar nickte mir aufmunternd zu.

»Ich weiß nicht ...«

»Aah, du weißt nicht.« Sami grinste breit. »Bist du schwul oder was?«

»Hehehe«, beschwichtigte Dagmar.

»Ey Mann, ich seh doch, dass er schwul ist. Keine Eier. Das ist sein Problem. Ist das dein Problem, Mann?«

Ich wusste nicht, warum, aber ich musste lachen. »Stimmt. Du hast recht.«

»Weiß ich doch, dass ich recht habe.«

Sami wechselte die Seite und ging nun neben mir. »Ich habe immer recht. Die Alte will es nur nicht glauben.«

Dagmar lächelte, schwieg und schubste ihr Fahrrad weiter mit den Füßen an.

»Ey, wer hat sie dir abgeschnitten? Die Atzen von drüben? Bist du da drüben? Ich hab dich schon mal gesehen, aber du bist nicht bei uns. Also bist du bei den Schwulen da drüben. O Mann.«

»Er meint das nicht so«, sagte Dagmar. »In Wirklichkeit hat er nichts gegen Homosexuelle. Stimmt's, Sami?«

»Wird das jetzt LER auf der Straße? Da vorne kommt mein Bus. Also: Du willst einen Rat, Mann. Soll ich dir einen geben?«

»Wenn du einen hast?«

Sami lief schneller. Ich hatte Mühe, ihm zu folgen. Der Bus fuhr die Haltestelle an und stoppte mit einem asthmatischen Keuchen. Sami achtete nicht auf die Aussteigenden, sondern boxte sich den Eingang hoch und drehte sich, auf der Plattform angekommen, noch einmal um.

»Hol dir den King und nimm ihn dir vor. Brich ihm alle Knochen, wenn's sein muss. Dann hast du Ruhe.«

Eine ältere Dame quetschte sich schimpfend mit ihrem voll beladenen Einkaufstrolley an ihm vorbei. Die Türen schlossen sich, Sami machte ein V-Zeichen und verschwand in den Sitzreihen.

»Nun«, sagte ich zu Dagmar, nachdem der Bus sich in Bewegung gesetzt hatte, »das ist wohl eher im übertragenen Sinn gemeint.«

»Wie so vieles. Er ist kein schlechter Kerl. Ich mag ihn. Er ist ein Kämpfer.«

Ich sah dem Bus hinterher. »Wie haben Sie es denn geschafft, mit ihm klarzukommen?«

Sie stützte sich auf dem Lenker ab, neigte den Kopf und lächelte mich an. »Ich hab ihn mir geholt, ich hab ihn mir vorgenommen, und ich hab ihm alle Knochen gebrochen. Im übertragenen Sinn natürlich.«

»Ich möchte Sie zum Essen einladen«, sagte ich. Es war mir einfach so herausgerutscht, und nach Samis treffender Charakterisierung meiner Person konnte mir eigentlich nicht mehr viel passieren. Außerdem passte es jetzt. Ohne Vorbereitung, ohne Herumgequatsche, ohne umständliche Höflichkeitsfloskeln. Ich hatte keine Eier, ich war ein schwuler Schulversager, und ich wollte mit ihr essen gehen.

Sie griff hinter sich und holte aus ihrer Aktentasche einen Timer hervor.

»Wann?«, fragte sie.

Die Sache mit meiner Anzugjacke trat nun in die unaufschiebbare Phase. Gleich um die Ecke fand ich eine Reinigung. Bis Sonnabend, so versprach man mir, sollte sie aussehen wie neu. Ich wollte sie am Tag der offenen Tür tragen, und am Abend vielleicht noch einmal, wenn ich mich mit Dagmar traf.

Den Scheck lösten wir ein und überwiesen die Miete. Es gab einige Diskussionen, weil Marie-Luise den Aufschub eigentlich weiter nutzen wollte. Schließlich setzte ich mich durch, und von den 1000 Euro blieben noch knapp 500 übrig, die wir brüderlich teilten.

Wider Erwarten nahm sie die Einladung zum Tag der offenen Tür an. Sie schien sich sogar darauf zu freuen, bis sie die Frage aller Fragen stellte:

»Was soll ich da eigentlich anziehen?«

Wir saßen in einem Café in der Kastanienallee, um den ersten nennenswerten Geldeingang seit Wochen zu feiern. Ich blickte von meiner Zeitung hoch und musterte sie.

»Das da zum Beispiel. Das sieht gut aus.«

»Das ist doch uralt.«

Ich faltete die Zeitung zusammen und sah die Straße hinunter.

»Allein bis zur nächsten Ecke sehe ich circa achtundsechzig Fachgeschäfte für Damenoberbekleidung. Kauf dir doch was.«

Sie folgte meinem Blick. »Das ist nicht das Problem. Ich wollte wissen, was man zu so einer Gelegenheit anzieht. Ich treibe mich normalerweise nicht auf Privatschulpartys herum. Wie du weißt.«

»Okay.« Ich stand auf und legte das Geld für unseren Kaffee auf den Tisch. »Du hast ein Problem damit, dass ich mit wesentlich weniger Aufwand wesentlich mehr verdiene. Und vielleicht hast du sogar ein Problem mit deiner Lichtenberger Sandkastenfreundin. Also werden wir jetzt losziehen und dir etwas zum Anziehen kaufen. Einverstanden?«

»Einverstanden.«

Wir machten uns auf den Weg, und als der Abend dämmerte, hatten wir erst die Hälfte der Geschäfte durch. Marie-Luise war der Verzweiflung nahe, ich geriet in einen Zustand erschöpfter Resignation, und zwischen der vierundvierzigsten Anprobe und dem elften klemmenden Reißverschluss ließ ich mich dankbar in einen Klubsessel sinken, den eine verständnisvolle Seele in irgendeinem der Läden zwischen Tür und Schaufenster gestellt hatte, und stierte blicklos auf die Straße. Und da sah ich ihn. Jazek. Meinen Retter. Meinen Erlöser.

Ich sprang auf, ging zur Umkleidekabine und zog den Vorhang zur Seite. Marie-Luise versuchte sich gerade an einem khakifarbenen Hosenanzug, der über und über mit kitschigen Rosenmotiven bemalt war.

»Das geht gar nicht«, sagte ich und zog den Vorhang wieder zu.

Sie ratschte ihn mit einer Handbewegung auf. »Und warum nicht? Das sagst du jedes Mal, wenn mir irgendwas gefällt.«

»Dann hol doch eine zweite Meinung ein.«

Ich deutete zum Schaufenster, und genau in diesem Moment ging Jazek vorbei. Marie-Luise machte unter Verrenkungen die Hose zu, verließ die Kabine und rannte auf die Straße. Mehrere Alarmanlagen gingen los. Die Verkäuferin, die sich offenbar in eine Ecke zum Schlafen zurückgezogen hatte, wachte auf und hielt mich fest, obwohl ich gar nicht vorhatte, den Laden zu verlassen.

»Halt!«, schrie sie. »Hiergeblieben!«

Ich machte mich los. »Sie kommt gleich wieder. Ihre ganzen Sachen sind noch da drin. Sie hat nur jemanden gesehen und will ihm Guten Tag sagen.«

Misstrauisch postierte sie sich am Eingang. Ich spähte durchs Fenster, entdeckte aber weder Marie-Luise noch Jazek. Die beiden waren verschwunden. Ich wartete ein paar Minuten, dann beschloss ich nachzusehen, was passiert war.

»Sie kommen hier nicht raus. Entweder Sie zahlen, oder ich hole die Polizei.«

»Ich würde gerne wenigstens einen Blick hinauswerfen.«

»Zahlen – oder Bullen.«

Sie nahm ein weiteres Exemplar des Anzugs von der Stange und warf einen Blick auf das Etikett.

»469.«

Ich sicherte Marie-Luises Habe und setzte mich dann wieder in den Klubsessel. Die Verkäuferin musterte mich bösartig.

»Also, was ist?«

»Ich denke, für diesen Preis kann ich hier wohl noch ein paar Minuten sitzen.«

»Sitzen können Sie gleich ganz woanders.« Sie ging zum Tresen und nahm das Telefon. »Ich rufe jetzt die Bullen. Außerdem schließen wir jetzt. Und das ist übrigens Pablo. Pablo, sag dem netten Herrn Guten Tag.«

Der Türrahmen wurde verdunkelt von einer massigen, breitschultrigen Gestalt.

»Willst du Stress?«, knurrte er.

Ich stand auf. »Nein, ich wollte sowieso gerade zahlen.«

Ich sammelte den Betrag aus Marie-Luises und meinem Portemonnaie und legte ihn auf den Tresen. Die Verkäuferin nahm das Geld, hielt die Scheine ewig lange gegen das Licht und schien endlich zufrieden.

»Wir können doch umtauschen?«, fragte ich.

Sie riss die Quittung von der Kassenrolle und überreichte sie mir. »Nur ungetragene Ware.«

Dabei lächelte sie honigsüß.

»Könnte ich dann vielleicht eine Tüte haben?«

»Bedaure. Die sind ausgegangen.«

Ich nahm Marie-Luises Schuhe, hängte mir ihre Handtasche um und klemmte mir ihr Kostüm mehr schlecht als recht unter den Arm. An der Tür nickte ich Pablo freundlich zu und verließ das Geschäft. Hinter mir rasselte ein Rollladen herunter. Feierabend. Ich sah die Kastanienallee hinauf und hinunter – Marie-Luise blieb verschwunden. Bepackt wie ein Transvestit auf dem

Weg zur Umkleide, machte ich mich auf den langen Marsch in die Dunckerstraße. Bevor ich so die U-Bahn bestieg, lieferte ich ihre Sachen lieber in der Kanzlei ab. Gott sei Dank war in dieser Gegend auch nach Ladenschluss Betrieb, sodass ich im Schutz der Menge die belebte Alte Schönhauser überqueren und mich dann Richtung Heimat durchschlagen konnte. Ich kam nicht weit.

In einem Hauseingang fünfzig Meter weiter saß, umgeben von seiner in Plastiktüten verpackten Habe, ein Bettler. Vor sich hatte er eine Decke ausgebreitet, darauf ein Schild mit den obligatorischen Angaben der Gründe, die ihn zu seinem Dasein verdammten: jung, arbeitslos, obdachlos, hungrig und blind. Ich wäre fast an ihm vorbeigelaufen, wenn nicht jemand leise meinen Namen gerufen hätte. Hinter dem Mann, zusammengekauert auf einer alten Zeitung, hockte Marie-Luise und hielt den Finger vor den Mund.

»Psst«, zischte sie. »Komm rein. Wo bleibst du denn so lange?«

Ich drängte mich an dem Bettler vorbei und warf ihr den Ballast vor die Füße. »Bist du noch ganz bei Trost? Was war *das* denn für eine Nummer! Weißt du eigentlich, was das gekostet –«

Sie war aufgesprungen und hielt mir den Mund zu. »Still! Am Ende hört er uns noch!«

Der Bettler verzog keine Miene. Ihm schien es egal zu sein, welches menschliche Drama sich da gerade hinter seinem Rücken abspielte.

Ich nahm ihre Hand weg. »Wer? Er? Was soll das hier eigentlich?«

Sie drückte sich an die Wand und lugte vorsichtig um die Ecke. Wie von der Tarantel gestochen fuhr sie wieder zurück.

»Er ist noch da. Mit dieser …«

Ich schob sie zur Seite und sah hinaus. Rechts neben dem Eingang standen Biertische auf der Straße. Die Bänke waren voll besetzt, und keine drei Meter entfernt saß Jazek mit einem zugegebenermaßen bildhübschen Mädchen und tauschte zärtliche Blicke.

»Ja und?«

Marie-Luise war das Elend auf zwei Beinen. »Ich kann doch so nicht raus hier. Er sieht mich doch. Und dann denkt er, ich hätte ihm nachspioniert. Dabei wollte ich ihm nur Hallo sagen, aber da kam schon diese Braut, und dann haben sie sich da hingesetzt, und ich bin hier rein und kann doch so nicht auf die Straße ...«

Die Preisschilder baumelten an ihr wie Christbaumschmuck. Sie schlüpfte in ihre Schuhe, und ich begann, die Etiketten abzureißen. Sie wehrte ab.

»Lass das. Ich will ihn nicht. Er sitzt nicht richtig, und er steht mir nicht. Außerdem ist er viel zu teuer.«

»Zu spät.«

Ich entfernte das letzte Preisschild und drückte ihr die Quittung in die Hand. »Ich hatte keine Wahl. Sonst hätte man mit unseren Fahndungsfotos die Kastanien tapeziert.«

»O Scheiße, nein. So viel?«

Zerknirscht sammelte sie ihre Sachen ein. Ich warf dem Bettler einen meiner letzten Euros auf die Decke. Er reagierte immer noch nicht. Wahrscheinlich war er eingeschlafen oder hatte einfach keine Lust, sich einzumischen.

In einem Moment, in dem Jazek abgelenkt genug war, schlichen wir aus dem Hauseingang und suchten das Weite.

Bis zur Dunckerstraße sprachen wir kein Wort. Ich wollte ihr Gelegenheit geben, die Fassung wiederzufinden. Marie-Luise war so schnell nichts peinlich. Aber diese Episode hatte alle Voraussetzungen, auf Jahre und Jahrzehnte interessierte Zuhörer in Verzückung zu versetzen. Erst als wir den Volvo erreichten und sie die Fahrertür geöffnet hatte, traute sie sich, mich wieder anzusehen.

»Das war fast unser ganzes Geld. Was machen wir denn jetzt?«

Ich fasste sie an den Schultern und drehte sie einmal um sich selbst.

»Er sieht gar nicht so übel aus. Wenn du in drei Tagen fünf Pfund abnimmst, passt du auch rein.«

Sie versuchte ein Lächeln, das zu einer kläglichen Grimasse verrutschte. »Es wird mir wohl nichts anderes übrig bleiben. Geld für Essen habe ich jedenfalls keins mehr.«

»Wir haben noch die Portokasse. Und die Tankkarte. So schnell verhungern wir nicht, und den Wagen musst du heute auch nicht stehen lassen.«

Sie setzte sich auf den Fahrersitz, ließ aber die Türe offen und die Beine draußen.

»Warum passiert mir immer so was«, sagte sie leise.

Ich ging vor ihr in die Hocke. »Weil dich halb nackte, tätowierte Automechaniker an deinen Vater erinnern.«

Sie riss die Augen auf und starrte mich an. Dann prusteten wir beide gleichzeitig los, ein Blazerknopf sprang ab, kullerte in den Rinnstein und verschwand schneller im Gully, als wir hinterhersehen konnten. Ich stand auf.

»Mach, dass du nach Hause kommst, bevor du ganz im Freien stehst.«

»Warte.«

Sie zog mich noch einmal zu sich herunter. »Als du Partner in der Kanzlei geworden bist …, erinnerst du dich noch?«

Ich nickte. Sie hatte mich an einem Tiefpunkt meines Lebens erwischt, am Nacken gepackt und wieder nach oben gezogen. Nicht sehr liebevoll, das hätte ich auch gar nicht gewollt. Sie hatte auch nicht viel darum herumgeredet. Sie hatte mir eine Chance gegeben, zu der sie nicht verpflichtet war. Das rechnete ich ihr hoch an. Was zählten da 469 Euro für einen schlecht sitzenden Hosenanzug mit quietschrosa Rosen.

»Da dachte ich ehrlich, wir schaffen das. Und jetzt … jetzt bist ausgerechnet du die letzte Hoffnung. Gib den Job nicht auf. Mach weiter. Sonst stehen wir das nicht durch.«

Sie biss sich auf die Lippen und sah an mir vorbei. Ihr Stolz war verletzt. Sie, die Retterin, war nun selbst auf Hilfe angewiesen. Das war schlimmer als alle untreuen Automechaniker zusammen.

»Ich hab das schon im Griff«, antwortete ich und verschwieg meine Zweifel.

Sie sah hinunter in ihren Ausschnitt und zwieselte an dem Faden, an dem sich einmal der Knopf befunden hatte. »Soll ich dich zur U-Bahn bringen?«

»Nein. Ich will noch ein paar Schritte laufen.«

»Ist alles in Ordnung?«

Ich lächelte. »Alles in Ordnung. Mach dir keine Sorgen.«

Ich trat einen Schritt zurück, schlug die Autotür zu und winkte ihr nach, bis sie mit schleifenden Bremsen und schlecht gelötetem Auspuff um die Ecke war. Wir mussten die Werkstatt wechseln. Gründe dafür gab es mittlerweile mehr als genug.

Ich machte mich auf den Weg, und während ich die Schönhauser hinunter Richtung Alex ging, den fröhlichen Gruppen auswich und den Händchen haltenden Paaren, vorbei an voll besetzten Restaurants und bunt beleuchteten Biergärten, durch Gelächter und laute Stimmen schlenderte und die Luft tief einatmete, die geradezu vibrierte von der Vorfreude auf die Nacht, dachte ich an eine Frau, die symbolisch Knochen brechen konnte und dabei vielleicht, ohne es zu wissen, zusammensetzte, was schon lange vorher kaputtgegangen war. Und ich dachte darüber nach, in welches Restaurant ich so eine Frau mit meinen letzten fünfundzwanzig Euro einladen konnte.

Diese Frage stellte sich am Samstag nicht mehr. Die Reinigung kostete mich die Hälfte meiner verbliebenen Barschaft. Was übrig blieb, würde für zwei Döner und ein Dosenbier reichen. Ich beschloss, mir darüber keine Gedanken mehr zu machen, weil das einzig vernünftige Resultat eine Verschiebung meiner Verabredung gewesen wäre, und das kam für mich überhaupt nicht infrage.

Um kurz nach zehn Uhr standen wir, Marie-Luise und ich, am Eingang der HBS und fragten uns, ob wir uns im Tag geirrt hatten. Der Schulhof war leer, Eingangshalle und Flur ebenso, und gerade als ich mich auf den Weg ins Sekretariat machen wollte, kam Michael Domeyer angerannt.

»Gott zum Gruße«, keuchte er, »ich dachte schon, ich wäre als Einziger zu spät. – Domeyer mein Name. Was verschafft mir das Vergnügen dieses reizenden Anblicks?«

Er verbeugte sich knapp vor Marie-Luise, die sich mit dem Schuhlöffel in den Anzug gezwängt hatte und kaum zu atmen wagte. An Stelle des verlorenen Knopfes prangte eine feuerrote Stoffrose, die sich weder mit ihren Haaren noch mit den Anzugfarben wirklich vertrug. Sie sah aus wie eine Ansagerin im Kinderzirkus.

»Ähm ... wir gehören zusammen, quasi. Also er hat mich mitgeschleppt«, antwortete sie.

Domeyer nickte mir anerkennend zu. »So gerne ich mit Ihrer Begleitung noch plaudern würde, ich glaube, wir werden erwartet.« Er wandte sich an Marie-Luise. »Es dauert nicht lange. Wir werden von mantraartigen Beschwörungsformeln in eine Art Trance versetzt, sodass wir die nächsten Stunden selig lächelnd durch die Räume schweben und auf alle Fragen nur mit Ja antworten.«

Er beugte sich zu ihr hinunter. »Falls Sie noch nicht verheiratet sind, diese Chance würde ich mir nicht entgehen lassen.«

Lackaffe. Marie-Luise lächelte ihn sphinxhaft an und ließ ihn über Grad und Nähe unserer Beziehung im Unklaren.

»Also, Kollege? Ihre Begleitung könnte vielleicht in der Mensa warten? Dort werden noch Freiwillige zum Kuchenglasieren gesucht.«

Ich zeigte Marie-Luise den Weg und folgte Domeyer ins Lehrerzimmer. Die gesamte Belegschaft hatte sich versammelt und lauschte, was Katharina zu sagen hatte. Kladen saß neben ihr und nickte ab und zu. Als wir eintraten, brach sie kurz ab und wartete, bis wir uns zwei Plätze gesucht hatten und sich die Aufmerksamkeit wieder ungestört auf sie fokussierte.

»Wo war ich stehen geblieben?«

»Bei den Prämien«, soufflierte Kladen.

»Bei den Prämien«, wiederholte Katharina. »Ich muss nicht betonen, dass wir, bei allem pädagogischen Ernst, auch auf eine gewisse Wirtschaftlichkeit angewiesen sind. Wir versuchen, das Kostenmanagement so effizient wie möglich zu gestalten. Trotzdem ist jeder Schüler, der unsere Anstalt verlässt, ein Verlust von über 15 000 Euro im Jahr. Deshalb sind wir darauf angewiesen, eine gewisse Zahl an Neuzugängen zu rekrutieren. Nur mit verbindlichen Anmeldungen können wir das nächste Jahr kalkulieren und wissen, wie viele Lehrkräfte wir beschäftigen können. Es geht also auch um Ihre Arbeitsplätze.«

Sie machte eine kleine strategische Pause und sah sich um. Ihr Blick blieb an mir hängen.

»Je mehr Schüler, desto mehr Klassen. Wir haben drei leer stehende Räume. Es wäre schön, wenn dort im nächsten Schuljahr wieder fröhliche, begabte Kinder unterrichtet würden.«

Ich hatte nichts dagegen einzuwenden und nickte ihr kaum merklich zu. Sie lächelte und zupfte kurz an dem Kragen ihrer weißen Bluse.

»Die meisten von Ihnen wissen, dass dieses nächste Schuljahr für uns mit ganz besonderen Herausforderungen verbunden ist. Sie sollten also unsere Gäste nicht nur von unserem Schulkonzept überzeugen. Sondern auch davon, dass die HBS ein zukunftsorientiertes Unternehmen mit einer soliden Gewinnerwartung werden kann.«

Die meisten der Anwesenden wussten wohl, was Katharina mit dieser nebulösen Anmerkung meinte, und schienen damit einverstanden zu sein. Nur Michael Domeyer schaute desinteressiert aus dem Fenster.

»Was heißt solide Gewinnerwartung?«, fragte ich ihn leise.

Domeyer lächelte süffisant. »Dass man hofft, mehr einzunehmen, als man ausgibt, Herr Kollege.«

Besten Dank. Katharina warf einen scharfen Blick in unsere Richtung und schenkte dann dem Auditorium ein aufmunterndes Lächeln.

»Nun denn. Möge die Übung gelingen.«

Alle standen auf. Ich schaffte es gerade noch, mich zu Werner Sebastian durchzudrängeln. Er begrüßte mich mit einem freundlichen Nicken.

»Und?«, fragte er. »Haben Sie sich schon eingelebt bei uns?«

»Wunderbar«, antwortete ich und zog ihn aus dem Pulk hinausströmender Lehrer.

»Ist Ihnen eigentlich aufgefallen, dass mit den Schülern irgendetwas nicht stimmt?«

Sebastian strich sich nervös über die vier festgeklebten Haarsträhnen.

»Ich fürchte, ich verstehe Sie nicht ganz.«

»Clarissas Selbstmord. Ist der jemals richtig thematisiert worden?«

»Nun, wo Sie mich darauf ansprechen: Ja, es wurde thematisiert. Wir haben den Schülern unsere Hilfe angeboten. Eine tragische Geschichte. So ein nettes Mädchen. Und so plötzlich ... Ich glaube, das hat ihnen ziemlich zu schaffen gemacht. Aber der Fall liegt jetzt knapp ein Jahr zurück. Ich denke, sie sind über das Schlimmste hinweg.«

Er lächelte mich zufrieden an. »Wenn etwas mit den Schülern nicht stimmt, dann sind es wohl eher ihre Noten in Fleiß und Betragen.«

Er wartete auf meine zustimmende Reaktion. Offenbar machte Sebastian ganz andere Erfahrungen als ich. Wahrscheinlich wusste er auch nichts von sechsunddreißigseitigen Würfeln und schwarzen Kronen. Trotzdem fragte ich: »Und diese Spiele?«

Sebastian wollte sich nichts anmerken lassen. Doch die Art, wie er über seinen Strickbinder strich und sich dabei verstohlen umsah, verriet ihn.

»Welche Spiele? Sie meinen doch nicht etwa ...?«

Das Lehrerzimmer hatte sich fast vollständig geleert. Nur zwei Kolleginnen durchquerten noch, vertieft in ein Gespräch über Chemieexperimente, den Raum. Ich dachte nicht im Traum daran, Sebastian über den Grad meiner Unwissenheit aufzuklären.

»Natürlich. Die meine ich.«

»Die sind verboten«, flüsterte Sebastian. »Ich verstehe nichts von diesen Dingen. Aber es wird gemunkelt, dass sie das Mädchen in den Tod getrieben haben sollen. Das ist doch geradezu rufschädigend! Deshalb: Wenn Ihnen etwas auffällt, wenden Sie sich unverzüglich an Frau Oettinger. So halten wir das alle. Nun ja, fast alle.«

Er sah mich an und wurde richtig mutig. »Unverzüglich. Diese Dinge müssen mit Strenge geahndet werden. Wer spielt, der fliegt.«

Damit war für ihn alles gesagt. Er stellte überrascht fest, dass wir die Letzten waren, und beeilte sich, das Lehrerzimmer zu verlassen.

Ich blieb noch einen Moment.

Kein Wunder, dass meine Klasse so verschlossen reagiert hatte. Die Drohung klang ernst, die Konsequenzen waren dramatisch, die Lehrer nicht auf der Seite der Schüler.

Und trotzdem machten sie weiter. Kevins Worte geisterten

durch meine Gedanken. *Die Leute drehen durch, wenn sie richtig drinstecken.* Vielleicht war das Aufregende, Verbotene ja genau das, was sie so faszinierte. So sehr, dass sie nicht mehr davon loskamen und sich darin verloren wie in einem Labyrinth ohne Notausgang.

Ich fand Marie-Luise natürlich nicht in der Mensa, sondern draußen im Schulhof, wo sie wütend und heftig gestikulierend telefonierte. Als sie mich sah, beendete sie das Gespräch abrupt und steckte das Handy ein.

»Hat er sich entschuldigt?«

Sie reagierte nicht, sondern zupfte einige Nadeln von dem Baum, unter dem sie gerade stand, und betrachtete sie zunächst relativ desinteressiert, dann aber eingehender. Sie warf einen Blick auf das Schulgebäude, dann auf den Baum, dann auf die parkähnliche Randbegrünung des Schulhofs und sagte: »Das ist ja komisch.«

»Marie-Luise!«

Katharina stand am Schulhofeingang und winkte uns zu. Marie-Luise ließ das Grünzeug fallen, wischte sich sorgfältig die Hände an ihren quietschrosa Rosen ab und setzte sich langsam in Bewegung. Ich folgte ihr.

»Gut siehst du aus! Schön, dass du mitgekommen bist. Jetzt siehst du also endlich mal meine Schule.«

Marie-Luise lächelte. »Es ist wirklich hübsch hier. Das Haus gefällt mir. Was war das früher mal?«

Beide Damen drehten sich um und musterten die Fassade.

»Eine Schule«, antwortete Katharina. »Das war immer eine Schule. Wollen wir noch schnell einen Kaffee trinken, bevor der Ansturm losgeht?«

Eine gute Idee, wie sich herausstellte, denn schon eine Viertelstunde später standen die ersten Interessenten im Garten, blätterten in den Informationsbroschüren und wurden bei jeder passenden und unpassenden Gelegenheit von Kollegen angesprochen. Mittlerweile war auch ein Großteil der Schüler eingetroffen. Sie verteilten sich in die Klassen und zeigten chemische und physikalische Experimente, nahmen am Demonstrationsunterricht teil oder versammelten sich in der Aula, wo ein buntes

Programm das humanistische Spektrum der HBS abdeckte. Es war Leben im Haus, Gedrängel auf den Gängen, Lachen im Garten, ein rundum schönes Bild. Einige meiner Schüler rannten an mir vorüber und grüßten mich flüchtig. Plötzlich hatte ich das Gefühl, Sami in dem Gewimmel zu sehen. Aber ich hatte mich wohl getäuscht. Die unsichtbare Linie zwischen den beiden Schulen wurde auch an einem Tag der offenen Tür nicht durchbrochen. Als ich zum Basketballplatz schlenderte, war weit und breit nichts mehr von ihm zu sehen. Dafür entdeckte ich etwas anderes. Hinter einem Baum stand Samantha. Eng schmiegte sie sich an den Stamm und beobachtete etwas, das sich meinen Blicken entzog. Ihre linke Hand hatte sie zur Faust geballt, und das, was sie sah, schien sie ziemlich wütend zu machen.

»Samantha?«

Sie fuhr zusammen, sah mich, stolperte fast über eine Wurzel und rannte weg. Das, was sie so erregt hatte, spielte sich gerade hinter einem Goldregenbusch ab. Zwanzig Meter entfernt, weitab vom Gewimmel des Festes, standen Mathias und Katharina, und was sie sich zu sagen hatten, konnte ich zwar nicht verstehen, aber es schien sich um eine handfeste Auseinandersetzung zu handeln. Als Katharina sich wütend abwandte, riss Mathias sie herum, fasste sie an den Schultern und schüttelte sie.

»Was soll das?«, schrie er. »Bin ich jetzt auf einmal nicht mehr gut genug?«

Das klang nach Stress. So unauffällig wie möglich trat ich den Rückzug an.

Am Eingang des Schulgebäudes stieß ich beinahe mit Kladen zusammen. »Haben Sie Frau Oettinger gesehen?«

Eine Sekunde lang war ich versucht, ihn zum Goldregen zu schicken. Egal, was Katharina und Mathias am Laufen hatten, es würde Kladen nicht gefallen. Andererseits wusste ich genug um die Probleme der Boten, die schlechte Nachrichten überbrachten, und wollte meinen neuen Job nicht schon wieder aufs Spiel setzen.

»Nein«, sagte ich. »Aber wenn ich sie sehe, werde ich ihr ausrichten, dass Sie nach ihr gefragt haben.«

Er nickte dankbar und setzte seine Suche in entgegengesetzter Richtung fort.

Der parkähnliche Schulhof hinter der HBS wimmelte jetzt vor Schülern, Eltern und Lehrern. Ich hielt nach Marie-Luise Ausschau und entdeckte sie bei den Tischen unter den Bäumen. Mehrere Schüler, darunter auch Ravenée Winterling und Maximiliane, brachten Krüge mit Saft und Kuchenbleche nach draußen, die sie auf den Tischen abstellten. Ravenée zählte alles ab, arrangierte noch ein bisschen um und war endlich mit ihrem Werk zufrieden.

»Das habt ihr alles selbst gemacht?«

Sie drehte sich zu mir um und nickte. Ihre roten Haare hatte sie zu einem strengen Knoten zusammengebunden, und das breitenbachsche Grün und Weiß sah an ihr sauber, streng und adrett aus.

»Alles, was wir verkaufen, kommt in die Klassenkasse. Für unsere nächste große Fahrt. Letztes Mal war ja Herr Sebald mit dabei.«

Sie sah mich erwartungsvoll an. »Dieses Jahr hat sich noch niemand freiwillig gemeldet. Also bleibt es an Herrn Sebastian hängen.«

In ihrem jungen Gesicht spiegelte sich ungeschützt eine gewisse Aversion gegen diesen Gedanken, die ich gut nachempfinden konnte. Werner Sebastian, seine Auffassung von Erziehung und zwölf vollpubertierende Siebzehnjährige passten nicht zusammen.

»Oder an Ihnen.« Jetzt grinste sie. »Wäre das so schlimm? Keine Angst. Außerdem sind Sie ja nicht allein unter Wölfen.« Ravenée blickte sich vorsichtig um, ob auch niemand in der Nähe war, der unsere Unterhaltung belauschen konnte. »Frau Oettinger kommt auch mit.«

Sie wartete auf meine Reaktion. Ich sah offenbar nicht sehr begeistert aus, denn plötzlich trat sie näher an mich heran.

»Sie ist komisch.«

»Was meinen Sie mit komisch?«

»Na, komisch halt. Sie ist nicht so, wie sie ist.«

»Das Gefühl habe ich bei einigen hier.«

»Ach ja?« Sie trat wieder einen Schritt zurück und schenkte mir ein unverbindliches Lächeln.

»Mathias«, sagte ich. »Ist der so, wie er ist?«

Ravenées von Natur aus blasse Haut wurde noch einen Ton bleicher. »Das ist hier niemand. Nehmen Sie sich vor ihm in Acht. Und vor ...«

Sie unterbrach sich, denn Marie-Luise kam auf uns zu, in der Hand einen eng bedruckten Programmzettel.

»Müssen wir das alles mitmachen? Bogenschießen im Park, Kristallzüchten im Labor, und dann auch noch den Liebestod vom Schulorchester?«

Sie ging zum nächsten Tisch und griff nach einem der Krüge.

»Oh, entschuldigen Sie bitte.« Ravenée nahm ihn ihr aus der Hand. Sie entfernte einen selbstklebenden Zettel. »Der ist für die Musiker. Es geht übrigens gleich los. Sie müssen sich beeilen, wenn Sie noch einen Sitzplatz haben wollen.«

Sie lächelte mich und Marie-Luise an. »*Tristan und Isolde*. Natürlich sind wir nicht das Festivalorchester von Bayreuth. Aber ich finde, es klingt nicht schlecht. Noch dazu, wo eine Sängerin von der Staatsoper heute dabei ist. Eine ehemalige Schülerin.«

Sie eilte fort, den Krug in beiden Händen.

»Dann sollten wir uns das nicht entgehen lassen.«

Marie-Luise hakte sich bei mir unter und zog mich ins Haus. Die Aula war tatsächlich schon ziemlich voll. Wir fanden noch zwei Plätze im Rang, gerade als der Dirigent die Bühne betrat und das Orchester aufsprang, um ihm seine Reverenz zu erweisen. Am Kontrabass erkannte ich Ravenée, sie war die Einzige, die nicht aufstand. Wahrscheinlich, damit sie dieses Ungeheuer von Instrument nicht erschlug. Alle nahmen wieder Platz, und eine junge Frau kam jetzt von hinten auf die Bühne, wurde von dem Dirigenten mit Handkuss begrüßt und vom Publikum begeistert empfangen. Marie-Luise lugte in ihr Programm.

»Sonja Solms«, las sie. »Kenn ich nicht.«

Im Publikum wurde ein letztes Mal geräuspert und gehustet. Der Dirigent hob seinen Stab, Sonja Solms holte tief Luft, und dann geschah etwas wirklich Wunderbares. Die ersten Töne schwebten bis in den letzten Winkel des Raumes, und mit ihnen versank das irdische Jammertal von schlechten Noten und verpatzten Abschlüssen, von Zukunftsängsten und Numerus clausus, von merkwürdigen Schulfahrten und gewinnbringenden

Klassenstärken, und empor hob sich ein reines, ätherisches Gefühl, das sogar mich ergriff. Sonja Solms war eine Göttin, der noch nicht einmal das Schulorchester der HBS etwas von ihrem Glanz nehmen konnte. Ich lauschte und atmete mit ihr, tauchte ein, ertrank, versank, begriff plötzlich, was des Welt-Atems wehendes All sein musste, und war mit dem letzten Ton auch nicht klüger geworden, aber ich beschloss, Kevin demnächst auf Wagner anzusetzen. Nachdem das Erhallende umwallend verhaucht war, blieb es ruhig. Erst zaghaft, dann aber geradezu euphorisch setzte der Applaus ein.

Sonja Solms trat an den Bühnenrand und bedankte sich. Genau in diesem Moment schrie jemand. Es war ein so grauenhafter, entsetzlicher Schrei, dass aller Jubel sofort erstarb.

»Da!«, rief Marie-Luise und deutete auf das Orchester. »Das rothaarige Mädchen!«

Ravenée lag zusammengekrümmt auf dem Boden, den Bass immer noch umklammert, um ihn im Fall zu schützen. Sie zuckte, und dann strampelte sie unter grotesken Verrenkungen. Sie konnte das große Instrument nicht mehr halten, es rutschte ihr weg und fiel neben sie. Sie bäumte sich noch einmal auf, erbrach sich und hörte auf zu zucken. Ich sprang auf, boxte mich durch die schockierten Menschen, rannte auf den Flur, die Treppe hinunter und erreichte den Bühneneingang, vor dem sich schon mehrere Dutzend Neugierige drängelten. Ich schob sie zur Seite und nahm zwei Stufen auf einmal. Die Musiker hatten einen Kreis um Ravenée gebildet, der Dirigent beugte sich über sie und schlug ihr immer wieder leicht auf die Wange. Ihre Augäpfel waren verdreht, der Mund stand halb offen, sie sah aus, als hätte ein Dämon sie angesprungen und zu Tode geschüttelt. Ich trat an die Bühnenrampe.

»Ist ein Arzt im Haus?«

»Hier!«, rief jemand aus der Mitte der Aula. Eine Minute später lag Ravenée in stabiler Seitenlage.

»Rufen Sie sofort einen Krankenwagen.« Der Arzt, ein gut gekleideter Mann Anfang fünfzig, kniete neben ihr und fühlte ihr den Puls. »Ein toxischer Schock. Was genau es ist, kann ich nicht sagen. – Hallo, Mädchen, nicht wegkippen!«

Er schlug ihr kräftig auf die Wangen. Ravenées Atem ging

immer noch stoßweise, und ihre Augen waren schreckgeweitet, weil sie nur langsam wieder zu sich kam und noch kaum begriff, was gerade mit ihr geschehen war.

»Was ist passiert? Ravenée?«

Katharina tauchte vor mir auf. Sie befahl als Erstes, den Vorhang herunterzulassen, und schickte dann alle, außer den Arzt und mich, von der Bühne. Sogar Kladen bat sie, im Flur zu warten. Dann erst beugte sie sich zu dem Mädchen herab. Sie zog eine Packung Papiertaschentücher aus ihrer Handtasche und begann, das Erbrochene wegzutupfen.

»Lassen Sie das, bitte«, sagte der Arzt.

»Ja, aber irgendjemand muss sie doch sauber machen!«

Der Mann stand auf und nahm eines von ihren Taschentüchern, um sich die Hände zu säubern. »Es tut mir leid, aber der Vorfall muss untersucht werden. Dazu gehört auch der Mageninhalt.«

Katharina drehte sich zu mir um. Zum ersten Mal erlebte ich sie vollkommen hilflos.

Die Tür zur seitlichen Bühnentreppe wurde aufgerissen. Samantha stürmte die Stufen herauf und ging vor dem leblosen Mädchen in die Knie.

»Ravi«, schluchzte sie. Sie küsste sie auf die Stirn und bettete den Kopf der Freundin in ihrem Schoß. Dabei strich sie ihr immer wieder über die Haare. Katharina trat auf sie zu und fasste sie sanft an der Schulter.

»Lass sie, Samantha.«

Doch Samantha schüttelte ihre Hand ab. »Fass mich nicht an. Hau ab! Hau doch endlich ab!«

Das aus dem Mund von Grace Kelly zu hören, war starker Tobak. Es war nur zu erklären, wenn man über den Vorfall hinter dem Goldregenbusch Bescheid wusste. Und das konnten nicht viele von sich behaupten.

Der Arzt tat so, als hätte er nichts gehört, und auch ich entschied mich für die einfachste aller Lösungen: Ich reagierte wie er.

Ravenée hatte die Augen weit aufgerissen und wollte etwas sagen. Ihr ganzer Körper schien wie gelähmt, und aus ihrer Kehle drang nur ein heiseres Krächzen.

»Ganz ruhig«, sagte ich.

Katharina war kreidebleich geworden.

In diesem Moment kam Kladen wieder und warf irritiert einen Blick auf das Bild, das sich ihm bot. »Herr und Frau Winterling werden in wenigen Minuten da sein. – Was können Sie mir sagen, Herr Doktor?«

Der Arzt betrachtete einen Moment die stille Pietà der beiden Mädchen und nahm uns dann ein paar Schritte zur Seite.

»Es sieht nach einer Vergiftung aus. Die junge Dame hat sehr viel erbrochen. Trinken kann sie in ihrem Zustand nicht, aber der Notarzt wird alle nötigen Schritte einleiten. Sie wird es überleben.«

»Gott sei Dank.«

Samantha streichelte über Ravenées Stirn. Das Mädchen versuchte, sich zu bewegen, aber es gelang ihr nicht. Ich ging wieder zu meinen Schülerinnen und beugte mich zu ihnen hinab.

»Weg«, flüsterte Ravenée. Es war kaum zu verstehen.

»Sie ... soll ... weg.«

Sie hatte Angst. Todesangst.

Kladen nahm Katharina gerade in den Arm und küsste sie auf die Stirn, als ob sie es wäre, die in dieser Sekunde Trost und Stärkung bräuchte. Die Geste hatte, abgesehen davon, dass sie völlig fehl am Platze war, etwas Unterwürfiges. Unwillig machte sie sich los.

»Wir sollten hinausgehen und die anderen beruhigen. Sie kommen klar hier?«

Der Arzt nickte. Ravenée hatte die Augen geschlossen, sie atmete jetzt regelmäßiger und sah nicht mehr ganz so totenbleich aus wie noch wenige Minuten zuvor.

»Sie wird es schaffen«, sagte ich leise. »Samantha, was war das eben für ein Ausbruch?«

Sie fuhr sich mit dem Handrücken über die Nase und schaute dann hinüber zum Bühnenaufgang, wo ihr Vater mit seiner Stellvertreterin gerade verschwunden war.

»Weil ich sie geduzt habe? Das ist bei uns zu Hause so üblich. Mein Vater hat sich wegen ihr von meiner Mutter getrennt. So was schafft ganz neue familiäre Strukturen.«

Um ihren wunderschönen Mund spielte ein sarkastisches Lächeln. »In der Schule siezen wir uns alle. Damit die Form gewahrt wird. Im Formenwahren sind wir hier ganz große Klasse. Aber das haben Sie sicher schon gemerkt.«

Ich nickte und sah großzügig darüber hinweg, dass sich dieses Verhalten gegenüber neuen Lehrern gerne auch mal ins Gegenteil verkehrte.

»Was ist hier los?«

Ihre Hand, mit der sie gerade über Ravenées Stirn strich, zitterte plötzlich. »Wie meinen Sie das?«

»Mit Ihnen, Mathias, mit Ihrer Klasse. Die schwarzen Kronen. Was hat Ihnen neulich so einen Schrecken eingejagt?«

»Ich ... ich glaube, ich weiß nicht. Also ...«

Der Arzt trat zu uns und warf noch einmal einen Blick auf seine Patientin. »Der Krankenwagen ist gleich da. Nur noch ein paar Minuten. Heute Nachmittag können Sie Ihre Freundin schon im Hospital besuchen. Alles in Ordnung?«

Samantha nickte und küsste das Mädchen zum Abschied auf die Stirn. Ravenées Arm schoss hoch. Sie packte Samantha an der Kehle und hielt sie umklammert.

»Du ...«, zischte sie. »Du bist ...«

Mit aller Gewalt versuchte ich, Samantha aus dem mörderischen Griff zu befreien. Der Arzt kam zur Hilfe, doch da sank Ravenée schon schwer atmend zurück und blieb regungslos liegen. Hustend und nach Luft ringend, kam Samantha auf die Beine. Sie zitterte am ganzen Leib.

»Samantha ...«

Sie rannte an mir vorbei auf die Treppe zu. Ich folgte ihr. Draußen vor der Tür war es still geworden, vermutlich hatte man die Neugierigen weggeschickt. Sie stieg die Stufen hinunter und griff nach der Klinke, dann ließ sie die Hand wieder fallen.

»Was, verdammt noch mal, läuft hier eigentlich?«

Sie hob die Schultern, stand aber immer noch mit dem Rücken zu mir. »Sie war hier, und sie wird wiederkommen. Ravi hat recht. Ich bin die Nächste.«

»Die Nächste was?«

Sie riss die Tür auf und lief hinaus, ohne sich noch einmal

umzusehen. Ich folgte ihr. Marie-Luise, die am Ende des Flurs stand, wirkte erleichtert, als sie mich sah.

»Was ist? Kommt sie durch?«

Samantha bog in der Eingangshalle nach links ab in den Schulhof und tauchte unter in der fröhlichen Menge von Schülern, Lehrern, Eltern und Besuchern. Ich blieb stehen. Ein Paar betrat die Halle und eilte an mir vorbei. Es kam mir vage bekannt vor. Erst als ich die dünnen Beine der Frau bemerkte, erinnerte ich mich wieder. Die beiden hatten am Tag der Schulfeier ein Problem mit Kladen gehabt. Sie traten, ohne anzuklopfen, ins Sekretariat ein und schlossen die Tür lauter, als es nötig gewesen wäre. Ein paar Sekunden später wurde sie aufgerissen, und beide, gefolgt von Katharina und dem Direktor, eilten den Flur hinunter zum Bühneneingang. Das also waren Ravenées Eltern.

Ich lief die Treppe hoch in den ersten Stock. Marie-Luise folgte mir.

»Wo willst du denn hin? Was ist denn?«

Ich antwortete nicht. Ich erreichte meine Klasse, riss die Tür auf und blieb schwer atmend vor den Tischen stehen. Dann nahm ich jeden einzelnen Stuhl, hob ihn hoch, sah auf die Unterseite des Sitzes und stellte ihn zur Seite. Ich untersuchte alle elf Stühle, die oben gestanden hatten, und schleuderte den letzten wütend von mir weg. Marie-Luise wich gerade noch rechtzeitig aus.

»Was machst du da?«

Ich war in drei Schritten bei Clarissas und Samanthas Stühlen. Auch hier das gleiche Resultat: nichts.

»Was soll das?« Marie-Luise traute sich, nachdem ich nicht mehr mit Stühlen um mich warf, herein.

»Ich habe mich geirrt. Einen Moment habe ich gedacht –«

Als ich schwieg, wagte sie sich noch einen Schritt näher. »Was hast du gedacht?«

Aus weiter Ferne hörte ich die Sirene eines Notarztwagens. Sie wurde lauter. »Ich habe gedacht, jemand hat es auf meine Klasse abgesehen. Es passieren merkwürdige Dinge hier. Symbole und Spielsachen und Andeutungen. Auf den ersten Blick harmlos. Aber ... hier stimmt was nicht. Letzte Woche noch hat jemand etwas auf die Unterseite der Stühle gemalt. Hier, zum einen für das Mädchen, das sich umgebracht hat. Und zum anderen für Maximiliane, die den Kurs verlassen hat. Ich dachte, Ravenée wäre die Dritte.«

Und Samantha die Vierte. Falls dieser Jemand vorhatte, meine Klasse Schüler für Schüler zu dezimieren.

»Ich habe mich wohl getäuscht. Beide Stühle hatten eine schwarze Krone unter dem Sitz. Und als das eben mit Ravenée passiert ist ...«

»Da dachten Sie, jetzt hat sich der Teufel die Nächste geholt.«

Katharina Oettinger stand im Türrahmen, und sie war unzweifelhaft *not amused*. Der Notarztwagen hielt vor der Schule, die Sirene verstummte abrupt.

»Was für einen unglaublichen Blödsinn erzählen Sie da eigentlich? Ich müsste Sie auf der Stelle suspendieren. Ich hatte geglaubt, mit Ihnen einen vernunftbegabten Menschen vor mir zu haben, einen Menschen, dem wir diese Kinder anvertrauen können. Und was höre ich? Nicht nur, dass diese Spiele trotz unseres ausdrücklichen Verbotes weitergespielt werden, Sie gehen ihnen auch noch auf den Leim. Ich erwarte auf der Stelle eine umfassende Aufklärung, damit ich die entsprechenden Konsequenzen ziehen kann.«

Katharina stand geradezu in Flammen vor Wut. Aber ich hatte genug Erfahrung mit Menschen in Grenzsituationen und ging ihrem Ausbruch nicht auf den Leim. »Welche Spiele meinen Sie denn? Dieses Würfeln? Oder diese merkwürdigen Kämpfe in der Sporthalle?«

»Sie meinen Juggen. Ja, das meine ich. Und diese Kritzeleien. Und das Würfeln.«

Ich schwieg. Katharina ging ein paar hektische Schritte auf und ab und trat dann in den Flur. Sie lauschte, was sich unten gerade tat, dann kam sie zurück und schloss die Tür.

»Sie müssen so etwas melden. Ich erwarte das von Ihnen. Es gehört zu den verbotenen Dingen. Es ist ebenso verwerflich wie Diebstahl, Drogenmissbrauch oder –«

»Küssen?«, fragte ich. »Oder geheime Rendezvous hinter Goldregenbüschen?«

Marie-Luise sah mich an und hob die Augenbrauen. Des Weiteren begnügte sie sich mit der Rolle der Zuhörerin, und dafür war ich ihr ausgesprochen dankbar. Katharina schüttelte langsam den Kopf, als ob meine Fragen alle ihre bereits über mich gefällten Urteile noch einmal bestätigten.

»Ich weiß nicht, was Sie meinen. Aber Sie scheinen Ihre Aufgabe hier nicht ernst genug zu nehmen. Wir haben eine Schülerin verloren. Und alles, was wir bisher darüber wissen, ist, dass sie diese Spiele gespielt hat. Wie auch Ihre Klasse. Und, was mich am meisten entsetzt und beunruhigt, wohl auch Schüler aus der Alma-Mahler-Werfel. Wir sehen keine andere Möglichkeit, als diese Spiele strengstens zu untersagen. Wer sich nicht daran hält, wird von der Schule gewiesen. Wenn Sie mir jetzt also sagen könnten, was Sie wissen? Auf Ihre Mutmaßungen über das, was sich hinter unserem Goldregen abspielt, kann ich allerdings verzichten.«

»Ich weiß gar nichts«, antwortete ich. »Es sind nur Beobachtungen, und ich werde mich hüten, damit anderen zu schaden. Und ich möchte Ihnen noch etwas sagen, bevor ich gehe.«

Marie-Luise zuckte zusammen und sandte mir einen Blick inständigen Bittens, den ich schweren Herzens ignorierte.

»Ihr sogenanntes Verantwortungsbewusstsein in allen Ehren, aber Sie hätten mir sagen müssen, was mit diesen Schülern los ist. Und auch, in welche Richtung sich Ihr Verdacht bewegt. Was *Sie* getan haben, ist verantwortungslos, Frau Oettinger. Verbieten und Schweigen. Ist das Ihr ganzes pädagogisches Konzept?«

Marie-Luise stöhnte leise auf. Katharina starrte mich an. In diesem Moment klingelte ihr Handy. Ihre Hand zitterte so stark, dass sie es beinahe fallen ließ. Sie nahm das Gespräch mit einem knappen »Ja?« an und ging dann auf die andere Seite des Raumes. Ich nickte Marie-Luise aufmunternd zu.

»Komm, lass uns gehen.«

Sie warf noch einen Blick auf ihre Freundin aus besseren Tagen und wandte sich dann resigniert ab.

»Das ist ja furchtbar«, flüsterte sie mir zu, als wir hinausgingen. »So kenne ich sie gar nicht.«

»Darf ich dich an deinen Trabbi und ihren Exmann erinnern?

Du hast sie damals schon treffend charakterisiert. Ich kann nur vermuten, was sie mit Herrn Kladen gemacht hat, aber er frisst ihr aus der Hand. Sie führt diese Schule, und das macht sie unter dem Aspekt der Gewinnmaximierung richtig gut.«

Wir hatten die Treppe erreicht und waren gerade die ersten Stufen hinuntergestiegen, da hörten wir sie rufen.

»Herr Vernau? Marie-Luise?«

Wir sahen uns an und gingen weiter. Hinter uns hörte ich Katharinas Absätze auf dem Linoleum, sie schien die Verfolgung aufzunehmen.

»Wartet! Warten Sie, bitte! Marie-Luise!«

Marie-Luise blieb stehen. Ich ging weiter. Katharina holte uns ein.

»Es ist etwas Furchtbares passiert.«

Sofort drehten wir uns um und starrten sie an.

»Ravenée?«, fragte ich.

»Nein«, keuchte sie atemlos. »Die Polizei ist hier.«

Ich weiß nicht, wie es ihnen gelang, aber das Fest ging weiter. Ravenée war von zwei Rettungssanitätern abgeholt worden, ihre Eltern begleiteten sie, und alles, was dazu an Informationen herausgegeben wurde, bewegte sich im Bereich einer harmlosen Magenverstimmung. Das Programm wurde fortgesetzt, allerdings nicht mehr in der Aula, aber das dürfte den wenigsten aufgefallen sein. Unterdessen waren zwei Beamte der nächstgelegenen Wache eingetroffen und befragten die Schulleitung.

»Irgendjemand hat sie anonym informiert«, zischte uns Katharina beim Eintreten in das Direktionsbüro zu. »Ein Mordanschlag. An der Herbert-Breitenbach-Schule. Lächerlich.«

Sie führte uns in das Direktionsbüro, wo Rudolf Kladen mit den Herren auf uns wartete, denen die Situation genauso suspekt erschien wie uns.

Sie stellten sich vor als Keller und Martensen, Kriminaloberkommissare vom Abschnitt 12.

Herr Keller nahm den ihm angebotenen Platz gar nicht erst an. Vermutlich hatte er Samstagnachmittag andere Dinge zu regeln und wollte diese Angelegenheit so schnell wie möglich hinter sich bringen. Martensen hingegen bediente sich nach Katharinas Aufforderung höflich aus der Keksschale und kaute schweigend.

»Ich werde Ihnen einen Vorgang leider nicht ersparen können«, erklärte Keller gerade und zog mit einem bedauernden Gesichtsausdruck einen kleinen Block aus seiner Aktenmappe. »In welches Krankenhaus wurde die Schülerin gebracht?«

Kladen sah zu Katharina. Sie stellte die Schale vor Martensen auf den Couchtisch. »Ins Katharinen-Hospital in der Breiten Straße. Gleich um die Ecke.«

»Wissen Sie schon, was die Ursache dieser Giftbeibringung war?«

»Bis jetzt wissen wir noch gar nichts. Es könnten Salmonellen im Käsekuchen sein. Oder eine allergische Unverträglichkeit. Von einer Vergiftung oder sogar einer Giftbeibringung, wie Sie das ausdrücken, ist mir jedenfalls nichts bekannt.«

»Es könnte auch« – sagte Marie Luise und brach ab. Alle sahen sie an. »Nichts. Gar nichts.«

»Wer sind Sie bitte?«, fragte Kladen.

Marie-Luise öffnete den Mund. Doch Katharina legte eine Hand auf ihren Arm und antwortete: »Das ist Marie-Luise Hoffmann. Unsere Anwältin. Es ist mir wichtig, dass Sie bei diesem Gespräch dabei ist. Dr. Altmann konnte ich nicht erreichen.« Das Letzte sagte sie zu Kladen und erklärte so Marie-Luises plötzliche Beförderung. Dann wandte sie sich wieder an die beiden Beamten.

»Wie können wir Ihnen weiterhelfen? Sie sehen ja, das Haus ist voller Gäste. Ein Mädchen hat vermutlich eine Magenverstimmung, und ich frage mich, ob das Ihr Auftauchen rechtfertigt.«

Keller blickte ratlos auf seine Notizen. »Wie ich Ihnen schon sagte: Wir bekamen einen Anruf, es soll sich um eine gefährliche Körperverletzung gehandelt haben.«

Marie-Luise räusperte sich. »Also war es keine Warnung, sondern eine Bezichtigung.«

»Das wird noch zu klären sein«, antwortete Keller, der sich nicht so gerne in die Karten schauen ließ.

»Und wissen Sie schon, wer angerufen hat?«

»Das klären wir auch gerade.«

»Und können Sie uns verraten, wer beschuldigt wird?«

Keller blätterte zwei Seiten zurück und ließ den Block sinken. »Das ist allerdings merkwürdig. Sehr merkwürdig. Die ganzen Umstände des Telefonats. Der Anrufer – wenn es denn ein Mann war, das klären wir gerade – sagte: Die Schwarze Königin hat wieder getötet. Und wird es wieder tun. So lange, bis keiner mehr übrig ist.«

Keller war nicht dumm. Martensen auch nicht. Beide beobachteten uns mit Argusaugen. Ich versuchte, so unbeteiligt auszusehen wie bisher, und war froh, Marie-Luise nicht gänzlich eingeweiht zu haben. Katharina und Kladen hingegen sahen sich ratlos an.

»Die Schwarze Königin?« Kladen schüttelte den Kopf. »Das sagt mir gar nichts. Ihnen vielleicht?«

Die gesiezte Geliebte verneinte ebenfalls. »Vielleicht ein Spitzname? Oder eine Gestalt aus einem Shakespeare-Drama? Ich werde das Lehrerkollegium fragen. Eventuell weiß man da mehr.«

»Wenn Sie etwas herausfinden, sagen Sie uns bitte Bescheid.«

Keller nickte uns zu, Martensen wollte schnell den vorletzten Keks hinunterwürgen und verschluckte sich. Er hustete erbärmlich, bis Kladen und Keller ihm auf den Rücken schlugen und er endlich wieder Luft bekam.

Katharina beobachtete die Szene ungerührt. »Nicht dass uns das auch als Giftbeibringung ausgelegt wird.«

Martensen hustete und winkte verlegen ab. Die Herren verabschiedeten sich eilig.

Einen Moment war es still in Kladens Zimmer. Dann wandte sich Katharina an Marie-Luise.

»Das ist ja nicht zu fassen. Kann man nicht Anzeige gegen Unbekannt erstatten? Das ist Rufschädigung! Erst klappt das Mädchen zusammen, was schon schlimm genug ist. Und dann ermittelt auch noch die Kriminalpolizei. Ausgerechnet heute!«

Sie wies anklagend zum Fenster, das auf Kladens Seite den Blick auf den Schulhof freigab. Immer noch waren viele Besucher und Schüler im Garten anwesend.

»Ich würde erst mal abwarten, was da kommt.« Marie-Luise ging zum Couchtisch und nahm sich den einen Keks, den Martensen übrig gelassen hatte. »Die Schwarze Königin jedenfalls ist als Verdächtige ebenso wenig geeignet wie das Sandmännchen.«

Sie sah von Katharina zu Kladen. »Es sei denn, Sie wissen, wer sich hinter diesem Decknamen verbirgt.«

»Das sind diese Spiele!«, brach es aus Katharina heraus. »Es geht wieder los! Dabei hatten wir alles gut in den Griff bekommen. Und jetzt fängt es wieder von vorne an. Was sollen wir denn tun? Rudolf, was sollen wir bloß machen? Wir können doch nicht eine ganze Klasse so kurz vor dem Abitur suspendieren!«

»Nein. Das geht nicht.«

Kladen umrundete seinen Schreibtisch und setzte sich auf einen schönen, alten, mit grünem Leder bezogenen Armlehnstuhl. Er bat uns mit einer Handbewegung, ebenfalls Platz zu nehmen. Wir versanken in der Chesterfield-Sitzgruppe, während Katharina stehen blieb und sich nervös den Hals kratzte.

»Vielleicht«, begann ich, »verraten Sie uns einfach mal, was eigentlich los ist.«

Kladen stieß einen Seufzer aus und lehnte sich gottergeben zurück. »Das wüssten wir auch gerne. Wie mir meine Tochter mittlerweile erklären konnte, stellen sich diese Kinder vor, sie wären in einer anderen Welt und müssten dort irgendwelche Abenteuer bestehen. Diese Einbildung kann so weit gehen, dass sich die Grenze zwischen Spiel und Wirklichkeit verschiebt.«

»Und da wird es gefährlich«, unterbrach ihn Katharina. »Es ist wie eine Art Sucht. Es beeinflusst Denken und Handeln und führt in manchen Fällen zu einer Art Realitätsverlust. Die Leistungen der Schüler verschlechterten sich jedenfalls rapide. Sie haben sich innerhalb und außerhalb des Schulgeländes nur noch zu diesen Spielen verabredet. Auf dem Sportplatz kam es zu regelrechten Turnieren. Sogar nachts haben sie sich getroffen. Draußen im Garten. Und unser ehemaliger Hausmeister ist sich sicher, dass sie auch schon auf dem Dachboden waren.«

Sie hob die Hand und deutete an die Decke. »Auf dem Dachboden! Nachts!«

»Eltern sprachen uns an und verlangten einen sofortigen Stopp«, fuhr Kladen fort. »Wir haben also die Aufsicht verstärkt und die Schlösser ausgetauscht. Es wurde ein strenges Verbot verhängt. Und es bedrückt mich bis heute, dass es für eine Schülerin zu spät kam.«

»Clarissa?«, fragte ich.

Katharina nickte. »Wir vermuten, dass sie mit diesen Spielen nicht zurechtgekommen ist.«

Sie presste die Lippen aufeinander und dachte nach. Als sie fortfuhr, sprach sie leise. So leise, als befürchte sie, jemand könnte sie selbst noch durch die dicken Altbauwände hindurch hören.

»Clarissa war ein schwieriges Mädchen mit geradezu dramatischen Stimmungsschwankungen. Sie hat zu viel in diese Séancen hineininterpretiert. Als wir sie verboten, wird das bei ihr zu dieser Krise geführt haben.«

»Haben Sie Clarissas Eltern von Ihrem Verdacht erzählt? Wurde sie irgendwann einmal einem Schulpsychologen vorgestellt?«

Katharina Oettinger sah mich erstaunt an. »Sie haben keine Kinder.«

»Nein«, antwortete ich.

»Wenn Sie welche hätten, wüssten Sie, dass ein solcher Verdacht das Vertrauensverhältnis der Eltern zur Schule ihres Kindes zutiefst erschüttert.«

Ich öffnete den Mund, doch Rudolf Kladen fand es an der Zeit, die Ehrenrettung der Herbert-Breitenbach-Schule selbst in die Hand zu nehmen.

»Als diese Schule gegründet wurde, war Bildung ein kostbares Gut und dementsprechend für die meisten unerschwinglich. In den letzten Jahrzehnten hat sich daran einiges geändert. Das staatliche Schulsystem ist heute ein verrostender, leckgeschlagener Tanker, kurz davor, auf Grund zu laufen. Dabei war es bis weit in die achtziger Jahre eines der besten der Welt. Erst die sozialliberale Unterwanderung und der bewusste Missbrauch solcher Tugenden wie Toleranz und Großmut haben es beinahe ruiniert. Ich sage bewusst beinahe, denn es gibt selbst in Berlin noch großartige staatliche Schulen, die Außerordentliches leisten. Wer im richtigen Bezirk in der richtigen Straße lebt, muss sich um die Zukunft seines Kindes auch weiterhin keine Sorgen machen. Vorausgesetzt, er überlässt Erziehung nicht ausschließlich den Lehrern. Wer sein Kind heutzutage auf eine Privatschule wie unsere gibt, tut dies also nur bedingt aus dem Wunsch heraus, ihm die bestmögliche Ausbildung zu schenken. Es gibt eine Vielzahl weiterer Gründe. Das soziale Umfeld beispielsweise. Die richtigen Freunde. Oder ein tief verwurzeltes Unbehagen einem Staat gegenüber, dem man die Erfüllung seiner Aufgaben grundsätzlich nicht mehr zutraut. Und natürlich, leider, oft genug auch aus dem Grund, der eigentlich der schlechteste von allen ist: Die Eltern sind mit den Erziehungsaufgaben überfordert und delegieren sie an die Schule. Wie ich bereits erwähnte, scheint dies keine Frage von Herkunft oder Einkommen zu sein, denn diese elterliche Leistungsverweigerung finden Sie in allen Bevölkerungsgruppen. Wer das Geld hat, andere dafür zu bezahlen, kann damit viel für sein Kind tun.«

»Und wer keins hat«, ergänzte Katharina die längste Rede, die ich jemals aus dem Munde von Rudolf Kladen hören sollte, »schickt seine Kinder auf so etwas wie die Alma-Mahler-Werfel.«

»Moment.«

Marie-Luise sah mich erstaunt an. »Das bedeutet, die Herbert-Breitenbach-Schule ist eine Anstalt für die Opfer von Wohlstandsverwahrlosung?«

Rudolf Kladen versuchte sich in Nachsicht und lächelte. »Ich würde meine Tochter keinesfalls zu dieser Gruppe zählen.«

»Samantha«, erklärte ich. »Das blonde Mädchen bei Ravenée.«

Marie-Luise nickte. »Aber was hat das jetzt damit zu tun, dass Sie bei Clarissa ein psychologisches Problem vermuten und darauf verzichtet haben, die Eltern zu informieren?«

»Sie mussten nicht informiert werden«, antwortete Katharina. »Sie wussten es. Wir wussten es. Diese Schule war ihre letzte Chance. Sie hatte vorher schon den ein oder anderen Klinikaufenthalt hinter sich. Ihre Eltern wollten ihr die Rückkehr in ein normales Leben ermöglichen. Und dazu gehört auch eine normale Schule.«

»Wir wissen nichts Genaues, Katharina.«

Rudolf Kladen zog eine kleine Leselupe aus dem Köcher seiner ledernen Schreibtischgarnitur und begann, mit ihr herumzuspielen.

»Andeutungen, mehr nicht. Für mich war sie ein junges, ein wenig überspanntes Mädchen in einer schwierigen Phase. Die Pubertät ist nicht zu unterschätzen. Ich möchte nicht wissen, wie viele Eltern ihre Kinder gerne einmal für ein paar Monate zur Rehabilitation schicken würden.«

Das Wort Rehabilitation brachte Katharina Oettinger zum Kichern. Marie-Luise blickte irritiert zu ihr hinüber, Katharina brach ab. Kladen legte die Leselupe mit übertriebener Sorgfalt nieder.

»Hätte Frau Oettinger den Eltern von ihrem Verdacht erzählt, wäre das vielleicht das Ende von Clarissas Schulkarriere gewesen. Sie hätten uns nicht mehr zugetraut, ihre Tochter zum Abitur zu führen.«

»Was ist das Ende einer Schulkarriere gegen das Ende eines Lebens«, sagte ich. »Was ist die Gesundheit eines Kindes gegen den Verlust von 15 000 Euro Jahresumsatz?«

Katharina Oettinger stieß einen leisen Zischlaut aus und wandte sich an Kladen. »Er versteht uns nicht. Wir sollten uns nicht in die Position bringen lassen, uns für unser pädagogisches Konzept zu rechtfertigen.«

Ich stand auf. Es war der Punkt erreicht, an dem ich mich einfach nicht mehr beherrschen konnte. »Das ist in meinen Augen kein Konzept, das ist unterlassene Hilfeleistung. Das betrifft nicht nur Clarissa, sondern Ihre gesamte Abiturklasse.«

Ich ging zu Kladen, beugte mich über seinen Schreibtisch, stützte mich mit beiden Händen auf und sah ihm direkt in die Augen. »Also auch Ihre Tochter. Sie hat Angst. So große Angst, dass ich mich an Ihrer Stelle sofort nach einer anderen Schule umsehen würde.«

Ich wandte mich an Marie-Luise. »Kommst du?«

Sie nickte, stand auf und zog an ihrer Anzughose herum.

Katharina schüttelte ungläubig den Kopf. »Das kommt davon, wenn man helfen will. So einen Job finden Sie die nächsten hundert Jahre nicht. Und für so jemanden setzt du dich auch noch ein.«

Die letzten Worte hatte sie zu Marie-Luise gesagt, die inzwischen mit dem Glattziehen des kneifenden Jacketts beschäftigt war. Überrascht sah sie hoch.

»Nicht sonderlich. Ich hab mich nicht besonders für ihn eingesetzt. Ich hatte eher das Gefühl, dir stand das Wasser bis zum Hals. Und wo wir gerade beim Stichwort ›Helfen‹ im weitesten Sinne sind: Die Rechnung für die vergangene Stunde geht auf mich. Denn du wirst noch eine Menge für deinen Dr. Altmann zahlen müssen. Wenn die im Krankenhaus auch nur irgendeinen Anhaltspunkt finden, dass hier etwas nicht mit rechten Dingen zugegangen ist, hast du noch heute die Spurensicherung zum Tatortbefund am Hals. Und deine Gäste sollten schon mal alle ihre Personalien bereithalten. Guten Tag.«

Katharina sah sich Hilfe suchend nach Rudolf Kladen um, doch der saß an seinem Schreibtisch und stierte auf die Lupe. Ohne eine Reaktion zu erwarten, nickte ich ihm zu und öffnete die Tür. Draußen stand Frau Sommerlath an ihrem Schreibtisch und telefonierte.

»Herr Vernau? Frau Hoffmann?«

Wir drehten uns um. Kladen sah hoch und stand auf.

»Ich bitte Sie zu bleiben.«

»Rudolf?«

Katharina holte tief Luft, doch Kladen schnitt ihr mit einer kurzen Handbewegung das Wort ab. Er kam auf mich zu und legte seine Hand auf meinen Arm, eine Geste, die ich als zutiefst besitzergreifend verabscheute. Er zog mich zum Fenster, und ich folgte ihm widerwillig. Dort angekommen, ließ er mich los und deutete auf das fröhliche Getümmel im Garten.

»Ich liebe diese Schule. Es ist ein ungeheures Privileg, heutzutage noch unter solch idealen Voraussetzungen arbeiten zu können. Ich war früher selber Lehrer. Lange bevor ich auf diesem Stuhl da gelandet bin.« Er sah sich kurz nach ihm um und blickte dann wieder hinaus. Eine Gruppe Achtklässler rannte johlend durch die Büsche und versuchte, sich gegenseitig einen Ball abzujagen.

»Kein Kind der Welt kann etwas dafür, als was es geboren

wurde. Weder die armen noch die reichen. Jedes hat das Beste verdient. Das ist mein Grundsatz. Dafür setze ich mich ein, jeden Tag aufs Neue.«

Er sah mich an. Diese Nähe war mir unangenehm, denn ich spürte eine tiefe Hilflosigkeit dahinter, das unausgesprochene Flehen eines verzweifelten Schuldners, der sich des Bettelns schämte.

»Ich will meine Tochter nicht verlieren. Und diese Klasse auch nicht«, sagte er leise. »Kümmern Sie sich um sie. Finden Sie heraus, was mit ihr los ist. Uns ist es nicht gelungen. Ich ...«

Er brach ab, weil ihm plötzlich seine Bedürftigkeit bewusst wurde, drehte sich um und ging wieder zu seinem Schreibtisch.

Unter einem der Bäume saß Samantha. Sie sammelte selbstvergessen Blätter und Nadeln ein, glättete sie, zerkrümelte sie, ließ sie aus der Hand ins Gras rieseln. Sie war so tief in Gedanken, dass sie nichts von dem Trubel um sie herum wahrnahm. Plötzlich kam Mathias auf sie zu. Er ging vor ihr in die Hocke und deutete auf ihren Hals, an dem wohl noch Spuren von Ravenées Attacke zu sehen waren. Sie stieß ihn so heftig weg, dass er umfiel. Dann sprang sie auf und lief davon. Das Letzte, was ich von ihr sah, war, wie sie am Ende des Schulgeländes hinter einigen Büschen verschwand.

Kladen räusperte sich. »Ich traue Ihnen einiges zu.«

Er nickte mir aufmunternd zu. Mein Blick fiel auf Katharina, die offenbar bemerkte, dass ihr die Dinge gerade entglitten. Vermutlich würde sie Kladen später unter vier Augen eine alles andere als rücksichtsvolle Szene machen. Und nur um sie zu ärgern, entschied ich mich, ihr ein bisschen Nachhilfeunterricht zu geben. In Hinblick auf *meine* pädagogischen Grundsätze.

»Ich nehme Ihr Angebot an«, sagte ich. »Unter der Bedingung, dass Sie mir freie Hand lassen.«

»Auf gar keinen Fall«, erwiderte Katharina.

Kladen achtete gar nicht auf sie. Er setzte sich wieder hin. Er wirkte müde. Obwohl der Altersunterschied zwischen den beiden keine fünfzehn Jahre betragen durfte, lagen plötzlich Generationen zwischen Ihnen.

»Ich möchte über Ihre Schritte informiert werden«, antwortete Kladen. »Falls es möglich ist, bevor Sie sie gehen.«
»Selbstverständlich.«
»Ich stehe Ihnen jederzeit zur Verfügung. Lassen Sie sich von Frau Sommerlath meine Privatnummern geben. Mit jederzeit meine ich jederzeit.«

Ich nickte. Dann verließen Marie-Luise und ich sein Büro. Frau Sommerlath beendete gerade ihr Telefonat und schrieb mir ohne Zögern die Nummern auf. Sie reichte mir den Zettel und setzte ihre Brille ab, die vermutlich auch ohne Kette sicher auf ihrem Busen geruht hätte. Dann schenkte sie mir ein reizendes Lächeln.

»Noch einmal willkommen.«

Ich sah sie fragend an, doch sie schlängelte sich an uns vorbei zur Bürotür und klopfte leise an. Dann öffnete sie sie einen Spaltbreit.

»Herr Kladen? Frau Oettinger? Die Aula muss abgeschlossen werden, sagt die Polizei. Die Spurensicherung wird jeden Moment eintreffen. Und – wir sollen die Gäste bitten, noch etwas zu bleiben.«

Am Abend wartete ich auf Dagmar Braun. Ich stand im Eingang zu einem Hof in der Ackerstraße. Meine Mutter und Hüthchen waren schon eingetroffen und hatten fest versprochen, Plätze für uns freizuhalten. Im Quergebäude des kopfsteingepflasterten Innenhofs befand sich nämlich ein kleines Theater. Und in diesem Theater gab George Whithers heute Abend sein Konzert. Es war eine anständige Lösung für einen Mann ohne Geld, der eine Frau ausführen wollte. Dagmar Braun hatte auch ohne Zögern zugestimmt, nahm es aber wohl mit der Pünktlichkeit nicht so genau. Es war schon fünf nach acht, und die letzten Nachzügler hatten bereits ihre Zigaretten ausgetreten und waren hineingegangen, als sie endlich mit ihrem Fahrrad um die Ecke bog und mich, ziemlich außer Atem, entdeckte.

»Es tut mir leid.«

Sie stieg ab und stellte das Rad zu einem Haufen vor sich hin rostenden Blechs. Während sie es anschloss, erklärte sie ihre

Verspätung mit viel Arbeit, weitem Weg, Verwandtenbesuch am Wochenende und einigem mehr, und ich freute mich einfach nur, sie zu sehen.

»Ich fürchte, es hat schon angefangen«, flüsterte ich ihr zu, als wir uns durch den dunklen Vorraum hindurchgetastet hatten und vor einer verschlossenen Tür standen. Leise drückte ich die Klinke herunter, und wir traten ein.

Auf der Bühne des Theaters stand die Kreatur. Wie es Whithers geschafft hatte, dreißig Tonnen Stahl hierhergebracht zu haben, wollte ich gar nicht wissen. Allein ihr Anblick gebot Respekt. Wie es ihm allerdings gelang, ihr diese Töne zu entlocken, nachdem er für mich alle Register der Abscheulichkeit gezogen hatte, war mir ein Rätsel. Was wir hörten, war eine eiserne Symphonie, in die sich überirdische Töne einer unbestimmten Sehnsucht mischten, wie ich sie so noch nicht kannte. Whithers war ein Magier, und er hatte einige Zauberlehrlinge an seiner Seite, die sich nach einer geheimen Dramaturgie an den Badewannen zu schaffen machten und ihnen hohe, tiefe, warme und schrille Laute entlockten, sodass sie gemeinsam mit der Kreatur einen Käfig aus Klängen schufen, in dem er jeden von uns gefangen hielt.

Vorne in der ersten Reihe, ausgerechnet, entdeckte ich Mutter und Hüthchen. Mutter hatte die Augen geschlossen und lauschte konzentriert. Hüthchen saß da, den Blick ins Unendliche gerichtet, den Mund halb geöffnet, und bot ein Bild von so konzentrierter Dämlichkeit, dass ich lächeln musste.

Leise schlichen wir durch die Reihen und versuchten, so wenig wie möglich zu stören. Mutter sah kurz auf, als wir uns setzten, und nickte Dagmar Braun freundlich zu. Dann widmete sie sich wieder dem Hören.

Während des Konzerts schaute ich sie mehrmals von der Seite an. Ich hatte geglaubt, das Gesicht meiner Mutter wäre ein durchgelesener Roman für mich. Einer mit vielen Eselsohren und abgegriffenem Einband, so oft zur Hand genommen, dass er keine Überraschungen mehr bot. Doch diesen Ausdruck tiefer Versunkenheit kannte ich nicht an ihr. Jetzt stützte sie den Kopf in die Hand und neigte ihn ein wenig zur Seite. Die Bühne war in warme Erd- und Grüntöne getaucht, was den

Eindruck einer fremdartigen Dschungelwelt noch verstärkte. Die sanften Lichtreflexe glätteten das Gesicht meiner Mutter, verwischten Furchen und Faltenzüge, und gaben ihrem runden, oft ein wenig beliebigen Ausdruck mit einem Mal Schärfe und Tiefe. Sie wirkte wie ein fremder Mensch auf mich. Und obwohl sie eines dieser merkwürdigen Kostüme trug, die ich niemals in der Auslage eines Geschäftes gesehen hatte, weil ihre polyesterhafte Spießigkeit wohl nur noch unter dem Ladentisch verkauft wurde, schien sie auf einmal in diesen Raum zu passen.

Hütchen trug einen kaftanartigen Kartoffelsack und sah aus wie immer.

Das Konzert dauerte eine knappe Stunde. Whithers bediente die Kreatur wie ein routinierter Außerirdischer seine verrostete Raumfähre. Er war außergewöhnlich agil in seinen Bewegungen und turnte auf und durch die hochgetürmten Schienenstränge, Eisenwälle und Kupferkabel, um hier ein Blech zu schütteln und dort zwei Stahlstäbe zum Zittern zu bringen, und schaffte es, alle Klänge miteinander zu etwas Großem harmonisch zu verbinden.

Als der letzte Ton leise geworden war und durch den Raum schwebte wie ein Abschiedsgruß, als er schließlich ganz vergangen war und sich wohl trotzdem noch irgendwo in einer Ecke für Tage weiter an sich erinnern würde, erhoben sich die Zuschauer applaudierend.

»Bravo!«, schrie Hütchen. »Bravo! Bravissimo!«

Whithers und seine schwarz gekleideten Zauberlehrlinge verbeugten sich. Sein Blick fiel auf uns. Er lächelte den beiden Damen neben mir zu, mich beachtete er gar nicht. Vermutlich hatte er meinen Besuch schon vergessen.

»Das ist ja unglaublich«, sagte Dagmar. »So etwas habe ich noch nie gehört. Warum ist der Mann nicht schon längst ein Superstar und spielt in der Philharmonie?«

»Das ist er ja«, antwortete meine Mutter. »Besser gesagt, er war es. Er macht das alles nicht mehr mit, diesen korrupten Kulturbetrieb.«

Es klang, als hätte sie ihr Leben in der Feuilletonredaktion einer linksautonomen Tageszeitung verbracht.

»Er will autark bleiben«, ergänzte Hüthchen. »Und nur noch die Sachen machen, die ihn auch wirklich interessieren. Und vor einem Publikum, das ihn versteht.«

Ich musterte Hüthchen, der ich bis zu dieser Sekunde vieles zugetraut hatte, aber kein tiefer gehendes Verständnis für avantgardistische Klangkunst.

»Er ist wunderbar.« Dagmar hatte als Erste den Vorraum erreicht, in dem sich rund hundert Besucher auf dreißig Quadratmetern drängelten. »Woher kennen Sie ihn?«

»Vom Arzt«, antwortete Hüthchen. »Wir haben beide Probleme mit der Hüfte.«

Dagmar nickte verständnisvoll und sandte mir einen kurzen, amüsierten Blick.

»Darf ich euch miteinander bekannt machen?«

Ich stellte mich neben sie und legte meinen Arm um ihre Schulter. »Dagmar Braun. Eine Kollegin von mir. Meine Mutter und –«

Hüthchen blitzte mich aus kleinen, dunklen Augenschlitzen herausfordernd an.

»Hüthchen«, sagte ich.

»Hüthchen?«, fragte Dagmar.

»Frau Huth«, erklärte meine Mutter. »Wir wohnen zusammen.«

Mit einer verlegenen Geste strich sich Dagmar eine Haarsträhne hinter das Ohr und schüttelte dabei fast unbeabsichtigt meinen Arm ab. Ich trat einen kleinen Schritt zur Seite.

»Aber nicht mehr lange.«

Mutter lächelte, Hüthchen lächelte. Sie sahen aus wie Osterhasen hinter einer Hecke. Ich tat ihnen den Gefallen und fragte: »Warum nicht mehr lange?«

»Das erzählen wir, wenn es so weit ist.« Hüthchen nickte meiner Mutter zu, meine Mutter nickte ihr zu.

»Ist es das, was Mr Whithers neulich ankündigte?«

Mutter hob die Augenbrauen. »Er hat etwas angekündigt?«

»George kündigt nichts an. George ist ein Gentleman. Da ist er ja!«

Hüthchen hob den Arm und winkte, um sich trotz ihrer minimalen Körpergröße bemerkbar zu machen. Offenbar entdeckte der Angebetete sie nicht, denn sie verschwand ohne ein Wort des Abschieds in der Menge. Meine Mutter wandte sich an Dagmar.

»Sie sind also auch Anwältin?«

»Nein, ich bin Lehrerin. An einer Hauptschule in Pankow.«

Mutter drehte sich zu mir. »Ich dachte, eine Kollegin?«

»Ja«, erklärte ich. »Gewissermaßen. Ich bin auch unter die Lehrer gegangen. In einer Privatschule. Auch in Pankow.«

»Du bist jetzt Lehrer?«

Ich überlegte, wie lange es dauern würde, bis ich ihr in diesem engen, heißen, überfüllten Raum den Teen Court erklärt hätte, und nickte. »Ja.«

»Davon hast du mir ja gar nichts gesagt.«

»Ihr habt eure Geheimnisse, ich meine.«

Mutter wandte sich mit einem liebenswürdigen Lächeln an Dagmar. »So ist er immer. Das müssen Sie ihm nachsehen. Mit Freundlichkeit hat der liebe Gott gespart bei ihm. Aber sonst ist er in Ordnung, der Junge. Er ist ein guter Sohn.« Sie hob die Hand und tätschelte mir tatsächlich die Wange. »Wie lange sind Sie denn schon zusammen? – Du hast mir gar nicht gesagt, dass du eine neue Freundin hast! Und so eine hübsche.«

Dagmar kicherte, und ich merkte, dass es schlimmere Dinge gab, als ohne Geld eine Frau auszuführen. Sie mit meiner Mutter bekannt zu machen, beispielsweise.

»Wir sind nicht zusammen«, antwortete ich.

»Möchte jemand was zu trinken? Ich glaube, dahinten gibt es Bier.«

Dagmar erlöste uns aus der Situation und schlüpfte davon.

»Ein wirklich nettes Mädchen. Ganz anders als ... Halt sie dir warm.«

Der Blick, mit dem sie ihr folgte, bekam etwas traumverlorren Mütterliches. Ich wollte ihr gerade erklären, dass ich auf ihre vollständige Premierenkritik gerne verzichten würde, als sich hinter uns die Menge teilte und Hüthchen mit Withers im Schlepptau erschien. Wir wurden einander noch einmal vorgestellt, dieses Mal also ganz offiziell. Withers hatte sich umgezogen und trug ein weites weißes Hemd und helle Leinenhosen.

»Nun, ist Ihre Angst verflogen? Jetzt, wo Sie wissen, woher alles kommt.«

Ich lächelte ihn an. »Ja. Aber ich weiß noch nicht, wohin es führt.«

Whithers kniff die Augen zusammen. »Das wissen wir alle nicht.«

»Dann hat Ihr Theorem von der Angst einen kleinen Fehler.«

Whithers dachte kurz nach. »Ich glaube nicht. Denn die Zukunft ist, wenn wir sie überhaupt erahnen können, nichts als ein Traum. Träumen Sie ihn gut, mein Junge. Dann ist die Angst ein kleiner, schwarzer Vogel, den ein Zischen erschreckt – und schon fliegt er davon. Träumen Sie ihn aber schlecht, dann wird sie zu einem Dämon, der Sie erwürgt.«

»Von was redest du?«, mischte sich Hüthchen ein.

Whithers achtete nicht auf sie. Er trat näher an mich heran und senkte die Stimme. »Und jeder Dämon besitzt nur die Macht, die man ihm verleiht. Sie verstehen mich?«

Er wartete meine Antwort nicht ab. Whithers wurde umringt von einer Schar Anhänger, die ihm zu seinem Konzert gratulierten. Ein besonders eifriger Fan drängelte mich einfach zur Seite.

»Ich habe Ihren Aufsatz über die Integration disparater Elemente bei der Analyse der klanglichen Atomstruktur gelesen.« Er sprach schnell und hatte Mühe, seine Aufregung zu verbergen. »Haben Sie vor, noch einmal in Sussex oder Stanford zu lehren?«

Whithers lächelte. Anscheinend waren ihm Begegnungen mit abgehobenen Musikfreaks nichts Fremdes. »Nein. Ich bleibe in Berlin. Die Zeit der Lehre ist vorüber.«

Der Unbekannte wirkte wie eine gelungene Kreuzung aus Jimi Tenor und Andy Warhol, und er schien diese Ähnlichkeit mit seinem Haarschnitt und seiner Kleidung bewusst zu betonen. Jetzt strich er sich verlegen den aschblonden Pony aus der Stirn.

»Aber der metaphysische Ansatz Ihrer Bewusstseinstheorie steht nach wie vor im Gegensatz zu dem, was Stockhausen am ICAM-Institut mit seinem Diskurs über die elektroakustische Musik –«

»Es ist, wie ich sagte.« Whithers griff nach einem Bier, das Dagmar, gerade zurückgekehrt, ihm über mehrere Köpfe hinweg zu reichen versuchte. »Lehre, Forschung, Analyse, das alles interessiert mich nicht mehr. Womit ich mich momentan beschäftige, stellt alles in den Schatten und ist mit keiner Musiktheorie vergleichbar.«

Andy Warhol jr. hing an seinen Lippen. »Und das wäre?«

»Das Leben.«

Whithers nahm einen tiefen Schluck und nickte dem jungen Mann wohlwollend zu, der sich ratlos entfernte. Mutter und Hütchen hatten zugehört, aber kein Wort verstanden. Mir ging es ähnlich. Ich begann aber zu begreifen, dass Whithers wohl kein Irrer war. Oder vielleicht doch, schließlich hatte er seine Lehraufträge in den Wind geschossen, um in einem Berliner Hinterhof Badewannen umzufunktionieren.

Er lächelte Dagmar und mir noch einmal zu und nahm dann sein Bad in der Menge. Ganz losgelöst von den Freuden weltlichen Ruhms hatte er sich wohl nicht, denn er pflückte leidenschaftliche Komplimente und stille Ergriffenheit wie Blumen am Wegesrand, gefolgt von Mutter und Hütchen als seinen ergebensten Dienerinnen.

»Mit welcher von beiden hat er nun was?«

Dagmar setzte die Bierflasche an und trank einen Schluck. Ich sah Whithers und seinem Hofstaat hinterher.

»Ich weiß es nicht. Ist er jetzt so was wie ein Justin Timberlake der Generation siebzig plus?«

Dagmar ließ die Flasche sinken. »Oh, oh. Das hört sich an wie ödipale Eifersucht.«

»Das Leben. Er interessiert sich nur noch für das Leben. Was soll ich denn davon halten?«

Die Menge hatte den Magier verschluckt, ich drehte mich zu Dagmar um. »Wenn ein Mann weit jenseits der besten Jahre vom Leben spricht, dann meint er damit nicht das Trinken von Blasen- und Gallentee.«

»Also hat er was mit Ihrer Mutter.«

Ich nahm ihr die Flasche aus der Hand. »Wissen Sie was? Wir trinken jetzt Brüderschaft.«

Ich nahm einen tiefen Schluck und sah sie an. Sie lächelte.

»Okay. Ich heiße Dagmar.«

Den Rest des Abends verbrachten wir draußen im Hof unter einer Girlande bunter Lampen, die irgendein romantischer Geist dort aufgehängt hatte, als wären die halb zerrissenen Konzertplakate an den rohen Wänden, das aufgesprungene Pflaster und die übervollen Mülltonnen nur der pittoreske Teil einer Installation mit dem Titel »Berlin. Mitte. Untergrund.«. Es roch ein bisschen nach Komposthaufen, Haschisch und Herbst, und ich legte Dagmar mein frisch gereinigtes Jackett um die Schultern, als ich merkte, dass sie fröstelte.

»Hast du dir den King schon vorgenommen?«

Sie holte ein Päckchen Zigaretten aus der Hosentasche und zündete sich eine hinter vorgehaltener Hand an. Der Lichtschein des Feuerzeugs erhellte ihre Züge für ein paar Sekunden, sodass ich die leise Ironie ihrer Frage auch an ihrem Gesichtsausdruck ablesen konnte.

»Ich weiß leider nicht, wer der King ist.«

Der Schein verlöschte. Sie nahm einen Zug und pustete ihn bewusst rücksichtsvoll in die andere Richtung. »Na, der Anführer. Das Alphatier. Der Leitwolf.«

Mathias? Er war bisher nur in Erscheinung getreten, wenn es darum ging, sich mit Katharina anzulegen. Das sollte ihn mir zwar sympathisch machen, doch ich traute ihm auch nicht über den Weg. Curd, der Klassenprimus, war es auch nicht. Ravenée und Maximiliane schieden aus. Yorck vielleicht noch. Aber auch er war nicht dominant genug.

»Und wenn es eine Königin ist?«

Sie nahm einen weiteren Zug und pustete ihn langsam aus. »Das kommt vor. Es ist aber selten. Du kannst die Mädchen vernachlässigen. Sie sind in diesem Alter selten stark.«

Ich nahm eine ihrer Haarsträhnen und legte sie ihr hinter das Ohr. »Ab wann wird das anders? Und vor allem, warum?«

Sie ließ die Zigarette fallen und trat sie aus. »Weil Mädchen irgendwann keinen Ritter auf einem weißen Ross mehr brauchen, um von der Stelle zu kommen. Aber sie hätten trotzdem gerne jemanden, der ihnen noch ein Bier holt.«

Ich verstand. Das zart schmelzende Gefühl beginnender Nähe verflog schlagartig. Es wurde auch nicht besser, als ich mich zu der improvisierten Bar durchgekämpft hatte und sah, dass Dagmar mich mit ihrem Auftrag für die nächste halbe Stunde beschäftigt hatte. Es waren sehr viele Leute vor mir dran. Gerade als ich überlegte, ob sie noch da sein würde, wenn ich mit meiner heiß erkämpften Beute nach draußen käme, hieb mir jemand auf die Schulter.

»Dachte ich mir, dass du hier bist!«

Kevin grinste mich an, im Arm eine lattenlange, junge Frau mit blonden Gretchenzöpfen. Sie strahlte ihn von oben herab so glücklich an, dass offenbar alle Irritationen wegen fälschlich eingeladener Kommilitoninnen Schnee von gestern waren.

»Du hast deinen Terminkalender offen rumliegen lassen. Wer ist Dagmar? Die mit dem doppelten Fragezeichen hinter dem Namen? – Das ist übrigens Kerstii. Mit doppeltem i am Ende.«

»Freut mich. Mit zwei i?«

Kerstii nickte. Kevin sah sich um. »War wohl nichts mit deinem Date. Hat Marie-Luise was spitzgekriegt? Nach eurem Händchenhalten neulich?«

Marie-Luise hatte sich für den Rest des Tages abgemeldet, weil Katharina sie plötzlich doch unbedingt bei der Spurensicherung dabeihaben wollte. Marie-Luise hatte daraufhin ihre Honorarforderungen in unverschämte Höhen geschraubt und sich zur Erste-Hilfe-Anwältin der HBS küren lassen. Vermutlich trieb sie gerade kraft ihres Amtes sämtliche Kriminalbeamte zur Weißglut. Außerdem hatte ich ihr von diesem Abend nichts erzählt. Ihr fehlte zum einen das intuitive Element, zum anderen wollte ich sie auch nicht immer und überall dabeihaben. Vor allem dann nicht, wenn ich einmal in hundert Jahren mit einer anderen Frau ausging.

Ich drehte mich von ihm weg, um meinen Platz in der Schlange nicht zu gefährden. Aber Kevin stieß mir seinen Zeigefinger ins Rückgrat.

»Falls du heute Nacht noch nichts vorhast, ich hätte da was für dich.«

»Danke. Ich bin versorgt.«

»Ich sage nur ›Vampire‹.«

Ich hatte mich fast bis zum Tresen vorgekämpft. Aber Kevin blieb hart dran. Er ließ nicht locker.

»Samstag. Heute Nacht. Sie fliegen wieder.«

Der Barkeeper hatte mich entdeckt. Gleich war ich an der Reihe.

»Okay.« Kevin gab auf. »Wenn dich die Schwarze Königin nicht mehr interessiert ...«

Ich war dran, und Kevin war verschwunden.

»Was soll's sein?«

Ich stellte mich auf die Zehenspitzen und reckte den Hals. Kevin strebte gerade dem Ausgang zu.

»Was du möchtest?«, fragte der Barkeeper und machte mir mit dem Duzen eine außergewöhnliche Freude.

Ich lächelte ihn an. »Nichts. Danke.«

Ich stürzte zum Ausgang. Kevin und Kerstii waren schon fast am Hoftor, als ich sie erreichte.

»So nicht, mein Freund.«

Ich stellte mich ihm in den Weg. »Was weißt du über die Schwarze Königin?«

Kevin hob erstaunt die Hände. »Ich weiß gar nichts. Aber die beiden Nosferatu haben da was gehört. Wenn du mehr wissen willst, sollst du heute noch in den Goethepark kommen.«

Ich sah auf die Uhr. »Es ist gleich zwölf.«

»Dann würde ich mich beeilen. Wedding, Goethestraße. Auf dem Plateau neben dem Denkmal. Da steht ein steinerner, zwölfeckiger Pavillon. Alles Gute. Vergiss den Knoblauch nicht.«

Ich bedankte mich mit einem Nicken und drehte mich um.

»Moment.«

Kevin hielt mich fest. »Weißt du, worum es geht? Das ist ein Spiel, bei dem es keine Zuschauer gibt. Wenn du dabei sein willst, musst du mitmachen. Du wirst für die Session einer von denen sein, verstanden? Sonst kannst du gleich wieder gehen. Spanner und Zuschauer mögen die nämlich gar nicht gern.«

Ich zögerte. Kevin ließ Kerstii los und bedeutete ihr, ein paar Schritte wegzugehen. Sie befolgte seine Bitte ohne Nachfrage. Braves Mädchen.

»Diese Schwarze Königin – das scheint eine wirklich, wirklich coole Sache zu sein. Deshalb sei vorsichtig, benimm dich und halt dich an die Regeln. Ich kann dir jetzt keine Einführung in Larp geben, dafür reicht die Zeit nicht. Also denk nur an eines: In dem Moment, in dem du den Park betrittst, bist du ein Ghul. Dafür brauchst du keinen Namen, keine Biografie und keinen Charakterbogen. Du bist ein Dämon auf dem Weg vom Menschen zum Vampir. Du darfst nicht reden, es sei denn, du wirst angesprochen. Du hältst dich im Hintergrund und tust das, was dein Erschaffer dir sagt.«

»Mein Erschaffer?«

Was mich am meisten erstaunte, war der Ernst, mit dem Kevin gerade flüsternd auf mich einredete.

»Das ist der, von dessen Blut du trinkst. Dem du deshalb hörig bist, weil er über dein Schicksal entscheiden wird: die ersehnte ewige Verdammnis oder der plötzliche Tod.«

Kevins Blick bekam etwas Bezwingendes. Sein flüsternder Ton und die Eindringlichkeit, mit der er mir diese sehr beruhigenden Informationen gab, wurden mir unheimlich.

»Ich denke, das ist ein Spiel?«

Kevin blinzelte mit den Augen und trat einen Schritt zurück. Offensichtlich bemerkte er gerade, wie ernst er die Sache immer noch nahm.

»Ja, es ist ein Spiel. Aber auf sehr hohem Niveau. Mach dir keine Sorgen. Dir wird nichts passieren.« Er legte wie beim Volleyball seine rechte Hand über die Fingerspitzen der linken. »Dieses Zeichen sagt, dass du raus bist aus dem Spiel. Du bist so lange unsichtbar. Verstanden?«

Ich machte das Zeichen nach. Kevin nickte zufrieden.

»Wenn du *out time* gehst, ist das Spiel unterbrochen. Merk dir das. *In time* heißt: Du bist wieder drin. Viel Glück.«

Er ging zurück zu Kerstii. Beide schritten die dunkle Straße hinunter. Ich warf einen Blick in den Innenhof, aber ich konnte Dagmar nirgendwo entdecken. Vermutlich war sie schon gegangen. Entweder, weil das mit dem Bier so lange gedauert hatte, oder – weil das mit dem Bier so lange gedauert hatte. Ich drehte mich um und suchte die Autoschlüssel.

Vom Wedding kannte ich hauptsächlich die Gegend rund ums Amtsgericht. Im Handschuhfach fand ich einen Stadtplan, der kompliziert wie ein Origami gefaltet war und mit dem ich wütend kostbare Minuten verplemperte, bis ich die Goethestraße gefunden hatte. Sie zweigte von der Müllerstraße ab, einer jener Versorgungsmagistralen auf unterstem Niveau, in denen die geringe Kaufkraft der Anwohner mit Billigangeboten und Ramsch abgeschöpft wurde. Dort gab es zwei Kaufhäuser, einige Lebensmitteldiscounter, viele Ein-Euro-Läden, noch mehr Stehimbisse, unzählige Bäckereien und ein gerade noch vertretbares Maß an Erotik-Shops. Nach Ladenschluss versank die Straße in neongelbe Ödnis. Die Obdachlosen vor dem Rathaus suchten sich eine Bleibe für die Nacht, und das Multiplex-Kino am oberen Ende der Straße spuckte eine Handvoll Besucher aus, die sich eilig mit hochgeklapptem Mantelkragen auf den Weg zur letzten U-Bahn machten. In den Schnellimbissen versammelten sich die Großfamilien der Besitzer, und die Straße gehörte den Jugendlichen ohne Zuhause und all denen, die nachdenklich etwas zu lange vor den heruntergelassenen Eisengittern der kleinen, türkischen Juwelierläden stehen blieben und die Nachtauslage betrachteten. Ein blinder Bettler in einem Hauseingang zählte die Einnahmen des Tages, dann rollte er seine Decke zusammen, zog eine grüne Bomberjacke mit orangefarbenem Futter an und verschwand irgendwohin, wo er sich für den nächsten harten, kalten Tag aufwärmen konnte.

Die Goethestraße hatte ich selbst bei Tageslicht noch nie betreten. Ich stellte den Volvo an einer Ecke ab. Eine Videothek hatte noch geöffnet. Das Licht ihrer Schaufenster erhellte den Bürgersteig. Auf der gegenüberliegenden Straßenseite begann die Dunkelheit. Ich wechselte hinüber und erkannte schemenhafte Umrisse von Grabplatten und Kreuzen. Vor mir lag ein Friedhof.

Der Weg führte schnurgerade in die Nacht. Das schwache Licht der Straßenlaternen hörte nach dreißig Metern auf, dahinter begann der Park. Mit großer Erleichterung ließ ich den Friedhof rechts liegen und lief geradezu in eine von dichten Bäumen umstandene, riesige Anlage hinein. Erst langsam gewöhnten sich meine Augen an die Dunkelheit. In der Mitte der mehrere Hektar großen Fläche erhob sich eine Anhöhe. Wie ein Scherenschnitt vor dem nachtblauen Himmel zeichnete sich die Silhouette eines Denkmals und eines Pavillons ab. Ich hielt, ohne nach links und rechts zu sehen, direkt auf sie zu.

Es war kurz nach Mitternacht. In meiner Vorstellung waren Parks dieser Größe nach Einbruch der Dunkelheit nur noch von Triebtätern bevölkert, die hechelnd hinter Büschen auf Wahnsinnige warteten, die sich um diese Uhrzeit in dieser Gegend nichts Schöneres vorstellen konnten, als allein einen erbaulichen Spaziergang zu unternehmen. Zu meinem Erstaunen war eine Menge los. Hundebesitzer ließen ihre maulkorb- und leinenpflichtigen Vierbeiner herumtollen. Dealer und Konsumenten testeten die neusten Lieferungen. Jogger überholten mich keuchend. Liebespaare knutschten auf den Bänken. Nur die Anhöhe wurde von allen gemieden, und als ich die Stufen zu ihr hinaufkletterte, wusste ich auch, warum.

Es war ein gespenstischer Anblick. Der Pavillon war von flackerndem Kerzenlicht erhellt. Sein Schein fiel auf ein Dutzend dunkler Gestalten, die leise miteinander redeten oder paarweise durch die Gartenanlage zu dem Denkmal wandelten. Sie trugen lange Umhänge, und einige von ihnen waren bewaffnet. Über allem lag ein düsterer Ernst. Ich stand hinter einem günstig platzierten Buchsbaum und überlegte gerade, ob ich mich bemerkbar machen oder verschwinden sollte, als ein Arm von hinten hervorgeschnellt kam und eine Hand an meine Kehle griff.

»Wer seid Ihr?«

Ich riss mich los und drehte mich um. Vor mir stand ein junger Mann in einem bodenlangen Ledermantel. Er stieß einen leisen Pfiff aus. Wie aus dem Nichts tauchten zwei weitere, ganz in Schwarz gekleidete, maskierte Gestalten auf und entsicherten ihre Pistolen.

»Ein Spion des AVK«, sagte der eine.

Der andere ließ die Waffe sinken. »Sie?«

Der Junge vor mir sah aus wie eine Kreuzung aus Bankräuber und Scharfschütze. Seine Strumpfmaske hatte Öffnungen für Augen und Mund, doch viel erkennen konnte ich nicht. Ich hatte jetzt zwei Möglichkeiten: So tun, als ob das alles hier ein Zufall wäre, und wieder meiner Wege gehen – dann war das

Spiel beendet, und ich würde nie etwas über die Schwarze Königin erfahren. Oder ich war jetzt, auf der Stelle, *time in*.

Ich hob widerspruchslos die Hände, weil sein Mitspieler nun direkt auf mich zielte. An den Geräuschen erkannte ich, dass es sich um Spielzeug handelte.

Der junge Mann im Ledermantel warf einen höchst interessierten Blick auf seinen zweiten Leibwächter, der durch mein Auftauchen immer noch etwas verunsichert danebenstand.

»Du scheinst diesen Eindringling zu kennen.«

Sofort richtete auch er seine Pistole auf mich. »Nein.«

»Wirklich nicht?«

Der Oberaufseher oder als was auch immer sich der Ledermantel neben mir aufführte, fixierte seinen SEK-Agenten mit einem stechenden Blick.

»Nie gesehen. Habe mich geirrt. Abführen?«

Der zackige Ton verscheuchte den Anflug eines Zweifels bei seinem Vorgesetzten, nicht aber bei mir. Der Leibwächter kannte mich, und ich ihn auch.

Doch ich hatte nicht viel Zeit, mir darüber Gedanken zu machen. Die Vampire vom Goethepark bekamen wohl nicht oft unangemeldet Besuch. Ziemlich unsanft wurde ich Richtung Pavillon geschubst.

Kaum waren wir eingetreten, flüsterte der Ledermantel seinem Beschützer etwas zu. Dieser nickte und lief eilig hinaus. Währenddessen breitete sich ein ungutes Schweigen aus. Drei Männer und eine Frau zogen sich in einer Mischung aus Furcht und Staunen in den Schatten zurück. Sie alle waren Anfang, Mitte zwanzig, und ich erkannte meine beiden Nosferatu. Ich hielt weiter die Hände hoch und nickte den beiden zu. Das bemerkte der Ledermantel und wandte sich in strengem Ton an seine Blutsbrüder.

»Kennt *Ihr* diesen Mann?«

Vogt Caspar nahm eine Kerze hoch und leuchtete damit in mein Gesicht.

»Nun ...«

Irina Magdalena trat zu ihm. »Oh«, sagte sie. »Das ist unser Ghul.«

»Euer Ghul?«

Der Ledermantel legte die Hände auf den Rücken und ging ein paar Schritte vor mir auf und ab, ohne den Blick von meinem Gesicht zu wenden.

»Dann setzt Ihr Euch recht großzügig über die Gesetze der Camarilla hinweg. Denn mir ist neu, dass Diener nachts alleine durch Domänen ziehen. Dies ist nicht Euer Grund, vergesst das nicht.«

Er wandte sich ab und sah zu meiner Herrschaft hinüber, die unter seinem drohenden Blick unisono einen Schritt zurückwich.

»Das müssen wir dem Prinzen melden. – Hoheit?«

In einem der steinernen Mauerbögen erschien eine leichenblasse Gestalt. Offenbar der Prinz, denn alle Anwesenden verneigten sich. Er trug einen bodenlangen schwarzen Umhang und eine Art Piratentuch um den Kopf, und er stützte sich auf einen Spazierstock, den er sicher nicht nötig hatte, denn er war, wie alle Anwesenden, kaum älter als Mitte zwanzig. Als er sich aber vorsichtig, fast tastend in den Pavillon schob, schien er noch weniger zu erkennen als wir alle. Er trug eine tiefschwarze Blindenbrille.

»Ein Fremder?«, fragte er mit leiser, hoher Stimme. »Wer hat ihn geschickt?«

Irina Magdalena senkte noch einmal das Haupt und machte einen höflichen Knicks. »Er gehört zu uns. Eigentlich sollte er in der Kammer der Seelen bleiben. Aber die Sehnsucht des Blutes hat ihn wohl hierhergetrieben. Wir werden ihn den Regeln entsprechend bestrafen.«

Ich nahm die Hände herunter und räusperte mich. »Also eigentlich wollte ich –«

Zwei Pistolen wurden zeitgleich entsichert und zielten von links und rechts auf meine Schläfen. Ich ergab mich und hob wieder die Hände. Vogt Caspar nickte dem einen der untoten Security Guards beruhigend zu.

»Er ist noch neu und weiß nicht, dass er ungefragt nicht reden darf.«

Der Prinz nickte, die beiden Pistolen verschwanden wieder in den weiten, schwarzen Umhängen. Ich entspannte mich und versuchte es mit einem gewinnenden Lächeln. Aber entweder war der Prinz wirklich blind, oder er ignorierte meinen billigen Anbiederungsversuch.

»Ich bitte Sie beide, uns in Zukunft von Neuankömmlingen im Voraus zu berichten. Es wirft kein gutes Bild auf die fragile Einheit unserer Domäne, wenn Zugänge wie dieser da verschwiegen werden.«

Vogt Caspar und Irina Magdalena verbeugten sich. Der Prinz nickte freundlich in die Runde und wandte sich zum Gehen. Vorsichtig tastete er mit seinem Stock über den unebenen Boden und setzte langsam einen Fuß vor den anderen. Der Ledermantel folgte ihm.

Irina Magdalena legte ihre linke Handfläche über die Fingerspitzen der rechten und formte damit das Volleyball-T. Ich folgte ihrem Beispiel.

»Das war ein ziemlicher Fehler«, flüsterte sie. »Du hättest uns vorwarnen sollen. Er ist außerdem ein Ventrue, und die sind heute in der Überzahl. Sie suchen nur nach einer Gelegenheit, die Nosferatu in ihrer Position zu schwächen. Dieser Zwischenfall kann leicht als Ungehorsam ausgelegt werden, und dann heißt es wieder, dass wir Zwietracht säen.«

»Sorry«, antwortete ich.

Der Prinz schritt langsam in die Dunkelheit hinaus. Seine Silhouette verschwamm zu einem dunklen Fleck, der schließlich völlig von der Schwärze der Nacht aufgesogen wurde.

»Es geht um die Schwarze Königin. Kevin sagte, ihr hättet vielleicht etwas gehört.«

»Schschsch.«

Vogt Caspar legte den Finger auf die Lippen und sah sich misstrauisch um. Die anderen Vampire hatten sich wieder leise murmelnd in die Ecken des Pavillons oder in den Park zurückgezogen. Die beiden nahmen mich in die Mitte und gingen langsamen Schrittes nach draußen zu den Buchsbäumen. Hier versicherten sie sich noch einmal, dass wir allein waren, dann kramten sie in ihren Umhängen und zündeten sich jeder eine Zigarette an.

»*Out time*«, flüsterte Irina Magdalena. »Ich heiße Nicky. Und das ist Olaf. Du hast dich ja wacker gehalten. Da hab ich schon andere erlebt.«

Olaf nickte. »Die meisten, die nachts hier vorbeikommen, wollen einen Joint schnorren oder ein Bier. Aber beides gibt's bei uns nicht. Kein Alkohol, keine Drogen. Das allein ist vielen schon unheimlich genug.«

»Normalerweise sind wir sofort *out time*, wenn jemand kommt. Aber du musst hinter dem Busch wie ein echter Ghul ausgesehen haben – da wurdest du natürlich verhaftet.«

Jetzt lächelte sie ein klein wenig und sah sofort viel lebendiger aus.

»Redet ihr immer so miteinander? Gehört das zum Spiel?«

Olaf nickte. »Es ist eine kultivierte Art von Politik, die wir betreiben. Und der Staat, um den es geht, ist das Regelwerk. Du hättest die Spielleitung unterrichten müssen, dass du kommen willst. Dann hätten wir dich erwartet, und der Empfang wäre etwas freundlicher gewesen.«

»Wie hätte ich sie denn erreichen können?«

Irina Magdalena wechselte einen kurzen Blick mit Olaf. »Übers Internet. Wir sind vorsichtig geworden und hängen die Termine nicht an die große Glocke. Da hättest du auch erfahren, dass du dir einen Namen und einen Charakter zulegen musst, bevor du hier auftauchst. Wenn du mit dem Prinzen sprechen willst, jedenfalls.«

»Also solltest du das schleunigst nachholen.«

Einen Decknamen. Einen Charakter. Damit war ich auf die Schnelle eindeutig überfordert.

»Wie nennt man sich denn so?«

»Nenn dich, wie du willst. Aber beeile dich. Der Prinz bleibt nicht lange.«

Ich überlegte fieberhaft. Eine Nachbarin meiner Mutter hatte sich vor langer, langer Zeit einen Spitz angeschafft. Sein Name war von einer solch abstrusen Komik, dass er mir bis heute im Gedächtnis geblieben war.

»Hadar Hosea vom Hohen Blick zur Rabeneiche?«, fragte ich.

Wir nannten ihn im Haus immer nur Hosi.

»Das klingt gut.«

Irina Magdalena-Nicky spähte hinüber zum Denkmal des größten deutschen Dichters, unter dem sich jetzt mehrere Vampire leise miteinander unterhielten.

»Komm mit. Die Gelegenheit ist günstig. Heute sind keine Tremere dabei, da können wir ihn vielleicht ansprechen.«

Sie traten ihre Zigaretten aus und bedeuteten mir, ihnen zu folgen.

Der Nachthimmel war aufgeladen mit Elektrizität, das Licht der Stadt wurde zu einem bleichen Gewölbe, das matte Helligkeit in jeden Winkel warf. Jeder Baum, jeder Strauch war zu erkennen, und die hellen Kiesel der Spazierwege leuchteten auf dem Weg. Dennoch war es unheimlich. Das fahle Licht ohne Quelle saugte die Farben aus der Welt, verwischte ihre Konturen und verwandelte sie in einen Hades grauer und schwarzer Schatten.

Unsere Schritte knirschten auf dem Kies, als wir zu der Gruppe traten, und die leisen Gespräche verstummten schlagartig. Der Ledermantel drehte sich um und verschränkte die Arme vor der Brust, als ob er uns allein mit dieser Geste den Zugang verwehren wollte. Ich fragte mich, wer er wohl im wirklichen Leben war, er und all die anderen. Sie sahen nicht unsympathisch aus, eher wie eine Gruppe junger Existenzialisten mit der merkwürdigen Vorliebe, sich nachts unter freiem Himmel auszutauschen. Niemand hatte sich Vampirzähne angeklebt oder Spinnweben dramatisch ums Haupt gewunden. Dafür trugen die Herren altmodische, schwarze Anzüge und die Damen ebenso geschnittene Kostüme. Und sie mochten uns nicht. Noch nicht mal zum Frühstück.

»Ihr stört.«

»Verzeiht«, sagte Vogt Caspar-Olaf. »Wir würden niemals wagen, eine Unterredung mit dem Prinzen zu stören, wenn wir nicht den Eindruck hätten, dass unsere Belange heute Nacht nur eine untergeordnete Rolle zu spielen scheinen. Seine Hoheit ist der Herr aller Clane, gebe ich zu bedenken. Und Hadar Hosea vom Hohen Blick ...« Er drehte sich kurz zu mir um.

»... zur Rabeneiche«, ergänzte ich und verbeugte mich leicht.

»... hätte ein Anliegen, das dem Prinzen zu unterbreiten ihm nur unter vier Ohren möglich ist. Die Nacht eilt schnell. Es ist ein weiter Weg zur Kammer der Seelen, sodass Herr Hadar Hosea vom Hohen Blick ...«

»... zur Rabeneiche«, wiederholte ich und trat einen Schritt näher.

»... sich kurz fassen wird.«

Der Ledermantel drehte sich zu dem Prinzen um. »Er ist ein Ghul, gebe ich zu bedenken. Einer der Nosferatu noch dazu. Seit wann hat ein Ghul das Recht, den Prinzen zu belästigen?«

Der oberste Chef der Berliner Vampire stützte sich nachdenklich auf seinen Stock. Alle starrten ihn an, gespannt auf seine Entscheidung. Er musste dramaturgisch geübt sein, denn er ignorierte die Ungeduld der anderen und ließ sich mit der Antwort Zeit.

»Hadar Hosea vom Hohen Blick zur Rabeneiche. Von der Blutlinie der Gargylen, nehme ich an.«

Auch wenn Gargylen in meiner Erinnerung fratzenhafte Dämonen waren, die mit knotigen Krallenfüßen auf den Regenrinnen gotischer Kirchen hockten und Wasser spien – irgendeine Blutlinie war in diesem Fall besser als gar keine. Und seine Verwandtschaft konnte man sich offenbar noch nicht einmal bei den Vampiren aussuchen.

Der Prinz schien mir also eine Brücke zu bauen. Ich nickte. Doch er reagierte nicht. Dann fiel mir ein, dass er mich vermutlich gar nicht sehen konnte, und ich sagte: »Ja.«

»Eine merkwürdige Konstellation, Euch dann bei den Nosferatu anzutreffen.«

Vogt Caspar-Olaf merkte, dass sich etwas zu seinen Ungunsten zusammenbraute. Vermutlich waren die Gargylen nicht gerade die besten Freunde seines Clans. »Die Tremere hatten kein Interesse. Deshalb haben wir uns erlaubt, ihm, dem steinernen Wanderer, ein Obdach zu geben.«

Beide, der Vogt und die Neonatin, traten schützend vor mich. Ich hatte keine Ahnung, was hier gerade geschah, aber das Spiel begann spannend zu werden. Ich fühlte, wie mein Puls sich beschleunigte. Es kam darauf an, den Prinzen davon zu überzeugen, dass er mich anhören musste. Und wenn er mir meine Fragen beantworten sollte, dann würde er es nur in diesem merkwürdigen Spiel tun, das ich schon mitspielte, seit ich mich in diesen Park getraut hatte. Was hier gerade ablief, war nichts anderes als eine Probe, ob ich diesem Spiel gewachsen war. Ich schob die beiden sanft zur Seite und näherte mich dem inneren Kreis.

»Ich habe eine Botschaft zu überbringen, von einer mächtigen Verbündeten. Sie spricht nicht in Worten, sondern in Taten. Und diese sind uns rätselhaft. Nur ein wahrhaft Weiser wird aus diesen Taten lesen können, ob sie uns zum Guten oder zum Bösen gereichen werden.«

Meine beiden Nosferatu wechselten einen kurzen Blick. Sie schienen überrascht, dass ich das Ruder an mich gerissen hatte. Doch meine Worte verschafften mir Respekt. Zumindest ließ der Ledermantel die Arme sinken und starrte mich nicht mehr ganz so feindselig an.

»Von welcher Verbündeten redet Ihr?«

»Das möchte ich nicht sagen.«

»Ach so, das möchte er nicht sagen, der Herr vom Hohen Blick zur Rabeneiche. Mir jedenfalls ist außerhalb der Camarilla und des Sabbat keine mächtige Verbündete bekannt, die unsere Geschicke mit ihren Taten – seien sie gut«, er verzog den Mund zu einem verächtlichen Grinsen, »oder böse – beeinflussen könnte.«

Der Prinz machte eine schwache Geste mit seiner freien Hand. »Redet er vom Blutschwur der Ancillae?«

»Nein«, antwortete ich. Ein solcher Schwur war mir nicht bekannt.

»Vom Nachtmahr zu Prag?«

»Nein.«

Erstauntes Murmeln setzte ein.

»Dann muss er uns sagen, von was und von wem er spricht.«

Die Vampire bildeten eine dunkle Mauer um mich herum. Jetzt kam es darauf an, welche Wirkung ich erzielen würde.

»Ich rede von der Schwarzen Königin.«

Die Wirkung war – keine Wirkung.

Nosferatu und Ventrue tuschelten miteinander, aber bei niemandem schien ein Groschen zu fallen. Der Ledermantel hob die Augenbrauen und musterte mich, wie man wohl einen Ghul ansah, der sich gerade zum Vampir aufspielen wollte. Langsam wurde er mir unsympathisch. *Larp* hin oder her, ein bisschen Hilfestellung könnte man einem Anfänger ja wohl geben.

Nur der Prinz schwieg. Er stützte sich auf seinen Spazierstock und schaute wohl nachdenklich in seine dunkle Welt.

»Die Schwarze Königin, hört, hört.« Mein Lieblingsblutsauger wandte sich amüsiert an die Umstehenden. »Hat jemand von Euch jemals von dieser Dame gehört?«

»Ist sie hübsch?«, fragte ein arroganter, sehr kräftiger und sehr junger Mann mit akkurat gezogenem Wasserscheitel und stieß damit auf heiteres Wohlgefallen.

»Oder kommt sie aus den Kolonien?«, fragte ein anderer und verriet damit, dass er entweder hundert Jahre hinter der aktuellen Zeitrechnung herhinkte oder sein Charakter unter einem wilhelminischen Weltbild litt.

Die anwesenden Damen kicherten. »Eine Königin! Wie reizend!«

Irina Magdalena-Nicky und Vogt Olaf distanzierten sich von mir, indem sie vorsichtig die Seiten wechselten.

»*Ich* kenne sie«, sagte der Prinz.

Man konnte eine Stecknadel fallen hören. Er hob den Kopf, und alle traten zurück. Es war, als habe dieser kleine Satz genügt, einen unsichtbaren Kreis um ihn zu ziehen, in den keiner mehr eintreten mochte. Nur ich blieb stehen und wartete ab.

»Hadar Hosea vom Hohen Blick zur Rabeneiche.« Der Prinz streckte seinen Arm aus. »Sie werden mich ein paar Schritte begleiten.«

Ich ging auf ihn zu und hakte mich leicht bei ihm unter. Der Ledermantelvampir und die beiden Bodyguards wollten uns folgen, doch der Prinz verbat sich das, indem er den Stock hob und in die Richtung der Zurückbleibenden wies.

»Wir möchten allein sein.«

Sie verbeugten sich. Und ich begann, mit dem Prinzen der Unterwelt gemessenen Schrittes Goethes Denkmal zu umrunden.

Wasser rieselte über Steine. Das Brunnenbecken unterhalb des Standbildes wurde eingefasst von grob behauenen Quadern, die so ineinandergefügt waren, dass sie eine kleine Mauer bildeten. Hierhin führte mich der Prinz und nahm Platz. Einladend schlug er seinen Umhang zur Seite und bat mich so, sich neben ihn zu setzen. Ich folgte seiner Aufforderung, dann schwiegen wir einen Moment und lauschten dem Glucksen und Plätschern des Wassers hinter uns.

»Wind ist der Welle lieblicher Buhler.«

Der Prinz tauchte seine Hand kurz in den Brunnen. »Seele des Menschen, wie gleichst du dem Wasser. Schicksal des Menschen, wie gleichst du dem Wind.«

Johann Wolfgang von Goethe trug ein Buch unter dem linken Arm. Mit dem rechten wies er nach Osten, zum Sonnenaufgang, dem größten Feind aller Vampire. Hatten sie deshalb diesen Platz ausgesucht? Um sich an die Grenzen ihrer Unsterblichkeit zu erinnern und daran, dass sie einmal Seelen hatten? Oder interpretierte ich zu viel in dieses Spiel hinein? Ich musste es ernst nehmen, auch wenn vieles von dem, was ich bis jetzt zu sehen und zu hören bekommen hatte, schwer mit meiner Rationalität rang.

»Gesang der Geister über dem Wasser«, sagte ich. »Trauern Sie um Ihre Seele?«

Der Prinz gab mir mit einem Lächeln zu verstehen, wie naiv diese Frage auf ihn wirken musste. »Die Menschheit beginnt, Goethe zu unterschätzen. Noch einige Jahrzehnte, und die meisten werden ihn für einen Walt-Disney-Texter halten, der eine irre Geschichte über die Wasser tragenden Besen von Micky Maus geschrieben hat. Nein, wir trauern nicht um unsere Seelen. Sie sind Vergangenheit. Wir beschäftigen uns mit dem Werden. Das ist Gegenwart und Zukunft zugleich. Ein Feind oder ein Verbündeter. Wer kann das sagen?«

Ich dachte an den Dämon, den Withers mir beschrieben hatte. Den Dämon der Angst, die daher rührt, dass man nicht weiß, woher etwas kommt und wohin es führt. Und der eine ganze Klasse gefangen genommen hatte.

»Die Schwarze Königin. Sie kennen sie.«

Der Prinz fuhr mit der Spitze seines Stockes durch die Steine zu unseren Füßen und zeichnete nur für ihn sichtbare Ornamente in den Kies.

»Ist sie eine reale Gestalt? Oder nur ein Geschöpf der Fantasie?«

Er zeichnete weiter. Dabei neigte er leicht den Kopf und

lauschte versunken dem Plätschern hinter uns. Von weit her hörte ich leise Stimmen, und durch die Büsche drang ein schwacher Lichtschein zu uns herüber. Wir waren nicht weit von dem Pavillon entfernt, in dem meine Nosferatu sich vermutlich gerade gegen den Spott der anderen zur Wehr setzen mussten. Ich hoffte, dass ich sie nicht zu sehr in Verlegenheit gebracht hatte. Ein Ghul an der Seite des Prinzen war wohl eine ziemlich außergewöhnliche Sache. Auch wenn man ihn unter Umgehung sämtlicher Beförderungsrichtlinien zur Gargyle gemacht hatte.

»Es ist einige Zeit her, da kam ein Neonate der Gangrel in unsere Domäne. Ich weiß nicht, woher er kam – wir müssten in den Büchern nachschlagen, dort würden wir bestimmt auch seinen Namen finden, der mir jetzt entfallen ist. Er war erschöpft von seiner langen Wanderschaft, nur seine Clantreue hatte ihn den weiten Weg zu uns durchhalten lassen. Er erzählte, dass er am äußeren Ende des Reiches, dort, wo die Wege steinig werden und die Wüste beginnt, ein Lager gefunden hätte. Das Lager der Schwarzen Königin.«

Der Prinz hatte mit dem Zeichnen aufgehört. Mit beiden Händen stützte er sich auf den silbernen Griff seines Stockes. Er dachte nach, vermutlich darüber, was er mir erzählen durfte – und wie. Bis jetzt konnte ich mir noch gar keinen Reim auf das machen, was ich gerade gehört hatte. Ein Fremder war aufgetaucht, und wahrscheinlich ebenso schnell wieder verschwunden. Aber er hatte etwas gesehen und gehört, das er nicht für sich behalten wollte. Ich versuchte, einen geduldigen Eindruck zu machen, aber es fiel mir wirklich schwer. Es wurde kalt. Ich vermisste meine Jacke, die vermutlich gerade Dagmar Braun auf ihrem Weg nach Hause wärmte. Zumindest einer von uns beiden würde heute Nacht nicht frieren. Dann ging mir auf, dass der Begriff *wir beide* uns nicht gerade treffend charakterisierte. Meine Laune sank analog zu den Außentemperaturen.

»Sie gehört nicht zu unserer Welt. Sie ist kein Vampir. Sie ist auch keine der Cthulhu, wie man sie weit am anderen Ende der Wüste vermuten würde. Sie hat sich zwar an der Grenze unseres Reiches niedergelassen, doch vieles deutet darauf hin, dass sie neues Land aus dem Nebel schöpft und etwas Eigenes daraus formt. Von welchen Taten habt Ihr gesprochen? Welche Botschaft will sie uns senden?«

Ich hatte Mühe, mich zu konzentrieren, denn ich begriff nichts von dem, was der Prinz mir gerade auf einem Silbertablett vor die Nase gehalten hatte. Und ich war immer noch *in time*.

»Sie hat ein Mädchen in den Tod getrieben und die, die ihr nahestanden, in lähmende Angst versetzt. Dann verschwand sie, und alles schien vergessen. Doch seit Kurzem sendet sie Zeichen, und die Angst ist wieder da. Das zweite Opfer entkam nur knapp dem Tod. Und ich fürchte, es wird nicht das letzte gewesen sein.«

»Welche Zeichen sendet sie?«

»Kronen«, antwortete ich. »Schwarze Kronen.«

Der Prinz stand auf und tastete sich zurück in die Richtung, aus der wir gekommen waren. Ich folgte ihm. Als wir die Vorderseite des Denkmals erreichten, tauchte der Mann im Ledermantel aus dem Schatten auf.

»Die Bücher.«

Der Wunsch des Prinzen stieß auf offensichtliche Verblüffung. »Die Bücher? Jetzt?«

Die Art, wie der Prinz leicht mit der Stockspitze den Boden berührte, ließ keine Zweifel zu. Der junge Mann nickte.

»Ich werde Cassian zum Gildehaus senden. Er wird in einer halben Stunde hier sein.«

Während wir auf die Rückkehr des Kuriers warteten, hatte ich Zeit, mir die nächtliche Gesellschaft näher anzusehen. Je länger ich, still an die Wand gelehnt, die Vampire im Kerzenschein des Pavillons beobachtete, desto mehr bestätigte sich meine Vermutung, dass es sich hier um eine der verrücktesten Arten von Zeitvertreib handelte, die ich jemals gesehen hatte. Alle spielten ihre Rollen so ernsthaft wie Schauspieler, die auf der Bühne stehen, begrüßten sich, plauderten über die letzten Sprengstoffattentate verfeindeter Clans, begegneten einander mit gesundem Misstrauen, wenn es vonnöten war, behandelten sich mit äußerster Höflichkeit und ließen mich ab und zu neuen Kirschsaft aus einer Kiste hinter einem Rhododendron holen, damit ich auch etwas zu tun hatte. Die Unterredung mit dem Prinzen hatte mich gleich mehrere Sprossen auf der Statusleiter nach oben katapultiert, weshalb ich jetzt mit distanzierter Neugier betrachtet wurde.

Irina Magdalena-Nicky hatte sich bei Vogt Caspar untergehakt, beide schlenderten langsam auf mich zu und machten hinter dem Rücken der anderen das Zeichen.

»Hast du was rausbekommen?«

»Schon möglich«, flüsterte ich. »Um ehrlich zu sein: Ich weiß nicht, was es bedeutet.«

Irina Magdalena drehte sich vorsichtig zu den anderen um. Sie standen ein paar Schritte entfernt und wogen gerade die Vorteile verschiedener Handfeuerwaffen gegeneinander ab, falls es wieder zu einem plötzlichen Zugriff des sagenumwobenen AVK kommen sollte.

»Was hat er denn gesagt?«

»Dass sie kein Vampir ist, aber auch kein ... Zulu?«

»Cthulhu«, sagte Vogt Caspar.

Ich nickte. »Und dass sie sich ein eigenes Land aus dem Nebel formt. Und jetzt lässt er die Bücher holen.«

Irina Magdalena sah Vogt Caspar mit großen Augen an. »Ein neues Land jenseits der Cthulhu? Das ist echt krass. Woher weiß er das denn?«

»Ein Vampir hat es ihm erzählt.«

Vogt Caspar warf einen schnellen Blick auf die Anwesenden. »Wer?«

»Ich weiß es nicht. Könnt ihr mir sagen, was das bedeutet?«

»Das bedeutet, dass –«

Vogt Caspar brach ab.

Der Ledermantel kam durch einen der Torbögen und blickte sich suchend um. Als er mich sah, winkte er mich zu sich. Ich nickte meinen Helfern zum Abschied zu und folgte ihm. Wir liefen hinaus auf das Plateau, hinüber zu dem Denkmal. Dort wartete der Prinz. Unter dem Arm trug er einen in Leder gebundenen Almanach, den er jetzt an meinen Begleiter weiterreichte.

»Mein lieber Leonard«, begann er mit seiner wohltönenden Stimme. »Könntest du uns den Besucher der Gangrel heraussuchen, der uns vor einem Jahr so kurz mit seiner Anwesenheit beehrte?«

Leonard, so hieß der Truchsess des Reichsverwesers offenbar, machte aus seiner Abneigung gegenüber Dienstleistungen keinen Hehl.

»Dafür brauche ich Licht.«

Aus der Tasche seines Ledermantels zog er eine halb abgebrannte Kerze. Er zündete sie mit einem Feuerzeug an, ließ etwas heißes Wachs auf einen Steinvorsprung tropfen und drückte die Kerze an. Sie stand, flackerte aber kläglich im Wind. Dann nahm Leonard dem Prinzen das Buch ab und begann darin zu blättern. Es war ein großer Hefter mit einer Vielzahl von Zetteln, die von Hand beschrieben waren. Ich wollte nicht zu neugierig wirken und blieb stehen, wo ich war. Bei diesem Licht hätte ich sowieso nichts erkennen können.

»Das ist merkwürdig.« Leonard versuchte, den Almanach näher an die klägliche Flamme zu bringen. »Sein Name war Anselm von Justingen. In seinem ersten Leben war er Gelehrter am Hof Friedrichs des Staufers in Palermo und dort nachweislich an der Verfassung der Sizilianischen Fragen beteiligt. Den Kuss erhielt er im Jahre 1250, kurz nach dem Tod seines Herrn. Er hatte ihn auf seinen Kreuzzug begleitet, fiel dann aber in die Hände der Sarazenen und wurde von Samara, einer Sethitin, zu den Unseren geholt.«

Er blickte hoch und wartete auf ein Zeichen, ob er fortfahren oder aufhören sollte.

»Wann hat er uns verlassen?«

»Moment.«

Leonard suchte das Dokument nach erhellenden Informationen ab. »Vier Wochen später. Er war am Aufstand der Gangrel gegen den Sabbat beteiligt. Leider als Verräter seines Clans. Nachdem man ihn überführt hatte, wurde er auf eigenen Wunsch gepfählt.«

Die Erinnerung an diesen unappetitlichen Vorfall ließ den Prinzen kurz aufseufzen. »Es ist gut. Ich danke dir.«

Leonard klappte das Buch zu, blies die Kerze aus, löschte den Docht und steckte sie, nachdem er die letzten Reste des flüssigen Wachses von ihr abgeschüttelt hatte, wieder in seine Manteltasche. Mit einer kurzen Verbeugung verabschiedete er sich und brachte das Buch wohl wieder in Sicherheit.

»Verehrter Herr Hadar Hosea vom Blute der Gargylen, mehr kann ich Ihnen nicht sagen.«

Es war sinnlos, hinter den schwarzen Brillengläsern irgendetwas entdecken zu wollen. Ich hatte einen blinden Prinzen vor mir, der in Rätseln sprach und mir ständig das Gefühl vermittelte, haarscharf an etwas Wichtigem vorbeizureden.

»Ich wäre Ihnen schon dankbar, wenn Ihre Worte auch für mich einen Sinn ergäben.«

Ich hatte wohl etwas beleidigt geklungen, denn der Prinz hielt mir versöhnlich seinen Arm hin. Ich ergriff ihn, und gemeinsam lustwandelten wir die fünfzig Meter an der Mauer der Anhöhe entlang zurück zum Pavillon.

»Sie haben alles gehört und doch so wenig verstanden. Das geht jedem so, der neu bei uns ist. Dabei habe ich Ihnen schon mehr verraten, als Sie erwarten durften. Denken Sie gut nach. Manchmal dauert es ein paar Tage –«

Der Prinz blieb abrupt stehen und hob den Kopf. »Was war das?«

Ich sah hinüber zum Pavillon. Alle Kerzen waren gelöscht. Hastige Schritte knirschten über den Kies. Unterdrückte Rufe, ein kurzer Aufschrei. Dann kam Leonard angerannt.

»Schnell! Folgen Sie mir!«

Er riss den Prinzen mit sich und verschwand mit ihm in den Büschen. Ich blieb an der Mauer stehen, wartete einen Moment ab und tastete mich dann vorsichtig, um mir nicht doch noch ein Bein zu brechen, weiter in die einmal eingeschlagene Richtung. Im Pavillon wurde eine Fackel entzündet. Dunkle Gestalten liefen durcheinander und warfen unheimliche, grotesk verlängerte Schlagschatten an die Wände, andere hasteten an mir vorbei zum Denkmal. Ich erreichte die steinernen Mauerbögen und versuchte mir ein Bild von der Lage zu machen. Zwei Körper lagen reglos am Boden. Um sie herum standen einige Vampire und stießen sie ab und zu mit den Füßen an. Sie rührten sich nicht. Offenbar waren sie wirklich tot.

»Was ist passiert?«, fragte ich.

Ein Vampir – derjenige, der sich mit den Kolonien so beliebt gemacht hatte – drehte sich um. Seine Taschenlampe flammte auf und blendete mich.

»Ein Putsch gegen den Prinzen. Wir haben ihn niedergeschlagen. Die Rädelsführer wurden getötet. Nosferatu.«

Er spuckte aus und gab der einen Leiche wieder einen kleinen Tritt in die Seite. Sie zuckte kurz zusammen, als ob er sie gekitzelt hätte, und ich erkannte die sterblichen Überreste meiner beiden Erschaffer. Irina Magdalena und Vogt Caspar waren nicht mehr. So schnell ging das also.

»Der Prinz ist in Sicherheit. Er lebt.«

Alle drehten sich um. Leonard stand hinter uns, begleitet von den beiden Bodyguards. Mit steinerner Miene blickte er auf die entleibten Vampire.

»Lasst sie liegen. Bei Sonnenaufgang zerfallen sie zu Staub.«

Ich überlegte, ob es eine passende Geste wäre, sich jetzt zu bekreuzigen, als der Unmut des Prinzenlieblings auch auf mein Haupt fiel.

»Und du, Ghul, mach, dass du fortkommst. Heute hat dich der Prinz beschützt. Morgen bist du allein. Schau dir an, wie Verräter enden.«

Irina Magdalena, die gerade versucht hatte, sich in eine bequemere Position zu begeben, erstarrte sofort.

»Wird's bald?«

»Ich würde die beiden gerne mitnehmen«, sagte ich. »Und ordentlich bestatten. Sie haben ja sonst niemanden.«

Außerdem hätte ich gerne noch ein Wort mit ihnen geredet. Leonard aber schien am Ende seiner Geduld. Er stieß einen schnaubenden Laut aus, der seinen beiden Wachhunden genügte, um sich auf mich zu stürzen. Unsanft wurde ich gepackt und zur Treppe geschleift. Dort ließen sie mich los, und ich stieg die steinernen Stufen hinunter, ohne mich noch einmal umzusehen. Das Spiel war aus.

Doch nur für diese Nacht.

Es war zwei Uhr morgens, als ich in der Gipsstraße stand und Kieselsteine an ein Fenster im ersten Stock warf. Kevin wohnte in einem hübsch restaurierten Kutscherhaus im Scheunenviertel, das nur einen Fehler hatte: Die Klingeln waren hinter der Hoftür angebracht, und der Hausmeister schloss jeden Abend, sommers wie winters, um 19:30 Uhr ab.

Nachdem das mit den Steinen nichts nutzte, rief ich ihn übers Handy an und ließ es circa vierzig Mal klingeln, bis ich ihn endlich am Apparat hatte. Dem Grunzen nach zu urteilen, hatte ich ihn entweder mitten in der REM-Phase erwischt, oder er war sturzbetrunken.

»Ich muss mit dir reden.«

»Hä? Jetze? Bist du verrückt?«

»Ich bin eine Gargyle und brauche deinen Rat.«

Am anderen Ende stieß Kevin einen abgrundtiefen Seufzer aus. »Also verrückt geworden. Mann, hat das nicht Zeit bis morgen?«

»Nein. Jetzt weiß ich noch alles. Morgen hab ich's vergessen. Es ist wichtig. Glaub mir das.«

Ich hörte das Bett knarren und eine leise, in zärtlichem Gurren geführte kurze Unterhaltung.

»Ich schick dir Kerstii. Die hat was an.«

Zwei Minuten später ging das Licht im Treppenhaus an, und eine schlaftrunkene Gestalt schloss die Haustür auf. Im Gegensatz zu Kevin hatte sie trotzdem ein Lächeln für mich übrig, während mein mir ergebener Praktikant bei meinem Eintreten gerade fluchend versuchte, in das zweite Bein seiner Hose zu gelangen.

»Hübsch hast du es hier.«

»Kein Kommentar über den Zustand der Wohnung. Das ist weder ein offizieller noch ein genehmigter Besuch.«

»Wollt ihr Kaffee?«

Kerstii stand im Türrahmen und zog sich gerade einen Morgenmantel über ihr T-Shirt.

»Nein«, sagte Kevin.

»Gerne«, antwortete ich.

Sie drehte sich um und verschwand in der Küche. Kevin zurrte den Reißverschluss seiner Jeans zu und ging durch die Berliner Tür hinüber ins Wohnzimmer. Ich folgte ihm. Aus der Küche drang leises Geschirrklappern.

»Setz dich, wenn du schon mal hier bist.«

Ich ließ mich in einen der vier Sperrmüll-Sessel sinken und beobachtete Kevin beim Zigarettendrehen.

»Du warst also heute Nacht bei den Vampiren.« Die Zigarette war fertig, und er zündete sie sich an. »Und du hast hoffentlich irgendetwas herausbekommen, das so wichtig ist, dass du mich nach einer Stunde Schlaf aus einem ziemlich heißen *wet dream* herausklingeln musstest. Vielleicht fängst du einfach mal damit an, dass du mir erklärst, um was es eigentlich geht?«

»In Ordnung.«

Kevin hatte ein Recht darauf, die ganze abstruse Geschichte zu erfahren. Ich brauchte ihn als eine Art Dolmetscher, und dafür musste ich ihn erst einmal über alle Verdachtsmomente in Kenntnis setzen. Ich begann mit dem eigenartigen verbotenen Spiel in der Sporthalle –

»Juggen«, ergänzte Kevin meine Ausführungen. »*Die* Larp-Sportart schlechthin.«

Ich repetierte mein Gespräch mit Dagmar Braun, aber erst als Kevin von Clarissas Selbstmord hörte, hatte ich zum ersten Mal das Gefühl, dass ihn der Fall interessierte.

Zwischenzeitlich schaute Kerstii vorbei, brachte Kaffee, Zucker und Milch und faltete sich zu Kevins Füßen anmutig zusammen. Ich erzählte von den Symbolen unter den Stühlen und schließlich von dem Attentat auf Ravenée. Hier unterbrach mich Kevin zum ersten Mal.

»Woher weißt du, dass sie sich nicht nur den Magen verdorben hat?«

»Weil am Nachmittag die Spurensicherung in der Schule auftauchte. Und es gab einen anonymen Anruf. Die Schwarze Königin tötet wieder.«

»Wieder?«, fragte Kevin. »Bist du sicher, der Anrufer hat *wieder* gesagt?«

»Genau das hat mich so irritiert. Sie tötet wieder. Das heißt: Clarissas Tod war vielleicht gar kein Selbstmord.«

Kerstii schaute hoch zu Kevin und strich ihm dabei sanft über die Wade. »Das arme Mädchen«, sagte sie leise.

Es waren nur drei Worte. Ausgesprochen von einer jungen Frau, die mit der ganzen Sache überhaupt nichts zu tun hatte. Doch diese drei Worte waren es, die mir die ganze Zeit gefehlt hatten. *Das arme Mädchen*. Hatte bisher überhaupt irgendjemand außer Kerstii so etwas geäußert?

Kevin strich ihr über die vom Schlaf verwuschelten Haare. Die Zärtlichkeit zwischen den beiden sprach von einer so selbstverständlichen Nähe, dass sich mit einem Mal die Sehnsucht in mir rührte wie eine kleine, gerade erwachende Schlange. Ich schlug sie tot.

»Das sieht mir sehr nach einem Rollenspiel aus.«

Kevin gab mir recht. Das war ein guter Anfang.

»Allerdings hat es nichts mit Vampiren zu tun. Symbole, Mord, Einschüchterung – ich würde auf Horror, Splatter-Punk oder Cthulhu tippen.«

»Das ist es! Genau das hat der Prinz auch erwähnt. Er hat mir von einem Spieler erzählt, der im vergangenen Jahr kurz bei ihnen aufgetaucht ist und etwas von der Schwarzen Königin erzählt hat. Dass sie irgendwo am Rand der Wüste zeltet und sich ein Land aus Nebel formt. Oder so ähnlich.«

Kevin nickte. Doch die Skepsis in seinem Gesichtsausdruck wuchs. »Das hat er dir erzählt? Wer war der Typ?«

»Sie haben ein Buch geholt. Eine Art Almanach, und darin nachgeschlagen.«

»Die Charakterbögen. Interessant. Und was haben sie dir über ihn gesagt?«

Ich trank einen Schluck Kaffee und versuchte, mir die Szene noch einmal ins Gedächtnis zu rufen. »Justingen. Anselm von Justingen. Soll im zwölften Jahrhundert am Staufer-Hof in Palermo gelebt und Friedrich II. beim Verfassen der Sizilianischen Fragen geholfen haben.«

Kevin gab Kerstii einen Kuss auf die Stirn und schob sie sanft zur Seite. Dann stand er auf und ging zu einem überforderten Bücherregal, das seinen Besitzer eines Tages unter seiner Last begraben würde. Die Bände standen kreuz und quer auf- und nebeneinander, aber Kevin fand sich in dem Durcheinander zurecht und kam wenig später mit einem Buch zurück. Eine Biografie Friedrich des Staufers. Im Stehen blätterte er ein wenig darin herum und setzte sich schließlich, ohne seinen Blick von den Seiten zu heben.

»Da haben wir's. Anselm von Justingen. Mit Walther von der Vogelweide konspirativ am Aufstand der deutschen Fürsten gegen den Welfenkönig Otto IV. beteiligt. Hat Friedrich quasi das Signal zum Aufbruch gegeben, was schließlich zur Rückeroberung des Throns durch die Staufer führte. Die Staufer.«

Kevin blätterte weiter in der Biografie. Kerstii und ich wechselten einen amüsierten Blick. Schließlich hatte Kevin gefunden, was er suchte.

»Die Sizilianischen Fragen. Friedrich schickte sie als Teenager an alles, was in der damaligen Welt Rang und Namen hatte. An den islamischen Philosophen Ibn Sabin, an den Papst. Woher kommt der Wind? Warum ist das Meerwasser salzig? Ist die Seele des Menschen unsterblich?«

Er sah hoch und blickte uns an. Da niemand von uns das leiseste Anzeichen von Erkenntnis zeigte, klappte er das Buch zu.

»Ist die Seele des Menschen unsterblich? Habt ihr das verstanden? Im tiefsten Mittelalter begeht jemand die Blasphemie und fragt nach Beweisen für die von der Kirche apostrophierte Unsterblichkeit der Seele. Das ist doch der Hammer!«

Zweifellos waren die Sizilianischen Fragen von großer Bedeutung, fürs Morgen- wie fürs Abendland. Mein Interesse galt aber nicht dem Mittelalter, sondern dem, was sich in der Gegenwart abspielte oder noch abspielen würde.

»Und was heißt das jetzt?«

Kevin setzte sich wieder. »Dein Vampir kennt sich gut aus mit dem Heiligen Römischen Reich. Das grenzt den Kreis der Verdächtigen aber noch nicht richtig ein, denn das tun viele. Die Gestalt Friedrichs ist die faszinierendste und schillerndste unserer Geschichte. Wer die Artus-Sage liebt, landet auch irgendwann bei den Staufern. Es kann also ein Spieler sein, der sich zunächst mit Midgard und Fantasy beschäftigt hat und dann zu den Vampiren gewechselt ist. Wie ich übrigens auch.«

Er lächelte Kerstii an, die offenbar ganz neue Seiten an ihrem Liebsten entdeckte. Verwundert schüttelte sie den Kopf. »Du hast bei diesen Spielen mitgemacht?«

»Und wie«, antwortete Kevin. »Das erzähl ich dir ein andermal. Wenn der da weg ist.«

Sie küssten sich lange und ausgiebig, als wäre ich schon gegangen. Irgendwann hüstelte ich, und sie hörten auf, hatten aber immer noch diese glänzenden Augen.

»Interessant ist der Charakter, den sich der Spieler ausgesucht hat. Anselm von Justingen. Also keine erfundene Figur, sondern eine real existierende Gestalt der Geschichte. Anselm war ein Bote. Eine Art Undercoveragent. Er trug die Nachricht von einer Geheimverschwörung der deutschen Fürsten nach Sizilien zu Friedrich. Da die Spiel-Charaktere auch immer etwas mit deinem echten Leben zu tun haben, kann man anhand der Charakterbögen manchmal herausfinden, wie derjenige tickt. Verlassen würde ich mich nicht drauf. Es ist ein Spiel. Schüchterne wollen auf einmal Helden sein. Und Bergeracs werden zu Romeos.«

»Moment.« Kerstii hatte bis jetzt aufmerksam zugehört. Nun ergriff sie das Wort. »Der Bote ist kein Charakterzug, sondern ein Hinweis darauf, welche Rolle unser Unbekannter in diesem Spiel spielen wollte. Ein Fremder, der kommt und wieder geht. Ich wette, er ist nicht lange dabeigeblieben.«

Ich war verblüfft. »Vier Wochen.«

»Wie ist er ausgeschieden?«

»Er wurde gepfählt«, antwortete ich mit der gleichen Beiläufigkeit, mit der man beim Mensch-ärgere-dich-nicht einen Spielkegel vom Brett kickt.

Kevin lehnte sich zurück und starrte an die Zimmerdecke. »Er kam, brachte seine Botschaft und wurde vernichtet. Fragt sich nur: Für wen war sie? Und was bedeutet sie?«

Ich hatte gehofft, das von Kevin zu erfahren. Die Antwort bekam ich von Kerstii.

»Die Schwarze Königin schafft neues Land aus dem Nebel. Das heißt, sie kreiert ein neues Spiel. Keine simple Variation bereits existierender Rollenbücher. Nein, sie erfindet ein ganzes Genre neu. Etwas, das es noch nie gegeben hat. Das weit hinter den Grenzen der Vampire und Cthulhu liegt. Weit jenseits also von Grauen, Horror und Übersinnlichem, jenseits also aller bösen Fantasie.«

»Was könnte das sein?«

Kevin richtete sich auf. »Die Wirklichkeit.«

Wir schwiegen. War es wirklich möglich, dass jemand ein Rollenspiel erschuf, in dem es tatsächlich um Leben und Tod ging? Keine getürkten Überfälle, keine Angstschreie aus den Tiefen der

Gruft, keine Geisterbeschwörungen im Kerzenschein – sondern ein Grauen – aus der Fantasie in die Wirklichkeit geholt.

»Es gibt kein solches Spiel.«

Kevin revidierte seinen Gedanken, weil er ihm selber nicht geheuer war. Doch Kerstii spann den Faden weiter.

»Sie haben zumindest versucht, dieses Spiel zu erfinden. Vielleicht war der Bote dabei? Vielleicht hat er es selber mitgespielt? So lange, bis das Mädchen ums Leben kam? Das könnte möglich sein. Die Ereignisse haben ihn schockiert, er wechselt den Charakter und das Genre, und er wählt unbewusst den mittelalterlichen Geheimagenten, der ein Geheimnis mit sich trägt und es *in time* verrät, weil er im wirklichen Leben kein Sterbenswörtchen davon sagen darf.«

Kerstii strich sich verlegen eine Haarsträhne hinter die Ohren. »Ich studiere Psychologie«, erklärte sie mir.

»Kerstii?«

Kevin beugte sich drohend zu ihr hinunter. »Woher kennst *du* den Begriff *in time*?«

Sie stand auf und griff nach der Kanne. »Ich hole noch Kaffee.«

Kevin sah ihr hinterher.

»Na, habt ihr Geheimnisse voreinander?«

»Und mir erzählt sie immer, sie geht mittwochs zum Yoga.«

Er griff nach dem Tabakpäckchen und drehte sich noch eine Zigarette. Ich stand auf. Es war kurz vor drei Uhr morgens. Wenn ich jetzt nicht ging, würde ich als Nächstes in diesem Sessel einschlafen.

»Danke, ich will keinen Kaffee mehr!«, rief ich in Richtung Küche.

Kevin legte das Päckchen zur Seite und erhob sich ebenfalls. »Frauen sind Rätsel auf sehr langen Beinen. – Übrigens hoffe ich für dich, dass sie unrecht hat. Denn sonst haben deine Schüler ein echtes Problem am Hals. Und noch was: Denk mal über die Sizilianischen Fragen nach.«

»Warum?«

Kerstii erschien im Flur und trocknete die Kanne ab. Die Wohnung war so klein, dass sie unser Gespräch mitgehört hatte.

»Die Sizilianischen Fragen hat Friedrich gestellt, weil er provozieren wollte. Du kannst es dir jetzt aussuchen: Stellt in der Schule der Lehrer oder der Schüler die Fragen?«

Kerstii ließ die Kanne sinken. »Der Lehrer. Er will die Schüler zum Denken anregen.«

Kevin gab ihr mit dem Zeigefinger einen Stups auf die Nase. Sie war selbst ohne Absätze einen halben Kopf größer als er, und trotzdem war es die Geste eines Beschützers. »Der Schüler. Er ist neugierig und möchte Antworten.«

Er wandte sich an mich. »Egal, wie du es drehst und wendest, der Bote hat etwas mit deiner Schule zu tun. Und er ist jemand, der mit seinem Wissen nicht zurande kommt. Finde ihn. Er führt dich zur Lösung des Rätsels.«

Beide grinsten mich an und nahmen sich in den Arm. Ich trug meine Einsamkeit hinaus in die Nacht und spürte sie wie eine schmerzende Rüstung.

2.
DIE WAFFEN

Ein Sonntag ist ein Sonntag ist ein Sonntag. Niemand hat das Recht, einen um sieben Uhr morgens zu wecken. Noch nicht einmal Marie-Luise. Ich hatte eine kurze, unruhige Nacht hinter mir, in der mich scheußliche Albträume heimgesucht hatten. Das penetrante Piepsen meines Handys erlöste mich geradezu. Doch statt dankbar zu sein, sah ich auf den Wecker, dann auf das Display, dann fluchte ich, dann nahm ich das Gespräch an.

Marie-Luise hielt sich nicht erst mit Entschuldigungen auf.
»Ravenée wurde vergiftet. Und rate mal, womit.«
»Womit?«, fragte ich.
»Zieh dir was an und komm nach Pankow.«
»Jetzt?«
»Frag nicht, mach. Und bring den Wagen mit.«

Sie legte auf, ich sank in die Kissen. An Weiterschlafen war nicht zu denken. Wenig später betrachtete ich nachdenklich mein Gesicht im Badezimmerspiegel und fragte mich, wann ich angefangen hatte, so auszusehen.

Es war noch gar nicht so lange her, da hatten mir Nächte mit weniger als drei Stunden Schlaf nicht das Geringste ausgemacht. Jetzt aber sah ich bleiche, schlaffe Wangen mit dunklen Bartschatten, erste graue Haare in wild wuchernden Augenbrauen, irreparable Tränensäcke und Konturen, die langsam nach unten rutschten und sich dort, am Kinn, wo nichts sie mehr aufhielt, in knittrige Falten plissierten. Ich alterte vor meiner Zeit. Oder sah man Anfang vierzig einfach so aus in einem fensterlosen Badezimmer mit einer Neonlampe als einziger Lichtquelle?

Zehn Minuten später ging ich, geduscht, rasiert, um etliches frischer aussehend, mit einer Tasse Instantkaffee durch meine Wohnung und betrachtete das, was andere Menschen ihr Zuhause nannten.

Ich hatte nicht viele Möbel. Eine schwarze Ledercouch, einen Beistelltisch aus Chrom, einen Fernsehsessel, im Schlafzimmer ein einfaches Doppelbett und einen billigen Kleiderschrank, so billig, dass es mir kein einziges Mal gelungen war, die Türen richtig zu schließen. Im Grunde genommen war das hier nicht mehr als eine Übernachtungsmöglichkeit. Ich arbeitete in der Kanzlei, und manchmal, wenn wir viel zu tun hatten – was schon länger nicht mehr vorgekommen war –, übernachtete ich auch dort. Es war einfach verführerisch, abends nur um die Ecke gehen zu müssen, und schon hatte man Leben um sich herum. Ab und zu brauchte ich das. Einfach nur die Gegenwart unbekannter Mitmenschen.

Ich öffnete das Fenster und erschrak, wie kalt es mit einem Mal geworden war. Diesiger Hochnebel legte sich wie ein Weichzeichner über die gepflegte Langeweile einer Westberliner Wohnstraße, in der um diese Uhrzeit höchstens betagte Damen ihre Hunde ausführten. Welcher Teufel mich geritten hatte, ausgerechnet hierherzuziehen – ich wusste es nicht. Wahrscheinlich war es eine Trotzreaktion auf Marie-Luises Osten als dem allein Seligmachenden. Doch langsam bekam ich das Gefühl, mich selbst zu bestrafen, ich wusste nur nicht, für was.

Eine Dreiviertelstunde später stand ich vor dem abgeschlossenen Tor der Herbert-Breitenbach-Schule und wartete auf Marie-Luise. Der breite, dicht befahrene Paradeweg glich so früh einer Kurpromenade. Tiefe Stille lag über der vierspurigen Straße. Die satte Ruhe des Sonntagmorgens störten nur die Busse weiter oben in der Breiten Straße, wenn sie, kaum besetzt, an den leeren Wartehäuschen vorüberfuhren. Ab und zu fiel eine Kastanie aus den sich lichtenden Blätterkronen. Der ganze Bürgersteig war schon mit ihnen übersät. Ich hob eine auf und strich über die glänzende, wie mit Wachs polierte Oberfläche. Es war so lange her, dass ich sie gesammelt hatte. Man konnte Tiere daraus basteln, mit den abgebrannten Streichhölzern, die ich meinem Vater aus dem Aschenbecher stibitzte. Ganze Zoos hatte ich bestückt, Weiden von argentinischem Ausmaß mit ihnen bevölkert. Kastanien. Laub. Lange Spaziergänge durch herbstliche Wälder, den Korb unterm Arm, das Pilzmesser in der Hand. Kindheit, an die ich lange nicht mehr gedacht hatte. Ich warf die Kastanie weit über die Straße. Sie fiel auf die Stufen der Alma-Mahler-Werfel-Schule, zu deren Hässlichkeit sich jetzt noch die Stille gesellte, dann kullerte sie hinunter und rollte in den Rinnstein.

Ich wartete und trat von einem Fuß auf den anderen, damit mir etwas wärmer wurde. Der Sonne war es noch nicht gelungen, den Nebel zu lichten. Wenn ich kräftig ausatmete, blieb mein Atem einen Moment lang sichtbar in der Luft hängen, ein Zeichen dafür, dass es eindeutig zu kalt für diesen Frühherbst war.

Weiter oben hielt ein Bus, und wenig später bog Marie-Luise um die Ecke. Ich näherte mich ihr in der abwartenden Haltung eines nicht ausgeschlafenen Besserwissers.

»Und? Was ist so wichtig, dass du es mir unbedingt jetzt zeigen musst?«

Sie klemmte sich die Aktentasche unter den Arm. Dass sie sie mitgeschleppt hatte, gab unserem konspirativen Treffen zumindest einen halb offiziellen Charakter.

»Da entlang«, sagte sie nur.

Wir umrundeten das Eckgrundstück, bis wir ungefähr auf der Höhe meines Parkplatzes angekommen waren. Hier blieb sie vor dem Zaun stehen und sah auf das Gelände.

»Fällt dir nichts auf?«

Ich betrachtete aufmerksam das Bild. Der Zaun war eine handwerklich solide, schmiedeeiserne Arbeit, wie man sie häufig vor Häusern aus der Gründerzeit fand. Etwa brusthoch, mit spitzen Zacken, sodass ein Darübersteigen zwar nicht unmöglich, aber immerhin so beschwerlich war, dass man die Absicht, von dieser Seite her einzudringen, noch einmal genau überdachte. Einen großen Teil der Sicht versperrten Büsche und Bäume, schon herbstlich gefärbt, mit roten und gelben Früchten, sowie Sträucher und Blumenrabatten, die einzelne Inseln in dem weitläufigen Gelände bildeten. Zur Schule hin lichtete sich das Grün, ein weiter Rasen breitete sich aus. Im Schatten der Bäume glitzerten Tautropfen und ein Hauch von Raureif. Dahinter ging die Rasenfläche in eine asphaltierte Fläche über, das Basketballfeld. Wenn man den Hals reckte, konnte man sogar den Hintereingang sehen, der direkt in die Eingangshalle führte.

Marie-Luise drückte mir die Aktentasche in die Hand und stieg auf die kniehohe, steinerne Brüstung.

»Komm.«

»Du willst doch nicht etwa hier rüber?«

Statt einer Antwort kletterte sie über den Zaun. Es bereitete ihr ein wenig Mühe, aber sie schaffte es. Auf der anderen Seite angekommen, klopfte sie sich den Dreck von der Hose und sah mich auffordernd an.

»Ich breche doch nicht wie ein Dieb sonntagmorgens in meine eigene Schule ein.«

»Ich muss dir was zeigen.«

»Und das geht nicht von hier aus?«

Sie schüttelte den Kopf und streckte den Arm nach ihrer Tasche aus. Ich reichte sie ihr hinüber und versuchte dann, über den Zaun zu kommen. Er wackelte, hielt meinen Attacken aber stand, sodass ich einigermaßen unversehrt an Leib und Kleidung auf der anderen Seite landete. Marie-Luise drehte sich um und deutete auf den Park.

»Schau dich genau um. Und wenn dir immer noch nichts auffällt, dann erinnere dich an meine Frage an Katharina, ob dieses Gebäude immer eine Schule war.«

»Ich sehe nichts.« Ich hatte auf Rätsel dieser Art einfach keine Lust.

Sie lief los. Wohl oder übel musste ich ihr folgen.

Unter den Bäumen nahe der Schule blieb sie stehen und blickte hoch. »Hier war der Tisch, auf dem die Kuchen und die Krüge standen. Einen von den Krügen hat Ravenée geholt. Für die Musiker, hat sie gesagt. Wir haben den Krug gefunden. Und das Glas, aus dem sie getrunken hat. Beides wurde untersucht. Heute Morgen habe ich die Ergebnisse bekommen.«

Manchmal, ich wusste nicht, warum, hatte Marie-Luise einfach zu gute Kontakte. Mich würde am Wochenende niemand anrufen, um mir das Ergebnis einer toxikologischen Untersuchung vom Vorabend mitzuteilen. Weiß der Geier, was sie mit der Spurensicherung gemacht hatte, aber die Kollegen fraßen ihr wohl aus der Hand.

»Und?«, fragte ich.

»Taxin-Alkaloid. Und nun rate mal, worunter wir hier stehen.«

Ich sah in die Baumkrone und sagte aufs Geratewohl: »Unter einer Eibe?«

»Richtig. Hochgiftig. Zwei Nadeln pro Kilogramm Körpergewicht, und du bist tot. Ravenée hatte unglaubliches Glück.«

»Eibe?«

Marie-Luise nickte. »Der ganze Baum ist das reinste Gift. Wenn du dich im Frühjahr unter diesen Baum setzt und die Pollen einatmest, gehst du ab wie auf LSD. Und jetzt wirf mal bitte einen Blick auf den Rest der Dekoration hier. Fingerhut. Bilsenkraut. Tollkirsche. Stechapfel. Goldregen. Rittersporn. Na?«

Ich sah mich um. Ein harmloser, durchschnittlich hübscher Schulhof verwandelte sich vor meinen Augen gerade in den Traum – oder Albtraum – eines jeden Toxikologen.

»Ist das denn erlaubt?«, fragte ich.

Marie-Luise hatte nur ein ironisches Lächeln für mich übrig. »Natürlich nicht. Deshalb war ich ja auf dem Fest so irritiert. Dieses Haus kann nicht immer eine Schule gewesen sein. Dann würden hier andere Pflanzen stehen. Zufälligerweise kenne ich mich nämlich mit Eiben ganz gut aus. In einem Land, in dem der Sozialismus die einzige Bewusstseinserweiterung war, suchte man nämlich ab und zu nach Alternativen.«

Ich sah mir die Rückseite der HBS genauer an. Die hohen Giebel, die streng gegliederte Fassade, die hübschen Halbbögen über den Fenstern. Es hätte ein Krankenhaus sein können, ein Sanatorium, eine Bücherei, eine Stiftung, natürlich auch eine Schule.

»Nehmen wir mal an, Katharina hat uns nicht bewusst belogen.« Marie-Luise schlenderte langsam auf den Hintereingang zu und holte ihren Schlüsselbund wieder aus der Tasche. »Dann weiß das hier niemand. Bis auf ein paar Verrückte, die sich mit den Drogen von Mutter Natur befassen.«

Sie suchte einen Schlüssel heraus, steckte ihn ins Schloss und drehte ihn um. »Katharina hat ihn mir gestern Abend gegeben, damit ich abschließe. Die beiden hatten noch eine Einladung bei einem sehr großzügigen Mitglied des Fördervereins.«

»Und warum sind wir dann nicht einfach vorne hereinspaziert?«

Marie-Luise lächelte mich an. »So ist's doch viel lustiger. Außerdem siehst du witzig aus, wenn du was Verbotenes tust.«

Ich folgte ihr in den Flur und überlegte, ob ich für meine Darbietungen in Zukunft Geld verlangen sollte. Vor der versiegelten Tür zum Bühneneingang blieb sie stehen.

»Ravenée holte den Krug und stellte ihn in der Garderobe ab. Die Basis war Holunderbeersaft. Niemand außer ihr trank dieses Zeug. Alle wussten das. Es war also ein gezielter Anschlag.«

»Bist du wirklich sicher?«

Marie-Luise nickte. »Ravenée hatte einen Holunder-Tick. Das war ihr Krug, und keiner ging freiwillig an ihn ran. Auch ohne Eibe muss er grauenhaft geschmeckt haben, denn Ravenée hat ihn immer ohne Zucker getrunken. Sie ist Diabetikerin.«

Sie bat mich, ihr zu folgen. Wir stiegen die breite Treppe hoch in den ersten Stock. Vor der Tür meines Klassenzimmers machte sie halt und schloss es auf. Offenbar hatte ihr Katharina einen Generalschlüssel geliehen und dabei Marie-Luises kriminelle Energie bei Weitem unterschätzt. Wir gingen hinein. Als Erstes fiel mir auf, dass vier Stühle an der Wand standen. Marie-Luise ging langsam auf sie zu und hob den ersten hoch. Dann die nächsten drei. Alle vier wiesen unter der Sitzfläche das gleiche Zeichen auf – eine schwarze Krone.

»Erst habe ich gedacht, du bildest dir etwas ein. Aber gestern Abend, als die Spurensicherung unten fertig war und alle gegangen sind, bin ich noch einmal hier hoch und habe nachgesehen.«

Sie rieb sich nachdenklich mit dem Zeigefinger über die Nasenwurzel. »Jemand war nach uns hier und hat die Kronen aufgemalt. Sie sind eine Nachricht. Sie sagen uns: Ich bin hier, und ich höre nicht auf. So lange, bis ...«

Ich ging hinüber zu den Tischen mit den acht restlichen Stühlen. »Bis keiner mehr übrig ist«, vervollständigte ich ihren Satz. »Die schwarzen Kronen der Schwarzen Königin.«

Marie-Luise schüttelte den Kopf und setzte sich auf einen der Stühle, die so denkbar grausam geadelt worden waren. »Er will doch nicht eine ganze Klasse ausrotten. Das geht doch nicht. Das ist doch nicht normal. Warum? Warum will er das tun?«

»Oder sie. Es kann auch eine Frau sein. Zumindest jemand, der in diese Rolle geschlüpft ist und das Spiel weiterspielt.«

Empört sah sie zu mir hoch. »Das ist kein Spiel. Ravenée wäre fast gestorben. Und Clarissa ist schon tot. Das muss man doch aufhalten können!«

»Nur, wenn man die Spielregeln kennt.«

Ich setzte mich neben sie und begann mit einer langen Geschichte, die ihren Anfang mit einem sechsunddreißigseitigen Würfel genommen hatte und die wohl noch lange nicht zu Ende war. Ich erzählte ihr von meiner Nacht der Vampire und dem, was Kevin und Kerstii herausgefunden hatten. Zwischenzeitlich hatte ich das Gefühl, Marie-Luise hielt mich für nicht mehr ganz zurechnungsfähig. Doch als ich geendet hatte, schwieg sie eine Weile und dachte nach. Das Absurde bekam auf einmal sehr reale Züge und konnte vielleicht den Weg in die richtige Richtung weisen.

»Sie spielen ein Spiel, aus dem sie nicht mehr herauskommen. Habe ich dich da richtig verstanden?«

Ich nickte.

»Und sie spielen es nicht mehr freiwillig. Sie werden dazu gezwungen. Doch wer hat sie in der Hand? Und warum?«

»Ich weiß es nicht. Der Schlüssel scheint mir Clarissas Tod zu sein. Und es muss einen Zusammenhang mit meinem Unterrichtsfach geben.«

Marie-Luise sah gar nicht zufrieden aus. »Das hört sich nach einem ganz gemeinen Irren an, der hier seinen Amoklauf ein bisschen langsamer als üblich durchzieht. Eine Art Heckenschütze in Slow Motion. So mit Genuss. Ein Opfer nach dem anderen. Damit der Rest wie ein hypnotisiertes Kaninchen vor Angst erstarrt.«

Plötzlich bekam ich eine Gänsehaut. Ich sah die jungen, glatten Gesichter meiner Schüler vor mir. Ich hörte ihre Stimmen, mal fröhlich, mal gewollt erwachsen, und konnte mir beim besten Willen nicht vorstellen, dass einer zu so etwas fähig sein sollte. Ich hätte so unglaublich gerne daran geglaubt, dass es ein Fremder war, der da wie ein Sniper auf der Lauer lag. Doch es musste jemand aus dieser Schule sein. Und ich hatte mich lange genug mit Strafrecht beschäftigt, um zu wissen, dass das Böse kein Alter kennt.

Marie-Luise sah auf den Schlüssel in ihrer Hand. »Weißt du, was? Wir sollten die Gunst der Stunde nutzen und uns dieses Haus mal etwas genauer ansehen. Wenn sie da oben gespielt haben, finden wir vielleicht noch etwas.«

Die Idee war gut. Wir schlossen ab und machten uns auf die Suche nach dem Weg zum Dachboden. Unten würden wir ihn nicht finden – den Eingangsbereich und den Flur kannten wir. Wir wussten aber nicht, was am Ende dieses Flurs lag, wo sich eine etwas kleinere Tür befand. Sie war es, hinter der bei meinem ersten Besuch jemand verschwunden war. Als wir sie öffneten, traten wir in einen engen und dunklen Raum. Von ihm aus führte eine schmale, eher unspektakuläre steinerne Treppe nach oben.

Wir folgten ihr. Sie wand sich einmal um sich selbst und endete vor einer niedrigen, mit grauer Ölfarbe gestrichenen Eisentür. Alles sah ziemlich alt aus, nur das Schloss nicht. Es war neu und öffnete sich, nachdem Marie-Luise ohne Probleme den Schlüssel darin herumgedreht hatte. Als sie die Tür aufstoßen wollte, hielt sie inne.

»Hast du auch was gehört?«

Ich drehte mich um und sah die Treppe hinunter. Alles war leer und verlassen. Meine Uhr zeigte halb neun. Keine Zeit, zu der man sich an einem Sonntag mal eben so in seiner Schule herumtrieb.

»Da ist nichts.«

Sie drückte die Klinke herunter, und wir betraten einen sehr großen, rechteckigen Raum im Grundriss des Hauptgebäudes: das verwunschene Reich alten Wissens.

Direkt vor uns reihten sich rund zwanzig schwere Regale aus Holz hintereinander auf wie riesige dunkle Dominosteine. Sie reichten nicht ganz bis zu den Seiten, sondern ließen links und rechts jeweils etwa einen Meter Platz, sodass man sie bequem abschreiten konnte. Die Gänge zwischen ihnen waren etwas schmaler, und manche der Bücher- und Aktenstapel lagen nicht ganz ordentlich aufeinander. Wo sie herausragten, musste man sich vorsichtig an ihnen vorbeischlängeln. Wenn man sich denn in diesen Papierdschungel hineinwagen wollte. Es roch staubig, nach alter Druckerschwärze und den Ausdünstungen von feuchter Pappe, ein Geruch, den ich aus Zeitungsarchiven in schlecht belüfteten Kellern kannte. Über uns verjüngte sich der Raum zum Giebel hin und wurde gestützt von schweren, schwarzen Balken, die schmucklos und unbehandelt über hundert Jahre alten Staub auf ihren Sparren trugen. Ein plötzliches Geräusch ließ uns zusammenfahren. Unter dem Dach flatterte ein Vogel auf, hochgescheucht von dem ungewohnten Besuch.

Gegenüber, am Kopfende des Raumes, war ein Oberlicht eingelassen. Offenbar hatte man es einmal eingebaut und niemals wieder geöffnet, denn auf dem Fensterbrett hatte sich Taubendreck in ungezählten Schichten übereinandergelagert. Durch die fast blinden Scheiben fielen matt und kraftlos die schrägen Strahlen der Herbstsonne quer durch den Raum, gebündelt von Schatten und aufgewirbeltem Staub. Wir wanden uns zwischen den Regalen durch und suchten einen Gang nach dem anderen ab.

Marie-Luise blieb so plötzlich stehen, dass ich auf sie auflief.

»Schau mal.«

Vorsichtig tasteten wir uns um die Ecke. Der schmale Durchlass vor uns war dunkel und eng, weil die Regale bis zum Rand vollgestopft worden waren und so kaum ein Lichtstrahl die Chance hatte, hier hereinzufallen.

»Ich sehe nichts.«

Das stimmte natürlich nicht. Auf den Brettern lagen und standen dicht auf- und nebeneinander zahllose alte Akten und Papierberge, dazwischen Bücher und ledergebundene Folianten.

»Auf dem Boden. Im Staub. Fußabdrücke.«

Tatsächlich. Jemand war vor nicht allzu langer Zeit hier gewesen. Wir beugten uns herab und versuchten uns im Spurenlesen.

»Eine Person«, sagte Marie-Luise. »Vermutlich weiblich. Schuhgröße siebenunddreißig würde ich sagen.«

Sie stellte ihren Fuß neben einen besonders deutlichen Abdruck.«Sie hat genau gewusst, wonach sie sucht. Sie stand auch nicht lange vor dem Regal, sondern kam hierher, hat sich gegriffen, was sie brauchte, und ging wieder.«

Wir richteten uns auf und gingen zu der Stelle, an der die Abdrücke darauf schließen ließen, dass die Person hier das Gesuchte gefunden hatte. In Augenhöhe stand eine zwanzigbändige Enzyklopädie aus den fünfziger Jahren. Sie war vollständig.

Die Regalböden darüber und darunter beherbergten ein heilloses Durcheinander aus alten Zeitschriften und Büchern, dazwischen ohne jedes erkennbare System haufenweise in grüne Pappe gebundene alte Kladden.

»Ich glaub's ja nicht!«

Marie-Luise zog ein schmales Bändchen heraus und pustete vorsichtig über den Schnitt. »Der Bickerich!«

Sie schlug die ersten Seiten auf und zeigte mir einen Stempel. »Hilde-Benjamin-Oberschule Pankow. Ach du liebes bisschen. Sieht mir ganz nach alter stalinistischer Schule aus. Zumindest war hier schon in den fünfziger Jahren eine Erziehungsanstalt. Mit einem zweiten Schwerpunkt auf Biologie.«

Sie deutete auf zwei Dutzend Ausgaben des gleichen Werks. Ich nahm es ihr aus der Hand und blätterte darin herum.

»Lexikon der Heil- und Giftpflanzen«, las ich.

»Der Timothy Leary der DDR.« Marie-Luise kicherte. »Für brave Staatsbürger das Nachschlagewerk Nummer eins im Kräutergärtlein. Für die nicht so braven ...«

Sie ließ offen, was sie damit meinte, aber ihr wissendes Lächeln verriet genug.

»Ist es das, was sie hier oben gesucht haben?«

Sie stellte den Band zurück. »Keine Ahnung. Den Bickerich kriegst du bis heute in jedem Antiquariat. Das allein kann es nicht gewesen sein.«

Wir suchten das Regal weiter ab, ergebnislos. Ich kroch auf dem staubigen Fußboden herum und schaute mir die unteren Böden an.

»Ist das vielleicht von Interesse?«

Marie-Luise beugte sich herunter. »Klassenbücher. Zeig mal her. 1961. Ach.«

Eng beschriebene, kartonierte Hefte lagen in einem losen

Stapel aufeinander. Marie-Luise nahm das oberste und suchte nach dem 13. August. Ein Sonntag. Dort stand nichts. Auf der nächsten Seite aber wurde sie fündig. Mühselig versuchte sie, das Geschriebene zu entziffern.

»Walter Moerfelder und Johannes Zickler nicht zum Unterricht erschienen. Herburger, Pfister, Winterling und Schmidt wegen imperialistischer Hetze vom Unterricht ausgeschlossen. Temporärer Verweis an Sundermann. Ui«.

Sie klappte das Heft zu. »Da scheint der Mauerbau die Reihen unserer Kaderschmiede ganz schön gelichtet zu haben.«

»Winterling. Das ist doch ein seltener Name, oder?«

Marie-Luise nickte und blätterte zum Anfang des Buches. Mit dem Finger fuhr sie die Liste hinunter. »Gerhard Winterling. Meinst du, das ist der Vater von Ravenée?«

In diesem Moment fiel die Tür ins Schloss. Marie-Luise ließ das Heft fallen, sprang auf und arbeitete sich, so schnell es ging, durch die Regalreihe nach vorne und dann auf den Ausgang zu. Ich folgte ihr. Die Tür war zu und von außen abgeschlossen.

»So eine Scheiße!«, rief sie und klopfte wütend auf die Eisenbeschläge. »Aufmachen! Was soll das?«

»Du hast doch nicht etwa den Schlüssel außen stecken lassen?«

Wütend fuhr sie herum. »Doch. Hab ich. Was dagegen?«

Ich hielt ihre Fäuste fest, zog sie herunter und legte mein Ohr an die Tür. Stille.

»Hallo?«, rief ich. »Ist da jemand? Öffnen Sie bitte die Tür!«

Marie-Luise schüttelte den Kopf. Entweder über ihre eigene Dummheit oder über meinen naiven Versuch, es im Guten zu probieren.

»Vergiss es. Da hat jemand einen ganz besonderen Sinn für Humor. Und mein Handy ist in der Aktentasche. Und die steht auch auf der anderen Seite.«

Sie wies mit dem Daumen auf die Tür. »Hast du deins wenigstens dabei?«

Von Handybesitzern schien man zu erwarten, dass sie mit diesem Gerät ab dem Kaufdatum eine ähnlich enge Verbindung eingingen wie mit einem Herzschrittmacher. Ich hatte mich immer geweigert, die eine Notwendigkeit mit der anderen zu bezahlen, und antwortete nur: »Nein.«

Es lag zu Hause neben dem Bett.

Marie-Luise sah auf ihre Armbanduhr. »Kurz vor neun am Sonntagmorgen. Sollen wir kapitulieren und einsehen, dass vor Ablauf des Wochenendes niemand nach uns sucht? Oder reift in uns eine gewisse Entschlossenheit, etwas zu unternehmen?«

Sie konnte sich ihre Ironie sparen, die Situation war heikel genug. Trotzdem sah ich mich demonstrativ um. Mein Blick blieb auf der anderen Seite an dem Oberlicht hängen. Es befand sich in ungefähr fünf Meter Höhe. Knapp zwei Meter über dem letzten Regal. Und das stand auch noch viel zu weit entfernt und wog circa achttausend Tonnen. Aussichtslos, es nur einen Zentimeter Richtung Wand zu schieben, um darauf hochzuklettern.

Marie-Luise sah auch in diese Richtung. »Wenn man noch ein paar Bücher oben drauflegen würde, könnte man vom Regal aus vielleicht rüber zum Fenster springen. Irgendwo muss es hier doch eine Leiter geben. Die Dinger sind viel zu hoch, um ohne Hilfe an die oberen Reihen zu kommen.«

Wir suchten den ganzen, riesigen, staubigen, vollgepfropften Raum ab. Schließlich wurde ich im allerletzten Gang, unterhalb des Fensters fündig. Auf dem Boden lag, an die Wand gelehnt, eine alte, hölzerne Dachbodenleiter.

»Ich hab sie!«, rief ich Marie-Luise zu, die kurz darauf mit Staubflusen im Haar um die Ecke kam. Sie blieb einen Moment stehen und musterte den Fußboden.

»Hier war auch jemand vor uns.«

Der Dreck auf dem Boden war verwischt von zahlreichen Fußabdrücken und einer merkwürdigen breiten Spur, die fast über die gesamte Länge des Ganges führte.

»Sieht aus, als ob hier jemand durchgeschleift worden wäre.«

Sie ging in die Knie und suchte die Dielen ab.

»Komm mal her.«

Sie deutete auf einen dunklen Fleck. Er sah aus wie getrocknetes Blut. Jemand hatte versucht, ihn wegzuwischen, die Spuren an den Rändern wiesen eindeutig auf diese Absicht hin. Aber es war nicht gelungen. Entweder, weil das Blut schon halb getrocknet war, oder, weil der Lappen für diese Menge nicht ausreichte.

»Das war viel«, sagte Marie-Luise. »Ich schätze, über ein halber Liter. Das muss sich die Spurensicherung ansehen. Ach, Mist.«

Ihr war gerade wieder der Verlust ihrer Aktentasche und unserer Freiheit eingefallen.

»Wie lange ist das her?«, fragte ich.

»Keine Ahnung. Gestern. Letzte Woche. Hundert Jahre?«

Sie deutete auf die meterhoch aufgetürmten Archivalien um uns herum. »Erst mal müssen wir hier raus. Nimm doch mal die Leiter.« Sie war zu kurz, um auch nur in die Nähe des Fensterbrettes zu kommen. Doch von der obersten Sprosse aus konnte man mit einiger Mühe auf das Regal klettern.

Ich packte die Leiter, und unter gemeinsamen Kraftanstrengungen gelang es uns, sie aufzurichten und an das Regal anzulehnen. Sicher stand sie nicht, weil der Abstand nicht groß genug war.

Marie-Luise fackelte nicht lange und kletterte hoch. Ich hielt die Leiter unten fest.

»Und?«

Sie stand schwindelfrei auf der letzten Sprosse. Das Regal wankte, die Leiter wankte, und sie turnte da oben herum und versuchte, wenigstens das obere Bord zu erreichen.

»Sei vorsichtig!« Staubpartikel rieselten herunter und brannten in meinen Augen. Ich konnte nicht loslassen, verbiss mir den Schmerz und hielt eisern fest.

»Mann, ist das ein Dreck hier.«

Eingehüllt in eine Staubwolke kletterte Marie-Luise auf den Regalaufsatz und ging in die Hocke. Ich rieb mir die Augen und trat einen Schritt zurück.

»Alles okay. Ich versuche jetzt zu springen.«

Ihre Distanz zum Fenster betrug immer noch über einen Meter fünfzig. Ohne Anlauf war das nicht zu schaffen. Außerdem ächzte das Regal bereits in all seinen hölzernen Fugen und war jetzt schon mehr als schwankender Boden.

»Tu es nicht!«, rief ich. »Das schaffst du nie!«

Ich hatte vergessen, dass dieser Satz auf Marie-Luise schon immer wie ein Startschuss gewirkt hat. Sie stieß sich ab, sprang hinüber, landete halb auf dem Fensterbrett, halb hing sie herunter, drei Tonnen Taubenkacke regneten auf mich herab, das Regal hinter mir geriet ins Schwanken, ich hechtete in die Ecke, hob die Arme über den Kopf, hörte das Brechen von Holz und das Aufklatschen dicker Bücherrücken, dazwischen Marie-Luises Triumphschrei, und der Rest ging unter in ohrenbetäubendem Lärm und einer Wolke aus Staub.

Hustend und mit tränenden Augen richtete ich mich auf. Was ich sah, war ein Bild vollkommener Verwüstung. Die drei ersten Regalreihen waren komplett nach hinten gekippt. Dahinter hatte es weitere Regalreihen erwischt, die aber zum Teil noch standen. Der Dreck von Jahrzehnten lag in einer dunstigen Wolke über dem Szenario und gab der Verwüstung den gnädigen Anschein einer absurden Filmkulisse.

Über mir, halb an, halb auf dem Vorsprung, baumelte Marie-Luise.

Ich hechtete zu ihr hin, stand aber fast zwei Meter unter ihr.

»Lass los, ich fang dich auf!«

»Das sagen sie alle«, keuchte Marie-Luise und versuchte, sich mit dem rechten Bein aufs Fensterbrett hoch zu hangeln.

»Ich stehe genau unter dir. Zumindest fällst du weich.«

Ich reckte die Arme und verfolgte hilflos, wie Marie-Luise sich oben abkämpfte. Endlich hatte ihr Fuß das Fensterbrett erreicht. Sie zog sich ächzend und stöhnend hoch. Ich trat einen Schritt zurück.

»Klasse! Du hast es geschafft!«

Vorsichtig tastete Marie-Luise nach dem Riegel des Fensters. Als sie ihn in der Hand hatte, hielt sie sich daran fest und zog sich hoch. Endlich stand sie mit beiden Beinen sicher auf dem Vorsprung. Sie sah zu mir herunter und dann auf das Chaos, das wir angerichtet hatten.

»Ich hoffe, wir müssen das nicht aufräumen.«

Dann versuchte sie mit aller Kraft, das Fenster zu öffnen. Es gelang ihr nicht. Sie hieb mehrfach gegen den Riegel, bis sie aufschrie und sich den Handballen vor den Mund hielt.

»Dreckding! Das ist seit Jahrzehnten nicht mehr aufgemacht worden!«

»Hast du dich verletzt?«

Sie schüttelte den Kopf und blies auf ihre Hand. »Ich brauche was, um die Scheibe einzuschlagen.«

Ich sah mich um. Die Bretter der umgefallenen Regale waren zu groß. Wir brauchten etwas Kleineres. Etwas Kompaktes. Vielleicht würde es mit einem Buch gelingen. Ich wühlte in dem Stapel zu meinen Füßen und zog ein mittelschweres Exemplar heraus, das auf den ersten Blick solide genug erschien.

»Ich werfe es dir hoch!«

Die nächsten Minuten vergingen in zirkusreifer Akrobatik. Ich warf, Marie-Luise hielt sich mit der einen Hand an dem Fensterriegel fest, mit der anderen versuchte sie, das Buch zu angeln. Ich war schweißgebadet, als es ihr endlich gelang. Sie holte aus und donnerte es mit voller Wucht an die Scheibe. Das Glas zerbarst mit einem geradezu jämmerlich leisen Geräusch, das Buch flog hinaus, vermutlich in einen hochgiftigen Stechapfelbaum.

»Hallo! Hört mich jemand! Hilfe!«

Sie schaute zu mir herab.

»Da ist jemand. – Hallo! Hier sind wir! Wir sind eingeschlossen!«

Sie rief und gestikulierte, und unser Retter schien sich tatsächlich darauf einzulassen, näher zu kommen.

»Er hat uns gesehen! – Die Hintertür ist offen! Wenn Sie in den ersten Stock gehen, am Ende des Ganges, da geht es zum Dachboden! Danke!«

Sie rutschte vorsichtig am Fenster entlang und setzte sich auf den Vorsprung. Ich reckte mich, so hoch es ging. Marie-Luise ließ sich mit den Beinen zuerst herab, rutschte hinunter und ließ dann im letzten Moment los. Sie fiel direkt auf mich drauf, unter ihrem Gewicht knickte ich ein, beide kugelten wir über den Boden und blieben schwer atmend im Dreck liegen. Zum Ausruhen aber blieb keine Zeit. Kaum hatten wir festgestellt, dass wir uns nichts gebrochen hatten, rappelten wir uns auf und schlugen uns Richtung Tür durch. Gerade als wir dort ankamen, wurde der Schlüssel im Schloss umgedreht. Marie-Luise riss sie auf.

»Mann, echt krass die Nummer. Was machst du denn hier?«

Unser Retter deutete auf mich.

»Ihr kennt euch?«, fragte Marie-Luise.

»Ey, ich dachte, du hast was mit der Alten. Und jetzt bist du mit der da hier oben. Und mir erzählst du, du bist schwul.«

»Das ist Sami«, erklärte ich Marie-Luise. »Von der Alma-Mahler-Werfel direkt gegenüber.«

»Vielen Dank, Sami.«

Marie-Luise begann, sich vorsichtig zu entstauben. Sami drückte sich an ihr vorbei und warf einen Blick in den Dachboden und die gelichteten Regalreihen. Dabei steckte er die Hände in die Hosentaschen und kniff die Augen zusammen.

»So sieht das also aus. Hab gehört, hier gehen nachts die Sessions ab. Stimmt das?«

»Sessions?«, fragte ich.

Sami öffnete den Mund und schloss ihn wieder. Eine Sekunde lang sah er so aus, als hätte er plötzlich heftige Zahnschmerzen. Als ich verstand, dass es Wut und Trauer waren, die sich in seinem Gesicht spiegelten, hatte er sich schon wieder in der Gewalt. Er blähte die Nasenflügel, kniff die Lippen zusammen und sah wieder genauso cool und gefährlich aus wie immer.

»Hast du schon Peilung, wer der King ist?«

Ich schüttelte den Kopf. Sami warf noch einen Blick auf die Verwüstung ringsherum und lächelte ein dreckiges Grinsen. »Tja. Dann viel Glück. Wo ich mich hier so umschaue – wenn ich du wär, wär ich lieber ich.«

Damit drückte er sich an mir und Marie-Luise vorbei ins Treppenhaus.

»Ich muss rüber. Wir haben den Bolzplatz nur bis elf. Dann kommen die Stresser vom Sportverein. Greets, Leute.«

Er drehte sich auf dem Absatz um und lief so schnell die Treppe hinunter, dass jede Verfolgung sinnlos war.

Marie-Luise sah ihm hinterher. »Und schwul bist du also auch noch?«

Die Frage war keiner Antwort würdig. Wir verließen den Dachboden und schlossen hinter uns sorgfältig ab. Natürlich mussten wir melden, dass wir das Fenster eingeschlagen und die Regale umgekippt hatten. In stillschweigender Übereinkunft beschlossen wir, dass das Wochenende kein guter Zeitpunkt dafür war.

Wir verließen das Gebäude auf dem Weg, auf dem wir gekommen waren. Unten verriegelte Marie-Luise noch den Hintereingang, dann standen wir im Garten und sahen noch einmal hoch zu dem Giebel. Von dieser Seite war nichts zu erkennen. Aber vom Paradeweg aus konnte man, wenn man gute Augen hatte, durchaus die eingeschlagene Scheibe sehen.

Wir machten uns gerade auf den Weg zum Schultor, als ich ein paar Meter weiter etwas im Gras liegen sah. Ich hob es auf. Es war das Buch. Eine Biografie von Heinrich von Ofterdingen aus den zwanziger Jahren. Ich öffnete es. Links auf der Einbandseite fand sich ein Stempel.

»Nervenheilanstalt Niederschönhausen«, entzifferte ich laut.

Marie-Luise trat neben mich und sah sich die Inschrift an. »Eine Nervenheilanstalt! Dann ist ja wohl klar, was das hier mal war. Ein Irrenhaus. Umgeben von einem Drogenparadies.«

Ich klappte das Buch zu. »Ich fürchte, wir müssen doch mit Katharina reden.«

»Heute? Wir sind nicht mehr haftpflichtversichert. Die haben uns letzten Monat schon gekündigt. Und ich weiß nicht, was das da oben kostet.«

»Das ist mir egal«, erwiderte ich.

Wir liefen zum Eingangstor, das Marie-Luise mit ihrem Universalschlüssel öffnete. Sie zog die schwere Eisenpforte auf und schlüpfte hindurch. Ich folgte ihr.

»Hat das nicht noch Zeit, bis wir den nächsten Scheck kriegen? Oder bis ich die Spurensicherung alarmiert habe? Vielleicht können wir das denen in die Schuhe schieben.«

»Nein.« Ich blieb stehen und schaute an der Fassade hoch in den ersten Stock, zu dem Fenster, hinter dem der Klassenraum lag. »Clarissa. Maximiliane. Ravenée. Wie viele sind das?«

»Drei«, antwortete Marie-Luise.

»Und wie viele Stühle da oben trugen die schwarze Krone?«

Marie-Luise folgte meinem Blick. »Vier.«

»Es hat heute Nacht noch einen Schüler erwischt. Ich will wissen, wen.«

Wir hätten den Volvo gar nicht gebraucht, denn Katharina wohnte nur wenige Minuten von der HBS entfernt in einem wunderschön restaurierten Altbau am Amalienpark. Als Marie-Luise den Motor abstellte, sah sie sich um und pfiff leise durch die Zähne.

»Keine schlechte Adresse.«

Der Amalienpark war eine Art hochherrschaftliches Dorf mitten in der Stadt. Angelegt während der Kaiserzeit, repräsentierte er eine Mischung aus englischer Landschaftsarchitektur und wilhelminischen Stadthäusern. Gründerzeit und erste Vorläufer von Jugendstil prägten die reich verzierten Fassaden mit ihren großen Fenstern, von denen viele mit kunstvollen Sprossenornamenten geschmückt waren. Auf den Balkonen verbreiteten üppige Blumenarrangements südländisches Flair. Insgesamt waren es vielleicht zwanzig Häuser, die rund um den schmalen Park gruppiert waren, den man wegen seiner Größe vielleicht besser als einen großzügigen Garten bezeichnet hätte.

»Da drüben wohnt Christa Wolf.«

Marie-Luise schloss den Wagen ab und deutete auf ein Haus auf der anderen Straßenseite. Es war schmuckloser als die anderen, lag etwas weiter zurück und wirkte, wäre der Zaun nicht so hoch gewesen, durchaus einladend.

»Das war hier schon immer eine Ecke für Künstler und Intellektuelle. Zumindest für die, die es geschafft haben. Pankow ist der Grunewald von Ost-Berlin. War eine feine Gegend. Und ist es übrigens wieder.«

Wir standen vor einem hochglanzpolierten Klingelschild aus Messing. Marie-Luise suchte mit dem Zeigefinger die Namen ab, blieb an einem hängen und klingelte.

Wenig später standen wir in Katharinas Wohnzimmer.

»Macht es euch schon mal gemütlich. Ihr wollt doch sicher einen Kaffee.«

Sie ging hinaus, und wir setzten uns in eine unterdurchschnittlich geschmackvolle Couchgarnitur. Die Wohnung war zauberhaft: hohe Decken mit üppigen Stuckornamenten, bleiverglaste Balkontüren, dunkel glänzendes Eichenparkett. Die Einrichtung aber war ein Zeugnis des Massengeschmacks, wie man ihm zu Hunderttausenden in den neu errichteten Einfamilienhaus-Siedlungen am Stadtrand begegnete. Helle Wohnwand, Travertin-Couchtisch, Webteppich in Terrakotta und Creme. Am fürchterlichsten fand ich die Bilder an der Wand: übertrieben herzige Kinder in Pierrot-Kostümen, die den Betrachter mit weit aufgerissenen Augen mitleiderregend anstarrten. Ein Kind heulte, und die Tränen liefen aus den riesengroßen Augen die Nase entlang und tropften auf den weißen Plisseekragen.

Marie-Luise starrte gerade auf die gläserne Eckvitrine neben der Tür. In ihr hatte Katharina liebevoll eine Puppen- und Marionettensammlung arrangiert. Die männlichen Figurinen trugen Clownkostüme, die weiblichen waren allesamt Zirkusprinzessinnen und Artverwandte. Die Vitrine war beleuchtet, und die Pailletten und der Goldstaub auf den Porzellangesichtern glitzerten geheimnisvoll und abstoßend zugleich.

»Milch und Zucker?«

Katharina erschien in der Tür und hielt ein Tablett in den Händen. Sie trug hellblaue, gebügelte Jeans und ein weißes Polohemd. Sie sah aus, als wäre sie seit Stunden auf den Beinen und hätte die Zeit mit gesunder Gartenarbeit verbracht und sich anschließend auf Hochglanz geschrubbt.

»Nein danke, nur Milch.«

»Und Sie, Herr Vernau?«

Ich schreckte hoch aus der aberwitzigen Überlegung, ob sie diese Puppen auch noch im Schlafzimmer auf der Tagesdecke drapierte.

»Schwarz. Danke.«

Sie goss ein, schob uns die Tassen hinüber und nahm dann auf der Kante des frei gebliebenen Couchsessels Platz.

»Nun? Was führt euch zu mir? Marie-Luise hat mir die Ergebnisse der Spurensicherung schon heute Morgen übermittelt. Taxin-Alkaloid also. Eine Katastrophe. Wer macht denn so etwas? Sind das die Kinderstreiche heutzutage?«

Ich trank einen Schluck Kaffee und stellte die Tasse vorsichtig wieder ab. »Das ist kein Streich, sondern ein planvolles und genau kalkuliertes Vorgehen. Wir haben darüber hinaus Grund zur Annahme, dass heute Nacht ein weiterer Schüler – oder eine weitere Schülerin – aus dem Teen Court entfernt wurde. Sicher nicht auf eigenen Wunsch.«

Katharina nickte. Äußerlich wirkte sie ruhig, doch die Art, wie sie nun sehr beherrscht die Handflächen ineinanderrieb, verriet ihre Nervosität.

»Noch jemand? Wer?«

»Wir wollten dich bitten, das herauszufinden.«

Katharina starrte Marie-Luise überrascht an. »Wie meinst du das?«

»Du hast die Telefonnummern. Ruf die Eltern der Reihe nach an und frag sie, ob ihre Kinder heute Nacht nach Hause gekommen sind.«

»Das ist nicht dein Ernst.«

»Sag ihnen, es besteht Grund zur Annahme, dass jemand ein weiteres Attentat verübt hat. Mittlerweile hat der Teen Court vier Schüler verloren. Willst du, dass es so weitergeht?«

»Der Teen Court. Der Teen Court!«

Sichtlich genervt erhob sich Katharina und ging ein paar Schritte auf und ab. Dann schaute sie mich an, als wollte sie mich aufspießen mit ihrem Blick.

»Das war einmal unser Vorzeige-Kurs! Mein Kurs. Meine Idee! Und was haben Sie daraus gemacht? Ein Tollhaus! Wir waren die erste Schule deutschlandweit, die so etwas eingeführt hat. Mittlerweile wird das sogar auf Rosenholm kopiert! In jeder Fachzeitschrift verweist man auf dieses Projekt. Mein Projekt! Und das lasse ich mir von niemandem kaputt machen! Weder von Ihnen« – sie wies anklagend auf mich – »noch von irgendeiner kleinen Kröte, die glaubt, mich so fertigmachen zu können. Ich kann euch nämlich sagen, wer der vierte geheimnisvolle Unbekannte ist, der die Segel streicht.«

Ihr wütender Blick richtete sich erst auf Marie-Luise und dann auf mich. »Vielleicht liegt es ja an Ihrem Unterrichtskonzept? Haben Sie überhaupt eines? Egal. Samantha will nicht mehr und hat das gestern Nachmittag ihrem Vater gesagt. Ich weiß nicht, woher ihr das schon wisst, aber damit dürften sich eure Nachforschungen erübrigt haben.«

Sie setzte sich wieder und strich hektisch über ihre Jeans. Dann beherrschte sie sich, griff nach ihrer Tasse und trank einen Schluck.

»Kann sie uns das bitte selbst sagen?«

Katharina hob die Augenbrauen. »Herr Vernau, ich glaube nicht, dass sie dazu verpflichtet ist.«

»Ich habe aber die Vollmacht von Herrn Kladen –«

Mit einer Handbewegung schnitt sie mir das Wort ab. »Sie können in Ihrem Unterricht tun und lassen, was Sie wollen. Aber außerhalb dieser Stunde verbitte ich mir jegliche Einmischung in schulinterne Angelegenheiten. Ich würde Ihnen darüber hinaus dringend raten, von den Schülern getroffene Entscheidungen zu akzeptieren. Samantha will nicht mehr in den Teen Court – also geht sie nicht mehr in den Teen Court. Vermutlich ist das besser so. Für alle. Sie, Herr Vernau, und sonst niemand, haben es geschafft, innerhalb weniger Wochen mehrere Schüler aus Ihrem Unterricht zu vertreiben. Egal, auf welche Weise. Vielleicht machen Sie sich darüber einmal ein paar Gedanken?«

Sie stand auf und gab uns damit das Zeichen, dass die Unterredung beendet war. Mit einem Lächeln, das nicht von Herzen kam, wandte sie sich noch einmal an mich.

»Wenn sich die Klasse halbiert, rentiert sich der Unterricht nicht mehr. Denken Sie auch daran.«

Marie-Luise konnte sich jetzt nicht mehr zurückhalten. »Das heißt, erst wenn noch zwei Schüler über die Klinge gesprungen sind, werden Konsequenzen gezogen?«

Katharinas unnatürliches Lächeln wirkte wie festgemeißelt. »Dann ist mein Experiment wohl gescheitert. Ich werde eben einsehen müssen, dass Jugendliche doch nicht in der Lage sind, verantwortungsvoll miteinander umzugehen. Ganz zu schweigen von den siebzehn Oberstufenanmeldungen fürs neue Schuljahr, die wir ganz allein dem Teen Court, meiner Idee, zu verdanken haben.«

»Aber du hast doch selbst gesagt, dass alles mit diesen Spielen zusammenhängt. Man muss doch herausfinden, was …«

»Diese Spiele gibt es bei uns nicht mehr. Wer Verbote nicht achtet, fliegt. Das wissen die Schüler und die Eltern. Wie deutlich soll ich noch werden? Sie, Herr Vernau, geben Sie sich mehr Mühe, dann wird sich auch niemand mehr abmelden.«

»Und es wird auch niemand mehr vergiftet oder umgebracht?«

Marie-Luise stand in puncto Eiseskälte Katharina in nichts

nach. Beide musterten sich feindselig, keine wich auch nur einen Millimeter. Schließlich holte Katharina tief Luft.

»Ich weiß, was du vorhast. Eliteschulen sind dir ein Dorn im Auge, stimmt's? Am liebsten wäre es dir, wenn der Unterricht unter Polizeischutz gestellt wird, so wie damals in Neukölln. Damit alle sehen, was für ein verwahrlostes, gefühlskaltes Gesindel eines Tages die Geschicke unseres Landes lenken wird. Nein, Marie-Luise. So weit wird es nicht kommen. Clarissa und Ravenée – das waren Unfälle. Maximiliane und Samantha aber bleiben dem Teen Court aus freiem Willen fern. Mit etwas Umsicht und pädagogischem Einfühlungsvermögen wird sich so etwas in Zukunft vermeiden lassen. – Der Schlüssel. Ich will nicht schon wieder sämtliche Schlösser austauschen, nur weil ständig irgendwelche Schlüssel verschwinden.«

Sie streckte die Hand aus. Marie-Luise holte ihn aus ihrer Aktentasche und gab ihn ihr. Katharina nahm ihn entgegen und legte ihn in eine Schale auf dem Couchtisch.

»Ach, fast hätten wir's vergessen.«

Marie-Luise sah zu mir und nickte mir auffordernd zu. Warum musste sie mir immer den unangenehmen Teil zuschieben? Ich beschloss, es kurz und harmlos zu machen.

»Oben auf dem Dachboden sind ein paar Regale umgefallen, und das Oberlicht ist kaputt.«

»Ja«, ergänzte Marie-Luise. »Und außerdem ist da Blut. Sieht aus, als ob sich dort jemand ziemlich verletzt hätte. Es ist dir doch recht, wenn ich die Kriminalpolizei informiere?«

Katharina sagte kein Wort. Wir gingen an ihr vorbei hinaus in den Flur und ließen eine so durchschnittliche Frau in einer so langweiligen Wohnung zurück, die beide das Zeug gehabt hätten, etwas Außergewöhnliches zu sein.

Vor der Wohnungstür stand ein Paar Gummistiefel. Marie-Luise nahm sie hoch und warf einen Blick auf die Sohle.

»Siebenunddreißig.«

Sie stellte sie ab. Wir hatten mehr erfahren, als wir erwarten durften.

Ich hielt mich an das, was mir Katharina so eindringlich geraten hatte. Ich nahm keinen Kontakt zu Samantha auf, und ich betrat die Schule auch nicht vor Mittwoch, 13 Uhr. Auf dem Weg ins Lehrerzimmer kam ich an Frau Sommerlaths Büro vorbei und warf einen kurzen Blick hinein. Die *secretaria divina* saß hinter ihrem Schreibtisch und blickte genau in diesem Moment hoch.

»Herr Vernau! Einen Moment bitte!«

Mit einem wohlwollenden Lächeln stand sie auf und ging zu dem Büroschrank.

»Jemand hat ein Päckchen für Sie abgegeben.«

»Ein Päckchen?«, fragte ich misstrauisch. »Wer?«

»Eine junge Dame. Ich darf es Ihnen nur persönlich geben!«

Sie holte ein flaches Paket aus dem Schrank und drückte es mir in die Hand. Ich wusste sofort, was es war: meine Anzugjacke.

»Eine Lehrerin von drüben, nicht?«, sagte sie, als ob der Paradeweg die neue Zonengrenze markierte. »Sehr nett. Sie lässt Sie schön grüßen. – Wie geht es denn dem Fräulein Winterling?«

Ravenée war über den Berg und sollte in der darauffolgenden Woche wieder zum Unterricht erscheinen. Ich teilte das Frau Sommerlath mit, und sie schien sich sehr zu freuen.

»Gott sei Dank. Was haben wir uns alle Sorgen gemacht. Aber ...«

Sie hob die Klappe hoch, kam zu mir heraus und warf einen Blick in den Flur. Dann schloss sie die Tür.

»Das Fräulein Winterling wird wohl nicht mehr kommen«, flüsterte sie. »Die Eltern sind sehr erregt über den Vorfall. Sie waren am Montag hier und haben Frau Oettinger vorgeworfen, sie hätte das Unglück kommen sehen. Wissen Sie, was sie damit meinen?«

Ich hielt Frau Sommerlath für eine ehrliche, aufrechte und vielleicht sogar verschwiegene Person. Dennoch konnte ich ihr schlecht die Wahrheit erzählen. Sie war zu kompliziert. Andererseits wollte ich ihr Vertrauen gewinnen. Sie konnte mir bei dem, was ich vorhatte, sehr helfen.

Ich senkte meine Stimme ebenfalls. »Die Bäume im Garten. Schauen Sie mal raus.«

Frau Sommerlath drehte sich um und runzelte die Stirn. »Was ist mit den Bäumen?«

»Das sind Eiben. Die sind giftig und dürften hier gar nicht

stehen. Ravenée hat wohl irgendetwas davon abbekommen. Jedenfalls sollte sich Herr Kladen dringend darum kümmern.«

»Ach so!«

Ihre Erleichterung war groß. Der unfassbare Verdacht, dass Ravenée das Opfer eines Giftanschlags war, schrumpfte auf die Harmlosigkeit eines Unfalls. Sie schlüpfte wieder hinter die Absperrung und wollte sie schließen. Ich hielt sie zurück.

»Was ist mit Clarissa Scharnow passiert?«

Der Name fiel so überraschend, dass Frau Sommerlath zusammenzuckte und instinktiv einen Blick auf die geschlossene Bürotür von Katharina Oettinger warf.

»Wie meinen Sie das? Was mit ihr passiert ist? Das wissen Sie doch.«

»Vorher. Vor ihrem Selbstmord.«

Frau Sommerlath nestelte nervös an ihrer Brillenkette. »Ich verstehe Sie immer noch nicht.«

»Sie hat doch bei diesen Spielen mitgemacht.«

»Welche Spiele?«

Frau Sommerlath hatte sich eindeutig entschieden, von nichts zu wissen. Das mochte von ihrem Standpunkt aus klug sein, mich machte es langsam nervös. Ich beugte mich über die Balustrade.

»Die ganze Schule war doch mit dabei. Haben diese Spiele etwas mit Clarissas Tod zu tun?«

Die Gute wich einen Schritt zurück und gab die personifizierte Ratlosigkeit.

»Ich weiß es wirklich nicht. Wenden Sie sich doch mit solchen Fragen bitte an die Schulleitung.«

»Die ist keine große Hilfe.«

Und da tat Frau Sommerlath etwas Merkwürdiges. Sie seufzte, sah sich noch einmal verstohlen um, nickte mir dann zu und sagte: »Das ist sie in solchen Fällen nie.«

Und als hätte sie schon zu viel gesagt, trat sie den Rückzug an und verschanzte sich hinter ihrem Schreibtisch. Ich hob die Klappe und trat näher an sie heran.

»Sie wissen doch etwas. Raus mit der Sprache.«

Frau Sommerlath griff nach einem Blumentopf, prüfte die Beschaffenheit der Erde und stellte ihn wieder zurück.

»Drosophyllum Lusticanum«, erklärte sie. »Eine fleischfressende Klebefalle.«

Inmitten eines Gestrüpps von vertrocknet wirkenden, länglichen Blättern versteckten sich kleine gelbe Blüten.

»Sieht nicht sehr gefährlich aus.«

Frau Sommerlath nickte. »Wir sind ja auch nicht ihre Opfer.«

Dann setzte sie sich auf ihren Schreibtischstuhl und legte die Hände in den Schoß. Ihre ganze Haltung bekam mit einem Mal etwas Resigniertes.

»Vier Jahre war sie bei uns. Ich kann mich noch so gut an sie erinnern. Sie war ein ruhiges, zurückhaltendes Mädchen. Jemand, der sich selbst genug war. Der um seine Stärken und Schwächen wusste. So jemand ...«

Sie brach ab.

»Bringt sich doch nicht um?«, setzte ich den angefangenen Satz fort.

Sie schenkte mir einen langen, rätselhaften Blick. Dann öffnete sie den Mund, um etwas zu sagen. In diesem Moment klingelte das Telefon. Erschrocken zuckte sie zusammen, nahm das Gespräch an und leitete es weiter in Katharinas Büro. Mit einer Handbewegung bat sie mich, wieder vor die Balustrade zu treten. Ich tat ihr den Gefallen, wartete aber noch, bis sie die Verbindung beendet hatte.

»Frau Sommerlath, was machen Samantha und Maximiliane jetzt eigentlich statt des Teen Courts?«

Wieder warf sie einen Blick auf Katharinas Bürotür und gab mir damit zu verstehen, dass dies hier weder die geeignete Zeit noch der Ort für unser Gespräch war. »Sie besuchen den Französisch-Förderunterricht. Sie haben sich beide schon lange für das Bakkalaureat angemeldet.«

»Wo findet er statt?«

Sie musterte mich einen Moment und überlegte wohl, welche Schulregel sie jetzt übertreten würde. Da ihr keine einfiel, antwortete sie: »1 C2. Im Seitenflügel.«

»Danke. Ach, und noch etwas: Könnten Sie mir die Adresse und die Telefonnummer von Herrn Sebald geben?«

«Also, ich weiß jetzt wirklich nicht ...«

»Herr Kladen hatte mich gebeten, mich um die Schüler zu kümmern. Dazu müsste ich auch mit meinem Vorgänger sprechen.«

»Ja, das verstehe ich schon.«

Sie riss den oberen Zettel von einem Notizblock ab, kritzelte etwas darauf und wollte ihn mir gerade geben, da öffnete sich die Bürotür, und Katharina trat heraus.

»Ach, Frau Sommerlath, könnten Sie bitte –«

Sie stutzte, als sie in ihrer Sekretärin das personifizierte schlechte Gewissen erkannte, drehte sich um und sah mich.

»Ihr Unterricht hat vor vier Minuten begonnen. Wollten Sie mich sprechen?«

»Nein«, antwortete ich wahrheitsgemäß.

Frau Sommerlath hatte immer noch den Zettel in der Hand und versuchte gerade, sich an Katharina vorbeizumogeln.

»Er hatte mich um einen Termin bei meinem Orthopäden gebeten. Weil der mir doch so gut geholfen hat.«

»Bei was?«, fragte Katharina und schnappte sich das Papier. Sie überflog es kurz und reichte es dann kommentarlos an mich weiter. Ich warf einen Blick darauf und konnte kaum glauben, was ich las. Als ich hochsah, warteten beide auf eine Antwort. Frau Sommerlath nervös, Katharina eher ungeduldig.

»Bei ihrer Hüfte«, antwortete ich. »Wir werden alle nicht jünger.«

Frau Sommerlath lächelte erleichtert und ging wieder zu ihrem Schreibtisch. Katharina drehte sich grußlos um und folgte ihr.

Erst als ich die Tür hinter mir geschlossen hatte, holte ich den Zettel noch einmal hervor und faltete ihn auseinander.

16:00 Uhr, Exerzierstraße 21. 3. OG.

Ich hatte ein Rendezvous mit meiner Sekretärin.

Ich fand den Französisch-Raum im Seitenflügel und postierte mich im Eingang, um auf meine verloren gegangenen Schülerinnen zu warten. Langsam trudelten die Teilnehmer des Förderunterrichts ein, und ganz zum Schluss bogen Samantha und Maximiliane um die Ecke. Als sie mich sahen, blieben sie überrascht stehen, setzten ihren Weg dann aber unbeirrt fort.

»Ich muss mit euch reden.«

Sie wollten an mir vorbei, aber ich verstellte ihnen den Weg.

»Ich will wissen, was mit euch los ist.«

Maximiliane senkte den Kopf. Samantha schob sich an mir vorbei. Ich packte sie am Arm.

»He! Was soll das! Lassen Sie mich sofort los!«

Die anderen Schüler wurden aufmerksam, wagten jedoch nicht, einzugreifen. Ich senkte meine Stimme. »Ihr könnt weglaufen. Aber das nützt nichts. Wer auch immer diese Schwarze Königin ist, und mit was sie euch Angst einjagt, ihr könnt dem nur entgehen, wenn ihr diesem Phantom die Stirn bietet.«

Ich ließ meine Hand sinken. »Ich bitte euch, zurückzukommen. Ich bitte euch, mit mir zu reden.«

Samantha rieb sich den Arm. Maximiliane starrte immer noch auf ihre Schuhspitzen.

»Das geht nicht«, flüsterte sie. »Das geht einfach nicht.«

Laute Schritte kamen näher, und um die Ecke segelte frohen Mutes Michael Domeyer.

»Herr Kollege! Sie hier? Ein wenig Nachhilfe in Französisch?« Er lachte dröhnend. »*Allons, mes petites*. Rein in die Klasse.«

»Ich brauche noch ein paar Minuten mit Samantha und Maximiliane.«

Domeyer stutzte. »Gut. Wenn die jungen Damen das auch so sehen?«

Maximiliane schüttelte den Kopf und ging in die Klasse. Samantha wollte ihr folgen.

»Ich weiß, was passiert ist«, sagte ich leise.

Natürlich konnte ich es nur vermuten. Irgendetwas da oben war schiefgelaufen. Aber freiwillig würde mir niemand auch nur ein Wort erzählen. An dieser Schule war es entschieden erfolgversprechender, immer so zu tun, als wäre man schon über alles im Bilde. Also gab ich noch einen Schuss ins Blaue ab.

»Oben auf dem Dachboden.«

Domeyer hob die Augenbrauen und stand abwartend in der Tür.

»Ich muss auf die Toilette«, sagte Samantha.

Sie drehte sich um und ging den Gang hinunter. Ich folgte ihr.

Der Schulhof lag leer und verlassen. Zwei Minuten nach mir kam Samantha heraus. Wir wanderten ein wenig durch die tödliche Botanik und setzten uns dann auf eine Bank. Sie stand direkt in einer kleinen Sonneninsel, sodass die matten Strahlen uns ein wenig wärmten. Samantha schwieg, und ich fragte nichts. Sie hatte die Haare zu einem strengen Ballettknoten zurückgenommen, sodass ihr Gesicht noch schmaler wirkte. Heute trug sie zwei winzige Diamanten als Ohrstecker, und um den Hals eine dünne Kette aus Weißgold, an der ein kleines, brillantenbesetztes Hufeisen baumelte. Eine junge, atemberaubend schöne Frau, überschlank, feingliedrig, mit schmalen, zarten Schultern, niedergedrückt von einer dunklen, schweren Last.

So saßen wir eine Weile und hörten dem Rauschen des Windes in den Baumkronen zu und dem Aufschlagen der Kastanien draußen auf dem Paradeweg.

»Clarissa war komisch. Keiner mochte sie leiden. Und wir waren wohl auch nicht gerade nett zu ihr. Ich glaube, einige haben sie auch gemobbt. Aber das ist kein Grund, uns zu verfluchen.«

»Sie hat euch verflucht?«

Samantha nickte. Sie schluckte ein paarmal und hatte große Schwierigkeiten, weiterzusprechen. »Das ging schon vor ihrem Selbstmord los. Sie sagte, wir würden uns alle noch wundern. Was sie noch mit uns vorhat. Wir sollten gar nicht erst darauf hoffen, sie loszuwerden. Wir würden sie nie loswerden. Aber richtig schlimm wurde es, als sie tot war.«

Sie machte eine Pause und dachte wohl darüber nach, wie sie mir die Wahrheit schonend beibringen könnte.

»Wir bekamen anonyme Briefe. Ob wir noch wüssten, was wir mit ihr gemacht haben. Ob wir uns noch an den Dachboden erinnern und so weiter. Es war grauenhaft. Dabei war das damals doch nur ein Spiel.«

»Was ist passiert bei diesem Spiel?«

»Es ging um die Schwarze Königin und ihr Schattenreich, aus dem sie alle hundert Jahre auftaucht und in das sie die letzten Überlebenden holen wollte. Wir haben es überall gespielt, mit Waffen und allem und so. Niemand wusste, wer die Spielleitung war. Das blieb alles geheim und hat es umso spannender gemacht. Bis wir dahinterkamen, was die Schwarze Königin vorhatte. Sie wollte ...«

Samantha brach ab. Wieder geriet sie ins Stocken.

»Was wollte sie?«, half ich ihr.

»Sie wollte Mathias. Und sie hat ihn auch bekommen.«

Sie biss sich auf die Unterlippe. Was spürte sie jetzt? Eifersucht? Schmerz? Hilflosigkeit?

»Sie hat ihn irgendwie verhext. Ihn und die anderen. Ich weiß nicht mehr, was in dieser Nacht passiert ist. Wir haben etwas getrunken, und dann wurden die Farben anders und die Stimmen auch. Es war grauenhaft. Ich bin irgendwie hinter die Regale gekrochen und da liegen geblieben. Und die anderen haben mir nicht viel erzählt. Nur dass sie Mathias wohl wieder rumgekriegt hat, obwohl er das gar nicht mehr wollte. Sie hat ihn erpresst und gesagt, dass sie springt, wenn er nicht zu ihr zurückkommt. Und dann ...«

»Ist sie gesprungen?«

Samantha traten Tränen in die Augen. »Wir konnten nichts dagegen tun. Wir haben doch gedacht, sie droht uns nur. Und dann springt sie tatsächlich und bricht sich das Bein. Es war schrecklich. Dass sie sich wenig später wirklich umbringt, damit hat doch keiner gerechnet.«

Sie wischte eine Träne ab, die ihr die Wange heruntergelaufen war.

»Clarissa war die Schwarze Königin?«

»Ja.« Samantha klang hundertprozentig überzeugt.

Ich war es nicht.

Zwei Gründe sprachen dagegen. Frau Sommerlath hatte Clarissas Charakter als den eines ruhigen, zurückhaltenden Menschen beschrieben. Jemand, der um seine Stärken und Schwächen wusste. So ein Mensch legte nicht Hand an sich, nur weil eine absurde Spielregel es so verlangte.

Zum Zweiten aber hatte dieses Monster, das hier im Namen einer Toten seinen Schrecken weiter und weiter trieb, einen Fehler gemacht: *Sie tötet wieder. So lange, bis keiner mehr übrig ist.* Das war die Nachricht, die die Polizei bekommen hatte. Sie war so gut wie ein Geständnis. Sie bedeutete, dass Clarissa das erste Opfer war.

Ich sah zu Samantha. Wenn ich ihr das erzählen würde, gäbe ich ihr zumindest in einem Punkt recht: Irgendwo hier in der Schule lauerte ein irrer Mörder. Wenn Samantha wirklich die Nächste sein sollte, dann musste sie jetzt endlich den Mund aufmachen und reden.

»Clarissa hat also vor ihrem Tod mit euch gespielt?«

»Ja.«

»Und danach?«

»Auch.«

Ich holte tief Luft. »Das ist mir zu hoch.«

Samantha machte Anstalten aufzustehen. »War mir klar, dass das keiner kapiert. Außer denen, die drinstecken.«

Ich zog sie sanft herunter auf die Bank. »Dann erkläre es mir. Darf ich dich eigentlich duzen?«

Sie nickte, sah mich aber nicht an dabei.

»Das Spiel ging also weiter? Mit ... der toten Clarissa als Schwarzer Königin?«

Sie reagierte nicht.

»Wie soll ich das verstehen. Hat sie sich bei euch gemeldet und euch Anweisungen gegeben? Wie kommuniziert sie mit euch?«

Samantha begann zu zittern. Sie versuchte, etwas zu sagen, doch sie brachte keinen Laut über die Lippen. Ich hätte sie gerne in den Arm genommen, aber das musste ich mir als Lehrer wohl verkneifen. Stattdessen griff ich nach ihrer Hand und drückte sie. Sie war eiskalt, und sie entzog sie mir in einer Mischung aus Furcht und Erschrecken.

»Sie spricht also mit euch. Wie macht sie das aus dem Jenseits? Schickt sie Briefe? Oder Päckchen, wie neulich das mit der Krone?«

Samantha nickte. Sie öffnete den Mund, um etwas zu sagen. In diesem Moment piepste ihr Handy. Sie beugte sich vor und fing an zu keuchen, dabei hielt sie sich die Arme vor den Bauch und krümmte sich zusammen.

»Samantha? Was hast du?«

Sie wimmelte meine Frage mit einer unwirschen Handbewegung ab. Es ging ihr schlecht. Das konnte man deutlich sehen. Nach einer Minute hatte sich ihr Zustand so weit gebessert, dass sie sich wieder aufrichtete. Sie war leichenblass, und sie zitterte immer noch. Sie hob ihre Schulmappe hoch und suchte nach ihrem Handy. Als sie es gefunden hatte, klappte sie es auf, las die Nachricht und reichte es an mich weiter.

Du sprichst mit ihm. Du bist tot.

Ich sprang auf und sah mich um. Niemand außer uns war um diese Zeit im Schulhof. Kein Mensch stand an den Fenstern. Wir waren allein und wurden trotzdem beobachtet.

Ich reichte ihr das Handy zurück. »Von wem kommt diese Nachricht?«

Sie scrollte den Text nach oben und zeigte es mir. *Clarissa.*

Clarissa. Jedes Kind wusste, dass das nicht sein konnte. Tote schicken keine SMS.

»Ich weiß genau, was Sie denken.« Samantha hatte sich wieder gefangen. Sie wirkte gefasst und vernünftig. Nur das Zittern ihrer Hand hatte sie noch nicht unter Kontrolle. »Das kann alles nicht sein und so. Klar. Aber das ist Clarissas Handynummer. Ich hatte sie schon lange vor ihrem Tod eingespeichert. Und dann, wenn so etwas passiert, dann löscht man sie doch nicht gleich, oder? Ich hab sie jedenfalls nicht gelöscht, als sie tot war. Ich konnte das nicht. Und dann hat das mit den Nachrichten angefangen.«

»Hast du sie noch?«

»Nicht alle.«

Sie tippte ein paarmal auf die Tastatur. Ich setzte mich neben sie und schaute ihr über die Schulter.

»Das kam kurz vor Weihnachten. Da war sie drei Wochen tot.«

Na, habt ihr mich schon vergessen?

»Und das im Januar.«

Ich bin noch da. Ich werde immer da sein. Euer ganzes verdammtes Leben lang. Und erst recht, wenn es vorbei ist.

»Dann war eine Zeit lang Ruhe. Wir haben geglaubt, es wäre vorbei, und nicht mehr darüber gesprochen. Kurz vor den Sommerferien kam das.«

Wenn du mit ihm schläfst, denk daran, dass ich ihn vor dir hatte.

»Diese letzte Nachricht war nur für dich bestimmt?«

»Ja. Jeder hat einen kleinen Feriengruß bekommen. Maximiliane soll nicht so viel fressen, Curd beim Wichsen nicht an die Falsche denken, Veiko und Heikko sollen sich immer den Arsch schön abwischen, na ja, Susanne ihr nasses Höschen wechseln, wenn sie an Mathias denkt ...«

»*Das* hat sie geschrieben?«

»Wortwörtlich. Ziemlich gemein, was?«

Ich nickte. Nicht nur die Wortwahl, auch die Absicht dahinter verriet ein Höchstmaß an Niedertracht.

»Sie weiß viel über euch. Wenn es wirklich Clarissa ist – woher hat sie diese Informationen? Ihr wart doch nicht sehr vertraut mit ihr.«

Samantha sah mich an, und in diesem Blick lag eine unendliche Verzweiflung. »Ich weiß es nicht.«

»Es muss jemand von euch sein.«

»Mit dieser Handynummer?«

Sie hielt mir das Telefon entgegen. »Wie soll das denn gehen? Das sind Nachrichten aus dem Jenseits. DAS ist das Spiel, kapieren Sie endlich? Sie will uns holen! Einen nach dem anderen. Und ich ...«

Ich nahm ihr das Telefon ab. Auf dem Display stand immer noch die letzte Nachricht. Ich drückte auf die Taste mit dem kleinen grünen Hörer. Clarissas Nummer wurde gewählt. Ich ließ es achtmal klingeln.

»Da meldet sich keiner. Hab ich doch alles schon versucht.«

Ich reichte ihr das Handy. »Schreib: Komm raus und zeig dich.«

Samantha schrieb und schickte die Nachricht ab. Es kam keine Antwort.

»Merkwürdig«, sagte ich. »Da beobachtet sie dich angeblich und kann dir doch nicht antworten.«

»Das macht sie mal so und mal so.«

Ich sah mich um. Weder auf dem Schulhof noch an den Fenstern war jemand zu sehen.

»Ich denke, sie sitzt irgendwo im Unterricht und wird sich später melden.«

Das Handy glitt aus Samanthas Händen und fiel auf den

Boden. Ich hob es auf und reichte es ihr zurück. In ihre Mundwinkel rutschte ein klägliches Lächeln.

»Sie meinen also auch, es gibt sie wirklich?«

Ich seufzte und deutete auf das Telefon. »Zumindest gibt es jemanden, der sich für sie ausgibt.«

»Ehrlich gesagt, ich weiß nicht, was mir mehr Angst macht.«

»Genau das will sie ja erreichen. Ihr sollt euch fürchten. Ihr sollt schwitzen vor Angst. Ihr sollt Albträume bekommen. Ihr sollt bestraft werden. Für was?«

Doch Samantha wusste keine Antwort. Vielleicht, weil sie sich diese Frage niemals gestellt hatte.

»Ich hatte doch nie groß was mit ihr zu tun. Ich hab mich immer rausgehalten, wenn die anderen auf ihr rumgehackt haben. Ich hab ihr nie was Böses getan. Ich kann doch nichts dafür, dass sie sich umgebracht hat.«

Ich kann doch nichts dafür.

Vielleicht würde eines Tages ein *Hätte ich bloß was unternommen* daraus werden. Vielleicht sogar ein *Ich bereue, nichts getan zu haben*. Doch bis dahin war es ein weiter Weg. Manche gingen ihn nie. Und verbrachten ihr Leben im seelischen Untergrund, ohne die Gnade des Verzeihens.

Ich gab ihr das Handy zurück. »Weißt du was? Wir ärgern unsere schwarze Dame jetzt noch ein bisschen. Du kommst einfach wieder zum Unterricht.«

»Das hat sie verboten.«

»Dann verstößt du gegen die Regeln. Du spielst das Spiel nicht mehr mit. Du steigst aus. Mal sehen, wie sie darauf reagiert.«

Die Verwirrung stand ihr ins Gesicht geschrieben. »Ich soll mich widersetzen? Obwohl sie mich dafür umbringen will?«

Ich beugte mich zu ihr. »Die Polizei wird ziemlich schnell herausfinden, wer dieser Witzbold ist. Sie wird die Nummer zurückverfolgen. Und wenn keiner von euch mehr tut, was diese Schwarze Königin befiehlt, ist sie ziemlich machtlos. Nicht wahr?«

»Ich habe Angst.«

»Das verstehe ich. Aber mehr können wir nicht tun. Und das ist besser als gar nichts.«

»Ich bin lieber feige als tot.«

Ich nahm kurz ihre eiskalte Hand und drückte sie. »Hier wird nicht so schnell gestorben. Glaub mir das.«

Aber Samantha sah an mir vorbei. »Doch«, sagte sie leise. »Das wird es.«

Die dezimierte Zahl meiner Schüler hatte sich die Zeit bis zu meinem Eintreffen mit Stillarbeit versüßt. Als ich zur Tür hereintrat, sahen sie nur kurz von ihren Heften hoch und vertieften sich dann wieder in ihre Arbeit.

»Guten Tag«, sagte ich.

Dann ging ich zur Tafel und begann sie abzuwischen.

»Was sind das eigentlich für Zahlen?«, fragte ich beiläufig.

Eine Sechs und eine Null. Vielleicht Kapitel eines Schulbuches. »Braucht ihr die noch?«

Ich drehte mich um. Acht Augenpaare starrten auf die Tafel und schienen durch mich hindurchzusehen. Curd bewegte stumm die Lippen, Yorck holte wie in Zeitlupe einen Terminkalender aus seiner Tasche. Heikko und Veiko ließen ihre teuren Füller sinken und sahen sich an. Mein Blick fiel auf Benedikt am Ende des Tisches, der sich bisher als einigermaßen kooperativ erwiesen hatte.

»Benedikt?«

Benedikt wich meinem Blick aus und starrte stattdessen aus dem Fenster.

»Christian? Moritz? Mathias?«

Mathias lehnte sich zurück und verschränkte die Arme vor der Brust. Aber er sagte nichts. Christian, von dem ich bisher kein einziges produktives Wort gehört hatte, schaute interessiert auf seine Fingerspitzen. Sogar Moritz, der auf mich einen wachen, neugierigen Eindruck gemacht hatte, schien plötzlich eine enge, transzendente Beziehung zu seinen Schuhen zu entwickeln. Ich drehte mich wieder zur Tafel um und trat einen Schritt zurück.

»Eine Sechzig. Davor war es eine Siebenundsechzig. Und davor? Weiß das noch jemand?«

Ich wandte mich wieder an die Klasse und wurde mit einer Mauer des Schweigens konfrontiert.

»Gut.«

Ich legte den Schwamm in die Ablage und wischte mir die Hände ab.

Dann trat ich an meinen Tisch und holte ein Notizbuch hervor, das ich für alle gut sichtbar vor mich hinlegte.

»Ich habe mich nach eurem letzten Auftritt eingehend über meine Befugnisse informiert und habe auf meine Fragen klare und eindeutige Antworten erhalten. Ja, das hier ist eine AG. Ja, es gibt keine Noten. Nein, ihr könnt nicht machen, was ihr wollt. Ja, wenn ich eine Frage stelle, will ich eine Antwort. Ja, es könnte ziemlich beschissen in eurem Zeugnis aussehen, wenn ich eure Kopfnoten verhagele. Nein, ich habe nicht vor, das zu tun. – Mathias, das gehört Ihnen, nicht wahr?«

Ich holte das Diktiergerät aus meiner Jackentasche und schob es mit Schwung über die Tische in seine Richtung. Er fing es gerade noch auf, bevor es über seinen Platz hinausgeschossen wäre.

»Solche Mätzchen verderben das Vertrauensverhältnis. Und ich denke, daran sollten wir am meisten arbeiten. Vertrauen. Sie haben mich beim letzten Mal nicht ausreden lassen. Ich wollte Ihnen nur sagen, dass ich Sie nicht dazu zwingen kann, über etwas zu reden, das Sie belastet. Aber dass ich immer für Sie da sein werde.«

Ein spöttisches Lächeln nistete sich in Mathias' Gesicht ein. Curd verzog keine Miene. Heikko und Veiko blickten betont desinteressiert zur Decke.

»Ich vermute, dass es nicht mehr lange dauern wird, bis sich Ihre Meinung zu unserem doch sehr fragilen Miteinander bessert. Spätestens dann, wenn die Spurensicherung herausgefunden hat, was oben auf dem Dachboden passiert ist. Oder wenn Frau Oettinger eine Generalinventur ansetzt und sich herausstellt, welche Bücher beziehungsweise Akten da oben fehlen. Vielleicht auch erst, wenn der Biologielehrer und ich so richtig gute Freunde geworden sind und er mir erzählt, wer von euch sich ganz besonders für Gift- und Heilpflanzen interessiert. Aber mit Sicherheit in dem Moment, in dem wir wissen, wer unter dem Namen einer Toten seine Grüße an euch verschickt.«

Unzweifelhaft zeigten meine Worte Wirkung. Eine unterschwellige Nervosität ergriff sie alle, aber keiner wagte, auch nur mit einem Blick oder einer Geste zu reagieren.

»Ich bin kein Psychologe. Ich bin Anwalt. Ich sage euch nur, was ich in dieser relativ kurzen Zeit, die wir uns kennen, über euch herausgefunden habe und was davon schon jetzt unter den Straftatbestand von Drohung, Nötigung und Erpressung fällt. Und es ist nur eine Frage der Zeit –«

Ich deutete auf die Zahlen hinter mir, »bis auch ich weiß, was das hier zu bedeuten hat. Ich würde es aber lieber von euch erfahren. – Heikko? Du wolltest etwas sagen?«

Das wollte Heikko ganz bestimmt nicht. Ich hatte ihn willkürlich herausgegriffen, um es den anderen leichter zu machen. Mathias klappte den Terminkalender zu.

»Ist es ein Datum, Mathias? Siebenundsechzig? Sechzig? Ein Wochenrhythmus?«

Er antwortete nicht.

In diesem Moment klopfte es, die Tür ging auf, und Samantha trat ein. Alle starrten sie wortlos an, als sie langsam zur Wand ging, einen der gezeichneten Stühle holte, ihn an den großen Tisch stellte und sich daraufsetzte. Sie blickte jedem Einzelnen reihum in die Augen. Niemand sagte ein Wort.

»Wo seid ihr gerade?«, fragte sie mit einer fast piepsend hohen Stimme, die ihre Anspannung verriet.

Ich nickte ihr lächelnd zu, als ob sie von einer verspäteten Mittagspause zurückkam.

»Wir versuchen, das Rätsel der Zahlen an der Tafel zu lösen. Eine Subtraktion in Siebener-Schritten. Was vermuten Sie?«

Mathias wollte gerade den Kalender verschwinden lassen. Samantha griff ihn sich, suchte das heutige Datum heraus und begann zu rechnen. Als sie fertig war, ließ sie ihn sinken.

»Das ist relativ einfach. Es ist ein Countdown. Wenn die Zahlen Tage sind, dann fällt der Ablauf der Frist auf Clarissas Todestag. Der vierte Dezember.«

Sie sah sich um. Niemand kam ihr zu Hilfe. Selbst Mathias sah an ihr vorbei. Schließlich räusperte sich Benedikt.

»Das ist eine interessante Theorie«, sagte er.

Ich konnte die Gedanken in diesem Raum beinahe greifen, so dicht und wahrnehmbar schwebten sie zwischen uns. Ein

Countdown bis zu Clarissas Todestag – da hatte jemand ein besonders feines Gespür für Erinnerungskultur. Alle versuchten, sich nichts anmerken zu lassen, aber jeder dachte darüber nach, was dieses Datum wohl bedeuten könnte.

Da sonst niemand das Wort ergriff, beschloss ich, das Kapitel zu den Akten zu legen.

»Gut«, sagte ich. »Ich werde dafür sorgen, dass der Klassenraum während der Pausen abgeschlossen ist. Wir sollten uns die Art, wie wir mit Clarissas Todesdatum umgehen, nicht auf diese Weise vorschreiben lassen. – Gibt es neue Fälle, die wir zu verhandeln hätten? Irgendwelche anonymen Denunziationen?«

Ich blickte auf Curd, der sich endlich aus der Starre löste und in seiner oberlehrerhaften Art die Brille zurechtrückte.

»Das ist ja eigentlich ... Ich habe vorhin nachgesehen. Da ist wieder mal nichts.«

»Dann würde ich vorschlagen, dass wir uns erneut einem theoretischen Problem zuwenden. Einer Sache, die sich vor langer Zeit zugetragen hat und die ich heute mit Ihnen diskutieren möchte. Es handelt sich um den Botengang Anselm von Justingens zu Friedrich dem Staufer.«

Ich hatte mir diese Geschichte schon nachts im Park zurechtgelegt, als ich über das kurze Gastspiel des Gangrel bei den Vampiren nachdachte. Ich wusste nicht, wie ich es einordnen sollte. Kerstii und Kevin waren der Meinung, der Bote habe nach einer Möglichkeit gesucht, das Geschehene zu offenbaren, wenn auch nur verschlüsselt. Ich war mir nicht sicher, ob nicht vielleicht noch mehr dahintersteckte. Womöglich hatte er tatsächlich mit jemandem Kontakt aufgenommen und ihm eine Botschaft zugespielt.

Ich sah mir die Klasse an, einen nach dem anderen. Wer von ihnen konnte ein Vampir sein? Wer hatte mich in jener Nacht erkannt? Und wer war die Schwarze Königin? Saßen hier Opfer oder Täter? Oder einfach nur Mitwisser, die glaubten davonzukommen, wenn sie den Mund hielten?

Yorck setzte sich gerade etwas bequemer hin. Er war bis jetzt ein ruhiger, unauffälliger Schüler gewesen. Kurze, flachsblonde Haare, ein fein gezeichnetes, fast schon feminines Gesicht, dem die ersten Bartstoppeln etwas Androgynes verliehen. Seine blauen Augen blickten normalerweise freundlich, und er trug, im Gegensatz zu den anderen, immer ein weißes Hemd zur dunkelgrünen Hose, was ihm etwas sehr Korrektes, Offizielles verlieh. Beim besten Willen – ich konnte ihn mir nicht dreck- und blutverschmiert auf dem Dachboden vorstellen. Oder nachts mit dem Sturmgewehr im Park, beim Abwehren wilder Putschversuche verfeindeter Clans.

Mein Auge hatte wohl etwas zu lange auf ihm geruht, denn er rutschte jetzt unruhig auf seinem Stuhl hin und her.

»Die Staufer?«, fragte er schließlich. »Das ist schon lange her, dass wir das im Unterricht hatten. Sie kamen nach den Ottonen und den Saliern, glaube ich.«

Er sah sich um, und Veiko gab ihm schließlich die Ehre eines kurzen Nickens. »Friedrich II. war quasi verbannt nach Sizilien, bis ihn Anselm von Justingen und Walter von der Vogelweide besucht haben. Sie überbrachten die Nachricht, dass die deutschen Fürsten bereit wären, sich gegen den Welfenkaiser zu erheben.«

War hier ein Friedrich? Ein Otto? Gab es überhaupt einen Zusammenhang zwischen dieser achthundert Jahre alten Geschichte und einem *Larp*?

Benedikt nahm den Faden auf. »Friedrich kehrte über Rom nach Konstanz zurück und begann von dort aus seinen Siegeszug. Ohne den Rückhalt der süddeutschen Fürsten wäre das nicht möglich gewesen.«

»War Anselm von Justingen also ein Retter oder ein Verräter?«

Ich musterte jeden Einzelnen von ihnen. Doch keiner gab zu erkennen, dass er irgendetwas mit dieser Geschichte anfangen konnte.

Mathias wurde seine skeptische Körperhaltung mit den abwehrend verschränkten Armen unbequem. Er gab sie auf und beugte sich etwas vor.

»Ich denke, es kommt darauf an, von welchem Standpunkt aus man das betrachtet. Otto wird ganz schön sauer auf ihn gewesen sein. Für ihn war er ein Überläufer. Für den Staufer war er eine Art Götterbote. Stellt sich die Frage: Qui bono?«

»Also eine Frage des Nutzens statt der Moral?«, fragte ich.

Yorck schüttelte den Kopf. »Ich denke eher, wir sprechen über eine Art Siegerjustiz. Geschichte wird nicht von Verlierern geschrieben. Leider. Sonst wäre unser Weltbild heute vielleicht ein anderes. Hätte Otto gegen Friedrich gewonnen – dann wäre Justingen ein Verräter. So stand er auf der Gewinnerseite. Da stehen natürlich nur die Edlen und die Guten. Meistens. In den Geschichtsbüchern.«

»Aber er beging Hochverrat«, erwiderte Moritz, der wie Yorck im Unterricht bisher nicht weiter aufgefallen war. Während er durchaus schlüssig alle Verstöße auflistete, die er Justingen anhängen konnte, sah ich ihn mir genauer an.

Er war nicht ganz so korrekt wie die anderen. Das grüne Sweatshirt war etwas verknittert, sein Federmäppchen, das vor ihm auf dem Tisch lag, hatte schon bessere Tage gesehen. Allen anderen gelang es, trotz Schuluniform, immer irgendwie gut auszusehen. Entweder, weil ihre Haare gekämmt oder die Kleidung frisch gebügelt war, oder, weil sie einfach eine Aura verströmten, wie sie nur Menschen zu eigen ist, die äußeren Werten das gleiche Gewicht zubilligen wie den inneren. Sie sahen auf den ersten Blick nicht anders aus, aber sie *wirkten* anders. Man hätte sie ohne Mühe aus einem Heer ganz normaler Schüler, die genau das Gleiche trugen, herausfischen können. Ihre Aura war ein intakter, unsichtbarer Schutzschild aus Selbstbewusstsein, moralischer Überlegenheit und tief verwurzeltem Elitebewusstsein. Das würde bleiben und sie auch weiterhin abheben von der Masse, und sie waren sich dessen mehr als bewusst.

Moritz nicht. Er sah immer ein bisschen verschlafen aus, wie ein jüngerer Bruder von Kevin, nur dass Moritz braune Haare und braune Augen hatte.

»Also bei mir wäre er sofort geköpft worden«, schloss er gerade seine Ausführungen und lächelte verschmitzt.

Yorck hatte schon die ganze Zeit Mühe, Moritz ausreden zu lassen. Endlich sah er eine Chance, einzuhaken.

»Man kann das nicht losgelöst vom System diskutieren. Wer eine Diktatur wie die von Otto, dem Welfen, verteidigt ...«

Ein Handy schnurrte. Jemand hatte eine SMS bekommen.

»... für den ist natürlich jeder ein Verräter, der sich gegen diese Diktatur ...« Ein zweites Handy schnarrte. Yorck unterbrach sich irritiert.

»Dann müssen wir zuerst die Standpunkte klären«, erwiderte Moritz. »Ich gehe vom geltenden Recht der ...«

Wieder meldete sich ein Handy. Moritz schwieg. Alle saßen da und warteten. Das nächste Klingeln kam, eins nach dem anderen, bis jeder seine SMS hatte. Das neunte Brummen war für mich.

Ich hatte mein Handy, einer Eingebung folgend, heute Morgen eingesteckt. Ich hatte zwar nicht vor, mich noch mal auf dem Dachboden einschließen zu lassen, aber sicher war sicher.

Da sich niemand regte und der Gegenstand der Debatte in weite Ferne gerückt schien, sagte ich: »Wenn Sie möchten, unterbrechen wir einen Moment und sehen nach, wer uns da etwas so Wichtiges mitzuteilen hat.«

Wie auf Kommando beugten sich alle zu ihren Taschen herunter und suchten ihre Handys hervor. Ich klappte meines auf und las den Text.

Ihr sucht den Verräter? Er ist unter euch. Denkt nach, wer zuletzt gekommen ist.

Alle starrten Samantha an.

Sie packte wortlos ihre Sachen, stand auf und ging.

Mathias schaute aus dem Fenster und tat so, als ginge ihn das alles nichts an. Schlagartig spürte ich, wie sehr ich ihn dafür verachtete. Die anderen wirkten zumindest bedrückt, aber Mathias zeigte nicht den geringsten Anflug von Anteilnahme oder schlechtem Gewissen. Ich musste an Katharinas Vorwürfe denken, mit denen sie Marie-Luise überschüttet hatte. *Was für ein verwahrlostes, gefühlskaltes Gesindel eines Tages die Geschicke unseres Landes lenken wird.*

Sie hatte mit ihrer Ironie den Nagel genau auf den Kopf getroffen. Ich wünschte, dass sich irgendwann einmal jeder im Land an diese Szene erinnern könnte. Dann, wenn Mathias Aufsichtsratsmitglied oder Fraktionschef oder Herausgeber oder meinetwegen auch Präsidentschaftskandidat der Vereinigten Staaten geworden war: wie er ein Mädchen, das ihn liebte, durch Schweigen und Untätigkeit verraten und verlassen hatte.

Ich sah auf die Uhr. An einen vernünftigen Unterricht war nicht mehr zu denken.

»Dann würde ich vorschlagen, wir hören für heute auf. Übrigens würde ich mich sehr freuen, wenn unser Unbekannter sich im Anschluss bei mir melden würde. Wie Sie vielleicht wissen, habe ich für anonyme Absender nicht das Geringste übrig.«

Das war natürlich gegen die Wand gesprochen. Denn wenig später saß ich allein im Klassenzimmer und hatte Zeit, mir über die zwei Alternativen zur Angst Gedanken zu machen, die ich heute so eindrucksvoll erlebt hatte. Den Mut und die Feigheit.

Punkt 16 Uhr stand ich in der Exerzierstraße und sah hoch in den dritten Stock. Hier also wohnte Frau Sommerlath. Ein hübscher, dreistöckiger Neubau mit heller Fassade und rot gerahmten Kunststofffenstern. Die Balkone waren allesamt liebevoll bepflanzt, die Geranien gaben ihr Bestes, und hier und da steckte ein Zierkürbis in den Arrangements.

Kaum hatte ich geklingelt, wurde mir geöffnet, und ich fuhr mit einem leise schnurrenden, modernen Aufzug in den dritten Stock.

»Das ist aber nett, dass Sie gekommen sind.«

Frau Sommerlaths Bassbariton füllte das gesamte Treppenhaus und hallte an den beige verputzten Wänden wider. Sie trug eines dieser Kleider, die wie ein zu enges Korsett über ihrem stattlichen Körper spannten, und hatte sich eine blütenweiße Schürze umgebunden.

Aus der geöffneten Wohnungstür drang Duft von frisch gebrühtem Kaffee. Nachdem sie mich darauf hingewiesen hatte, dass sie sich über das akkurate Säubern der Schuhsohlen sehr freuen würde, betrat ich eine übersichtlich geschnittene, kleine, saubere Zwei-Raum-Wohnung, in die Katharinas kitschige Kinder wunderbar gepasst hätten. Vor dem Fenster zum Balkon hingen strahlend weiße Häkelgardinen, auf dem braun gekachelten Couchtisch prangte ein opulentes Seidenblumengesteck, und an der Lehne des gelben Cordsofas waren die Zierkissen aneinandergereiht in geordneter Geometrie.

»Nehmen Sie doch Platz, bitte.«

In der Hoffnung, dass sie sich nicht neben mich quetschen würde, setzte ich mich in den einzigen Sessel.

»Was verschafft mir die Ehre dieser Einladung?«

Die Sekretärin nahm auf der Sofakante Platz. »Ich habe eine Kleinigkeit arrangiert. Eine *menage à trois* sozusagen. Herr Sebald wollte mir noch etwas vorbeibringen. Und da dachte ich, es wäre doch schön, wenn Sie beide sich einmal kennenlernen.«

Sie lächelte stolz wie die Chefin einer Partnervermittlung. »Er müsste gleich hier sein.«

Dann schwiegen wir uns einige Sekunden lang an.

»Ja«, sagte sie.

»Ja dann«, antwortete ich.

Plötzlich schien sie eine Eingebung zu haben. »Was halten Sie davon, wenn ich Ihnen einmal die Jahrgangsabschlussfotos zeige?«

»Die Jahrgangsabschlussfotos?«

Sie nickte eifrig, stand auf, nutzte die Gelegenheit, um mir beim Vorübergehen zu nah an den Beinen entlangzustreichen, und holte aus einer der Anbauwandschubladen ein überwältigend großes Fotoalbum. Die nächsten zehn Minuten verbrachten wir damit, die Köpfe über Hunderten von Schülern zusammenzustecken, die allesamt in Grün und Weiß, aufgereiht vor dem imposanten Eingangsportal der HBS, in die Kamera strahlten. Frau Sommerlath zwitscherte währenddessen fröhlich von längst vergessenen Schülergenerationen, bis sie die dreihundertneunundsiebzigste Seite umblätterte und mit ihrem Zeigefinger auf ein weiteres Jahrgangsabschlussfoto deutete.

»Das ist Ihre Klasse.«

Zwölfjährige mit Zahnspangen grinsten überallhin, nur nicht in die Linse.

»Das sind aber viel mehr als die, die ich jetzt habe.«

»Richtig. Die Hälfte ist ja dann zu den Schnellläufern gewechselt. Hier, schauen Sie mal, das ist Samantha Kladen.«

Ein mageres Mädchen mit flachsblonden Haaren, und trotzdem hatte die Fotografie etwas von ihrer späteren Schönheit eingefangen. Rechts neben ihr, unverkennbar, stand Ravenée. Links von ihr ein dunkelhaariges Mädchen, das ich noch nie gesehen hatte.

»Schwarz Rot Gold.«

Frau Sommerlath fasste die Haarfarben patriotisch zusammen. »So haben wir sie immer genannt. Samantha, Ravenée und Clarissa.«

Ich beugte mich wieder über das Foto. Ein dreieckiges Gesicht mit hübschen Lachgrübchen. Die schwarzen Haare trug sie offen, und sie hatte sich kess bei Samantha untergehakt. Ihre dunklen Augen blickten ein wenig spöttisch in die Kamera, als sei das Foto nichts anderes als ein ungeduldig abgehakter Moment, den man aushalten musste, bevor sie alle zusammen lachend die Treppe hinunterstürzten.

Eine Zwölfjährige. Was erwartete sie vom Leben? Bestimmt nicht, dass es fünf Jahre später zu Ende sein würde. Ich sah weg, weil ich den Anblick dieses fröhlichen Mädchens nicht ertragen konnte. Frau Sommerlath bemerkte das. Sie blätterte weiter.

»Ein Jahr später.«

Ich suchte auf dem Bild nach Clarissa, aber ich konnte sie nicht finden.

»Da war sie in der Rehabilitation.«

Auch Frau Sommerlath sprach dieses Wort merkwürdig aus. Wie Kladen. »Was ist passiert?«

»Sie hatte einen Hang zu Unglücksfällen. Angeblich.«

Sie nahm die Lesebrille herunter, die sie sich zum Betrachten der Fotos aufgesetzt hatte, und legte sie auf ihrem Busen ab. »Ständig war irgendetwas anderes. Ein Beinbruch. Ein Treppensturz. Eine Blinddarmoperation. Etwas stimmte nicht mit ihr. Das ließ sich irgendwann einmal nicht mehr verheimlichen.«

Sie brach ab, aber auch nur, weil sie von mir ermuntert werden wollte, fortzufahren.

»Was genau war das?«

»Es gab Gerede, Klatsch. Dem will ich mich nicht anschließen. Auch jetzt nicht. Selbst nach dem Tod darf niemand seine Würde verlieren.«

Frau Sommerlath hatte Clarissa gemocht. Sehr sogar. Und im nächsten Moment erfuhr ich auch, warum diese Frau selbst jetzt noch das Bedürfnis hatte, das Mädchen zu schützen.

»Mein Bruder hat sich umgebracht. Aus einer Traurigkeit am Leben heraus. Es ist schon so lange her. Fast fünfzig Jahre. Aber man vergisst das nicht.«

Sie sah hinüber zur Anbauwand, wo vor dem Bücherregal eine Schwarz-Weiß-Fotografie in einem kleinen, silbernen Rahmen stand. Sie zeigte einen fröhlichen Jungen, der genau so keck in die Kamera grinste, wie Clarissa das getan hatte.

Aus einer Dose auf dem Beistelltisch holte sie ein Papiertaschentuch und tupfte sich damit die Augenwinkel. »Wussten Sie, dass sich pro Jahr zehntausend Menschen in Deutschland umbringen? Eine ganze Kleinstadt löscht sich aus. Jahr für Jahr. Und das ist nur die Spitze des Eisberges. Denn es bleiben so viele ratlos zurück. Die Familie. Die Freunde. Kollegen, die Klassenkameraden, Nachbarn ... Das ist dann schon eine Großstadt voller trauriger Menschen. Und die fragen immer wieder, warum. Und niemand hat eine Antwort.«

Sie faltete das Papiertaschentuch sorgfältig zusammen, um Zeit zu gewinnen, sich zu fangen. Dann setzte sie die Brille auf und blätterte energisch die nächsten Seiten um.

»Da ist sie wieder, die kleine Maus.«

Die Aufnahme musste zwei oder drei Jahre später entstanden sein, denn es waren wesentlich weniger Schüler auf ihr abgebildet. Vermutlich hatten sich die Klassen da bereits getrennt. Einige Gesichter erkannte ich sofort: Mathias, Heikko und Veiko, damals schon nebeneinander, der kluge Curd, der stille Benjamin. In der Mitte Susanne, links neben ihr Ravenée, rechts Maximiliane. Ich suchte Clarissa und fand sie in der letzten Reihe. Sie lächelte nicht mehr. Sie stand einen Schritt abseits und schaute an der Kamera vorbei. Mittlerweile trug sie eine Brille und die Haare streng zurückgekämmt.

»War sie nicht mit Samantha befreundet?«

Frau Sommerlath seufzte. »Schulfreundschaften. Heute so, morgen so. Schauen Sie mal, das war im vorletzten Jahr.«

Clarissa hatte zugenommen. Sie wirkte fraulicher, reifer als die anderen. Sie musste ungefähr sechzehn Jahre alt sein, aber sie sah wesentlich älter aus. Sie stand in der Mitte. Mathias hatte den Arm um ihre Schulter gelegt. Ich erinnerte mich an das Küssen im Schulhof. Diese »Straftat« hatten sie ein halbes

Jahr später begangen. Auf dem nächsten Foto würde sie nicht mehr dabei sein.

»Da war sie zum ersten Mal verliebt. In ihren Märchenprinzen. Sie hat immer an das große Glück in der Liebe geglaubt. Sie hatte nämlich am Valentinstag Geburtstag. Und da muss man doch Glück in der Liebe haben, oder?«

Clarissa sah aus, als ob sie sich nicht recht wohlfühlen würde. Aber Mathias hielt sie fest. Er ließ sie nicht gehen. Die anderen um sie herum nahmen das nicht wahr, bis auf Samantha. Sie war es, die jetzt etwas abseits stand. Sie hatte die Lippen aufeinandergepresst und schaute trotzig in die Kamera.

»Was ist da denn passiert?«, fragte ich. »Liebeskummer? Eifersucht? Schikane?«

Frau Sommerlath klappte das Album zu. »Warum. Warum warum warum.«

In diesem Moment klingelte es. Sie erhob sich und ging in den Flur, um die Tür zu öffnen. Ich nahm das Album, schlug die Seite mit dem letzten Klassenfoto von Clarissa auf und löste es vorsichtig von dem Karton. Dann faltete ich es schnell zusammen, steckte es in meine Jackentasche und schlug das Album zu.

Frau Sommerlath kam zurück.

»Darf ich Ihnen Herrn Sebald vorstellen? Lieber Herr Sebald, das ist Ihr Nachfolger. Joachim Vernau.«

Ihr folgte ein Mann, der sich beim Eintreten so intensiv umschaute, als ob er in irgendeiner Anbauwandschublade noch mehrere Anwesende vermutete, bevor er mich, leicht enttäuscht, abschätzig musterte. Das also war mein sagenumwobener Vorgänger. Er war Ende vierzig, Anfang fünfzig, und bestimmt ein Meter neunzig groß. Er hatte eine kräftige, athletische Figur, seine Blässe verriet aber, dass er sie wohl eher den Genen als dem Sport zu verdanken hatte. Die dunklen Haare wurden von weißen Strähnen durchzogen, und in sein Gesicht hatten sich viele Falten gegraben, die ihm das Aussehen eines vor der Zeit alt gewordenen Mannes verliehen.

Frau Sommerlath nickte uns aufmunternd zu. »Ich gehe dann mal in die Küche. Wenn Sie etwas brauchen, rufen Sie mich.«

Sie deutete auf einen Beistelltisch neben der Couch, auf dem sie eine Thermoskanne, zwei Becher und einen Teller mit Keksen arrangiert hatte.

Frank Sebald gab mir die Hand und ließ sich dann in die weichen Polster der Couch sinken, ich nahm wieder in dem Sessel Platz. Da er nicht wie jemand wirkte, der von sich aus ein Gespräch anfing, übernahm ich den Part.

»Das ist eine gute Idee von Frau Sommerlath. Wir hätten uns schon längst kennenlernen sollen. Allerdings ist es etwas schwierig, an Sie heranzukommen. Immer wenn ich etwas über Sie wissen wollte, wurde ich abgeblockt.«

Ich lächelte ihm freundlich zu, doch Frank Sebald schienen meine einleitenden Worte eher zu irritieren.

»Was wollten Sie denn über mich wissen?«

Es klang so, als hätte ich hinter seinem Rücken nach seinem Stammbaum geforscht. Abwehrend, unfreundlich, verschlossen. Wenn er auch im Unterricht so war, konnte ich mir vorstellen, dass auch er nach Clarissas Tod nicht unbedingt die erste Anlaufstelle für die Schüler repräsentierte.

»Nichts über Sie persönlich. Mich würde aber interessieren, warum Sie so plötzlich, eine Woche vor Ende der Sommerferien, fristlos gekündigt haben?«

»Das nennen Sie nicht persönlich? Das ist eine sehr intime Frage, und ich glaube nicht, dass ich sie Ihnen beantworten muss.«

Meine Güte. Ich begann mich zu fragen, was sich Frau Sommerlath bei diesem Treffen gedacht hatte. Der Mann war ein harter Knochen. Dazu noch übersensibel und ausschließlich auf sich selbst fixiert. Ich schenkte eine Tasse Kaffee ein. Ich bot sie ihm an, aber er lehnte mit einer unwirschen Handbewegung ab und formulierte genau meinen eigenen Gedanken.

»Ich weiß nicht, warum Frau Sommerlath das hier arrangiert hat. Ich bin nur noch diese Woche in Berlin, dann trete ich meine neue Stelle in Überlingen an.«

»Am Bodensee?« Ich versuchte, in meine Frage ein Mindestmaß an Interesse zu legen.

Frank Sebald nickte. »Schloss Rosenholm.«

Er sah mich an, als müsste mir bei der Erwähnung dieses Namens ein Kronleuchter aufgehen. Als nichts dergleichen kam, half er mir auf die Sprünge.

»Salem? Louisenlund?«

»Schloss Rosenholm!«, rief ich. »Natürlich. Ein Internat, nicht wahr?«

Frank Sebald nickte gnädig. »Eines der drei besten Deutschlands. Die Herbert-Breitenbach-Schule war nur eine Interimslösung. Es war bis kurz vor Ende der Ferien nicht klar, ob Rosenholm noch eine weitere Abiturklasse einrichtet. Die verbindlichen Anmeldungen werden von Jahr zu Jahr später eingereicht.«

Ich begriff die Tragweite dieser negativen Entwicklung und wiegte mitfühlend mein Haupt.

»Aus diesem Grund erreichte mich der Ruf relativ spät. Bedauerlich für die HBS, aber Sie werden verstehen, dass man Schloss Rosenholm keinen Korb gibt.«

»Nein. Natürlich nicht. Ich hätte genauso gehandelt.«

Frank Sebald schien endlich Vertrauen zu fassen. »Die HBS ist eine Anstalt, die für meine Begriffe zu wenig siebt. Sie stellt die wirtschaftliche Effizienz über die gesunde Mischung. Verstehen Sie mich nicht falsch, ich habe nichts gegen Stipendiaten oder Menschen einfacherer Herkunft. Aber ich habe es immer als einen Fehler angesehen, zu ihren Gunsten auf die Kinder hochmobiler Familien zu verzichten.«

Ich verschluckte die Frage, ob er damit Dauercamper, blinde Bettler oder Trailerparkbewohner meinte, denn er beugte sich vor und senkte die Stimme. »Wirtschaft. Diplomatie. Sie verstehen?«

Ich nickte bedächtig und schweren Hauptes, als seien mir die Probleme nichtsesshafter Bestverdiener ein wichtiges Anliegen.

»Dann verstehe ich alles«, sagte ich. »Natürlich besitzt niemand in der HBS die Größe, Ihren Verlust unumwunden zuzugeben.«

Jetzt bekam Frank Sebald doch Lust auf einen Kaffee. Ich schenkte ein und reichte ihn hinüber. Wohlwollend nahm er ihn an.

»Das hängt natürlich mit der neuen Strategie von Frau Oettinger zusammen. Nur wer fest an einen Standort gebunden ist, ist auch bereit, in ihn zu investieren. Wer weiterzieht, hat daran natürlich kein Interesse. Das kann ich verstehen, muss es aber nicht billigen.«

»Selbstverständlich.«

Dass Katharina irgendwelche Absichten hegte, hatte ich mittlerweile mitbekommen. Mehr nicht. Ich entschloss mich zu einem weiteren Vorstoß. »Der Umgang der HBS mit konstruktiver Kritik lässt ja ebenso zu wünschen übrig wie der mit unerfreulichen Ereignissen. War nicht auch diese Clarissa in Ihrer Klasse?«

»Clarissa?«

Sebald zog die Stirn in tiefe Dackelfalten.

»Fräulein Scharnow. Die junge Dame, die so unglücklich aus dem Leben schied.«

Er trank einen kleinen Schluck und setzte die Tasse sorgfältig auf der Untertasse ab. »Ja, ich erinnere mich. Das geschah wenige Wochen nach den Herbstferien im letzten Jahr. Sie ist mir ehrlich gesagt nicht besonders aufgefallen. Ein merkwürdiges Mädchen. Irgendetwas stimmte nicht mit ihr.«

Er ließ den Blick an die Decke schweifen und dachte expressiv nach. Schließlich, nachdem ich ihm lange genug beim Ringen um den richtigen Gedanken zugesehen hatte, ließ er mich vom Nektar seines Wissens kosten.

»Jetzt weiß ich es wieder. Das ist es, was ich meine. Ich hätte so ein Kind niemals auf meine Schule gelassen. Sie war still und versuchte sich unauffällig zu verhalten. Aber genau das war es, was so provozierte. Sie war … Wie soll ich das sagen?«

»Das geborene Opfer?«, sagte ich aufs Geratewohl.

Sebald dachte nach. »Nein. Ja. Da war noch etwas anderes. Seltsames. Wissen Sie, im Laufe der Jahre bekommt man einen Blick für so etwas. Ich habe Tausende Schüler unterrichtet und in vielen Fällen die einzelnen Lebenswege mit Interesse verfolgt. Aus dem mir gemäßen Abstand selbstverständlich. Aber man freut sich schon mit, wenn ein ehemaliger Schüler es zu etwas gebracht hat. Nicht wahr?«

»Aber unbedingt«, gab ich zum Besten.

»Clarissa hätte es nie zu etwas gebracht.«

Er fällte sein Urteil, ohne mit der Wimper zu zucken. Für ihn war sie Ausschuss, der die Mühe nicht lohnte. Hätte er es anders formuliert – er wäre für mich vielleicht noch ein Lehrer geblieben. Kein sehr guter, aber wenigstens jemand, der sich um seine Schüler bemüht. Die Kälte aber, mit der er diesen Satz hervorgebracht hatte, stieß mich ab.

»Dafür hat sie polarisiert, wenn Sie wissen, was ich meine. Es war eine träge Aura vollkommenen Desinteresses um sie herum. Sie hat nie irgendjemandem Avancen gemacht. Aber ich glaube, genau das hat die Jungen in der Klasse so verrückt gemacht. Und die Mädchen – Sie können sich ja denken, was die von so einer Mitschülerin hielten. Nein, bei Clarissas Aufnahme ging es nur ums Geld. Die Eltern haben sich Frau Oettingers Plänen gegenüber sehr offen gezeigt. Aber wenn man mich gefragt hätte – ich hätte zum Wohle der anderen Schüler dieses Mädchen nicht angenommen.«

Ich hatte das Gefühl, genug erfahren zu haben. Frank Sebald glitt langsam ab in die Gefilde von hämischem Klatsch. Wahrscheinlich hatte sich dank Clarissa auch bei ihm etwas geregt, und genau das brachte diesen Calvinisten so auf die Palme. Vermutlich hätte man das Mädchen früher als Hexe verbrannt, und alle hätten sich fröhlich an den Händen gefasst und um ihren Scheiterhaufen herumgetanzt.

War es das, wofür diese Klasse jetzt büßen musste? Dass sie über ein Mädchen in seiner größten Not gelacht hatte? War die Schwarze Königin vielleicht gar nicht so ein Sadist, sondern einfach nur jemand, der Gerechtigkeit dafür forderte, was man Clarissa angetan hatte? Die Zweifel waren so groß, die Zweifel an meiner Klasse, an Clarissa, an dieser Schule und vor allem an mir, ob ich dem überhaupt gewachsen wäre. Ich hatte das Gefühl, ersticken zu müssen, wenn ich nur eine Minute länger blieb.

Ich stand auf und bedankte mich überschwänglich. Ich ergriff mit beiden Händen Sebalds Rechte und wollte sie gar nicht mehr loslassen. Ich wünschte ihm alles erdenklich Gute für seine weitere Zukunft, und natürlich, jetzt, wo er so offen mit mir geredet hatte, wären mir die Gründe für seine rätselhafte Kündigung mehr als einleuchtend. Ich beneidete ihn gebührend um seinen neuen Arbeitsplatz und bat ihn, es mich wissen zu lassen, wenn am Bodensee vielleicht ein guter, ein hervorragender Jurist gesucht würde. Kurz bevor Sebald misstrauisch werden konnte, ließ ich ihn los und balancierte mich um die Couchgarnitur herum Richtung Tür.

»Ach, Herr Kollege. Bevor Sie gehen ...«

Ich drehte mich noch einmal um. Sebald hielt ein Buch und einen DIN-A3 großen Umschlag in der Hand und reichte ihn mir. »Schauen Sie sich das mal bei Gelegenheit an. Das habe ich in Clarissas Spind in der Sporthalle gefunden, als er aufgebrochen wurde. Stellen Sie sich vor, da ist das Mädchen fast ein halbes Jahr tot, und erst dann kommt man auf die Idee, dass da noch ein Spind ist. Eine Schlamperei, sage ich Ihnen.«

Ich nahm beides an mich. Das Buch war der Bickerich. Die Gift- und Heilpflanzen der DDR und ihrer sozialistischen Nachbarrepubliken.

Den Umschlag hatte jemand geöffnet und anschließend sorgfältig mit Tesafilm wieder zugeklebt. »Was ist das?«

»Eine alte Krankenakte. Leider kann ich Ihnen nicht mehr sagen. Ich wollte sie nach den Ferien zurückbringen, aber persönliche Gründe, wie Sie wissen, haben mich davon abgehalten.«

Ich drehte ihn ratlos um, aber der Umschlag war nirgendwo beschriftet. »Sollte ich das nicht vielleicht lieber den Eltern geben?«

Sebald war aufgestanden und schon fast an mir vorbei zur Türe heraus. »Nein, nein«, antwortete er, in Gedanken ganz woanders. Wahrscheinlich in Schloss Rosenholm, wo eine homogene Mischung erstklassigen Schülermaterials auf ihn wartete. »Das scheint mir aus dem Haus zu sein.«

Frau Sommerlath kam aus der Küche. Sie band sich die Schürze ab und reichte Frank Sebald mit einer herzlichen Geste die Hand.

»Meine liebe Frau Sommerlath, ich wünsche Ihnen alles Gute. Die Unterlagen, die ich Ihnen vorbeibringen wollte, hat der Kollege an sich genommen. Bei ihm sind sie in guten Händen.«

Obwohl der letzte Satz die Vertrauenswürdigkeit jeder Schulsekretärin aufs Höchste infrage stellte, merkte man Frau Sommerlath nicht das Geringste an. Sie strahlte übers ganze Gesicht.

»Ich wünsche Ihnen auch nur das Beste, Herr Sebald. Nur

das Beste. Wie schade, dass wir Sie nicht mehr bei uns haben. Sie sind ein großer Verlust.«

Das sah Herr Sebald ganz genauso. Er verabschiedete sich von mir mit einem flüchtigen Händedruck und verließ die Wohnung. Ich wandte mich an Frau Sommerlath, doch sie schloss schnell die Tür und zog mich etwas näher an sich heran. Wäre sie nicht das Sinnbild matriarchalischer Rechtschaffenheit gewesen – ich hätte mir um ein Haar eingebildet, dass ihre beständige körperliche Nähe zu mir ein Annäherungsversuch sein könnte.

»Hat er es Ihnen gegeben?«

Ich hielt den Umschlag hoch. »Das? – Oder das?«

Ich reichte ihr das Buch. »Den Bickerich können Sie der Schulbibliothek zuführen. Auf den Rest würde ich gerne noch einen Blick werfen.«

»Selbstverständlich. Die Akten sind bei Ihnen sicher besser aufgehoben. Herr Sebald rief mich nämlich vor ein paar Tagen an und sagte, dass er noch im Besitz von gewissen Unterlagen vom Dachboden wäre.«

Ich hob die linke Augenbraue, wie ich es mir einmal von Sean Connery abgeguckt hatte. »Sie wissen, was hier drin ist?«

Jetzt trat sie einen Schritt zurück und wahrte zumindest einen minimalen Abstand. »Natürlich nicht. Selbstverständlich können Sie mir auch den Rest ohne Probleme anvertrauen. Ich werde alles gleich morgen Frau Oettinger übergeben.«

Sie griff nach dem Umschlag. Ich zog ihn mit einer schnellen Bewegung weg. Wir grinsten uns an.

»Frau Sommerlath, Sie sind unbezahlbar.«

»Das weiß ich«, antwortete sie, immer noch lächelnd.

Ich war schon im Hausflur und wartete auf den Aufzug, da rief sie mir noch etwas hinterher.

»Herr Vernau?«

Ich ging die drei Schritte zu ihr.

»Clarissa war etwas Außergewöhnliches. Wie die meisten stillen Menschen.«

Es war später Nachmittag, und die Tage wurden kürzer, sodass es der Sonne nicht mehr gelang, die schattigen Häuserfluchten zu erwärmen. Ich fror erbärmlich auf dem Weg in die Kanzlei und war froh, beim Aufschließen das vertraute Geräusch des Wasserboilers aus der Küche zu hören. Ich fand Marie-Luise vor, wie sie sich gerade einen Kräutertee zubereitete.

»Willst du auch einen?«

Ich roch an dem Gebräu und schüttelte angeekelt den Kopf.

»Was ist das? Kamelmist? Oder vergorene Bananenschalen?«

Sie schnupperte. »Ich weiß nicht, was du hast. Das ist Ayurveda.«

»Dann ist es wohl eher zum äußerlichen Gebrauch, oder?«

Sie beschloss, das Thema zu wechseln, und setzte sich an den Küchentisch. »Wie war der Unterricht?«

»Nicht schlecht.«

Ich setzte mich ihr gegenüber und legte den braunen Umschlag auf den Tisch. In der U-Bahn hatte ich mich mit seinem Inhalt vertraut gemacht und war gespannt, wie Marie-Luise darauf reagieren würde.

»Was ist das?«

»Das ist die Lösung des Rätsels: die Spielanleitung. Das Regelbuch der Schwarzen Königin.«

Sie stellte die Tasse so schnell ab, dass ein kleines bisschen Kamelmisttee überschwappte. Dann griff sie sich den Umschlag und machte ihn auf.

»Eine Krankenakte? Aus der Nervenklinik Niederschönhausen?«

Sie entzifferte mühsam das Deckblatt. »Klara Ranftleben. Geboren 14.2.1891, gestorben am 4.12.1907. Mit fünfzehn Jahren also.«

Sie schlug die Akte auf und begann zu lesen. Ich beobachtete sie dabei und war entzückt über die Reaktionen, die sich auf ihrem Gesicht widerspiegelten. Sie reichten von wohlwollendem Interesse über basses Erstaunen bis hin zu absoluter Fassungslosigkeit.

Nach drei Seiten begann sie, die Blätter zu überfliegen. Schließlich ließ sie das dünne, in grüne Pappe gebundene Heft sinken.

»Das ist unglaublich. Das kann doch nicht sein. Klara Ranftleben ist – war – die Schwarze Königin?«

Ich nickte. »Eine Kindsmörderin, der man die Tat nie hundertprozentig nachweisen konnte. Selbst die Ärzte waren nicht einer Meinung. Einige hielten sie für komplett durchgedreht. Andere für voll schuldfähig.«

Marie-Luise hörte gar nicht richtig zu. Die Krankenakte ließ sie nicht mehr los.

Neben verschiedenen, zum Teil von Hand, zum Teil mit Maschine geschriebenen Einweisungsattesten und Beurteilungen hatte das Personal der Klinik ein sehr ausführliches Protokoll über den Tagesablauf Klaras verfasst. In Stichpunkten wurde alles festgehalten: ihre seelische und körperliche Verfassung, ihr Speiseplan, ihr Verhalten, ihre Schlaf- und Ruhephasen. Ich hatte mich bereits eine Stunde lang damit beschäftigen können, Marie-Luise aber blätterte, blieb irgendwo hängen, zitierte kurz und sprang so durch die circa sechzig Seiten.

»Sie hat immer wieder ihre Unschuld beteuert. Nicht sie, sondern die Schwarze Königin habe das Neugeborene umgebracht. Kein Mensch hat ihr geglaubt.«

Sie blättert nach vorne und suchte einen Briefbogen heraus. »... sind wir angethan zu raten, auf die Verfassung der Ranftleben hinzuweisen und dass ihre Zuneigung zu dem Kinde groß war. Dies zeigt sich besonders nach der Gabe von Veronal und Schlafpulver. Dann wird sie ruhiger und weint häufig und verlangt nach dem Kinde. In erschütternder Weise nimmt sie die Nachricht von seinem Tode auf. Dieses Ritual wiederholt sich jeden Abend. Am nächsten Morgen jedoch ist die Erinnerung wie ausgelöscht, sodass die That, wenn von der Ranftleben geplant und durchgeführt, dennoch als die einer anderen angesehen werden muss, die unter dem Einfluss dieser gefährlichen Drogen stand, die sie zugegeben hat, selbst aus dem Extrakte von Eiben-Nadeln zubereitet und mit Absinth vermischt zu sich genommen zu haben.«

Sie ließ das Blatt sinken. »Da haben wir's wieder. Taxin-Alkaloid. Und der Absinth.«

»Der Hunger, die Halluzinationen, und die Angst, mit einem Kind zum Betteln gezwungen zu sein.«

Marie-Luise legte die Akte vor sich auf den Tisch und trank einen kleinen Schluck Tee.

»Wo sind die Parallelen?«

»Ihr Geburtstag. Der 14. Februar. Beide wurden am Valentinstag geboren. Und dann, das ist das Bemerkenswerteste, ihr Todestag: der 4. Dezember. Am gleichen Tag auf die Welt gekommen, am gleichen Tag gestorben. Zwischen diesen beiden Leben liegen genau hundert Jahre.«

Ich beugte mich vor. »Alle hundert Jahre erscheint die Schwarze Königin, um sich die letzten Lebenden zu holen. So geht das Spiel.«

»Brr.« Sie setzte die Tasse ab. »Und damals hat sie sich auch gleich das Baby der Ranftleben geholt? Wo sind da die Gemeinsamkeiten? Wie kommt diese Akte zu Clarissa? Was hat das miteinander ...«

Sie riss die Augen auf und starrte mich an. »Mein Gott, sind wir Idioten. Wie konnten wir nur so blind sein!«

Sie sprang auf, lief zum Küchenfenster und riss es hastig auf. »Komm her! Schau dir das an!«

Das Küchenfenster war das einzige, das direkt auf die Straße hinausführte. Marie-Luise deutete mit ausgestrecktem Arm in den Berliner Himmel. Ein kräftiger Windstoß wehte herein und ließ mich frösteln. Der Herbst war da, die Dämmerung fiel früh, und der Himmel leuchtete über der Stadt.

»Da hinten!«

Sie deutete auf ein hell angestrahltes Hochhaus, dessen einzige Besonderheit seine immense Größe war. Es überragte die normale Berliner Traufhöhe um einiges und stand, unweit von Alexanderplatz und Funkturm, wie ein rechteckiger Monolith hoch über den verwinkelten Straßen der Friedrichstadt.

»Die Charité? Da ist sie heruntergesprungen.«

Marie-Luise nickte und versuchte, das Fenster gegen eine neue Bö zu schließen. Ich half ihr dabei. Als wir das geschafft hatten, drehte sie sich zu mir um und sah mich an.

»Aus dem einundzwanzigsten Stock. Was für ein grausamer, fürchterlicher Tod. Nichts bleibt von dir übrig. Wer dich identifiziert, wird diesen Anblick niemals vergessen. Zerschmettert liegst du da unten. Ein blutiger Klumpen, bei dem niemand auf die Idee kommt, eine Obduktion anzuordnen, weil nichts mehr übrig ist, was man untersuchen könnte. Eine derartige Ausführung ist absolut unüblich für eine Frau. Es sei denn, dieser Tod war genau so gewollt. Weil sie ihr Geheimnis mit ins Grab genommen hat.«

»Welches Geheimnis?«

»Sie war schwanger.«

Marie-Luise ging hinüber zum Küchentisch und hob die Akte hoch. »Ich bin jetzt mal verrückt genug, all das ganze Gefasel von Schwarzer Königin und so weiter zu glauben. Dann ist dies hier der Entwurf« – sie warf die Akte wieder auf den Tisch – »und Clarissas Tod die Vollendung. Ein Kind spielt eine Rolle. Drogen. Halluzinationen. Verfolgungswahn. Wie stirbt die Ranftleben eigentlich?«

Ich räusperte mich. »Sie sprang aus dem Oberlicht. Runter in den Garten. Sie war sofort tot.«

»Von da oben? Vom Dachboden?«

Ich nickte. Marie-Luise schüttelte ungläubig den Kopf. »Das ist ja unfassbar. Das würde ja sogar mich nachdenklich machen. Klara – Clarissa. Kind – und Kind. Sprung – Sprung. Die komplette Wiederholung einer Tragödie.«

»Und noch was«, sagte ich und zog einige eng beschriebene dünne Blätter aus der Akte hervor. Es waren Durchschläge von Originalen, die längst in alten Archiven der Gerichte verstaubten.

»Jetzt wird es *richtig* unheimlich. Klara hat vorher versucht, die halbe Nervenheilanstalt umzubringen.«

Ich reichte ihr die Papiere. Marie-Luise sank auf den Küchenstuhl und begann flüsternd zu lesen. Nach einigen Minuten sah sie hoch. In ihrem Blick lag tiefe Besorgnis.

»Sie hat Ärzte, Schwestern und Mitpatienten zum Tee eingeladen und vergiftet. Mit einem Taxin-Alkaloid-Gemisch. Ich glaub das alles nicht.«

»Fünf starben, der Rest konnte gerettet werden. Als man sie festnehmen wollte, konnte sie auf den Dachboden fliehen. Dort rief sie noch wirres Zeug, die Schwarze Königin hätte gesiegt und so, und dann kletterte sie die Leiter hoch, die damals noch an der Wand befestigt war, und sprang.«

Marie-Luise seufzte abgrundtief. »Und was lernen wir daraus?«

Ich setzte mich zu ihr. »Dass unsere Larper wahrscheinlich

diese Szene nachgespielt haben, damals, auf dem Dachboden. Mit der Krankenakte als Spielanleitung. Clarissa ist ja auch gesprungen. Aber nicht in den Hof, sondern in den Regalgang. Das Blut und die Schleifspuren sind von ihr. Diesen Sturz hat sie überlebt.«

»Entschuldige, entschuldige.« Sie legte ihre Hand auf meinen Arm, als wollte sie allein mit dieser Geste den Gedanken, der da so plötzlich im Raum stand, verscheuchen. »Aber sie hat doch niemanden vorher umgebracht. Vorher nicht und, entschuldige bitte, hinterher doch wohl auch nicht.«

»Nein«, sagte ich. »Ich glaube auch nicht, dass es so weit kommen sollte. Damals war es einfach nur ein Spiel, das da oben auf dem Dachboden aus dem Ruder gelaufen ist. Drogen, Alkohol, düstere Charaktere, und eine Vorlage, nach der man einen Horrorfilm drehen könnte – und dann treibt Clarissa etwas die Leiter hoch, und sie steht da oben. Und springt. Oder fällt. Oder rutscht ab. Es war ein Unfall. Und ihr Spiel mag merkwürdig erscheinen, aber es war harmlos.«

Denn eine hundert Jahre alte grausige Geschichte, zusammengerührt aus den Hungerjahren der Kaiserzeit, den Kellerlöchern des Berliner Lumpenproletariats, der Verzweiflung einer armen, verirrten Seele – diese Geschichte konnte man nicht einfach eins zu eins in die Gegenwart holen. Sie war zu fern von unseren modernen Abtreibungskliniken, von dem Wohlstand der Pankower Bürgerschicht, von den adretten Schuluniformen und den hochglanzpolierten Geländewagen. Sie hatten das alles nur als Vorlage genommen, unbedacht und kindisch. Auf der Suche nach dem ultimativen Nervenkitzel, den kein Splattermovie und kein Horrorcomputerspiel so echt und hautnah vermitteln konnte.

Aber was genau war da oben geschehen? Laut Samantha hatte sie Mathias erpresst. Das rechtfertigte aber nicht die Schuldgefühle der ganzen Klasse, mit denen ihr Wiedergänger jetzt so brutal spielte. Es musste noch etwas anderes passiert sein. Ich sah hoch und erkannte in Marie-Luises Augen, dass sie den gleichen, schrecklichen Gedanken hatte.

»Spring«, flüsterte Marie-Luise. »Spring doch endlich! Worauf wartest du? Spring!«

Eine geifernde Meute, die sich gegenseitig anfeuerte und sich das dramatische Ende des Schauspiels nicht nehmen lassen will. Jeder Feuerwehrmann, jeder Polizist konnte davon erzählen. Von den glänzenden Augen der Gaffer, die gebannt nach oben starren, wo ein Mensch zwischen Leben und Tod balanciert. Von ungeduldigen Rufen, damit das Schauspiel endlich sein grausames Finale erreicht. Von Beifall und Gegröle, ohne Mitleid, ohne Gefühl. Mathias? Susanne? Ravenée? Hatten sie, berauscht von Allmachtsfantasien und Drogen, das Mädchen die Leiter hochgejagt? Hatten die anderen zugesehen? Geklatscht? Gelacht? Gerufen?

Marie-Luises Gesichtsausdruck veränderte sich. Häme und Spott lagen in ihrer Stimme.

»Feigling. Traust du dich nicht? Bist du ein Spielverderber? Du machst wie immer alles kaputt. Du bist so ein Versager. Spring! Tu's doch endlich! Spring!«

Sie hieb mit der Faust auf den Tisch und starrte mich wütend an. In diesem Moment tauchte Kevin im Türrahmen auf. Wir hatten ihn beide nicht kommen hören und fuhren erschreckt zusammen.

Kevin sah uns beide an, wie wir da auf unseren Küchenstühlen saßen, und man konnte unschwer erkennen, was er von der Szene hielt.

»Lasst euch nicht stören. Ich wollte mir nur was zu trinken holen.«

Er schlich betont unauffällig an uns vorbei zum Kühlschrank. Dann holte er eine Flasche Mineralwasser heraus, öffnete sie, nahm einen tiefen Schluck und musterte uns beide besorgt.

»Ihr macht doch keinen Blödsinn, oder? Hier vom Küchenstuhl zu springen. Das könnte böse enden.«

Er stellte die Flasche zurück und schloss die Kühlschranktür. Marie-Luise strich sich mit beiden Händen die Haare aus dem Gesicht und atmete tief durch.

»Keine Sorge. Uns geht's gut.«

Kevins Blick fiel auf mich.

»Alles bestens. Wir haben nur den letzten Aufzug im Spiel der Schwarzen Königin nachgespielt. Wie er gewesen sein könnte.«

»Ach ja?«

Kevin kam näher und setzte sich zu uns. »Und wie geht es aus? Hat sie neues Land aus dem Nebel geformt?«

»Das könnte man durchaus so sagen.«

Ich schob die Akte zu ihm hinüber. Er öffnete den Deckel, sah kurz hinein und schloss ihn dann wieder. Er hatte offenbar keine Lust zum Lesen und wartete auf meine Zusammenfassung.

»Sie haben einen realen Mord mit anschließendem Suizid nachgestellt.«

Kevin stieß einen leisen Pfiff aus.

»Das Mädchen hat den Sturz überlebt«, fuhr Marie-Luise fort. »Und trotzdem hat es sich wenig später umgebracht. Ich habe das Gefühl, diese Akte könnte uns noch so einiges über Clarissa und das Spiel erzählen. Wenn sie sich so sehr mit dieser Ranftleben identifiziert hat, müssten wir ihr noch einige weitere Anhaltspunkte entnehmen können. Aber das ist schwierig. Ich bin kein Psychologe.«

»Ich auch nicht«, sagte ich.

»Aber Kerstii«, antwortete Kevin. »Soll ich sie ihr geben? Und nach was soll sie suchen?«

Marie-Luise runzelte die Stirn. Auch ich überlegte fieberhaft.

»Vielleicht«, begann ich zögernd, »nach welchen Gesichtspunkten Klara damals in der Nervenklinik ihre Opfer ausgesucht hat. Wir könnten so einen Hinweis auf das Motiv finden. Mir ist immer noch unklar, warum unsere Schwarze Königin ausgerechnet diese Klasse eliminieren will. Und wie weit sie dabei gehen wird.«

»Rechne mit dem Schlimmsten«, antwortete Marie-Luise. »Mit Ravenée hätte es um Haaresbreite die erste Tote gegeben.«

Das erinnerte mich an Marie-Luises hervorragende Kontakte zur Kriminalpolizei. Ich holte mein Handy aus der Anzugjacke. *Ihr sucht den Verräter? Er ist unter euch. Denkt nach, wer zuletzt gekommen ist.* Ich zeigte die SMS Marie-Luise und Kevin.

»Diese Nachricht wurde angeblich von Clarissas Handy

aus abgeschickt. Mit solchen Mitteilungen wird die Klasse im Moment terrorisiert. Ich möchte wissen, ob das wirklich ihre Nummer ist – oder war, und wie so etwas möglich ist. Und ob es die gleiche Nummer ist, unter der unser anonymer Hinweisgeber am Tag der offenen Tür die Polizei angerufen hat.«

»Dieses Dreckschwein.« Kevin gab mir das Handy zurück. »Jetzt benutzt die Sau auch noch das Handy eines toten Mädchens? Warum?«

»Nachrichten aus der Gruft«, erklärte Marie-Luise lakonisch. »Sie spielt souverän mit dem gesamten Repertoire unserer Ängste.«

»Und warum erstattet keiner Anzeige?«

»Weil sie alle ein schlechtes Gewissen haben«, sagte ich. »Jeder Einzelne von ihnen fühlt indirekt Schuld an Clarissas Tod. Und auch wenn es auf den ersten Blick so aussieht: Das, was jetzt gerade passiert, ist keine Rache. Keine späte Wiedergutmachung. Das ist etwas anderes.«

»Was?«, fragte Kevin.

»Es ist ein Serienmord mit Vorankündigung.«

In ihren Gesichtern konnte ich lesen wie in einem offenen Buch. Unglaube, Ratlosigkeit, Entsetzen.

»Bist du dir wirklich sicher?«, fragte Marie-Luise.

Ich nickte. »Zumindest denkt jemand gerade sehr intensiv darüber nach.«

Wir trennten uns, jeder mit einem klar umrissenen Aufgabengebiet. Marie-Luise würde sich bei der Polizei nach der Handynummer erkundigen. Kevin kopierte die Ranftleben-Akte und brachte sie Kerstii, in der Hoffnung, dass sie etwas Licht in das Dunkel bringen könnte.

Und ich machte mich zwei Tage später, nachdem ich zwei sehr höfliche, aber dringende Telefonanrufe getätigt hatte, auf den Weg zu Clarissas Eltern. Ich wollte wissen, wer ihr Handy geklaut haben könnte. Und was sie mit Mathias am Laufen gehabt hatte. Vor allem aber wollte ich endlich wissen, was für ein Mensch sie wirklich gewesen war.

Ich wurde in einer dieser stattlichen Villen am Majakowskiring erwartet. Die Dämmerung war schon hereingebrochen, und ich hatte den Weg durch den Bürgerpark genommen, um die Erde zu riechen und durch Berge von Laub zu waten. Ich wollte meinen Sinn für die Realität wiedergewinnen. Doch zu der Kälte krochen jetzt die Herbstnebel und legten sich unter die weit ausholenden Baumkronen der Kastanien. Die Äste hatten schon viel Laub verloren. Ihre dürren Zweige hoben sich wie skurrile Scherenschnitte vor dem Dämmerblau des Himmels ab, und die Dunstschwaden, die um die Stämme zogen, zeichneten das bizarre Bild einer weiß wallenden Flut, aus der die Gerippe der Zweige ragten wie aus einem gefluteten Tal.

Das Haus war hell erleuchtet. Es war ein schöner Bau aus den dreißiger Jahren, mit dem typischen Giebel aus gebrannten Ziegeln über der Eingangstür. In ihr stand ein circa fünfzigjähriger kleiner Mann mit einem großen Kopf. Er trug Lederpantoffeln und eine dunkle Hausjacke. Höflich trat er einen Schritt zurück, um einem Golden Retriever Platz zu machen. Der Hund sprang auf mich zu und umschnüffelte mich mit fröhlichem Schwanzwedeln.

»Sabina!«, rief der Mann. »Entschuldigen Sie bitte, sie ist noch so jung.«

»Keine Ursache.«

Wir gaben uns die Hand.

»Klaus Scharnow. Meine Frau erwartet uns im Wohnzimmer.«

Er führte mich durch einen hellen Flur mit abgezogenen Holzdielen in einen großen, aber relativ niedrigen Raum. Er nahm fast die Hälfte des Hauses ein, denn es fanden sich auf drei Seiten des Raumes rechteckige, längs gelegte Fenster. In der hinteren Ecke des Raumes brannte ein offenes Kaminfeuer. Davor war eine dunkle, schlichte Sitzgruppe arrangiert. Aus einem der Sessel erhob sich jetzt eine ebenfalls kleine, etwas rundliche Frau mit dunklen Haaren und erkennbar südländischen Gesichtszügen.

Sie lächelte, kurz und freundlich, doch mit einer durchaus erkennbaren Zurückhaltung.

»Ich bin Chiara Scharnow, die Mutter von Clarissa.«

Auch sie gab mir die Hand und nahm mir dann meinen Mantel ab.

»Frieren Sie denn nicht? Es ist schon so kalt draußen.«

Sie hatte recht, aber ein Wintermantel stand im Moment nicht zur Debatte. Ich übertrieb den Grad meiner Abhärtung etwas und nahm dann, nach Aufforderung, so nah wie möglich am Feuer Platz.

Sie hatten mich nicht wiedererkannt. Dabei waren wir uns schon einmal begegnet. Damals, an diesem drückend heißen Spätsommertag, als sie einen Blumenstrauß auf den Stufen der Schule ihrer verstorbenen Tochter abgelegt hatten.

Ich mochte das Haus sofort. Und die Art, wie man mit seiner Architektur umgegangen war. Die Möbel wirkten gediegen und seit langer Zeit in Gebrauch, trotzdem strahlten sie etwas zeitlos Modernes aus, was durch sparsam arrangierte Dekorationen unterstrichen wurde. Nach all den kitschigen Ölbildern und Seidenblumengestecken der letzten Tage eine reine Wohltat. An den Wänden hingen einige sehr schöne Grafiken, und erst jetzt entdeckte ich neben dem Kamin ein Ölgemälde. Es zeigte eine Familie, konventionell arrangiert: sitzende Mutter, stehender Vater, Tochter und Sohn zur Linken und zur Rechten.

»Das sind Sie«, stellte ich fest.

Herr Scharnow nickte. Unter dem Hausmantel trug er Hemd und Hose, vermutlich seine Bürokluft, mit der er es sich auf diese Weise zu Hause bequem machte. Er war kein schöner Mann. Noch nicht einmal attraktiv. Das Haar zwischen mausbraun und grau, schütter am Hinterkopf, ein heller Teint mit Sommersprossen und ein grobknochiges, breites Gesicht. Sein bulliger Kopf saß auf viel zu schmalen Schultern, was seinem ganzen Körper eine merkwürdige Asymmetrie verlieh. Er hatte eine knollige, hässliche Nase und viel zu dicke Lippen. Trotzdem wirkte er auf mich sympathisch. Seine Augen blickten wach und freundlich, und bevor er das Wort an mich richtete, rückte er näher an seine Frau und legte beschützend seine Hand auf ihr Knie.

»Das waren wir, ja.« Sie legte die Hand auf seine. »Klaus, die Kinder und ich. Eyk ist in einem Internat am Bodensee. Das Bild haben wir vor drei Jahren in Auftrag gegeben.«

Ihre Worte flossen weich ineinander, und ich vermutete, dass sie Italienerin war. In ihrer Jugend musste sie eine sehr schöne

Frau gewesen sein. Auch jetzt noch strahlte sie eine natürliche Anmut aus, die durch ihre leichte Fülligkeit sogar noch unterstrichen wurde. Sabina ließ sich zu ihren Füßen nieder. Die Frau kraulte sie mit der anderen Hand leicht hinter den Ohren.

Scharnow nahm die Hand von ihrem Knie und beugte sich vor. Es war unübersehbar, dass er nicht vorhatte, irgendein Höflichkeitsgeplänkel mitzumachen.

»Herr Kladen hat mich angerufen und gebeten, Sie zu empfangen. Was können wir für Sie tun?«

Ich hatte Kladen eingeschaltet, um ein Entree zu haben und damit er das Gefühl hatte, auf dem Laufenden zu sein. Von der Krankenakte hatte ich ihm noch nichts erzählt. Aber er schien mir und meiner Einschätzung zu vertrauen, dass dieses Gespräch wichtig sein könnte.

»Ich möchte mit Ihnen über Clarissa reden. Nicht im Allgemeinen, sondern über die letzten Wochen vor ihrem Tod.«

»Warum?«

»Weil wir annehmen, dass die Gründe für Clarissas Selbstmord vielleicht auch in ihrem schulischen Umfeld zu suchen sind.«

»Das kommt reichlich spät von Ihrer Seite. Wir haben das schon lange vermutet, aber alle unsere Gesprächsversuche in dieser Hinsicht wurden abgeblockt. Dürften wir wissen, was der Grund für diesen plötzlichen Sinneswandel ist?«

Scharnow mochte klein sein, aber er strahlte innere Autorität und Ruhe aus. Trotzdem nahm ich mir vor, ihn nicht zu sehr einzuweihen. Er und seine Frau wirkten wie Menschen, denen man mit Vampiren, Schwarzen Königinnen und tödlichen Dachbodenspielen gar nicht erst zu kommen brauchte. Dass ich mich nachts in Hadar Hosea vom Hohen Blick zur Rabeneiche verwandelt hatte, um mit Anselm von Justingen Kontakt aufzunehmen, schon gar nicht.

»Ich habe den Eindruck, dass jemand meiner Klasse direkt oder indirekt die Schuld an Clarissas Tod gibt. Ihre ehemaligen Mitschüler werden auf perfide Weise terrorisiert, ein Mädchen ist am Tag der offenen Tür fast vergiftet worden.«

»Vergiftet?«

Chiara Scharnow fuhr erschrocken zusammen. Sabina richtete sich auf. Die Marke an ihrem Halsband klirrte, und Frau Scharnow fuhr ihr nervös durch das Fell.

»Mit was?«, fragte Scharnow.

»Mit einem Extrakt aus Eibenrinde. Ein altes, ziemlich in Vergessenheit geratenes Mittel.«

Beide sahen sich an. Irgendetwas spielte sich gerade in ihren Köpfen ab. Irgendetwas, von dem sie beide wussten und an das ich sie erinnert hatte.

»Eibe«, sagte Scharnow.

»Kommt Ihnen das bekannt vor? Können Sie mir irgendwie weiterhelfen?«

Chiara Scharnow beugte sich herunter und umarmte den Hund. Dem wurde das alles zu eng oder zu warm, jedenfalls wand er sich mit klirrendem Halsband und schlüpfte durch ihre Arme hindurch. Hinter dem Sessel baute er sich auf und schüttelte sich lautstark und lang anhaltend.

Scharnow zischte ihm ein »Aus!« zu und wandte sich dann wieder an mich.

»Damit ich Sie richtig verstehe – jemand rächt unsere Tochter? Jemand aus Ihrer Klasse?«

Ich zuckte, so vage es ging, mit den Schultern. »Das ist gut möglich. Auf jeden Fall kennt er die Schüler sehr gut. Er trifft sie an ihren wunden Punkten. Und er jagt ihnen Angst ein.«

Scharnow nickte und atmete tief durch. »Dann bin ich, ehrlich gesagt, der Ansicht, ihn gewähren zu lassen.«

»Dann, Herr Scharnow, möchte ich, ehrlich gesagt, wissen, warum Sie so denken.«

Wir sahen uns an. Ich hatte nicht vor, auch nur einen Millimeter zu weichen. Sosehr ich Scharnow verstand – es ging um einen Mordversuch und vielleicht auch noch um eine Fortsetzung.

Scharnow merkte das. Auf jeden Fall lehnte er sich zurück und hob mit einer begütigenden Geste die Hand.

»Ich verstehe Sie ja. Sie sind neu an der HBS, nicht wahr? Sonst würden wir Sie kennen. Sie scheinen mir ein engagierter Lehrer zu sein, denn von all den anderen hat es bis heute niemand für nötig erachtet, auch einmal nach unserer Meinung zu fragen. Im Gegenteil. Wir wurden behandelt, als ob unsere Tochter mit ihrem vermeintlichen Suizid nur eines im Sinn gehabt hätte: den Ruf der HBS zu ruinieren. Man hat uns wortwörtlich gesagt, dass es ein großer Fehler war, sie wieder aufzunehmen. Wenn mir diese Frau eines Tages auf der Straße begegnen sollte ...«

Er ließ offen, wen er meinte und was er dann zu tun gedachte, aber mir war beides klar.

»Sie sprechen von einem vermeintlichen Suizid. Warum?«

Scharnow stand auf. Um sich irgendwie zu bewegen, ging er zum Kamin, nahm einen Schürhaken und stocherte damit in der Glut herum. Dabei drehte er mir den Rücken zu. Nur seine Stimme verriet, dass er Mühe hatte, seinen Zorn zu verbergen.

»Es gab keinen Abschiedsbrief. Den gibt es immer. Vor allem bei jungen Leuten. Sie wollen die Welt, die sie zu diesem Schritt gezwungen hat, dafür an den Pranger stellen.«

Funken stoben auf. Sabina starrte von ihrem Platz aus wie hypnotisiert ins Feuer. Sie war klug genug, nicht näher heranzugehen.

»Das verstehe ich. Aber es könnte auch eine Kurzschlusshandlung gewesen sein.«

Das Stochern wurde heftiger. »Dann erklären Sie mir bitte, warum mein Mädchen einundzwanzig Stockwerke hochläuft, bevor es einen Kurzschluss hat.«

Chiara Scharnow stand hastig auf, trat zu ihrem Mann und legte ihm die Hand auf die Schulter. Er legte den Schürer zur Seite und senkte den Kopf. Sabina begann, leise zu winseln. Sie lief auf das Paar zu und stupste ihr Frauchen sanft in die Kniekehlen.

Scharnow drehte sich um. »Alle sechs Fahrstühle waren unten. Niemand hat sie benutzt. Nicht in der Zeit, in der es passiert ist.«

Seine Augen waren gerötet. Sorgfältig hängte er den Schürer wieder an das Gestell. »Clarissa hatte ab und zu Schwindelanfälle. Vermutlich Nebenwirkungen der Medikamente, die sie manchmal nehmen musste. Sie litt unter Epilepsie. In den letzten Jahren hatte sich ihr Zustand sehr gebessert. Sie hätte ein fast normales Leben führen können. Wenn ihre Mitschüler sie nicht zur Geisteskranken abgestempelt hätten.«

»Wussten sie von Clarissas Krankheit?«

»Es hat sich herumgesprochen.«

Er setzte sich wieder hin. Chiara blieb stehen und schaute aus dem Fenster hinaus in die Dunkelheit. Ich konnte sehen, wie sich ihr Gesicht in der Scheibe spiegelte. Sie biss sich auf die Lippen, starrte ins Leere und versuchte, Haltung zu bewahren.

»Ein paar Wochen vorher hatte sie sich bei einem Anfall verletzt. Sie ist von einer Leiter gefallen, oben auf dem Dachboden. Es gab Komplikationen, und sie musste wieder ins Krankenhaus.«

»Was hat sie über diesen Unfall erzählt?«

Scharnow massierte sich mit den Zeigefingern die Schläfen und grub in seinem Gedächtnis nach Erinnerungen. Es fiel ihm schwer, aber ich spürte, dass er sich wirkliche Mühe gab.

»Sie suchte etwas für den Biologie-Unterricht. Irgendein altes DDR-Buch. Sie kletterte natürlich ganz nach oben, wie das ihre Art war.«

Ein kaum wahrnehmbares, zärtliches Lächeln huschte über sein grobes Gesicht. »Sie war mutig. Sie war stark. Sie hat sich nie in den Vordergrund gedrängt, aber sie besaß diese innere Kraft, die Menschen haben, die früh das Leiden, das Erdulden lernen müssen. Ihre Krankheit hat sie immer zur Außenseiterin gemacht. Kurze Zeit hatten wir das Gefühl, dass sie sich mit der kleinen Kladen und dieser Ravenée angefreundet hatte. Da war sie zwölf, dreizehn Jahre alt. Aber das war schnell vorbei, als aus Clarissa ein wirklich hübsches Mädchen wurde.«

Er sah hoch zu dem Ölgemälde. Anders als die Schnappschüsse der Jahresabschlussfotos hatte hier ein wirklich guter Maler versucht, die Charaktere in den Gesichtern lebendig werden zu lassen. Ich sah ein junges Mädchen kurz vor dem Erblühen. Dunkle, nachdenkliche Augen, in denen sehr viel Wissen und Reife lag. Das Lächeln, das ihre Mundwinkel umspielte, erinnerte mich ebenso wie ihre Körperhaltung und die lockigen, fast schwarzen Haare, die sie in der Mitte gescheitelt trug, an die Madonnenbilder in italienischen Kirchen.

»Und als sie sich dann in diesen Mathias verliebte, dachten wir, dass sie es geschafft hat. Ein junger Mann, der ihre Krankheit akzeptiert, dachten wir. Aber dann –«

»Da!« Chiara Scharnow wich vom Fenster zurück und zeigte mit dem Arm hinaus in die Nacht.

»Da war jemand! Da ist jemand im Garten!«

Scharnow sprang auf, Sabina folgte augenblicklich. Er lief in den Flur, riss eine Schranktür auf und holte ein Gewehr heraus. Noch bevor ich ihn zurückhalten konnte, riss er die Haustür auf. »Such, Sabina, such!«

Scharnow lief die Stufen hinunter und um das Haus herum. Ich folgte ihm. Sabina sprang vorneweg, blieb unter einem Baum stehen und schlug an. Wir suchten den ganzen Garten ab, aber der Eindringling war verschwunden. Scharnow ging zu seinem Hund und beruhigte ihn. Von diesem Platz aus konnte man direkt in das hell erleuchtete Wohnzimmer sehen. Der Lichtschein fiel in den Garten und erreichte auch den Baum, unter dem wir standen.

»Das ist eine Eibe«, sagte ich.

»Ja.« Scharnow sah kurz hoch und nickte. »Er ist weg. Gehen wir wieder rein.«

Er nahm die aufgeregte Sabina am Halsband und ging voraus. Im Flur verstaute er das Gewehr wieder in dem Waffenschrank.

»Sie müssen den Schrank abschließen.«

Scharnow sah mich herausfordernd an. »In meinem Haus muss ich gar nichts.«

Mittlerweile hatte seine Frau begonnen, die Vorhänge zuzuziehen. Als wir ins Wohnzimmer kamen, lächelte sie mich um Verzeihung bittend an.

»Das ist der Park«, erklärte sie. »Nachts geschehen da manchmal merkwürdige Sachen. Junge Leute treffen sich und üben Überfälle oder etwas Ähnliches, ich habe schon einmal die Polizei gerufen, aber sie scheinen harmlos zu sein.«

Ich verkniff mir die Frage, ob diese jungen Leute etwas anämisch und blutleer gewirkt hatten, und sah auf die Uhr. Gleich sechs. Ich wollte die beiden nicht länger als nötig behelligen. Doch ein paar Fragen hatte ich noch.

»Der Unfall. Was ist da passiert?«

»Sie hat sich das Bein gebrochen, ein komplizierter Bruch, der auch noch die Oberschenkelvene perforiert hat. Sie hat viel Blut verloren. Ich dachte, Sie wüssten das.«

Er trat einen Schritt auf mich zu. Scharnow reichte mir gerade bis zur Schulter, und auch er hatte, wie seine Tochter, früh gelernt, mit seinem Makel fertig zu werden. Er ignorierte ihn einfach. Als er zu mir hochsah, erkannte ich in seinem Blick nichts als kalte Wut.

»Sie lag im vierten Stock. Mit einem gerade heilenden, mehrfach gebrochenen und genagelten Bein. Wenn sie wirklich vorhatte, aus dem Leben zu scheiden, warum sollte sie sich diese einundzwanzig Stockwerke hohe *via dolorosa* zumuten? Warum quält sie sich über sechshundertsechzehn Stufen?«

Er wandte sich ab und tätschelte Sabina den Kopf, die hechelnd und erfreut über diesen kurzen Ausflug ins Freie um ihn herumtänzelte.

»Der Nachtportier und die Krankenschwester wurden vernommen. Um 22 Uhr lag sie schlafend in ihrem Bett. Um 22:30 Uhr war sie tot. In dieser Zeit hat niemand einen der Fahrstühle benutzt. Was also ist passiert? Hat sie einen Anruf bekommen? Hat jemand sie hochgejagt, der auf sie gelauert hat? Der Spaß daran hatte, sie zu quälen?«

Chiara Scharnow schluchzte auf. Ihr Mann war sofort bei ihr und nahm sie in die Arme. Sie war nicht viel größer als er. Zwei kleine Menschen, die so schwer zu tragen hatten. Das Bild der beiden grub sich tief in mir ein. Der Tod blieb nicht nur bei Toten. Er stürzte auch die Lebenden in ein nasses Grab aus Tränen.

Ich gab ihnen eine Minute, um sich zu beruhigen.

»Das sind Ungereimtheiten, denen man nachgehen muss. Trotzdem kann man nicht eine ganze Klasse dafür verantwortlich machen. Sosehr ich Ihre Gefühle verstehe und so ernst ich das nehme, was Sie mir gerade gesagt haben, es gibt uns nicht das Recht, ein Dutzend Schüler einfach aufzugeben.«

Scharnow ließ seine Frau los. »Ich rede nicht mehr von Recht. Ich rede von Gerechtigkeit.«

Er hatte das kalt und ohne Mitleid gesagt. Wir gingen wieder in die Kaminecke und setzten uns. »Herr Scharnow ..., haben Sie Kontakt zu der Klasse aufgenommen? Haben Sie Clarissas Handy benutzt?«

»Was erlauben Sie sich!« Der scharfe Ton ihres Herrchens versetzte Sabina in Habtachtstellung. »Denken Sie, ich fange jetzt mit Selbstjustiz an?«

»Nein!« Ich hob beschwichtigend die Hände. Ein dunkles Grollen tief in Sabinas Kehle brachte mich dazu, sie schnell wieder sinken zu lassen. »Aber irgendjemand benutzt immer noch Clarissas Handy.«

Ich erzählte ihnen von dem Spiel, in dem Clarissa vielleicht eine größere Rolle übernommen hatte, als wir bis jetzt ahnten.

»Damit ich Sie recht verstehe«, fasste Scharnow meine bruchstückhaften Erklärungen zusammen. »Es wurde auf diesem Dachboden also kein Buch gesucht, sondern ein Spiel gespielt. Larp, wie Sie es nennen. Ist das eine verbotene Sache? So wie diese Computerspiele, die Eyk immer angebracht hat?«

»Nein.«

Ich hatte in den letzten beiden Tagen einiges recherchiert und herausgefunden, dass kein Rollenbuch bisher indiziert worden war.

»Es ist eine Freizeitbeschäftigung und als solche harmlos. Es ist aber vorstellbar, dass Clarissas Unfall sich während dieses Spiels ereignet hat.«

Chiara Scharnow hatte bisher stumm neben ihrem Mann gesessen und zugehört. Jetzt wandte sie sich mit der Frage an mich, die ich am meisten fürchtete. »Und ihr Tod? War der auch Teil eines ... Spiels?«

»Das weiß ich noch nicht. Deshalb ist es wichtig herauszufinden, wer hier die Fäden zieht und Clarissas Handy benutzt, um die Schüler zu terrorisieren. Das ist kein Robin Hood. Das ist kein Rächer Ihrer Tochter. Das ist jemand, der damals mit dabei war und heute einfach weitermachen will.«

Die letzten Worte hatte ich direkt an Scharnow gerichtet. Der Mann lehnte sich wieder zurück, atmete tief ein und schloss die Augen. So verharrte er einen Moment, bis er einen Entschluss gefasst hatte und mich wieder ins Visier nahm.

»Kommen Sie mit.«

Ich folgte ihm hinaus in den Flur. Neben dem Waffenschrank führte eine Tür in ein Zimmer auf der linken Seite des Hauses. Er öffnete sie und betätigte den Lichtschalter, dann ging er hinein und bat mich, ihm zu folgen.

Es war das Reich eines Teenagers auf dem Weg vom Kind zum Erwachsenen. Auf dem Kleiderschrank staubte ein wilder Haufen Stofftiere vor sich hin, unter dem Fenster stand ein Schreibtisch mit Computer, und an den Wänden hingen Poster von Musikgruppen, deren Existenz selbst Kevin an den Rand seines wahrlich nicht bescheidenen Wissens treiben würde. *Deicide*, entzifferte ich. *Meshuggah*. *Cradle of Filth*. Eine Band namens *Belphegor* bewarb eine CD namens »Pestapokalypse VI« und machte dem Titel mit ihrem Aussehen auch alle Ehre. Mit einem Aufatmen erblickte ich das bleiche Gesicht von Marilyn Manson. Erstens kannte ich ihn, und zweitens wirkte er unter diesen Horrorgestalten geradezu biedermeierlich brav.

Für ein Mädchen war das ein außergewöhnlicher Musikgeschmack. Wo zwischen Death Metal und Splatter Punk noch Platz war, hingen Sporturkunden. Die Tür war beklebt mit Fotos von Hockeyschülern und Siegesfeiern eines Sportvereins. Long-Range-Schützen mit Standardgewehren, wie ich auf den zweiten Blick bemerkte.

Das Zimmer war aufgeräumt und sah aus, als sei es immer noch bewohnt. Über dem ordentlich gemachten, schmalen Bett war ein grüner Überwurf glatt gezogen. Auf dem Nachttisch stand ein Wecker. Die Zeiger waren bei 2:17 Uhr stehen geblieben.

Scharnow ging auf den Schreibtisch zu und schob den Drehstuhl zur Seite. Dann zog er eine braune Umzugskiste hervor. Als er sie in der Mitte des Raumes platziert hatte, sah er kurz hoch.

Chiara war uns gefolgt. Stumm beobachtete sie, wie ihr Mann den Karton öffnete und eine hellblaue Decke hervorholte. Unter der Decke waren verschiedene kleine Kisten und Körbe verstaut, dazu einige Kleidungsstücke und ein paar weiße, zierliche Sandaletten.

»Das Leben muss weitergehen«, sagte Scharnow schließlich. »Wir wollten aus ihrem Zimmer kein Museum machen. Das hätte sie nicht gewollt. Aber wir konnten uns auch nicht ganz von ihren Sachen trennen. Der Psychologe hat uns geraten, einiges aufzuheben. Nächste Woche bringen wir es in den Keller.«

»Ich kann das nicht.«

Chiara wandte sich ab und ging zurück ins Wohnzimmer. Einen Moment lang sah es so aus, als ob Scharnow ihr folgen wollte, dann widmete er sich der Kiste. Vorsichtig hob er die kleinen Kartons heraus, schaute in den einen hinein, legte den anderen ungeöffnet neben sich, bis er eine braune Kuriertasche aus verwaschener Baumwolle herausholte, auf der Vorderseite verziert mit dem kreischbunten Abbild einer anorektischen Boygroup.

»Ihre Schulmappe. Und hier vorne hatte sie immer ihr Handy.«

Er griff in eine kleine Seitentasche und holte ein Mobiltelefon heraus.

»Das gehört Clarissa. Glauben Sie mir, seit ihrem Tod hat es keiner benutzt.«

Ich nahm es ihm sanft aus der Hand und sah es mir genauer an. Es war ein modernes Modell mit einem Klappmechanismus. Ich suchte und probierte ein wenig herum, dann hatte ich den Akku gefunden und entfernt.

»Es ist keine SIM-Karte drin«, sagte ich.

»Zeigen Sie her.«

Scharnow nahm es mir aus der Hand und überzeugte sich, dass ich die Wahrheit gesagt hatte. Dann stand er auf und ging zur Tür.

»Hast du die Telefonkarte aus Clarissas Handy genommen?«

»Nein«, kam es zurück. »Warum fragst du?«

»Weil sie weg ist«, gab er leicht ungeduldig zurück. Dann drehte er sich zu mir um. »Es war eine Prepaid-Karte. Deshalb haben wir sie auch nicht abgemeldet. Sie konnte sie jeden Monat neu von ihrem Taschengeld aufladen.«

»Und solange ein Guthaben existiert, kann sie benutzt werden.«

Scharnow ließ das Handy sinken und starrte auf die wenigen Habseligkeiten seiner Tochter, die vor ihm ausgebreitet auf dem Boden lagen. »Sie wird also noch nach ihrem Tod bestohlen?«

Ich hob die Sandalen hoch, als ob ich die Absicht hätte, ihm beim Einräumen zu helfen. Eine Siebenunddreißig. Bingo. Offenbar hatte die halbe HBS die gleiche Schuhgröße.

Behutsam legte ich die Sandalen zu den anderen Sachen in die Kiste. Dann stand ich auf. Es war an der Zeit, zu gehen. Ich hatte erfahren, was ich erfahren konnte.

Er ging in die Hocke und fing an, Clarissas letzte Habe wieder einzusammeln. Ich ging ins Wohnzimmer, um mich von Chiara Scharnow zu verabschieden. Ich fand sie vor dem Kamin, wo sie abwesend in die Flammen blickte. Als ich auf sie zutrat, fuhr sie erschrocken herum. Ein Blick zur Wohnzimmertür bestätigte ihr, dass ihr Mann außer Sicht- und Hörweite war.

»Sabina ist ein Jahr alt. Wir haben sie uns angeschafft, weil unser Hund, den wir davor hatten, vergiftet wurde. Er war schon sehr alt, und er hatte dieses Ende nicht verdient. Ich habe seinen Mageninhalt untersuchen lassen. Ich wollte wissen, was ihn umgebracht hat.«

»Und was war es?«

»Es war irgendetwas, das in Eiben vorkommt. Clarissa war es nicht. Vicky war ihr Ein und Alles. Sie hat sie als Welpen bekommen und großgezogen und für sie gesorgt, all die Jahre.«

»Wer war es dann?«

Sie biss sich auf die Lippen und warf erneut einen Blick in Richtung Flur.

»Sie haben ihn ja gehört. Er hält große Stücke auf Mathias. Anfangs ging mir das auch so. Aber dann habe ich gesehen, wie ...«

Scharnow verließ gerade Clarissas Zimmer und ging in den Flur zur Garderobe, um meinen Mantel zu holen. Sie beugte sich zu mir und senkte die Stimme.

»Mathias kam aus der Küche, wo der Fressnapf stand, und verstaute etwas in seiner Tasche. Ich habe nicht weiter darauf geachtet. Am nächsten Morgen war Vicky tot.«

»Konnten Sie sehen, was es war?«

»Es sah so aus wie ein kleines Fläschchen.«

»Haben Sie ihn darauf angesprochen?«

»Nein«, antwortete sie.

»Warum nicht?«

»Weil Clarissa ein paar Tage später Schluss mit ihm gemacht hat.«

Scharnow kam mit meinem Mantel und half mir, ihn überzuziehen. Ich bedankte mich für das Gespräch und versprach, mich bald wieder zu melden. Sie nahmen das mit der leichten Resignation derer entgegen, die sich nichts mehr erhofften, weil es zu schmerzhaft war.

Ich verließ das Haus und sah auf dem Bürgersteig noch einmal zurück. Sie hatten einen Sohn. Vielleicht half es über solche Schicksalsschläge hinweg, wenn wenigstens eine Hälfte der Zukunft nicht ausgelöscht war.

Es begann zu regnen. Ich klappte den Mantelkragen hoch und versuchte, das aufsteigende Frösteln zu ignorieren. Der Herbst war zu schnell und zu plötzlich gekommen. Noch war der Körper die lauen Nächte und die letzten wärmenden Sonnenstrahlen gewohnt, nicht diese finstere, schwarze Dunkelheit, die das diesige Licht der Straßenlampen nur ungenügend erhellte.

Ein paar Hundert Meter weiter rechts sah ich eine Bushaltestelle. Ich hatte mich gerade in Bewegung gesetzt, da brummte mein Handy. Eine SMS.

Du willst wohl mitspielen? Du hast keine Ahnung, auf was du dich einlässt.

Ich simste zurück. *Das nächste Mal komm rein und zeig dich.*

Keine fünf Sekunden später bekam ich einen Anruf. *Nr. unbekannt.*

»Herr Vernau?«, flüsterte eine Stimme.

Sofort stieg mein Adrenalinspiegel. »Wer spricht da?«

»Das tut nichts zur Sache. Es geht um die Akten. Die, die Sie noch nicht gesehen haben. Sie sind ziemlich wichtig.«

Der Anrufer versuchte seine Stimme zu verstellen und hatte offenbar ein Taschentuch über das Telefon gelegt. Trotzdem kam sie mir bekannt vor.

»Veiko?«, fragte ich. Und bekam keine Antwort. »Heikko? Warst du das draußen im Garten eben?«

Es war deutlich zu hören, wie am anderen Ende scharf ausgeatmet wurde. »Ich bin nicht in einem Garten. Ich bin vor der HBS. Ich weiß, wo die Akten sind. Ich habe sie gesehen und Kopien gemacht, bevor sie jemand verschwinden lässt. Sie müssen –«

Ich hörte eine Stimme im Hintergrund, laut und aggressiv. Der Anrufer unterbrach die Verbindung.

Ich stand an der Bushaltestelle, wartete, wurde nass und dachte über Akten nach. Und über die Angst in der Stimme des Anrufers, sein Flüstern, die Panik, die er mitten in dem Gespräch bekommen hatte. Jemand hatte ihn gesehen, vielleicht sogar belauscht, und angesprochen.

Und mit einem Mal drehte ich mich um und lief los. Quer durch den Bürgerpark, ohne nach links und rechts zu schauen. Ohne auf das Seitenstechen zu achten, auf Matsch und Hundekot, und der Park wollte kein Ende nehmen und zog sich ins Uferlose, und ich hatte die Hälfte hinter mich gebracht, da hörte ich von weit her ein Martinshorn. Ich lief noch schneller. Ich bekam Angst vor dem, was sich in mir gerade von einer Ahnung in Gewissheit verwandelte, und diese Angst verlieh mir ungeahnte Kräfte. Mir war auch nicht mehr kalt. Ich schwitzte plötzlich und verfluchte meine mangelnde Kondition, die mich keuchen und nach Atem ringen ließ und beinahe in die Knie zwang. Als ich endlich das andere Ende des Parks erreicht hatte und durch kleine Seitenstraßen Richtung Paradeweg rannte, kam eine Polizeisirene dazu. Ich lief an dem Eiscafé mit den großen Kastanien vorbei, in dem ich vor gar nicht langer Zeit mit Dagmar gesessen hatte, und erinnerte mich an ihr Lachen und die schwarze Krone in ihren lockigen Haaren. Ich wünschte mir nichts mehr, als dass sie da wäre, hier und heute, und dass mich endlich einmal jemand in den Arm nehmen und vor dem beschützen würde, was jetzt, gleich, auf mich wartete, und ich betete, dass ich mich gründlich irrte.

Das Gebet wurde nicht erhört.

Auf der Kreuzung Paradeweg Ecke Breite Straße standen ein BVG-Bus und einige Pkws. Der Notarzt war gerade eingetroffen, ein Polizeiwagen stand an der Ecke und schirmte den weiteren Verkehr ab. Mehrere Dutzend Menschen standen um die Unfallstelle herum und versperrten die Sicht. Ich drückte mich an ihnen vorbei und sah gerade, wie zwei Sanitäter sich um einen leblosen Körper kümmerten, der halb unter dem Bus lag. Ein junger Mann offenbar, seine weiße Worker-Jeans und die Halbschuhe ließen darauf schließen. Der Regen war kräftiger geworden, Pfützen bildeten sich am Straßenrand. Es musste ihn schwer erwischt haben, denn rund um den Jungen unter dem Bus vermischte sich Wasser mit Blut, lief in breiten Rinnsalen über den Asphalt und floss wie ein roter Bach in den Rinnstein.

Der Busfahrer, kreidebleich, saß auf den Stufen des Einstiegs und fuhr sich ein ums andere Mal durch die Haare. Zwei weitere Polizeiwagen trafen ein und riegelten den anderen Teil der Straße ab. Ein Sanitäter legte sich auf den nassen Asphalt und robbte unter den Bus. Kurze Zeit später kroch er wieder hervor und schüttelte den Kopf. Vorsichtig versuchten beide jetzt, den Körper zu bergen. Ein Polizist hielt sie davon ab. Ich trat näher und erkannte Heikko. Er war tot.

Tränen schossen mir in die Augen.

Der Beamte schob mich zur Seite und begann, die Umrisse von Heikkos Körper auf der Straße nachzuzeichnen. Als er fertig war, legten die Sanitäter Heikko auf die Bahre, hoben ihn hoch und brachten ihn zum Notarztwagen. Ich folgte ihnen.

»Gehen Sie aus dem Weg!«

Der Sanitäter, der unter den Bus gekrochen war, schob mich zur Seite und öffnete die Wagentür.

»Ich kenne ihn«, sagte ich.

Meine Stimme klang anders. Hoch und heiser. Ich räusperte mich. »Ich bin sein Lehrer.«

»Wenden Sie sich bitte an die Beamten.«

Mehrere Polizisten waren aufgetaucht und hatten angefangen, den Unfallort abzusperren und die Bremsspuren zu sichern. Sie achteten nicht auf mich. Ich ging zu dem Busfahrer und setzte mich neben ihn. Er sah mich nicht an, sondern rückte nur ein kleines Stück zur Seite.

»Ich bin sein Lehrer«, sagte ich.

Ich wusste nicht, wie das war, unter Schock zu stehen. Aber jetzt, wo ich halb im Trockenen saß, spürte ich, wie der Schweiß eiskalt auf meiner Haut lag und das Herz in meiner Brust schlug wie ein Schmiedehammer.

»Wie ist das passiert?«

Der Busfahrer war relativ jung, vielleicht Anfang dreißig. Sein schwarzer, dünner Schnurrbart und die geröteten Augen, dazu die kreidige Blässe in seinem Gesicht verliehen ihm ein krankes, ungesundes Aussehen. Er trug einen blauen Pullunder und darunter ein weißes Hemd. Den Kragen hatte er geöffnet.

»Das ist mir noch nie passiert. So was. Das ist das erste Mal.«

»*Wie* ist es passiert?«

»Er ist einfach vom Fahrrad gefallen. Direkt in meine Spur. Einfach umgekippt ist er. Als ob ihn jemand heruntergestoßen hätte. Aber da war niemand. Nirgends. Das ist mir noch nie passiert. Noch nie.«

In diesem Moment teilte sich die Menge, um den Notarztwagen durchzulassen, und da sah ich ihn. Den Bettler mit der Bomberjacke.

Er saß in einem Hauseingang, wohl um sich und seine wenige Habe vor dem Regen zu schützen. Trotz seiner dunklen Sonnenbrille hatte ich das Gefühl, er erblickte mich im gleichen Moment wie ich ihn – und wenn er mich auch nicht wirklich sehen konnte, so spürte er doch dasselbe wie ich: Wir kannten uns.

Der Notarztwagen fuhr im Schritttempo vorüber. Ich sprang auf und versuchte, so schnell wie möglich durch die gaffende Menge auf die andere Straßenseite zu gelangen. Als ich es endlich geschafft hatte, war der Bettler aus dem Hauseingang verschwunden. Ich sah die Breite Straße hinauf und hinunter, lief kreuz und quer durch die Zuschauer, die sich jetzt langsam zerstreuten, aber ich konnte ihn nirgendwo entdecken.

Für einen blinden Bettler hatte er sich erstaunlich schnell aus dem Staub gemacht.

Vielleicht war er ja gar nicht so blind. Dann hatte er vielleicht etwas gesehen. Ich ging noch einmal zu dem Hauseingang und setzte mich auf dieselbe Stelle. Sie war noch warm, also hatte er hier schon länger ausgeharrt.

Eine Polizistin brachte dem Busfahrer gerade eine Decke und etwas Heißes zu trinken. Zwei Beamte der Spurensicherung nahmen sich jetzt den Bus vor, ein dritter schien irgendetwas zu suchen, denn er lief vor und hinter die Unfallstelle und kam jedes Mal mit einem resignierten Schulterzucken zurück.

»Haben Sie ein Fahrrad gesehen?«, hörte ich ihn fragen. »Oder jemanden, der ein Fahrrad mitgenommen hat?«

Heikkos Rad war also verschwunden. Die Zuschauer begannen, aufgeregt miteinander zu diskutieren, doch das Rad blieb unauffindbar. Einige verdrückten sich, als der Beamte anfing, die Personalien abzufragen.

Ich holte mein Handy heraus und wählte Marie-Luises Nummer.

»*Czech?*«

»Jazek?«

Noch bevor ich mich fragen konnte, seit wann diese zwischenmenschliche Situation wieder aktuell war, redete er weiter.

»Du willst bestimmt Marie-Luise sprechen. Warte einen Moment. Sie steht unter der Dusche.«

In mir kochte es. Hatte diese Frau nichts anderes zu tun, als sich ständig vor Zeugen zu trennen und wieder zu versöhnen? Jazeks Tonfall jedenfalls ließ keinen Zweifel aufkommen, was sich soeben zwischen den beiden abgespielt hatte. Und dass er eine klammheimliche Freude verspürte, mich das wissen zu lassen.

Das Handy wurde durch die Wohnung getragen und schließlich weitergereicht.

»Ja?«

Immer noch ein bisschen atemlos. Aber das ging mich alles nichts an. Ich ärgerte mich nur, dass es ausgerechnet Marie-Luise war, die ich ausgerechnet jetzt anrufen musste. Jetzt, wo ich Hilfe brauchte und sie die Letzte war, die ich darum bitten sollte.

Ärgerlicher, als mir lieb war, sagte ich: »Es gibt den ersten Toten.«

»Wer?«

Zumindest klang sie entsetzt. »Heikko. Er ist vor den Bus gefallen.«

»Das gibt es doch nicht. Wann?«

»Eben, vor zehn Minuten. Sie haben seine Leiche gerade abtransportiert. Tut mir leid, dass ich deinen Abend kaputt mache, aber ich dachte, es interessiert dich vielleicht. Noch.«

Das war böse. Und unpassend. Und ich wusste das. Aber ich konnte nichts dagegen tun.

»Wir treffen uns in einer Stunde in der Schwarzmeer-Bar. Schaffst du das?«

Also war sie bei ihm zu Hause. Von mir aus. Sollte sie.

»Schaffst du das? Oder sollen wir dich abholen.«

Wir dich abholen. So schnell gelang ihr also der Sprung vom Singular in den Plural. Du bist neidisch, sagte ich mir. Neidisch, bösartig und gemein. Reiß dich am Riemen.

»Ich schaffe das«, sagte ich.

Als ich aufstand, klirrte es leise. Ich tastete mit der Hand über den Boden. Ein Stück hauchdünner Draht, sorgfältig zu einer kleinen Rolle geschlungen. Ein Draht, so fein, dass man ihn aufgespannt in der Dunkelheit kaum erkennen konnte. Schon gar nicht von einem Fahrrad aus.

Ich fand beide, Händchen haltend, im Vorderzimmer.

Auf dem Weg hatte ich mir fest vorgenommen, meinen Ärger über Marie-Luises Eskapaden hinunterzuschlucken. Es gelang mir auch ganz gut, bis Jazek aufstand, mich an seine Heldenbrust drückte, mir dabei fast zwei Rippen brach und mir sein Beileid ausdrückte.

»Danke«, unterbrach ich ihn. »Ich möchte mit Marie-Luise alleine reden.«

»Dann hole ich dir einen Wodka. *Wyborowa*. Den russischen hier kann man nicht trinken.«

Alexej, der wie gewohnt zu dieser ruhigen Stunde hinter dem Tresen stand und mit einer dunkelhaarigen Schönheit Schach spielte, schaute kurz hoch. Doch Jazek, der sein Hausverbot in neunzig Prozent der umliegenden Lokalitäten trug wie Weltkriegsveteranen ihre Orden, tigerte nach draußen. Ich setzte mich Marie-Luise gegenüber, die sich gerade eine Zigarette anzündete und eine verräterisch rote Nase im Gesicht trug. Typischer Bartstoppelabrieb.

»Ist was?«

Sie wedelte mit dem Streichholz herum, bis es ausging.

»Ich möchte nicht, dass er das alles mitbekommt.«

»Warum denn nicht?«

»Herrgott, verstehst du nicht? Ich habe einen Schüler verloren. Einen, den ich kannte und den ich mochte. Und der mich fünf Minuten vor seinem Tod noch angerufen hat. Und der vielleicht deshalb sterben musste. Das sollen nur Menschen wissen, denen ich vertraue. Und nur denen will ich auch zeigen, wie mir zumute ist.«

»Okay.« Sie gab Alexej ein Zeichen, der gleich darauf mit einer offenen Weinflasche und einem weiteren Glas zu uns trat und ungefragt einschenkte. Die Flasche stellte er auf den Tisch und ließ uns dann allein.

»Du kannst Jazek vertrauen. Übrigens mag er dich.«

Mein Gott! Marie-Luise! Verstand diese Frau denn gar nicht, um was es ging? Ich wollte nicht von Jazek *gemocht* werden. Ich wollte ihm auch nicht vertrauen. Außerdem wusste ich genau, dass er von mir auch nicht mehr hielt als ich von ihm. Diese ganze Pseudo-Mögerei war typisch weibliches Sicheinreden von harmonischen, aber nicht real existierenden Strukturen.

Ich holte den Draht aus meiner Manteltasche und legte ihn auf den Tisch.

»Das habe ich in einem Hauseingang gefunden. Unweit des Tatortes.«

Marie-Luise hob die kleine Rolle hoch und schaute sie sich genau an. »Hat das was mit dem Unfall zu tun?«

»Unfall? Das war Mord. Klarer, eindeutiger Mord. Jemand hat den Draht über die Straße gespannt, als Heikko mit seinem Fahrrad um die Ecke kam. Allein das hätte ihn schon schwer verletzt. Dass er genau vor einen BVG-Bus gefallen ist, war ein kalkuliertes Risiko. Es deckt sich mit dem, was der Busfahrer sagt: Heikko wäre wie von einer unsichtbaren Hand vom Rad gestoßen worden. Das war keine Hand. Das war dieser Draht.«

»So was ist Beweismaterial. Zusammen mit dem Rad –«

»Das Rad ist weg. Jemand hat es noch an der Unfallstelle geklaut.«

Sie stieß einen leisen Pfiff aus. »Oder verschwinden lassen.

Trotzdem musst du ihn der Polizei geben. Warum hast du es nicht getan?«

Sie legte den Draht wieder hin. Ich schob ihn zu ihr hinüber. »Weil du es bist, die so wunderbare Kontakte hat. Ich warte seit drei Tagen darauf, dass du dich endlich mal um etwas kümmerst, was uns weiterbringt. Was ist mit Clarissas Telefonnummer? Hast du schon mit der Polizei gesprochen?«

»Der Freund, den ich dort habe, ist auf einer Fortbildung. Er kommt erst nächste Woche zurück.«

»Na herrlich. Und zwischenzeitlich wird meine Klasse eliminiert.«

Marie-Luise stützte sich mit den Ellenbogen auf und nahm ihre bekannte Gardinenpredigt-Haltung ein. Ich schaute betont desinteressiert an ihr vorbei aus dem Fenster, wo gerade ein Kleinlaster die viel zu enge Straße auf der verzweifelten Suche nach einem Parkplatz abfuhr.

»Jetzt hör mir mal gut zu. Das hat alles seine Gründe, weshalb ich auf ihn warte und nicht zu irgendeinem Bullen gehe, der sich hinter seinem Resopalschreibtisch zu Tode langweilt. Hast du dir mal überlegt, wie das alles klingt? Eine irre Kindsmörderin ist nach hundert Jahren wiederauferstanden und sucht pubertierende Abiturienten heim, die gerne mal ein bisschen mit heimischen Drogen experimentieren. Und ihr Lehrer, dem das alles suspekt vorkommt, treibt sich nachts im Park herum und trifft sich mit Vampiren. Eine tote Schülerin verschickt quicklebendige Nachrichten über ihr Handy. Und ein Junge gerät abends auf regennasser Fahrbahn ins Rutschen und wird von einem Bus überrollt, weil eine unsichtbare Hand ihn von einem verschwundenen Rad gestoßen hat. Und wenn mir bis dahin überhaupt noch einer zuhört, dann wird er mich fragen: Und wer ist schuld daran? Und ich werde sagen: Ladies and Gentlemen, die Schwarze Königin!«

Kopfschüttelnd nahm sie ihr Weinglas hoch und trank einen Schluck. Der Kleinlaster hatte inzwischen gleich gegenüber eine viel zu enge Parklücke gefunden und begann nun mit gewagten Rangiermanövern. Es regnete immer noch. Dazu kam ein böiger Wind auf, der die Schauer immer wieder prasselnd an die Fensterscheibe warf. Eine dunkle Gestalt, die Jacke über den

Kopf gezogen, überquerte hastig die Straße und kam herein. Kevin.

»Ich habe mir erlaubt, ihn hinzuzuziehen. Falls es dir nichts ausmacht.«

Marie-Luise begrüßte ihn mit einem Kopfnicken. Kevin schüttelte seine regennassen Haare, zog die Jacke aus und setzte sich zu uns.

»Das tut mir leid. Marie-Luise hat es mir erzählt. Wie ist es passiert?«

Ich gab ihm eine kurze Zusammenfassung der jüngsten Ereignisse. Dieses Mal aber erweiterte ich meine Geschichte um den Bettler. Und um das, was Heikko kurz vor seinem Tod zu mir gesagt hatte.

»Akten also.«

Kevin stand auf und ging zu Alexej, um sich ein Glas zu holen. Dann kam er zurück, zeitgleich mit Jazek, der mit einer Flasche Wodka unter dem Arm wie selbstverständlich zu uns trat und sich dazusetzte. Widerwillig machte ich ihm Platz und ließ ihn durch. Kevin schien sich durch Jazeks Anwesenheit nicht im Geringsten gestört zu fühlen.

»Dann gibt es demzufolge mehr davon. Vielleicht sollte man noch einen Blick auf den Dachboden werfen.«

»Nein«, widersprach ich. »Heikko sagte, er hätte sie gesehen. Und dass wir sie finden müssen. Ich glaube nicht, dass sie noch an ihrem Platz sind. Jemand hat sie zur Seite geschafft. Und dieser Jemand könnte vielleicht eine ganz heiße Spur zur Schwarzen Königin sein. Oder die Schwarze Königin selbst.«

Jazek entkorkte die Flasche, nahm einen tiefen Schluck, wischte sie dann mit der Hand ab und hielt sie mir hin.

»Nein danke«, sagte ich.

»Trink. Dann fühlst du dich besser.«

»Nein! Danke.«

Jazek zuckte gleichmütig mit den Schultern und stellte die Flasche netterweise unter dem Tisch ab. Vermutlich genoss er weit und breit als Einziger die Narrenfreiheit, sich in Bars seine eigenen Getränke mitzubringen.

»Und du glaubst wirklich, du hast diesen blinden Bettler schon einmal gesehen?«

Ich nickte. »Vorm Goethepark. In der Kastanienallee. Und heute in Pankow. Um die Ecke vom Bürgerpark. Vielleicht hat er was mit dem Spiel zu tun.«

Kevin runzelte die Stirn. »Ich telefoniere mal kurz.«

Er ging ins Hinterzimmer, das um diese Zeit noch leer war. Jazek holte die Flasche wieder hervor.

»Trink«, sagte er.

»Nein«, sagte ich.

Marie-Luise seufzte hörbar. »Falls du davon irgendwie bessere Laune bekommst: Heute hat eine Frau Braun zweimal für dich angerufen.«

Ich hätte nicht erklären können, warum, aber mir ging es schlagartig besser.

»Um was ging es?«, fragte ich so beiläufig wie möglich.

Marie-Luise lächelte vielsagend. »Damit ist sie leider nicht herausgerückt. Ich hatte das vage Gefühl, dass sie mehr in mich hineininterpretierte, als es meine bescheidene Stellung in unserer Bürogemeinschaft zulässt.«

Sie lehnte sich entspannt zurück und begann, Jazek im Nacken zu kraulen. Er ließ es sich einen Moment gefallen, nahm dann aber ihre Hand und gab ihr einen Kuss darauf.

Der Kleinlaster hatte tatsächlich die Parklücke geschafft. Zwei junge Männer stiegen aus und machten sich an der Ladeluke zu schaffen. Vermutlich ein später Umzug, und das auch noch bei diesem Wetter.

»Trink«, sagte Jazek.

Ich nahm die Flasche, setzte sie an und ließ sie sinken. Mit offenem Mund starrte ich aus dem Fenster hinaus auf die Straße und konnte nicht glauben, was ich sah.

»Ist was?«, fragte Marie-Luise.

Die beiden jungen Männer hatten als Erstes einen in eine Plastikplane eingeschlagenen voluminösen Sessel im Stil Bauernbarock auf den gegenüberliegenden Gehweg gestellt. Ihm folgte eine dreisitzige Couch. Dann kam eine unsägliche Stehlampe mit gedrechseltem Holzfuß und einem Schirm aus Schweineleder. Diesen Schirm hatte ich immer gehasst.

»Da draußen«, sagte ich und deutete hinaus. Dann nahm ich einen tiefen Schluck Wodka. »Da steht mein Wohnzimmer.«

Marie-Luise stand auf, um besser über Jazeks Kopf hinwegsehen zu können.

»Besser gesagt: das Wohnzimmer meiner Mutter.«

Jetzt hievten sie tatsächlich den Couchtisch mit den braunen Kacheln heraus. Ich stellte die Flasche ab.

»Bist du sicher?«

»Hundertprozentig. Ich rufe die Polizei.«

Jazek stand auf. »Keine Polizei. Ich regle das. *Mój przyjaciel*. Du bist mein Freund.«

Er krempelte die Ärmel seines Pullovers hoch und ging hinaus. Ich folgte ihm. Jazek, mein Freund. Die Wodkaflasche hatte ich mitgenommen und genehmigte mir noch mitten auf der Straße einen herzhaften Schluck. Nicht schlecht, dieser polnische Wodka. Wirklich besser als der russische.

Jazek erreichte den ersten der jungen Männer, riss ihn herum und nahm ihn in den Schwitzkasten. Der zweite ließ vor Schreck den Fußschemel fallen, den er gerade ausgeladen hatte.

»Was ... was soll das? Was machen Sie da?«

Ich gesellte mich zu meinem Bodyguard. Auf den Eingangsstufen der Schwarzmeer-Bar drängelten sich Marie-Luise, Alexej und die Schachspielerin, schön darauf bedacht, nicht nass zu werden. In diesem Moment kam Kevin und quetschte sich auch noch dazu. Ich hob die Wodkaflasche. Der junge Mann in Jazeks Umklammerung bekam es mit der Angst zu tun.

»Dasselbe könnte ich euch fragen«, sagte ich und trank.

Dann reichte ich Jazek die Flasche. Der hatte seinen Gefangenen auch mit nur einem Arm fest im Griff und nickte mir zu.

»*Na zdrowie.*«

»Prost«, sagte meine Mutter hinter mir.

Wie von der Tarantel gestochen drehte ich mich um. Sie stand auf der Lieferfläche des Kleinlasters zwischen der Anbauwand und der Flurgarderobe. Ein Stapel Umzugskisten hinter ihr geriet ins Schwanken. Die oberste Kiste fiel herunter, dahinter tauchte Hüthchen auf.

»Das sind nur Kleider«, sagte sie und kletterte nach vorne. »Guten Abend, Herr Vernau. Ach, und Sie da, Sie da hinten! – lassen Sie doch bitte Herrn Jonas los.«

Jazek öffnete seinen Arm. Herr Jonas taumelte auf den Bürgersteig und holte röchelnd Luft.

Hüthchen zeigte auf Jazek, der widerspruchslos auf sie zutrat und ihr vom Wagen herunterhalf. Ich stand im Regen. Buchstäblich.

»Wir ziehen gerade um«, sagte meine Mutter.

Ich drehte mich einmal um die eigene Achse und sah, wodkabenebelt, Sitzgarnitur, Stehlampe und Couchtisch an mir vorüberziehen. Dann fand ich mein Gleichgewicht wieder.

»Hübsche Ecke, die ihr euch ausgesucht habt. Etwas luftig vielleicht. Aber wenn man eine Plane drüberspannt ...«

Mutter und Hüthchen wechselten einen vielsagenden Blick.

»Hast du was getrunken?«

Ich presste mit Gewalt etwas Nüchternheit in meine Stimme. »Nicht genug, um das hier für eine Halluzination zu halten. Hast du Mietschulden? Ist das Haus abgebrannt?«

»Nein, nein. Es ist ganz anders. Aber vielleicht könnten wir das in Ruhe miteinander besprechen.«

»In Ruhe?«, fragte ich. »Natürlich. Komm, setz dich zu mir. Und dann erzähl mir einfach alles, was ich in den letzten vier Wochen hätte erfahren müssen, *mir aber niemand gesagt hat!*«

Die letzten Worte hatte ich hinausgebrüllt. Dann ließ ich mich in die Couch fallen und spürte augenblicklich, wie die Nässe durch den dünnen Stoff meiner Hose kroch. Aufmunternd schlug ich auf den freien Platz neben mir. Mutter und Hüthchen rührten sich nicht. Jazek aber nahm die Aufforderung an und plumpste neben mich. Ich riss ihm die Wodkaflasche aus der Hand, setzte an und trank. Mutter und Hüthchen musterten mich mit leisem Entsetzen. Der junge Herr Jonas kletterte zu seinem Helfer auf die Ladefläche und zog sich ins Trockene zurück. Alexej eilte über die Straße, einen aufgespannten Schirm in der Hand.

»Hildegard! Ingeborg! Ihr könnt doch nicht so im Regen stehen!«

Er reichte ihnen den Schirm. Beide rotteten sich unter ihm zusammen und starrten uns an, als hätten sie ein Rattennest vor sich. Alexej warf uns einen unsicheren Blick zu und trollte sich.

»Hildegard!«, rief ich ihm hinterher. »Ingeborg! Ihr seid wohl schon richtig dicke Freunde, was?«

»Das ist deine Mutter?«, fragte Jazek und deutete auf Hüthchen.

»Die andere«, knurrte ich.

In diesem Moment kam auch noch Whithers. Er zog einen Handwagen hinter sich her, dessen Räder wohl mit Eisen beschlagen waren, so einen Krach machte er. Jemand aus dem Haus gegenüber öffnete das Fenster, brüllte: »Wohl verrückt geworden alle zusammen?«, und rammte es wieder in den Rahmen, dass die Scheiben klirrten.

»Wir ziehen gerade um«, wiederholte meine Mutter.

»Danke für die Auskunft. Dann will ich nicht weiter stören.«

Ich versuchte aufzustehen, hatte aber nicht recht die Kraft dazu. Ich fiel auf halbem Weg ermattet zurück.

Herr Jonas traute sich zurück ins Geschehen. »In einer halben Stunde müssen wir den Wagen abgeben, sonst kostet es Nachschlag.«

»Ja«, sagte Hüthchen. »Dann fasst doch mal alle mit an.«

Kevin und Marie-Luise zogen sich Jacken an und kamen zu uns. Innerhalb von zehn Minuten war der Wagen leer. Die Kisten, die Whithers nicht auf dem Handwagen verstauen konnte, stapelten sich auf dem Bürgersteig und weichten langsam auf. Die Möbel standen auf der Straße, und Herr Jonas vollführte einige gewagte Rempler an die Stoßstangen der Autos vor und hinter ihm, bevor er das Weite suchte.

Ich saß neben Jazek auf der Couch, leerte die Flasche mit ihm, beobachtete das fleißige Tun um mich herum und hätte mich wie zu Hause gefühlt, wenn dieser erbärmliche Regen nicht gewesen wäre.

»Und wohin werden die Damen ziehen, wenn ich zu fragen gewagt werde?«

Meine Mutter baute sich vor mir auf. »Das wirst du schon sehen. Aufstehen. Die Couch schafft ihr beide wohl allein.«

Der Weg von der Schwarzmeer-Bar zur Mulackstraße war keine hundert Meter weit, aber er zog sich. Vielleicht lag es auch am Wodka, jedenfalls beschlossen Jazek und ich, auf halbem

Weg Rast zu machen und uns noch mal zu setzen, eigentlich lagen wir mehr, bis Hüthchen uns unsanft hochscheuchte.

»Los jetzt! Ist das denn die Möglichkeit! Betrunken und auf der Straße, das sieht Ihnen ähnlich.«

Ich blinzelte sie an. Marie-Luise, Kevin und Whithers versuchten gerade, Teile einer Schrankwand an mir vorbeizuschleppen. Jazek erhob sich stöhnend. Den Rest bekam ich nicht mehr mit. Irgendwie trugen sie mich mitsamt der Couch in Whithers' Welt, denn das war der Ort, an dem ich am nächsten Morgen erwachte.

Es war warm, und es war weich, und es roch komisch. Wie alte Wäsche in feuchten Kellern. Mein Handy klingelte, und ich wühlte mich durch Tonnen schwerer Daunen, bis ich es am Fußende der Couch gefunden hatte.

Katharina.

»Sind Sie schon unterwegs? Ich wollte Sie bitten, vor dem Unterricht kurz in mein Büro zu kommen.«

Ich sah auf meine Uhr. Halb eins. Ich hätte schon längst auf dem Weg sein sollen.

»Gestern Abend hat es einen Unfall gegeben. Einer Ihrer Schüler –«

»Heikko«, sagte ich, und schlagartig schossen all die schrecklichen Bilder wieder in meinen Kopf.

»Sie wissen es schon?«

»Ich war dabei«, sagte ich nur und legte auf.

Ich befand mich in einer Fabriketage, in der ein verrückter Regisseur zwei Bühnenbilder eingerichtet hatte. Die eine Seite wurde beherrscht von Whithers' Kreatur, die andere von Mutters Wohnung. Sie war fast eins zu eins wieder aufgebaut, zumindest was die Möbel betraf, denn zwischen den Zimmern fehlten die Wände. Ich lag im Salon auf der Couch. Jazek ruhte mir gegenüber ausgestreckt im Fernsehsessel. Er hatte wohl auf Anhieb den Relax-Modus gefunden und es sich bequem gemacht. Marie-Luise konnte ich nirgendwo entdecken. Aber es duftete nach Kaffee und Rührei.

So leise es ging, stand ich auf und schlurfte über den Betonboden um die Anbauwand. Dahinter befand sich offenbar Mutters Schlafzimmer. Das Bett war ordentlich gemacht, ebenso wie Hüthchens Lager in der Kulisse meines ehemaligen Kinderzimmers. Alles exakt im Grundriss der Wohnung am Mierendorffplatz. Das war nicht Odyssee im Weltraum, das war Halluzination in Mitte.

»Ist da jemand?«

»Er ist wach!«, rief meine Mutter.

»Endlich.« Das war Hüthchen.

Offenbar hatte der Innenarchitekt Gnade gezeigt und zumindest die Koch- und Waschräume in einem abgeteilten Separee untergebracht. Die Tür hinter Hüthchens Kleiderschrank stand offen, die Stimmen und der Duft kamen zweifellos aus dieser Ecke. Ich betrat einen mit alter Industriekeramik gefliesten Raum, in dem ich neben allerlei Sperrmüll auch Mutters Küchenecke sowie sie selbst wohlbehalten antraf. Hüthchen stand am Herd und rührte Rühreier.

»Wenn's was zu essen gibt, werden alle wach.«

Sie nahm die Pfanne von der Kochplatte und ging damit zum Tisch. »Das ist unser Mittagessen. Frühstück gibt's nicht mehr.«

»Kann ich mich irgendwo duschen?«

Mutter zeigte mir ein kleines Nebengelass. Dagegen war unsere Zinkwanne Luxus. Sie reichte mir ein Handtuch und ließ mich allein.

Das Wasser kam braun aus der Leitung. Nach kurzer Zeit aber war der Rost aus den Rohren gespült, und ich konnte mich unter eine alte Handbrause stellen. Ich kürzte den Reinigungsvorgang ab und stand nur wenig später, das Handtuch um die Schultern, gewaschen und angezogen in der Küche.

»Erklärungen«, sagte ich und nahm mir ein Stück Brot. »Ich erwarte Erklärungen. Was ist das? Wo ist das? Und wie lange ist das?«

Mutter und Hüthchen wechselten den mir vertrauten Wer-sagt-es-ihm-als-Erste-Blick. Dann holte Mutter tief Luft.

»Das ist Georges Fabriketage. Er hat uns angeboten, hier einzuziehen. Er hat so viel Platz und kann das alles nicht mehr in Ordnung halten. Das machen wir jetzt und zahlen dafür keine Miete. Die alte Wohnung ist so teuer geworden. 600 Euro wollten sie haben. 1200 Mark! Das ging beim besten Willen nicht mehr. Und da haben wir uns gedacht – etwas Besseres als den Tod finden wir überall.«

Hüthchen nickte ihr zu. »Außerdem sind wir volljährig.«

»Aber du musst mir doch so etwas sagen!«, rief ich und nahm Hüthchen bewusst aus jeder weiteren persönlichen Ansprache heraus. »Du kannst hier doch nicht wohnen. Das ist doch kein Zustand! Außerdem ist das eine Gegend für –«

»Für jüngere Leute, meinst du?« Mutter lächelte mich an. »Mach dir keine Sorgen. Die sind alle sehr, sehr nett zu uns. Das hast du ja gestern Abend gesehen.«

»Hat er nicht«, blökte Hüthchen zwischen Rührei und Butterbrot und sandte einen bösen Blick in Richtung meines verkaterten Hauptes.

Ich hatte weder Zeit noch Lust zu weiteren Diskussionen.

»Tu, was du nicht lassen kannst. Aber komm mir nicht hinterher und erwarte, dass ich dir helfe.«

»So wie gestern Abend?« Hüthchen konnte wohl nicht lockerlassen.

Ich warf das Handtuch über einen Stuhl und ging durch die Kulissen zurück ins Wohnzimmer. Mein Freund Jazek war gerade im Begriff aufzuwachen. Seinem Stöhnen nach musste es ein schmerzhafter Prozess sein, bei dem ich nicht stören wollte. Ich sammelte meine Habseligkeiten ein und verabschiedete mich kurz.

Draußen atmete ich tief die kalte, frische Luft ein. Ich befand mich in Whithers' Hinterhof, in dem immer noch zwei Dutzend Badewannen auf ihre Wiederauferstehung als Musikinstrument warteten. Der Regen hatte aufgehört, aber der Himmel hing bleigrau und tief über der Stadt, so tief, dass der Fernsehturm am Alexanderplatz wie ein Fabrikschornstein in den Wolken verschwand und die oberen Stockwerke der Charité vom dichten Nebel verschluckt wurden.

Der U-Bahnhof Weinmeisterstraße lag gleich um die Ecke, und eine halbe Stunde später stand ich vor dem Eingang der HBS und bereitete mich darauf vor, Katharina Oettinger als Zeuge eines Mordes unter Schülern gegenüberzustehen.

»Wir werden die Klassenfahrt absagen.«

Das waren die ersten Worte, die ich von ihr hörte. Sie stand am Fenster und drehte mir den Rücken zu. Frau Sommerlath nickte mir bedrückt zu und schloss die Tür hinter uns. Katharina drehte sich um. Wir waren allein.

»Es tut mir sehr leid für die Schüler. Aber unter den gegebenen Umständen ist es sicher besser so. Nehmen Sie Platz.«

Ich setzte mich in einen der cremefarbenen Sessel. Sie blieb noch einen Augenblick stehen.

»Was wissen Sie über Heikkos Tod? Ich muss den Eltern irgendetwas sagen. Und den Schülern natürlich auch.«

»Er wurde ermordet.«

Ich legte den Draht auf den Couchtisch. Sie würdigte ihn keines Blickes.

»Das ist eine ungeheure Behauptung. Die werden Sie beweisen müssen.«

»Jemand hat diesen Draht über die Straße gespannt, als Heikko mit seinem Fahrrad auftauchte. Und ihn hinterher unbemerkt wieder entfernt und in einen Hauseingang geworfen. Heikkos Fahrrad, an dem man vielleicht Spuren finden könnte, wurde noch am Unfallort gestohlen.«

Katharina beugte sich über den Draht und betrachtete ihn, ohne ihn anzufassen.

»Der Fahrraddieb und ihr sogenannter Täter sind ein und dieselbe Person?«

»Das kann ich nicht sagen. Im Moment zumindest wäre er ein wichtiger Zeuge.«

Sie setzte sich mir gegenüber. Heute trug sie ein graues Tweedkostüm und dazu passende Wildlederstiefel. Beides perfekt und nagelneu, während ich aussah, als hätte ich die Nacht im Rinnstein verbracht.

»Hören Sie endlich auf mit dieser Märchenstunde. Es war ein Unfall. Ich habe mit der Polizei telefoniert. Nichts weist darauf hin, dass ein Dritter in diese tragische Angelegenheit verwickelt ist.«

»Der Busfahrer –«

»Der Busfahrer kam mit einem Schock ins Krankenhaus. Schließlich überfährt man nicht jeden Tag einen Radfahrer.

Heikko ist ausgerutscht und unter die Räder gekommen. Ein fürchterlicher Verlust. Geben Sie das da der Polizei. Wenn etwas an Ihrer Hypothese dran ist, werden sie sich schon melden.«

Sie faltete die Hände und legte sie in den Schoß. Dabei musterte sie mich kalt, als ob sie jeden Widerspruch sofort im Keim ersticken wollte.

»Heute Abend ist eine außerordentliche Elternversammlung. Wir wollen abstimmen, wie wir mit der Klasse weiter vorgehen. Eventuell lösen wir den Zwölfer-Zug auf und verteilen die Schüler auf andere Institute. Das ist die absolute Niederlage meines studienvorbereitenden Konzeptes. Und somit auch meine persönliche Tragik, denn ich werde in diesem Fall das Haus verlassen. Falls die Mehrheit das so entscheidet.«

Es schien ihr nicht leichtzufallen, diese Möglichkeit des Scheiterns in Betracht zu ziehen. Sie sprach leiser, als ob sie hinter der Tür einen Lauscher vermutete.

»Wir müssen uns gegen diese Privatschulenschwemme behaupten, indem wir uns unterscheiden und Neues anbieten. Diese Kurse hätten die HBS gerettet. Ihre Einführung war Bestandteil meines Bewerbungskonzepts. Und sie stießen bei Schülern wie auch Eltern auf ungeteilte Begeisterung. Diese Begeisterung wäre die Grundlage für die Umwandlung in ein investitions- und gewinnorientiertes Unternehmen geworden. Alles lief wunderbar. Und jetzt ... Ich weiß nicht, was jetzt gerade passiert. Als ob der Teufel in dieser Klasse steckt. Warum geschieht auf einmal so viel Schreckliches?«

Ich sah sie nur an. Sie wusste sofort, was ich hätte sagen wollen, und wischte meine unausgesprochenen Argumente vom Tisch.

»Hören Sie mir auf mit dieser Schwarzen Königin. Das ist absoluter Unsinn. Ist Ihnen noch nie in den Sinn gekommen, dass man *mir* schaden will?«

»Ihnen?«

Sie beugte sich vor. Ihre Stimme war nur noch ein Flüstern.

»Samantha. Dieses kleine Biest. Ich traue ihr alles zu. Sie ist ein Dämon in Engelsgestalt. Jeden wickelt sie um den Finger. Alle gehen ihr auf den Leim. Aber ich weiß, was in ihrem hübschen kleinen Kopf passiert. Ich weiß es. Und deshalb will sie mich weghaben. Aus dem Leben ihres Vaters, aus der Schule, aus allem.«

»Das ist absurd.«

Sie strich sich eine Haarsträhne hinter das Ohr, die sich aus ihrer Hochsteckfrisur gelöst hatte. Es war ihr peinlich, was ihr da eben herausgerutscht war. Sofort schraubte sie ihre Stimme wieder auf die normale Tonlage.

»Ich erwarte, dass Sie heute Abend anwesend sind. Auch wenn ich mich weigere, irgendwelche Zusammenhänge zu konstruieren, so ist es zwar mein Projekt, aber Ihr Kurs, in dem offenbar einiges nicht richtig läuft.«

Ich nahm die Akte von Klara Ranftleben aus meiner Tasche und reichte sie Katharina.

»Wann haben Sie da oben zum letzten Mal Inventur gemacht? Gibt es noch mehr von diesen Unterlagen? Bei Ihnen, bei Herrn Kladen, oder haben sich Schüler welche davon ausgeliehen?«

Sie nahm das Dokument und drehte und wendete es ratlos.

»Nein. Das habe ich noch nie gesehen. Wo kommt das her?«

»Vom Dachboden.«

»Bevor oder nachdem Sie da oben so gründlich aufgeräumt haben?«

Sie öffnete den Pappdeckel, warf einen lustlosen Blick auf den Inhalt und blätterte desinteressiert darin herum. »Nervenheilanstalt Niederschönhausen. Ja, davon habe ich mal gehört. Ich wusste nicht, dass das alte Zeug immer noch da oben rumfliegt.«

Energisch klappte sie die Akte zu und legte sie auf den Tisch. »Die Inventarlisten sind bei Frau Sommerlath. Wenn Sie sonst nichts zu tun haben, können Sie sie gerne einsehen. Ich habe mich um Wichtigeres zu kümmern.«

Sie stand auf, ich folgte ihrem Beispiel. Sie trat näher an mich heran und nahm die Brille ab. Der kalte Gesichtsausdruck verschwand, und vor mir stand auf einmal wieder das hilflose kleine Mädchen mit den großen sanften Augen.

»Als ich hier anfing, dachte ich: Wie schön, eine Schule! Junge Menschen auf dem Weg ins Leben begleiten. Ihnen zur Seite stehen, sie hüten und beschützen. Doch dann verliert man schnell seine Illusionen. Herr Kladen sonnt sich im Licht des weisen

Pädagogen, und ich muss die ganze Drecksarbeit machen. Denken Sie nicht, ich hasse mich manchmal selbst dafür?«

Sie kam noch etwas näher. »Was hat Ihnen Marie-Luise über mich erzählt?«

Das Gefühl von Freiheitsberaubung wurde immer drängender. Ich trat einen Schritt zurück, Richtung Tür und Frau Sommerlath, um mich notfalls schnell in Sicherheit bringen zu können. Katharina wurde mir unheimlich. Sie fixierte mich mit ihren Rehaugen, als ob sie mich hypnotisieren wollte. Dabei lächelte sie immer noch honigsüß ihr Kleines-Mädchen-Lächeln.

»Sie mögen mich nicht. Und daran ist sie schuld. Was hat sie über mich gesagt?«

»Nichts«, log ich. »Gar nichts. Frau Oettinger, die Stunde hat bereits begonnen. Ich muss –«

»Glauben Sie ihr kein Wort.«

Sie trat zurück und gab mich frei. »Diese ganzen haltlosen Vermutungen, das ist doch ihr Werk. Sie hat schon immer gerne hinter anderen herspioniert. Denken Sie an meine Worte. Spioniert, verstehen Sie?«

»Nein«, antwortete ich. »Guten Tag.«

Ich drehte mich um und beeilte mich, aus diesem Zimmer zu kommen. Blitzschnell war Katharina an der Tür, hielt die Klinke fest und versperrte mir den Weg.

»Sie ist eifersüchtig. Weil ich es zu etwas gebracht habe und sie nicht. Und deshalb will sie alles kaputt machen. Das lasse ich nicht zu, verstehen Sie? Verstehst du das?«

Ich glaubte, mich verhört zu haben, doch da lagen ihre Arme schon um meinen Hals, und ihre Lippen suchten verzweifelt meinen Mund. Mit größter Mühe schaffte ich es, mich aus ihrer Umklammerung zu lösen.

»Das wird nichts, Frau Oettinger. Lassen Sie das.«

Sie taumelte zurück, als hätte ich ihr einen Schlag versetzt. Ich griff nach der Türklinke.

»Sie leiden unter Verfolgungswahn. Samantha, Marie-Luise, wer will Ihnen denn noch alles Böses? Ich werde diesen Teil der Unterhaltung vergessen. Den anderen aber –«

Ich wies auf die Akte auf dem Tisch. »… werde ich Ihnen zu gegebener Zeit noch einmal ins Gedächtnis rufen. Akten sind der Schlüssel zu dem, was sich in diesem Haus abspielt. Und da ich herausfinden werde, was das ist, rate ich Ihnen, mich dabei zu unterstützen.«

Sie nestelte an ihrer Brille herum und setzte sie auf. Sofort war sie wieder ganz die Alte. Kalt, hochmütig und arrogant.

»Ich rate es Ihnen sehr«, wiederholte ich, bevor ich endgültig das Zimmer verließ.

Fünf Stühle standen an der Wand.

Ich sah sie sofort, und der klägliche Rest meiner Klasse bemerkte das. Langsam ging ich auf sie zu, hob sie hoch und schaute mir die Unterseite an. Jeder trug das Zeichen. Alle schwiegen. Ich sah zur Tafel. Offenbar hatte niemand meine Anweisung, den Raum in der Pause abzuschließen, befolgt. Dort standen eine Fünf und eine Sechs. Noch acht Wochen bis Clarissas Todestag. Acht Schüler saßen um den Hufeisentisch. Wenn dieser Wahnsinn nicht aufhörte, würde am 4. Dezember niemand mehr übrig sein. Dann hätte die Schwarze Königin gesiegt.

»Ich möchte Ihnen sagen, wie sehr mich Heikkos Tod erschüttert.«

Der Stuhl neben Veiko war zwar weg, aber der Platz war frei geblieben. Christian war jetzt Veikos nächster Sitznachbar. Auf der anderen Seite saß Susanne und spielte verlegen mit ihren Haarspitzen.

»Und ich möchte Ihnen sagen, was wirklich mit ihm passiert ist.«

Ich setzte mich hin.

»Die offizielle Version ist ein Unfall. Aber kurz vor seinem Tod hat er mich angerufen und zu mir etwas gesagt. Etwas, das mich weiterbringt.«

Ich ließ meinen Blick über die Köpfe der Schüler schweifen. Sie waren tief getroffen. Einige hatten rote Augen, andere vermieden es, ganz hochzusehen. Niemand sagte ein Wort.

»Es ist an der Zeit, dass Sie alle Ihr Schweigen brechen. Wenigstens mir gegenüber. Heikko hat das getan.«

»Und jetzt ist er tot!«

Benedikt sprang auf und rannte einmal quer durchs Klassenzimmer. Dann griff er den Schwamm und warf ihn mit voller Kraft an die Tafel. Er traf die Fünf. Wasserrinnsale liefen hinunter und tropften auf den Boden.

»Ich will das alles nicht mehr! Und ihr? Wollt ihr noch weiter mitmachen? Das ist doch Wahnsinn! Ich kann nachts nicht mehr schlafen. Ich habe Albträume. Jede Woche denke ich: Wen trifft es dieses Mal? Wer ist als Nächster an der Reihe?«

Er holte sein Handy aus der Tasche und schleuderte es an die Wand. Es zerbrach, das Gehäuse und der Akku schlitterten durch den Raum. Wie rasend trat er danach und zermalmte den Korpus unter seinen Stiefeln.

»Wer ... ist ... der Nächste! Wer ist der Nächste?«

In drei Schritten war ich bei ihm und zog ihn an mich. Er war dünner, als das weite weiße Sweatshirt vermuten ließ. Es roch nach Weichspüler und einem liebevollen Zuhause, und seine Schultern zuckten, als ich ihn zurück zu seinem Stuhl führte. Susanne hatte Tränen in den Augen. Sogar Curd, der sich bis jetzt immer von seiner abgeklärten Seite gezeigt hatte, räusperte sich.

Keiner sagte ein Wort. Benedikt vergrub den Kopf in den Armen und schaute nicht mehr hoch. Ich ging zurück an meinen Platz.

»Reden Sie mit Ihren Eltern. Lassen Sie sich vom Unterricht befreien.«

»Wie bitte?«

Mathias sah erstaunt in die Runde. »Wir machen in diesem Jahr das Abitur. Ich habe vor, danach ein Jahr in die USA zu gehen. Wie soll ich das denn in meinem Lebenslauf erklären?«

»Lebenslauf.« Christian kicherte. »Du rechnest doch nicht ernsthaft noch mit einem Lebenslauf?«

Das war kein guter Witz, und alle merkten das. Christian hob begütigend die Hände. »Herr Vernau hat recht. Ich werde jedenfalls die Schule verlassen. Zumindest vorübergehend. Auf ein Jahr mehr oder weniger kommt es in *meinem* Lebenslauf sowieso nicht an.«

»Das ist bei deinen Leistungen auch kein Wunder.«

Veiko starrte Christian an. Christian wurde schlagartig ernst.

»Geht das schon wieder los? Nur weil ein Schulabschluss für mich keine Lebensversicherung ist?«

»Ich brauche das Abi«, schaltete sich Moritz ein. »Mehr als ihr alle zusammen. Meine Eltern drehen mir den Hals um. Die Klasse wiederholen – nicht ich. Immerhin bin ich der Vorzeigestipendiat. Ich bleibe hier. Und wenn ich der Letzte bin, der das Licht ausmacht.«

Moritz, ausgerechnet Moritz. Ich hatte ihn bisher für ausgesprochen entspannt gehalten. Ein Stipendium konnte wohl ein Geschenk des Himmels sein, aber es war auch eine knochenharte Verpflichtung.

Mathias nickte Moritz gnädig zu. »Dann sind wir ja schon zwei. Noch jemand, der kneift?«

Er sah jedem Einzelnen ins Gesicht. Benedikt richtete sich auf.

»Hast du eigentlich immer noch nicht kapiert, was hier abgeht?«

»Ich habe kapiert, dass du ein Weichei bist.«

Mit einem wütenden Schrei warf sich Benedikt auf Mathias. Ich konnte gar nicht so schnell eingreifen, da hatte er ihn schon vom Stuhl gezerrt und beide wälzten sich am Boden.

»Aufhören!«, rief ich.

Kein Mensch achtete auf mich. Einige sprangen auf und versuchten, die Streithähne zu trennen. Ich packte Benedikt an den Schultern und zog ihn zur Seite. Mathias hatte einen hochroten Kopf und eine aufgeplatzte Lippe. Ich gönnte sie ihm von Herzen.

Benedikt atmete schwer. »Ich bring dich um, du Dreckskerl!«

Mathias zeigte mit ausgestrecktem Arm auf seinen Mitschüler. »Habt ihr das gehört? Sprich dich nur aus, Benedikt. Bin ich jetzt auch auf der Liste?«

Benedikt riss sich von mir los. Einen Moment sah es so aus, als ob er sich noch einmal auf Mathias stürzen wollte, dann strich er sich wütend die Ärmel glatt. Wortlos ging er zu seinem Platz, holte seine Schultasche und verließ den Raum.

»Mathias Zöllner, ich erteile Ihnen einen Tadel wegen Provokation und absolut unannehmbaren Verhaltens. Dieser Tadel wird bei der Zeugniskonferenz in Ihre Kopfnoten einfließen.«

Ich ging zu meinem Tisch. Mathias rappelte sich auf.

»Das tun Sie nicht.«

Es klang, als wollte er mir drohen. Ich klappte mein Notizbuch auf und versuchte, irgendetwas zu notieren. »Setzen.«

Dann sah ich hoch und musterte diese zerraufte, aufgelöste, am Rande eines kollektiven Nervenzusammenbruchs stehende Klasse.

»Es sei denn, wir verhandeln die Sache beim nächsten Mal. Wer übernimmt die Verteidigung?«

Alle sahen sich erstaunt an. Mathias hob seinen umgekippten Stuhl auf und zog ihn zu sich heran. Während er sich setzte, musterte er seine Schulkameraden der Reihe nach. Niemand meldete sich.

»Na?«, fragte er. »Traut sich keiner?«

Alle schwiegen. Mathias führte den Zeigefinger an die Lippe und betrachtete anschließend das Blut, das an ihm kleben geblieben war. Ich lehnte mich zurück und freute mich klammheimlich ein bisschen über diese Abfuhr.

»Wenn sich niemand freiwillig meldet, werde ich einen Pflichtverteidiger bestimmen«, kam ich ihm zu Hilfe. »Curd?«

Curd schüttelte den Kopf.

»Christian?«

Christian sah an die Decke.

»Yorck?«

Yorck rutschte ein wenig auf seinem Stuhl hin und her und beschloss dann, in seinem Federmäppchen zu wühlen.

»Ich«, sagte Susanne leise.

Alle Augen richteten sich auf sie. Sofort lief sie knallrot an. Mathias, immer noch mit seiner anschwellenden Lippe beschäftigt, hob überrascht die Augenbrauen.

»Gut.« Ich notierte ihren Namen. »Wer übernimmt die Anklage?«

»Ich«, sagte Christian und grinste. »Es wird mir ein Vergnügen sein, Arschloch.«

Der Junge wurde ja auf einmal richtig mutig. Mathias verschränkte die Arme und schenkte ihm ein verächtliches Lächeln. »Muss ich mir das gefallen lassen?«

»Natürlich nicht«, antwortete ich. »Christian, mit solchen

Äußerungen lassen Sie die zu erwartende sittliche Reife vermissen. An den Rest von Ihnen richte ich die Frage: Wie lautet die Anklage?«

Yorck hob die Hand. »Beleidigung und Körperverletzung.«

»Und welche Argumente hat die Verteidigung?«

Mathias beugte sich vor und grinste Susanne an. Sie fuhr sich nervös durch ihre flachsblonden, kurzen Haare. »Er wurde bedroht und provoziert«, flüsterte sie schließlich.

Mathias stieß einen leisen, bewundernden Pfiff aus.

»Ich wurde bedroht und provoziert«, wiederholte er. »Brillant.«

Alle, außer Susanne, bekamen mit, dass er sie damit auf den Arm nahm. Sie war intelligent, aber nur durchschnittlich hübsch. Vielleicht hatte sie jetzt zum ersten Mal die Chance, an Mathias heranzukommen. Ihren Vorgängerinnen hatte das kein Glück gebracht.

»Wunderbar.« Ich schloss das Notizbuch wieder. »Davon unberührt bleibt meine Aufforderung, dass Sie sehr genau überlegen, ob Sie sich den weiteren Schulbesuch hier zutrauen. Ihre Eltern werden heute Abend hier sein. Ich kann jeden verstehen, der zumindest vorübergehend die HBS verlässt.«

Die Schüler begannen, ihre Sachen zu packen.

»Und noch etwas.«

Einige sahen hoch, andere ließen sich von mir nicht stören. Ich registrierte dieses unterschiedliche Verhalten sehr genau. Heute war zum ersten Mal ein Riss durch die Klasse gegangen. Vielleicht war das endlich die Chance, das kollektive Schweigen aufzubrechen.

»Heikko war sehr mutig. Es ist an der Zeit, dass Sie alle seinem Beispiel folgen. Ich bin immer für Sie da.«

Yorck und Christian nickten mir zu. Susanne, Mathias, Veiko und Moritz ignorierten mich. Dann gingen alle, bis auf Curd. Er wartete, bis die Schritte draußen verklungen waren.

»Herr Vernau?«

Ich stand auf und öffnete ein Fenster, um etwas Luft hereinzulassen.

»Ich war damals nicht dabei, als das oben auf dem Dachboden passiert ist. Man erzählt mir auch nicht allzu viel. Trotzdem scheine ich mit drinzustecken, denn auch ich bekomme diese komischen Nachrichten.«

Ich ging zu ihm hin und setzte mich neben ihn. Er wirkte besorgt. Ob um sich oder seine Klasse, war aber nicht zu erkennen.

»Was sind das für Nachrichten?«

»Dass ich gehen soll. Es wäre besser für mich und so weiter. Aber ich habe das bisher nicht so richtig ernst genommen. Ich habe ja nichts zu befürchten, oder?«

»Wahrscheinlich nicht«, antwortete ich entgegen meiner Überzeugung.

»Ich würde Ihnen gerne weiterhelfen, aber ich habe mir nie viel aus diesen Spielen gemacht. Am Anfang war wohl die ganze Schule mit dabei, und es war ja auch lustig und harmlos. Dann fingen sie in meiner Klasse an mit der Schwarzen Königin. Auf einmal wurde das eine ganz exklusive Sache. Nur Eingeweihte durften noch mitmachen. Dauernd wollten sie, dass ich mit dabei bin. Aber ich mag so einen Stuss nicht. Und andere, die gerne mitgespielt hätten, haben sie nicht gelassen.«

»Welche anderen?«

»Ach, das war letztes Jahr. Die sind nicht mehr hier.«

Er nahm die Brille ab und rieb sich die Augen. »Was da jetzt mit Clarissa passiert, in ihrem Namen ..., da will jemand, dass wir ein schlechtes Gewissen bekommen. Und es funktioniert. Bei jedem Einzelnen von uns. Auch bei mir. Ich hätte mitkriegen sollen, wie schlecht es ihr geht. Ich hab sie ja gemocht. Sehr sogar.«

Er hob die Brille hoch, hauchte die Gläser an und begann, sie mit seinem Hemd zu polieren. »Natürlich hat sie mich gar nicht beachtet. Und als es zwischen ihr und Mathias gekracht hat, habe ich mich natürlich nicht eingemischt. Vielleicht hätte ich das tun sollen. Ich hab mich nicht getraut. Egal.«

Er setzte die Brille wieder auf. »Nein, nicht egal. Meine Todsünde ist die Eitelkeit. Ich hatte Angst, sie lacht mich aus.«

Es war ein ungewöhnliches Geständnis für diesen kühlen, fast abgeklärt wirkenden jungen Mann vor mir.

Curd holte sein Handy aus der Schultasche und tippte auf die Tastatur.

»Ich möchte Ihnen das hier zeigen.«

Es war ein unscharfer, grobkörniger Film. Ich erkannte einige schemenhafte Umrisse in einem dunklen Raum, der offenbar nur von Kerzen erleuchtet war. Es konnte der Dachboden sein, und die Person, die diesen Film aufgenommen hatte, befand sich im Schutz der Regale. Der Ton war sehr schlecht. Einige riefen, andere klatschten Beifall. Dann schrien alle auf und gingen in Deckung. Im gleichen Moment prallte etwas Großes, Dunkles auf den Boden. Die Bilder wackelten noch mehr. Der Unbekannte mit der Handykamera zog sich offenbar zurück. Der Film brach ab.

»Es gibt wohl noch andere Szenen«, sagte Curd. »Welche, die vorher aufgenommen worden sind und einige Leute zeigen, die da dabei waren. Das habe ich gehört. Selbst gesehen habe ich sie nicht. Und hier drauf kann ich jedenfalls nichts erkennen.«

»Können Sie mir den Film zusenden?«

»Wenn das bei Ihrem Handy geht?«

Ich dachte kurz nach. Dann entschied ich mich dafür, auf Nummer sicher zu gehen, und gab ihm Kevins Nummer. Er hatte immer das neuste Modell. Bei meinem Handy wusste ich noch nicht einmal, wie die Mailbox funktionierte. Curd tippte sie in seinen Speicher ein.

»Ist ja nett. Tauscht ihr schon Nummern aus?«

Mathias stand in der Tür. Plötzlich begann Curds Hand zu zittern. Er klappte sein Handy zu und steckte es weg.

»Geht es dich etwas an?«

Mathias schlenderte langsam auf seinen Platz zu und holte ein Buch aus der Ablage unter seinem Tisch. »Ich denke, es geht uns alle etwas an. Mit wem wir hier über was reden.«

»Das hier fällt unter bilaterale Kommunikation«, schaltete ich mich ein.

Mathias verstaute das Buch in seiner Aktentasche. »Solange es sich nicht um das handelt, was vor einem Jahr passiert ist, können Sie miteinander kommunizieren, so viel Sie wollen. Diese Sache aber geht nur uns etwas an.«

Curd wurde nervös. Man konnte ihm ansehen, wie unangenehm es für ihn war, auf frischer Tat mit mir ertappt zu werden. Andererseits war er ein zu rationaler Mensch, um sich von vagen Drohungen ins Bockshorn jagen zu lassen. »Ich sage es nicht zum ersten Mal. Diese Sache entgleitet uns. Wir haben sie nicht mehr im Griff. Wir brauchen Hilfe.«

»Wenn du Hilfe brauchst, dann rede mit mir.«

Curd lehnte sich zurück und verschränkte ablehnend die Arme vor der Brust. »Ich erinnere mich, dass das gestern auch schon jemand versucht hat.«

Mathias wollte gerade die Aktentasche schließen und erstarrte mitten in der Bewegung.

»Was soll das heißen?«, fragte ich. »Hat Heikko sich bei Ihnen gemeldet?«

»Nein«, sagte Mathias.

»Er wollte es aber«, konterte Curd. »Schließlich bist du unser Klassensprecher. Ich hab's zufälligerweise mitgekriegt.«

»Aber er hat mich nicht erreicht, zufrieden? Soll ich mich jetzt schuldig fühlen? Nur weil kein anderer Sündenbock in der Nähe ist? Ich bin es nicht. Kapiert?«

»Wer dann?«, fragte ich.

Mathias zuckte mit den Schultern. »Niemand hat Schuld. An was überhaupt, an Heikkos Unfall etwa? Soll ich da jetzt auch noch die Finger drinhaben? Ihr spinnt ja. Komplett.«

Er nahm seine Sachen und ging hinaus. Ich wandte mich wieder an Curd.

»Was meint er damit: auch noch die Finger drinhaben?«

Curd stand auf. »Ich kann Ihnen nicht mehr sagen. Offiziell ist doch alles in Ordnung. Unangenehm, aber in Ordnung.«

»Und inoffiziell?«

Curd rückte seine Brille zurecht. Das gab ihm die Zehntelsekunde Zeit, in der er sich seine Antwort überlegen konnte. »Inoffiziell ist das hoffentlich die fetteste Scheiße, die ich in meiner weiteren Zukunft erleben werde. Mal angenommen, dass ich noch eine habe.«

Er stand auf.

»Ich schicke den Film Ihrem Freund. Mehr kann ich nicht machen. Aber vielleicht haben Sie ja eine Idee, wie man sich gegen eine fiktive Horrorgestalt zur Wehr setzt, die mit einem spielen will, sosehr man sich auch dagegen wehrt.«

»Indem man sie demaskiert.«
Curd sah mich an. »Ich denke, das hat Heikko versucht.«

An diesem Nachmittag, an dem es viel zu früh dunkel wurde und ich lange am Küchenfenster der Kanzlei stand und hinüber zur Charité sah, dachte ich darüber nach, was bisher passiert war und was alles noch geschehen mochte. Wir hatten den ersten Toten. Heikkos Versuch, *out time* zu gehen, hatte er mit dem Leben bezahlt. Die Schwarze Königin war nicht nur brutal, sondern auch raffiniert: Wer vermutete schon einen Mörder in einem Spiel, das nur in den Köpfen der Mitspieler existierte? Marie-Luise hatte recht: Kein Außenstehender würde mir auch nur ein Wort glauben.

Ich wartete ungeduldig auf Kevin, der versprochen hatte, direkt nach der Uni noch einmal vorbeizuschauen und den Film auf seinem Handy genauer unter die Lupe zu nehmen. Marie-Luise arbeitete in ihrem Büro am Widerspruch gegen die Kleingartenentscheidung und hatte sich nur einmal kurz blicken lassen, um eine Teemischung aufzubrühen, die nach verbrannten Gummireifen roch. Als sie merkte, dass ich die aktuelle Wohnsituation meiner Mutter genauso wenig erörtern wollte wie ihre neu erblühte Liebe zu Jazek, verzog sie sich wieder.

Die Flurtür wurde aufgeschlossen, ich hörte Stimmen. Ein paar Augenblicke später kamen Kevin und Kerstii in die Küche, mit geröteten Gesichtern, von der Kälte, vom Laufen oder vom Küssen. Es war egal, ich freute mich, sie zu sehen.

»Heiße Nummer«, sagte Kevin und nahm den Schal ab, den er sich um den Hals geschlungen hatte. »Ich werde mal versuchen, den Film auf dem Computer zu bearbeiten. Vielleicht erkennt man da mehr. Mittlerweile kann Kerstii dir einiges erzählen.«

Ich half Kerstii aus ihrer Jacke. Marie-Luise kam dazu und bot ihr einen Tee an, den Kerstii vernünftigerweise ablehnte. Dann setzten wir uns an den Küchentisch. Nur Kerstii blieb stehen. Aus einer Kuriertasche holte sie die Kopien hervor und breitete sie vor uns aus.

»Ich denke, ich mache es kurz. Es sind zwei. Die Schwarze Königin hat einen Helfer. Und: Der Super-Gau steht unmittelbar bevor.«

Sie nahm Kevins Schal vom Stuhl und setzte sich ebenfalls.

»Ich fange damit an, was ich über das Rollenspiel herausgefunden habe. Wenn sie das hier als Vorlage genommen haben, sieht es so aus: Es ist ein Spiel für zwölf bis fünfzehn Personen. Und einen großen Unbekannten, auf den ich später zu sprechen komme. Die Charaktere sind verteilt auf Ärzte, Pfleger, Schwestern, Mitpatienten und die Hauptperson: Klara Ranftleben. Spielleiter ist vermutlich einer der Ärzte oder der Klinikchef. Es können verschiedene Situationen gespielt werden, die alle einen realen Bezug zu Vorkommnissen in der Klinik haben. Zum Beispiel hat Klara einen Mitpatienten angestiftet, zu fliehen. Also gibt die Spielleitung an einem Abend die Anweisung, eine geplante Flucht zu vereiteln. Wer der Fliehende ist und was er vorhat, wissen nur er selbst, Klara und die Spielleitung.«

Marie-Luise setzte die Teetasse ab. »Das erinnert mich an diese Dinner-Abende mit inszeniertem Mord. Man isst in geselliger Runde, dann schlägt der Täter zu, und alle Gäste machen sich gemeinsam an die Aufklärung.«

Kerstii nickte anerkennend. »Richtig. So ähnlich muss man sich das auch in diesem Fall vorstellen. Das Spiel selbst ist relativ harmlos. Wenn ich diese Akte nach verwertbaren Spielideen durcharbeiten müsste, würden vielleicht einige skurrile Mitpatienten auftauchen, die gemeinsam mitternächtliche Séancen feiern und in Kontakt mit ihren zweiten, dritten, vierten Ichs treten. Klara Ranftleben war anfangs eine sehr kranke Frau. Sie hatte paranoide Wahnvorstellungen und lebte in ständiger Angst vor ihren eigenen Dämonen. Das ist ein schönes Szenario für kleine Horror-Larps. Ihr zweites Ich, die Schwarze Königin, soll ja auch das Baby umgebracht haben. Eine böse, finstere Gestalt, die sich hervorragend für einen Fantasy-Charakter eignet. Und die es, haltet euch fest, tatsächlich gab.«

Kerstii nahm Marie-Luises Teetasse und roch daran. »Du trinkst nicht zufälligerweise gerade einen kleinen Eiben-Sud?«

»Nein!« Marie-Luise nahm Kerstii die Tasse ab. »Ich weiß gar nicht, was ihr immer habt. Das sind ganz spezielle Mischungen aus dem Teeladen vorne an der Ecke. Für mein Chakra.«

»Das hast du doch gar nicht nötig«, sagte ich und erntete einen bösen Blick. »Also, wer oder was ist die Schwarze Königin nun?«

»Ein mit Gin versetztes Destillat aus Eibennadeln. Sagt euch die Grüne Fee etwas?«

»Absinth.« Marie-Luise nickte. »Wermut, Anis, Fenchel und Kräuter. Der Thujon-Gehalt wurde dafür verantwortlich gemacht, dass Absinth-Trinker schwerste Gesundheitsstörungen entwickelten. Das lag aber eher am schlechten Alkohol. Heute wird Absinth wieder hergestellt, die Thujon-Dosierung liegt dabei im homöopathischen Bereich. Eher kriegt man eine Alkoholvergiftung als einen Absinth-Rausch.«

»Die Schwarze Königin war noch einen Zacken schärfer. Das Zeug gab's nur unter dem Ladentisch. Die Leute sind reihenweise im Delirium versunken. Grauenhafte Rauschzustände und schwerste Abhängigkeit.«

»Das steht da drin?«

Kerstii nickte. »Taxin-Alkaloid. Ich vermute, Klara Ranftleben hat das Teufelszeug im Hinterhof gebraut und sich so ihren kläglichen Lebensunterhalt verdient. Dabei wurde sie selbst abhängig und hatte die Wahnvorstellung, die Schwarze Königin zu sein. In diesem Rausch hat sie ihr Kind getötet. Zumindest wurde ihr das unterstellt. In der Klinik hat man einen Entzug mit ihr gemacht, der aber immer wieder von paranoiden Schüben unterbrochen wurde. Nur wenn sie unter dem Einfluss von Beruhigungsmitteln stand, kam die eigentliche Klara wieder zum Vorschein. Die immer wieder behauptet hat, dass sie unschuldig ist.«

»Wir furchtbar.«

Marie-Luise starrte auf die Akte Ranftleben. »Aber diese Eiben-Punsch-Party, die sie dann veranstaltet hat, wie kam sie zu dem Zeug? Wurde sie rückfällig? Konnte sie sich das Gift denn selber brauen?«

»Nein«, sagte Kerstii. »Und da kommen wir zu unserem großen Unbekannten. Jemand muss ihr geholfen haben. Jemand von außerhalb, der ein Interesse daran hatte, dass Klara trotz ihrer Fortschritte noch einmal zur Schwarzen Königin wurde.«

Ich unterbrach sie. »Aber im Garten stehen doch Eiben? Und

Trompetenbäume. Und Goldregen und all das giftige Zeug. Das war doch ein Selbstbedienungsladen.«

»Nur für jemanden, der Herr seiner Kräfte war und nachts vielleicht Zugang zur Küche hatte. Beides gilt nicht für Klara. Sie hatte ein stark autoaggressives Verhalten, vor dem man sie und andere schützen musste. Sie trug einige Zeit eine Zwangsjacke. Nur abends, wenn sie diese Schlafpulver genommen hatte, zog man sie ihr aus. Meist wurde sie am Bett festgeschnallt.«

»Aber ...« Marie-Luise betrachtete nachdenklich ihren Teebecher. »Wie kam es dann zu diesem tödlichen Afternoon-Tea? Ein Gastgeber in Zwangsjacke ist schon eine merkwürdige Vorstellung.«

Kerstii blätterte in den Papieren. »Ihr Zustand verbesserte sich, also wurden die Maßnahmen etwas gelockert. Doch je klarer sie wurde, desto größer war die Gefahr, dass sie eines Tages für ihre Tat zur Rechenschaft gezogen würde. Sprich: Am Ende der Genesung lauerte der Galgen. Oder zumindest ein Gerichtsverfahren. Irgendjemand wollte nicht, dass es jemals zu diesem Verfahren kam. Denn es hätte ja auch ihre Unschuld beweisen können.«

Marie-Luise hatte Kerstii mit wachsender Unruhe zugehört. Schließlich konnte sie ihre Vermutungen nicht mehr für sich behalten. »Dieser Jemand hat sie also angestiftet, die halbe Klinik zu vergiften. Wer war das?«

Kerstii legte ihre Hand auf die Akte.

»Der echte Mörder. Der seine Tat endgültig vertuschen wollte. Wenn das stimmt, dann haben wir es hier mit einem hundert Jahre alten, niemals aufgeklärten Verbrechen zu tun. Ein Mörder, der eine Verrückte, aber Unschuldige zu seinem Handwerkszeug gemacht hat. Wenn das kein Stoff für eine Gruselgeschichte ist, was dann? Wenn ich das alles auf die heutige Situation übertrage, wo eine Schulklasse offenbar diese Akte zur Vorlage genommen und sie irgendjemand vielleicht genauer studiert hat als die anderen, heißt das für mich: Es gibt zwei.«

»Zwei was?«, fragte ich. »Zwei ... Spielleiter?«

Kerstii nickte. »Jemand, der extern die Fäden zieht, und eine weitere Person, die intern ausführt.«

»Wer sind die beiden?«

»Der Planer ist ein kühler Stratege. Ein Egoist. Für ihn zählen nur die eigenen Ziele. Er ist rücksichtslos und ohne Mitgefühl. Er schaltet aus und eliminiert. Seine Opfer sind keine Menschen, sondern Zielscheiben. Er tötet, weil er hundertprozentig überzeugt ist, dass sie den Tod verdient haben. Rache spielt bei ihm nur eine Rolle, wenn es um sein eigenes Ego geht. Da ist er zu allem bereit. Sich aber für jemand anderen aus dem Fenster zu hängen, Clarissa beispielsweise, ist definitiv nicht sein Ding.«

»Und der andere?«

»Der oder die andere ist selektiver. Täter Nummer zwei tritt mal mehr, mal weniger brutal in Aktion. Er ist der Aktive und führt aus, was Täter eins plant. Ravenée war ein Warnschuss. Heikko eine Hinrichtung. Andere werden nur eingeschüchtert. Es gibt Abstufungen in der Ausführung der Anschläge. Sie haben kein nachvollziehbares Muster. Zumindest keines, das sich mir erschließt. Deshalb kann Rache für Clarissa auch hier nicht das Motiv sein – selbst wenn es euch nicht passt.«

»Und das heißt?«

Kerstii beugte sich vor und nahm erst Marie-Luise, dann mich ins Visier. »Der Erste ist ein Mann. Der Zweite eine Frau. Der Mann ist draußen, die Frau drinnen. Der Mann darf die HBS nicht betreten. Die Frau aber …, sie findet ihr im Zentrum. Sie ist Teil der Schule, tief in ihrem Herzen, und das ist ihre Tarnung. «

Kerstii zog ein Päckchen Tabak aus der Hosentasche und drehte sich eine Zigarette. »Erfurt. Elmsdetten. Littleton. Die Muster sind alle gleich. Die Mörder durften nicht mitspielen und haben sich dann zu Herren über Leben und Tod aufgeschwungen. Findet raus, was unsere beiden so sauer macht, und ihr habt sie. Aber bereitet euch darauf vor, dass ihr es hier mit echten Killern zu tun habt.«

»Nein.«

Ich stand auf und umrundete den Tisch. »Warum nehmen die beiden nicht eine Waffe und starten einen Amoklauf? Damit wäre die Sache schnell und schmerzlos erledigt.«

Kerstii zündete die Zigarette an und schüttelte dann langsam den Kopf. »Weil selbst diese spektakulären Amokläufe in Schulen keine spontanen Eingebungen waren. Es gab Todeslisten.

Drohungen. Ankündigungen. Es ist eine Art erweiterter Selbstmord, auch wenn sie es selbst noch nicht ahnen. Deshalb geben die Täter vorher Warnsignale ab. Nicht etwa weil sie Hilfe wollen. Sondern weil sie ihre Allmacht nicht für sich behalten können. Und das Nicht-Mitspielen-Dürfen bedeutet im übertragenen Sinn: Beide haben einen ungeheuren, andauernden Schmerz erlebt, für den sie andere verantwortlich machen. Diese Schmerzerfahrung schweißt sie zusammen. Sie ist das Motiv und der Auslöser für alle Taten. Nicht Clarissa.«

»Wartet mal. Mir kommt da noch was.«

Marie-Luise runzelte die Stirn, wie sie das häufig tat, wenn ein Gedanke sich ankündigte, aber noch schwer in Worte zu fassen war. »Vielleicht ... wurde der Mörder von Klaras Baby doch noch gefasst? Der, der sie zu ihrer Teeparty angestiftet hat? Das wäre dann die Matrix: Der echte Mörder – also der Chefstratege, und sein Handlanger – eine hundert Jahre später wiederauferstandene tödliche Liaison?«

Kerstii nickte und wollte noch etwas sagen, da erschien Kevin in der Küchentür.

»Seid ihr fertig? Ich würde euch dann gerne etwas sehr Interessantes zeigen.«

»Gleich«, sagte Kerstii. »Wir sollten herausfinden, ob der Fall Klara Ranftleben noch ein Nachspiel im Kriminalgericht hatte. Ob es einen weiteren Verdächtigen gab und es sogar zu einer Verhaftung und Verurteilung gekommen ist. Ich glaube zwar nicht an Zufälle, aber wenn unsere beiden königlichen Sniper sich schon so genau an diese Vorlage halten«, sie nahm die alte Akte und hob sie kurz an, »dann wäre es zumindest eine Nachfrage wert. Interessante Sache. Ich suche nämlich noch was für mein Staatsexamen. Darf ich mich darum kümmern?«

»Aber gerne«, antworteten Marie-Luise und ich wie aus einem Mund.

Kevin beugte sich über seinen Computer und öffnete ein Programm, das zumindest optisch eine entfernte Ähnlichkeit mit den Synthesizern meiner Jugend hatte. Lautstärkeregler und Fenster mit oszillierenden Tonpegeln erschienen, und in der Mitte öffnete sich ein schwarzes Feld: eine Art kleiner Monitor.

»Film ab.«

Kevin drückte eine Taste, und die gleiche Szene spielte sich ab, die ich auch auf Curds Handy gesehen hatte. Allerdings war sie jetzt kontrastreicher und etwas deutlicher zu erkennen. Unterhalb des Monitors erschien die Tonspur.

»Ich habe versucht, die Störgeräusche zu unterdrücken und die Tiefen etwas anzuheben. Ich mach's mal lauter.«

Der Film startete erneut, wir krochen fast in den Monitor. Rufe, Gemurmel, ein Aufschrei nach dem Sturz. »Komm schon? Mach schon? Habt ihr das auch verstanden?«, fragte Marie-Luise.

Wir nickten. Kevin holte ein kleines Stück der Tonspur heraus und vergrößerte es. Dann ließ er die Sequenz ablaufen. Ich verstand immer noch nichts.

»Ich fang dich auf«, sagte Marie-Luise. »Komm schon, ich fang dich auf. Können wir das noch mal im Zusammenhang sehen?«

»Gleich.« Kevin zog jetzt die Filmspur in den Vordergrund und platzierte sie direkt unterhalb des Monitors. »Hier. Das ist die Sprungszene.«

Die Gestalten zerflossen beinahe in der Dunkelheit und bewegten sich wie in Zeitlupe. Der große Mann im Vordergrund hob die Arme. Dann ließ er sie sinken, der Schatten raste herunter, alle stoben auseinander.

»Noch mal? Erkennt ihr nichts?«

»Ich weiß nicht, was ich da erkennen soll«, erwiderte ich unwillig.

Kevin wirbelte herum. Blitzschnell stieß er mit seiner Hand vor, als ob er mich in den Unterleib boxen wollte. Reflexartig wehrte ich ihn ab.

»Hier!«

Kevin nahm den Notizzettelblock und warf ihn auf Marie-Luise. Die konnte ihn gerade noch auffangen.

»He! Was soll das?«

»Das soll heißen, wenn ihr etwas fangen oder auffangen wollt, hebt ihr die Arme.« Er stand auf und stellte sich hin, als ob er gleich einen Ball abwehren wollte. »Wenn nicht, dann nicht.«

Er ließ die Arme sinken und trat wieder an den Computer. »Ich habe mir diese Szene wieder und wieder betrachtet und bin nicht schlau aus ihr geworden. Erst als ich sie nachgespielt habe.«

Er startete den Film erneut. Dann hob er wie die Figuren auf dem Computerbildschirm die Arme. »Komm schon! Mach schon! Ich fang dich auf!«

Dann ließ er die Arme sinken und trat zurück. Im selben Moment schlug der Körper auf.

Kerstii schaute fassungslos auf Kevin und dann auf den Bildschirm. »Er ist absichtlich zur Seite getreten? Er sagt, er fängt sie auf, und dann lässt er sie fallen?«

Kevin nickte.

»Wer war das?«, fragte Kerstii. »Wer tut denn so etwas?«

Alle schauten mich an. Meine Ahnung war schon zur Gewissheit geworden, als ich die dunkle Gestalt auf Kevins Monitor gesehen hatte. Die Größe, die athletische Figur, aber auch die Stimme. Verzerrt und kaum zu verstehen, hatte sie doch dieses schmeichelnde, gefährliche Timbre, sanft und drohend zugleich, das sie unverwechselbar machte.

»Mathias.«

»Meine Güte! Was für ein gottloses Arschloch.« Marie-Luise, die Atheistin, suchte nach weiteren Möglichkeiten, die Mathias' Charakter etwas säkularer umschreiben könnten. »Das ist doch das Allerletzte! Was ist das nur für ein Mensch?«

Kevin nahm wieder auf seinem Schreibtischstuhl Platz und drehte sich langsam hin und her. »Euer Rache-Motiv erscheint mir gar nicht so weit hergeholt. Ich würde diesem Typen auf jeden Fall gerne mal auf die nonverbale Tour erklären, was ich von ihm halte.«

Wir schwiegen, weil es uns allen so ging.

Ich sah noch einmal auf den Monitor, wo der kurze Film in einer Art Endlosschleife immer wieder zu sehen war. »Könnte Mathias einer der beiden sein?«

Kerstii stand auf und reckte ihre langen Glieder. »Nein.«

»Wirklich nicht?« Marie-Luise schien etwas enttäuscht. »Ich finde, das passt zu ihm.«

»Ja, weil er ein richtig auffälliges Dreckschwein ist. Das

heißt: Er lebt seine Gefühle. Er ist ein psychisch kerngesunder Vollidiot. Sucht lieber nach jemandem, der unauffällig ist, brav und bescheiden. Oder ein richtig dämlicher Wichser, der keine Scheiße ausgelassen hat. Aber lasst den da links liegen. Der wird den Rest seines Lebens noch genug über Leichen gehen. Aber mit euren beiden schwarzen Schätzchen hat er nichts zu tun.«

Ich sah auf meine Armbanduhr. Es wurde Zeit aufzubrechen. Eine Elternversammlung wartete auf mich, die viele Fragen aufwerfen würde, auf die es immer noch so wenig Antworten gab. Ich bedankte mich bei Kerstii für ihre unglaublich gute Arbeit. Sie hatte uns zumindest dazu gebracht, noch einmal ganz neu über alles nachzudenken.

»Mein Super-Profiler«, sagte Kevin und nahm sie in den Arm. »Du wirst noch mal eine ganz große Nummer beim BKA.«

Ich verabschiedete mich von Kerstii und Marie-Luise, nahm aber, bevor ich ging, Kevin noch kurz zur Seite.

»Ich muss noch einmal zu diesen Vampiren.«

»Kein Problem. Wir können gemeinsam einen *Char* aufstellen, und beim nächsten Mal kannst du schon anfangen, erste Erfahrungspunkte zu sammeln.«

»Ich will nicht spielen, ich will mit dem Prinzen sprechen. Ich glaube, ich habe ihn gesehen. Er war da, als das mit Heikko passiert ist.«

Kevin wurde schlagartig ernst. »Da kann ich dir leider nicht helfen. Ich weiß nicht, wer er ist. Ich werde mal mit Nicky sprechen. Wenn du wirklich an ihn ranwillst, hast du wohl die größten Chancen, wenn du dich wieder in einen Vampir verwandelst. Wie war noch mal dein Name?«

»Vergiss es«, sagte ich und wandte mich zum Gehen.

Marie-Luise hatte mir netterweise den Volvo geliehen. Wir waren jetzt eindeutig über den offiziellen TÜV hinaus, und die Geräusche, die aus dem Motorblock kamen, verhießen nichts Gutes. Immerhin sprang er an und brachte mich in zwanzig Minuten wohlbehalten nach Pankow. Der Bremsweg ließ allerdings sehr zu wünschen übrig, sodass ich mit meinen Gedanken während der Fahrt hauptsächlich mit der Berechnung von

Ampelschaltungen beschäftigt war und nicht viel über Kerstiis Theorie nachdenken konnte.

Die HBS war hell erleuchtet. Im Eingang stand Rudolf Kladen mit einem Herrn, den ich erst beim näheren Herantreten an seinem Binder erkannte: Werner Sebastian, der Klassenlehrer. Als sie mich um die Ecke kommen sahen, unterbrachen sie ihr Gespräch und warteten, bis ich die Stufen hochgestiegen war.

Kladen begrüßte mich zuerst, dann reichte mir Sebastian eine verschwitzte Hand und entschuldigte sich.

»Eine fatale Entwicklung.« Rudolf Kladen schaute an mir vorbei den Paradeweg hinunter, ob begrüßenswerte Elternteile auftauchten. »Haben Sie es schon gehört? Die Kriminalpolizei ermittelt jetzt.«

»Ach.«

Auf der anderen Straßenseite parkte ein Polizeiwagen. Weit und breit war niemand zu sehen.

»Ein Zeuge hat gesehen, wie Heikkos Rad gestohlen wurde. Und man hat Reste von Draht an einem Baum gefunden. Jemand hat tatsächlich versucht, einen meiner Schüler umzubringen.«

Er starrte an mir vorbei auf das grün-weiße Auto.

»Nicht zum ersten Mal, Herr Kladen.«

Er nickte. Dabei wirkte er sehr beherrscht. Doch ich konnte ihm ansehen, wie mühsam er seinen Zorn unterdrückte. »Die Ermittlungen konzentrieren sich auf die Alma-Mahler-Werfel.«

Ungläubig folgte ich seinem Blick auf die andere Straßenseite. »Wie denn das?«

»Es war wohl einer ihrer Schüler. Einwandererfamilie. Migrationshintergrund. Immer wieder auffällig geworden. Jetzt ist er untergetaucht.« Kladen seufzte. »Mehr wissen wir auch noch nicht. Vielleicht haben sie sich um ein Mädchen gestritten. Oder es war einfach blinder Hass auf jemanden, dem es vermeintlich besser geht. Bis heute Abend habe ich an friedliche Koexistenz geglaubt. Aber nach diesem Vorfall werde ich alles tun, damit dieses unhaltbare Provisorium da drüben en0dlich ein Ende findet. – Guten Abend, Frau Schmidt. Herr Schmidt?«

Kladen salutierte in einer formvollendeten Verbeugung.

Auch ohne den Namen hätte ich in den beiden unverkennbar Curd wiedererkannt. Von seinem Vater hatte er die hellen, fast weißen Haare, von seiner Mutter das runde Gesicht mit den klugen, wachen Augen. Beide wirkten ernst und eilten nach der Begrüßung ins Haus.

Kladen wandte sich wieder an mich. »Mir ist erst jetzt so einiges klar geworden. Diese Drohungen. Die Angst, die an meiner Schule umgeht. Es kommt alles von da drüben. Und es ist für mich unfassbar, wie das vor meinen Augen so eskalieren konnte.«

»Was genau hat der Zeuge gesehen?«

Kladen legte die Arme auf den Rücken und blickte nach oben in die fast entlaubten Kastanien. Hinter die dürren Zweige hatte sich ein nahezu voller Mond geschoben und beleuchtete die Straße mehr, als es die gelb funzelnden Straßenlaternen aus der Vor-Wende-Zeit vermochten.

»Auf jeden Fall, wie der Junge das Rad vom Unfallort gestohlen hat. Wir sind ja von Hauptschulen eine Menge gewohnt. Aber das wird morgen wohl für einige unangenehme Schlagzeilen im Boulevard sorgen.«

Er wies hinüber auf den Seitenflügel der Mahler-Werfel, in dem noch Licht brannte. Dann wandte er sich wieder an mich.

»Ich werde nicht dulden, dass in dieser Stadt das Prekariat Jagd auf die sogenannte Elite macht.«

Die Krisensitzung auf der anderen Straßenseite schien beendet zu sein. Durch die Glastür des Haupteingangs konnte man erkennen, dass rund ein Dutzend Menschen gerade auf den Flur trat und sich zum Ausgang bewegte. Einige von ihnen traten hinaus auf die breite Betontreppe. Eine schlanke Gestalt mit krausen Haaren zündete sich eine Zigarette an. Sie schaute zu uns herüber. Mein Herz machte einen schmerzhaften Sprung. Ich konnte nicht anders. Ich musste Kladen sagen, was ich wusste.

»Der Junge von da drüben, wer auch immer es sein mag, hat mit Heikkos Tod nichts zu tun.«

»Wer dann?«

Die Stimme hinter uns ließ uns herumfahren. Katharina war zu uns getreten. Ihr Gesichtsausdruck verhieß nichts Gutes.

»Ich habe immer gesagt, das wird nichts. Soziokulturelle Experimente auf Kosten der Schüler. Zwei so unterschiedliche Institute sich direkt gegenüber, da muss es ja zu Spannungen kommen. Aber dass das so entgleist, hätte ich nicht für möglich gehalten.«

Sie wandte sich an Kladen. »Der Stadtrat ist informiert und wird kommen. Hoffentlich werden unsere Beschwerden jetzt endlich ernst genommen.«

Sie ging wieder zurück zu den anderen.

Kladen nickte. Er wirkte immer noch imposant mit seinem gut sitzenden Anzug und der grauen Löwenmähne. Doch etwas hatte sich in seine Haltung geschlichen, was man am ehesten als eine unsichtbare Bürde beschreiben konnte. Seine Schultern trugen mit einem Mal eine Last. Er war sie nicht gewohnt, sie schmerzte ihn.

Dagmar war die Stufen hinuntergestiegen und stand auf dem Bürgersteig. Dabei drehte sie uns den Rücken zu, als wollte sie uns den Anblick ihres Gesichtes verwehren. Ein Gesicht, in dem sich jetzt abgrundtiefe Sorge spiegeln musste. Ich riss mich von ihrem Anblick los.

»Herr Kladen, das Problem liegt nicht da drüben. Wenn es irgendwie im Bereich Ihrer Möglichkeiten liegt – lösen Sie die Klasse auf. Sofort. Reißen Sie sie auseinander. Das ist die einzige Chance, die diese jungen Menschen noch haben.«

Etwas in meinem Ton brachte ihn dazu, sich zu mir zu drehen und mir endlich in die Augen zu sehen. »Was wollen Sie damit sagen?«

»Das da drüben sind Fahrraddiebe.«

Ich wies auf das imposante Eingangsportal der HBS hinter uns. »Hier aber sind Mörder.«

In Kladens Gesicht spiegelten sich Ungläubigkeit und Ratlosigkeit. In diesem Moment hörten wir wieder Schritte, und ein weiteres Paar bog um die Ecke und hielt auf die HBS zu. Jetzt, wo die Straße still und verlassen dalag, parkten sie alle um die Ecke. Paradoxes Volk.

Ich erkannte Klaus und Chiara Scharnow. Kladen war genauso überrascht wie ich. Er wartete, bis die beiden zu uns hochgestiegen waren, und reichte ihnen dann die Hand.

»Es tut mir sehr leid, aber dies ist ein Elternabend der zwölften Klasse. Soweit ich weiß ...«

Er ließ das Ungesagte im Raum stehen. Chiara legte Halt suchend ihre Hand auf den Arm ihres Mannes. Scharnow sah mich an und wandte sich dann an Kladen.

»Nachdem Ihr Mitarbeiter bei uns war, haben wir die vage Hoffnung, dass diese Schule zumindest ansatzweise versuchen wird, Licht in die Umstände von Clarissas Tod zu bringen.«

»Ich glaube nicht, dass das heute Abend –«

Das nächste Elternpaar traf ein. Die Winterlings. Kladen schien mit der Situation etwas überfordert. Denn auch Ravenées Eltern sahen nicht so aus, als ob man sie einfach wieder nach Hause schicken könnte.

Ich beschloss, dass er alleine mit der Situation umgehen konnte, entschuldigte mich kurz und lief über die Straße. Dagmar stand mit einigen Kollegen zusammen.

Als sie mich sah, lächelte sie kurz und wurde sofort wieder ernst.

»Sami?«, fragte ich.

Sie nickte. »Dieser Volltrottel. Und das Schlimmste ist: Keiner weiß, wo er steckt. Ich fahre noch mal in seine Gegend. Jemand muss ihm sagen, dass er sich stellen soll.«

Ein Polizist und ein Kriminalbeamter traten zu unserer Gruppe. Ich erkannte Martensen. Den Beamten hatte ich noch nie gesehen.

»Wir werden dann wohl eine Fahndung herausgeben. Zu Hause ist er nicht.«

Der Beamte wandte sich direkt an Dagmar. »Sollte er sich bei Ihnen melden, rufen Sie mich umgehend an.«

»Er war es nicht«, sagte ich. »Vielleicht hat er das Fahrrad geklaut und hat etwas gesehen. Aber er hat niemanden umgebracht.«

Der Beamte, ein noch junger Mann Anfang dreißig, hatte sich gerade zum Gehen gewandt. Jetzt drehte er sich noch einmal um.

»Wer sind Sie?«

»Joachim Vernau. Ich bin Lehrer an der Herbert-Breitenbach-Schule. Da drüben. Auf der anderen Seite.«

Er war einen halben Kopf größer als ich und hatte raspelkurz geschorene, blonde Haare. Ich spürte sofort, dass er mich nicht leiden konnte, und beschloss, ihm das mit Abneigung heimzuzahlen.

»Wer war es dann?«

»Das weiß ich nicht«, antwortete ich wahrheitsgemäß. »Vielleicht derselbe, der für den Giftanschlag auf eine meiner Schülerinnen verantwortlich ist. Ravenée Winterling. Wie weit sind Sie denn da mit den Ermittlungen?«

Der Beamte warf einen Blick auf die andere Seite der Straße. »Das werden Sie sehr bald erfahren, Herr Vernau. Wissen Sie sonst noch etwas über Fahrer, Fahrrad und Dieb?«

Er wirkte ausgesprochen desinteressiert.

»Der blinde Bettler«, sagte ich. »Der könnte etwas gesehen haben. Er ist wahrscheinlich ein Vampir, oder sogar der Prinz. Das alles ist doch ein Spiel. Verstehen Sie mich? Ein Killerspiel. Und geht zurück auf einen Mordfall, der sich vor hundert Jahren hier ereignet hat. In der Nervenklinik. Also ... in der Herbert-Breitenbach-Schule, meine ich.«

Ich geriet ins Stocken. Der Beamte setzte seine Deeskalationsmiene auf und nickte mir beruhigend zu.

»Sie sind wirklich Lehrer da drüben?«

Ich nickte und versuchte, so wenig geisteskrank wie möglich auszusehen.

»Wissen Sie«, begann er in beruhigendem Ton, »Blinde sind selten glaubwürdige Augenzeugen. Aber wir werden dem natürlich nachgehen. Was sagten Sie? Er ist ein Vampir? Oder ein vor hundert Jahren ermordeter, nervenkranker Prinz?«

Er holte seinen Notizblock hervor und tat so, als ob er sich diese wichtigen Hinweise notieren würde. Ich fand das nicht witzig. Dass Dagmar mir jetzt beruhigend die Hand auf den Arm legte, noch weniger.

»Ich möchte, dass Sie in die Ermittlungen auch die HBS mit einbeziehen. Ich habe den Verdacht, dass dort Todeslisten existieren.«

Todeslisten war gut. Das Wort »Todeslisten« versetzte alle und jeden in erstaunlichen Aktionismus. Wegen Todeslisten konnte man heutzutage von jetzt auf gleich Wohnungen stürmen und verschreckte Geburtstagskinder festnehmen, die aus Frust über geklaute Radiergummis den besten Freund von der Einladungsliste gestrichen hatten. Todesliste im Zusammenhang mit Schule bedeutete: sofortiges Eingreifen.

Doch wenn ich geglaubt hatte, dem Kriminalbeamten damit zu imponieren, so sah ich mich getäuscht.

»Da drüben?«

Martensen kam an uns vorbei. Er trug eine schwere Tasche, die ihm jemand von der Alma-Mahler-Werfel ausgehändigt hatte. Der Beamte gab ihm ein Zeichen, die Tasche zu öffnen. In ihr befand sich das gesammelte, einst von Dagmar so anschaulich beschriebene Waffenarsenal. »Werfen Sie doch mal einen Blick hier rein. Das ist hier der Alltag. Da drüben werden doch höchstens Montblanc-Füller konfisziert, weil die Tinte nicht die richtige Farbe hat.«

Er gab Martensen ein Zeichen. Der schloss die Tasche und trug sie zum Polizeiwagen. Mich brachte diese Ignoranz fast zum Überkochen.

»Ich bestehe darauf, dass Sie jedem Hinweis nachgehen. Egal, aus welchem Umfeld er kommt.«

Der Beamte sah auf seine Uhr, seufzte und holte dann eine Visitenkarte aus der Jackentasche. Er reichte sie mir.

»Rufen Sie mich an. Morgen, wenn's geht. Wir müssen erst mal die Todesfälle abarbeiten, die sich bereits ereignet haben. In *diesem* Jahrhundert. Schönen Abend.«

Ich sah auf die Karte. Vaasenburg. Karsten Vaasenburg. Kriminalhauptkommissar der Mordkommission. Dagmar legte ihre Hand auf meinen Arm. Schon wieder.

»Mach dir nichts draus. Wir sind das gewohnt. Aber ich danke dir, dass du dich so für Sami einsetzt.«

Die übrigen Lehrer hatten sich nach meiner Galavorstellung als halluzinierender Irrer schnell verabschiedet und machten sich auf den Weg nach Hause. Drüben, auf der anderen Straßenseite, sah Kladen sich noch einmal um, ob irgendwelche Nachzügler auftauchten, dann ging er in die HBS und schloss die Tür.

»Du musst ihn finden.«

Dagmar nickte. Sie war müde, und die Sorge um Sami gab ihrem Blick etwas Verzweifeltes. Ich packte sie an den Schultern und zog sie an mich. Es war nur ein kurzer Moment, in dem sie nachgab und sich an mich schmiegte. Aber er war wunderschön.

»Sami war es nicht«, sagte ich. Ich wiegte sie sanft in meinen Armen.

Sie atmete tief ein. »Das sagst du doch nur so.«

»Nein. Er war es wirklich nicht.«

Sie hob den Kopf und löste sich dadurch ein bisschen von mir, aber nur ein bisschen. Ich strich ihr diese eine, vorwitzige Haarsträhne hinters Ohr, die ihr immer wieder um die Nase flatterte.

»Es war jemand von der HBS. Jemand, der mitbekommen hat, dass Heikko mit mir Kontakt aufgenommen hat. Heikko wollte mit mir reden und mir vielleicht sogar sagen, wer hinter den mysteriösen Vorfällen der letzten Zeit steckt.«

»Dann ist es also wahr, was gemunkelt wird? Dass es bei euch nicht mit rechten Dingen zugeht?«

»Ravenée wurde vergiftet. Heikko war Opfer eines heimtückischen Mordes. Der Rest meiner Klasse, der noch halbwegs unversehrt ist, wird massiv eingeschüchtert und bedroht. Das kann Sami nicht gewesen sein. Das ist jemand, der einen guten Grund hat, diese Schüler zu hassen. Und der eine sehr enge Bindung zu ihnen hat.«

»O mein Gott.«

Dagmar machte sich los.

»Was ist?«

Sie hob die Hand vor den Mund und schüttelte ungläubig, mit weit aufgerissenen Augen, den Kopf.

»Was hast du?«

»Das kann nicht sein. Das kann nicht sein!«

Ich trat auf sie zu, packte sie an den Schultern und zwang sie, mich anzusehen.

»Was kann nicht sein?«

»Sami ... Sami und Clarissa waren ein Paar.«

Ich glaubte, ich hörte nicht recht. Die italienische Madonna und der levantinische Gangsterjunge – ein Paar?

Dagmar nickte. »Drei Monate. Bis zu ihrem Tod. Und für Sami war es die ganz große Liebe.«

»Und für Clarissa?«

»Für Clarissa auch.«

»Dann ...« Ich überlegte einen Moment. »Dann *müssen* wir mit ihm reden.«

Dagmar sah mich lange an. Schließlich nickte sie. »Ja, das müssen wir.«

Ich begleitete Dagmar noch bis zum Bus in der Breiten Straße. Sie versprach, sich sofort zu melden, wenn sie etwas von Sami gehört hatte. Ich versprach, nachzukommen, sobald ich mich von dem Elternabend loseisen konnte. Sie versprach, vorsichtig zu sein. Ich versprach, mich zu beeilen. Als der Bus kam, sahen wir uns lange an. Dann stieg sie ein. Ich sah ihr nach, bis der Bus anfuhr. Sie hob ihre Hand und legte sie an die Scheibe. Ich legte meine Hand von der anderen Seite dagegen. Ich musste laufen, weil der Bus sich bereits in den Verkehr einfädelte. Aber unsere Handflächen lagen fast zehn Sekunden aufeinander. Das war lange genug, um plötzlich wieder an etwas zu glauben.

Der Paradeweg lag da wie ausgestorben. Ich ging in der Mitte der Straße zurück. Rechts lag, dunkel jetzt und abweisend, beschmiert und verrostend wie ein aufgegebenes Schiff, die Alma-Mahler-Werfel. Links gegenüber, hell erleuchtet und beflaggt, stolz wie ein Ozeanriese, die Herbert-Breitenbach-Schule. Wo hatten sich diese beiden so unterschiedlichen jungen Menschen getroffen? Was hatte sie aneinander fasziniert? Das Fremde? Das Andere? Es hatte sie mehr getrennt als nur eine Straße. Und mehr verbunden offenbar auch. Sami und Clarissa, das geheime Paar. Romeo und Julia in Pankow.

Die Einzige, die davon gewusst hatte, war Dagmar Braun. Und sie war auch die Einzige, die Sami jetzt noch finden konnte.

Ich stieg die Stufen empor und zog die schwere Tür auf. Ein Durcheinander von erregten Stimmen war bis in den Flur zu hören. Die Tür zum Lehrerzimmer stand einen Spalt offen. Dahinter fiel Scharnow gerade Katharina ins Wort.

»Ich habe immer wieder auf Aufklärung bestanden. Immer wieder!«

Herr Winterling kam ihm zu Hilfe. »Und wenn es ein Externer ist, der sich offenbar Zugang zu dieser Schule verschafft, müssen die Sicherheitsvorkehrungen verschärft werden. Warum gibt es keinen Pförtner? Warum keine Hausausweise?«

»Und wie lange müssen sich unsere Kinder noch von denen da terrorisieren lassen?«

»Wann gehen die endlich dahin zurück, wo sie hergekommen sind?«

Die letzten beiden Fragen wurden an einen glatt rasierten Herrn im grauen Anzug gerichtet, der in der Mitte zwischen Kladen und Katharina saß. Der Stadtrat. Ein glückloser Mensch. Wer in den heutigen Zeiten ausgerechnet das Ressort Familie und Bildung erbte, hatte eine Menge auszubaden. Aber er war wohl schon lange genug durch das Fegefeuer von Bezirkselternausschüssen und Landesrechnungshofkritiken gegangen, denn er hob die Hände und setzte eine professionell bedauernde Miene auf.

»Sie kennen die Situation. Wir tun alles, was möglich ist, aber bis die Asbest-Sanierung nicht abgeschlossen ist, können die Schüler der Alma-Mahler-Werfel nicht zurück in das alte Gebäude.«

»Das interessiert mich nicht.«

Alles verstummte. Ein Mann mit dunklem, korrekt gestutztem Vollbart stand auf. Er sprach langsam und mit Mühe. Neben ihm saß eine korpulente Frau mit rot geweinten Augen.

»Mein Sohn wurde getötet. Wenn ich herausfinde, dass es jemand von diesen Hauptschülern war, ich schwöre bei Gott ...«

Was er schwor, ließ er offen. Das zustimmende Gemurmel der anderen ließ das Schlimmste befürchten. Der Stadtrat merkte, dass sich Übles zusammenbraute.

»Ich muss Sie bitten, Ruhe zu bewahren und der Polizei ...«

Der Rest ging unter in empörten Rufen. Werner Sebastian saß hinten in einer Ecke und tat so, als ginge ihn das alles nichts an. Der Stadtrat wechselte ein paar Worte mit Kladen. Katharina sah mich in der Tür stehen. Sie runzelte die Stirn und schien darauf zu warten, dass ich mich einmischte. Schließlich klopfte sie auf den Tisch und bat energisch ums Wort.

»Es gibt Mitarbeiter unter uns, die der Meinung sind, wir sollten der Gewalt weichen. Dass wir die Schule schließen sollen und Ihre Kinder auf andere Institute verteilen. Ich bin nicht dieser Meinung. Diese Klasse hat einiges durchgemacht, und es hat sie zusammengeschweißt. Wenn wir sie jetzt auseinanderreißen, mitten im Schuljahr, werden sie ihre besten Freunde verlieren. Und zudem eine so hoch qualifizierte Vorbereitung auf das Studium, wie sie sie in Berlin zumindest kaum finden werden.«

Katharina wartete einen Moment, bis auch wirklich jeder das Schreckgespenst des Qualifizierungsverlustes vor Augen hatte.

»Ich biete Ihnen an, vorübergehend einen Sicherheitsdienst zu engagieren. Das Gebäude wird rund um die Uhr bewacht, und wir gewährleisten, dass kein Schulfremder es betreten kann. Außerdem werden wir die geplante Sicherung des Erdgeschosses schon jetzt ausführen lassen. Da wir wissen, aus welcher Ecke diese Übergriffe kommen, können wir uns auch endlich gegen sie schützen. Und wenn wir im nächsten Jahr unsere weiteren Pläne verwirklichen, wird es selbstverständlich zu unseren obersten Prioritäten gehören, auch internationalen Security-Standards zu genügen.«

Ich sah zu Kladen. Er wich meinem Blick aus und wirkte wie jemand, der trotz Bauchschmerzen zum Turnen muss. Doch er ließ Katharina gewähren.

»Die Entscheidung liegt bei Ihnen. Ach, und ein Letztes noch: Ich versichere den betroffenen Eltern unser tiefstes Beileid und Mitempfinden.«

Die korpulente Frau schluchzte auf. Ihr Mann legte seinen Arm um ihre Schulter und versuchte, sie zu trösten. Scharnow drehte sich zu mir um.

»Was meinen Sie, Herr Vernau?«

Wären Blicke wie Schwerter, dann kreuzten sich gerade die Klingen von Kladen und Katharina unmittelbar vor meiner Kehle. Alle starrten mich an.

Man hatte ihnen eine so wunderbar einfache Lösung präsentiert. Und alles, womit ich jetzt kommen konnte, waren Mutmaßungen. Noch nicht einmal die Polizei hatte mir geglaubt. Aber irgendetwas wurde jetzt von mir erwartet. Ich räusperte mich.

»Ich muss Frau Oettinger korrigieren. Es ist nicht Ihre Entscheidung. Wichtig ist: Wie kommt Ihre Tochter, wie kommt Ihr Sohn mit dieser Situation zurecht. Fragen Sie Ihre Kinder. Hören Sie genau zu, was sie sagen. Und respektieren Sie deren Wunsch.«

Ich konnte Katharina ansehen, dass meine kurze Rede nicht gerade die Form von Unterstützung war, die sie jetzt gebrauchen konnte. Aber es hätte schlimmer kommen können. Sie setzte ein leicht gequältes Lächeln auf und nickte mir zu.

»Das finde ich einen sehr vernünftigen Vorschlag. Bitte erinnern Sie Ihre Kinder aber auch daran, wie wichtig ein durchgehender Schulbesuch ist. Nicht nur für ihre Leistungen, sondern auch für das Abiturzeugnis.«

Der Stadtrat blickte überdeutlich auf seine Armbanduhr. Eine allgemeine Unruhe setzte ein, Vorbote des kommenden Aufbruchs, in dem ich ungestört das Weite suchen konnte.

Es gab sie, diese Ecken. Sie wurden gerne wegrelativiert und als Fantasiegespinste hysterischer Kleinbürger abgetan, die man angeheizt hatte durch die reißerischen Schlagzeilen der Boulevardpresse und die markigen Worte innenpolitischer Rechtsaußen-Sprecher. Von offizieller Seite wurden sie als Übertreibung verharmlost und beteuert, man habe die Lage immer und jederzeit im Griff. Und doch gab es sie.

Die Ecken einer Stadt, die so verrufen waren, dass selbst Polizeibeamte sich nur zu zweit hineintrauten. Umgekippte Straßenzüge, die sich auf der Vorstufe zu anarchistischer Selbstjustiz befanden und in denen Staat und Staatsgewalt nur respektiert wurden, wenn sich die Exekutive eindeutig in der Überzahl befand. Auch untereinander herrschte das Gesetz des Stärkeren, und wer der Stärkere war, wurde vor allem von den Jüngeren gerne in Straßenkämpfen ausgefochten, die sie Gang Battles nannten und zu denen sie ihre Nachbarn und Freunde übers Handy einluden wie andernorts zu netten Partys. Es waren Gegenden, in denen Einwandererfamilien und Hartz-IV-Empfänger sich in Dynastien der Hoffnungslosigkeit häuslich eingerichtet hatten und sich niemand mehr dem Verfall entgegenstellte, weil man diese Aufgabe an Quartiersmanager und

Streetworker delegiert hatte. Kapitulation auf der ganzen Linie beherrschte den Tagesablauf, und der vage Gedanke, dass es nicht nur der Staat und die Gesellschaft waren, die sie zu Verlierern machte, ließ die Älteren resignieren und die Jüngeren zornig werden.

In einem dieser dunklen Nebengelasse des strahlend hellen Neubaus Berlin fand ich Dagmar wieder. Sie wartete auf mich in einer schmalen Seitenstraße vor einem vierstöckigen Miethaus in einem Weddinger Kiez, den ich noch nie betreten hatte. Satellitenschüsseln vor den Fenstern und auf den Balkonen verrieten, dass es von Menschen bewohnt wurde, denen das hiesige Fernsehprogramm nicht allzu viel sagte.

»Die Polizei war heute Nachmittag hier. Jetzt macht natürlich gar keiner mehr auf.«

Resigniert drückte sie auf eine der vielen Klingeln und lehnte sich dann wieder an die Hauswand.

»Zumindest hat der Vater kurz mit mir gesprochen. Er sagt, Sami wäre nicht nach Hause gekommen. Und von einem Fahrrad weiß er auch nichts.«

Es war kalt. Auf der anderen Straßenseite befand sich ein trüb erleuchtetes Lokal. Unter arabischen Schriftzeichen stand »Shisha Bar – Wasserpfeife«.

»Komm, wir rauchen eine«, sagte ich.

Innen sah das Lokal hell und freundlich aus. Orangen und Datteln stapelten sich auf einem kleinen Tisch neben dem Eingang. Wir zogen unsere Schuhe aus und betraten einen Raum, der mit dicken Teppichen ausgelegt war. Bunte Sitzkissen lagen überall verteilt, und ein junger Mann, der sofort aus einem Hinterzimmer herbeigeeilt war, begrüßte uns freundlich. Ich bestellte eine Wasserpfeife mit Apfelaroma, Dagmar einen Orangensaft. Dann setzten wir uns hin und sahen ein bisschen auf die dunkle Straße hinaus und auf das Haus gegenüber, wo gerade das Vorabendprogramm aus Ägypten, Palästina, dem Libanon oder Montenegro bläuliches Licht durch die Fenster warf.

Der junge Mann kam mit der Wasserpfeife zu uns und begann mit den Vorbereitungen. Er legte ein Stück glühende Kohle auf den Tabak und sog kräftig an einem der Schläuche. Dann tauschte er mit geschickten Handbewegungen die Mundstücke aus und stellte sie auf ein silbernes Tablett.

Ich reichte Dagmar eines der Schlauchenden und sie versuchte ihr Bestes. Der Rauch zog gurgelnd durch das Wasser, sie pustete ihn aus und machte ein nicht sehr glückliches Gesicht.
»Apfel?«

Es roch wie einer von Marie-Luises Tees. Ich probierte einen Zug. Es schmeckte auch so.

»Woher weißt du das mit Clarissa und Sami?«

»Ich habe sie gesehen. An irgendeinem Nachmittag nach der Schule, hinten auf dem Sportplatz. Und dann hat Clarissa eines Tages mit mir geredet.«

»Aber das ist doch ungewöhnlich. Clarissa kam aus einem sehr bürgerlichen, deutschen Elternhaus. Und Sami ...«

»Sami kommt aus einer sehr guten, bürgerlichen, ägyptischen Familie. Der Vater war Ingenieur und die Mutter eine für ihre Verhältnisse weltoffene, liberale Frau. Doch sie sind nie richtig hier angekommen. Damit beginnen alle Tragödien. Man hat etwas verloren und findet es nicht mehr.«

Der junge Mann brachte den Orangensaft und verschwand wieder im Hinterzimmer. Durch die halb geöffnete Tür drang gedämpftes Stimmengemurmel. Offenbar hatten sich dort die Besucher zurückgezogen, die unter sich bleiben wollten, während die europäisierte Variante arabischer Folklore Touristen wie uns vorbehalten war.

»Samis Art mag manchen erschrecken. Aber schau dich doch mal um, wo er groß geworden ist. Wer hier ernst genommen werden will, muss einfach ein bestimmtes Auftreten haben. Sonst kommt er nicht weit.«

»Und das hat Clarissa imponiert?«

Dagmar schüttelte den Kopf. »Er ist nicht so. Er ist anders. Ich habe ihn in meiner Klasse, seit er zwölf ist. Und wenn er jetzt keinen Mist baut, wird er einen sehr guten Hauptschulabschluss machen. Und danach die Realschule dranhängen. Und dann, wer weiß?«

Dagmar versuchte, die verlöschende Glut wieder anzufachen. Ich saß neben ihr und wusste, dass ich ihren Idealismus niemals teilen würde. Das war eine merkwürdige Erkenntnis für mich.

Ich würde Sami Raubüberfälle auf rheumatische alte Damen zutrauen. Hundeentführungen mit anschließenden Lösegelderpressungen. Das Schwängern und Sitzenlassen von madonnenhaften, zarten Mädchen. Eine solide, auf fleißig erarbeiteten Kenntnissen aufgebaute Karriere als Kleinkrimineller. Aber ich traute ihm keinen Hauptschulabschluss zu. Schon gar keine mittlere Reife.

Und, ganz ehrlich gesagt, ich hielt ihn nicht für einen Ritter.

»Natürlich hat er nichts mit den Vorgängen an der HBS zu tun. Und schon gar nicht mit diesem Unfall, der jetzt auf einmal ein Mord sein soll. Er würde niemandem auch nur ein Haar krümmen.«

Dagmar war so felsenfest von Samis Unschuld überzeugt, dass sich beinahe so etwas wie Eifersucht in mir regte. »Trotzdem habe ich ihn einige Male in der HBS gesehen.«

Ich erzählte ihr, wie Marie-Luise und ich erst auf dem Dachboden eingeschlossen worden waren und dann von Sami gerettet wurden. Und von meiner Beobachtung am Tag der offenen Tür.

»Ich bin sicher, er war dort. Das kann natürlich alles Zufall sein. Aber die HBS ist für ihn kein unbekanntes Terrain.«

»Das heißt?« Sie sah mich prüfend an. »Nur weil er ein paarmal dort gesehen wurde und er es gewagt hat, ein braves deutsches Mädel zu lieben, macht ihn das verdächtig?«

Ich nahm den Schlauch der Wasserpfeife und zog die Luft ein. Schal und kalt drang der letzte Rest Rauch in meinen Mund. Es schmeckte ekelerregend.

»Ich glaube, sie ist ausgegangen.«

Dagmar sah mich schweigend an. Dann stand sie auf und zog sich ihren Mantel über. Irgendetwas hatte sich wieder zwischen uns geschoben, und ich ahnte, dass es damit zu tun hatte, dass der eine von uns vielleicht zu viel träumte und der andere schon lange nicht mehr.

Sie ging zum Hinterzimmer und klopfte an die Tür.

»Wir würden gerne zahlen.«

Die Tür ging auf. Rund ein Dutzend älterer Männer in dunklen Anzügen saßen auf dem Boden, rauchten ihre Pfeife und unterbrachen ihre angeregte Unterhaltung.

»Wenn jemand von Ihnen Sami sieht, sagen Sie ihm, es ist wichtig, dass er sich bei mir meldet«, sagte Dagmar in das plötzliche Schweigen.

»Sami?«

Der junge Mann war hinter uns herangetreten und nahm mit einem freundlichen Nicken das Geld von mir entgegen. Ich hatte am Nachmittag die Portokasse geplündert.

»Wer sind Sie?«

Dagmar drehte sich zu ihm um. »Ich bin seine Lehrerin.«

Er sah ratlos zu seiner Kundschaft, die sich angelegentlich mit ihren Wasserpfeifen beschäftigte. »Ich kenne keinen Sami.«

»Richten Sie es ihm trotzdem aus. Guten Abend.«

Wir gingen hinaus. Ich fragte Dagmar, ob ich sie nach Hause bringen dürfte. Der Volvo stand nur ein paar Meter weiter, aber sie lehnte ab.

»Danke. Ich will ein bisschen alleine sein.«

Ich nahm sie zum Abschied in den Arm, aber es war nicht mehr so vertraut, wie ich erwartet hatte. Dann machte sie sich los und ging schnell die Straße hinunter.

Ich setzte mich hinter das Lenkrad und starrte in das milchig trübe Dämmerlicht, das allein schon für eine großartige Herbstdepression gereicht hätte. Dann sprang der Wagen nicht an.

Er gab einige erbärmliche Geräusche von sich, seufzte auf und sank quasi in sich zusammen. Ich versuchte mehrmals zu starten und gab schließlich entnervt auf. Das fehlte noch. Mitten im tiefsten Wedding, in dieser verlassenen, nebelfeuchten Gegend, blieb ich mit einem Motorschaden liegen. Ich griff hinter mich und suchte die Eisenstange. Sie hatte sich in den Tiefen des Polsters verkeilt, und als ich sie endlich in der Hand hatte und aussteigen wollte, erstarrte ich mitten in der Bewegung.

Aus der Shisha-Bar trat der junge Mann auf die Straße. Vorsichtig blickte er sich um, ob auch niemand außer ihm unterwegs war. Ich lehnte mich so weit wie möglich zurück und wartete ab.

Genau das tat auch der junge Mann. Er zündete sich eine Zigarette an und ging dann, ganz unbefangen und locker, ein paar Schritte die Straße hinunter. Dort blieb er wieder stehen, rauchte ein paar Züge, warf die Zigarette in den Rinnstein, überquerte hastig die Straße und verschwand in einer Hofeinfahrt.

So unauffällig wie möglich stieg ich aus dem Volvo und folgte ihm. Die Eisenstange verbarg ich, so gut es ging, unter meinem Mantel. In der Einfahrt blieb ich stehen und lauschte. Den Schritten nach zu urteilen, überquerte er gerade den Hinterhof. Leise schlich ich hinterher. Neben einem Kellereingang standen vier Mülltonnen, dahinter rostete eine alte Wäschestange ihrem Zerfall entgegen. Eine Ratte huschte aufgestört vor meine Füße, quiekte leise und nahm Reißaus. Die Tür zum Hinterhaus stand offen. Im Schutz der Dunkelheit huschte ich an mehreren alten Fernsehern und einem verbogenen Fahrradtorso vorbei in den dunklen Flur, hörte noch ein Geräusch hinter mir – sandige Sohlen auf alten Fliesen –, holte die Eisenstange hervor, wollte mich umdrehen, bekam einen Schlag auf den Kopf und dachte noch, hier findet dich niemand mehr, noch nicht mal Dagmar, schade eigentlich, schade um alles und am meisten darum, dass ich das mit dem Träumen nun nicht mehr üben konnte, und dann deckte mich das Dröhnen zu wie eine große, dunkle Decke.

Ich wurde wach, weil es so ähnlich roch wie Mutters feuchtes Sofa. Es war stockdunkel, und nur langsam wurde mir klar, dass ich in einem Keller auf dem Boden lag. Vorsichtig richtete ich mich auf und untersuchte kurz die Beule an meinem Hinterkopf. Die Schwellung war exorbitant, und ich rechnete mindestens mit einer Fraktur und einer angeknacksten Schädelbasis. Da in diesem Zustand jede Bewegung mit einer Querschnittslähmung enden konnte, versuchte ich, meinen Kopf ganz vorsichtig einmal nach links und einmal nach rechts zu drehen. Er blieb dran. Das Rauschen in den Ohren ging etwas zurück, und ich konnte Stimmen hören. Sie waren nicht weit entfernt, und es klang nach einer hitzigen Diskussion. Verstehen konnte ich nichts. Ich tippte auf Arabisch. Oder Albanisch. Irgendetwas aus der Ecke.

Da das mit dem Kopf so gut geklappt hatte, versuchte ich auf die Beine zu kommen. Mir war schwindelig und speiübel, aber ich wollte nicht gerade in diesem Moment auf so unwürdige

Weise auf mich aufmerksam machen und unterdrückte den Brechreiz.

Ich war in einem Kellerabteil gefangen, drei Seiten Mauerwerk und eine Seite Holzlatten. Die Latten standen weit genug auseinander, um hindurchsehen zu können. Als Erstes bemerkte ich, dass ein ziemlich großes Vorhängeschloss auf der anderen Seite hing. Das Abteil war also abgeschlossen. Als Nächstes fiel mir die für einen Berliner Mietshauskeller unübliche Häufung von gut verpackten Flachbildschirmen, Spielkonsolen und Mountainbikes auf, die an der gegenüberliegenden Wand gestapelt waren. Ergänzt wurde das Angebot durch mehrere zusammengerollte Teppiche, zwei barocke Leuchter und einige Wäschekörbe mit Kleinkram. Alles wurde von einer Fünfzehn-Watt-Glühbirne nur mangelhaft erhellt, aber immerhin hatte ich ein halbes Dutzend Männer ausgemacht, denen ich auf den ersten Blick nicht im Dunkeln begegnen wollte. Und schon gar nicht in einem Keller. Der Shisha-Mann war nicht dabei. Sami auch nicht.

Sie unterhielten sich in einem Ton, der nichts Gutes verhieß. Entweder würden sie sich gleich gegenseitig an die Gurgel springen, oder es ging um mich. Dann wäre das mit der Schädelfraktur nur der Anfang.

Jemand musste ein Geräusch gehört haben, jedenfalls zischte er plötzlich, und es wurde augenblicklich still. Alle starrten zu meinem Verlies.

»Guten Abend«, sagte ich. »Ich möchte nur ungern stören, aber wäre es möglich, mir meine Situation zu erklären?«

Der bullige Mann mit Lederjacke und Jeans musste der Anführer sein. Um den Hals trug er eine Goldkette und an den Fingern dicke Ringe. Er wirkte damit auf fast liebenswürdige Weise altmodisch. Der Rest von ihm schien sich aus Sympathie nicht viel zu machen. Respektvoll traten alle einen Schritt zur Seite, um ihn durchzulassen. Er trat vor das Abteil und starrte mich durch einen Spalt an.

»Bist du Bulle?«
»Nein.«
»Was willst du?«
»Ich will zu Sami.«

»Wer ist Sami, hä?«

Er drehte sich zu den anderen um, die sich fragend anblickten und ratlos mit den Schultern zuckten. Nun war ich restlos davon überzeugt, Samis engsten Freundeskreis vor mir zu haben, und startete einen neuen Versuch.

»Kommt schon. Wir vergessen das alles hier, und ihr sagt ihm, er muss mit mir reden. Wenn er seinen Hals retten will.«

Mein Gegenüber trat einen Schritt näher an den Spalt. Beinahe standen wir Nase an Nase. »Du willst uns drohen? Hä? Willst du uns drohen? Was ist mit *deinem* Hals, Mann. Dein Hals ist im Arsch, wie der ganze Rest.«

Es folgte die zu erwartende allgemeine Erheiterung. Einer der Jünger trat zu einem Wäschekorb und holte meine Eisenstange hervor. Er verfügte über ein gewisses Talent zur Pantomime und ließ mich wissen, was ich als Nächstes zu erwarten hatte. Ich suchte nach meinem Handy. Es war weg.

»Okay, ihr Spaßmacher. Dann kommt doch rein, und wir reden ein bisschen miteinander, Auge in Auge, Mann zu Mann. Wäre das ein Vorschlag?«

Der Anführer hob seine Augenbrauen und dachte einen Moment nach. Dann gab er dem netten Herrn mit der Eisenstange ein Zeichen. Der drückte sie dem Nächststehenden in die Hand, holte einen dicken Schlüsselbund aus der Hosentasche und kam zu meinem Verschlag. Er öffnete das Schloss und trat einen Schritt zurück. Ich stieß die Tür auf. Die Männer gingen in Habtachtstellung und bauten sich drohend im Halbkreis um mich herum auf. Der Anführer ging in die Mitte.

»Was willst du?«

»Sami hat ein Fahrrad geklaut.«

Der Boss verschränkte die Arme vor der Brust und schaute anerkennend in die Runde.

»So. Ein Fahrrad. Und das willst du wiederhaben?«

Sein Gesichtsausdruck spiegelte wider, wie hoch die Erfolgsaussichten eines solchen Unterfangens waren. Meine Knie fingen an zu zittern. Nicht weil die Situation sich für meine Begriffe langsam zuspitzte, sondern weil ich plötzlich merkte, dass der Schlag mich gerade noch einmal schachmatt setzte.

»Er hat gesehen ...« Mir wurde schlecht. Alles begann sich

um mich zu drehen.»... wie jemand umgebracht wurde. Er muss mit mir reden. Sonst gehen ... die Morde ...«

Ich trat einen Schritt zur Seite, und dann war es mit der Beherrschung vorbei. Ich kotzte direkt auf die Teppiche. In der gleichen Sekunde packte mich jemand an den Schultern und schleuderte mich an die Kellerwand. Wüstes Geschrei und schlimmste Beschimpfungen prasselten auf mich ein, dankenswerterweise in einer Sprache, die ich nicht verstand. Außer sich vor Wut trat mir einer der Männer in die Seite. Ich kotzte aus reiner Notwehr in seine Richtung, und er machte, dass er außer Reichweite kam. In dem allgemeinen Durcheinander verschaffte sich der Anführer mit ein paar gebellten Worten Gehör. Alle zischten sich gegenseitig an, bis endlich Ruhe war. Ich lag zusammengekrümmt auf dem Boden und freute mich, dass die arabische Teppichreinigung an der Ecke etwas zu tun bekam.

»Was für Morde? Willst du Sami was anhängen?«

Ich kam irgendwie auf alle viere und versuchte, mich an der Kellerwand hochzuziehen. Es misslang kläglich.

»Nein. Aber er muss mit mir reden. Sonst kommen andere.«
»Welche andere.«
»Die Polizei. Die Schule. Alle.«

Plötzlich hatte der Anführer ein Messer in der Hand. Es war ein ähnliches Modell wie das, was ich vor unendlich langer Zeit einmal auf einer Treppe in der Hand einer Träumerin gesehen hatte. Wie auf Kommando zog jetzt auch der Rest der Brigade irgendwelche Klappmesser, Dolche und Schlagringe aus der Tasche. Der Kreis, den sie bildeten, wurde enger.

»Du verarschst uns. Was soll Sami gesehen haben?«

Er zog das Messer durch die Luft und kam auf mich zu. Ich wusste mir keine andere Möglichkeit der Gegenwehr, als mir ein jämmerliches Würgen abzuringen. Sofort sprang er zurück.

»Ey, willst du reden oder kotzen?«

Ich fasste mir dramatisch an die Gurgel. Nun rückten alle ein paar Schritte von mir ab.

»Meine Schüler werden umgebracht. Einer nach dem anderen. Keiner kennt den Täter. Also braucht man einen. Und greift sich den, der das Fahrrad geklaut hat. Sami. Mir ist es egal, wo er steckt. Aber er muss mit mir reden.«

Verunsichert ließ der Anführer das Messer sinken. Hinter ihm ging das Gezische wieder los. Die Meute wollte Blut sehen, auch wenn sie anschließend noch mehr aufwischen musste als meinen Mageninhalt. Das beendete die minimale Verunsicherung meines Gegenübers schlagartig. Er hob wieder das Messer.

»Schöne Geschichte. Aber jetzt reicht es. Schweigen ist besser für dich. Viel besser.«

Sie kamen auf mich zu, und ich wusste, es war vorbei.

»*Keff!*«

Alle erstarrten.

»*Keff henna! Kefaya!* Aufhören, ihr Säcke!«

Ich erkannte die Stimme. Schritte hasteten die Kellertreppe herunter. Keuchend und außer Atem kamen Sami und der junge Mann aus der Wasserpfeifen-Bar um die Ecke. Offenbar war er hier eine Art Mädchen für alles: Erst lockte er unschuldige Gäste in verborgene Hehlernester, um ihnen anschließend aus der Patsche zu helfen. Verlegen wich er meinem Blick aus und ließ Sami den Vortritt, der sich erst einmal ein Bild von der komplizierten Lage hier unten machte.

Sofort steckten alle ihre Waffen weg und ereiferten sich wild gestikulierend in hitzigen Wortgefechten.

Ich drehte mich um und übergab mich noch einmal. Irgendwann stellte mir jemand eine Blechschüssel vor die Füße und klopfte mir auf die Schulter. Ich sah hoch und erkannte den netten Herrn mit dem Schlüsselbund. Er grinste mich an und schlug mir noch einmal derart kräftig auf die Schulter, dass ich wieder am Boden lag. Der Anführer half mir auf und klopfte mir symbolisch etwas Staub aus meinen Kleidern.

»Freund von Sami?« Er grinste mich an. »Wasch dich.«

Einer der Helfershelfer führte mich zu einem uralten Emaillebecken am Ende des Ganges. Er drehte den Wasserhahn auf und hielt meinen Kopf unter den eiskalten Strahl. Dann gab er mir mein Handy wieder.

»Freund von Sami«, sagte er wohlwollend zu mir. »Ist auch unser Freund.«

Mein Freundeskreis vervielfachte sich im Moment mit atemberaubender Geschwindigkeit. So richtig kam ich nicht mehr mit. Doch als ich mich umdrehte und mir mit meinem Ärmelende das Wasser aus den Augen wischte, hatte sich tatsächlich die Stimmung gedreht. Alle lächelten mir freundlich zu. Einer der unkontaminierten Teppiche wurde ausgerollt, alle zogen ihre Schuhe aus, setzten sich hin und luden mich ein, in ihre Mitte zu kommen. Der junge Mann aus der Shisha-Bar wurde weggeschickt, und wenig später kehrte er mit einem Silbertablett und einem jungen Mädchen zurück. Auf dem Silbertablett balancierte er Tee in einem Dutzend kleiner, goldverzierter Gläser. Das Mädchen trug ein Kopftuch, die engsten Jeans, in die es sich hineinquetschen konnte, und einen Eimer. Man hielt mir das Tablett entgegen. Ich nahm ein Glas, bedankte mich, und der Tee schmeckte zuckersüß und wunderbar. Ich würde für Marie-Luise nach dem Rezept fragen.

Das Mädchen, vermutlich mit irgendeinem der Anwesenden eng verwandt, versuchte mürrisch, einen der Teppiche zu säubern.

»Was machst du hier?«, fragte Sami.

»Ich habe dich gesucht.«

»Warum hier? Wie hast du das gefunden?«

Er deutete auf die Schätze der Wunderhöhle. Eine kleine Sorgenfalte bildete sich auf der Stirn des Anführers. Er flüsterte etwas mit seiner Mannschaft, und Sami schüttelte den Kopf.

»Das ist nicht gut. Sie müssen das alles jetzt woanders hinbringen. Das dauert die ganze Nacht. Und du musst solange hier bleiben.«

»Bitte?« Ich verschluckte mich an dem Tee und begann zu husten. Sofort breitete sich Unruhe aus. In der Annahme, dass meine nächste Unpässlichkeit unmittelbar bevorstand, drückte mir jemand die ausgespülte Schüssel in die Hand. Ich stellte sie neben mich. Vielleicht war sie als Waffe zu gebrauchen. Auf meinen Magen konnte ich mich nicht mehr hundertprozentig verlassen, der Tee tat einfach unglaublich gut.

»Wie lange dauert das?« Sami stellte die Frage in die Runde und erhielt schätzungsweise zweihundertachtundvierzig verschiedene Antworten.

»Bis morgen früh wahrscheinlich.«

»Unmöglich. So lange bleibe ich nicht.«

Sofort begann das Zischen. Sami hob beruhigend die Hände. »Ich bleibe hier, bei dir. Muss ich übrigens. Ich gehöre nämlich nicht dazu, das ist nicht meine Gang. Aber Ahmed ist der Neffe von meinem Vater. Wir kennen uns alle. Aber wir müssen nicht alles voneinander wissen. Ist das okay?«

Der Anführer legte noch ein paar Argumente obendrauf. Sami konterte ärgerlich, schließlich einigten sie sich auf irgendetwas.

»Sie wollen Schadensersatz. Für den Umzug.«

Ich deutete auf meinen Hinterkopf. »Und das da?«

Sami grinste. »Kollateralschäden. Wer mir nachsteigt, muss damit klarkommen.«

Das war das erste Mal, dass ich Sami mehr zutraute als den Hauptschulabschluss. Wer heutzutage ein solches Wort fehlerfrei aussprach, konnte es bis zum Bundesverteidigungsminister bringen.

»Die Gangster meinen das ernst. Ich kenne sie lange genug. Sie haben wegen dir scheiße viel Stress am Hals.«

»Ich kann die Nacht nicht hierbleiben.«

Die Jungens holten einer nach dem anderen wieder ihre schlagenden Argumente aus den Jackentaschen. Ich ergab mich.

»Okay, okay. Aber nur, wenn ich noch Tee bekomme.«

Der junge Mann aus der Shisha-Bar sammelte eilig die Gläser ein und verschwand. Das Mädchen schrubbte jetzt den Boden und bekam auch davon keine bessere Laune. Der Anführer klatschte in die Hände, und dann begann ein erstaunlich organisiertes Arbeiten. Ungefähr eine Wagenladung Flachbildschirme wurde von Hand zu Hand die Kellertreppe hinaufgereicht und vermutlich oben in ein Auto geladen. Derweil saßen Sami und ich auf dem Teppich, tranken Tee, knabberten honigsüße Plätzchen und kamen endlich aufs Wesentliche.

»Was hast du gesehen, als du das Fahrrad geklaut hast?«

»Ich habe es nicht geklaut. Verstehst du? Ich habe es dem Scheißkerl abgenommen.«

»Wem? Wem hast du es abgenommen?«

Sami nahm sich ein siruptriefendes Blätterteigstückchen. »Er trug eine Maske. So wie ein Bankräuber. Darüber eine Kapuze und so, alles in Schwarz. Ich hab alles gesehen. Oh Mann.«

Er steckte das ganze Teil auf einmal in den Mund. Die nächsten Worte waren schwer zu verstehen.

»Ich weiß nicht, wer es war. Dabei kenn ich doch die Atzen von da drüben. Diese Ärsche. Die pissen sich doch in die Hosen, wenn sie mich nur sehen. Ich mach sie fertig. Einen nach dem anderen.«

»Sami. Hast du etwas mit den Mordanschlägen an der HBS zu tun?«

Samis Hand hing schon wieder im Sirup, mitten in der Bewegung stockte er. »Was für Morde? Ich weiß nur, was sie mit Clarissa gemacht haben. Das reicht. Aber die werden noch meine Klinge fressen. Mann für Mann. Und die Weiber fick ich.«

Innerlich nahm ich das mit dem Bundesverteidigungsminister wieder zurück.

»Was haben sie denn mit Clarissa gemacht?«

Sami nahm eine Serviette und wischte sich damit gründlich die rechte Hand ab.

»Sie haben sie verarscht. Vor allem diese Drecksau. Mathias. Die hatten mal was miteinander. Clarissa und die Sau. Aber Clarissa wollte nicht mehr.«

»Warum?«

»Weil er eine eiskalte Sau ist. Die Sau. Er hat Tiere umgebracht und so. Der war es wahrscheinlich. Ja! Das war Mathias. Der hat diese kleine Schwuchtel vom Rad geholt. Ist ja gut, wenn sie sich gegenseitig killen. Aber ich hätte gerne auch noch was zu tun.«

Er nahm sein Glas.

»Erzähl weiter von Clarissa.«

Sami schwieg. Dann schlürfte er den Tee in winzig kleinen Schlucken. Er drehte seinen Kopf weg, damit ich ihm nicht in die Augen sehen konnte. Irgendwann war das Glas leer, und er stellte es auf das Tablett und holte tief Luft.

»Clarissa war cool. Wir waren zusammen. Bis sie diesen Unfall hatte. Weil sie auf dem Dachboden diese Scheißspiele gespielt haben und es dabei passiert ist. Es ging ihr dreckig danach. Und dann hab ich Schluss gemacht.«

»Warum?«

Er wischte sich mit der Hand über die Augen. »Weil sie wieder mit der Sau rumgemacht hat.«

»Woher weißt du das? Hat sie es dir gesagt?«

Sami schüttelte den Kopf. »Ich hab eine SMS von ihr bekommen. So eine Scheiß-SMS. Ey, es ist aus und so. Ich liebe ihn noch, und du bist Dreck, und all diese Scheiße und so. Ein paar Tage später wollte sie mit mir reden und hat rumgequatscht, sie hätte sie nicht geschickt. Aber ich weiß, dass sie wieder mit ihm rumgemacht hat. Ich hab ein Foto aufs Handy gekriegt. Wie die beiden geknutscht haben und so.«

»Hast du das noch?«

Er drehte sich wieder zu mir um. »Hallo, bin ich blöd oder was? So was heb ich doch nicht auf.«

»Und obwohl sie Schluss gemacht hat, verteidigst du sie immer noch?«

Sami biss sich auf die Lippen. Das war keine einfache Sache für ihn. Er hatte sie wirklich gemocht, und diese Niederlage nagte beharrlich an seinem Selbstbewusstsein.

»War Clarissa schwanger?«

Sami schwieg. Das Mädchen hatte seine Arbeit beendet und verzog sich ohne ein Wort des Abschieds nach oben.

»Hat sie eine Andeutung gemacht?«

Sami nahm einen der hart gebackenen Kekse und begann, ihn zu zerkrümeln. »Ich weiß nicht. Als es aus war und so und sie wieder ankam, hat sie irgendwas erzählt, dass was durcheinander ist bei ihr.«

»Was durcheinander?«

Es fiel ihm schwer, über so intime Dinge zu reden. Er wollte das nicht. Meine Frage ging eindeutig zu weit, und ich wusste, ich drang auf ein Terrain vor, das jemand wie Sami natürlich offiziell leugnete, das aber tief verwurzelt auch in ihm seinen Platz hatte: die Scham. Er genierte sich. Wütend warf er die kleinen Krümel einzeln aufs Tablett.

»Mit ihren Tagen und so.«

»Aber genau weißt du es nicht. Weil du nichts mehr mit ihr zu tun haben wolltest.«

Jetzt hatte Sami tatsächlich Tränen in den Augen. »Mann, sie hat mich verarscht! Und diese Sau wieder an sich rangelassen. Was interessieren mich da noch ihre Tage?«

Der Generalstabsoffizier des Anführers hatte bis jetzt unbeteiligt in einer Ecke gesessen und nur ab und zu ein bisschen mit meiner Eisenstange herumgespielt. So erinnerte er uns daran, dass wir gar nicht erst an Flucht zu denken brauchten. Jetzt hörten wir Stimmen und Schritte, und das Umzugskollektiv kam wieder die Treppe heruntergepoltert.

Die nächste Ladung Flachbildschirme wurde nach oben geschafft, dazu die Mountainbikes und drei Kubikmeter Spielkonsolen. Der Keller war jetzt schon zu zwei Dritteln leer. Lange konnte unsere Gefangenschaft also nicht mehr dauern.

Als sie weg waren und unser Bewacher wieder seine Position eingenommen hatte, wandte ich mich erneut an Sami.

»Das Foto war wahrscheinlich alt. Und die SMS eine Fälschung. Du hast sie vermutlich bekommen, als Clarissa im Krankenhaus lag?«

Sami nickte. Er war sichtlich überrascht.

»Jemand hat ihre SIM-Karte geklaut. Ich frage mich schon die ganze Zeit, wann das passiert sein kann. Eigentlich nur, während sie in der Charité lag. Vielleicht wollte er sie ihr wieder zurückgeben und nur kurz ein bisschen Unfug damit treiben. Aber nach ihrem Tod hat er sie behalten und benutzt sie jetzt weiter. Unter Clarissas Namen.«

»Wer?«

»Das wüsste ich auch gerne. Deshalb will ich jetzt alles wissen, was du bei diesem Unfall gesehen hast.«

»Ja. – Ja klar.«

Sami hatte noch gar nicht richtig verstanden, was ihm bevorstand. Die Erkenntnis nämlich, dass auch er Clarissa im Stich gelassen hatte, weil er ihr nicht geglaubt hatte. Diese SMS hatte seinen Stolz verletzt. So sehr, dass ihre Not ihm egal geworden war. Aber darüber konnte er später nachdenken. Jetzt kam es darauf an, dass er seiner Erinnerung auf die Sprünge half.

»Was genau ist passiert?«

»Heikko, die kleine ... Okay, er ist tot. Also: Heikko hat telefoniert mit irgendwem, und ich komm aus der Schule, wo wir Handball hatten. Er nimmt also sein Fahrrad, und ich geh auf ihn zu, ihn ein bisschen erschrecken. Buh!«

Er fuhr mich an, und ich zuckte tatsächlich zusammen. Sami grinste. »So natürlich nicht. Es reicht bei denen doch schon, wenn du einfach nur dein Messer auf- und zuklappst.«

Er zog genau so ein Ding, wie es der Anführer hatte, aus der Hosentasche. Gelangweilt vollführte er die beschriebenen Handbewegungen, und es sah tatsächlich ziemlich gefährlich aus.

»Ich merk also, dass er sich in die Hosen scheißt und abhaut. Ich hinterher. Ich wollte ihm nichts tun. Nur ein bisschen erschrecken. Er fährt um die Ecke, und da seh ich ihn. Diesen Typen ganz in Schwarz. Als ob er auf Heikko gewartet hat. Der fährt wie der Teufel, und der Schwarze macht so eine komische Bewegung, und zack!, fliegt Heikko drei Meter durch die Luft, macht einen Salto und landet auf der Straße. Dann kommt der Bus. Scheiße, Mann. Scheiße.«

Sami nahm sich noch ein Glas Tee. »Das Rad schlittert weiter, dem Schwarzen direkt vor die Füße. Der hebt es hoch, und dann denk ich, so nicht. Nicht so eine Nummer. Die kleinen Stricher gehören mir. Die lass ich mir doch nicht vor der Nase wegkillen. Schon gar nicht in meinem Getto. Renn also auf ihn zu und will ihm eins in die Fresse geben. Da haut der schon ab. Ich dreh mich um und will nach Heikko gucken, da stehen Leute rum und schreien und heulen. Ich hab das Fahrrad in der Hand und denke, Sami, das wird scheiße Stress, mach, dass du wegkommst. Ich setz mich drauf und will losfahren, da seh ich den Schwarzen doch noch mal zurückkommen. Irgendwas macht er da am Baum. Ich dreh mich um und fahr hin, da sieht er mich und rennt los und wirft noch was in einen Hauseingang. Ich wollte gucken, aber da saß so ein Penner drin und da wollte ich nicht stören. So.«

Er stellte das Glas ab und sah mich erwartungsvoll an.

»Wie groß war der Mann?«

»Der Penner? Weiß ich nicht. Der saß doch.«

»Der Schwarze.«

Sami dachte nach. »So wie ich und du und der da.«

Er deutete auf unseren Wärter. Der war auf einer Waschekiste eingeschlafen und schnarchte leise vor sich hin. Sami zog die Stirne kraus.

»Also wenigstens die Bewachung müssten sie doch hinkriegen. Mann, Mann, Mann.«

»Ist dir sonst noch etwas aufgefallen?«

Sami schüttelte den Kopf. »Nein.«

»Hatte Heikko irgendetwas bei sich? Das er verloren hat?«

»Nee.«

»Einen Ordner vielleicht? Akten?«

Eine Zehntelsekunde lang sah ich etwas in Samis Augen aufblitzen. Doch dann machte er ein zutiefst betrübtes Gesicht, verzog bedauernd den Mund und zog ein bisschen Luft durch die Zähne.

»Sorry. Nicht, dass ich wüsste.«

»Und das Fahrrad? Wo ist es jetzt?«

»Das hat Ahmed. Der Boss. Wollte es verkaufen.«

Ich seufzte. »Er soll es zurückholen. Ohne das Fahrrad bist du aufgeschmissen.«

»Das bin ich doch so oder so. Die haben mich da gesehen, also war ich es auch. Ich geh doch nicht in den Knast für so eine Scheiße.«

Die Geräusche von oben kündigten die Rückkehr der Spielkonsolen-Räuber an. Dieses Mal mussten wir aufstehen, denn unser Teppich wurde jetzt zusammengerollt und hochgetragen. Zehn Minuten später war der Keller leer. Der junge Mann aus der Shisha-Bar räumte Gläser und Tablett ab und lehnte höflich eine Bezahlung ab. Ahmed trat auf mich zu und nahm mich herzlich in die Arme.

»Freund von Sami«, sagte er und küsste mich auf beide Wangen.

Einer nach dem anderen gab mir die Hand.

»Wenn du wieder Hilfe brauchst, geh zu Ayman.«

Der junge Mann mit dem Silbertablett verbeugte sich lächelnd. Ich wandte mich wieder an Ahmed.

»Ich hätte da wirklich ein kleines Problem.«

Der Anführer sah mich fragend an.

Wenig später standen wir auf der Straße, und ich musste mir einige ziemlich abfällige Bemerkungen über den Volvo gefallen lassen. Schließlich, nach einem scharfen Pfiff von Sami, gingen sie in Position. Dann schoben sie an, und bis zur Kreuzung hatte ich genug Fahrt, um die Kupplung kommen zu lassen. Der Volvo spuckte jämmerlich und sprang endlich an. Ich trat das Gas ein paarmal durch, der Motor heulte auf, ich war fahrbereit.

Die Meute hinter mir johlte und pfiff, und Sami rannte auf die Straße und klopfte an meine Scheibe. Mit Mühe kurbelte ich sie herunter.

»Mir ist doch was aufgefallen. Er trug so ein komisches, umgedrehtes Kreuz. Hat das was zu sagen?«

Ich sah ihn an und musste wohl ziemlich ratlos wirken.

»Okay. Mehr weiß ich wirklich nicht. Grüß die Alte von mir. Wird jetzt wohl nichts mit dem Abschluss. Tut mir leid für sie. Heiße Braut. Wenn ich zwanzig Jahre älter wäre ...«

Er ließ offen, was er in diesem Fall zu tun gedachte, hieb mir noch einmal freundschaftlich aufs Autodach und verschwand in der Dunkelheit, genauso unauffindbar wie die anderen und all die Flachbildschirme.

Gegen 4:30 Uhr lag ich endlich in meinem eigenen Bett. Doch ich konnte nicht schlafen. Alles drehte sich in meinem Kopf, was ich zum einen der Nachwirkung des Schlages zuordnete, zum anderen aber auf die vielen Informationen zurückführte, die wie bunte Ballons um mich herumschwirrten und in kein Raster passten.

Dazwischen schob sich immer wieder das Bild eines Abschieds: Dagmar, wie sie wegging, weil sie begriffen hatte, dass ich nie auf ihrer Seite der Straße stehen würde. Auch nicht auf der anderen, ganz bestimmt nicht, aber das wollte sie nicht wahrhaben. Ich hätte mich entscheiden müssen. Für die eine oder die andere Seite und ihre unterschiedlichen Auffassungen darüber, was gut und richtig war. Und das konnte ich nicht. Auch die HBS erwartete das von mir, wie von jedem ihrer Lehrer: ein bedingungsloses Bekenntnis zu den geschriebenen und den ungeschriebenen Gesetzen. Menschen und Systeme schienen sich in dieser Beziehung ähnlich zu sein. Sie verlangten Loyalität, sonst konnten sie nicht vertrauen.

War das auch ein Thema an meiner alten Schule gewesen? All die Jahre dort war es um Lernen und Wissen gegangen. Sonst nichts. Gesellschaftliche Diskussionen wurden zwar schon vor den Türen geführt, erreichten aber unsere Klassenzimmer nicht. Ich hatte die letzten Jahre des alten Bildungssystems erlebt, das noch von einer breiten Mehrheit getragen worden war. Bevor es zum Spielball politischer Ansichten, zum Sparmodell missglückter Staatsfinanzen und schließlich zum maroden Sanierungsfall einer fast schon bankrotten Moral geworden war.

Ich sah meinen Lehrer wieder vor mir: streng und autoritär, wenn es um Disziplin und Leistung ging und er merkte, dass jemand seine Möglichkeiten verschenkte. Würde er heute an der Alma-Mahler-Werfel unterrichten? Oder an der HBS?

Kannemann hieß er. Jetzt endlich fiel mir sein Name wieder ein. Siegfried Kannemann. Weit über achtzig musste er inzwischen sein, wahrscheinlich war er schon längst vergreist oder verstorben. Einer der wichtigsten Menschen meines Lebens. Plötzlich war ich maßlos von mir selbst enttäuscht, weil mir das erst jetzt, nach fast dreißig Jahren, aufging.

An Schlaf war nicht zu denken. Ich schickte Marie-Luise eine SMS, dass der Volvo nun in Wilmersdorf parkte und sich ohne Jazeks Eingreifen wohl nicht mehr von der Stelle rühren würde.

Dann starrte ich hinunter auf die Westberliner Grabesruhe vor meinem Fenster und überlegte, ob Mutter, Hütchen und Withers in Mitte wohl gerade die Nacht zum Tage machten. Es war ein merkwürdiges Gefühl zu wissen, dass die drei wesentlich mehr Spaß am Leben hatten als ich.

Bevor ich den beschämenden Erkenntnissen dieser Nacht auch noch den Neid auf meine dreiundsiebzigjährige Mutter hinzufügen konnte, beschloss ich, konstruktiv zu werden. Als Erstes holte ich das Klassenfoto aus der Schublade und sah es mir noch einmal genauer an. Clarissas Haltung zeigte deutlich, dass sie von Mathias nichts wissen wollte. Er aber schien das nicht zu bemerken. Er tat so, als wären sie immer noch – oder wieder – zusammen. Ich holte eine Lupe aus der Schreibtischschublade und konzentrierte mich auf die Gesichter. Die meisten schienen gar nicht auf das Paar zu achten. Bis auf Samantha, die ein bisschen schmollte, und – Susanne. Sie hatte ich bis jetzt noch gar nicht beachtet. Susanne stand in der letzten Reihe. Sie wirkte bockig und abweisend. Und je näher ich sie mir betrachtete, desto mehr kam ich zu dem Schluss, dass sich noch etwas anderes in ihrem Gesicht spiegelte. Hass. Sie stand direkt hinter Clarissa, und sie sah aus, als würde sie ihr jeden Moment an die Kehle gehen.

Ich ließ die Lupe sinken. Ein merkwürdiges Klassenfoto. Es hatte genau die Stimmung der Schüler untereinander eingefangen. Spannungen, verborgene Eifersucht, aufgezwungene Nähe, tiefe Abneigung. Vorne alberten Moritz, Yorck und Christian herum und grinsten in die Kamera. Wahrscheinlich hatte man es deshalb ausgewählt und vergrößert. Das Bild wurde von ihrer fröhlichen Heiterkeit beherrscht, die zwei Reihen dahinter beachtete man deshalb gar nicht erst.

Ich holte einen Block und machte mir Notizen. In die Mitte malte ich ein C für Clarissa und kreiste es ein. Dann schrieb ich die Namen derer auf, die mit ihr den engsten Kontakt hatten: Mathias, Sami, Samantha, Ravenée. Bis auf das letzte Eiben-Opfer ging es allen gut. Noch. Wütend riss ich das Blatt ab und begann von vorne.

Ich malte wieder einen Kreis in die Mitte, doch dieses Mal blieb er leer. Dann setzte ich die Namen der Opfer um ihn herum: Ravenée, Clarissa, Heikko. Clarissas Hund, der gehörte auch dazu.

Mit etwas mehr Abstand kamen die dazu, die zwar unter Druck gesetzt wurden, aber noch nicht unmittelbar vom Tod bedroht waren: Samantha, Maximiliane, Benedikt, Veiko, Curd. Danach die, die sich bisher wenig Sorgen wegen der Schwarzen Königin machten. Hier überlegte ich eine Weile. Ganz oben schrieb ich Mathias' Namen hin. Unterhalb setzte ich Moritz' und Christians Namen ein. Über Susanne dachte ich lange nach. Dann schrieb ich ihren Namen unten hin.

Das Ganze schaute ich mir lange an.

Den Kreis in der Mitte. Die Namen drum herum. Ich malte ein umgedrehtes Kreuz in den Kreis.

Und ich zählte. Es waren vierzehn Schüler. Und ein Hund.
Ganz langsam schlug ich die Bettdecke zurück und stand auf. Ich war dran. Ich hatte es.

Als Erstes rief ich Kladen an. Er ging nicht ans Telefon. Dann Katharina. Nach dem dritten Klingeln legte ich auf. Es war noch zu früh. Ich stand erst am Anfang. Und ich war viel zu wütend, um ein vernünftiges Gespräch zu führen.

Der vierzehnte Schüler. Wer war er? Wo war er? Warum war er nicht mehr dabei?

Fragen, die mich bis zum Morgengrauen nicht mehr einschlafen ließen.

Um kurz vor acht am nächsten Morgen betrat ich übernächtigt und gerädert die HBS und geriet zum ersten Mal in das mörderische Chaos, das sich wohl jeden Morgen kurz vor Schulbeginn hier abspielen musste. Im Pulk warfen sich Jugendliche in den tosenden Berufsverkehr, die Jeeps und Range Rovers und Dritt-Golfs verkeilten sich aussichtslos vor der Einfahrt, abgehetzte Schüler rannten sich gegenseitig über den Haufen, und als ich die schwere Eingangstür aufzog und von einer Rotte Sechstklässler mitgerissen wurde, verknäuelte sich die Menge vor einem unerwarteten Hindernis: einer hohen Leiter. Auf ihr stand fluchend ein Mann im Overall und brüllte unter Umgehung schlimmerer Obszönitäten ein paar klare Worte nach unten. Ich hielt die Leiter einen Moment fest, bis der größte Andrang vorüber war. Der Mann kletterte herunter und schaute kopfschüttelnd der kreischenden Meute hinterher, die sich nun auf die verschiedenen Geschosse und Seitenflügel verteilte.

»Ich warte besser noch ein paar Minuten. Is ja lebensgefährlich hier.«

Mit dem Fuß schob er den Werkzeugkasten noch etwas näher an die Wand.

»Was machen Sie denn da oben?«, fragte ich neugierig.

Der Mann folgte meinem Blick hinauf zum Fenster über dem Eingang. »Rollläden prüfen. Die sind ja alle elektronisch, eigentlich. Nur funktionieren tun sie nich.«

Die Sicherheitsmaßnahmen wurden eingeleitet. In diesem Moment kam Katharina den Flur herunter, neben sich zwei

Männer in einer Art Fantasieuniform. Sie trippelte in kleinen Schritten vorneweg, gestikulierte dabei ein wenig übertrieben und spielte die Rolle der Chefin wirklich gut. Als sie mich sah, entschuldigte sie sich kurz und kam herüber.

»Guten Morgen, Herr Vernau. Leider muss ich Sie enttäuschen. Der Teen Court wird weiterbestehen. Die Eltern haben sich mit großer Mehrheit für seinen Fortbestand ausgesprochen. Sie glauben nicht, wie gut es tut, einmal unterstützt zu werden.«

Sie lächelte mich so warmherzig an, dass ihr jeder auf den Leim gehen musste, der sie nicht näher kannte. Als sie merkte, dass ihre klebrig-süße Art an diesem Morgen nicht das Richtige für meine Psyche war, änderte sie den Ton. »Aber ich rechne damit, dass wir nach den Winterferien jemanden gefunden haben, der Sie von dieser schwierigen Aufgabe entbindet. Das hat, in Ihrem Interesse, und natürlich dem der Schüler, höchste Priorität.«

Dann warf sie einen weiteren, nicht sehr freundlichen Blick auf Leiter, Werkzeugkasten und Handwerker.

»Geht es voran?«

Die Eingangstür ging auf, und ein paar Nachzügler trotteten mit hängenden Schultern an uns vorüber.

»Jetzt aber dreifixniedlich!«, rief Katharina hinter ihnen her. Sie rannten los.

»Na ja, is schon lange nix mehr gemacht worden. Aber ich tu mein Bestes.«

»Dann werden Sie bis heute Mittag wohl fertig sein.«

Der Handwerker, ein gemütlich wirkender, kräftiger Mann Anfang fünfzig, verzog skeptisch das Gesicht. »Ditt is Elektronik. Ich sag ja schon, ich tu, was ich kann. Aber wenn ich den einen bis heute Abend wieder zum Laufen bringe, bin ich schon sehr zufrieden.«

Man konnte Katharina ansehen, dass ihr Maß an Zufriedenheit dem seinen diametral entgegenstand. »Das ist zu langsam. Viel zu langsam. Und die Gitter? Und die Fenster oben im Dachboden?«

»Die mach ich danach.«

»Wann danach? Wann? Können Sie etwas konkreter werden?«

Der gute Mann war jetzt eindeutig in seiner Ehre gekränkt. »Also Frau Oettinger, das is eigentlich nich meine Aufgabe, die Elektronik und so. Und die zwei Mal die Woche kann ich auch nich mehr als Laub zusammenkehren. Dann müssen Sie den Wartungsdienst kommen lassen. Die sind bestimmt schneller. Oder wieder einen Hausmeister einstellen.«

Missmutig bückte er sich und begann, in seiner Werkzeugkiste zu kramen. Es war ruhig geworden in den Fluren, nur die beiden etwas pittoresken Gestalten vom Sicherheitsdienst standen wie bestellt und nicht abgeholt am Fuß der Treppe.

Katharina holte ihr Handy heraus, sah es zwei Sekunden lang an und steckte es resigniert wieder weg.

»Um alles muss man sich selber kümmern.«

Sie wollte auf die beiden Wachleute zugehen, aber ich hielt Sie zurück. »Frau Oettinger, eine Frage: Wer war der vierzehnte Schüler in meiner Klasse?«

Sie blieb stehen und musterte mich irritiert.

»Welcher vierzehnte Schüler?«

»Im letzten Schuljahr. Als Herr Sebald noch da war.«

Ein kurzes Lächeln huschte über ihr Gesicht, wohl in der Erinnerung an einen so anders gestrickten, durch und durch privatwirtschaftlich denkenden Lehrer.

»Da waren es dreizehn. Weil Clarissa noch mit dabei war.«

»Sonst niemand? Wirklich nicht?«

»Ich verstehe Ihre Frage nicht. Ihre Klasse hat sich von den Schnellläufern mit dem achten Zug separiert. Sie waren immer dreizehn. Bis zu … Sie wissen schon. Ich habe jetzt wirklich keine Zeit, Herr Vernau.«

Sie wandte sich wieder an den Handwerker. »Machen Sie weiter oder was wird das jetzt?«

Der Mann hatte ein kleines, weißes Päckchen aus dem Kasten geholt und wickelte es gerade aus.

»Frühstück.« So wie er es sagte, verwandelte sich dieses harmlose Wort in eine regelrechte Beleidigung. Zumindest für Katharina. Dann biss er in ein Leberwurstbrot.

Sie starrte auf die Stulle und wollte etwas sagen. Doch sie überlegte es sich anders und winkte die beiden Sicherheitsleute zu sich heran, die sich im Gleichschritt auf den Weg machten.

Sie ging betont umständlich um die Leiter herum und öffnete die Eingangstür.

»Hier draußen, meine Herren, werden Sie ab sofort jeden Morgen ab sieben Uhr stehen und die Straße im Blick behalten. Achten Sie vor allem auf das gegenüberliegende Gebäude.«

Die beiden Herren waren wohl über die Vorgänge informiert, denn sie nickten nur knapp. Alle drei traten vor die Tür.

»Noch wichtiger aber ist es, dass Sie von den Eltern wahrgenommen werden. Sie müssen den Eindruck bekommen: Dies ist eine sichere Schule. Hier passt man auf unsere Kinder auf. Sie können auch ruhig mal die Jacken öffnen, damit jeder sehen kann, dass Sie Waffen tragen.«

Langsam schloss sich die Tür. Der Handwerker vergaß das Kauen. Einen Moment blieb ihm der Mund offen stehen. Dann wickelte er den Rest seines Brotes wieder ein und verstaute es im Werkzeugkasten.

»Sind die denn so schlimm hier?«, fragte er. »Ich hab gehört, dass auch eine Videoüberwachung eingebaut werden soll. Das wird ja ein Knast so langsam.«

Er kletterte mühsam wieder die Leiter hoch und nahm sein anstrengendes Tagwerk wieder in Angriff. Ich ging ins Sekretariat und begrüßte eine frische, muntere, ausgeschlafen aussehende Frau Sommerlath.

»Ist Herr Kladen da?«

Katharina konnte mir viel erzählen. Es hatte einen vierzehnten Schüler gegeben. Egal, ob in meiner Klasse oder einer anderen.

Sie setzte die Gießkanne, mit der sie gerade ihre Batterie fleischfressender Pflanzen bewässerte, ab.

»Nein. Leider nicht.«

Dann machte sie eine auffordernde Handbewegung, ich hob die Klappe und schlüpfte in den Vorraum.

»Er hat einen Termin bei der Polizei. Das scheint sehr wichtig zu sein. Sie wollen wohl alle Schüler noch einmal befragen. Was damals passiert ist.«

Es passierte so viel an dieser Schule, dass ich wirklich nicht wusste, auf welche Schandtat sie jetzt gerade anspielte.

»Mit Ravenée Winterling. Sie glauben wohl nicht, dass es

diese Eiben waren. Also dass es ein Unfall war, glauben sie nicht. Mit den Nadeln im Krug.«

Mit gerunzelter Stirn blickte sie hinaus in das gelichtete Grün. Der Rasen nahm langsam eine gelbliche Färbung an, und die Bäume waren schon fast kahl. Nur die Eiben standen da, frisch und saftig, bereit, all ihr Taxin-Alkaloid für berauschende Elixiere und ein schmerzloses Hinübergleiten zur Verfügung zu stellen.

»Der Baum des Lebens und des Todes.« Geistesabwesend nahm sie wieder die Gießkanne zur Hand. »Im Mittelalter nannte man ihn so. Weil er so unglaublich alt werden kann. Fast tausend Jahre!«

Vorwurfsvoll sah sie mich an, als ob ich etwas dafür könnte. »Ich hab den Bickerich durchgelesen. Da steht alles drin. Baum des Lebens, wegen seines Alters. Baum des Todes, weil sein Gift damals, also im Mittelalter, gerne angewendet wurde, wenn's ums Sterben ging. Egal, ob Mord oder Selbstmord – es wirkte einfach so friedlich, wenn die Lieben verblichen. So ... still.«

Etwas fast Verträumtes huschte über ihr Gesicht.

»Frau Sommerlath, Sie hegen doch nicht irgendwelche Absichten?«

»Nein. Nein!« Energisch stellte sie das Messingkännchen wieder auf die Fensterbank. »Das wäre einfallslos, oder? Ich bin doch kein Nachahmungstäter.«

Hoheitsvoll nahm sie wieder hinter ihrem Schreibtisch Platz. Die Tür wurde aufgerissen, ein vom Laufen erhitztes Gesicht reichte gerade über den Rand der Balustrade. Ich erkannte den Jungen wieder.

»Lukas! Habt ihr eure Pompfer wiederbekommen?«

Lukas sah mich einen Moment ratlos an, dann grinste er. »Nee. Das heißt, wir mussten sie nach dem Unterricht abholen und mit nach Hause nehmen. Ich spiele jetzt ein Mal in der Woche in einer Sporthalle in Charlottenburg.«

»Habt ihr denn noch Ärger bekommen?«

Ich erinnerte mich an den anonymen Briefeschreiber und hoffte, dass sein Aktionismus mit dieser Denunziation verpufft war.

»Nö. – Frau Sommerlath, Herr Domeyer hat das Klassenbuch vergessen.«

Mit einem unaristokratischen Seufzen stand meine einzig wahre Königin auf und sah mich um Entschuldigung bittend an. »Ich bin gleich wieder da. – Komm mit!«

Beide gingen hinaus. Und da kam mir ein geradezu aberwitziger Gedanke.

Ich drückte die Klinke zu Katharinas Bürotür herunter. Sie war nicht abgeschlossen. Schnell schlüpfte ich hinein und schloss sie hinter mir.

Der Raum war aufgeräumt und klinisch tot. Kein Stäubchen auf dem Hochglanzlack des Schreibtisches, die Papiere im rechten Winkel zur Kante geordnet, selbst das Blumenarrangement hatte etwas Geometrisches: drei Amaryllisblüten in unterschiedlicher, perfekt aufeinander abgestimmter Länge. Ich ging zu der linken Schrankwand, in der Katharina ordentlich in Reih und Glied ihre Akten aufbewahrte. Zügig suchte ich die Fächer ab, aber ich fand nicht, was ich suchte. Ich versuchte mich an das Regal zu erinnern, an das Katharina getreten war, die Höhe ihrer Hand, als sie den Ordner herausgesucht hatte, ich schaute noch einmal hin und noch einmal – da fand ich ihn. Die Teen-Court-Fälle, sorgfältig abgeheftet in chronologischer Reihenfolge. Ich blätterte sie durch. Die Unterlagen unterschieden sich in nichts von der Kopie, die sie mir ausgehändigt hatte. Und doch kam es mir so vor, als ob ich einen entscheidenden Punkt übersehen hätte.

Weit weg knallte eine Tür, schnell stellte ich den Ordner zurück ins Regal. Hastig verließ ich das Büro.

Keine Sekunde zu spät, wie sich herausstellte. Gerade als ich auf den Flur trat, kam mir Frau Sommerlath aus dem Lehrerzimmer entgegen. Lukas folgte ihr und rannte mit dem Klassenbuch nach oben. Frau Sommerlath lächelte mich entschuldigend an.

»Könnten Sie Herrn Kladen ausrichten, dass er mich anrufen soll? Es ist dringend.«

»Ja natürlich.«

»Und, sagen Sie, im letzten Schuljahr – wer war denn der vierzehnte Schüler?«

Frau Sommerlath trat wieder so nahe an mich heran, als ob sie mich küssen wollte. Allerdings musterte sie mich dafür etwas zu irritiert.

»Welcher vierzehnte Schüler?«

»In meiner Klasse. Da muss es doch noch jemanden gegeben haben, der heute nicht mehr dabei ist. Oder?«

Sie rangierte ihre Brille von ihrem Busen auf den Nasenrücken. »Wer hat Ihnen denn so etwas erzählt? Es gab keinen vierzehnten Schüler.«

Ich hatte keine Veranlassung, ihr nicht zu glauben. Enttäuscht ging ich einen Schritt zur Seite, damit wir beide unseren Weg fortsetzen konnten.

»Das tut mir leid, dass ich Ihnen nicht helfen kann. – Ach, Herr Vernau?«

Wir waren schon fast aneinander vorbei. Ich drehte mich zu ihr um. Sie sah den Flur hinauf und hinunter, und als sie sich versichert hatte, dass kein Zeuge unser Gespräch belauschte, zog sie mich am Ärmel wieder sehr, sehr nahe an sich heran.

»Dieser Bickerich ..., wenn man den so liest, und dann in den Garten geht ... Erlaubt ist das nicht, oder?«

»Was denn?«, fragte ich mit aller mir zur Verfügung stehenden Unschuld.

Sie wollte noch etwas sagen, dann besann sie sich und ließ mich los. »Nichts. Gar nichts. Einen schönen Tag.«

Ich sah ihr hinterher, wie sie eilig in ihr Königreich zurückkehrte und die Tür hinter sich schloss. Frau Sommerlath hatte also gerade die Heilkräfte aus der Apotheke Gottes entdeckt. Hoffentlich würde ich sie nicht im Frühling nackt um eine Eibe tanzen sehen, dann, wenn die Pollen ihre rauschhafteste Wirkung entfalteten.

Am Nachmittag kam Jazek und sah sich den Volvo an. Er verkroch sich eine Weile im Motorblock, und der Blick, mit dem er anschließend wieder auftauchte, verhieß nichts Gutes. Er winkte mich zu sich heran und wies auf den mit schwarzem Öl verklebten Haufen Metall unter der Motorhaube.

»Die Kurbelwelle.«

Ich sah ihn fragend an.

»Ich kriege keine Ersatzteile dafür. Ihr müsst ein ähnliches Auto auftreiben, das man vielleicht ausschlachten kann.«

»Das wird schwierig«, antwortete ich. Viele Volvos dieses Baujahrs und mit dieser Geschichte gab es sicher nicht. »Sagst du es Marie-Luise?«

Jazek drückte die Haube herunter und ließ sie einrasten. »Ist das nicht Sache der nächsten Angehörigen?«

Er ging um den Wagen herum, holte einen Schraubenzieher heraus und begann, am hinteren Nummernschild herumzuarbeiten. Dabei vermied er es, mich anzusehen.

Irgendetwas war im Busch. Mein Freund Jazek zog sich von mir zurück. Das konnte ich natürlich nicht zulassen. »Habt ihr wieder Stress miteinander?«

Er reichte mir das Nummernschild hoch, stand auf und ging nach vorne. Ich folgte ihm.

»Hast du wieder ..., du weißt schon, was?«

Jazek ging in die Knie und schraubte. Ich ging in die Hocke, um mit ihm auf gleicher Augenhöhe zu sein.

»Sie nimmt so etwas sehr persönlich. Ich will mich ja nicht einmischen, aber –«

»Dann misch dich auch nicht ein.«

Er hatte die zweite Schraube gelöst. Dann drückte er mir das nächste Nummernschild vor die Brust und stand ächzend auf. Suchend blickte er sich um und erkannte wohl erst jetzt, wo er gelandet war.

»Hier wohnst du?«

Ich wies auf den fünfstöckigen Neubau hinter uns mit dem kahlen, spätherbstlich reduzierten Vorgarten. »Da oben.«

Jazek nickte. »Ich lebe seit fünfzehn Jahren in Berlin. Aber hier war ich noch nie. Was ist das? Wilmersdorf?«

Eine hochbetagte Frau mit einem ebenso alten Hund, der ohne Probleme in eine Kaffeetasse gepasst hätte, kam um die Ecke. Der Hund lief direkt in den Vorgarten, hockte sich hin und erleichterte sich. Die Frau stand daneben und wartete, bis er fertig war. Dann ging sie weiter.

»Wollen Sie das nicht wegmachen?«, fragte Jazek.

Die Frau drehte sich um. »Was?«

»Die Hundekacke«, sagte Jazek.

»Das stört doch niemanden.«

Damit setzte sie ihren Weg fort.

»Wilmersdorf«, sagte ich.

Jazek schüttelte den Kopf und sah der Dame hinterher. »Merkwürdige Ecke. – Ich kann ihn euch zur Schrottpresse abschleppen. Heute ist es schon zu spät. Nächste Woche vielleicht?«

Es sah ganz danach aus, als ob es an mir hängen bleiben würde, Marie-Luise über den endgültigen Exitus ihres langjährigen Lebensgefährten zu informieren. Aber wohl war mir nicht in meiner Haut. Mein Handy klingelte, und als ob ich es geahnt hätte, stand ihr Name auf dem Display.

»Wo steckst du eigentlich den ganzen Tag? Bin ich die Einzige, die hier arbeitet?«

Instinktiv berührte ich die Schwellung an meinem Hinterkopf. Sie war etwas zurückgegangen, aber immer noch schmerzhaft. Ich musste zum Arzt.

»Ich hatte eine harte Nacht«, antwortete ich.

»Das interessiert mich nicht. Wir haben Post von der Kripo, die berühmte Bitte um Vorsprache. Am Montag wird in der HBS noch einmal gefeiert. Als Anwältin der Schule und weil ich beim letzten Mal mit dabei war, bin ich aufgefordert, zu erscheinen. Für dich gilt das Gleiche.«

Ich sah Jazek hinterher, der Werkzeug und Nummernschilder in einen vorsintflutlichen Wartburg verlud.

»Und was heißt das?«

»Sie stellen den Tag der offenen Tür noch einmal nach. Mit allen Beteiligten. Sofern sie noch am Leben sind und laufen können. Sie wollen herausbekommen, wie Ravenée vergiftet wurde. – Hast du übrigens gehört, dass in Heikkos Fall ein Schüler der Alma-Mahler-Werfel unter Verdacht steht?«

Damit erzählte sie nichts Neues. Dann aber sagte sie etwas, das mich aufhorchen ließ.

»Eine deiner Untoten war heute hier. Nicky heißt sie, glaube ich. Sie will mit dir sprechen. Darüber hinaus wollte sich deine Mutter mit dir treffen. Und ich müsste dir deine Vorladung übergeben. Du hast also eine Menge Verabredungen heute, und ich habe sie dir der Einfachheit halber auf acht in die Schwarzmeer-Bar gelegt. Falls es recht ist. – Hast du übrigens was von Jazek gehört?«

Jazek stand in der geöffneten Tür des Wartburg und fragte mit einer Geste, ob ich mitfahren wollte. Ich ging zu ihm.

»Nein«, antwortete ich und stieg ein.

Um kurz vor acht saß ich in meinem improvisierten Salon auf dem Fensterplatz und harrte der Dinge, die da kamen. Als Erstes erschien Marie-Luise. Sie überreichte mir ein amtlich aussehendes Schreiben und setzte sich neben mich.

»Montag ist für alle schulfrei. Bis auf die, die zu der Party kommen sollen.«

»Warum Montag?«, fragte ich. »Der Tag der offenen Tür war an einem Samstag. Wenn sie das schon nachstellen, dann doch so ähnlich wie möglich.«

»Es geht nur um einige sich widersprechende Zeugenaussagen. Es kommen ja auch nicht alle. Nur die, die in einem direkten Zusammenhang mit den Vorfällen stehen.«

Ich nickte und las mir das Schreiben durch. Dann faltete ich es zusammen und steckte es weg.

»Kommt Ravenée auch?«

»Ich glaube ja.«

Ravenée besuchte inzwischen eine andere Schule. Sie hatte das Unglück alles in allem gut überstanden. Zumindest behauptete das Marie-Luise. Was letzten Endes in einem Menschen vorging, der einen Mordversuch überlebt hatte, konnte wohl niemand richtig nachempfinden. Es war ihr hoch anzurechnen, dass sie überhaupt an dieser Fallrekonstruktion teilnahm.

»Noch ein Spiel«, sagte ich. »Wir tun alle so, als ob gar nichts passiert wäre. Wir drehen die Zeit zurück, die Dinge werden wieder harmlos, die Vorzeichen bleiben unbeachtet, und die Schwarze Königin ist nichts weiter als ein hochprozentiger Cocktail. Alexej könnte ihn doch auf die Karte setzen, oder?«

Der Angesprochene schlenderte langsam auf uns zu. »Wenn ihr Cocktails wollt, geht ins Hilton. Hier gibt es ordentlichen grusinischen Wein und seit Neustem sogar polnischen Wodka. Ich beziehe ihn direkt aus dem Kofferraum. Ich denke, ihr kennt den Lieferanten.«

Ich lächelte, Marie-Luise starrte an die Decke. Also war da wirklich etwas. Die beiden hatten sich gestritten, getrennt oder endlich mal die Wahrheit gesagt.

Alexej stellte eine Flasche und zwei Gläser vor uns hin und kümmerte sich dann um seine Plattensammlung. Weil der Abend so jung und die Schwarzmeer-Bar noch leer war, entschied er sich für die Jazz-Suite und das Klavierkonzert von Schostakowitsch. Gerade als die ersten Walzerklänge durch die Räume perlten, sah ich zwei bekannte Gestalten um die Ecke kommen: Mutter und Hüthchen.

»Da sind sie.«

Marie-Luise kniff die Augen zusammen und starrte durch das Fenster nach draußen. »Wohnen sie jetzt wirklich hier? Bei diesem verrückten Musiker?«

»Ich konnte es nicht verhindern. Es ist ihr Leben. Sie sind alt genug.«

»Na hör mal.« Sie orderte bei Alexej zwei weitere Gläser. »Ich finde das großartig. In diesem Alter noch mal ganz von vorne anfangen. Was hast du denn dagegen, dass sie noch ein bisschen Spaß haben?«

»Nichts.« Ich schenkte ein. »Bis auf den Umstand, dass es sich um eine Art wildes Konkubinat handelt.«

Marie-Luise pfiff anerkennend durch die Zähne. »Wildes Konkubinat. Soso.«

Ächzend versuchte Hüthchen gerade, die Tür zu öffnen. Alexej sprang hinter seinem Tresen hervor und half den beiden Damen, die Stufen in den Gastraum zu erklimmen. Dann nahm er ihnen die Mäntel ab und verschwand mit der Frage: »Wie immer?«, die nickend bejaht wurde.

Wie immer. Man war also schon Stammgast hier.

Marie-Luise wurde überaus freundlich, ich etwas zurückhaltender begrüßt. Beide setzten sich uns gegenüber und versperrten so die Sicht auf die Straße. Wenig später brachte Alexej zwei Gläser mit schwarzem Tee.

»Er schmeckt einfach wunderbar«, sagte Mutter. »Alexej bereitet ihn mit einem Samowar in der Küche zu. So etwas müssen wir uns auch einmal zulegen, Ingeborg.«

Hüthchen nickte und schlürfte.

»Nun?«, fragte ich, vielleicht ein wenig schärfer, als ich es beabsichtigt hatte. »Habt ihr euch schon eingelebt?«

»Wir sind nicht erst seit gestern hier, falls du das meinst«, sagte meine Mutter sanft. »Wir haben uns diesen Schritt sehr genau überlegt. Und ich möchte mich nicht vor dir rechtfertigen dafür. Aber ich will dir ein Angebot machen.«

Hüthchen schnaubte abfällig. Mutter lächelte.

»*Wir* möchten dir ein Angebot machen.«

»Dann lasst mal hören.«

»Moment.« Marie-Luise hob ihr Glas. »Erst mal sollten wir darauf anstoßen, dass wir heute Abend hier zusammensitzen. Willkommen im Scheunenviertel! Im finsteren Herzen der strahlenden Stadt, im Reich der Verrückten und Wahnsinnigen, der Hoffnungslosen und der Träumer. Und fühlt euch, je nachdem, was euch hierhergeführt hat, verloren oder zu Hause. *Na zdrowie!*«

»*Na zdrowie!*«

Wir stießen an mit Wein und Tee, und Hüthchen zwinkerte Marie-Luise zu. Die beiden verstanden sich. Kein Wunder. Dann setzte Mutter die Tasse ab und holte tief Luft.

»Wir wollten fragen, ob du – oder ihr beide –, ob ihr nicht bei uns einziehen wollt?«

Ich hatte gerade den zweiten Schluck Wein im Hals und verschluckte mich erbärmlich. Marie-Luise hieb mir auf die Schulter, bis ich röchelnd wieder zu Atem kam.

»Was?«, krächzte ich. »In diese Garage?«

»Sie ist riesig«, sagte Mutter. »Du hast ja erst die Hälfte gesehen. Man könnte Wände einziehen, und jeder von euch hätte sein eigenes, kleines Reich. Das wäre doch schön, oder? Zumindest Platz für die Kanzlei wäre da. Ihr müsstet nicht drei Mal Miete zahlen, sondern nur ein Mal. Das kommt doch viel billiger. Überlegt es euch. George will auf jeden Fall die übrige Fläche vermieten. Und bevor jemand Fremdes ins Haus kommt …«

Daher also wehte der Wind.

»Was sagen Sie denn dazu, Frau Huth?«

Hüthchen rührte noch zwei Stück Zucker in ihren Tee. »Das ist mir egal. Die Finanzen sind ihre Sache.«

»Aber wir würden doch wieder gemeinsam unter einem Dach wohnen. Wir beide. Haben Sie das denn in so schöner Erinnerung?«

Ich spielte auf meine Verzweiflungstat im vergangenen Jahr an. Ich war tatsächlich für einige Wochen noch einmal zu meiner Mutter gezogen und hatte quasi Tisch und Bett mit ihr und Hüthchen geteilt. Die Erinnerung daran war wie ein tiefes, dunkles Kellerloch, in das ich ungern hinabstieg. Den beiden Damen musste das Wasser bis zum Hals stehen, dass sie mir dieses Angebot unterbreiteten. Zu meinem größten Erstaunen schaltete sich jetzt Marie-Luise ein.

»Also ansehen würde ich es mir schon ganz gerne. Wir haben immer wieder Ärger mit der Hausverwaltung, und die Mieten in Prenzlauer Berg können bald nur noch süddeutsche Studenten bezahlen. Außerdem ertrage ich diese Wessi-Kinderwagen nicht mehr in meinen Kniekehlen. So ein Loft in Mitte würde mir schon gefallen.«

»Das ist kein Loft, sondern eine fensterlose Lagerhalle.«

Mutter schüttelte den Kopf. »Sie hat richtig schöne, große Oberlichter. Da kommt im Moment nur kein Licht durch, weil sie so dreckig sind. Wenn man die sauber macht, ist es richtig schön hell.«

Das wurde ja immer besser. Alle drei schauten mich an und warteten auf eine Reaktion. In diesem Moment ging die Tür ein weiteres Mal auf, und Nicky trat ein.

Die ehemalige Nosferatu sah nicht mehr ganz so bleich aus und hatte sich in der Wahl ihrer Kleidung heute für ein schrilles Schlammbraun, gemischt mit schreiendem Grau, entschieden, das in undefinierbaren Stofflagen um ihren schmalen Körper wallte. Die langen schwarzen Haare trug sie glatt zurückgekämmt, nur die Kette mit dem Runenzeichen erinnerte an ihr vampirisches Doppelleben. Sami hatte etwas ganz Ähnliches gesehen. Der Mörder von Heikko hatte es getragen. Mit einem Mal bekam ich Angst um sie.

Wir rückten zusammen, und Nicky zog sich einen Stuhl vom Nebentisch heran. Sie reichte jedem reihum eine kraftlose, kalte Hand und nahm dann ein Glas Wein von Marie-Luise entgegen.

»Kevin hat gesagt, du willst mit dem Prinzen sprechen?«
Ich nickte.

»Morgen ist es wieder so weit. Wir haben unseren *Danse Macabre*. Wenn du magst, komm mit. Das macht Spaß.«

»Was ist das?«, fragte ich.

»Der Tanz der Vampire. Nicht zu verwechseln mit diesem Musical-Quatsch. Nein, wir machen richtig Party. Einmal im Monat. Mit Abendkleid und Musik und so. Du solltest dir was Anständiges anziehen. Smoking oder so.«

Das musste ausgerechnet dieses Allerleirau neben mir sagen. Mutter und Hüthchen tranken ihren Tee und taten so, als ob sie das alles nichts anginge. In Wirklichkeit hatten sie ihre Ohren wie Radarantennen ausgefahren und belauschten jedes einzelne Wort.

»Der Prinz kommt auch. Wir spielen *Vampire: Die Maskerade*, aber dieses Mal dürfte es nicht so viele Tote geben.«

Sie trank einen Schluck Wein. »Das war dermaßen daneben neulich. Als ob wir schuld am Aufstand in der Süd-Domäne gewesen wären. Aber da hast du es wieder mal: Die Nosferatu müssen es ausbaden. Und die Ventrue und Tremere waschen ihre Hände in Unschuld.«

Ich nickte wissend, denn ich war ja schließlich dabei gewesen. Die restlichen Anwesenden hielten den Mund, damit ihnen auch nicht ein Wort unserer Konversation durch die Lappen ging.

»Wie geht das jetzt weiter mit euch?«

»Ich werde mit meinem neuen *Char* den Clan wechseln. Olaf wahrscheinlich auch. Nosferatu ist nur Stress. Man ist echt genauso im Arsch wie du. Bleibst du Gargyle?«

»Ich weiß es noch nicht«, antwortete ich wahrheitsgemäß.

»Ich werde Gangrel. Komm doch zu uns! Die Gangrel sind echte Freaks. Da passt du hin. – Sag mal, stimmt das, dass Ben Becker öfter hier ist?«

»Der war gestern hier«, sagte Hüthchen, die sich wie immer völlig überraschend in die Unterhaltung einschaltete. »Und er hat uns zu seiner Filmparty ins Babylon eingeladen.«

Nicky starrte Hüthchen an. »Du kennst ihn? Echt?«

»Ein sehr netter, höflicher junger Mann«, antwortete Hüthchen.

»Sie kennt ihn also nicht«, sagte Marie-Luise. »Was denn für eine Filmparty?«

Mutter wühlte in ihrer Handtasche und holte eine zerknickte Karte heraus. Sie ging durch sämtliche Hände, auch durch meine. Wenn der Film genauso gut gemacht war wie die Einladung, wünschte ich Mutter und Hüthchen jetzt schon viel Spaß. Gerade als ich sie den beiden zurückgeben wollte, grapschte Marie-Luise danach.

»Ihr wollt doch nicht etwa da hingehen?«

Sie und Nicky hatten glänzende Augen und betrachteten die zerfledderte Einladung wie eine sagenumwobene Schatzkarte.

»Das wissen wir noch nicht«, antwortete Hüthchen. »Es kommt darauf an, was George an dem Abend vorhat. Wenn, gehen wir natürlich zusammen.«

»Und wenn nicht, bekomme ich sie dann?«, fragte Marie-Luise.

»Und nimmst du mich mit?«, fragte Nicky.

Was gerade an diesem Tisch geschah und wer auf einmal mit wem eine Zweckallianz einging, dem konnte ich ab sofort nicht mehr folgen. Mutter merkte, dass die Karte drauf und dran war zu verschwinden, nahm sie wieder an sich und verwahrte sie sicher in ihrer Handtasche mit Schnappverschluss. »Ich glaube, sie ist nicht übertragbar.«

»Ich glaube, Ben Becker lädt alles ein, was nicht bei drei auf den Bäumen ist.« Entschuldigend hob ich die Hände. »Das ist meine ausschließliche Privatmeinung.«

»Dann behalten Sie sie auch für sich«, antwortete Hüthchen hoheitsvoll. »Ich finde, er ist ein sehr wohlerzogener, höflicher Mensch mit guten Umgangsformen. Was man leider nicht von jedem behaupten kann. – Alexej, wir möchten zahlen.«

Alexej kam lächelnd hinter seinem Tresen hervor und drehte im Vorübergehen die Musik ein wenig lauter. Neue Gäste trafen ein. Schostakowitsch trat in den Hintergrund, wo er den Rest des Abends verweilen würde, so lange, bis fast alle gegangen waren. Erst dann war es wieder leise genug zum Zuhören, den letzten Klängen auf einer verkratzten Platte, aufgenommen 1972 in der Sowjetunion.

Marie-Luise und ich versprachen hoch und heilig, uns Mutters Angebot durch den Kopf gehen zu lassen. Nicky ging mit ihnen, vermutlich wollte sie noch einige Geheimnisse rund um Ben Becker erfahren oder doch noch an die Karte kommen.

Wir waren wieder unter uns. Eine Weile schwiegen wir und versuchten, die immer lauter werdenden Gespräche um uns herum zu ignorieren. Ich überlegte, was das für ein Gefühl sein musste, gleich um die Ecke ins Bett fallen zu können, statt jetzt noch mit der S-Bahn durch die halbe Stadt zu fahren. Es hatte etwas durchaus Verlockendes. Wenn die beiden Damen nicht gewesen wären.

»Wir sollten es uns wenigstens einmal anschauen.«

»Ich habe es mir angeschaut, und es kommt nicht infrage.«

Marie-Luise hob die Augenbrauen. »Soweit ich weiß, bin ich Hauptmieter der Kanzlei. Da kann ich doch …«

»Nein.«

Sie seufzte und goss sich den letzten Rest aus der Weinflasche ins Glas. »Du solltest mal mit deiner Mutter reden. Auf mich wirkt sie wie eine ganz nette Person.«

Genau das war ja das Schlimme: Marie-Luise hatte recht. Aber ich konnte trotzdem nicht mit ihr reden. Ich hätte noch nicht einmal sagen können, was genau mich daran hinderte. Es musste ein uralter, sehr tief sitzender Groll sein, auf den ich mir inzwischen keinen Reim mehr machen konnte. Der mich aber trotzdem daran hinderte, sie wenigstens mit der gleichen Umsicht zu behandeln, die man bei der letzten Tasse eines kaputtgegangenen Services an den Tag legte.

»War er da?«

Ich brauchte eine Sekunde, um Marie-Luises Frage zu verstehen. Ich nickte, weil ich sie nicht anlügen wollte.

»Das habe ich mir gedacht. Hat er irgendwas gesagt?«

»Der Volvo ist im Eimer.«

»Das meine ich nicht. Ob er was über mich gesagt hat.«

Sie trank den Wein und schaute an mir vorbei aus dem Fenster.

»Nein«, antwortete ich mit reinstem Gewissen.

Sie nickte. »Ist vielleicht auch besser so.«

Später, als ich durch die Tucholskystraße zur S-Bahn lief, dachte ich noch einmal daran, was Marie-Luise über das Lächeln gesagt hatte. Dieses eine, ganz besondere Lächeln, das wir alle irgendwann verlernten. Manchmal begegneten wir einem Menschen, der es uns wieder beibrachte. Aber wenn dieser Mensch fort war, ging auch das Lächeln mit ihm. Und vielleicht war es das, was wir dann am meisten vermissten.

Der nächste Tag brachte den viel zu frühen Winter.

Ein eisiger Wind fegte durch die Straßen und holte die letzten Blätter von den Bäumen. In der Kastanienallee wurden die Bänke und Stühle vor den Restaurants hereingeholt und die Gasstrahler abmontiert. Die Saison war endgültig vorüber. Die Menschen vermummten sich mit Handschuhen und Schals, nur ich hatte beides vergessen und rannte den Weg von der U-Bahn in die Kanzlei, um nicht zu erfrieren. Die Temperatur war um fast zehn Grad gefallen, und für die Nacht kündigte der Wetterdienst den ersten Bodenfrost an.

Im Büro war nicht viel zu tun. Marie-Luise bereitete sich auf den Montags-Einsatz vor und machte sich wegen ihrer Kleingarten-Revision nicht allzu viele Hoffnungen. Den Vormittag verbrachten wir getrennt an unseren Schreibtischen. Erst als gegen Mittag Kevin und Kerstii vorbeischauten, wehte mit der frischen Luft von draußen auch so etwas wie Leben durch unsere Räume. Während die beiden kichernd in der Küche verschwanden, rechnete ich noch einmal zusammen, was uns unser extravaganter Lebensstil jeden Monat kostete. Zwei Wohnungen, ein Büro: Es war zu viel. Zumindest für unsere momentane Auftragslage. Denn dass meine Tage als Lehrer gezählt waren, hatte mir Katharina unmissverständlich zu verstehen gegeben.

Marie-Luise kam mit zwei dicken Aktenordnern unter den Armen zu mir. Sie warf sie auf Kevins Schreibtisch ab und setzte sich der Einfachheit halber gleich daneben auf die Kante.

»Jetzt ist mir so einiges klar.«

Ich hatte gerade die steigenden Heizölpreise in die zu erwartende Nebenkostenabrechnung eingefügt und war nicht gerade bester Laune.

»Was meinst du?«

»Warum Katharina mich damals als Anwältin genommen hat.«

Ich schob die Kalkulationen zur Seite. »Alte Seilschaften. Das wusste ich im ersten Moment. Ihr habt euch doch schon im Sandkasten gegenseitig die Burgen kaputt gehauen.«

»Auch das, mein Lieber. Auch das. Vergiss darüber hinaus aber nicht meine fachliche Brillanz. Der wahre Grund jedoch liegt bei Dr. Altmann. Du kennst ihn, er hat seine Kanzlei am Kurfürstendamm und verteidigt alle Steuerhinterzieher ab zwanzig Millionen aufwärts. Darüber hinaus trägt er neben vielen Orden und Würden auch ein wichtiges Ehrenamt. Er ist Vorsitzender des Fördervereins der Herbert-Breitenbach-Schule.«

»Dann solltest du – deine Brillanz in allen Ehren – am Tag der offenen Tür wahrscheinlich nur schnell die Kastanien aus dem Feuer holen, damit man Dr. Altmann nicht das Wochenende verdirbt.«

Marie-Luise nickte. »Das dachte ich auch. Bis ich das hier gelesen habe. Der Förderverein verfügt über eine Einlage von 450 000 Euro.«

Meine Verblüffung erfreute sie. Lächelnd schlug sie den ersten Ordner auf und schob ihn mir herüber. Ich überflog die Unterlagen und überzeugte mich, dass Marie-Luise sich nicht irrte. »Das ist eine unglaubliche Summe. Wie kommt die denn zustande?«

»Die Herbert-Breitenbach-Schule wird im nächsten Jahr zur Aktiengesellschaft. Angepeilt ist eine Einstandssumme von einer Million Euro. Da fehlt natürlich noch ein bisschen. Aber das kriegen sie schon noch zusammen. Vorausgesetzt, die Investoren haben weiterhin Vertrauen in den Aufsichtsrat, in Katharina, Kladen und das ganze wunderbare Schulkonzept.«

Ich lehnte mich zurück. Das also waren die Pläne, von denen Katharina immer wieder gesprochen hatte.

»Geht das denn? Darf man mit Schulen Geld verdienen?«

»Aber natürlich. Rechtlich gesehen ist diese Trägerschaft kein Problem. In Berlin gibt es bereits eine Grundschule, die von einer gewinnorientierten Aktiengesellschaft betrieben wird. Es war nur eine Frage der Zeit, bis auch weiterführende Schulen auf den Zug springen. Moralisch allerdings stellt so etwas das Prinzip der öffentlichen Daseinsvorsorge infrage. Übersetzt: Das staatliche Erziehungsmonopol, das ja schon an allen Ecken und Enden unterlaufen wird, hat damit endgültig ausgedient.«

Sie stand auf und ging zum Fenster. Sie starrte in den Hof, in dem sich mittlerweile eine Sperrmüllmenge angesammelt hatte, mit der man andernorts eine Drei-Zimmer-Wohnung hätte ausstatten können. Sie lehnte den Kopf an die Scheibe und blieb eine Weile so stehen.

»Ich hätte nie gedacht, dass sie mir mal leidtun können.«

»Wer?« Ich war noch bei der Liste des Fördervereins und stellte gerade fest, dass die Kinder eines großen Teils der zukünftigen Aktionäre in meiner Klasse waren.

»Diese armen reichen Gören. Eigentlich ist es schon schlimm genug, sich dauernd für seine Kohle vor Leuten wie mir rechtfertigen zu müssen. Aber jetzt müssen sie sich auch noch amortisieren. Du kannst nicht eben mal dein Abi vermasseln, nein. Du hast damit gleichzeitig die Gewinnerwartung für das kommende Jahr versaut. Das ist bitter.«

Sie drehte sich wieder um und grinste mich an. »Aber es gibt Schlimmeres. Wenn die Aktionäre ihre Einlagen zurückziehen, beispielsweise. Die Winterlings haben das getan und die Scharnows auch. Katharina geht der Arsch auf Grundeis. Noch so ein paar Kandidaten, und ihr ganzes Investitionsmodell existiert nur noch auf dem Papier.«

Irgendetwas in mir begann zu klingeln. Ich nahm den Ordner und ging in die Küche, wo Kevin und Kerstii gerade zwischen Fummeln und Küssen einen Kessel mit Wasser aufgesetzt hatten.

»Das Motiv«, sagte ich und legte die Unterlagen auf den Tisch. Sofort wurde Kerstii ernst und schob Kevin weg, der resigniert einige Teebecher aus dem Wandschrank holte.

»Das Grundmuster. Was ist, wenn es etwas mit Geld zu tun hat?«

Kerstii hob fragend die Augenbrauen und warf einen Blick auf die Papiere.

»Das hier ist eine Aufstellung, wie viel die Eltern als Einlage für eine Aktiengesellschaft in den Förderverein gezahlt haben. Die drei höchsten Summen sind je 50 000 Euro. Es sind die Eltern von Clarissa, Heikko und Ravenée.«

Sie beugte sich über die Aufstellung. Marie-Luise und Kevin kamen dazu und warfen einen Blick über ihre Schulter.

»Die Scharnows haben ihre Einlage unmittelbar nach Clarissas Tod zurückgezogen. Die Winterlings letzte Woche. Auch die Eltern von Heikko werden ihr Geld wohl nicht in der HBS lassen. 150000 Euro sind futsch. Die Schwarze Königin ist neben ihrer nicht gerade menschenfreundlichen Art auch noch eine Kapitalvernichtungsmaschine.«

Ich blätterte eine Seite zurück. »Die Zöllners zum Beispiel haben gar nichts eingezahlt. Deshalb wurde Mathias auch nicht unter Druck gesetzt. Hier, die Schmidts. Das sind Curds Eltern. Er hat Nachrichten bekommen und auch einen Filmausschnitt, ein moderater Einschüchterungsversuch also. 10000 Euro.«

Ich richtete mich auf. »Was sagt uns das? Gekillt wird erst ab 50000.«

Kerstii lächelte mich an. »Gratulation. Das könnte das Raster sein, nach dem intern vorgegangen wird. Ihr habt das Motiv der Frau herausgefunden. Sie hat etwas gegen diese Aktiengesellschaft und jagt deshalb die Kinder der Anleger. Klare Beweggründe, eine logische Fallrekonstruktion. Herr Vernau, darf ich bei Ihnen promovieren?«

Sie nahm mich in die Arme und schlug mir anerkennend auf die Schulter. Ein Teil des Puzzles war gelöst. Doch spätestens als Marie-Luise mit dem Zeigefinger auf das Papier klopfte und um Ruhe bat, war die gerade aufgekommene Freude wieder verflogen.

»Es gibt noch drei weitere Fünfzigtausender. Lux, Armknecht und Pollner.«

»Benedikt, Susanne und Yorck«, sagte ich leise.

»Ihr müsst umgehend die Eltern informieren«, sagte Kerstii. »Die Kids dürfen nicht mehr in die Schule.«

»Und mit welcher Begründung?«

Marie-Luise war schon halb verschwunden. In der Tür blieb sie stehen. Sie hob die Arme und ließ sie wieder sinken. »Gute Frage.«

Kevin hatte mittlerweile einen anständigen schwarzen Tee gekocht und verteilte die Becher.

»Ihr solltet damit zur Polizei.«

»Nie im Leben«, erwiderte Marie-Luise. »Das ist Sache der HBS. Katharina kann da nicht einfach wegsehen. Sie hat einen Mörder im eigenen Haus. Einen, der auch ihr noch indirekt an den Kragen geht. *Sie* muss die Eltern informieren, und *sie* muss damit zur Polizei. Ich kann nur danebenstehen und Händchen halten.«

»Das wird sie nicht tun«, sagte ich.

Langsam ging Marie-Luise zum Tisch und stellte ihre Tasse ab. »Das muss sie tun. Und ich werde sie dazu bringen.«

Dann nahm sie den Ordner und ging damit in ihr Büro.

»Glück auf dem Weg«, murmelte Kevin.

Kerstii gab ihm einen flüchtigen Kuss auf die Wange. »Ich muss los. Ich habe um eins einen Termin auf dem Dachboden im Amtsgericht.«

Sie zwinkerte mir zu, nahm ihre Sachen und verabschiedete sich. Auch Kevin geriet in Aufbruchstimmung. Kurz bevor er mich auch noch verließ, kramte er in den Taschen seines Anoraks und holte einen Zettel heraus.

»Hier. Nicky hat mich angerufen und gesagt, dass du morgen tanzen gehen willst. Besorg dir was Anständiges zum Anziehen. Tango kannst du ja hoffentlich noch.«

Er drückte mir das Papier in die Hand und walzte mit einigen schwungvollen Schritten zur Tür. Ich faltete den Zettel auseinander. *Danse Macabre. Samstag 23:00 Uhr. Kreuz-Jesu-Kirche Mariendorf.*

Vampire in der Kirche. Man lernt nie aus.

Samstagnachmittag am südlichen Stadtrand Berlins. Es war zu kalt, um noch länger hier draußen zu stehen. Entweder musste ich jetzt klingeln oder umkehren.

Ich hatte mich auf den Weg gemacht, weil ich am Morgen das Telefonbuch in die Hand genommen und darin geblättert hatte. Unter K wie Kannemann fand ich ihn. Siegfried Kannemann. Es gab nur einen Eintrag unter diesem Namen. Wenn er es war, dann lebte er nicht mehr in Charlottenburg, sondern war in den bürgerlichen Süden Berlins, nach Lankwitz, gezogen. Zuerst wollte ich ihn anrufen, aber dann überlegte ich es mir anders. Was sollte ich sagen, nach so langer Zeit? Klassentreffen hatte ich versäumt, Kontakte aus der Schulzeit nicht gepflegt. Alles, was hinter mir lag, war es wohl nicht wert gewesen, sich darum zu kümmern.

Meine plötzliche Sehnsucht nach Kannemann hatte andere Gründe. Ich hatte überdurchschnittlich viele Lehrer kennengelernt in letzter Zeit. Über die Maßen engagierte, zu wenig engagierte. Solche, für die ihre Schule Lebensinhalt war, und solche, die dort nur ihre persönliche Geltungssucht befriedigten. Blasse Gestalten und schillernde Exoten, eiskalte Karrieremacher und übereifrige Idealisten. Allesamt Profiteure eines Systems, in dem jeder seine eigenen Ziele verfolgte.

Aber einen richtigen altmodischen Lehrer mit Prinzipien und Liebe zu seinem Beruf hatte ich an beiden Schulen nicht gefunden.

Meine Sehnsucht nach Kannemann war die nach einem Menschen, der gut war und weise. Der zuhörte, statt zu verurteilen. Der half, bevor man darum bat. Der sich Sorgen machte, ehe es einen richtigen Grund dazu gab. Ich wusste, dass ich diesen Menschen einmal gekannt hatte und dass er mir abhandengekommen war.

Dieses Gefühl musste mich schon sehr lange begleiten. Ich hatte mich daran gewöhnt und es schließlich kaum noch wahrgenommen, bis ich selbst am Ende war mit meinem Latein. Ich kam nicht mehr weiter. Vielleicht würde mir ein Wiedersehen helfen.

Ich ging zum Telefon, um ihn anzurufen. In diesem Moment klingelte es.

Marie-Luise war am Apparat und bestätigte meine Vermutung: Katharina weigerte sich, die drei Schüler zu beurlauben. Die Gefahrenlage, wenn es denn eine gäbe, hätte sie vollkommen im Griff. Die HBS war sicher wie Fort Knox, und wenn Sami erst einmal gefasst war, könnte endlich wieder Frieden einkehren.

»Frieden hat sie gesagt. Und im gleichen Atemzug, in dem sie mir von Videoüberwachungssystemen und Bewegungsmeldern erzählt, droht sie mir mit Schadensersatzforderungen, wenn ich auch nur einem ihrer Schützlinge zu nahe komme. Dir übrigens auch. Alles wird jetzt auf die Alma-Mahler-Werfel geschoben. Als ob dort der Leibhaftige seinen Nachwuchs züchtet.«

»Aber die Rekonstruktion beweist doch, dass die Polizei auch an der HBS sucht.«

Marie-Luise seufzte. »Katharina wird alles daransetzen, daraus ihre eigene Sicherheits-Show zu machen. Jeder hätte am Tag der offenen Tür hereinspazieren können. Also auch jemand von gegenüber. Genau das gibt ihr doch wieder Oberwasser. Und ganz nebenbei kriegt sie auch noch alles bewilligt, was die HBS in ein Stammheim für Eliteschüler verwandelt.«

»Ich versuche es bei Kladen.«

Ich legte auf und wählte seine Nummer. Nach dem vierten Klingeln wurde abgenommen, und Samantha meldete sich.

»Kann ich deinen Vater sprechen?«

Sie antwortete nicht.

»Samantha?«

»Er ist nicht da«, sagte sie leise. »Am Wochenende schläft er manchmal bei ihr.«

»Wie geht es dir? Hat sich die Schwarze Königin wieder gemeldet?«

»Ja«, flüsterte sie. »Ich habe eine SMS bekommen.«

»Und was steht drin?«

»Dass ... dass am Montag eine Session angesetzt ist. Und dass wir alle kommen sollen.«

Ich konnte nur mit Mühe einen rabiaten Fluch unterdrücken. »Heißt das jetzt, es geht wieder los?«

»Es hat doch nie aufgehört. Es wurde doch die ganze Zeit schon gespielt. Haben Sie das denn nicht mitbekommen?«

Da war sie wieder, die Angst, die ihre Stimme so veränderte. Hoch und dünn war sie jetzt, und ich konnte sie vor mir sehen, wie sie dastand, blass und verschreckt, den Hörer in der Hand, flüsternd, damit sie niemand hörte außer mir.

»Bleib am Montag zu Hause.«

»Das geht nicht. Ich habe eine Vorladung.«

»Und Benedikt? Susanne und Yorck?«

Die Leitung war still. Eine Sekunde dachte ich, das Gespräch wäre unterbrochen. Dann hörte ich sie wieder atmen.

»Was ist mit ihnen? Warum fragen Sie?«

»Haben die auch eine Vorladung?«

Sie schien mir zu glauben, dass ich nur zufällig diese Namen genannt hatte. »Ja. Alle aus der Klasse. Sogar Maximiliane, die ja jetzt bei den Schnellläufern ist. Wir können nicht wegbleiben. Was sollen wir denn sagen?«

»Die Wahrheit. Dass ihr Angst habt.«

Ich hörte ein schnaubendes Prusten. Sie musste direkt in den Hörer geatmet haben.

»Vor was denn? Dass ein Spiel Wirklichkeit wird? Dass da jemand Leute umbringt und das als Unfälle tarnt?«

»Die Polizei ermittelt doch bereits. Auch in Heikkos Fall.«

»Ja. Gegen Sami. Ausgerechnet der blödeste Vollidiot von allen. Der kann ja noch nicht mal seinen Namen richtig schreiben. Was bei uns abgeht, das macht jemand, der intelligent ist. Schlauer als alle anderen zusammen. Jemand, den man immer wieder unterschätzt hat und der jetzt zeigt, was er kann.«

Das Letzte klang fast ein bisschen bewundernd.

»Samantha, wer ist es?«

»Ich weiß es nicht«, flüsterte sie.

»Wenn dir etwas einfällt oder wenn du eine Ahnung hast, sprich mit mir.«

»Ja.« Sie atmete tief durch. »Ich wollte Ihnen noch sagen, dass Sie ein toller Lehrer sind. Sie haben sich wirklich Mühe gegeben. Sie haben mit allem, was noch passieren wird, nichts zu tun. Aber Sie waren der Erste, der sich echt dafür interessiert hat. Das wollte ich Ihnen noch sagen. Danke, irgendwie.«

Sie legte auf.

Ich war kein toller Lehrer. Ich hatte mir vielleicht Mühe gegeben, aber das allein reichte nicht aus. Sie wusste etwas. Oder sie ahnte zumindest, dass am Montag etwas passieren würde. Und es machte mich fast verrückt, dass drei meiner Schüler in größter Lebensgefahr schwebten und man mich immer noch für einen tollen Lehrer hielt.

Ich schrieb mir Kannemanns Adresse auf und notierte mir die U-Bahn-Verbindung nach Lankwitz. Als ich aus dem Haus trat, sah ich den Volvo am Straßenrand stehen. Einsam, aufgegeben, ein rostendes Wrack, dessen Tage gezählt waren. Fast tat er mir ein bisschen leid.

Aber nur fast. Es gab Dinge, die man wirklich bedauern musste. Zum Beispiel erst sehr spät einen Weg zu gehen, für den man sich viel zu lange Zeit gelassen hatte.

Die Frau, die mir schließlich öffnete, kam mir vage bekannt vor. Ihr ging es ähnlich, denn sie musterte mich ausgiebig und lange, bevor sie den Weg frei machte und mich in eine warme, helle Neubauwohnung hereinließ. Ich zog die Schuhe im Flur aus, und sie reichte mir ein Paar Filzpantoffeln, in die ich dankbar mit meinen dünnen Strümpfen schlüpfte. Dann führte sie mich in das Wohnzimmer und bat mich, Platz zu nehmen.

»Ich werde nachsehen, ob er Sie empfangen kann. Warten Sie bitte.«

Ich setzte mich auf eine Samtcouch und sah mich um. Direkt hinter mir führte eine Tür auf den Balkon. In den Blumenkästen steckten Tannenreisige. Ein Vogelhäuschen stand in der Ecke, zwei Spatzen stritten sich gerade um die dicksten Sonnenblumenkerne.

Das Zimmer selbst wurde beherrscht von einer riesigen Bücherwand. Die Regale stapelten sich bis unter die Decke. Bildbände, Romane, Biografien, Sachbücher. Ich stand auf und zog aufs Geratewohl ein Exemplar heraus. *Meine Berge* von Luis Trenker. Damit machte ich es mir wieder auf der Couch bequem und blätterte etwas in den Seiten. Die Zeit verging. Die Frau war bestimmt schon über zehn Minuten weg.

Erst als ich im Flur ein merkwürdiges Geräusch hörte, sah ich wieder hoch. Ein Schwall Wiedersehensfreude schwappte in mein Herz und wurde im gleichen Moment von eisigem Erschrecken abgelöst. Der Mann, der sich dort an einem Stock und gestützt durch seine Frau durch den Flur tastete, war eine papierblasse, vom Alter gezeichnete Gestalt, viel kleiner und zerbrechlicher, als ich sie in Erinnerung hatte. Ein dünner Kranz weißer Haare schimmerte dort, wo einmal ein dunkler, voller Haarschopf gewuchert hatte. Er war ein kräftiger, vitaler Mann gewesen, mit einer Stimme, die auch in der letzten Reihe noch deutlich zu hören war. Jetzt schien es fast so, als hätte ihn noch einmal ein Stimmbruch ereilt und ihn zu einem hohen, heiseren Flüstern verurteilt.

»Vernau«, sagte er und blieb stehen. »Joachim Vernau.«

Ich stand auf und reichte ihm die Hand. Für den kurzen Moment der Begrüßung ließ seine Frau ihn los. Er schwankte leicht. Ich bot ihm meinen Arm an und fühlte durch den Stoff seines Hausmantels die Knochen.

»Schon gut, schon gut. Oberschenkelhalsbruch vor drei Monaten. Das wirft einen etwas aus der Bahn.«

Er nahm vorsichtig in einem Sessel Platz und lehnte den Stock an die Armlehne.

»Lore, machst du uns einen Kaffee? – Du trinkst doch Kaffee? Und ich darf dich doch duzen?«

»Aber natürlich«, antwortete ich.

Er lächelte mich an, schürzte ein wenig die Lippen und nickte mir amüsiert zu. So hatte er uns immer angesehen, wenn wir uns heillos verrannt hatten und nicht mehr weiterwussten. Ich freute mich, dass ich diesen Gesichtsausdruck noch einmal zu sehen bekam. Er fügte den bleichen Linien seines Gesichtes etwas mehr Farbe hinzu, und mit einem Mal erschien er mir gar nicht mehr so alt.

»Was führt dich her, mein Junge?«

»Ich wollte Sie einfach einmal wiedersehen. Nach so langer Zeit. Eigentlich ist es ja längst überfällig gewesen.«

Kannemann wiegte seinen Schädel ein wenig hin und her. »Du hast die mittlere Reife bei mir gemacht, stimmt's? Und danach? Was ist aus dir geworden?«

Er wusste es nicht mehr. Die nächste Welle von Enttäuschung schwappte an, aber nicht mehr so hoch wie die erste. Unendlich viele Schülergenerationen waren wohl an ihm vorbeigezogen, er konnte nicht von jedem einzelnen seiner Ehemaligen den Lebenslauf behalten.

»Ich bin Jurist. Strafverteidiger. Ich habe eine Kanzlei und bin selbstständig.«

»Sieh an, sieh an. Was doch damals alles aus einem Realschüler werden konnte. Das schafft heute manches Gymnasium nicht mehr, nicht wahr? Dann hast du also das Abitur gemacht. Sehr gut.«

Frau Kannemann brachte ein Tablett mit Tassen, Milch und Zucker.

»Lore, stell dir vor. Er hat das Abitur gemacht. Großartig.«

Ich lächelte ihr freundlich zu und begann zu ahnen, dass dieser Besuch meine Erwartungen nicht erfüllen würde. Ich hatte den Fehler begangen, in Kannemann immer noch meinen alten Lehrer zu sehen. Einen Mann, zu dem ich aufgeblickt und dem ich unendlich viel zu verdanken hatte. Daran würde sich auch nichts ändern. Aber die Zeit hatte den Abstand zwischen uns verringert. Und jetzt saß ich vor ihm und war kein Schüler mehr, sondern jemand, der selbst in der Mitte des Lebens stand. Ich empfand immer noch Respekt und Ehrfurcht vor dem, der er einmal gewesen war. Aber nicht mehr, und das tat weh.

Kannemann reichte mir einen Teller mit Dominosteinen. Artig nahm ich zwei und aß sie auf.

»Ich bin jetzt seit siebzehn Jahren pensioniert. Und immer noch kommt es vor, dass ehemalige Schüler bei mir auftauchen. Dann habe ich wohl nicht alles falsch gemacht.«

Ich lächelte ihn an. »Nein. Im Gegenteil. Ich habe immer wieder an Sie denken müssen. Gerade in letzter Zeit. Ohne Sie und das, was Sie für mich getan haben, wäre ich heute nicht da, wo ich jetzt bin. Das wollte ich Ihnen sagen. Es ist einfach ein viel zu später Dankeschön-Besuch.«

Er kniff die Augen zusammen und dachte nach. Plötzlich nickte er, als wäre ihm endlich etwas eingefallen. »Wir Lehrer tun, was wir können, mein Junge. Nicht mehr, aber auch nicht weniger.«

Er sagte das ohne Stolz und Arroganz. Es war eine einfache Feststellung. Lehrer sind eben so. Punkt. Ohne es zu wollen, musste ich ihn mit Frank Sebald vergleichen. Und dabei schnitt Kannemann trotz seines Alters um Längen besser ab.

Ich stand auf und verabschiedete mich. Er ließ es sich nicht nehmen, mich zur Tür zu begleiten. Ohne Lore. Dann reichte er mir die Hand und hielt sie fest.

»Komm mal wieder vorbei, wenn du Zeit hast. Lebt dein Vater noch?«

Ich hatte nicht damit gerechnet, dass er sich an ihn erinnern würde. »Nein. Er ist relativ früh gestorben. Ich habe noch studiert.«

Kannemann ließ meine Hand los und stützte sich wieder auf seinen Stock. »Wie schade. Dass er das nicht mehr erlebt hat.«

»Ja«, sagte ich kurz und schlüpfte in meine feuchten, kalten Schuhe.

»Er wäre sehr stolz auf dich gewesen.«

»Stolz?«, fragte ich. »Das weiß ich nicht.«

»Aber ich weiß es. Glaube mir, mein Junge. Ich sehe ihn heute noch vor mir, in der anderen Wohnung, die wir vorher hatten. Wir haben so lange geredet. Über dich. Er wollte nicht, dass dir das Gleiche passiert wie ihm. Ehrgeizige Träume und schlimme Enttäuschungen, davor wollte er dich bewahren.«

Ich hatte Mühe, mein freundliches Abschiedslächeln beizubehalten. Ich konnte mich nicht daran erinnern, dass mein Vater mich je vor etwas hätte bewahren wollen. Schon gar nicht daran, dass er stolz auf mich gewesen wäre.

Kannemann schien zu spüren, dass ich nicht ganz einer Meinung mit ihm war. Doch statt es jetzt gut sein zu lassen, sprach er einfach weiter.

»Er hat eine Menge durchgemacht. Erst der Krieg, dann der Unfall. Er war mit Sicherheit kein leichter Mensch. Aber er hat sich bemüht. Auch als Vater. Er hat sich um deine Zukunft Gedanken gemacht.«

»Indem er sie verhindern wollte?«

Es war mir einfach so herausgerutscht. Kannemann sah mich an, genau auf die gleiche Art wie vorhin, und ich kam mir vor wie ein Idiot.

»Er wollte wissen, ob ich dir diesen Weg hundertprozentig zutraue. Ohne Wenn und Aber. Weil er ihn nur unter diesen Umständen akzeptieren wollte. Das musste ich verneinen.«

Ich trat einen Schritt zurück. »Sie ... haben mir das Abitur nicht zugetraut?«

»Ich bin nur Lehrer und kein Prophet. Ich kann euch ein Stück des Wegs begleiten, aber doch nicht die ganze Strecke. Dafür sind die zuständig, die euch gemacht haben. Ich habe die Entscheidung deinem Vater überlassen, und er hat sie getroffen. Und wenn ich dich heute so ansehe, mein Junge, dann hat er das gut gemacht.«

Auf dem Nachhauseweg dachte ich über diese Geschichte

nach. Und erst als ich in meine Straße einbog und den Volvo dort stehen sah, begriff ich, wie gut Kannemann eigentlich wirklich gewesen war. Nicht nur für seine Schüler, sondern auch für deren Eltern.

Ich ging zur Heckklappe, öffnete sie und holte den blauen Müllsack heraus.

Am Abend, als ich kurz vor 23 Uhr die Kreuz-Jesu-Kirche in Mariendorf erreichte, fror ich nicht mehr. Ich trug einen schweren Tweedmantel, der mir passte wie angegossen. Er stammte aus dem Nachlass meines Vaters, und das Gewicht, das ich durch ihn auf meinen Schultern trug, fühlte sich an wie das einer Hand. Am meisten erstaunte mich, dass wir offenbar die gleiche Größe hatten. Immer war mir mein Vater gewaltig, massig und kräftig vorgekommen. Jetzt stellte ich fest, dass er nur in meiner Erinnerung so riesig gewesen war. Denn offenbar waren wir von ähnlicher Statur, und das war verblüffend.

Der Mantel stammte aus den sechziger Jahren. Sein Schnitt war so altmodisch, dass er schon fast wieder avantgardistisch wirkte. Riegel und Schulterklappen, übergroße Gürtelschlaufen und unglaublich tiefe Taschen. Er war tailliert und machte, was sollte ich sagen, irgendwie eine gute Figur. Breite Schultern, schmale Hüften: genau so, wie man sich gerne im Spiegel sehen wollte. Er roch ein wenig merkwürdig. Nach Keller und Mottenkugeln. Nicht nach meinem Vater. Das hätte ich nicht ertragen. Der Mantel hatte ganz unten in dem Sack gelegen, unter alten Wollpullovern und angegrauten Hemden, die ich eines nach dem anderen herausgeholt und angesehen hatte. Jedes Mal hoffte und fürchtete ich zugleich, etwas wiederzuerkennen. Nichts kam mir bekannt vor. Erst als ich den Mantel in den Händen hielt, war es, als ob ein flüchtiger Fetzen Erinnerung an ihm haftete. Ich hatte ihn schon einmal irgendwo gesehen. Vielleicht auf einem alten Foto, vielleicht aber auch in Wirklichkeit, vor langer, langer Zeit, an einem Menschen, den ich gefürchtet und verachtet hatte für das, was sein schwacher Charakter aus ihm gemacht hatte: einen brutalen Egoisten, der nur sein eigenes Scheitern vor Augen hatte und seine Familie dafür büßen ließ.

Und doch schlich sich plötzlich etwas anderes in diese so lange verdrängte Erinnerung. Ein Gefühl aus einer Zeit, in der alles anders war und ein Vater, auch wenn er jähzornig und unberechenbar war, trotzdem noch ein Vater war. Auf einmal wusste ich wieder, dass ich ihn geliebt hatte. Lange bevor der Hass gekommen war. Er war einfach viel zu früh von uns gegangen. Zu früh für alles, auch für das Verzeihen und Versöhnen und das, was jetzt vielleicht anders sein könnte.

Ich untersuchte den Mantel genau, und er war in Ordnung. Das Beste aber war: Er hielt warm. Ich hatte sehr genau überlegt, ob ich mir das antun wollte, in dem Mantel meines Vaters das Haus zu verlassen. Aber als ich die ersten winzigen Eiskristalle im Schein der Straßenlampe nach unten tanzen sah, hatte ich mich entschlossen, ihn anzuziehen. Der Stoff war von anderer Qualität als die Mäntel heutzutage. Er war gemacht worden für eine Generation, die noch lange Wege zu Fuß zurückgelegt hatte und es stundenlang in der Kälte aushalten musste. Damals gab es noch keinen Polarfleece und keine Hightechfasern, die das Leben zwar komfortabler, aber nicht eben ästhetischer machten. Ich gefiel mir in ihm. Am meisten aber gefiel mir, dass ich keine Probleme damit hatte, ihn zu tragen.

Auch dafür machte ich Kannemann verantwortlich. Er und sein merkwürdiges Geständnis an diesem Tag, das so vieles verändert hatte. Ich würde nie verstehen, warum mein Vater seine einsame Entscheidung über mein Leben auf den Lehrer geschoben hatte. Aber dass er sie gefällt hatte, und das auch noch zu meinen Gunsten, bewirkte etwas Merkwürdiges. Plötzlich war *ich* stolz auf *ihn*. Ein Gefühl, an das ich mich erst einmal gewöhnen musste.

Die tiefen Taschen des Mantels ersetzten sogar die Handschuhe. Ich blieb auf der gegenüberliegenden Straßenseite stehen und beobachtete eine Weile, wie vereinzelt dunkle Gestalten über die Straße huschten und hinter einem hohen Gartenzaun verschwanden. Es war eine ruhige Gegend, mit kleinen Einfamilienhäusern und ordentlich geharkten Vorgärten. Niemand stand hinter den Wohnzimmergardinen und beobachtete misstrauisch, was sich denn im Herzen der Gemeinde in dieser Nacht abspielen würde. Der Einzige, der auffiel, war ich.

Die Kirche war ein moderner Bau und wirkte eher wie ein Gemeindezentrum. Als ich mich endlich überwunden hatte, ebenfalls durch die Gartenpforte auf den kleinen Vorplatz zu treten, lag das Gebäude hell erleuchtet vor mir, und ungefähr zwei Dutzend Gestalten huschten durch das Treppenhaus und in den oben liegenden Räumen umher. Die Frauen trugen lange schwarze Abendkleider, und die Herren waren tatsächlich im Frack oder Smoking erschienen. Jemand zeigte mir, wo ich den Mantel ablegen konnte. Ich hatte meinen dunklen Anzug an, dazu eine Krawatte, und fühlte mich definitiv underdressed. Niemand beachtete mich. Ich kannte keine Menschenseele – auch wenn dieser Ausdruck bei dem, was in dieser Nacht bevorstand, nicht gerade passend war. Plötzlich ging das Licht aus. Nur die Kerzen auf den Treppenstufen beleuchteten den Weg. Die Abendgesellschaft schritt würdevoll in einen großen Saal und wurde von einem Zeremonienmeister mit weißer Langhaarperücke empfangen. Als er mich sah, kam er auf mich zu.

»Hadar Hosea vom Hohen Blick zur Rabeneiche. Welche Freude, Euch wiederzusehen!«

»Ganz meinerseits«, antwortete ich und wollte an ihm vorbei, doch er stellte sich mir in den Weg.

»Dies scheint der Abend der unangemeldeten Wanderer zu sein. Dürfte ich erfahren, wer heute Euer Bürge ist?«

Das brachte mein wohlaustariertes Selbstbewusstsein etwas aus dem Gleichgewicht. Die Einzigen, auf die ich mich berufen konnte, waren zwei definitiv erloschene Nosferatu, die zudem noch an einem undurchsichtigen Stammesaufstand beteiligt gewesen waren.

»Der Prinz«, sagte ich aufs Geratewohl.

Sofort machte mir der Maître de Plaisir den Weg frei. »Der Prinz! Ich erinnere mich. Verzeihen Sie einem Unwürdigen die plumpe Vertraulichkeit. *Bon amusement!*«

Er verbeugte sich und wies mit einer weit ausholenden Armbewegung auf das gemäßigt bunte Treiben um uns herum. Am Kopfende des Raumes befand sich, bescheiden gehalten und an diesem Abend wohl eher nebensächlich, ein schlichter Altar. Nordeuropäisch wirkende praktische Tische und Stühle hatte man an die Wand gerückt, und so war eine große Fläche entstanden, auf der sich demnächst die Paare beim Tanzen amüsieren würden. Rechter Hand ging es durch eine Tür zu den Waschräumen und einer kleinen Küche, in der gerade mehrere Dutzend Gläser mit blutrotem Kirsch- und Tomatensaft gefüllt wurden. Ich trat ein, der Mundschenk sah hoch, und ich erkannte Olaf.

»Hey, schön, dass du da bist. Hilfst du mir mal?«

Ich öffnete eine Flasche und reichte sie ihm. Offenbar waren wir hier *out time*.

»Zu welchem Clan gehörst du jetzt? Nicky erzählte mir, die Nosferatu kommen für euch wohl nicht mehr infrage.«

Olaf grinste und entblößte dabei zwei überdurchschnittlich lange Fangzähne. »Gangrel. Sieht man das nicht?«

Er drückte mir ein Tablett in die Hand. »Mach dich nützlich, Gargyle. Du bist immer noch ein Ghul, also benimm dich auch so. Sonst bleibst du es nicht lange.«

Ich ging wieder in den Saal, der von vielen brennenden Kerzen in ein schimmerndes Halbdunkel getaucht wurde. Leise hochzeremonielle Barockmusik drang aus unsichtbaren Lautsprechern. Die illustre Gesellschaft stand in kleinen Gruppen beieinander und unterbrach jedes Mal ihre Unterhaltung, wenn ich näher trat. Eine besonders hochnäsige Dame nickte mir von oben herab zu, und ich brauchte einen Moment, bis ich unter dem weit ausladenden schwarzen Hut Nicky wiedererkannte.

Sie beachtete mich nicht weiter, nahm ein Glas, dankte mit einem hoheitsvollen Nicken und drehte mir dann wieder den Rücken zu. Vielleicht sollte ich ihr erzählen, dass ich später noch mit Ben Becker verabredet wäre? Meine Aktien würden in Sekundenbruchteilen ins Astronomische steigen. So aber stellte ich mich wenig später mit dem leeren Tablett in eine schattige Ecke und wartete darauf, dass der Prinz erscheinen würde.

Die Türen wurden aufgestoßen. Erschreckt fuhren alle auseinander. Zwei maskierte Männer mit Sturmgewehren rannten in den Raum, kletterten auf die Empore, krochen unter die Tische und führten bei einigen der Anwesenden flüchtige Leibesvisitationen durch.

»Die Vorhut«, flüsterte mir Olaf zu, der plötzlich hinter mir aufgetaucht war.

Die Musik ging aus, ein Tusch erklang, und der blinde Prinz, gekleidet wie ein dunkler Doge, wurde von Dienern hereingeführt. Die Herren verbeugten sich, die Damen wagten einen mehr oder weniger gelungenen Knicks. Ein Stuhl wurde eilig herangeschafft, und der Prinz nahm Platz. Mit einer Handbewegung forderte er die Anwesenden auf, mit was auch immer fortzufahren. Die leisen Unterhaltungen wurden wieder aufgenommen, bis der Zeremonienmeister in die Mitte trat.

»*Mesdames et Messieurs!* Der Tanz beginnt! Ich bitte um Aufstellung der Formation!«

Was dann passierte, kannte ich höchstens aus Mittelalterfilmen, hatte es aber noch nie live gesehen. Männer und Frauen stellten sich in zwei Reihen auf, ein Menuett erklang, und alle schritten aufeinander zu, verbeugten sich, gingen ein paar Takte weiter und wandten sich dem Nächsten zu. Alles war perfekt choreografiert. Die Kostüme passten zwar nicht hundertprozentig in die Zeit, trotzdem lag über der Szene etwas Unwirkliches, das durch die maskierten Wachtposten hinter dem Stuhl des Prinzen noch verstärkt wurde.

Ich sah zu ihm hinüber. Die bleichen Hände ruhten im Schoß. Obwohl er durch die Brille nichts erkennen konnte, bewegte er doch ab und zu den Kopf, als ob er eine besonders gelungene Formation nicht aus den Augen verlieren wollte.

Ich schlich vorsichtig auf ihn zu. Beinahe hatte ich ihn erreicht, da baute sich ein im Stil der Pilgerväter gekleideter Vampir vor mir auf. Leander.

»Du schon wieder.«

Sofort schossen die zwei Wachtposten auf mich zu und entsicherten ihre Sturmgewehre. Ein unbeteiligter Beobachter des Ganzen beugte sich zu dem Prinzen und flüsterte ihm etwas ins Ohr.

Leander wirkte irgendwie unausgelastet. So, als ob er sich schon sehr darauf freute, mich möglichst spektakulär vor die Tür zu setzen. Doch wieder machte ihm der Prinz einen Strich durch die Rechnung. Er schickte den Flüsterer zu uns hinüber, und der begann leise mit Leander zu tuscheln. Widerwillig machte er mir den Weg frei. Ich ließ ihn stehen und ging hinüber zum Herrn dieser Unterwelt, die gerade sehr gesittet eine Polonaise begann.

»Hadar Hosea, die Gargyle.«

Der Prinz hob seinen Kopf in meine Richtung. Ich hockte mich neben ihn.

»Schön, Sie so bald wiederzusehen. Wir sind uns neulich begegnet. Erinnern Sie sich?«

Er überlegte und schüttelte dann bedauernd den Kopf. »Nein. Nicht, dass ich wüsste.«

»In Pankow. In der Breiten Straße. Kurz nach dem Unfall.«

»Ich bedaure, Gargyle. Der letzte Unfall, an den ich mich erinnere, ist dreiundsechzig Jahre her. Mehrere tapfere Toreadores haben dabei ihr Leben gelassen. Einige Abtrünnige verbündeten sich daraufhin mit den Anarchen und zogen nach Prag. Wir haben nie wieder etwas von ihnen gehört.«

So kam ich nicht weiter. Die Geschicke der Berliner Vampire waren zweifelsohne von großen Verlusten überschattet, aber bei dem Spiel, mit dem ich zu tun hatte, konnte man nicht einfach den Clan wechseln.

»Hat sich der Wanderer noch einmal gemeldet? Der, der Kontakt zur Schwarzen Königin hatte?«

»Er ist heute Abend unter uns.«

Ich blickte mich um. Ich kannte vielleicht die Hälfte der Leute, die hier waren. Wobei kennen noch weit übertrieben war. Die anderen waren wohl Abgesandte der Domäne Süd, ich hatte sie noch nie im Leben gesehen.

»Wer ist es?«

Der Prinz lächelte. »Er wird sich dir zu erkennen geben, wenn es an der Zeit ist.«

»Ich habe keine Zeit.«

»Dann übe dich in Geduld.« Er machte eine kurze Handbewegung, und die zwei maskierten Leibwächter traten mit der unmissverständlichen Absicht auf mich zu, mir auf die Beine zu helfen, wenn ich es nicht alleine schaffte. Ich stand auf. Es war ein mühsames Spiel. Alle fanden es offenbar furchtbar komisch, mich zappeln zu lassen. Niemand schien zu verstehen, dass ich nicht zu meinem Vergnügen hier war. Die Polonaise war beendet, und die Gesellschaft schlitterte durch die Musikgeschichte direkt in einen Walzer.

Eine junge Dame, nicht ganz so herausgeputzt wie die anderen, kam auf mich zu. »Mir wurde gesagt, du bist auch ein Ghul?«

Ich nickte und suchte den Ausgang. Ich hatte hier nichts mehr verloren. Wenn mir aber eines Tages auf offener Straße ein blinder Bettler mit Bomberjacke begegnen sollte, würde ich ihn mir standesgemäß vornehmen. Ohne Rücksicht auf adelige, clantechnische und sonstige Befindlichkeiten.

»Genau wie ich«, sagte das Mädchen und sah nicht so aus, als ob es ebenfalls gehen wollte. Mit glänzenden Augen blickte sie sich um und deutete auf die Tanzenden. »Wollen wir es mal miteinander probieren?«

»Ich kann nicht tanzen. Und ich wollte auch gerade gehen.«

»Ach so. Schade. Wer ist denn dein Herr? Das muss ja ein besonders einflussreicher Mann sein. Ich habe gesehen, wie du mit dem Prinzen gesprochen hast. Das darf nicht jeder.«

»Tut mir leid. Ich habe keinen Herrn.«

»Aber du musst doch jemanden haben! Du kannst doch nicht so ohne Weiteres –«

»Ich bin sein Herr.«

Urplötzlich war hinter uns einer der maskierten Leibwächter aufgetaucht. »Noch Fragen?«, bellte er, das junge Mädchen machte einen schnellen Knicks und suchte das Weite.

Er trug, wie die anderen auch, eine schwarze Strumpfmaske, Jacke und Hose in Tarnfarben, Springerstiefel, Handschuhe und ein Furcht einflößendes Gewehr aus einer gut sortierten Spielwarenhandlung. Mit dem deutete er jetzt auf den Ausgang und schubste mich leicht in diese Richtung.

Irgendetwas an seiner Stimme und seiner Gestalt kam mir bekannt vor. Aber ich hätte nicht sagen können, was. Im Geist scannte ich meine Schüler und verglich jeden einzelnen mit ihm, kam aber auf keine Ähnlichkeit.

Draußen vor der Tür zog er mich nach rechts in die Büsche.

»Ich hab dir was mitgebracht.«

»Was?«, fragte ich.

»Es wird dich interessieren. Ich habe es zur Seite geschafft, bevor es andere tun. Und das war nicht einfach. Warte am Altar auf mich. Ich bringe es dir.«

»Hat es was mit dem zu tun, was Heikko mir geben wollte?«

Doch er hatte schon wieder sein Gewehr geschultert und verschwand in der Dunkelheit. Ich musste also noch einmal hinein in die Höhle des Prinzen. Gerade als ich die Tür zum Gemeinderaum öffnete, brach das Inferno aus. Der fragile Friede vom letzten Mal war offenbar endgültig zerbrochen, und das hier war die Fortsetzung einer undurchschaubaren Politik mit Waffengewalt. Schüsse fielen, die Vampire liefen aufgescheucht durcheinander, der Prinz lag auf dem Boden und wurde von zweien seiner Leibwächter dermaßen gut geschützt, dass er einen Erstickungsanfall bekam und sich unwirsch aus der Umklammerung befreite. Ich kannte das Szenario mittlerweile und war gespannt, wen es dieses Mal erwischen würde. Hoffentlich Leander. Der war mir so richtig ans Herz gewachsen.

»Zu den Waffen!«

Mein Lieblingsvampir lebte leider noch. Er hatte sich in seinen Ledermantel geworfen und robbte gerade über das Geländer der Empore. Ich fragte mich, ob der Pfarrer der hiesigen Kirchengemeinde wirklich wusste, was an manchen Abenden gespielt wurde. Vermutlich meldeten sie sich ein Mal im Monat als christliche Theatergruppe an.

»Runter!« Leander landete mit einem halsbrecherischen Sprung direkt neben mir und zog mich hinter einen Pfeiler. Irgendein Witzbold hatte eine Art Rauchbombe gezündet, sodass der Rest des Szenarios nur unscharf durch wabernde Nebelschwaden zu erkennen war.

»Was ist denn jetzt schon wieder passiert? Immer noch die AVK?«

Ich war wohl nicht richtig auf dem Laufenden, denn Leander schnaubte wie immer verächtlich und tat so, als ob er seine Waffe neu laden und entsichern würde. Dann feuerte er eine Platzpatrone auf einen vorübereilenden Vampir.

»Drei! Du bist tot!«

Der Angesprochene griff sich theatralisch an die Kehle, drehte sich ein Mal um sich selbst und sank gekonnt zu Boden.

»Ein Attentat auf den Prinzen. Er hat viele Feinde.«

Offenbar führte er seine Amtsgeschäfte mit derselben Hingabe wie afrikanische Diktatoren. Dabei wirkte er immer so sanft und gütig.

Einer der Leibwächter tauchte aus dem Nebel auf. Er richtete die Waffe auf uns und drückte ab. Leander und ich stoben aus der Schusslinie und warfen uns auf den Boden. Putz rieselte in feinen Körnchen auf mich herunter. Bevor ich nachdenken konnte, schoss der Maskierte noch einmal, und ein Vampir, der sich hinter unserem Rücken herangeschlichen hatte, hob die Arme, würgte entsetzlich, brach zusammen und begrub Leander unter sich. Ich schubste den Toten zur Seite und half Leander wieder auf die Beine. Wir klopften uns den Staub aus der Kleidung und versuchten, einen vagen Überblick zu gewinnen. Die Kampfhandlungen ebbten langsam ab. Der Leibwächter, der uns eben noch beschossen hatte, rannte zur Tür und stieß dort mit dem Prinzen zusammen. Der packte ihn sofort am Arm und ließ sich durch den Raum führen, um sich im übertragenen Sinne ein Bild vom Ausmaß der Tragödie zu machen. Tote und Verwundete wurden geborgen, wobei dem Ghul-Weibchen von eben die unappetitliche Aufgabe übertragen wurde, einem Gefallenen symbolisch das Gedärm zurück in die Bauchhöhle zu schieben. Ihr schauspielerisches Talent war nicht sehr ausgeprägt, denn sie fing mit einem Mal an zu kichern, als sie den Totgesagten wohl ein wenig zu heftig kitzelte.

Leander kam aus der Deckung und blies auf den Lauf seiner Pistole, bevor er sie sich in den Gürtel steckte. Er kniete sich neben den Toten und untersuchte ihn oberflächlich.

»Ein Ventrue.«

Die Ghulin sah ihn erschrocken an. »Dann kommen die Attentäter aus den eigenen Reihen?«

»Das ist ein Opfer«, zischte Leander. Dann ging er hinüber zu seinem Prinzen, um nach dem Rechten zu sehen. Ich bewegte mich so unauffällig wie möglich Richtung Altar. Gerade als ich die Stufe davor erreicht hatte, klopfte der Zeremonienmeister mit seinem Stab auf den Fußboden und brüllte: »Alle Mann zum Appell! Die Opfer in die Mitte!«

Vier tote Vampire wurden herangeschleift und nebeneinander aufgereiht. Einige mehr oder weniger Verwundete wurden von ihren Artverwandten gestützt und standen in erbarmungswürdiger Haltung um die Entleibten herum.

»Wo ist die Wache? Die Wache des Prinzen!«

Die zwei Maskierten kamen aus verschiedenen Ecken des Raumes herangeeilt, stellten den umgefallenen Stuhl wieder auf und halfen dem Prinzen dabei, Platz zu nehmen. Ich ließ mich auf der Stufe nieder und wartete darauf, dass mein Herr auftauchte, denn zu den beiden, die sich gerade hinter dem Prinzenthron postierten, gehörte er nicht.

Es war weit nach Mitternacht, und als der Zeremonienmeister ein Standgerichtsverfahren in Aussicht stellte, erhoben sich leise erste ablehnende Stimmen. Der Prinz hob die Hand, und plötzlich war es totenstill.

»Beim nächsten Mal«, sagte er mit seiner leisen Stimme, die nicht nur wegen der Akustik bis in die letzte Ecke des Raumes reichte. »Bringt die Opfer zur Gruft. Und werft die Festgenommenen in den Turmkerker.«

Offenbar waren die Aufrührer bereits ausgemacht, denn in Sekundenbruchteilen ergriffen sich zwei Leibwächter jeweils einen unschuldig dastehenden Vampir und führten ihn ab. Mein Herr war immer noch nicht zu sehen, und ich wurde langsam unruhig. Dafür hatte ein Maskierter der prinzlichen Leibwache wohl beschlossen, auf der Stelle in seinen Sarg zurückzukehren, denn er scherte sich einen Dreck um die Befehle, schubste zwei junge Männer zur Seite und lief direkt an mir vorbei Richtung Ausgang. Er trug ein umgedrehtes Kreuz an einer Silberkette um den Hals. Vermutlich war es ihm während der Kampfhandlungen herausgerutscht. Seine plötzliche Eile und dieses Kreuz machten mich misstrauisch. Auch wenn es zur Grundausstattung jedes anständigen Vampirs gehören mochte – ich sprang auf und hielt ihn am Arm fest.

»Und wer bist du?«

In diesem Moment holte er aus und schlug mir mit der geballten Faust voll ins Gesicht. Ich taumelte zurück, stolperte über die Stufe, riss im Fallen das Altartuch herunter und landete äußerst schmerzhaft der Länge nach auf dem Steinboden.

Aus den Augenwinkeln konnte ich sehen, wie der Maskierte das Weite suchte. Ich rappelte mich auf und setzte ihm nach. Er stieß alle, die ihm im Weg standen, unsanft von sich weg und rannte hinaus auf den Vorplatz. Ich erreichte ihn nicht mehr. Als ich schwer atmend und aus beiden Nasenlöchern blutend vor die Tür trat, war er verschwunden.

Ich ging wieder zurück.

Der Zeremonienmeister klopfte gerade dreimal mit seinem Stab auf den Boden und erklärte das Fest für beendet. Alle starrten mich an. Manche sahen so aus, als ob sie ganz gegen ihre Natur kein Blut sehen könnten.

»Gehört das auch zum Spiel?«

Ich war stinksauer. Meine Nase schwoll langsam zu, und den Pullover konnte keine Reinigung mehr retten. »Wer war das?«

Keiner antwortete mir. Ein Vampir haute dem anderen wohl keinen Zahn aus. Der einzige noch anwesende Leibwächter hatte seine Maske hochgeschoben und schwitzte. Er war nicht mit mir im Garten gewesen, das sah ich sofort. Nicky löste sich aus den Reihen und kam auf mich zu. Offensichtlich fühlte sie als Einzige noch eine gewisse Verantwortung für ihren früheren Ghul.

»O Mann, das sieht nicht gut aus. Du solltest zum Arzt.«

»Erst wenn ich weiß, wer das war.«

Olaf kam mit einem Tablett aus der Küche und begann, die leeren Gläser abzuräumen. Offenbar war er über den Verlauf der jüngsten Ereignisse nicht ausreichend informiert, denn er antwortete mir *in time*.

»Der zweite Leibwächter war Anselm von Justingen. Der großen Güte unseres Prinzen ist es zu verdanken, dass das Pfählen in lebenslange Verbannung nach Kappadokien umgewandelt wurde, wo Anselm so große Verdienste bei der Verteidigung der europäischen Grenze gegen die panasiatischen Dämonen errang, dass er begnadigt wurde.«

Sofort war ich hellwach und vergaß meine Schmerzen. Da war er wieder, der Name des Boten. Für die Herrschenden ein Verräter, für die Unterdrückten ein Held. Damals wie heute eine Frage des Standpunktes. Wer immer Anselm von Justingen war, er machte sich auf jeden Fall sehr unbeliebt bei der Schwarzen Königin. Und langsam auch bei mir.

»Nein, das war er nicht«, entgegnete die Ghulin. Sie hatte Olaf beim Abräumen geholfen und unterbrach nun ihre nützliche Tätigkeit.

Langsam ging sie mir richtig auf den Keks. Ich seufzte und betastete das, was ich morgen einem unausgeschlafenen Unfallarzt als mein Gesicht präsentieren würde. »Natürlich war er es nicht. So viel weiß ich auch über *Larp*, dass niemand frei herumlaufen und allen Ernstes behaupten kann, Anselm von Justingen zu sein. Ich will wissen, wer er *out time* ist.«

»Er war es nicht«, wiederholte sie altklug. »Ich kenne Anselm, auch *out time*. Diesen Spieler habe ich noch nie gesehen.«

»Ich auch nicht«, bekräftigte eine Dame mit halb aufgelöster Hochsteckfrisur. »Ich dachte, es wäre ein Neuer.«

Einige andere stimmten ihr zu. Der Rest wirkte ratlos und mochte sich nicht festlegen. Misstrauisch stemmte meine Artgenossin die Hände in die Hüften.

»Aber du kanntest ihn doch. Er war doch dein Herr. Du bist mit ihm rausgegangen und hast mit ihm gesprochen.«

»Nicht mit dem, der mich so zugerichtet hat.«

»Einen Moment, bitte.«

Der Prinz stand auf und schob seine Brille hoch. Dann sah er mich aus zwei dunklen, aber keinesfalls blinden Augen an. »Wenn ein Fremder plötzlich in Anselms Kostüm erscheint, wo ist dann Anselm?«

»Und *wer* ist Anselm?«, fragte ich.

Leander, der sich bis jetzt dankenswerterweise im Hintergrund gehalten hatte, musste sich ausgerechnet zu diesem Zeitpunkt mit einem Räuspern bemerkbar machen. »Wir verraten Fremden keine Namen.«

»Ach kommt schon!« Jetzt wurde ich richtig ärgerlich. »Ihr wisst doch, weshalb ich hier bin. Kevin kennt mich, Nicky und Olaf haben für mich gebürgt. Und sogar der Prinz ist ein alter Bekannter, stimmt's?«

Der zuletzt Angesprochene schenkte mir ein sibyllinisches Lächeln. Ich wurde ungeduldig. Und ich begann mir Sorgen zu machen. Um den verschwundenen Boten und um das, was er mir geben wollte. Statt seiner hatte sich ein Unbekannter im Schutz der Maskerade eingeschlichen. Ein Fremder, der zudem statt Platzpatronen noch ganz andere Kaliber benutzte.

Ich ging in die Ecke hinter dem Pfeiler, in der ich gemeinsam mit Leander Schutz vor den feindlichen Angriffen gesucht hatte. Mit einer Kerze leuchtete ich die Wand ab und fand, was ich suchte.

»Außerdem hat der Mann in Anselms Kostüm versucht, mich umzubringen.«

»Das war *in time*«, sagte Leander in einem Ton, mit dem man Kleinkindern zum zehnten Mal erklärt, dass man Sand nicht isst.

»Das war eine echte Waffe. Ich schätze eine Sig Sauer mit Steckmagazin. Zufälligerweise kenne ich mich damit aus. Die schießt mit echter Munition, einem echten Projektil und hinterlässt ein echtes Loch in der Wand, das ihr morgen dem Pfarrer erklären dürft. Und dem wird *in* oder *out time* ziemlich egal sein.«

Ich deutete auf die beschädigte Wand hinter mir. Einer nach dem anderen trat näher und begutachtete den Schaden.

»Das ... das geht aber nicht.« Nicky brachte meine Bedenken auf den Punkt. Langsam schienen sie zu begreifen, dass jemand das Regelwerk an diesem Abend auf seine ganz persönliche Weise interpretiert hatte. In die einsetzende Unruhe hinein ergriff der Prinz das Wort.

»Sucht Anselm von Justingen. Und findet ihn.«

Alle strömten auseinander, und dieses Mal wurde die Kirche komplett auf den Kopf gestellt. Ich ging in die Küche und wusch mir das Gesicht ab. Mit Mühe konnte ich die Blutung stoppen. Mehrere Lagen Küchenkrepp unter der Nase machten mich zwar nicht schöner, aber ich konnte wenigstens wieder atmen. Dann ging ich noch einmal hinaus in den Vorgarten. Das ganze Viertel lag still und friedlich da, nichts war zu hören und erst recht nichts zu sehen. Ich zog die Nase hoch und wollte wieder hineingehen, da roch ich es. Den Geruch von verbranntem Papier. Ich versuchte ihn zu orten und begann, die Kirche zu umrunden. Auf der Rückseite, neben einer Holzbank, fand ich die Ursache. In einem Mülleimer aus Metall stank ein kleiner Haufen Asche vor sich hin. Es musste ein Bündel Papier gewesen sein, das jemand hier angezündet hatte, und vermutlich war es genau das, was mir mein maskierter verschwundener Herr und Wächter versprochen hatte. Jetzt wurde ich wirklich unruhig. Denn jetzt wusste ich, dass ihm etwas passiert war.

Nicky hatte mit zwei anderen Spielern den Vorplatz abgesucht, entdeckte mich und kam auf mich zu.

»Wir haben ihn nicht gefunden. Was ist das?«

»Papiere. Anselm von Justingen, oder besser: sein menschliches Äquivalent, wollte mir etwas geben. Etwas sehr Wichtiges. Und jetzt ...«

Nicky zog eine Hutnadel aus ihrem Haarschopf und stocherte in der Asche herum »Alles verbrannt. War Yorck das?«

»Yorck?«, fragte ich. »Yorck Pollner?«

»Ja. Sag mal, ist das ein neues Spiel? So eine Art Sub-Plot der Vampire? War das mit der Spielleitung abgesprochen? Ich verstehe das alles nicht so ganz.«

Ich wollte, es ginge mir wie ihr. Einfach nicht verstehen, und ein etwas ungutes Gefühl bei der ganzen Aktion an diesem Abend haben, und dann nach Hause und ins Bett, und morgen wäre die Welt wieder ganz die alte. Doch so einfach war das alles nicht mehr. Yorck wollte mich warnen. Er hatte Akten dabei, die bewiesen hätten, was an der Schule gespielt wurde. Doch bevor er sie mir geben konnte, hatte ein Unbekannter Yorck auf irgendeine Art und Weise außer Gefecht gesetzt und sich dann sein Kostüm angezogen, um die Beweismittel ungestört zu finden und zu vernichten. Niemandem war er aufgefallen. Vermutlich hatte er in aller Ruhe die obere Etage durchsuchen können, und sein einziges Pech war, dass er mitten in die Kampfhandlungen geriet und nicht schnell genug fliehen konnte.

»Nein. Ich glaube, man hat Yorck nur etwas geklaut. Er ist einer meiner Schüler, und er wollte mir das da geben.«

Nicky musterte mich skeptisch. »Einen Schulaufsatz also? Und den holst du dir nachts auf einem *Danse Macabre* ab? Mann, das ist ja eine tolle Märchenstunde.«

Sie zog fröstelnd die Schultern hoch und ging zurück ins Haus. Ich folgte ihr. Niemand hatte Yorck gefunden, keiner konnte sich einen Reim darauf machen, wo er geblieben war. Als Letzter kam Leander die Treppe herunter. In der Hand trug er einen dunklen Anorak.

»Das lag oben. Ich glaube, der gehört Anselm.«

Er reichte ihn dem Prinzen, der das Fundstück ratlos musterte. Zum ersten Mal machte er den Eindruck, mit seinem Latein am Ende zu sein. Die Vampire begannen zu ahnen, dass sich gerade etwas sehr, sehr Ernstes abspielte.

»Glaubst du, ihm ist was passiert?«, fragte Nicky.

In diesem Moment piepste ein Handy. Alle, die eines bei sich trugen, schauten nach, aber keiner hatte eine SMS erhalten. Yorcks Jacke lag vor uns auf dem Fußboden. Alle starrten sie an. Ich hob sie hoch, durchsuchte die Taschen und fand ein Telefon. Das Display leuchtete noch. Ein kleiner Briefumschlag blinkte auf. Ich drückte die entsprechende Taste und las:

Yorck ist bei mir. Liebe Grüße, Clarissa.

Mir fiel fast das Handy aus der Hand.

»Gott sei Dank«, sagte Nicky, die mir neugierig über die Schulter geschaut hatte. »Dann ist er wohl abgehauen. Was für ein schräger Humor. Oft ist er ja nicht gekommen. Aber wenn, hatte er immer eine gute Aktion drauf.«

»Und was machen wir jetzt mit dem Loch?«

Olaf deutete auf die lädierte Wand. Leander begutachtete den Schaden noch einmal.

»Die SL wird sich mit Yorck in Verbindung setzen. Er wird uns das erklären müssen. Genauso wie den merkwürdigen Kleidertausch mit seinem Stellvertreter.«

Der Prinz trug jetzt seine Bomberjacke mit dem orangefarbenen Futter. Er ging noch einmal durch die Räume, überzeugte sich, dass alles aufgeräumt war und das Altartuch wieder ordentlich auf seinem Platz lag, löschte die Lichter und kam zu uns.

»Schade, dass er seinen Justingen nicht öfter gespielt hat. Das war ein guter Charakter. Sehr ausbaufähig.«

Wir verließen die aufgeräumte Kirche. Der Prinz schloss ab und wollte sich mit dem Rest der Truppe auf den Weg zur S-Bahn machen.

»Auf ein Wort.«

»Ja?«

Er drehte sich zu mir um.

»Du bist weder blind noch ahnungslos. Was hast du bei dem Busunfall gesehen?«

Er zog seine schwarze Brille aus der Jackentasche und setzte sie auf.

»Nichts.«

»Du musst zur Polizei.«

Er nickte freundlich, wie er sich wohl für jedes hingeworfene Geldstück auf seiner Decke bedankte, und folgte den anderen. Wohl oder übel lief ich hinter ihm her.

»Da war jemand, der einen Draht gespannt hat. Das muss dir doch aufgefallen sein.«

Er schien mich nicht zu hören.

»Ist dir Yorck so egal? Oder meinetwegen Anselm von Justingen? Er schwebt in Lebensgefahr. Du hast einen Mord gesehen. Willst du, dass ein zweiter passiert?«

Der Prinz blieb stehen und dachte nach. Dann schob er die Blindenbrille hoch und sah mich direkt an.

»Weißt du, warum ich dieses Spiel so mag? Weil jeder das sein kann, was er will. Heute ein Bettler, morgen der Prinz. Buchhalter werden Anarchen, Arbeitslose Politiker, Tischlerlehrlinge sind Putschisten oder Krieger, und brave Studenten werden zu Mördern. Alles ist möglich. Wir sind nicht liebenswert. Aber wir sind wer. In diesem Spiel. Was aber bin ich in Wirklichkeit? Ein blinder Penner, der sich seine paar Euro zusammenschnorrt. Wenn ich morgen zur Polizei gehe und erzähle, was ich gesehen habe, bin ich als Erstes meinen Blindenausweis los. Und das ist erst der Anfang vom Ärger.«

»Du bist der einzige Zeuge.«

Langsam holte er seine Brille herunter und setzte sie wieder auf.

»Ich werde darüber nachdenken. Mehr kann ich jetzt nicht für dich tun.«

Er schloss das Gartentor hinter sich, und wenige Meter weiter hatte ihn die Dunkelheit bereits verschluckt.

Ich blieb noch einen Moment. Ich hatte meinen Mantel angezogen und ging hinüber zu der Bank neben dem Mülleimer. Dort saß ich eine Weile und lauschte in die Nacht, aber alles blieb still. Schließlich holte ich Yorcks Handy heraus und schrieb eine SMS.

Wenn Yorck etwas passiert, bringe ich dich um.

Keine Minute später bekam ich die Antwort.

Echt witzig. Aber ich bin schon tot ☺☺☺

3.
DAS SPIEL

AM MONTAGMORGEN, DEM TAG, AN dem die Polizei ihre Fallrekonstruktion angekündigt hatte und die Vasallen der Schwarzen Königin ihren ganz eigenen makabren Tanz aufführen wollten, an diesem Morgen trug ich meine düsteren Vorahnungen und schlimmsten Befürchtungen wie Steine im Bauch mit mir herum.

Schon von Weitem sah ich, dass zwei Polizeiwagen vor der Schule parkten. Am Eingang assistierten Katharinas Wachleute einem Beamten, der die Personalien aller Eintreffenden aufnahm und sie mit einer Liste abglich. Mit einem knappen Nicken reichte er mir meinen Personalausweis zurück, und ich ging an ihm vorbei in die Eingangshalle. Die Leiter und der Handwerker waren verschwunden. Dafür hatten sich schon einige meiner Kollegen eingefunden und standen in kleinen Grüppchen beieinander. Ich erkannte Sebastian und Domeyer, die beiden Einzigen, zu denen ich in den wenigen Wochen an der Herbert-Breitenbach-Schule etwas Kontakt hatte, wenn auch nicht eben auf die herzlichste Art. Obwohl Michael Domeyer spüren musste, dass ich ihn nicht zu meinen engsten Vertrauten zählte, winkte er mich fröhlich zu sich heran. Bei ihm stand eine nicht gerade hübsche, mittelalterliche Dame von britischem Aussehen, die mich etwas von oben herab begrüßte.

»Frau von Smitten«, stellte uns Domeyer einander vor. »Die Managerin von Sonja Solms.«

Frau von Smitten schenkte mir ein gequältes Lächeln. »Heute Abend singt sie die Vitellia in Mozarts Clemenza di Tito. An der Staatsoper. Hoffentlich ist dieser ganze Spuk hier schnell vorbei.«

Werner Sebastian wiegte bedauernd sein Haupt. »Das kann ich mir ehrlich gesagt nicht vorstellen. Wenn sie tatsächlich den gesamten Verlauf nachstellen ...«

»Aber das kann doch niemand von Frau Solms verlangen! Soll sie etwa noch einmal den ganzen Liebestod singen?«

»Wenn's der Wahrheitsfindung dient«, schaltete sich Domeyer ein. »Mir jedenfalls hat das Konzert sehr gut gefallen. Abgesehen von den bedauerlichen Folgen, für die man Frau Solms nicht ernsthaft verantwortlich machen kann. Also nicht unmittelbar.«

Frau von Smitten fand das nicht wirklich lustig. Sie suchte die Waschräume auf. Domeyer wandte sich an mich.

»Leider wurde das Kuchenbuffet gestrichen. Trotzdem erinnere ich mich an Ihre reizende Begleitung, die sich ja im Bezug auf Glasuren einer besonderen Geschicklichkeit rühmen darf. Wo steckt sie denn?«

»Sie ist erst für elf Uhr bestellt.«

Sebastian schaute auf seine Armbanduhr. »Dann wird es jetzt Zeit für uns. Ich hoffe ja, dass sich Frau Oettinger heute kurz fassen wird.«

Wir gingen ins Lehrerzimmer, wo sich schon fast alle Kollegen versammelt hatten. Der Rest tröpfelte langsam nach, und erst dann erschienen Kladen und Katharina. Sie kamen gemeinsam mit dem ermittelnden Staatsanwalt und dem Kriminalbeamten, den ich neulich schon einmal an der Alma-Mahler-Werfel gesehen hatte. Ganz zum Schluss trudelte auch Martensen ein. Er holte sein Notizbuch heraus und setzte sich ganz hinten in die Ecke. Der Staatsanwalt tuschelte ein bisschen mit dem Kriminalbeamten und verließ dann den Raum, kurz bevor der sich zu Katharina und Kladen gesellte und das Wort ergriff.

»Mein Name ist Karsten Vaasenburg. Ich ermittle hier im Fall Ravenée Winterling. Ob auf gefährliche Körperverletzung oder einen Mordversuch aus Heimtücke – das versuchen wir heute herauszufinden. Wir möchten einige Situationen so genau wie möglich nachstellen. Zu diesem Zweck bitte ich Sie, den Anweisungen meiner Mitarbeiter unbedingt Folge zu leisten. Dass wir nicht alle, die damals hier waren, eingeladen haben, hat lediglich organisatorische Gründe – also kein Grund zu Mutmaßungen hinsichtlich derer, die heute hier sind. Damit die nächsten Stunden so reibungslos wie möglich vor sich gehen, werden wir bestimmte Abläufe mehrmals durchspielen, andere wiederum, wie das Konzert in der Aula, können wir leider nicht wiederholen. Frau Solms wird ihren Auftritt lediglich andeuten. Singen wird sie nicht noch einmal. Bedauerlicherweise.«

Er lächelte knapp, wohl um zu zeigen, dass auch in seiner Heldenbrust kein Herz aus Stein schlug, und erntete erheitertes Gemurmel. Domeyer beugte sich zu mir und flüsterte: »Das war dem Polizeipräsidenten wohl zu teuer.«

Vaasenburg hob die Hände, und es wurde wieder still.

»Sie waren also bis kurz vor elf Uhr hier im Raum zusammen. Was haben Sie hier gemacht?«

Katharina räusperte sich, wechselte einen kurzen Blick mit Kladen und ergriff das Wort.

»Wir sind noch einmal das Programm und den Ablauf durchgegangen.«

»Hat irgendjemand während dieser Zeit den Raum verlassen? Ist jemand verspätet eingetroffen?«

Alle sahen mich an.

»Ich. Ich bin kurz nach zehn gekommen.«

Vaasenburg schien mich wiederzuerkennen. Er wechselte einen bedeutungsvollen Blick mit Martensen, der wohl in sein Notizbüchlein schrieb: *Irrer Lehrer von neulich gibt an, zu spät gekommen zu sein. Checken.*

»Ich wusste nicht, dass eine Vorbesprechung angesetzt war.«

»Waren Sie vorher im Garten? Oder in der Küche?«

»Nein.«

»Gibt es Zeugen für Ihr Eintreffen?«

Ich sah mich zu Martensen um, der eifrig mitschrieb und jetzt, weil keine Antwort kam, hochsah.

»Muss ich die Frage beantworten?«

Vaasenburg lächelte nachsichtig. »Natürlich nicht. Aber Sie könnten sich damit einen weiteren Termin im Präsidium ersparen.«

»Ich bin mit meiner Kanzleipartnerin gemeinsam eingetroffen, Marie-Luise Hoffmann.«

»Ach, Frau Hoffmann.« Er lächelte, als ob er sie kannte und für eine nicht gerade glaubwürdige Zeugin hielt.

»Die Dame hat eine Vorladung?«

»Selbstverständlich.«

Martensen hatte wieder etwas zum Aufschreiben, und Vaasenburg schien endlich von mir abzulassen. Er sah auf die Uhr an der Stirnseite des Raumes.

»Dann will ich Sie nicht weiter stören. Bitte verhalten Sie sich exakt so, wie Sie es am Tag der offenen Tür getan haben. Wenn Ihnen darüber hinaus etwas auffällt, sprechen Sie uns an. Hinweise werden vertraulich behandelt.«

Vaasenburg und Martensen verließen gemeinsam den Raum. Ein paar Sekunden war es still. Dann wollten Kladen und Katharina im gleichen Moment etwas sagen, unterbrachen sich, und Katharina ließ ihrem Vorgesetzten den Vortritt. Er versuchte, eine zuversichtliche Miene aufzusetzen, doch man konnte ihm ansehen, wie schwer es ihm fiel.

»Es hängt viel ab von dieser Untersuchung. Unterstützen Sie die Beamten, so gut es geht.«

Das war unerwartet knapp. Erstaunt sah mich Domeyer an, doch da hatte schon Katharina das Wort ergriffen.

»Wir hoffen sehr, dass jetzt endlich Licht in die undurchsichtigen Vorfälle der letzten Zeit gebracht wird. Ich habe den Glauben an unsere Schule nie verloren. Es wird sich herausstellen, dass die HBS immer und jederzeit ein sicherer Hort für die ihr anvertrauten Schüler gewesen ist. Davon bin ich hundertprozentig überzeugt.«

Sie setzte sich. Die Ansprachen waren vorüber. Eine Weile herrschte Schweigen, dann begannen die Anwesenden, sich erst flüsternd, wenig später aber in normaler Lautstärke zu unterhalten.

»Tja, hundert Prozent sind manchmal noch zu wenig.«

Domeyer holte einen Packen Schulhefte aus der Mappe und legte sie vor sich auf den Tisch. Werner Sebastian, den er angesprochen hatte, wollte offenbar nicht in eine konspirative Unterhaltung einbezogen werden. Er strich sich vorsichtig über seine festgeklebten Stirnhaare und sah sich nach anderen Gesprächspartnern um. Domeyer bemerkte das, er nahm das oberste Heft, schlug es auf und tat so, als wollte er korrigieren.

Sebastian stand auf. »Ihnen kann das ja egal sein.«

Domeyer lächelte und strich mit sichtlichem Vergnügen zwei Fehler rot an. Sebastian verließ unseren Tisch und begab sich zu einer Kollegin, die dem naturwissenschaftlichen Zweig angehörte.

»Warum ist Ihnen das egal?«, fragte ich.

Ich hatte Domeyer nie gemocht. Von Anfang an hatte ich ihn für oberflächlich gehalten. Er war bei allen beliebt – wenn man Sebastian einmal ausnahm – und schien sich zu sehr darauf auszuruhen. Jetzt unterbrach er die Korrektur der Hefte und warf einen schnellen Blick in die andere Ecke des Raumes, wo Katharina und Kladen mit einigen Kollegen zusammenstanden.

»Ich verlasse die HBS.«

»Ach. Und warum?«

Domeyer lächelte und verschränkte die Hände hinter dem Kopf, als hätten ihn die zwei roten Striche ans Äußerste seiner physischen Leistungsfähigkeit gebracht. Er nahm die Arme wieder herunter und schob das Heft zur Seite.

»Wissen Sie, ich bin gerne Lehrer. Wenig Stress, viel Urlaub, und immer früh zu Hause. Und so soll es auch bleiben. Leistungskontrollen, Rentabilitätsnachweise und ein am Profit des Unternehmens Schule orientiertes Prämiensystem sind meine Sache nicht. Wenn die HBS eine Aktiengesellschaft wird, mache ich nicht mehr mit. Ich finde, irgendwo sollte es eine Grenze geben. Und die ist definitiv erreicht, wenn ich mein eigenes Wohlbefinden gefährdet sehe.«

Er grinste mich an, und in diesem Moment war er mir zum ersten Mal sympathisch. In der nächsten Sekunde veränderte sich sein Gesichtsausdruck, und er sah an mir vorbei zu Katharina, die ihre Gruppe verlassen hatte und sich direkt hinter mir aufbaute.

»Kann ich Sie einen Moment sprechen?«

Ich stand auf und folgte ihr an das mittlere Fenster.

»Ich hatte doch gebeten, dass Sie Ihre Nachstellungen bei den Schülern nicht weiter fortsetzen. Habe ich mich da nicht klar genug ausgedrückt?«

Ich hatte keine Ahnung, worauf sie hinauswollte. Offenbar sah sie es mir an, denn sie fuhr in leisem Ton fort: »Gestern haben Sie bei der Familie Pollner angerufen. Ob Yorck zu Hause ist und so weiter und so fort. Der arme Junge wurde daraufhin geradezu verhört. Wenig später rief sein Vater an und hat sich bei mir über Sie beschwert.«

Ich nickte. Das Gespräch war wirklich nicht sehr angenehm verlaufen. Ich hatte so lange nicht lockergelassen, bis Yorck endlich an den Apparat gekommen war und ich mich davon überzeugen konnte, dass es ihm gut ging. So gut, wie er das vor den Ohren seiner misstrauischen Eltern bestätigen konnte. Mir war mittlerweile egal, was Katharina dachte. Ich erinnerte mich nur an die grenzenlose Erleichterung, seine Stimme zu hören und zu wissen, dass er dieses Mal den Fängen der Schwarzen Königin entkommen war. Wie, das würde er mir allerdings noch erklären müssen.

»Sie sind untragbar geworden. Es tut mir leid, aber wir können Sie nicht mehr an unserer Schule beschäftigen.« Sie trat noch einen Schritt näher, um leiser sprechen zu können. »Ich weiß doch ganz genau, warum Sie das machen.«

»Dann schließen Sie die Schule und schicken alle nach Hause.«

»Exakt diese Einstellung meine ich. Sie wollen mein Lebenswerk zerstören. Sie sind genauso schlimm wie Samantha. Immer so tun, als ob das Recht auf Ihrer Seite wäre, und dabei rücksichtslos das Glück anderer ruinieren. Aber das lasse ich nicht zu. Wenn diese Farce vorüber ist, werden Sie die HBS nicht mehr betreten.«

Nun traf also auch mich Katharinas Verfolgungswahn. Theoretisch konnte mir das herzlich egal sein, praktisch vernagelte ihr diese einseitige Sicht der Dinge jegliche Erkenntnis.

»Ich habe nichts gegen Ihr Glück mit Herrn Kladen. Aber heute wird etwas passieren. Und ich warne Sie: Wenn auch nur einem Schüler ein Haar gekrümmt wird, tragen Sie die Schuld daran.«

»Ich? Schuld?« Ein zarter roter Fleck zeichnete sich auf ihrem Hals ab. »Sind Sie denn blind? Sehen Sie denn nicht, worauf das alles hinausläuft?«

Eine abgrundtiefe, fast echte Verzweiflung stahl sich in ihre Stimme. »Sie will mich zerstören. Das hat sie mit jeder Frau getan, die sich in die Nähe ihres Vaters gewagt hat. Sie hat heimlich intrigiert und ihn dann offen vor die Wahl gestellt: ich oder die andere. Sicher hat sie Ihnen auch das Märchen von der glücklichen Ehe aufgetischt, in die ich mich eingemischt habe. Stimmt's?«

Sie warf einen Blick hinüber zu Rudolf Kladen. Er war zu der Gruppe um Werner Sebastian getreten und unterhielt sich in gedämpftem Ton mit den anderen.

»Sie haben sich vor acht Jahren getrennt. Die Frau ist mit einem seiner Schüler durchgebrannt. Samantha blieb bei ihr, so lange, bis das Jugendamt sie zu ihrem Vater geschickt hat. Sie gibt ihm bis heute die Schuld daran. Ihm, und jeder Frau, die ihm zu nahe kommt.«

Das konnte Samanthas Abneigung gegen Katharina erklären. Trotzdem hatte die Frau vor mir ein so enormes Potenzial, sich bei anderen unbeliebt zu machen, dass diese Kleinigkeit auch nicht weiter ins Gewicht fiel.

»Deshalb bringt Samantha doch niemanden um.«

»Hier wird keiner umgebracht«, zischte Katharina und ignorierte völlig, dass wir uns heute sogar ganz offiziell mit der Klärung eines heimtückischen Mordversuchs beschäftigten. »Nicht an dieser Schule. Wann geht das endlich in Ihren Kopf? Wenn ich mitbekomme, dass Sie auch nur ein Wort ...«

Allgemeine Aufbruchstimmung machte sich breit. Es war kurz vor elf Uhr. Die Gäste warteten. Katharina strich sich mit einer nervösen Geste die Haare aus der Stirn. Sie trug heute eines ihrer grauen Kostüme und gab sich sichtlich Mühe, nicht allzu sehr aufzufallen. Sie hatte sich schon zu oft in den Vordergrund gespielt. Sogar Kladen war das aufgefallen, und er schien mir nicht der Mann, der sich in der Öffentlichkeit von seiner Stellvertreterin über den Mund fahren ließ.

Domeyer hatte seine Sachen zusammengepackt und kam nun zu uns herübergeschlendert.

»Das gilt auch für Sie«, vollendete Katharina zusammenhanglos ihren letzten Satz. »Auch wenn Sie sich intern nicht mit den Leitlinien der HBS identifizieren, erwarte ich von Ihnen beiden, dass Sie Außenstehenden gegenüber ihre Privatansichten für sich behalten. – Ah!«

Sie ließ uns stehen und ging quer durch den Raum auf einen

Mann zu, der gerade eingetreten war. Er war hochgewachsen, trug einen erstklassigen Anzug unter einem braunen Kaschmirmantel und versuchte mit seiner Körperhaltung und der tiefen, für diese Jahreszeit unüblichen Bräune einen Anschein von Jugendlichkeit zu erwecken, deren Zenit er bereits vor zwei Jahrzehnten hinter sich gelassen haben musste.

»Dr. Altmann«, erklärte Domeyer. »Dann wird es ernst.«

Das also war der Vorsitzende des Fördervereins und Hauptaktionär der zukünftigen HBS AG.

»Ich vermute, Ihre liebenswerte Begleitung wird mit dem imaginären Kuchenglasieren fertig sein. Was denken Sie?«

Das dachte ich auch, und beide verließen wir das Lehrerzimmer.

Marie-Luise wartete tatsächlich in der Sporthalle auf mich. Einige Tische waren aufgebaut, doch nirgendwo war auch nur der Anschein von etwas Essbarem zu entdecken. Einige Küchenhilfen standen in weißen Schürzen herum und bewachten mehrere Servierwagen, auf denen eine Unzahl Wasserkrüge stand. Martensen begutachtete alles und stellte einige Fragen.

»Die Saftbar«, erklärte Marie-Luise. »Sie wollen herausfinden, wer alles daran beteiligt war, die Krüge nach draußen zu bringen.«

Ein rundes Dutzend Oberstufenschüler, unter ihnen auch Yorck und Ravenée, wurden auf ein Zeichen von Martensen jetzt hereingelassen. Einer nach dem anderen nahm zwei Krüge und lief damit hinaus in den Garten. Die Küchenhilfen standen ratlos dabei, nickten, überlegten, ergaben sich schließlich in eine Art kollektive Amnesie und erklärten einstimmig, sich an nichts Genaues mehr erinnern zu können. Martensen nahm das resigniert zur Kenntnis.

Yorck sah zu mir herüber. Ich nickte ihm kurz zu, und er machte mir ein Zeichen, das so viel bedeuten sollte wie: Es ist alles in Ordnung. Und sprich mich jetzt bloß nicht an. Ich werde dir das alles irgendwann erklären. Aber halt um Himmels willen die Klappe.

Kaum waren die Wasserträger verschwunden, zog mich Marie-Luise zur Seite.

»Das Neueste in Kürze. Kerstii war im Amtsgericht und ist dort fündig geworden. Es gab tatsächlich einen Prozess. Der wahre Kindsmörder wurde gefasst. Er war es auch, der Klara Ranftleben das Gift besorgte und ihr diesen ganzen Wahnsinn eingeredet hat.«

Sie sah mich erwartungsvoll an.

»Marie-Luise. Mach es nicht spannender, als es ist. Wer war es?«

»Ihr Bruder.«

Ich setzte mich auf einen Medizinball. Die letzten Tage waren ein wenig anstrengend gewesen, und diese Nachricht versetzte mir den nächsten Schlag.

»Ihr Bruder?«

»Er war der Vater des Kindes. Das sollte nicht herauskommen. Erst hat er seine fast debile Schwester missbraucht, dann ihr Kind umgebracht und sie schließlich zu diesen Giftmorden angestiftet. Verrückt, nicht?«

Ich nickte. Ein hundert Jahre alter Mordfall war damit geklärt. Doch es mussten neue Fragen gestellt werden. Wer wusste davon? Wie genau hielt man sich bei diesem Spiel an die entsetzliche Vorlage?

»Clarissa hat auch einen Bruder.«

»Wo steckt der?«

»In einem Internat. Irgendwo in Süddeutschland.«

Marie-Luise sah mir an, was mir gerade durch den Kopf ging. »Dann hat er auch nichts damit zu tun. Davon wusste kein Mensch. Erst recht kein Vampir oder ein sonstiges Schattenwesen. Komm. Irgendwo muss mal Schluss sein.«

Sie zog mich hoch und ging mit mir hinaus in den Garten. Dort harrten ungefähr hundert Menschen der Dinge, die jetzt kommen würden. Sie froren, denn es war ungemütlich kalt, und richtige Feierlaune schien bei keinem von ihnen aufzukommen. Es war ein zum Scheitern verurteiltes Experiment. Niemals konnte man diesen Spätsommervormittag nachstellen, weil sich nichts von dem wiederholte, was sich damals zugetragen hatte. Keiner spielte Fußball, niemand stimmte sein Instrument. Die Schüler der elften und zwölften Jahrgangsstufe waren zwar gekommen, aber sie standen mit ihren Eltern steif wie die Zinnsoldaten in der Gegend herum. Einige Achtklässler, die die Chemie-Experimente gezeigt hatten, fühlten sich auch nicht recht wohl in ihrer Haut. Sie traten von einem Fuß auf den anderen und warteten auf Regieanweisungen.

Meine Schüler waren vollzählig erschienen. Sie standen mit ihren Eltern etwas isoliert von den anderen, die sich ebenfalls weitestgehend in ihren Klassenverbänden aufhielten. Nur Samantha war alleine gekommen. Kladen begleitete die Polizei und stand für Fragen zur Verfügung, Katharina hatte sich an Dr. Altmanns Fersen geheftet und ließ ihn nicht mehr aus den Augen.

Marie-Luise zündete sich eine Zigarette an und umrundete mit langsamen Schritten die größte, älteste Eibe.

»Kerstii hat fast einen ganzen Tag da oben im Archiv des Amtsgerichtes verbracht. Sie sagte, da, wo sie rumgekrochen ist, war niemand. Wenigstens die letzten zwanzig Jahre nicht. Es ist ausgeschlossen, dass jemand etwas von diesem alten Prozess weiß. Sofern nicht die eigene Familie involviert war und die Geschichte von zahnlosen Urgroßmüttern in windumtosten Walpurgisnächten weitererzählt wurde.«

Sie zog an ihrer Zigarette und zupfte einige Nadeln von einem tief herunterhängenden Zweig.

»Kann man das Zeug auch rauchen?«

»Natürlich. Rauchen kann man viel. Ob du aber hinterher jemals wieder ganz die Alte wärst, dafür würde ich nicht meine Hand ins Feuer legen.«

In die Menge kam etwas Bewegung. Vaasenburg trat mit dem Staatsanwalt aus dem Hintereingang hinaus auf den Hof. Beide gingen zu einem der Tische unter den Bäumen. Vaasenburg nickte den Anwesenden kurz zu, ganz besonders Marie-Luise, die seinen Gruß mit einem kurzen Heben ihrer Zigarette beantwortete.

»Ihr kennt euch?«

»Das ist mein Bekannter bei der Mordkommission. Von dem ich dir erzählt habe.«

Kein Wunder, dass aus dieser Ecke nichts Produktives gekommen war. Der Mann nahm sie nicht ernst, und mich erst recht nicht.

Vaasenburg wartete, bis auch Martensen sich eingefunden hatte, und ergriff das Wort.

»Herzlichen Dank, dass Sie sich die Zeit genommen haben und heute erschienen sind. Ich bitte Sie jetzt um Ihre Mithilfe. Frau Winterling, könnten Sie uns zeigen, von welchem der Tische Sie den Krug genommen haben?«

Ravenée, die mit ihren Eltern ein wenig abseits gestanden hatte, trat in die Mitte.

»Der da.«

Sie deutete auf einen Tisch unter einer Eibe.

»Sie haben den Krug zuvor selbst dort abgestellt?«

»Nein, das war jemand anderes, jemand, der ihn aus Versehen rausgebracht hat. Ich hab den Krug überall gesucht und dann hier gefunden und reingetragen.«

Vaasenburg nickte. »Wir möchten diese eine Stunde so genau wie möglich rekonstruieren. Deshalb bitte ich Sie, möglichst exakt das Gleiche zu tun, das Sie an diesem Tag getan haben. Meine Mitarbeiter werden sich zu Ihnen begeben und Ihnen Fragen stellen. Wenn Sie bei irgendetwas Hilfe brauchen, nur zu. Also dann: viel Vergnügen.«

Ravenée ging zurück auf ihren Platz. Alle anderen blieben wie angewurzelt stehen.

Ich schlenderte zum Basketballplatz und sah hinüber zu dem Goldregenbusch an der Ecke. Mit ihm fing schon die erste Ungenauigkeit an. Würden Mathias und Katharina heute dahinter verschwinden – jeder könnte es sehen. Vermutlich war das der Grund, weshalb beide den Goldregen weiträumig mieden und die Choreografie der Wiederholung auf ihre eigene Weise interpretierten: Sie hielten sich nicht daran. Mathias lehnte lässig an einem Baumstamm, Katharina hingegen lustwandelte mit Dr. Altmann durch den Park und erklärte wohl gerade die exklusive Flora.

Marie-Luise zündete sich die nächste Zigarette an. »Hab ich damals auch gemacht«, entschuldigte sie sich. »Du warst währenddessen ja mit deiner Samantha beschäftigt.«

Richtig. Samantha hatte das merkwürdige Stelldichein zwischen der Konrektorin und dem Abiturienten beobachtet. Auch sie schien unter partieller Amnesie zu leiden, denn ich fand sie nicht auf ihrem Beobachtungsposten hinter dem Baum, sondern am Hintereingang. Und sie hatte keine Zeit.

»Ich muss ins Chemielabor. Ich habe da assistiert.«

Etwas in ihrem Blick bat mich inständig, ihr diese Version abzunehmen. In diesem Moment tauchte Lukas auf und grinste sie an. »Das stimmt nicht.«

Erschrocken fuhr sie herum.

»Sie hat Hexentränke gebraut.«

Samantha lächelte ihn erleichtert an. »Ja. Damit ich nachts fliegen kann!«

Sie wuschelte ihm liebevoll durch die Haare.

»Ist alles in Ordnung?«, fragte ich.

Lukas zupfte sie am Ärmel.

»Geh schon mal rein, du kleines Ungeheuer.« Dann blickte sie mich an, und ich erschrak. Nichts war in Ordnung mit ihr. Plötzlich sah ich, dass ihre Hände zitterten. Sie merkte das und versteckte sie hinter ihrem Rücken.

»Es kann jede Sekunde losgehen«, flüsterte sie.

Einige andere Achtklässler rannten an uns vorbei. »Ich habe solche Angst.«

»Das ganze Haus ist voller Polizei. Es wird nichts passieren.«

»Doch«, erwiderte sie. »Es passiert. Etwas ganz Schlimmes. Heute.«

Lukas tauchte wieder auf. »Sag mal, kommst du jetzt endlich?«

Sofort stahl sich wieder ihr bezauberndes Lächeln in die Mundwinkel. Nur ihre todtraurigen Augen erreichte es nicht.

»Ich werde auf dich aufpassen«, sagte ich.

Sie nickte und ließ sich jetzt endgültig ins Haus ziehen. In der Tür stieß sie fast mit einem Gästepaar zusammen, das ich nicht erwartet hatte: die Scharnows. Sie blieben im Eingang stehen und betrachteten die Szenerie im Garten, als ob sie nicht stören wollten. Dann entdeckten sie mich und nickten mir freundlich zu. Ich ging auf sie zu und reichte ihnen die Hand.

»Sie waren damals auch dabei? Ich kann mich gar nicht an Sie erinnern.«

Scharnow blickte kurz über die Schulter in die Eingangshalle.

»Es war ein wenig schwierig, einen Termin mit Herrn Kladen zu bekommen. Wenn Sie verstehen, was ich meine.«

»Er hat Angst vor uns«, sagte Chiara leise. Ihre Augen hatten einen dunklen Glanz, als sie die Anwesenden musterte und ihr Blick schließlich an Kladen hängen blieb. »Er sieht uns nicht ins Gesicht. Sie auch nicht.«

Katharina hatte gerade mit Dr. Altmann ihren Parkspaziergang beendet und offenbar vor, wieder in die Wärme des Schulgebäudes zurückzukehren, als sie uns plötzlich wie ein Hindernis im Eingang stehen sah. Sie machte auf dem Absatz kehrt, hakte sich bei ihrem Anwalt unter und steuerte einen der Tische mit den Wasserkrügen an.

»Wir haben den Tag der offenen Tür genutzt, um uns ein paar Minuten ungestört mit ihm zu unterhalten. Wir dachten, es wäre eine gute Gelegenheit: spontan und ohne Termin, sodass er uns nicht aus dem Weg gehen kann.«

Beim Sprechen bildeten sich Kältewolken vor Scharnows Mund. Die Temperatur musste knapp über dem Gefrierpunkt liegen. Er fröstelte und vergrub die Hände in den Taschen einer dunkelgrünen, gewachsten Angeljacke. Ich war froh, dass ich den Mantel meines Vaters trug. Ich wäre sonst zu diesem Zeitpunkt schon erfroren.

Chiara Scharnow blickte auf ihre zierliche, goldene Armbanduhr. »Es müsste in wenigen Minuten so weit sein.«

»Kurz vor halb zwölf haben wir ihn hier abgepasst«, sagte Scharnow. »Die Störung hat ihm nicht gefallen, aber er war so freundlich, uns in sein Büro zu bitten. Dort durften wir ihm erneut unsere Zweifel vortragen. Er bat uns, das in Zukunft schriftlich zu tun.«

Das war nichts anderes als ein diplomatischer Rauswurf. Clarissas Eltern sahen das genauso, und trotzdem klang so etwas wie Genugtuung in Chiaras Stimme mit. »Wir haben selbstverständlich die Polizei über unseren Besuch informiert.«

»Nicht nur darüber«, ergänzte Scharnow. »Wir haben ihnen auch erzählt, was wir mit Herrn Kladen zu besprechen hatten. Sie waren sehr interessiert, die beiden Herren dort.«

Er wies mit einer Kopfbewegung zu Martensen und Vaasenburg. Sie unterhielten sich gerade mit einigen Personen, die wohl zum fraglichen Zeitpunkt in der Nähe der Tische gestanden hatten. Vaasenburg sah zu uns hinüber, deutete auf seine Uhr und gab den Scharnows zu verstehen, dass er sich gleich um sie kümmern werde.

»Verstehen Sie uns nicht falsch. Nichts macht unser Mädchen wieder lebendig. Aber hier scheint niemand ein Interesse daran zu haben, ihre Todesumstände aufzuklären.«

»Aber unser Geld haben sie gerne genommen. Damals.«

Chiara presste die Lippen aufeinander. Sie war blass und wirkte wie einer dieser Menschen, die seit Jahren nicht mehr durchgeschlafen hatten.

»Ihre Beteiligung an der Aktiengesellschaft?«, fragte ich. »Sie waren mit 50 000 dabei.«

»100 000«, antwortete Scharnow. »Aber nachdem Eyk die Schule verlassen musste und Clarissa starb – was hätten wir da noch für ein Interesse an diesem Haus haben sollen?«

»Eyk?«

Scharnow zog die Hände aus der Jackentasche. Seine Schultern strafften sich. Vaasenburg und Kladen kamen auf uns zu.

»Unser Sohn«, antwortete er.

Dann huschte ein höfliches Lächeln über das Gesicht des kleinen Mannes.

»Ich bin erfreut, dass wir unsere Unterhaltung doch noch einmal fortsetzen«, sagte er zu Kladen, der diese Freude nicht so ganz nachempfinden konnte.

Vaasenburg sah erneut auf seine Armbanduhr, notierte die Zeit und ging dann voraus ins Schulgebäude.

Ich hatte noch ein paar Minuten, bis ich mich wieder zu Marie-Luise gesellen musste. Irgendetwas hatten die Scharnows mir gerade erzählt, was ich bisher noch nicht gewusst hatte. Ich kam nicht darauf. Meine Unruhe wuchs. Bis jetzt hatte ich noch nichts Auffälliges bemerkt, doch genau das war es, was mich so nervös machte. Wann ging das Spiel endlich los? Worauf warteten die beiden unbekannten Mörder noch? Ich sah mich um. Niemand aus meiner Klasse war mehr zu sehen.

Die nächststehenden mir bekannten Eltern waren die Schmidts. Ich lief auf sie zu.

»Wo sind Curd und die anderen?«

»Drinnen«, antwortete Frau Schmidt. »In der Aula. Sie bereiten das Konzert vor, und die Polizei dokumentiert den Ablauf. Ist irgendetwas?«

»Nein«, antwortete ich. »Entschuldigen Sie mich bitte.«

Ich hatte Mathias entdeckt. Er war der Einzige, der nicht wie die anderen im Schulgebäude war. Er stand etwas abseits und steckte gerade sein Handy weg. Als er mich kommen sah, versuchte er, sich so unauffällig wie möglich aus dem Staub zu machen. Ich trat ihm in den Weg.

»Sie haben hier nicht gestanden.«

Er hob die Augenbrauen und dachte ein bisschen sehr auffällig nach. Dann schien ihm die Erleuchtung zu kommen. »Ja. Richtig. Ich war mit Heikko zusammen. Aber der ist ja leider nicht mehr unter uns.«

»Das stimmt nicht. Ich habe Sie damals mit Katharina Oettinger da hinten in der Ecke gesehen. Und Sie hatten eine nicht gerade leise Auseinandersetzung.«

Der Ausdruck in seinem hübschen Gesicht wurde noch eine Spur arroganter.

»Geht Sie das etwas an?«

»Mich vielleicht nicht, aber die Polizei.«

Er wollte sich an mir vorbeidrücken, aber ich hielt ihn am Ärmel seines Mantels fest. Betont erstaunt sah er auf meine Hand hinunter.

»Sie wollen mich doch nicht etwa anfassen? Das wird ja langsam zur Volkskrankheit.«

Ich ließ ihn los. »Wie meinen Sie das?«

Ein unverschämtes Lächeln huschte über sein Gesicht. Es nahm ihm viel von seiner Attraktivität. »Ich meine damit, dass die Frau irgendwie unausgelastet ist. Ist wohl so, wenn man sich einen alten Typen anlacht. Der bringt's nicht mehr, und dann sollen die Jüngeren ran.«

Ich ahnte, worauf er hinauswollte. Katharina mochte auf manchen so wirken, doch sie würde niemals den größten aller anzunehmenden Fehler begehen: sich an einen Schüler heranmachen. Das wäre ihr absolutes berufliches Aus, und das würde sie nicht riskieren. Noch nicht einmal für so einen hübschen Jungen wie Mathias.

»Ich würde vorschlagen, wir gehen jetzt zu Herrn Martensen da drüben und erzählen ihm die ganze Geschichte. Sein Protokoll kommt ja ganz durcheinander, wenn Sie das verschweigen.«

Der blasierte Ausdruck in Mathias' Gesicht verschwand schlagartig. »Ich bin doch nicht blöd. Das glaubt mir doch eh keiner.«

»Eben. Dann fangen wir jetzt einfach noch einmal von vorne an. Um was also ging es?«

Als ich wenig später wieder bei Marie-Luise eintraf, war es kurz vor zwölf. Ravenée Winterling kam auf uns zu. Marie-Luise streckte ordnungsgemäß die Hand nach dem Krug aus, und Ravenée nahm ihn ihr ab mit den Worten: »Der ist für die Musiker.«

Dann drehte sie sich zu Martensen um, der ihr aufmunternd zulächelte und sie zurück ins Haus begleitete. Marie-Luise sah sich um.

»Das spielen sie jetzt schon zum dritten Mal durch. Wo ist Katharina?«

Sie war nicht da.

»Also irgendwie kriegen sie hier ja nichts auf die Reihe. Jetzt ist sie auch noch weg. Dabei sind wir doch zusammen ins Haus gegangen. Erinnerst du dich?«

Ich nickte. Es war der Moment, in dem Marie-Luise aufgefallen war, dass das hier nicht immer eine Schule gewesen sein konnte. Und in dem ich glaubte, Sami gesehen zu haben. Plötzlich spürte ich den Impuls, mich umzudrehen. Vermutlich war es eine Sinnestäuschung, hervorgerufen von zu wenig Schlaf, einer schlecht ausgeheilten Gehirnerschütterung und einer angeknacksten Nase, die ich mit Eisbeuteln wieder auf eine erträgliche Form heruntergekühlt hatte. Trotzdem wandte ich mich um und sah eine Gestalt weit hinten am Gartenzaun stehen, ungefähr da, wo Marie-Luise und ich neulich über das Eisengitter geklettert waren. Die Gestalt trug eine tief über die Ohren gezogene Strickmütze, viel zu weite Hosen und blütenweiße Turnschuhe. Und obwohl sie ziemlich weit weg stand, konnte ich erkennen, dass sie mich angrinste. Das war keine

Illusion. Das war Sami. Er hatte sich ausgerechnet heute in die Höhle des Löwen gewagt.

Eine Zehntelsekunde später trat er hinter einen Baum und war verschwunden.

»Geh schon mal rein. Ich komme gleich nach.«

Ich schlenderte betont unauffällig über das Gelände, bis ich an dem Zaun angelangt war. Weit und breit war niemand zu sehen. Oben an der Ecke zum Paradeweg stand ein Polizeiposten, fror und beobachtete den Verkehr.

»Ey, Alter, ganz schön kalt hier draußen.«

Ich fuhr herum. Hinter mir stand Sami und bleckte die Zähne. Unter dem Arm trug er eine Mappe im DIN-A4-Format. Die streckte er mir jetzt entgegen.

»Das Fahrrad ist weg. Sorry, nix zu machen. Aber in den Satteltaschen war das da drin. Ahmed konnte nichts damit anfangen. Ich auch nicht. Aber du vielleicht.«

Ich nahm die Mappe. »Was ist das?«

»Ey, weiß ich's? Irgendwas über die Atzen hier. Hab nur kurz reingeguckt. Der eine Clown hat ja echt 'ne Welle geschoben. Sag mal, hast du schon was rausgekriegt wegen Clarissa und so?«

»Nein, leider nicht.«

Sami nickte und sah auf seine Turnschuhe. Er war noch blasser als sonst und hatte gerötete Augen. Unser Gespräch im Keller war nicht spurlos an ihm vorübergegangen. Die Sache mit Clarissa würde ihm wohl noch eine Weile zu schaffen machen.

»Wenn du was rauskriegst, ja? Sagst du es mir? Ich kill sie ja sowieso alle. Und die Weiber ...«

»Ja, schon gut«, unterbrach ich ihn. »Ich muss da jetzt rein. Die Polizei stellt noch einmal den Tag der offenen Tür nach. Warst du damals nicht auch mit dabei?«

»Ja, und ich hatte Stress mit dieser blonden Nutte. Wollte mir gleich Hausverbot erteilen. Aber die muss noch geboren werden, die das schafft, mich zu dissen.«

»Was wolltest du hier?«

»Mir die Sau vornehmen. Die, die das mit Clarissa gemacht hat. Damals wusste ich ja noch nicht, dass das ein Fake war. Ich war echt aggro. Aber die schwule Sau wird ja immer von Mami gebracht und geholt. Da dachte ich, so ein Tag der offenen Tür ist schließlich für alle. Ich hätte ihm eins in die Fresse gegeben. Kam leider nicht dazu. Noch nicht mal was zu trinken durfte ich mir nehmen. Die Nutte hat mir das Glas aus der Hand geschlagen. Um ein Haar hätte sie auch eins in die Fresse gekriegt von mir. Als ob dieses Kinderpipi Weihwasser gewesen wäre.«

»Frau Oettinger hat dir das Glas aus der Hand geschlagen? Wann war das? Und wo?«

Er deutete auf den Tisch unter der Eibe. »Dahinten. Und es war nicht die Oettinger. Es war die blonde Nutte, die …«

Ein schriller Pfiff ertönte. In Blitzgeschwindigkeit rannte Sami zum Zaun, schwang sich hinüber, landete auf dem Gehsteig und flitzte auf einen Wagen am unteren Ende der Seitenstraße zu. Zwei Polizeibeamte stürmten an mir vorbei, der dritte kam von der Ecke Paradeweg angerannt.

»Stehen bleiben!«, schrie er und zog eine Waffe.

Der Wagen startete, die Beifahrertür wurde von innen geöffnet, Sami sprang hinein, und mit quietschenden Reifen fuhr das Auto um die Ecke. Die Polizisten stoppten, einer sprach in ein Funkgerät, der andere steckte seine Waffe ein und wandte sich an mich.

»Was wollte der junge Mann von Ihnen?«

»Er suchte den Ausgang«, antwortete ich.

Katharina kam angerannt, so schnell es ihre hohen Schuhe zuließen.

»Das war er! Eindeutig! Jetzt verhaften Sie ihn doch endlich!«

Die beiden Polizisten zuckten resigniert mit den Schultern und machten sich auf den Rückweg, gerade als uns Dr. Altmann erreichte. Schwer atmend von der plötzlichen Anstrengung, beugte er sich über den Zaun und schaute die Seitenstraße herunter.

»Das ist ja unfassbar. Ich beschwere mich noch heute beim Polizeipräsidenten. Wie kann ein Mordverdächtiger einfach so unbehelligt hier eindringen? Und dann auch noch fliehen?«

Er und Katharina sahen mich an, als hätte ich Sami den roten Teppich ausgerollt.

»Sie«, zischte Katharina schließlich. »Sie ... Wie können Sie es wagen?«

»Was bitte?«, fragte ich.

»Sie haben doch mit ihm gesprochen.«

»Ja. Und ich stimme Ihnen uneingeschränkt zu. Sami muss gefunden werden. Er ist ein wichtiger Zeuge. Er weiß, wer Ravenée vergiftet hat.«

Dr. Altmann sah mich jetzt zum ersten Mal richtig an. »Natürlich weiß er es. Er hat es vermutlich selbst getan. Zeugen haben ihn am Tag der offenen Tür gesehen. In der Nähe der Tische.«

»Herr Kollege«, sagte ich, wohl wissend, dass diese Anrede ihm überhaupt nicht gefiel. »In der Nähe eines Tatortes gesehen zu werden bedeutet nicht zwangsläufig, dass man die Tat auch begangen hat. Sie sind Experte auf dem Gebiet von Finanz- und Steuerfragen?«

Altmann hob die dunklen Augenbrauen und ließ mich mit dieser Geste wissen, dass es nicht leicht sein würde, ihn zu provozieren.

»Und Sie sind ...?«

»Joachim Vernau. Strafrecht. Wenn Sie diesbezüglich wieder einmal Fragen haben sollten, ich helfe Ihnen gerne weiter.«

Er würdigte mich keines Blickes mehr, sondern lief mit weit ausholenden Schritten zurück ins Haus. Katharina stöckelte durch den Matsch hinter ihm her. Es war kurz vor zwölf. Zeit für den Liebestod.

Die Aula war halb leer.

Marie-Luise saß auf dem alten Platz im oberen Rang und hatte mir mit ihrem Anorak den Sitz neben sich frei gehalten. Es wäre nicht nötig gewesen, wir waren die beiden Einzigen hier oben.

Das Schulorchester schien ziemlich vollzählig zu sein. Langsam trudelten die Mitglieder auf der Bühne ein, stimmten lustlos ihre Instrumente und warteten darauf, dass es jetzt endlich weiterging.

»Also, ob es das jetzt bringt, ich weiß es nicht.« Sie schüttelte den Kopf. »Keiner hat das gemacht, was er machen sollte. Und von der Schwarzen Königin ist auch weit und breit nichts zu sehen.«

»Ich finde diese Rekonstruktion sehr aufschlussreich.«

»Ach ja? Wieso?«

Ich fasste kurz zusammen, was ich alles im Lauf der letzten Stunde herausgefunden hatte.

»Sami hat eine blonde Frau quasi beim Vergiften erwischt. Mathias wird die Schule demnächst verlassen müssen, weil sein Vater in finanziellen Schwierigkeiten ist und das Schulgeld nicht mehr bezahlen kann. Samantha hat im Chemielabor Hexentränke gebraut. Und das hier« – ich hielt ihr die Mappe unter die Nase – »ist der Grund, weshalb Heikko sterben musste und Yorck Samstagnacht vorübergehend spurlos verschwunden ist.«

»Was steht da drin?«

»Das wollte ich gerade herausfinden.«

Ich schlug die Mappe auf, und Marie-Luise beugte sich neugierig zu mir herüber. Es waren Fotokopien. Das Schriftbild kam mir sofort bekannt vor. Oben rechts stand das Datum. Dann die Liste der Anwesenden. Darunter, unterstrichen, der Betreff des Protokolls. Es folgte der Verlauf der Verhandlung und, meistens auf der zweiten Seite, das Urteil. Vor mir lagen Akten längst vergangener Teen-Court-Fälle.

Wer sagt denn, dass das alle sind?

Yorck hatte unabsichtlich diesen Hinweis gegeben. In meiner ersten Unterrichtsstunde.

»Das sind die verschwundenen Akten. Heikko wird sie aus Katharinas Schrank genommen haben. Um die ging es die ganze Zeit.«

Keine Krankenakten, keine Gerichtsakten, er hatte die fehlenden Teen-Court-Protokolle längst vergangener Schuljahre gemeint. Mein kleiner Einbruch in Katharinas Büro war also doch nicht so sinnlos gewesen. Ich war nur zu spät gekommen. Jemand war vor mir da gewesen und hatte genau diese Fälle aus dem Ordner entfernt. Wo die Originale waren, ob vor der Kirche verbrannt oder für immer verschwunden – egal. Die Kopien waren genauso gut. Denn sie bewiesen, dass es ihn gegeben hatte: den vierzehnten Schüler.

Und dieser Schüler musste die Pest gewesen sein. Er prügelte, er stahl, er beschmierte Wände mit Hakenkreuzen, er kam bekifft zum Unterricht, er dealte mit Drogen, und er vergiftete die weißen Mäuse der sechsten Klasse, die sie für ein Biologie-Experiment gezüchtet hatten. Endlich. Ich hatte ihn gefunden. Sein Name war Eyk Scharnow.

»Clarissas Bruder«, sagte ich und schlug die Mappe zu.

Wo auch immer Sami sich zu dieser Stunde befand, ich wünschte ihm alles Glück der Welt. Hauptschulabschluss, Abitur, MBA und eine internationale Karriere an der Spitze eines Global Players. Liebe, Glück, Geld und einflussreiche Freunde. Die schönsten Frauen der Welt und Söhne ohne Ende. Dass er sich heute noch einmal hierhergewagt hatte, um mir diese Akte zu geben, war seine Art der Wiedergutmachung. Clarissa konnte er nicht mehr helfen. Aber den kleinen Stressern der HBS rettete er damit vielleicht das Leben.

Und wenn auch nur aus dem einen Grund, dass ihm noch jemand zum Killen übrig blieb.

Marie-Luise hatte das Gleiche gelesen wie ich und starrte immer noch fassungslos auf die Kopien. »Eyk Scharnow ist dieses Monster?«

Ich hörte gar nicht richtig zu. Das Zimmer, das ich in Scharnows Haus gesehen hatte – es gehörte Eyk, nicht Clarissa. Die Fotos an der Tür – Sportschützen. Die Urkunden an der Wand – Schießwettbewerbe. Mit einem Mal war es, als ob ein Schleier von meinen Augen fiel und ich endlich, endlich erkannte, was hier eigentlich gespielt wurde. Es war fünf vor zwölf. Mein Puls raste. Gleich ging es los.

Der Dirigent trat auf die Bühne, verbeugte sich, erntete müden Applaus und wartete darauf, dass Sonja Solms endlich erschien.

»Ich muss runter. Vielleicht sind die Scharnows ja noch da. Sie werden wissen, wo Eyk sich gerade aufhält.«

»Soll ich das der Polizei geben?«

In diesem Moment gingen die Lichter bis auf die Scheinwerfer aus. Sonja Solms trat auf die Bühne. Sie trug eine Jeans und einen schwarzen Pullover, verbeugte sich, wurde artig vom Publikum empfangen und wandte sich an den Dirigenten, mit dem sie nun zu leise für uns hier oben ein paar Worte wechselte.

»Später«, sagte ich und verließ die Aula.

Ich rannte die Stufen hinunter und lief durch den Flur bis zum Sekretariat. Ich riss so heftig die Tür auf, dass Frau Sommerlath zu Tode erschrocken hinter ihrem Schreibtisch zusammenfuhr.

»Herr Vernau! Können Sie nicht anklopfen?«

»Heute nicht«, sagte ich, schlüpfte unter der Balustrade hindurch und ging direkt in Kladens Büro. Meine Erleichterung war grenzenlos. Klaus und Chiara Scharnow waren noch da. Ihr Gespräch mit Kladen hatte länger gedauert als beim ersten Mal, und sie unterbrachen es verwirrt bei meinem überraschenden Anblick.

»Wo ist Eyk?«

»Im Internat. Schloss Rosenholm«, sagte Scharnow. »Warum?«

»Setzen Sie sich sofort mit ihm in Verbindung.«

»Das müssten Sie uns schon erklären.« Scharnow setzte sich auf. »Was ist mit meinem Sohn?«

»Das würde mich auch interessieren.«

Ich drehte mich um. In der Ecke, an den Bücherschrank gelehnt, stand Vaasenburg. Aber ich hatte jetzt keine Zeit für lange Erklärungen.

»Ich vermute, dass zwei Schüler der HBS versuchen, heute einen Amoklauf zu starten.«

»Wer sind die beiden?«

»Das kann ich nicht mit Sicherheit sagen. Aber ich will wissen, ob Eyk Scharnow wirklich am Bodensee ist oder nicht.«

Chiara Scharnow sah mich entsetzt an. »Einen Amoklauf? Und das sagen Sie im selben Atemzug mit dem Namen meines Sohnes?«

»Es tut mir leid«, sagte ich leise. »Bitte helfen Sie mir. Rufen Sie an, sprechen Sie mit ihm.«

Vaasenburg wechselte einen kurzen Blick mit Kladen. Der schüttelte nur ratlos den Kopf.

»Ich weiß nicht, Herr Vernau, was in Sie gefahren ist. Ich habe so große Stücke auf Sie gehalten. Aber langsam muss ich mich Frau Oettingers Meinung über Sie ...«

»Frau Oettingers Meinung zählt jetzt nicht.« Ich wurde nervös. Der Liebestod hatte schon angefangen, uns blieben noch schätzungsweise fünf Minuten. Denn dass Ravenées Unglück der Auftakt für das letzte Spiel der Schwarzen Königin sein würde, war mir genau in diesem Moment klar geworden.

»Es geht jetzt darum, etwas zu verhindern, was sonst niemand von uns mehr unter Kontrolle hat. Herr Scharnow, wo ist Eyk?«

Chiara holte ein Handy aus ihrer Handtasche und reichte es ihrem Mann. Der wählte, ließ es ziemlich lange klingeln und legte dann auf.

»Er meldet sich nicht.«

»Er hat Schule«, sagte Chiara. »Das ist doch normal. Montagmittag zwölf Uhr, da ist er im Unterricht.«

Scharnow wählte erneut. Vermutlich die Nummer von Schloss Rosenholm, denn im nächsten Moment meldete sich jemand am anderen Ende, und er ließ sich mit dem Sekretariat verbinden.

»Ich möchte mit meinem Sohn, Eyk Scharnow, sprechen. Ja, es ist dringend. Sehr dringend.«

Er wartete. Auf einmal veränderte sich sein Gesichtsausdruck. »Auf der Krankenstation? Verbinden Sie mich bitte.«

Vaasenburg verließ seine Ecke und kam zu uns. Er setzte sich in den letzten freien Sessel, holte immerhin sein Notizbuch heraus, schlug damit aber nur leicht gelangweilt auf die Armlehne und wartete, wie wir alle.

»Scharnow hier. Ich muss dringend mit meinem Sohn sprechen.«

Kladen klopfte ungeduldig mit den Fingerspitzen auf die Schreibtischplatte. Schloss Rosenholm ließ sich Zeit. Endlich ließ Scharnow das Handy sinken.

»Was ist?«, fragte Chiara.

»Er ist nicht da.«

Ich schlug mit der Faust auf die Couchtischplatte. »Was heißt das, er ist nicht da? Wo steckt er? Was macht er?«

»Er ist nicht da!« Scharnow gab seiner Frau das Handy zurück und sah mich verzweifelt an. »Was soll ich sagen? Er hat sich letzte Woche beurlauben lassen, um an einem sportlichen Wettbewerb teilzunehmen. Mit einer schriftlichen Einverständniserklärung von uns. Wir haben eine solche Erklärung nie verfasst.«

Vaasenburg notierte mit einem Mal wie der Teufel. »Sonst noch was?«

»Ja.« Scharnow sank in sich zusammen. »Der sportliche Wettbewerb ist ein 300-Meter-Schießen in unserem Schützenverein. Er hat sein Gewehr dabei. Eine Sig Sauer 205.«

Vaasenburg sprang auf. Es war erstaunlich, mit anzusehen, wie entschlossen dieser Mann wirken konnte, wenn er sich endlich einmal dazu durchgerungen hatte, etwas zu unternehmen. »Und wo könnte er jetzt sein?«

»Hier«, sagte ich. »Hier in diesem Haus.«

Die Scharnows blieben bei Kladen. Auf dem Weg in die Aula versuchte ich, Vaasenburg so exakt wie möglich meinen Verdacht zu erklären, ohne sofort wieder wie ein Wahnsinniger dazustehen. Vor der Tür machten wir halt. Sonja Solms sang. Entgegen dem Rat ihrer Managerin und ohne Honorar. Sie sang so überirdisch schön, dass wir beide einen Moment den Atem anhielten.

Und dieser Moment veränderte etwas.

Vaasenburg schloss die Augen und lehnte die Stirn kurz an die Tür. Mit einem Mal sah er unendlich erschöpft aus. Er atmete tief durch, richtete sich wieder auf und sah mich an.

»Gestern hat ein Kollege die Aussage eines Nichtsesshaften aufgenommen, der behauptete, blind zu sein, aber keinen Schwerbehindertenausweis bei sich hatte.«

Der Prinz. Ein Gefühl unendlicher Erleichterung durchflutete mich. Vaasenburg glaubte mir. Das war mehr wert als alles andere im Moment.

»Wie auch immer dieses Wunder geschehen sein mag, der Blinde hat am Tatort des Busunglücks einen zweiten Mann gesehen. Vermummt und maskiert. Ich weiß nicht, was sonst noch alles stimmt von dem, was Sie mir gerade erklärt haben. Aber selbst wenn es nur ein Bruchteil ist, werde ich jetzt den Staatsanwalt informieren und Verstärkung anfordern.«

Sonja Solms sang die letzten Töne einer vor Liebesschmerz vergehenden Sterbenden.

In diesem Moment brummte mein Handy. Eine SMS.
Ich mag dich. Deshalb erfährst du es als Erster: In genau sechzig Sekunden explodiert in der Aula eine Bombe.
Ich reichte das Handy weiter an Vaasenburg und konnte beobachten, wie er innerhalb eines Wimpernschlags leichenblass wurde.
Er riss die Tür auf, rannte in den Raum und brüllte:
»Alle auf der Stelle raus! Raus! Sofort!«
Das Orchester verebbte, Sonja Solms verlor augenblicklich die Stimme. Es war totenstill.
»Raus! Bombenalarm!«
Zwei Polizeibeamte eilten an die mittlere und hintere Saaltür, um sie zu öffnen. Keine Sekunde zu spät, denn jetzt brach Panik aus. Alle sprangen auf und drängelten sich durch die Reihen. Rufe und erste Schreie waren zu hören. In diesem Moment begann das Inferno.
Die Explosion musste sich am Ende des Flurs ereignet haben, denn der Knall hallte von dort durch das ganze Treppenhaus. Augenblicklich drang Rauch in den Raum. Ich trat ein paar Schritte zurück, um von den rennenden und schreienden Menschen nicht niedergerissen zu werden.
»Hier entlang! Ruhe bewahren!«
In diesem Moment heulten die Sirenen los, und die Rollläden setzten sich automatisch in Bewegung. Jetzt war es mit dem Rest von Beherrschung vorbei, jeder machte, dass er auf dem schnellsten Weg ins Freie kam. Zum Glück war die Aula nicht voll besetzt, sodass die Evakuierung zügig voranschritt.
»Sie auch!«, brüllte mich Vaasenburg an, bevor er sich überzeugte, dass niemand mehr im Raum war. Ich setzte mich in Bewegung und wartete am Fuß der Treppe auf Marie-Luise. Als sie endlich durch die Rauchschwaden hustend unten angekommen war, führte ich sie zum Hinterausgang. Alle anderen hatten sich bereits im Park versammelt. Die Beamten wiesen sie in den rückwärtigen Bereich des Grundstücks, wo sie in aufgeregten Gruppen beieinander stehen blieben.
»Wir sehen uns gleich.«
Sie hielt mich fest. »Wo willst du hin?«
»Sie sind im Haus. Das Spiel hat gerade erst begonnen.«

Entsetzt starrte sie mich an. »Und die Bombe?«

»Es gibt keine Bombe. Das war ein bisschen Schwarzpulver und ein paar Liter Stickstoff. Geh bitte in den Garten und suche Samantha, Benedikt, Yorck und Susanne.«

Mit zitternden Lippen wiederholte sie die Namen. »Und dann? Wenn ich sie gefunden habe?«

»Du wirst sie nicht finden«, sagte ich und lief zurück ins Haus.

Eines musste man den beiden lassen: Sie hatten Sinn für Humor. Im Klassenraum angekommen, standen sage und schreibe alle dreizehn Stühle an der Wand. Jeder von ihnen mit einer schwarzen Krone unter der Sitzfläche. Das bedeutete: Heute ging es allen an den Kragen. Das Geld-System hatte ausgedient. Der zweite Mörder war eingetroffen, und er hatte das Zepter der Schwarzen Königin an sich gerissen.

Ich ging ans Fenster und sah hinunter. Auch auf dem Paradeweg standen Menschen, ob Schaulustige oder Gäste dieser merkwürdigen Party, konnte ich von hier oben nicht erkennen. Die Straße wurde gerade abgeriegelt. Die Polizei drängte die Leute auf die andere Straßenseite.

Unten fiel hallend eine Tür ins Schloss.

Ausgerechnet jetzt, wo ich diese Erkenntnis am wenigsten gebrauchen konnte, merkte ich, dass ich Nerven hatte. Mein Pulsschlag verzehnfachte sich, und die Stille dröhnte in meinen Ohren. Gerade als ich wieder anfangen wollte zu atmen, fuhr ich zu Tode erschrocken zusammen. Mein Handy klingelte.

»Was ist los da drin?«, fragte Marie-Luise. »Jemand hat die Türen von innen abgeschlossen. Die Polizei kommt nicht rein, und das ganze Erdgeschoss ist hermetisch abgeriegelt. Da hat wohl jemand sicherheitstechnisch ganze Arbeit geleistet.«

Ich unterdrückte einen Fluch. »Bedank dich bei Katharina. Was ist mit den Schülern?«

»Nicht aufzufinden. Die Eltern werden langsam hysterisch.«

»Okay. Versuche Mathias und Curd zu finden. Sie sollen sofort in Sicherheit gebracht werden.«

»Mach ich.«

Ich beendete das Gespräch und hielt die Luft an. Nichts war

zu hören. Da durch die Straßen jetzt wohl auch kein Auto mehr fuhr, war es mit einem Mal so still, wie ich es in dieser Gegend noch nie erlebt hatte. Ich schaltete mein Handy aus, um mich nicht durch sein Klingeln zu verraten, und schlich hinaus in den Flur.

Das ganze Haus war leer und tot. Das einzige Geräusch, das ich hörte, war mein eigener Atem. Ich hatte gerade den oberen Absatz erreicht, als ich von unten Schritte vernahm. Sie waren zu zweit. Sie kamen die Treppe herauf. Ich schlich drei Schritte weiter zur nächstbesten Tür, betete, dass sie nicht verriegelt war, drückte die Klinke herunter, öffnete sie und verschwand hinter ihr. Gerade als ich sie so leise wie möglich geschlossen hatte, kamen die Schritte näher. Mit klopfendem Herzen wartete ich, bis sie vorüber waren. Ich wartete lange. Bestimmt zwei Minuten. Erst als ich mir einigermaßen sicher war, dass sich niemand mehr im Flur befand, öffnete ich die Tür einen Spaltbreit.

Sie waren weg. Behutsam setzte ich einen Fuß vor den anderen, bis ich den Raum der zwölften Klasse erreichte. Kein Laut war zu hören. Ich wartete noch eine weitere Minute. Dann lugte ich vorsichtig ins Klassenzimmer und überzeugte mich, dass es leer war. Ich sah den Flur hinunter. Die kleine Tür. Der Dachboden. Genau dort würde ich sie finden.

Ganz weit entfernt jaulten ein Martinshorn und mehrere Polizeisirenen. Vermutlich würden sie versuchen, die unteren Türen aufzubrechen. Ich wunderte mich, dass das nicht schon längst geschehen war.

Vor der Tür zum Dachbodentreppenhaus blieb ich stehen und überlegte ein letztes Mal, ob ich mir das wirklich antun wollte. Ich schaltete mein Handy ein und stellte fest, dass in dieser kurzen Zeit vier Anrufe eingegangen waren. Alle von Marie-Luise. Das Abhören konnte ich mir sparen, ich wählte lieber gleich ihre Nummer.

»Warum gehst du nicht ran? Bist du wahnsinnig!«

Ich zog mich in einen weiteren leeren Klassenraum zurück und flüsterte: »Sie sind auf dem Dachboden. Was ist los bei euch? Warum macht niemand die Tür auf?«

»Weil Sie damit drohen, dann sich und die Schule in die Luft zu sprengen. Mathias und Curd werden per SMS von denen da drinnen auf dem Laufenden gehalten. Sie haben drei Geiseln. Im Moment herrscht schiere Ratlosigkeit. Und die Eltern der verschwundenen Schüler würden sich eher in Stücke reißen lassen, als irgendeinem Rollkommando zuzustimmen. Komm raus da. Spring aus dem Fenster. Bring dich in Sicherheit.«

Doch ich hatte mich entschieden. Vielleicht, weil die beiden Irren da oben mich lange genug an der Nase herumgeführt hatten und ich nicht mehr wusste, wohin mit meiner ungeheuren Wut auf sie. Vielleicht aber auch, weil sie meine Schüler in ihrer Gewalt hatten, und ich war ihr Lehrer. Lehrer hatten ihre Schüler nicht allein zu lassen. Niemals. Und schon gar nicht in einer solchen Situation.

»Räumt den Park. Sofort.«

»Sag das mal den Eltern. Die ketten sich grade symbolisch an die Eiben. Es sind viel zu wenige Polizisten hier. Es dauert noch ein paar Minuten, bis endlich das ganze Programm durchgezogen wird.«

Das war zu lange.

Ich machte das Handy aus und atmete tief durch.

Dann versuchte ich, die Wut und die Angst zu ignorieren und nur noch leise und vorsichtig einen Fuß vor den anderen zu setzen. Ich betrat das Treppenhaus. Auch hier war niemand zu sehen oder zu hören. Leise schlich ich mich die Wendeltreppe hoch und erreichte die Dachbodentür. Ich konnte mich nicht erinnern, ob sie beim letzten Mal gequietscht hatte oder nicht. Vorsichtig drückte ich sie auf und sandte erleichtert ein Lob an den unbekannten Meister im Blaumann, der sie wohl geölt hatte.

Ich entschied mich, gleich die erste Regalreihe bis zur gegenüberliegenden Wand zu durchqueren und mich dann nach vorne durchzurobben. Schon auf halbem Weg hörte ich leises Lachen. Und Stimmen.

Sie schienen bester Laune zu sein. Und sie fühlten sich sicher.

Irgendjemand hatte die umgestürzten Regale wieder aufgerichtet und mehr schlecht als recht eingeräumt. Als ich die letzte Reihe erreichte, legte ich mich auf den Boden und kroch bis zur Mitte. An einer Stelle war eine Lücke in den Büchern, durch die ich hindurchsehen konnte. Die Leiter des Handwerkers stand an die Wand gelehnt, sie reichte wohl bis zum Oberlicht, aber das konnte ich von meiner jetzigen Position aus nicht erkennen. Samantha stand am Fuß der Leiter und hielt sie fest. Sie sah hoch, also stand wohl jemand auf ihr, der gerade die Vorgänge unten im Park beobachtete.

Ich wollte mich gerade wundern, warum sie so unbefangen wirkte, da hörte ich eine männliche Stimme.

»Ich seh ihn«, kam es von oben.

Es war der Doppelgänger von Anselm, der mir vorgestern die Nase demoliert hatte. Sofort schoss die fast unbezähmbare Wut wieder in mir hoch. Am liebsten wäre ich aus meinem Versteck heraus auf ihn gestürzt, da hörte ich eine Stimme: »Dann knall ihn ab.«

Das war nicht Samantha. Nicht das angstvolle, zitternde Mädchen. Sondern eine eiskalte Bestie, die auf einmal im Kasernenhofton Kommandos gab.

Eine Waffe wurde entsichert, und der Unbekannte schoss.

»Getroffen!«, jubelte er.

»Ist er tot?«

»Ach, Scheiße. Nee, er lebt noch. Moment.«

Der nächste Schuss zerriss die Luft. Von weit her hörte ich Schreie und Rufen.

»Ich komm hoch.«

»Das wackelt doch eh schon so.«

»Ich will aber auch was sehen!«

Samantha begann, die Leiter hochzuklettern. Sie verließ dadurch meine eingeschränkte Sichtachse, und ich hoffte, dass auch ich für sie noch eine Weile unsichtbar blieb. Ich räumte zwei Bücher zur Seite und zwängte meinen Kopf durch die Lücke. Was ich sah, ließ mir das Blut in den Adern gefrieren. An der Wand lagen drei reglose Körper: Benedikt, Susanne und Christian. Die Fünfzigtausender. Sie waren gefesselt und geknebelt. Benedikt entdeckte mich als Erster. Er stieß die anderen beiden an. Ich hielt den Finger vor den Mund, er nickte mir zu und rührte sich nicht.

Oben auf der Leiter standen Samantha und ein junger, kräftiger Mann.

»Jetzt sind sie alle in Deckung. Halt! Da ist noch einer! Ich glaub, das ist Mathias.«

»Mach ihn kalt«, sagte Samantha.

Er legte an, zielte und schoss. Insgesamt vier Mal.

»Getroffen! Du bist echt gut. Jetzt haben wir sie so weit.« Sie sah hinunter zu den drei Gefangenen. »Bis auf die da.«

Sie stieg die Leiter hinunter. Ich zog mich zurück und versteckte mich hinter den Büchern.

Eyk folgte ihr. »Ich geh jetzt mal lieber weg vom Fenster. Sonst knallen die mich noch ab. Mit wem willst du anfangen?«

»Mit der da.«

Sie deutete auf Susanne. »Sie geht mir schon lange auf die Nerven.«

Susanne begann, an ihren Fesseln zu zerren. Ich überlegte fieberhaft, was ich tun könnte, aber mir fiel beim besten Willen nichts ein. Eyk ging zu ihr und schleifte sie von den beiden anderen weg, direkt vor die Bücherlücke. Blitzschnell rollte ich mich zur Seite.

»Du hast für meinen Verweis gestimmt, du blöde Schlampe.«

»Und du hast Mathias angemacht.«

Eyk hob das Gewehr. »Du hältst dich wohl für was Besseres.«

Susanne schüttelte wild den Kopf. Sie lag direkt neben der Lücke im Regal, keinen halben Meter von mir entfernt, und ich konnte ihr nicht helfen. Ich konnte nur beten, dass das hier ein bitterböser, grausamer Scherz war.

»Mach schon«, sagte Samantha.

Eyk legte an und schoss. Susannes Kopf flog zurück, Blut spritzte in einer hohen Fontäne aus ihrer Schläfe, sie fiel nach hinten, und in dieser Bewegung sah ich durch die Lücke ihren letzten Blick, der auf mich gerichtet war, und ich wusste, ich würde ihn mein Leben lang nicht vergessen. Ich konnte sehen, wie ihre Beine zuckten und dann ein letztes Zittern durch ihren Körper lief. Ihr Sterben dauerte keine dreißig Sekunden.

»Der Nächste bitte?«

Eyk zielte in die Richtung der beiden anderen.

Wie oft hatte ich geahnt und gefürchtet, dass es so kommen

würde. Aber nie hätte ich geglaubt, dass es so grausam, so plötzlich und ohne Vorwarnung geschehen würde. Ich musste handeln. Jetzt. In dieser Sekunde.

Ich schaltete mein Handy ein und wusste, dass mir genau eine halbe Minute Zeit blieb, bis die Mailbox sich meldete. Wenn ich jemals lebend aus dieser Situation herauskommen sollte, würde ich als Erstes die Bedienungsanleitung auswendig lernen. Vor allem die Stelle zum Thema Rufton-Stummschaltung.

HOLT SIE ANS FENSTER!!! tippte ich, schickte den Text an Marie-Luise und schaltete das Handy sofort wieder aus.

»Christian? Ach nein, lieber Benedikt.« Er reichte das Gewehr an Samantha weiter und ging zur Wand. Dann löste er Benedikt den Knebel. »Na los, sag was. Irgendwelche berühmten letzten Worte. Wir werden sie der Nachwelt übermitteln.«

»Leck mich am Arsch.«

Eyk holte aus und gab Benedikt eine schallende Ohrfeige.

»Päng päng!«

Samantha hatte auf Eyk gezielt, der sich erschrocken umdrehte. »Bist du blöd oder was? Das Ding geht los!«

»Weiß ich doch. Aber irgendwie will ich auch lebend aus der ganzen Scheiße hier raus. Verstehst du?«

Sie legte an, schoss, und Eyk klappte zusammen und fiel auf Benedikt, der sich entsetzt zur Seite rollte.

»Jetzt bist du an der Reihe. Und dann Christian. Und dann geh ich runter und erzähle, was hier oben wirklich passiert ist. Hey, ich habe einen Mörder gekillt. Ist das nicht geil?«

Eyk lag immer noch halb auf Benedikt. Seine Augen waren geöffnet und starrten blicklos ins Leere. Er röchelte noch einmal, ein letzter Nachhall des Lebens, das ihn gerade verließ, dann war er tot. Benedikts weiße Hose färbte sich blutrot. Es war mir ein Rätsel, warum der Junge die Nerven behielt. Er richtete sich wieder auf, lehnte sich ruhig an die Wand und sah Samantha direkt in die Augen.

»Sie kriegen dich. Egal, was du tust oder erzählst. Ich verstehe nur nicht, warum du das machst.«

Er sah hinunter auf den Toten. »Eyk ist ein Loser. Ein verklemmtes, blödes Arschloch. Aber du, Samantha. Du Schönste von allen. Weißt du eigentlich, dass ich vom ersten Schultag an in dich verknallt war?«

Samantha ließ das Gewehr sinken. Benedikt versuchte, ein Stück von der Leiche wegzurücken, was ihm aber im gefesselten Zustand nicht gelang.

»Erklär mir das Spiel.«

»Welches Spiel?« Ihre Stimme war mit einem Mal wieder hoch und angsterfüllt.

»Das mit der Schwarzen Königin. Und Clarissas Rückkehr. Ich kann doch wenigstens verlangen, nicht dumm zu sterben, oder?«

Ich wusste nicht, wie er es schaffte, aber er lächelte sie an. Auf seiner Wange war immer noch der Abdruck von Eyks Schlag zu sehen. Christian traute sich nicht, auch nur den Kopf zu heben. Ich lag, feige und reglos, wie erstarrt, hinter einem Bücherregal und merkte plötzlich, wie etwas warmes Feuchtes durch meine Kleider drang. Entsetzt sah ich, dass ich in Susannes Blut lag, in einem dunklen See von Blut, der sich unter dem Regalboden ausbreitete. Und während es durch den Mantel drang, durch meinen Pullover bis auf meine Haut, lächelte Benedikt. Und er sah Samantha an, als nähme er sie heute in all ihrer Schönheit zum ersten Mal wahr.

Samantha schluckte. Sie war nervös und unberechenbar. Vermutlich hatte sie das hier oben ziemlich schnell hinter sich bringen wollen, aber Benedikt hatte sie mit seinem plötzlichen Geständnis aus dem Konzept gebracht.

»Das Spiel hat sich Eyk ausgedacht. So ging's ja eigentlich los. Dass er sich rächen wollte dafür, dass ihr ihn fertiggemacht habt. Er hat Clarissas SIM-Karte geklaut und wollte euch nur ein bisschen ärgern. Irgendwie hat ja jeder ein schlechtes Gewissen, wenn sich jemand umbringt. Und ihr habt ja alle gedacht, sie hat sich umgebracht. Er auch.«

Sie deutete auf Eyks Leiche. »Wir sind uns durch Zufall begegnet, als er seine Sachen hier abgeholt hat. Ich hab ihn gefragt, ob er nicht irgendwas wüsste, womit man Katharina ärgern kann. Da sagte er, ganz lässig, du kennst ihn ja, bring doch deine Klasse um. Erst hab ich ihn für verrückt gehalten, aber dann fand ich die Idee richtig gut. Wir sind ja nichts anderes als ihr Vorzeigeobjekt. So kam das. Er war auch gleich mit dabei. Die sind wohl ziemlich hart drauf da unten in Schloss Rosenholm. Beinahe wie im Knast ist es da. Das hatte er alles euch zu verdanken.«

»Und Clarissa?«

Jetzt begriff ich. Benedikt spielte auf Zeit. Er wollte Samantha zum Reden bringen, damit sie es sich vielleicht noch anders überlegte. Oder da draußen jemand eine zündende Idee hatte. Aber das Stichwort Clarissa weckte bei Samantha wohl ungute Erinnerungen. Sie hob das Gewehr, legte an, zielte auf Christian und sagte: »Guck nicht so blöd.«

Sie schoss, und im gleichen Moment warf sich Christian zur Seite. Die Kugel bohrte sich nur wenige Zentimeter über ihm in die Wand. Schwer atmend und mit weit aufgerissenen Augen starrte er Samantha an.

Wenn ich richtig mitgezählt hatte, war das der neunte Schuss. Sie hatte jetzt nur noch eine Patrone in ihrem Steckmagazin.

Egal, ob ihr ein weiterer Mord gelang, einer der beiden würde überleben, weil sie nachladen musste. Und das wäre meine Chance.

»Ganz ruhig. Ganz ruhig. Tut mir leid wegen Clarissa. Das war echt eine blöde Kuh. Ist sie dir auch so auf die Nerven gegangen?«

»Sie hat mir Mathias weggenommen.«

»Ja, ich weiß.« Benedikt nickte verständnisvoll. »Deshalb hast du mich gar nicht beachtet. Du hättest doch längst bemerken müssen, wie toll ich dich finde.«

»Sie hat ihn gar nicht gewollt. Verstehst du? Sie wollte nur diesen Kanaken von da drüben. Und da hab ich mit Eyk geredet, dass er mal ein bisschen auf seine Schwester aufpassen soll. Mit wem sie alles so rummacht.«

Sie sah hinunter und merkte, dass sie mit ihren Schuhen mitten in der Blutlache stand. Angeekelt trat sie einen Schritt zur Seite und versuchte, die Sohlen auf dem Fußboden zu reinigen.

»Und dann war auf einmal Schluss mit den beiden. Und was passiert? Die ganze Aktion geht nach hinten los. Denn da war sie ja wieder frei. Für Mathias.«

»O Mann, das tut mir so leid.«

Benedikt leistete im Moment Übermenschliches. Neben ihm, ein zitterndes Bündel, Christian. Auf ihm, noch warm, die Leiche von Eyk. Vor ihm eine eiskalte Mörderin, die nicht im Traum ihren Plan aufgeben würde, auch die letzten Zeugen umzubringen, um sich dann im warmen Licht des allgemeinen Mitgefühls zu sonnen.

»Aber das Spiel war nicht schlecht«, fuhr Benedikt fort. »Wir hatten echt das Gefühl, da ist jemand aus dem Grab herausgekrochen, um sich zu rächen.«

»Für was denn? Sie hatte doch alles, was sie wollte. Und sogar das, was sie nicht wollte, hat sie anderen weggenommen. Sie hat es verdient. Auch wenn ich es nicht so gewollt habe.«

»Ah!« Benedikt schien ein ganzer Kronleuchter aufzugehen. »Du hast ... Dann warst du das, der sie schließlich bestraft hat?«

Samantha nickte. »Ich hab sie im Krankenhaus besucht und wollte mit ihr reden. Aber dauernd waren ihre Eltern da, und da hab ich ihr nur kurz gesagt, da oben wartet jemand auf sie um zehn. Jemand, der sich mit ihr aussöhnen will. Und dass niemand erfahren darf, wer das ist. Dann kam sie tatsächlich hochgeklettert. Siebzehn Stockwerke auf Krücken! Nur für diesen Vollidioten von gegenüber! Als sie gesehen hat, dass nur ich da war, ist sie wütend geworden. Ich hab ihr gesagt, sie soll die Finger von Mathias lassen, und sie sagt, dieses Arschloch hat sie nie interessiert. Nie! Und er ist fast kaputt daran gegangen!«

Das Letzte schrie sie beinahe. Dann schluchzte sie auf und ging in die Hocke. Das Gewehr legte sie quer über die Knie und vergrub ihr Gesicht in den Händen. Wäre sie nicht eine Doppelmörderin, die zudem noch eine fatale Allianz mit einem durchgeknallten Amokläufer eingegangen war, man hätte um ein Haar Mitleid mit ihr haben können. Sie zog die Nase hoch und rieb sich ein paar Tränen aus dem Gesicht.

»Der Einzige, den sie liebt, ist dieser asoziale Möchtegern-Gangster. Und dann hat sie mich ausgelacht. Da bin ich auf sie los. So ist das passiert.«

»Du bist unglaublich, Samantha. Du bist die außergewöhnlichste Frau, die ich kenne. Echt. Ich wäre so gerne mit dir zusammen. Glaube mir das.«

Sie stand auf, hob das Gewehr, legte an und ließ es wieder sinken. Es war der reinste Nervenkrieg. Lange würde das niemand mehr aushalten. Ich tastete nach meinem Handy. Warum passierte da draußen nichts? Warum dauerte das alles so?

»Das geht leider nicht«, sagte sie mit trauriger Stimme. »Ich hab noch nie erlebt, dass du lügst. Du würdest mich verraten.«

»Nein, Samantha. Ich verrate dich nicht.«

»Doch! Hör auf jetzt! Ich kann das nicht mehr hören!«

Sie legte an. In diesem Moment hörte ich eine grauenhafte Rückkoppelung, die sich wohl gerade draußen im Garten abspielte, und dann ertönte eine Megafonstimme.

»Geben Sie auf! Wir wissen, wo Sie sind. Wir haben einen Lastkran aufgestellt und werden jetzt das Dachgeschoss stürmen!«

Samantha sah erschrocken zum Oberlicht.

»Okay, Samantha. Ich verstehe dich. Du musst das tun. Aber verrate mir eins. Das bist du mir schuldig, weil ich so verdammt verliebt in dich bin.«

Verwirrt ließ sie die Waffe sinken. »Ja? Was?«

»Warum ich? Warum Christian, Heikko und Susanne? Und warum lässt du Maximiliane und Curd laufen? Das ist doch unfair. Wenn du nur Katharina fertigmachen willst, warum killst du nicht sie zuerst?«

»Weil sie mitkriegen soll, was sie angerichtet hat. Sie soll nie wieder eine Schule und das Leben anderer Leute ruinieren. Sie ist erledigt. Eine ganze Klasse ist im Eimer. Dass der eine jetzt davonkommt und der andere nicht, tja, fragt eure Eltern. Ach so. Das kannst du ja bald nicht mehr.«

Nervös sah sie zum Oberlicht. Ich fragte mich, wann endlich eine Hundertschaft SEK-Leute den Rest der Fensterscheibe eintreten würde und warum sie sich so verdammt viel Zeit damit ließ.

»Eyk hatte kein System. Der sah nur rot. Aber ich wollte schon ein bisschen mehr Stil in die Sache bringen. Leider sind deine Eltern schuld. Sie haben Katharina mit 50000 unterstützt. Du weißt schon, der Aktienfonds. Das ist zu viel. Das muss bestraft werden. Das kann die Schwarze Königin nicht durchgehen lassen.«

Von draußen quäkte die Megafonstimme wieder los. »Wir werden jetzt durch das Fenster hereinkommen. Ergeben Sie sich und legen Sie die Waffen nieder!«

Benedikt versuchte, sich irgendwie aufzurichten und Eyk abzuschütteln. Wenn er eins und eins zusammenzählen konnte, dann musste er jetzt den gleichen Gedanken haben wie ich.

»Dann tu mir doch einen letzten Gefallen. Zeig mir noch mal, wie du jemanden abknallst. Steig hoch und schieß sie runter. Dann haben wir noch ein paar Minuten miteinander. Du Schönste. Du bist meine Amazone. Ich werde stolz sein, wenn du mich tötest.«

»Zum letzten Mal: Legen Sie die Waffen nieder! Wir stürmen jetzt das Gebäude!«

Benedikt sah sie mit leuchtenden Augen an. »Tu es. Los! Tu es!«

Samantha drehte sich um und kletterte die Leiter hoch. Das war meine Chance. Ich sprang, so leise es ging, auf und lief ans Ende des Regals.

»Da ist ja gar keiner!«, rief Samantha, als sie aus dem Fenster schaute. »Was soll denn ...«

In diesem Moment gelang es mir mit aller Kraft, das Regal ins Schwanken zu bringen. Samantha drehte sich zu schnell um, balancierte, um ihr Gleichgewicht nicht zu verlieren, ließ um ein Haar das Gewehr fallen und schaute erschrocken hinunter.

»He! Was wird das?«

Sie fing hastig an, die Leiter hinunterzuklettern. Das Regal schwankte zurück, verharrte in seiner ungewöhnlichen Position, federte nach vorne, ich drückte mich mit meinem ganzen Körper dagegen, und dann stürzte es mit all dem Gewicht seiner fünftausend Bände in Richtung Wand und begrub die Leiter, Samantha, Susanne und das Gewehr unter sich. Mit gewaltigem Getöse brach es in der Mitte auseinander, Tonnen von Büchern stürzten zur Erde, eine gewaltige Staubwolke stieg auf, und ich sprang zu Benedikt und Christian, löste in fliegender Hast die Fesseln an ihren Beinen, half ihnen auf, schubste sie zum Ausgang, wir liefen die Wendeltreppe hinunter, stolperten in der Eile fast übereinander, rannten durch den Flur und das Treppenhaus ins Erdgeschoss, fanden die Tür immer noch verriegelt, stürmten ins Sekretariat, hinein in Kladens Büro, warfen die Tür hinter uns zu, ich drehte den Schlüssel um, und dann sahen wir uns an – und wir waren fassungslos, dass wir noch lebten.

Ich rief Marie-Luise an. Keine Minute später wurde das Schulgebäude gestürmt. Irgendwann klopfte es, und Vaasenburg stand vor der Tür. Ich schloss auf. Er trat zwei Schritte zurück, musterte uns und sagte kein Wort. Zwei Sanitäter stützten Benedikt und Christian, und als wir zu dritt hinaus ins Freie kamen, spiegelte sich das Entsetzen über unseren Anblick in den Gesichtern der Menschen.

Wir waren Überlebende. Wie in Trance schaute ich an mir herunter, Blut an meinen Händen, Blut tropfte immer noch von meinem Mantel auf die Schuhe, Blut überall. Benedikt sah nicht besser aus, auch Christians Hose war voller Flecken, es war die Rückkehr von einem Schlachtfeld, auf dem wir alle drei verloren hatten.

Mit einem Schrei löste sich eine Frau aus der Menge, rannte auf Benedikt zu und riss ihn in die Arme. Sie schluchzte und lachte und bedeckte sein Gesicht mit Küssen. Benedikt ließ es teilnahmslos geschehen. Er achtete gar nicht auf sie. Er ging noch drei Schritte, dann sank er mit einem Mal auf die Knie, in sich zusammen, und weinte. Die Frau beugte sich über ihn, streichelte seine zuckenden Schultern und löste sich erst von ihm, als ein Sanitäter beruhigend auf sie einredete. Christians Eltern kamen zu uns, er warf sich ihnen in die Arme, und dann war es auch um seine Beherrschung geschehen.

Ich stand daneben, reglos wie ein Eisklotz, und sah alles, aber ich fühlte nichts. Nur eine kalte, bodenlose Abscheu mir selbst gegenüber, dass ich so versagt hatte. Dann spürte ich eine Hand auf meiner Schulter, und als ich mich umdrehte, war es Marie-Luise, die mich ansah, wie sie mich noch nie im Leben angesehen hatte, und kein Wort sprach, Gott sei Dank, und ihre Hand wieder wegzog, und auch nicht anfing mit hysterischem

Geheule und erleichterten Umarmungen, sie stand einfach nur da und war bei mir, in diesen Minuten, in denen zwei tote Schüler an uns vorbeigetragen wurden und ich nicht verstand, warum ich das nicht hatte verhindern können.

Vaasenburg flüsterte Marie-Luise etwas zu und ging wieder. Jemand brachte eine Decke, aber eigentlich war mir nicht kalt, der Mantel wärmte sogar noch, auch wenn er feucht war. Doch dann begriff ich, dass ich ihn ausziehen musste und ihn wohl nie mehr tragen würde, den Mantel meines Vaters.

»Samantha lebt«, sagte Marie-Luise. »Mathias ist tot, Curd hat einen Armdurchschuss, und Yorck ist wohlauf.«

Eine Bahre wurde in den Park getragen, der mittlerweile aussah wie ein mobiles Lazarett. Auf ihr, festgeschnallt, lag die letzte, willige Gehilfin der Schwarzen Königin. Man hatte ihr bereits eine Infusion gelegt und untersuchte sie kurz, bevor man sie nach vorne zu einem Notarztwagen bringen würde. Ein Sanitäter maß ihr gerade den Blutdruck, als ich zu ihr trat.

Sie öffnete die Augen und erkannte mich. Ein schwaches Lächeln huschte über ihr blasses Gesicht.

»Was ist da oben passiert? Ich kann mich an nichts erinnern.«

Ich wechselte einen kurzen Blick mit dem Rettungshelfer, der ratlos mit den Schultern zuckte. Dann beugte ich mich zu ihr herunter.

»Das ist nur der Schock«, sagte ich freundlich. »Mach dir keine Sorgen. Die Erinnerung kommt schon wieder. Und wenn nicht, werden wir dir alle dabei helfen. Benedikt, Christian, Curd, und ich. Auch Ravenée und Maximiliane werden deinem Gedächtnis gerne auf die Sprünge helfen.«

Etwas blitzte in ihren Augen auf, etwas Hartes, Kaltes, eine Art schwarzes Licht in den Untiefen ihrer zerklüfteten Seele, dann hatte sie sich wieder in der Gewalt und entspannte sich.

»Dann ist es ja gut.«

Sie schloss die Augen.

Marie-Luise zog mich sanft zur Seite. »Du hast ihr offenbar alle Knochen gebrochen.«

Ich sah den Sanitätern hinterher, die die Bahre hochhoben und durch die Schule hinaus auf die Straße trugen, wo eine

Hundertschaft Notarztwagen wartete. Über uns kreiste ein Hubschrauber.

»Das macht man so mit dem King«, antwortete ich.

Sie sah mich fragend an, aber ich konnte ihr jetzt keine Erklärungen geben, die mich an Dagmar erinnert hätten und daran, dass man solche Dinge eigentlich nur im übertragenen Sinne tat.

»Ich meine, sie war die Königin. In einem schwarzen, dunklen Märchen, in dem zu viele gestorben sind.«

Unter den Eiben, Arm in Arm, erkannte ich Katharina und Kladen, und ich entschloss mich, es wenigstens ihm ein bisschen leichter zu machen. Ich ließ Marie-Luise stehen und ging auf sie zu.

»Wo sind die Scharnows?«

»Man hat sie unter Aufsicht eines Psychologen ins Krankenhaus gebracht.«

Katharina sah an mir vorbei auf das Schulgebäude. Die Spezial-Einsatzkräfte waren auf dem Rückzug und überließen das Feld der Spurensicherung. Kladen räusperte sich.

»Ich will ... ich muss mich bei Ihnen ...«

»Sie müssen gar nichts. Nur über eines sollten Sie sich klar sein. Egal, ob man Samantha jemals voll zur Rechenschaft ziehen kann, sie bleibt Ihre Tochter.«

Kladen löste sich von Katharina. Er nickte mir zu und ging hinüber zu Samanthas Bahre. Beide sahen wir ihm hinterher.

»Das war's dann wohl«, sagte Katharina. »In jeder Beziehung.«

»So leicht geben Sie auf?«

Erstaunt löste Katharina ihren Blick von dem unwirklichen Szenario um uns herum.

»Da ist doch nichts mehr zu machen. Und da ...« Sie deutete auf Kladen und Samantha. Er hatte sich zu ihr heruntergebeugt und streichelte seiner Tochter gerade über den Kopf. »Da auch nicht. Er wird mir nie verzeihen, dass ich von Anfang an recht hatte. Dieses Kind ist der Teufel.«

Sie trat fröstelnd von einem Fuß auf den anderen. »Ich muss mich verabschieden. Der Förderverein will morgen einen zusammenfassenden Bericht.«

Sie wollte gehen, überlegte es sich dann aber anders und drehte sich noch einmal um. »Sind Sie damit einverstanden, wenn wir Sie bis Jahresende beurlauben? Selbstverständlich bei vollen Bezügen. Mehr kann ich leider nicht für Sie tun. Ihre Klasse hat sich ja, wie soll ich das sagen, in Luft aufgelöst?«

Dann marschierte sie, vorbei an Kladen, den sie keines Blickes mehr würdigte, Richtung Ausgang. Und dort, in der Tür zum Schulhof, erschien plötzlich eine Silhouette, die mir bekannt vorkam. Und wenn ich bis jetzt noch irgendwelche Zweifel hatte, dann verflogen sie, als eine zweite, kugelrunde Gestalt neben ihr auftauchte.

»Joachim!«

Mutter eilte nicht, sie flog geradezu über den Rasen auf mich zu. Hinter ihr, ein wenig langsamer und nicht ganz so enthusiastisch, Hüthchen. Zwei Meter vor mir blieb sie abrupt stehen und starrte mich fassungslos an.

»Junge, wie siehst du bloß aus? Das ist doch nicht ... Ist das Vaters Mantel?«

Aus ihr sprach eine so abgrundtiefe Fassungslosigkeit, dass mich sofort das schlechte Gewissen packte. »Es tut mir leid. Ich habe ihn ruiniert. Ich hätte besser darauf aufpassen sollen.«

Plötzlich traten ihr Tränen in die Augen. Sie breitete ihre Arme aus und kam auf mich zu.

»Nicht!«, sagte ich. »Das ist Blut. Du ...«

Da hatte sie mich schon umarmt. Das hatte sie lange nicht mehr gemacht, so elend lange nicht, dass auch ich feuchte Augen bekam und einen Moment lang diese Frau an meine Brust drückte und ich mich, obwohl ich sie um einen Kopf überragte, für ein paar Sekunden fühlen durfte wie der kleine Junge, der ich vor langer Zeit einmal gewesen war.

»Du machst dich schmutzig«, flüsterte ich.

Aber sie ließ nicht los. »Das macht doch nichts«, sagte sie. »Das macht doch nichts.«

Epilog

Wochen gingen ins Land, und der Winter schlug zu, als wäre er ein Feind, der uns alle vernichten wollte. Das Thermometer fiel nachts auf minus zwanzig Grad, und alle regten sich auf über die globale Erderwärmung und den ätzenden Spott der Natur, sich genau entgegengesetzt zu verhalten.

Kevin zog mir den Liebestod aus dem Internet, und ich brauchte eine Weile, bis ich wieder etwas anderes hören konnte. Ansonsten ging mein Leben irgendwann weiter, bis auf die plötzlichen Momente in der Straßenbahn oder im Bett oder in der Küche der Kanzlei, wenn ich in die Dunkelheit starrte und auf einmal Susanne vor mir sah in diesen entsetzlichen dreißig Sekunden, in denen sie starb. Dann dachte ich wieder an alles, was passiert war. Und an Clarissa, in deren Namen so viele Menschen gestorben waren und die keinem von ihnen, noch nicht einmal den Tätern, irgendetwas bedeutet hatte.

Mit Dagmar führte ich noch ein Telefongespräch. Es war einige Tage nach den Ereignissen, als ich gerade wieder das Gefühl hatte, mit jemandem reden zu können. Sie rief mich an, um mir zu sagen, dass Sami wieder aufgetaucht sei und es ein Gespräch mit dem Direktor und Vaasenburg gegeben hatte. Sie wusste nicht, worüber sie gesprochen hatten. Doch das Fahrrad war danach wohl kein Thema mehr.

»Du kannst stolz auf ihn sein«, sagte ich. Und auf dich – wollte ich noch hinzufügen. Doch ich traute mich nicht, ihr das zu sagen.

»Das weiß ich«, antwortete sie nur.

Egal, was man von ihren Idealen halten mochte – sie würde auf jeden Fall zu den Lehrern gehören, die wie Kannemann von ihren Schülern nicht vergessen wurden. Sie würde bestimmt auch noch Jahre nach ihrer Pensionierung Besuch bekommen, und vielleicht wäre sogar jemand dabei, der es trotz Migrationshintergrund und fragwürdiger Schullaufbahn zum Staatssekretär im Bundesaußenministerium gebracht hatte. Die dafür nötige Killermentalität besaß er jedenfalls.

»Und dann ist etwas sehr Merkwürdiges passiert.«

Sie schwieg einen Moment und überlegte wohl, ob es richtig war, mich einzuweihen. Als hätte sich wieder eine unsichtbare Mauer zwischen uns aufgebaut, die keiner von uns einreißen konnte, weil sie aus tiefen Überzeugungen bestand, die man für den anderen nicht aufgeben wollte.

»Nun sag schon. Du hast bemerkt, dass du mich vermisst.«

Sie lachte leise. »Ja. Stell dir vor. Ein bisschen schon. Die Straße ist so still geworden. Die HBS macht ja erst nach Neujahr wieder auf.«

Im Moment wurde sie komplett renoviert. Kladen würde wohl zurückkehren, aber Katharina hatte gekündigt und war spurlos verschwunden. Ob sie Trabbis in der Ardèche oder Schulen im Chaos versenkte, ihre Mentalität war es, niemals zurückzuschauen. Egal, wer hinter ihrem Rücken gerade ertrank.

»Ich wollte dir eigentlich nur sagen, dass ein unbekannter Spender 100 000 Euro in den Förderverein der Alma-Mahler-Werfel-Schule eingezahlt hat. Das ist die größte Summe, die jemals eine Hauptschule erhalten hat. Und alle wollen natürlich wissen, wer das gewesen sein könnte.«

»Ich kann dir versichern, ich war es nicht. Wenn das der Grund deines Anrufs war.«

Es wurde wieder still in der Leitung.

»Wir können ja mal ein Eis essen gehen«, sagte ich. »Wenn es wärmer ist.«

»Wenn es wärmer ist, ja. Das ist eine gute Idee.«

Dann legte sie auf, und ich wusste, dass dieser Winter noch lange dauern würde.

Als der 4. Dezember gekommen war, beschloss ich, auf den Pankower Friedhof zu fahren. Ich lief, vermummt in einen neuen warmen Mantel, durch die Grabreihen der kleinen Anlage und war nicht überrascht, beide dort zu finden.

Sie standen vor zwei Gräbern. Das eine frisch, das andere schon etwas älter. Beide waren sorgsam mit Tannenzweigen abgedeckt. Für das neue war der Grabstein noch nicht fertig, ein schlichtes Holzkreuz steckte in der Erde, und darauf stand »Eyk Scharnow«.

Rechts von ihm ruhte seine Schwester. In einer Bodenvase steckte ein Strauß wunderschöner roter Rosen.

Beide drehten sich um, als sie mich kommen hörten. Ich blieb ein paar Meter von ihnen entfernt stehen, weil ich nicht wusste, ob sie mir erlauben würden, näher zu treten. Scharnow beugte sich hinunter, um einen Tannenzweig neu zu arrangieren. Doch Chiara kam ein paar Schritte auf mich zu und streckte mir die Hand entgegen.

»Das ist schön, dass Sie gekommen sind.«

Sie hatte vom Weinen gerötete Augen. Beide sahen aus, als wären sie in den wenigen Wochen, die seit unserer letzten Begegnung vergangen waren, um Jahre gealtert. Mir fiel nichts ein, was ich hätte sagen können. Also schwieg ich, trat an Clarissas Grab und faltete die Hände.

»Herr Vernau?«

Scharnow stand auf. »Darf ich Sie etwas fragen?«

Ich nickte.

»Haben Sie wirklich alles zu Protokoll gegeben? Alles, was sich damals auf dem Dachboden ereignet hat?«

Mit seiner Frage klang etwas an, das ich nicht deuten konnte. Es war keine Neugier. Eher eine bittere Resignation jenseits aller Hoffnung. Sie hatten beide Kinder verloren. Das eine von einer Verrückten in die Tiefe gestoßen, das andere von derselben Verrückten in Schande hingerichtet. Ihnen blieb, wie auch den Eltern der anderen Opfer, nur noch die Suche nach irgendeinem verborgenen Sinn.

»Ich denke ja«, sagte ich.

Scharnow nickte. Dann griff er behutsam nach dem Arm seiner Frau.

»Auf Wiedersehen, Herr Vernau.«

Sie drehten sich um und machten sich auf den Rückweg.

»Einen Moment!«, rief ich ihnen nach. Ich eilte auf sie zu. »Da war noch etwas.«

Beide sahen mich erwartungsvoll an.

»Kurz bevor Eyk starb, hat er etwas gesagt. Dass er nie richtig verkraftet hat, was man seiner Schwester angetan hat.«

Chiara versuchte zu lächeln, aber es gelang ihr nicht, denn Tränen traten in ihre Augen.

Ich nickte ihnen zu. »Wunderschöne Rosen haben Sie Clarissa mitgebracht.«

Scharnow sah noch einmal zu den Gräbern.

»Die sind nicht von uns«, sagte er.

Dann gingen sie, endgültig. Und stützten einander auf ihrem Weg durch eine Welt ohne Zukunft.

Ein paar Tage später ging ich zum ersten Mal wieder aus.

Marie-Luise hatte das vorläufige Ende meiner Einsiedelei mit Freude zur Kenntnis genommen, und so saßen wir vor einer mit Eisblumen überwucherten Fensterscheibe, in die wir ab und zu kleine Löcher hauchten, tranken polnischen Wodka, und sie weihte mich in die Geheimnisse der gehobenen Handy-Nutzung ein. »Hier kannst du es auf stumm schalten, oder auf Vibrationsalarm. Und hier ...«

Sie tippte in dem Menü herum und hielt mir dann eine grünlich leuchtende Anzeige unter die Augen, die ich noch nie gesehen hatte.

»Hier kannst du Nachrichten zeitversetzt senden. Samantha hat dich und deine Klasse ganz schön an der Nase herumgeführt. Sie hat den Text vorher eingegeben und ihn genau dann an sich selbst und andere gesendet, als sie unschuldig danebensaß. Ich zeig's dir mal bei Gelegenheit.«

Sie reichte mir das Handy zurück.

»Das ist eigentlich die größte Tragik an der ganzen Geschichte.« Sie griff nach der Flasche und schenkte uns noch einmal *stoi gram* ein. »Bis auf die Eltern hat sich doch kein Schwein um Clarissa geschert, solange sie gelebt hat. Sogar ihrem Bruder war sie scheißegal.«

Ich dachte noch einmal an die kleine Szene auf dem Friedhof. Und an die roten Rosen. Plötzlich musste ich lächeln.

»Was ist? Woran denkst du?«

»Dass du unrecht hast. Es gab doch jemanden, für den sie sehr wichtig war.«

Marie-Luise nickte und trank einen Schluck Wodka. »Die Liebe«, sagte sie nur.

»Was ist mit dir und ...?«

»Nichts. Was soll sein? Das Letzte, was ich von ihm gehört habe, war, dass die Schrottpresse Tempelhof in diesem Monat alle Autos umsonst annimmt, die noch allein auf den Hof fahren können.«

Der Volvo war seit einigen Tagen verschwunden, und das war ein gutes Zeichen. Es bedeutete, dass wir uns jetzt endlich über die Neuanschaffung eines Autos unterhalten konnten, ohne die Stimme zu senken für den Fall, dass der alte uns hören konnte. Katharinas letzter Scheck war eingetroffen, und Marie-Luises Kompetenz im Zusammenhang mit verworrenen Eigentumsverhältnissen von Scheidungsschrebergärten hatte ihr das Mandat einer ganzen Laubenkolonie eingebracht, die sie in einer Klage gegen einen Brandstifter vertreten sollte, der in den letzten Monaten mehrere Gartenhäuschen in den Rehbergen angekokelt hatte. Das war nicht viel, aber immerhin etwas, das uns über den Winter retten konnte.

»Und du? Hast du mal über das Angebot deiner Mutter nachgedacht?«

»Ich habe darüber nachgedacht, ob ich darüber nachdenken soll.«

»Und wie sieht der jetzige Erkenntnisstand aus?«

»Ich werde darüber nachdenken.«

Marie-Luise hob ihr Glas und sah mir über den Rand hinweg tief in die Augen. In diesem Moment brummte mein Handy.

Lernen währet lebenslänglich.

Sie grinste vielsagend und versprach, sich über die Feiertage an einen Wandteppich für mein Büro zu wagen, auf dem sie diese Worte stickenderweise verewigen wollte.

Dann zog sie sich den Ärmel ihres Pullovers über die Hand und rieb das mittlerweile zugefrorene Guckloch wieder frei. Plötzlich ließ sie die Hand sinken.

»Ich hab gerade eine Erscheinung.«

Sie lehnte sich zurück und ließ mich durchsehen. Draußen rollte ein Wagen vor, von so abstoßender Hässlichkeit, wie es eigentlich keinen zweiten geben dürfte. Er war die exakte Kopie unseres Volvos, nur dass er nicht gelb, sondern vorne schwarz und hinten grau war. Zudem entstellte ihn ein hässlicher Unfallschaden, und die Bremsgeräusche, mit denen er jetzt gerade vor der Schwarzmeer-Bar hielt, weckten die ganze Straße auf. Aus dem Auto stieg Jazek.

Marie-Luise starrte mich an. »Nein«, sagte sie. »Bitte nicht.«

Die Tür ging auf, und mit einem Schwall arktischer Kälte enterte Jazek den Raum, entdeckte uns und steuerte direkt auf Marie-Luise zu. Den Autoschlüssel schwenkte er wie eine Trophäe, und aus den Tiefen seiner Arbeitshose förderte er einen Fahrzeugschein zutage. Beides legte er vor sie hin.

»Für dich«, sagte er. »Frohe Weihnachten.«

Ich lehnte mich zurück und griff nach meinem Wodkaglas, bevor es von Jazek beschlagnahmt wurde. »Fürchtet die Danaer, wenn sie Geschenke bringen.«

»Das war der reine Wahnsinn.« Jazek ließ sich neben Marie-Luise nieder und orderte bei Alexej ein leeres Glas. »Ich fahre dein Auto nach Tempelhof – mit Anschieben natürlich, Tadeusz war dabei –, und genau wie wir auf den Hof rollen, steht der andere da. Ich sehe ihn mir an, Antriebswelle okay, Auspuff im Arsch, Blechschaden, aber – was soll's? Ihr habt wieder ein Auto! Es fährt sich übrigens genauso beschissen wie das alte.«

Alexej brachte das Glas, und Jazek schenkte sich aus unserer Flasche ein. »Das Leben nimmt, das Leben gibt. *Na zdrowie.*«

»*Na zdrowie*«, wiederholten wir und stießen mit ihm an.

»TÜV mach ich euch. Sagt mal, freut ihr euch denn gar nicht?«

»Doch, doch. Toll.«

Er deutete auf den Fahrzeugschein. »Und übernächstes Jahr ist er ein Oldtimer. Dann wird es noch mal billiger.«

Marie-Luise versuchte ein gequältes Lächeln und schaute noch einmal durch das Loch nach draußen, wo der Wiedergänger ihres Volvo still vor sich hin qualmte. »Warum raucht der so?«

»Oh.« Jazek grinste und klaute sich eine ihrer Zigaretten. »Wolltest du ein Nichtraucherauto?«

In diesem Moment kamen Kevin und Kerstii, begrüßten uns lautstark, setzten sich zu uns, und auf einmal war es so, wie es früher gewesen sein musste: sorglos und fröhlich, ohne dieses nagende Gefühl im Bauch, das einem den Schlaf raubte. Die Schwarzmeer-Bar war nicht ganz so voll, wie es um diese Uhrzeit eigentlich üblich war. Das lag an der Kälte, erklärte Alexej, der eine Flasche Weißwein und zwei Liter Wasser an den Tisch brachte, damit uns der Wodka nicht ganz so schnell zu Kopf stieg.

»Da drüben wartet übrigens jemand auf dich.«

»Auf mich?«

Ich drehte mich um und sah in der anderen Ecke des Raumes ein junges Mädchen mit langen, schwarzen Haaren stehen. Um die Schultern trug sie eine Art Pferdedecke, ansonsten hatte sie graubraunen Filz um sich gewunden und sah ein bisschen höhlenmenschenartig aus. Wie ein Gangrel unter Menschen eben so wirkte.

Ich nahm mein Glas, nickte den anderen zu und ging zu ihr hinüber. »Hallo, Nicky.«

»Hallo, Hadar Hosea vom Hohen Blick zur Rabeneiche.«

»Was macht der Blutdruck?«

Sie grinste. »Schlecht. Wie immer im Winter. Alle haben jetzt so dicke Schals an, da kommt man nicht richtig ran an den Hals.«

Ich setzte mich neben sie an die Bar. »Ist alles in Ordnung bei euch?«

Sie seufzte. »Wir hatten Riesenstress mit dem Pfarrer wegen dem Einschussloch. Der Prinz hat's irgendwie wieder hingekriegt. Er hat auch mit der Polizei gesprochen, was dieser Arsch mit Yorck gemacht hat. Eyk Scharnow. Dieser Irre.«

»Ihr habt ihn gekannt?«

Nicky nahm einen Schluck von ihrem Bier. »Ja. Er hat früher mal mitgespielt. Dann haben wir ihn aber ausgeschlossen. Er war einfach komisch drauf. Wahrscheinlich hat keiner dran gedacht, seinen Internetzugang zum Forum zu sperren. So hat er immer noch mitgekriegt, wann wir unsere Sessions haben, und konnte sich in Anselms Kostüm unbemerkt einschleichen. Unser Webmaster hat ganz schön eins auf die Rübe gekriegt.«

Zu Recht. Samantha musste Eyk immer brühwarm erzählt haben, was die Schüler vorhatten. So war er stets zur Stelle, wenn einer versuchte, auszubrechen. Ich hatte mich zu diesem

Zeitpunkt schon genug in das Spiel eingemischt, sodass Eyks Schüsse auf mich wohl tatsächlich die Absicht hatten, mich zu eliminieren. Um ein Haar wäre mir die zweifelhafte Ehre zuteilgeworden, der erste echte Tote in einem Live Acting Role Play zu sein.

Nicky trank einen Schluck Bier. »An dem Abend, wo das passiert ist, hat Eyk Anselm – also Yorck – in die Sakristei gesperrt, wo er erst am nächsten Morgen gefunden worden ist. Als sie das Silberzeugs fürs Abendmahl holen wollten. Hallelujah. Na ja. Man soll ja nichts Böses über Tote und so weiter. Aber irgendwie denke ich seitdem viel über alles nach. Vielleicht hätten wir ihn ja doch weiter bei uns mitspielen lassen sollen. Dann wär das alles nicht passiert.«

Sie starrte etwas verloren auf die Menschen um sie herum, ohne sie recht wahrzunehmen.

Vielleicht hatte Nicky gar nicht so unrecht. Und es fing schon im Sandkasten an, wenn die einen miteinander herumtollten und die anderen am Rand stehen blieben. Oder in der Schule, wo es immer einen gab, der nicht so war wie der Rest. Nicht einfach. Nicht unkompliziert. Komisch drauf. Ein mühsamer, anstrengender Mensch. Kaum einer wurde deshalb zum Mörder. Aber die wenigen, die es wurden, hatten oft etwas gemeinsam: Sie durften nicht mitspielen. Ich sah zu Kerstii, die sich gerade mit Kevin über irgendetwas halb totlachte, und bewunderte sie für ihre Gabe, solche Dinge zu spüren, bevor irgendjemand sich auch nur einen Gedanken darüber machte.

»Aber vielleicht hätte er dann uns eines Tages abgeknallt? Ich weiß es nicht. Man kann es drehen und wenden, es bleibt ein blödes Gefühl dabei.«

»Grüß den Prinzen von mir.«

Aber Nicky schaute an mir vorbei, riss die Augen auf und schob mich dann ein wenig unsanft zur Seite, weil ich ihr die Sicht versperrte.

»Das ... das war doch ...«

Ich folgte ihrem Blick und sah einen kräftigen, blonden Mann, der sich gerade mit drei Flaschen Wein unter dem Arm durch eine Gruppe Neuankömmlinge drängelte und die Schwarzmeer-Bar verließ.

»Das war Ben Becker! Und er hat mir zugelächelt!«

Sie strahlte übers ganze Gesicht und schien fast zu platzen vor Glück. »Ich glaub es nicht. Er hat *mir* zugelächelt.«

Die Tür war längst schon wieder ins Schloss gefallen, und durch die zugefrorenen Scheiben konnte man erst recht nichts mehr erkennen. Kein Himmel stürzte ein, alle unterhielten sich ein bisschen lauter als normal, weil Alexej das legendäre Creedence-Clearwater-Revival-Konzert aufgelegt hatte und die dreizehn Minuten lange Fassung von Suzie Q gerade das erste Gitarrensolo erreichte. Der Sekundenzeiger der Uhr über dem Kühlschrank war fünfzehn, sechzehn, siebzehn Mal vorwärtsgerückt seither und nicht stehen geblieben, alles lief weiter und nahm seinen Gang, für uns, doch dieses bleiche, blutarme Vampirmädchen hatte plötzlich Glanz in den Augen.

Die Welt war bunt. Die Welt war böse. Und die Welt war schön. Für manche brauchte es nur ein Lächeln zur richtigen Zeit, am richtigen Ort, und von dem richtigen Menschen, um das zu erkennen.

Danksagung

Fantasie ist gut, Realität ist besser

Man kann nicht über Live Acting Role Play schreiben, ohne es jemals selbst ausprobiert zu haben. *Larp* ist wie Malefiz in der Geisterbahn: Erst durch das eigene Erleben wird die Faszination begreifbar, die dieses Spiel auf den Beteiligten ausüben kann.

Die Berliner Vampire sind eine Klasse für sich. Zwar wurde mein Ghul-Dasein auf etwas uncharmante Weise abrupt beendet (ich halte diese Reaktion immer noch für unangemessen und trete dem Taschenuhren-Vergleich nach wie vor entschieden entgegen!). Dafür bin ich nun beachtete Neonatin des Clans Ventrue und sehe gespannt den Entwicklungen entgegen, die die Zwistigkeiten zwischen der Domäne Nord und Süd so mit sich bringen.

Mag beide Reiche vieles trennen, eines eint sie doch: die unvoreingenommene Freundlichkeit, mit der ich – zumindest *out time*, siehe oben – aufgenommen wurde. Ganz besonders danke ich dem Clan Tremere, bei dem ich meine ersten vorsichtigen Spielversuche wagen durfte, und bin deshalb bis heute in respektvoller Achtung verbunden: *Darius Lindner* (Vogt und Wächter des Elysiums, Rat der Domäne Berlin Nord), *Sky* (Ghul, tot, siehe oben), *Duncan McGregor* (Geißel und Rat der Gangrel), *Thorwald Hagen Landauer* (Prinz und Primogen der Nosferatu) und *Sophie von Breitenstein* (Vogt der Domäne Süd). Meine ganz besondere Aufwartung mache ich an dieser Stelle den Herren *Alexander von Siemens*, beachteter Neonate und Primogen der Ventrue, *Wasilli Ivanowitsch von Semjonow*, Rat zu Berlin, sowie, wenn auch von anderem Blute, dem Seneschall der Domäne Nord, verehrter Neonate, Rat und Promogen des Clans Toreador, *Duke*.

Out time heißen sie natürlich anders. Zum Beispiel Stefan Hanisch, Stephan Ebert, Beate Quiram, Marco Matiwe oder

Mike Brandt. Seit ich sie kenne, gibt es keine langweiligen Samstagabende mehr. Ich hoffe, dass ich noch viele spannende Nächte mit euch erlebe!

Der größte Dank gebührt Marcus Jurk, Spielleiter von Vampire in Berlin. Er hat sich mit geradezu unermüdlicher Geduld meinen Fragen gestellt und mich als Anfänger immer wieder ermuntert und motiviert. Auch wenn das mit der Ghul-Gewerkschaft völlig in die Hose ging. Für das Manuskript hat er ganze Passagen gegengelesen, wertvolle Tipps gegeben, selbst winzige Kleinigkeiten korrigiert und war zudem auch noch sehr bewandert in den philosophischen Fragen des Mittelalters – ein Gewinn, nicht nur für dieses Buch. In *Die siebte Stunde* habe ich einige Regeln relativ freizügig interpretiert – er möge mir verzeihen, und ich versichere hiermit, dass das Regelwerk *Vampire: Die Maskerade* sowie die Beförderungsrichtlinien in Wirklichkeit natürlich eingehalten werden. Wer sich für *Larp* interessiert, wird im Internet fündig (www.vampireinberlin.de), und wer mitspielen will, ist herzlich eingeladen. Man sollte aber wissen, auf was man sich einlässt ☺. Siehe oben.

Marie-Luises Volvo existiert. Und all die Probleme mit Kurbelwellen, Eisenstangen und fehlenden Ersatzteilen natürlich auch. Ich wollte es nicht glauben, bis ich ihn eines Tages mitten in der Arbeit an diesem Buch leibhaftig gesehen und seinen Besitzer kennengelernt habe. Es spricht für seinen Charakter, dass er mich nach meinen unzusammenhängenden Erklärungsversuchen nicht zum Teufel geschickt, sondern auf mehrere Probefahrten mitgenommen hat. Wer will, kann ihn sich anschauen. Den Volvo, natürlich. Er steht oft in Treptow auf dem Parkplatz vor den Ateliers am Badeschiff, und er gehört dem Maler und Bildhauer Harald Birck. Er liebt sein Auto, wie man nur etwas trotz seiner kläglichen Unvollkommenheit lieben kann. Diesem sympathischen Zug habe ich nicht nur detailreiche Erläuterungen über Motor- und Betriebszustände zu verdanken (auch Harald Birck fährt nie ohne Eisenstange), sondern auch die Bekanntschaft eines großartigen Künstlers und Menschen.

Auf die Eibe als Sinnbild von Leben und Tod brachte mich der Botaniker und Gärtnermeister Martin Beyer. Er klärte mich nicht nur über die wohltuenden wie auch die verheerenden Eigenschaften unserer heimischen Flora und Fauna auf, sondern auch über die Bedeutung von Herrn und Frau Bickerich. Leider habe ich sie nie persönlich kennengelernt, aber ihr Ruf war legendär und grenzüberschreitend. Der »Bickerich« ist bis heute Standardwerk und ausgesprochen hilfreich, wenn es um die Bestimmung unserer Heil- und Giftpflanzen geht, zu deren Hege und Pflege auch Umsicht und manchmal sogar ein gewisses Maß an Selbstdisziplin gehören mag.

Anke Veil war wieder meine erste Leserin und hat diese sicher nicht leichte Aufgabe erneut tapfer und unermüdlich auf sich genommen. Sie war Ratgeberin, Kritikerin und Freundin und hat mich über Monate hinweg mit aufmunternden Mails und treuer Anteilnahme begleitet. Vom ersten Satz der Rohfassung bis zum Ende des fertigen Manuskripts war es ein langer Weg, und ich bin dankbar, dass ich ihn nicht allein gehen musste, sondern mich erneut in so wunderbarer Gesellschaft befunden habe.

Achim Gröschel aber war mein Held. Meine Lichtgestalt. In den tiefsten, schwärzesten Stunden des Schriftstellerdaseins stand er mir ruhig und unerschütterlich zur Seite. Mit Rat, Tat und Sachverstand, als Festplattenabstürze und im Koma endende Updates drohten, nicht nur das Manuskript, sondern auch mich in ein zerrüttetes Wrack zu verwandeln. Seine tröstende Ruhe und die fast schon religiöse Zuversicht, dass nichts, was einmal da war, völlig verschwindet, verhinderte mehrere Nervenzusammenbrüche.

William Goetz und Heike Sponholz gaben nicht nur in diesen Zeiten seelischen Halt und praktische Hilfe, zu wirklich jeder Tages- und Nachtzeit, und ebneten so den Weg zu Versöhnung und Verständigung mit dem verf*** Betriebssystem.

Apropos: Auf der Suche nach Ausdrücken, die mein Gefühlsleben in den eben aufgeführten Extremsituationen am besten beschreiben konnten, war der Gangsterrap der Weddinger Crew von Shok Muzik (danke Cristiano Rienzner!) eine große Hilfe. Gegen D-Irie, Crazy und Ufuk Şahin ist Sami ein Waisenknabe. Wen seine Wortwahl in diesem Buch irritiert, dem möchte ich versichern, dass ich sie um einiges abgeschwächt habe. Die

Gangsterrapper, die ich kenne, reden noch einen ganz anderen Slang, und Titel wie »Friss die Klinge« oder »Du wirst gef***« inspirieren ungemein, beim Schreiben wie beim Fluchen. Und richtig gute Musik machen sie auch noch.

In diesem Zusammenhang danke ich meiner Tochter Shirin fürs aktive Weghören und die Diskretion, mit der sie meine laienpsychologische Versuchsreihe »Gewalt gegen Dinge, die nicht so funktionieren, wie sie sollen« behandelt hat.

Eine kurze Einführung in die Welt von Vampyric, Trash und Progressive Metal verdanke ich dem unvergleichlichen Gregor Wossilus.

Bernhard Schodrowski, Kriminalhauptkommissar der Berliner Polizei, bitte ich um Entschuldigung: Nicht alles, was ermittlungstechnisch korrekt wäre, passt auch in die Dramaturgie eines Kriminalromans. Sein Rat und seine Hilfe waren trotzdem unersetzlich. Er ist zudem kriminalhistorisch unglaublich bewandert und hat mich mit seinen detailreichen Kenntnissen nicht nur inspiriert, sondern auch wunderbar unterhalten. Gerne wieder!

Ich danke Benedikt Lux für seinen wunderschönen Namen, den er mir zur – fast – freien Verfügung überlassen hat. Natürlich hat der Schüler Benedikt nichts mit dem jüngsten Mitglied der Bündnisgrünen im Berliner Abgeordnetenhaus zu tun, auch wenn er und sein charismatisches Vorbild durchaus einige Gemeinsamkeiten haben. Aber: Die HBSler sind reine Fantasiegestalten, ebenso wie ALLE anderen in diesem Buch.

Auch die Alma-Mahler-Werfel gibt es nicht. Doch sind in den letzten Jahren einhundertvierzig private Schulen in Berlin entstanden, darunter auch die erste Grundschule mit einer gewinnorientierten Aktiengesellschaft als freiem Träger, und der Boom hat gerade erst begonnen.

Und so ist es kein Wunder, dass ich beim Schreiben immer mal wieder an meine kleine oberhessische Limesschule gedacht habe und an meinen Klassenlehrer, Franz Klein. Auch wenn unser letztes Treffen eine ganze Weile zurückliegt – ich bin immer noch stolz darauf, was aus dieser Altenstädter Realschulklasse geworden ist und dass wir wissen, wie viel davon wir ihm zu verdanken haben. Lehrer sind nach den Eltern die wichtigsten

Erwachsenen im Leben von Kindern, und ich bin froh, in ihm einen gehabt zu haben, dem das Verpflichtung und Ansporn war.

Kerstin Kornettka verdanke ich tiefe Einblicke in Dachgeschosse und traumhafte Tage in München, in denen sie mich motiviert, bestärkt, korrigiert und angespornt hat. Und dass sie mich immer wieder beharrlich daran erinnert, wie schön das Leben ist.

Danke für die Freundschaft, die Inspiration, die Anteilnahme, für den Glauben an sich selbst und andere: Stefanie Leimsner, Lisa Kuppler, Kyra Maralt, Erwin Zernikow und allen allen allen, die mir auf ihre ganz unterschiedliche Weise geholfen haben. Ganz besonders Marek Brodecki. Ohne ihn wäre ich ein Tourist in der eigenen Stadt, eine Fremde unter Fremden.

Und dann wird alles fertig, und es fügt sich eins ins andere, und ein Buch ist entstanden.

Zu verdanken ist das auch meiner Lektorin Katrin Fieber. Ihre Unterstützung und ihr großes Engagement, das schon mit der ersten vagen Idee den Anfang nahm und mich bis zum letzten Satz – und darüber weit hinaus – begleitet hat, war nicht nur eine unendliche Hilfe, sondern auch Ansporn und Inspiration zugleich. Das Vertrauen meiner Verlegerin Siv Bublitz in mich und in diese Geschichte hat überhaupt erst die Basis für dieses Buch geschaffen, es war eine wunderbare Zusammenarbeit, die mich ein riesengroßes Stück weitergebracht hat.

Heute, an diesem letzten Abend, den ich über diesem Manuskript verbringe, schließt die Odessa-Bar in der Steinstraße. Die Tentakeltermiten haben wieder ein Haus erobert. Dem Andenken an diesen einzigartigen Ort der Melancholie und Lebensfreude, an Nikolai und an alle, die in diesen beiden Zimmern aus und ein gingen, ist dieses Buch gewidmet.

Berlin, im Januar 2007

Michael Theurillat
Eistod

Kriminalroman. www.list-taschenbuch.de
ISBN 978-3-548-60823-5

Eine Leiche in der Limmat, ein verschwundener Assistent und ein Professor unter Mordverdacht. In seinem zweiten Fall gerät Kommissar Eschenbach in einen Sumpf aus Intrigen und tödlichem Ehrgeiz. Hat sein alter Schulfreund biochemische Substanzen zur Folterung islamischer Terroristen entwickelt? Und wem kann Eschenbach selbst in höchsten Polizei- und Politikerkreisen noch trauen?

»Michael Theurillat erweist sich mit seinem zweiten Roman Eistod endgültig als treffsicherer Gesellschaftsanalytiker.« *WDR*

»Ein temporeicher Krimi voller Einfühlungsvermögen.« *Neue Zürcher Zeitung*

»Der Leser spürt förmlich die winterliche Kälte Zürichs und die Unverfrorenheit der Protagonisten ... ein spannendes Lesevergnügen.« *dpa*

List Taschenbuch

Åke Edwardson
Zimmer Nr. 10

Roman. www.list-taschenbuch.de
ISBN 978-3-548-60761-0

In einem verrufenen Hotel mitten in Göteborg findet die Polizei eine junge Frau, Paula – sie wurde erhängt. Wenig später wird auch Paulas Mutter ermordet und für Kommissar Erik Winter rückt ein Indiz in den Mittelpunkt der Ermittlungen: Beide Leichen haben eine weißbemalte Hand. Als er einen Zusammenhang zu einem Verbrechen herstellt, das 20 Jahre zurückliegt, gerät Winter plötzlich selbst in Gefahr.

»Ein Krimi wie eine Gletscherspalte – da geht es tief runter in eisige Kälte.« *tz München*

»Eine dichte Geschichte, die packt und nicht loslässt. Erik Winter möge leben, mit Glenfarclas, John Coltrane und all seinem Selbstmitleid – mindestens zehn Fälle lang.« *Spiegel Special*

»Beeindruckend sind vor allem Edwardsons Sinn für Details und die seelischen Abgründe seiner Hauptpersonen.« *Brigitte Extra*

List Taschenbuch

Åke Edwardson
Der Himmel auf Erden

Roman. www.list-taschenbuch.de
ISBN 978-3-548-60413-8

Mysteriöse Kindesentführungen, ein falscher »Onkel« mit einem grünen Stoffpapagei am Rückspiegel seines Autos und ein Verrückter, der im nächtlichen Göteborg hinterrücks junge Männer überfällt: Erneut wird Kommissar Erik Winter mit den finsteren Seiten moderner Verbrechen konfrontiert ...

Ein spannender Fall, gut recherchiert, geschickt angelegt und voll von der psychologischen Abgründigkeit, die aus Åke Edwardsons Büchern viel mehr als reine Krimis macht.

»Dieses Buch kann süchtig machen.« *tz*

List Taschenbuch

JETZT NEU

 Aktuelle Titel | Login/ Registrieren | Über Bücher diskutieren

Jede Woche vorab in einen brandaktuellen Top-Titel reinlesen, ...

... Leseeindruck verfassen, Kritiker werden und eins von **100** Vorab-Exemplaren gratis erhalten.

 vorablesen.de